Silence & Chaos
Schicksal der Helden

*Für Sandra und Stefan, die mir beigebracht haben,
den richtigen Drachen zu füttern.*

**Eine Übersicht über alle Figuren und Schauplätze
dieses Romans findet sich ab Seite 392.**

1. Auflage 2020
© Ueberreuter Verlag GmbH, Berlin 2020
ISBN 978-3-7641-7097-4
Alle Rechte vorbehalten. Das Werk darf – auch teilweise –
nur mit Genehmigung des Verlages wiedergegeben werden.
Alle Figuren, Schauplätze und einige physikalische
Gesetzmäßigkeiten sind frei erfunden.
Dieses Werk wurde vermittelt durch die Agentur
EDITIO DIALOG, Dr. Michael Wenzel.
Lektorat: Angela Iacenda
Umschlaggestaltung: Alexander Kopainski
unter der Verwendung von Fotos von shutterstock/Allgusak;
shutterstock/vectortatu; shutterstock/goldeneden;
shutterstock/Olegro; shutterstock/DrAndY; shutterstock/antart;
shutterstock/Veronika Surovtseva; shutterstock/Dreamer Light;
shutterstock/Peter Hermes Furian
Druck und Bindung: CPI books GmbH
Gedruckt auf Papier aus geprüfter nachhaltiger Forstwirtschaft.
www.ueberreuter.de

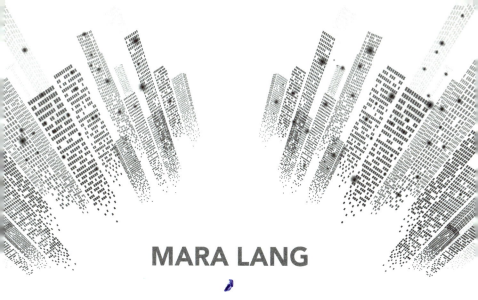

MARA LANG

SILENCE & CHAOS
SCHICKSAL DER HELDEN

ueberreuter

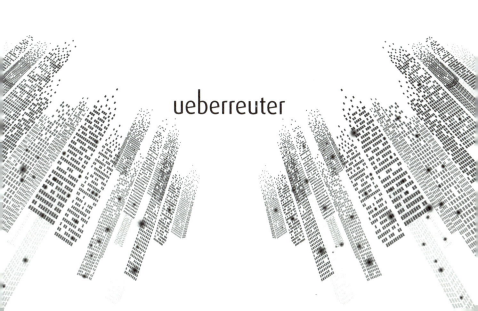

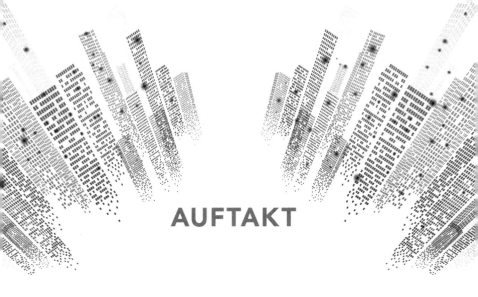

AUFTAKT

Als sie kamen, regnete es Sterne.
Als sie uns verließen, lag die Welt in Asche.

Sie nannten sich die *Lichtvollen*.
Wir nannten sie *Warriors of Light*.
Was nicht passend ist, wird passend gemacht,
so ist die Menschheit.

Sie kämpften für den Frieden in einer Welt,
die dafür nicht bereit war.
Wir nahmen dankbar an, was sie uns schenkten,
ohne zu hinterfragen.
Wer würde das nicht?

Dann der Untergang – *Time of Doom*.
Fünf Jahre dauerte ihr Sterben,
fünf Jahre, in denen sich die Warriors
bis zum bitteren Ende bekriegten.
Bis heute weiß man nicht, was sie dazu brachte,
einander auszurotten.

Sie waren das Licht.
Und hinterließen uns die Dunkelheit.
Doch die Menschheit ist nicht dumm, sie sorgt vor.

Aus ihrem Glanz erschuf man neues Licht.
Die Nachfahren der Warriors, ihre Erben.
Eine Generation von Helden,
dazu bestimmt, unsere Welt zu beschützen:
die *Rookie Heroes*.

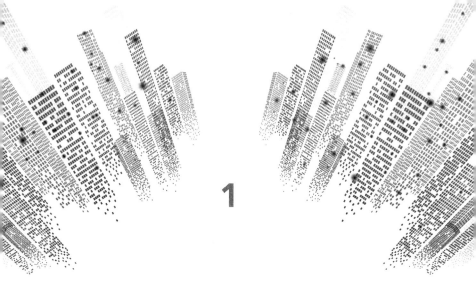

1

Wenn meine Hoffnung eine Farbe hätte, wäre sie schwarz. Ihr Name? Corvin West.

Das Rasseln der Ketten im Laderaum zerrt an meinen Nerven. Direktor Patten hat sie mir kurz vor der Abfahrt gezeigt und gefragt, ob ich sie im Falle eines Problems für ausreichend halte. Sie sind aus einer speziellen Hartmetalllegierung hergestellt, die selbst abnormer Gewalteinwirkung standhält. Überhaupt entspricht das gesamte Equipment, das in den gepanzerten Transporter eingebaut worden ist, den höchsten Sicherheitsstandards.

Die Antwort ist mir angesichts der Liege mit den ledergepolsterten Arm-, Hals- und Beinmanschetten in der Kehle stecken geblieben. Ein normaler Mensch kann sich mit Sicherheit nicht daraus befreien. Corvin schon. Aber das werde ich Patten nicht auf die Nase binden. Wer weiß, was ihm sonst noch einfällt.

Es wird keine Probleme geben, es darf nicht. Corvin ist einer von uns, daran wird sich nie etwas ändern, auch wenn er Unverzeihliches getan hat. *Und heute soll ich ihn nach Hause holen.* Ein Zuhause, das es nicht mehr gibt.

Unser kleiner Konvoi besteht aus drei Fahrzeugen: dem

Transporter, in dem Patten und ich sitzen, und zwei weiteren mit insgesamt zwanzig bewaffneten Agenten der *Rookie-Heroes-Division* an Bord, kurz die *Division* genannt. Als Sonderabteilung des FBI befasst sie sich mit sämtlichen Angelegenheiten, die Superhelden betreffen. Angeführt wird die Division seit ihrer Neuorganisation vor fünf Jahren von Direktor Tom Patten – meinem Chef.

Weit über der erlaubten Höchstgeschwindigkeit rasen wir durch Baine City. Die Straßen wirken verwaist – und das bei einer Einwohnerzahl von fünf Millionen. Als wir abbiegen, erkenne ich den Grund: Auf unserer Strecke wurden eigens Straßensperren errichtet. Man möchte wohl kein Risiko eingehen.

Wir durchqueren eine der Trümmerzonen. Ein Dutzend Viertel sind der Zerstörungswelle des *Doom* in den Jahren 2048 bis 2053 zum Opfer gefallen. Tausende Obdachlose hausen in den Ruinen, und niemand weiß mit diesem sozialen Desaster umzugehen. Die Stadtverwaltung kann den Wiederaufbau nicht finanzieren. Zum Zug kommen deshalb Investoren wie die Duncan-Group, die seit Jahren ein innovatives Neubauprojekt vorantreibt, auf das wir nun zuhalten: Greentown.

Im Gegensatz zu den Straßenschluchten der Innenstadt wirkt hier alles grün, luftig, leicht. Die Wolkenkratzer bilden eine Skyline der besonderen Art: Gebäude, die sich autark versorgen, Strom erzeugen, Trinkwasser aufbereiten und in den vertikal angelegten Gärten Obst, Gemüse und Getreide für die Bewohner produzieren. Es gibt genügend Arbeitsplätze, außerdem Freizeit- und Sportanlagen, Schwimmteiche auf den Dächern, Kinos und Entertainmentcenter. Es gibt nichts, was es nicht gibt. Theoretisch müsste man seine vier Wände niemals wieder verlassen. Ich weiß nicht, welche Menschen hier leben. Ob sie wissen, was sich auf den Straßen Baine Citys abspielt? Ob sie vom Rächer wissen?

Je näher wir unserem Ziel rücken, umso nervöser werde ich. In wenigen Stunden wird Corvin frei sein, mehr noch, wenn alles wie geplant läuft, wird er wie ich für die Division arbeiten. Gemeinsam werden wir den Rächer aufspüren und dingfest machen. Und vielleicht, auch das ist Teil meiner Hoffnung, könnte das ein Neuanfang für die *Rookie Heroes* werden. Ich wünsche es mir so sehr. Dafür würde ich sogar in Kauf nehmen, dass ich dem Mörder meines Vaters täglich in die Augen blicken muss.

Wir passieren die Liphton Bridge mit ihren gewaltigen Pfeilern, die in zwei Etagen für Autoverkehr und Hochgeschwindigkeitsbahn den Hornay River überspannt. Trotz ihres stolzen Alters hat sie dem Doom und insbesondere dem Kampf zwischen *North King* und *The Ax* standgehalten, und ist heute eines der bekanntesten Wahrzeichen Baine Citys.

Zwanzig Minuten später erreichen wir die Randbezirke. Nach einer Kurve kann ich die Mauer sehen, die das *Jonathan-Ruther-Hochsicherheitsgefängnis für Männer* umgibt. Der Gebäudekomplex liegt in direkter Nachbarschaft zu einem Friedhof, einem Schrottplatz und einer Obstplantage. Vor Jahren versuchte man, das Gelände in Bauland umzuwidmen, aber die Anlieger liefen dagegen Sturm.

Als wir beim Gefängnis eintreffen, traue ich meinen Augen kaum. Wir werden von Zuschauermassen empfangen. Hinter einer Absperrung drängen sich Neugierige, schwenken Fahnen und Spruchbänder, manche sogar Blumen.

Mir entweicht ein Keuchen. »Was soll das denn?«

»PR«, erwidert Patten seelenruhig. »Sind alle engagiert.«

Jetzt sehe ich, dass auch die Presse da ist, Fernsehen, Radio und Internet, ich zähle Dutzende Sender, deren Kameras auf uns gerichtet sind. Sie alle werden dokumentieren, wie wir Corvin West aus der Verbannung holen, zu der er vor sechs Jahren verurteilt wurde.

»Das Medienspektakel kostet uns ein Vermögen«, fährt Patten fort, »aber das Letzte, was wir brauchen, sind Negativschlagzeilen.«

»Sie haben vielleicht Nerven. Was, wenn …?«
Er dreht sich zu mir um, seine leuchtend blauen Augen scheinen mich zu durchdringen. »Wenn, was? Sie sind mit von der Partie, um jedwedes *Wenn* zu verhindern, Jillian.«
Schon klar. Ich kenne meine Aufgabe. Ich kann bloß nicht damit umgehen. Seit die Division beschlossen hat, Corvin aus dem Gefängnis zu holen, grüble ich darüber nach, wie ich mich ihm gegenüber verhalten soll. Ich versuche mir einzureden, dass unsere Zusammenarbeit funktionieren wird. Dass ich darüber hinwegsehen kann, was vorgefallen ist, dass es nicht mehr wichtig ist, weil sich die Vergangenheit eben nicht ändern lässt. Aber kann man sein Herz belügen? Wie soll das gehen, wenn man genau das Gegenteil empfindet?
Gemeinsam mit Corvin wirst du den Rächer schnappen, rufe ich mir in Erinnerung. Ganz Baine City verlässt sich auf uns, auf die Rookie Heroes. Das ist das Einzige, was zählt, und dafür werde ich meine Bedenken ausklammern. *Fangen wir eben ganz neu an, so schwer kann das nicht sein.*
Noch vor dem Gittertor, das in die Gefängnismauer eingelassen ist, lässt Patten den Fahrer anhalten.
»Warum fahren wir nicht hinein?«
Patten deutet aus dem Fenster. »Darum. Die Leute warten auf die versprochene Show. Enttäuschen Sie sie nicht.«
Also steigen wir aus, um den Rest des Weges zu Fuß zurückzulegen, während der Konvoi uns in geringem Abstand folgt. Zehn Agenten nehmen hinter uns als Geleitschutz Formation an, neun von ihnen werfen mir anzügliche Blicke zu. Die Sache mit den Pfiffen und den blöden Sprüchen haben wir gleich zu Beginn erledigt, jetzt halten sie den Mund. Und starren.
Grund genug gibt es: Mein Superheldenkostüm, ein anthrazitgrauer Catsuit mit weißen Blitzen und dem goldenen Abzeichen der Rookie Heroes über der linken Brust, der eigens für die Operation *Windstille* angefertigt wurde, ist hauteng. Das elastische Gewebe überlässt absolut nichts der Fantasie. Es

lenkt den Blick des Betrachters zuerst in meinen verboten tiefen Ausschnitt, danach zwangsläufig auf meine Beine in den kniehohen roten Schnürstiefeln. Ich habe mehrmals gegen dieses sexistische Outfit protestiert, aber Direktor Patten fand meine Einwände irrelevant.

»Sie sind unser Aushängeschild, Jillian. Sie müssen sich Ihrem Image entsprechend präsentieren.«

»Welches Image?« *Ich bin keine Superheldin, ich bin ein gescheitertes Experiment. Das sind wir Rookies alle.*

»Nun ja …«

»Sie wissen so gut wie ich, dass uns das niemand abkauft.«

Schweigen auf beiden Seiten. Mir war klar, dass ich auf verlorenem Posten stand. »Bekomme ich wenigstens ein Cape?«

»Ein Cape! Keine schlechte Idee.«

Ich hätte wissen müssen, dass er meinen Scherz für bare Münze nimmt.

Das rote Cape entpuppt sich als meine Rettung, ich schlinge den seidigen Stoff fest um mich. Allerdings bleibt mir dadurch keine Hand frei, um mein Haar zu bändigen, das mir der Wind ins Gesicht peitscht. Ich hatte es wie üblich zu einem Zopf binden wollen, aber der Visagist meinte, es sehe erotischer aus, wenn ich es offen lasse.

»Erotisch. Genau das, was mir bei meinem Look noch gefehlt hat.« Sinnlos, mit ihm zu diskutieren. Sein verständnisloser Gesichtsausdruck zeigte, dass er mit meinem Sarkasmus nichts anfangen konnte.

An meinem Gürtel stecken zwei großkalibrige Waffen. Sie sind schwer und viel protziger als nötig, aber sie machen echt was her. Mal davon abgesehen habe ich nicht vor, sie zu ziehen. Auf wen sollte ich auch schießen? Auf Corvin vielleicht? Auf die Zuschauer? Die Presseleute?

»Winken Sie gefälligst«, zischt mir Patten zu.

Notgedrungen muss ich das Cape loslassen. Die Menge jubelt, als ich nach allen Seiten grüße, und skandiert meinen Namen. Den Namen, der mit dem Ende der Rookies gestorben ist, und demgemäß ich mich nun zur Schau stelle, als wäre das alles nicht bloß eine einzige Farce. Blumen kommen angeflogen, Stofftiere, Süßigkeiten, und wir müssen warten, bis sich die erste Euphorie legt.

Ich winke und winke, während sich mein Cape hinter mir bauscht und meine Haare flattern. Ich bin das, was die Leute sehen wollen. Oder nein: Genau genommen bezahlt man sie ja dafür, dass sie mich sehen wollen. *Für die Sache*, spreche ich mir gedanklich vor. Der Satz ist zu meinem Mantra geworden, daran kann ich mich, *muss* ich mich klammern, wenn ich das hier durchstehen will.

Auf einmal ertönt ein Schrei. Patten versteift sich, als sich ein Mann an der Absperrung vorbeizwängt. Ein Agent hält ihn auf. Sekunden vergehen, in denen die beiden miteinander ringen, in denen keiner von uns begreift, was los ist. Den kleinen Jungen, der herbeisaust, nehme ich nur aus den Augenwinkeln wahr. Schon hängt er an meinem Bein, und ich breite instinktiv die Arme über ihn.

»Halt! Es ist nur ein Junge!«, rufe ich.

Mit großen, hoffnungsvollen Augen streckt er mir einen Strauß Wiesenblumen entgegen. Sie lassen die Köpfe hängen, sind halb verwelkt und die Stängel zerquetscht, weil er sie in seinen kleinen Fingern viel zu fest gehalten hat.

»Bist du *Prospera*?«

Ich weiß sofort, was er will. Bedauerlicherweise kann ich ihm nicht helfen. »Nein, leider nicht.«

»Die sind für meine Mom. Wir wollen nachher zum Friedhof fahren, sie besuchen. Kannst du sie heil machen?«

Es scheint, als hätte er mich nicht verstanden. »Ich bin nicht Prospera, tut mir wirklich leid.«

Seine Unterlippe beginnt zu zittern. »Wer bist du dann?«

»Hast du die Leute nicht gehört?«

Er schüttelt den Kopf.

»*Silence*. Ich bin Silence.«

»Oh. Aha. Und was für eine Superkraft hast du?«

»Ich habe … Also ich kann … eigentlich …« Ich bringe das Eingeständnis nicht über die Lippen. Was ich kann? Quasi nichts. Erklär das mal einem kleinen Jungen, der an Superkräfte glaubt.

In meinem Kopf ziehen seine Worte glühende Bahnen: *Die sind für meine Mom.* Ich hatte nie eine. Ich habe als Embryo nie die Körperwärme einer Mutter um mich gespürt, ihre Bewegungen, die Vibrationen ihres Lachens. Ich bin nicht auf natürlichem Weg geboren worden, habe nie einen ersten verzweifelten Schrei ausgestoßen.

Wir Rookies wurden im Labor gezeugt, unter kontrollierten Bedingungen gezüchtet, künstliche Eizellen, die mit ebenso künstlichen Samenzellen befruchtet wurden. Es gab Tausende von uns, doch nur ein Bruchteil durfte sich in Form von Ektogenese weiterentwickeln. Und nur sieben überlebten letztendlich.

Heute bin ich achtzehn und ein Werkzeug der Division.

Die Hand des Jungen sinkt herab. Er sieht so verloren aus, wie ich mich fühle.

»Heben Sie ihn hoch«, raunt Patten an meinem Ohr.

»Wie bitte?«

»Los doch, machen Sie schon.« Er nickt zu den Kameras hinüber und ich verstehe.

»Ich kann machen, dass du nicht mehr traurig bist«, sage ich zu dem Jungen. Was gelogen ist. Irgendwie.

»Wirklich? Wie geht das?«

»Komm her, ich zeige es dir.«

Ich nehme den Jungen wie geheißen auf meine Arme. Sein Herzschlag pocht an meinen Rippen, und als er sich an mich kuschelt, sich Haut an Haut legt, steigt Stille in mir auf, erfüllt mich ganz und gar und strömt auf ihn über. Leise rede ich auf ihn ein, flüstere Worte ohne Bedeutung, einfach, weil es mir ein tiefes Bedürfnis ist. Sein Kopf sinkt an meine Schulter. Er ächzt, als der Kummer ihn verlässt. Und schläft ein.

Die Leute ringsherum sind still geworden, nur ein leises kollektives Seufzen erhebt sich. Die Kameras fangen es ein, der Wind trägt es voran, bis der Moment zerbricht.

»Wir müssen weiter.« Patten winkt den Mann herbei, der von zwei Sicherheitskräften festgehalten wird, den Vater, wie mir jetzt klar wird. Ich bette den Jungen in seine Arme.

»Danke«, sagt er. »Ich danke Ihnen so sehr, Silence.«

»Alles Gute.«

Das ist es, was ich kann. Andere beruhigen. Und plötzlich empfinde ich das als positiv. Ich habe Glück in die Augen eines Vaters gestreut.

In Begleitung dreier Wärter und der Agenten eilen wir durch die Gänge. Das Hochsicherheitsgefängnis ist ein verwinkelter Kasten aus Stahlbeton. Sektion C liegt tief unter der Erde. Hier sitzen Schwerverbrecher in Einzelhaft ein, die von den anderen Insassen abgesondert werden müssen. Mörder, Vergewaltiger, Terroristen, Auftragskiller. Die Aufrührer, die Gewaltbereiten. Und Corvin.

Seine Zelle liegt in einem eigenen Trakt und ist nicht nur doppelt und dreifach gesichert, sondern bestimmt zehnfach. Ich war schon einmal hier, kurz nachdem er hier eingesperrt worden ist, aber ich habe jede Erinnerung daran aus meinem Gedächtnis gestrichen.

Meine Nervosität erreicht ihren Höhepunkt, meine Handflächen sind feucht. Ich verfluche den menschlichen Anteil meiner DNA und balle energisch die Fäuste. Gleich werde ich Corvin gegenüberstehen. *Es wird alles klappen wie vorgesehen, es muss. Für die Sache, Jill!*

Wir passieren mehrere elektronisch gesteuerte Sicherheitsgitter, dann eine Tür, die anmutet wie die eines Tresorraums, und bleiben vor einer Glaswand stehen. Panzerglas, schuss- und schlagfest, zusätzlich durch Stahlgitter verstärkt. Corvin hat die Vorgängerverglasungen mehrmals zertrümmert, ich habe die Berichte in seiner Akte gelesen. Dass er seit vier Jahren keinen Ausbruchsversuch mehr unternommen hat, gibt mir Zuversicht. Und gleichermaßen zu denken. Ich mag mir gar nicht vorstellen, wie es sein muss, Tag und Nacht hier eingeschlossen zu sein. Welcher Mensch ist aus meinem besten Freund geworden? Aus dem Jungen, mit dem ich meine Kindheit verbracht habe? Wie wird er reagieren, wenn er mich sieht? Diejenige, der er das alles hier zu verdanken hat?

»Wo ist er?«

Patten starrt ebenso wie ich angestrengt durch die Scheibe. Dahinter eröffnet sich eine eigene Welt, Corvins Reich, sein Zuhause, und im ersten Moment bin ich sprachlos. Vor sechs Jahren gab es hier nichts als das Bett, auf dem sie ihn unter Drogen gesetzt angekettet hielten. Ein Bett und ewige Dunkelheit, unterbrochen nur von den Ärzten, die Infusionsbeutel austauschten, oder die Magensonde kontrollierten, mit der er künstlich ernährt wurde. Sie hatten Corvin zum Komapatienten gemacht, weil sie ihm anders nicht Herr wurden. In seiner Anfangszeit hat er sieben Wärter und einen Arzt krankenhausreif geschlagen, bis sie die Dosis nach und nach erhöhten. Sie hätten ihn genauso gut töten können.

Heute ist die Zelle wie ein Appartement ausgestattet, mit einem Sofa, Fernseher, Computerpad und Bücherregal, einem Tisch und Stühlen, einem Laufband, einer Schlafnische mit Vorhang, einem Kühlschrank und einer Nasszelle. Alles durch Tageslichtlampen erleuchtet. Das einzig Lebendige ist eine kränkliche Topfpflanze auf dem Tisch, Corvin selbst ist nirgends zu sehen.

»Der turnt wahrscheinlich wieder im Lichtschacht herum«, meint einer der drei Wärter und zeigt nach oben.

Jetzt erst sehe ich, dass die Zellenwand an der linken Seite bis in etwa drei Metern Höhe mit bunten Klettergriffen gespickt ist. In der Ecke erhebt sich ein Schacht, schwacher Lichtschein von oben deutet auf ein Fenster an der Decke hin. Soweit ich sehen kann, besteht die Mauer aus grob verputzten Betonquadern, kein Gedanke, daran hochzuklettern, jedenfalls nicht als Normalsterblicher.

Der Wärter betätigt eine Taste am Terminal vor der Zellentür und spricht in ein Mikrofon. »Corvin. Besuch für dich.« Und an uns gerichtet: »Viel Glück. Der kommt nur, wenn er Lust hat.«

»Das interessiert mich herzlich wenig«, erwidert Patten. »Können wir mit ihm reden?«

Der Wärter lacht. »Klar. Fragt sich nur, ob er antwortet. Hier draufdrücken und ins Mikro sprechen. Legen Sie los.«

Patten beugt sich über das Mikro. »Corvin? Corvin West? Hören Sie mich?«

Keine Antwort.

»Mein Name ist Direktor Tom Patten, ich bin der Leiter der Division. Ich bin hier mit Jillian Burton. Wir sind gekommen, um Sie aus dem Gefängnis zu holen.«

Noch immer keine Reaktion. Nichts deutet darauf hin, dass Corvin uns hört. Der Wärter hebt beide Hände im Sinne von: *Habe ich es Ihnen nicht gesagt?*

Patten seufzt. »Wäre es möglich, dass Sie sich zu uns gesellen, um über die Bedingungen zu sprechen?«

Keine gute Strategie. Sollte Corvin auch nur darüber nachgedacht haben, sich herunterzubequemen, so hat sich das hiermit erledigt. Das Wort *Bedingungen* klingt nicht danach, als könnten sich daraus Vorteile für ihn ergeben. Eher nach einer anderen Art von Haft.

Ein knappes Lachen hallt durch den Lautsprecher, unerwartet tief. Mehr passiert nicht.

Patten nickt. »Immerhin. Er hört zu. Was meinen Sie, Jillian? Wie soll ich weiter vorgehen?«

»Ich würde ihm erklären, worum es geht.«

»Das möchte ich lieber persönlich mit ihm besprechen.«

Ich blicke mich demonstrativ zu den Agenten um, die mit ihren Schnellschussgewehren in Bereitschaftsstellung sind, dann zu den beiden anderen Wärtern, die mit steinernen Gesichtern an der Tür warten. Ich frage mich, wie er sich das vorgestellt hat. Ein kleiner Plausch bei Kaffee und Kuchen in der Gefängniskantine?

Er verzieht die Mundwinkel, denkt kurz nach und schiebt mich schließlich resolut vors Mikrofon. »Am besten reden Sie mit ihm. Holen Sie ihn da runter.«

Na toll, mir bleibt auch nichts erspart. Ich hole tief Luft. »Corvin? Ich bin's, Jill.«

Stille.

»Wir wollen mit dir sprechen. Kannst du bitte zu uns kommen?«

Nichts.

Mir schießt durch den Kopf, was ich im Rahmen meiner Ausbildung über Verhandlungstaktik gelernt habe. Die Körpersprache hat einen wichtigen Anteil daran, den Gesprächspartner auf emotionaler Ebene zu beeinflussen. Dazu müssten die Signale, die ich mittels Haltung, Blicken und Gesten aussende, aber auch bei Corvin ankommen.

Ein wenig mutlos rede ich weiter in den luftleeren Raum hinein. Erzähle von der Brisanz der Angelegenheit, und dass er eventuell helfen könnte. Dass er aus dem Gefängnis entlassen wird, falls er kooperiert. Dass wir allerdings nur persönlich mit ihm sprechen werden.

Meine Worte zerplatzen an der Glaswand. So werde ich Corvin niemals erreichen. Ich wende mich an den Wärter. »Kann ich zu ihm hinein?«

»Das würde ich Ihnen nicht raten. Wenn Sie ihn anstacheln, werden wir den Tag nicht überleben.«

»Ich habe nicht vor, ihn anzustacheln …«

»Sie ist Silence, eine Neutralisatorin«, wirft Patten ein. »Sie kann ihn beruhigen.«

Der Wärter mustert mich abschätzig. »Waren Sie das? Ihretwegen konnte man ihn gefangen nehmen?«

Ich atme scharf ein.

»Sie sind lebensmüde, Miss. Er ist ein schlafender Drache. Ein falsches Wort von Ihnen, und er spuckt Feuer. Er wird Sie umbringen. Wir können Ihnen nicht zu Hilfe kommen, ohne selbst Gefahr zu laufen, getötet zu werden.«

»Dann werden wir ihn eben ruhigstellen«, sagt Patten, noch während ich versuche, das Bild des Feuer spuckenden Jungen, mit dem mich mein Gehirn dankenswerterweise versorgt, abzuschütteln.

»Er wird mir nichts tun«, erkläre ich, nicht halb so sicher, wie ich vorgebe zu sein.

Der Wärter neigt zweifelnd den Kopf. »Hören Sie, wir haben eine stille Vereinbarung: Wir lassen ihn in Ruhe und er uns. Ist wie eine Wippe im Gleichgewicht. Wenn Sie also nicht riskieren wollen, das Gefängnis in Schutt und Asche zu legen …«

»Und wie wird er versorgt?«, fällt ihm Patten ins Wort.

»Durch das Ausgabesystem.« Der Wärter zeigt uns ein Förderband, das in die gläserne Zelle führt. »Zwei Kraftfelder. Computergesteuert. Das Essen wird von hier aus eingespeist und automatisch weiterbefördert. Er kann erst darauf zugreifen, wenn der Vorgang abgeschlossen ist.«

»Isst er denn regelmäßig?«

»Er frisst wie ein Scheunendrescher. Hat noch nie was übrig gelassen.«

»Könnte er es anderweitig entsorgen? Ins Klo spülen beispielsweise?«

Der Wärter sieht ihn verdutzt an. »Das könnten wir überprüfen. Die Abwässer werden routinemäßig kontrolliert.«

Na dann, Prost, Mahlzeit. Der arme Kerl, dem diese Aufgabe zufällt.

»Wann gibt es Mittagessen?«, fragt Patten.
»In einer guten halben Stunde.«
»Bringen Sie uns in die Küche.«

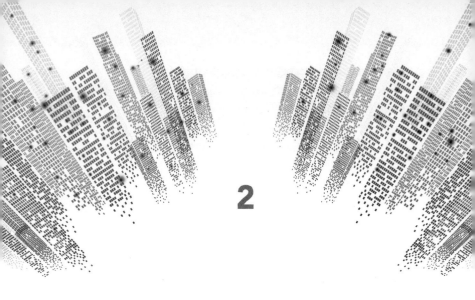

2

Lange Zeit glaubte man, ein Fötus könne sich außerhalb des Mutterleibs nicht entwickeln. Dass es unmöglich wäre, die Bedingungen zu simulieren. Das hat sich als falsch erwiesen. Ob zu meinem Vorteil oder nicht, fällt mir schwer zu beurteilen. Ich wäre andernfalls nicht am Leben.

Wie alle Rookies reifte ich bis zu meiner Geburt im Jahr 2050 in einem aquariumähnlichen Ding heran, neun Monate lang versorgt durch Ernährungssonden, überwacht durch Steuerungskabel, beschallt von Stimmen und Klängen, geschaukelt von einer Maschine. Eine künstliche Gebärmutter, deren Bezeichnung *Matrix 7.7* lautete. 7.7, weil ich die Siebte von sieben bin. Am Anfang hatten wir alle nur Nummern.

Corvins Zellen enthalten denselben Anteil außerirdischer DNA wie meine. Als Kinder waren wir einander sehr nah. Wir verstanden uns blind, lasen in den Augen des anderen die Reflexion der eigenen Gedanken. Bis dieser eine Tag alles verändert hat.

»Sir, wird er das nicht merken?« Mir ist nicht wohl bei dem Gedanken, Corvin zu sedieren, Patten jedoch hat keine Hemmungen. Das Beruhigungsmittel, das er in der Küche auspackt, wirkt unter anderem auf den Muskeltonus.

»Es ist geruchs- und geschmacksneutral.«

»Sie haben gar nicht erwartet, dass er auf unser Angebot eingeht, oder? Das war von Anfang an geplant.«

Patten schenkt mir ein nachsichtiges Lächeln. »Ich schätze Sie und Ihre Kräfte sehr, Jillian, aber Corvin West ist unberechenbar. So, das sollte reichen.« Er hat drei ganze Fläschchen unter die Suppe gemischt.

»Sie wissen aber schon, dass Medikamente auf seinen Körper anders wirken als auf normale Menschen?«

»Lassen Sie das mal meine Sorge sein, Jillian. Die Kunst ist es, das Mittel so zu dosieren, dass er sich nicht in die Hosen pisst und nur noch vor sich hin brabbelt. Die Berechnungen unserer Experten stimmen. Vertrauen Sie mir.«

Nie und nimmer.

Über die Kameras im Videoraum beobachten wir, wie Corvin dem Ausgabefach das Tablett mit seinem Mittagessen entnimmt und damit zum Tisch geht. Eine große schemenhafte Gestalt, geschmeidig wie ein Panther. Ich bekomme sein Gesicht nicht zu sehen. Wendet er es absichtlich ab?

Er sitzt mit dem Rücken zu uns und lässt es sich schmecken, bestimmt zwanzig Minuten lang. Anhand seiner Bewegungen können wir erkennen, dass er die Suppe löffelt, das Fleisch schneidet und die Gabel zum Mund führt. Dann steht er auf und stellt das Tablett mit dem leeren Geschirr zurück ins Fach, aus dem es vom Förderband abtransportiert wird. Wieder hält er den Kopf gesenkt.

Anschließend tritt er hinter den Vorhang seiner Schlafkoje, kommt in einem legeren Trainingsanzug wieder heraus, benutzt den Geräuschen zufolge Toilette und Wasserhahn und verschwindet so schnell in seinem Schacht, als hätte er Saugnäpfe an Händen und Füßen.

»Keine Anzeichen, dass er nicht gegessen oder etwas ins Klo gekippt hat«, berichtet der Wärter wenig später. »Alles sauber. Wollen Sie das wirklich tun, Miss?«

Nein. Ich möchte bitte nach Hause. Oder nach *Demlock Park*, per Zeitreise zurück zu den Tagen, in denen unsere Welt noch halbwegs heil war. »Wird schon gut gehen.«

Die Schleuse an der Panzerglastür verfügt ebenfalls über Kraftfelder, eines davor, eines danach. Ich muss alle Gegenstände ablegen, die Corvin zu einer Waffe umfunktionieren könnte, und fühle mich nackt, als ich sein Reich nur mit dem schicken Catsuit bekleidet betrete. Wenigstens das Cape hätten sie mir lassen können, erwürgen könnte er mich schließlich auch mit einem einzigen Handgriff.

In der Zelle halte ich kurz inne. Die Luft riecht überraschend angenehm und der Hauch eines Aftershaves berührt meine Sinne: Minze, Pfeffer, Zitrus. Meeresfrisch.

Ich komme mir wie ein Eindringling vor. Angst mischt sich in meine Nervosität, klamm und schwer und irrational. Ich reiße mich zusammen. Der Gedanke, Corvin würde mir etwas antun, ist doch einfach nur albern. Entschieden schiebe ich ihn beiseite. Trotz allem, was zwischen uns steht, waren wir einmal Freunde, das hat er mit Sicherheit nicht vergessen. Ich gebe Patten mein Okay und er erwidert es mit einem aufmunternden Lächeln.

Ich begebe mich zum Schacht, der gut und gern zwanzig Meter hoch ist. Mein Blick gleitet die Wand empor. Weiches bläuliches Licht fällt von oben herein. Ein Stück vom Himmel. Ich kann Corvin nicht entdecken, aber er verbirgt sich zweifelsfrei in den Schatten um das Fenster.

»Corvin? Ich möchte mit dir sprechen.«

Er gibt keine Antwort.

»Das ist doch lächerlich. Lass mich hier nicht so stehen! Bitte komm runter.«

»Verschwinde.«

Oh, das Monster spricht. Reizend. »Ich werde hier nicht weggehen, das kannst du vergessen.«

»Dann viel Vergnügen.«

»Du kannst nicht ewig dort oben bleiben. Irgendwann musst du ja auch schlafen, was trinken, austreten …« Verflixt noch mal, was quatsche ich da eigentlich für dummes Zeug? Sollte das Beruhigungsmittel nicht endlich wirken?

»Ich habe es hier sehr bequem, danke.«

Ich setze mich auf den Boden und lehne mich zwischen den bunten Griffen an die Mauer. Zeit, dass ich härtere Geschütze auffahre. »Schöne Grüße von Fawn. Und Morton. Sie freuen sich auf ein Wiedersehen.«

Lange bleibt es still. Dann: »Fawn. Geht es ihr gut?«

Gut, da sind also doch noch alte Bande. »Ja. Bis auf die üblichen Wehwehchen, du erinnerst dich? Ohne ihr Spray kann sie keinen Schritt aus dem Haus machen. Aber sie hat es gut getroffen. Sie lebt auf dem Land, ihre Eltern haben eine Farm, etwas Besseres hätte ihr nicht passieren können.«

Ich plappere munter vor mich hin, als säßen wir zwanglos bei einem Drink zusammen, um über alte Zeiten zu plaudern. Viel schlimmer noch als meine gespielte Fröhlichkeit ist, dass ich die Wahrheit absichtlich verbiege.

Fawns Adoptiveltern kümmern sich kaum um sie. Die Farm der Shermans ist eine Sojabohnenplantage, Hunderte Hektar Eintönigkeit, genmanipuliert und durch Chemikalien vergiftet. Fawn ist todunglücklich, das höre ich ihr an, wenn wir telefonieren. Besucht habe ich sie erst ein Mal. Das tote Grün hat mich schnell wieder das Weite suchen lassen.

»Morton meldet sich selten. Er hängt sich in sein Studium rein, Rechtswissenschaften. Immer auf Achse, der Gute, eine rotierende Klinge, du kennst ihn ja.«

»Ach ja, tue ich das?«

Das raue Flüstern direkt an meinem Ohr sorgt dafür, dass ich den Blick hochreiße. Ich begegne blaugrün gesprenkelten Augen, zwei blanken Kieseln, kalt, hart. Corvin hängt kopfüber an der Wand, Finger und Zehen um die Bouldergriffe gekrallt. Wie eine Spinne hat er sich angepirscht.

Mit einem eleganten Überschlag schwingt er sich herab und baut sich vor mir auf, die Arme verschränkt, der Blick finster. Alles an ihm drückt Abwehr aus. Mein Herz hämmert gegen meine Kehle, ich kann kaum atmen, während er mich taxiert. Ich stehe auf.

Sechs Jahre.

Sechs Jahre, und ich erkenne meinen besten Freund nicht wieder.

Ich studiere sein Gesicht, das wie gemeißelt wirkt, unnachgiebig. Versuche den Jungen darin zu finden, den ich in meinem Gedächtnis abgespeichert habe, und ja, auch in meinem Herzen, aber es ist nichts mehr von ihm übrig. Die Bartschatten lassen ihn älter wirken als achtzehn Jahre. Kinn und Wangenknochen sind markant und um seine fein geschwungenen Lippen liegt ein verächtlicher Zug. Eine dünne Narbe verläuft über seiner rechten Augenbraue, wodurch sie minimal höher sitzt als die andere und seinen arroganten Ausdruck noch verstärkt. Alles Weiche scheint verschwunden zu sein, als hätten Einsamkeit und Qual es aus ihm herausgefressen.

Ein unerklärliches Zittern überläuft mich, die Anspannung vielleicht oder der Schock zu sehen, was die Verbannung aus Corvin gemacht hat. Unweigerlich durchzucken mich Bilder, längst vergessene Eindrücke. In meiner Brust bricht etwas auf, ein alter Schmerz, den ich nur unter Mühe zurückdränge.

»Was willst du, Jill?«

»Mit dir reden.«

»Rede.«

»Nicht hier. Draußen.« Ich deute zur Schleuse, zu dieser Panzerglaswand, hinter der Patten wartet und uns beobachtet. »Direktor Patten möchte dir ein Angebot machen.«

Stille. In Corvins Augen nistet eine Kälte, die mich zutiefst erschreckt. Sosehr ich mich auch bemühe, ich kann nicht das kleinste bisschen Entgegenkommen entdecken. Nur finstere Abgründe. »War's das? Mehr hast du mir nicht zu sagen?«

Ich versteife mich. Oh, ich hätte viel zu sagen, aber ob das der Sache dienlich wäre, bezweifle ich. Das muss warten. Ich halte es seit damals in mir vergraben, auf ein paar Stunden mehr kommt es nicht an. *Für die Sache, für die Sache …* »Nicht jetzt, Corvin.«

»Dann hau ab. Bestell deinem Direktor Patten, dass ich kein Interesse habe.«

»Du hast kein Interesse, frei zu sein?«

Unversehens packt er mich um die Mitte und mir entschlüpft ein Schrei. Ich registriere noch, dass Patten wild gestikuliert, dann klettert, nein, springt Corvin einarmig mit mir die Wand hinauf. Ein Alarm geht los, das Licht erlischt, die Zelle wird in oranges Flimmern getaucht.

»Corvin West«, ruft Patten durch den Lautsprecher, »machen Sie keine Dummheiten! Wenn Sie Jillian etwas antun, wird unser Angebot hinfällig!«

Das kümmert Corvin nicht. Wir lassen die Bouldergriffe hinter uns, nun findet er an winzigen Unebenheiten und Rissen im Gemäuer Halt. Rasch gewinnen wir an Höhe. Für Sekunden ist mein Hirn wie leer gefegt. Da sind die Bewegungen seines gestählten Körpers dicht an meinem, gewandt und sicher, sein Geruch, sein Atem, so ruhig wie bei einem Spaziergang entlang der Severin Bay. Dann endlich finde ich Zugang zu meinem Verstand.

»Spinnst du? Lass mich sofort runter!«

Der Schacht ist nun so eng, dass Corvin sich beiderseits mit den Füßen abstützen kann. Er hält inne.

»Wie Mylady befehlen.«

Sein Arm öffnet sich und ich sacke nach unten. Mein Sturz wird abrupt gebremst, Corvin fängt mich mit dem Fuß ab, gute fünfzehn Meter über dem Boden. Panisch kralle ich meine Hände um seinen Knöchel und verbiete mir jeden weiteren Blick nach unten. Aufgeregte Stimmen und Befehle dringen herauf.

Seelenruhig zieht mich Corvin hoch, schubst mich auf seinen Rücken. Und macht sich wieder daran, den Schacht zu erklimmen. Ich schlinge einen Arm um seine Kehle und boxe mit der freien Hand gegen seine Seite. Es fühlt sich an, als würde ich auf einen Autoreifen einschlagen. Corvin ist so alt wie ich, fast ein Mann, das wird mir in diesem Moment überdeutlich bewusst.

»Oh«, murmelt er. »Mir wird auf einmal schwindlig …«

Nein! Wenn ihn jetzt die Kräfte verlassen, werden wir beide abstürzen. »Bitte! Lass mich ja nicht fallen! Bring mich wieder runter, bevor …«

»Bevor was?« Er klingt bereits geschwächt, sein Körper verliert an Spannung. Wir rutschen ein klein wenig ab. »Alles dreht sich … ich weiß auch nicht …«

»Corvin! Du kannst dich nicht mehr lange halten! Klettere nach unten, schnell, bitte, oder wir knallen beide auf den Boden! Das Betäubungsmittel …«

Augenblicklich wird sein Griff wieder fest. »Wusste ich es doch!«

Wie bitte? Dann war das nur gespielt? Hat er die Suppe am Ende doch nicht gegessen?

»Keine Sorge«, flüstert er. »Wir werden nicht abstürzen. Wenn ihr mich unter Drogen setzen wollt, müsst ihr früher aufstehen.«

»Oh! Du … du dämlicher, verblödeter Rookiepupser!«

Er lacht leise, ein Laut, der tief in seinem Inneren vibriert und mir durch und durch geht. »Rookieotin.«

»Knallkopfrookie.«

Angesichts der Umstände ist es völlig verrückt, aber mit einem Mal sind wir wieder acht Jahre alt und bewerfen uns mit Schimpfwörtern, die zumindest damals eher liebevoll als böse gemeint waren. Ich sehe es wieder klar vor mir: *Robyn läuft in BBs Lederjacke durch die verwinkelten Gänge von Demlock Park, gejagt von dem in Tränen aufgelösten Quinn, dem sie wieder mal die Kopfhörer geklaut hat. Fawn fesselt Corvin mit Clematisranken, die sie durch die Terrassentür hereinwachsen lässt, während ich ihn auf dem Teppich vor dem Kamin mit sanftem Händedruck festhalte. Morton übt sich im Werfen, mangels Messern mit Dartpfeilen, und hat sich Ella als Opfer ausgesucht, die sich vor dem Spiegel halb verrenkt, um ihre Flügel zur Gänze mit weißem Haarspray einzufärben ... Bis BB einen der Pfeile mit bloßer Hand abfängt und uns anschreit: »Rookies! Benehmt euch gefälligst! In fünf Minuten ist Visite! Direktor Burton bringt jede Menge Leute mit! Die wollen die Helden von morgen sehen und keine Horde wild gewordener Affen!«*

So war das damals. Wir hatten auch gute Zeiten.

Die Helligkeit rückt mit jedem zurückgelegten Meter näher und endlich erreichen wir das Ende des Schachts, ein vergittertes und vermutlich durch ein Kraftfeld gesichertes Fenster, hinter dem Schäfchenwolken in sattem Mittagsblau schwimmen. Corvins Tor zur Welt.

Er zieht mich an seine Brust, spannt seinen Körper zwischen den Schachtwänden ein und deutet auf einen Mauerabsatz unter dem Fenster, so schmal, als hätte er ihn mit den Fingernägeln in die Wand geschabt. »Welchen Platz darf ich dir anbieten? Hier auf meinem Schoß oder lieber auf dem Stuhl da drüben?«

Macht er Witze? Das Mäuerchen ist maximal für einen Rattenpopo geeignet. »Die Mauer«, stoße ich wider besseres Wissen hervor, weil ich seiner Nähe einfach nur entfliehen will. Ehe ich michs versehe, stemmt er mich hoch.

»Füße an die Wand«, rät er mir.

Ich stelle fest, dass man nicht so unbequem sitzt wie erwartet. Solange ich mich nicht bewege, fühle ich mich sogar einigermaßen sicher. Den Rücken an die Mauer gepresst, die Füße an die gegenüberliegende Wand gestemmt, kauert Corvin mir gegenüber. Sein dunkelblondes Haar ist ihm in die Stirn gefallen, gereizt streicht er es wieder zurück.

»Siehst du das, Jill?« Er deutet auf das Himmelsmosaik über uns. »Das ist meine Freiheit. Wie sieht deine aus?«

Was soll ich darauf antworten? Ich war von klein auf eingesperrt, in Demlock Park, im Haus meiner Adoptivmutter Kristen, sogar in meinem Körper. Jetzt, als Erwachsene, sollte ich endlich die Gelegenheit haben, über mein Leben zu bestimmen. Weit gefehlt. Ich lebe isoliert, jeder meiner Schritte wird überwacht, ich tue, was man mir aufträgt. Mein Zimmer ist der einzige Ort, an dem ich für mich sein kann. Oft genug starre ich aus dem Fenster, dankbar für die wenigen Stunden Eigenständigkeit. Womöglich bin ich ebenfalls eine Gefangene. Genauso wenig frei wie Corvin.

»Das muss nicht so weitergehen«, sage ich. »Wir holen dich hier raus. Die Verbannung wird aufgehoben, wenn du mit uns zusammenarbeitest. Wenn du dich nicht wieder so benimmst, dass ... Wir müssen dir vertrauen können, Corvin.« Vielsagend schaue ich ihn an. Unser qualmendes Haus steht mir wieder vor Augen. Die Schuttberge. Das viele Blut. Und über allem thronend ein dunkler Gott: Corvin, an den sich niemand heranwagte, aus Angst, den Zwölfjährigen zu weiteren Gewalttaten zu provozieren.

»Wie soll ich mich nicht benehmen? Wie denn, Jill? Sprich es ruhig aus.«

Vollkommen durchgeknallt. Nicht zu bändigen. Untragbar. Mir bleiben die Worte im Hals stecken, bis nur noch eines mein Denken beherrscht: *Mörder.*

»So vielleicht?«

Unvermittelt donnert Corvins Faust dicht neben meinem Kopf in die Mauer. Es knirscht unheilvoll, Sprünge durchziehen die Wand, kleine Steine rieseln in die Tiefe. Ich starre auf die Verästelungen, die seinen Arm hinaufkriechen. Seine Hand ist bereits von der tintenartigen Schwärze überzogen, einer Art Titanhaut, die ihn schützt wie eine Rüstung, flexibel und fast unverwüstlich.

Schwarze Zungen lecken an seinem Hals, seine Augen beginnen weiß zu glühen. Er schlägt noch einmal zu und diesmal kann ich den Aufschrei nicht unterdrücken. Der Schacht erbebt, die Sprünge klaffen zu Rissen auf. Ein Mauerbrocken streift mich an der Schläfe.

»Oder so?« Corvin bringt mich mit einem Schubs aus dem Gleichgewicht, sodass ich vom Mauersims stürze.

In blinder Panik taste ich nach Halt und erwische im Fallen gerade noch sein Bein. Es ist dick wie ein Baumstamm, der Stoff seiner Trainingshose seidenglatt und darunter wächst seine zweite Haut. Ich kann spüren, wie sie sich ausbreitet, ihn umhüllt, die Kleidung fast zum Zerreißen dehnt. Ich kralle die Finger in seine Muskulatur, aber er spannt sie an und wieder ab, sodass meine Hände unweigerlich abrutschen.

»Corvin, bitte …«

»Angst, Jill?« Seine Stimme ist betont sanft, doch der Unterton beißend scharf, beinahe grausam. Ja, ich habe Angst, doch nicht vor dem Fall. Corvin ist jetzt zur Hälfte Dark Chaos. Seine Superheldengestalt ist dutzendfach stärker als seine menschliche. Er könnte mir mit zwei Fingern das Genick brechen. »Es sind dreiundzwanzig Meter bis zum Boden. Vermutlich wirst du überleben, wir sind nicht so leicht umzubringen, nicht wahr? Aber hübsch wehtun wird es allemal.«

Davon gehe ich aus.

Corvin streicht mit seinen schwarzen Fingerspitzen über meinen Handrücken. Dann sieht er mich an, sein Blick ein eiskaltes, grellweißes Feuer der Wut – und löst mit einem raschen Griff meine rechte Hand von seinem Bein.

Ich sacke nach unten. Hänge nur noch an einem Arm. »Corvin, warum tust du das? Ich bin nicht dein Feind. Wir sind Rookies! Wir halten zusammen.«

»Damit kommst du mir? Damit? Gerade du, Jill?«

»Ich hatte keine Wahl.«

»Du hast mich verraten«, sagt er leise, aber um nichts weniger kalt. Ein Echo schwingt in seiner Stimme mit. »Du hast mich ausgeliefert. Deinetwegen sitze ich seit sechs Jahren in dieser verfluchten Vitrine fest. Und du erzählst mir was von Zusammenhalt?«

Ich merke, dass ich am ganzen Körper zittere. Immer wieder stößt Corvin meine Hand weg, sobald ich versuche, mich an ihm festzuklammern. Meine Linke, an der mein gesamtes Körpergewicht hängt, erlahmt langsam, ich beginne abzurutschen.

»Bitte ...«

»Bitte, was? Was, Jill, was? Was möchtest du mir sagen? An deiner Stelle würde ich mich beeilen.«

Der Schmerz in meiner Brust, dieses klaffende Loch, wird von Zorn erfüllt. »Du klagst mich an? Du bist keinen Deut besser! Du warst außer Kontrolle. Weißt du nicht mehr, wie du dich aufgeführt hast? Alle hatten Angst vor dir ... Fawn, Ella, Morton, Robyn. Und ... und du hast ihn ... hast ihn einfach umgebracht. Du hast Aaron getötet, meinen Vater ...«

Ich schluchze auf. Ich kann mich nicht länger halten.

Mein Blick huscht ein letztes Mal in Corvins Gesicht. Etwas Unbestimmtes zuckt in seinen weiß funkelnden Augen auf, ein Hauch Menschlichkeit, doch sein Mund verzieht sich zu einem unbarmherzigen Lächeln.

Dann falle ich.

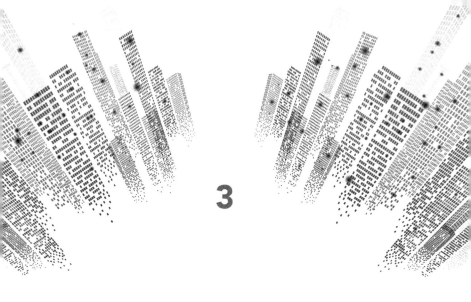

3

Ein Baby, das aus einer künstlichen Gebärmutter schlüpft wie ein Küken aus dem Ei, ist dennoch ein Baby mit all seinen Bedürfnissen, selbst wenn seine DNA nicht rein menschlich ist. Es braucht Körperkontakt, Interaktion und Geborgenheit. Das war den Verantwortlichen des Rookie-Heroes-Projekts bewusst und so entwickelten sie in Zusammenarbeit mit der Psychologin Kristen Burton ein Konzept außerfamiliärer Aufzucht. Es sah drei Nannys vor, die uns in den ersten Lebensjahren streng nach Arbeitsplan versorgten und neben Kristen unsere einzigen Bezugspersonen waren. An unserem dritten Geburtstag wurden sie entlassen und im Austausch trat BB in unser Leben, Dwight Callahan, der Big Boss, der unsere Ausbildung übernahm. Er war der Einzige, der zu jedem der Rookies eine Beziehung aufbauen konnte, wir liebten und hassten ihn gleichermaßen.

Warum mir das gerade jetzt einfällt, weiß ich nicht, aber die Bilder stürmen haltlos auf mich ein. Als die Flut verebbt und ich wieder zu mir komme, liege ich auf nacktem Beton, im Nacken und in den Schultern quälender Schmerz. Unwillkürlich tasten meine Finger nach der Stelle. Womöglich ein heftiger Bluterguss?

Die Erinnerung kehrt blitzartig zurück: Corvins Tintenklauen, die mich in letzter Sekunde von hinten packen, sich in meine Nackenmuskulatur bohren und mich vor dem Fall bewahren. Wie ein Kätzchen hänge ich im Griff von Dark Chaos, als er behände nach unten klettert und mich Patten, der mit seinen Männern die Zelle gestürmt hat, förmlich vor die Füße wirft. Sekunden des Verharrens, in denen Dark Chaos schwindet. Die Titanhaut bildet sich zurück, Muskeln schrumpfen, die eisige Glut in den Augen erlischt – und zum Vorschein kommt der Junge. Im Nu ist Corvin umzingelt, zehn Gewehre zielen auf seinen Kopf, und für einen Herzschlag fürchte ich, die Agenten werden abdrücken. Wir sind nicht so leicht umzubringen, das stimmt. Doch Schüsse aus dieser Distanz sind tödlich. Wir sind nicht unsterblich. »Nicht«, krächze ich, ehe sich mein Bewusstsein endgültig verabschiedet und mich Dunkelheit umschließt.

Jetzt kehre ich mit jedem Blinzeln mehr in die Realität zurück. Der Alarm ist verstummt, das Licht wieder an. Direktor Patten hilft mir beim Aufsetzen. Dankbar trinke ich das Glas Wasser, das er mir reicht. »Sie sind uns kurz weggetreten, Jillian. Bestimmt der Druck auf die *Arteria carotis*, Sie sind ganz blau am Hals. Geht's wieder?«

Ich nicke. Alles bestens. Mein »Freund« hat sich letztlich dagegen entschieden, mich umzubringen. Er hat mich sicher heruntergebracht, zwar auf erniedrigende Art und Weise, aber warum unter diesen Umständen auf Kleinigkeiten herumreiten?

Corvin hasst mich – das muss ich mir nun endlich eingestehen, und obwohl ich umgekehrt mit ähnlichen Gefühlen kämpfe, tut es unerwartet weh. Es zieht und sticht tief in meinem Inneren. Zu akzeptieren, dass von unserer Freundschaft nichts geblieben ist als Hass, ist um so vieles schwerer, als es zu ignorieren, wie ich es all die Jahre praktiziert habe.

Vielleicht hätte ich mit Corvin reden, mir seine Version der Geschichte anhören sollen, als er Monate nach seiner Gefangennahme wieder ansprechbar war. Doch zum einen hätte ich mich dafür gegen Kristen auflehnen müssen, die mich schon damals von allem abgeschottet hielt. Zum anderen hätte ich es sowieso nicht über mich gebracht. In mir war alles voller Schmerz, der Anblick meines toten Vaters ein Bild, das ich nicht vergessen konnte. Ein Gespräch mit Corvin wäre zu einer einzigen Anschuldigung geworden, auf beiden Seiten vermutlich. Deshalb habe ich jeden Kontakt vermieden. Kein Besuch, kein Brief, keine Mail. Totale Funkstille – für mich der einzige Ausweg. Und jetzt ... muss ich die Konsequenzen tragen.

»Warum zum Teufel haben Sie Ihre Kräfte nicht eingesetzt, Jillian?«, fragt Patten. »Es wäre ein Leichtes gewesen, ihn zu beeinflussen. Sie hatten doch intensiven Kontakt.«

Meine Wangen werden heiß. »Ich weiß auch nicht ...«

Ich weiß es sehr wohl. Corvin hat das Spiel diktiert, lange bevor er zu Dark Chaos wurde, ich kam einfach nicht zum Zug. Ich war überfordert von seiner unerwarteten Präsenz. Obendrein hatte ich plötzlich Skrupel, seine Kräfte auszuschalten. Auf die gleiche Weise wie damals, verdammt. *Neu anfangen? Von wegen!*

Es hat sich alles bewahrheitet, wovor BB mich gewarnt hat.

»*Du verurteilst ihn für den Mord an Aaron, Samtpfötchen, aber deine Gewissensbisse sind größer*«, hat er gesagt. »*Du wirst ihm gegenübertreten und in seinen Augen eine einzige Anklage lesen. Und demzufolge nicht agieren, sondern reagieren. Das wird in die Hose gehen, glaub mir.*«

»*Ich habe das alles längst überwunden. Du schätzt mich falsch ein, das hast du schon immer getan. Meine Superkraft mag unbedeutend sein, aber ich bin der einzige aktive Rookie, nicht wahr? Ich komme meiner Bestimmung nach, ich absolviere mein Training, ich arbeite mit der Division zusammen. Direktor Patten braucht mich ...*«

»*Er benutzt dich. Das ist ein Unterschied.*«

»*Blödsinn! Ich kann den Rächer ausschalten, wenn ich erst in seine Nähe komme, niemand sonst ist dazu in der Lage, nur eine Neu-*

tralisatorin. Und genauso werde ich auch mit Corvin verfahren, ich werde das Chaos in seinem Inneren eindämmen.«

»Das denkst du.«

»*Was weißt du schon! Du bist nur ein alter Mann, zusammen mit dem Experiment untergegangen. Sieh dich doch nur an! Hockst da in Unterwäsche und Pantoffeln in deinen virtuellen Holo-Welten, während draußen Tod und Verwüstung um sich greifen. Tut mir leid, aber ich kann da nicht länger zusehen. Mit Corvins Hilfe werden wir den Rächer fassen.«*

Nun ja, der Weg zum Ziel verläuft selten geradlinig.

Ich zucke mit den Schultern, weil mich Patten immer noch forschend ansieht. Er seufzt. »Immerhin haben wir ihn so weit. Corvin ist bereit, sich unser Angebot anzuhören. Kommen Sie, Jillian, setzen Sie sich zu uns.«

Corvin würdigt mich keines Blickes, als wir ihm gegenüber am Tisch Platz nehmen. Man hat ihn in einen Spezialstuhl gesetzt, der im Boden verankert ist und in dem er sich kaum rühren kann. Hand- und Fußgelenke sind mit Manschetten fixiert, sogar sein Kopf. Er wirkt gelassen auf mich, aber das kann täuschen. Alles, was er tun muss, um sich zu befreien, ist, das dunkle Chaos in sich wachzurufen. Ob das Beruhigungsmittel, das sie ihm in Form einer Infusion in die Blutbahn jagen, einen Effekt hat, bleibt abzuwarten.

»Der Stuhl hat sich bewährt«, raunt mir Patten zu. »Er hat ein halbes Jahr darin zugebracht. Unzerstörbar, wurde mir versichert.«

Ich kann mir ein Kopfschütteln nicht verkneifen, spare mir aber die Frage, wie unsere künftige Zusammenarbeit aussehen soll. Werden Sie ihn im Spezialstuhl von Einsatz zu Einsatz karren?

Das hier geht in eine völlig falsche Richtung. Ich war so auf den Plan fixiert, dass ich nicht viel weiter gedacht habe. Habe ich wirklich erwartet, er würde uns mit offenen Armen empfangen? Wie naiv von mir zu glauben, wir könnten von vorn beginnen! In uns beiden brodelt so viel Unausgesprochenes, die Vergangenheit musste uns unweigerlich einholen.

Corvin hat mich mit seinem Zorn kalt erwischt. Jetzt, da sich mein Schock langsam legt, wird mir klar, dass ich mindestens so wütend bin wie er und nur zu überrumpelt war, ihm ordentlich Kontra zu geben. Ein zweites Mal wird mir das nicht passieren, diesmal werden wir die Fronten klären.

Die Wärter ziehen sich zurück, sechs Agenten bleiben zu Corvins Bewachung da, die Waffen auf ihn gerichtet. Patten schiebt die Topfpflanze, in deren Untiefen es verdächtig gluckert, beiseite, nicht ohne daran zu riechen. Er nickt mir zu und ich schnuppere ebenfalls. Suppe. Corvin grinst.

Patten erläutert den Grund unseres Kommens. »Wir wollen Ihre Unterstützung im Kampf gegen den Rächer, der …«

»Ich weiß, wer das ist.« Corvins Kopf zuckt minimal zum Fernseher hinüber und er verzieht unter der engen Stirnmanschette das Gesicht.

»Na schön. Dann wissen Sie also, was er anrichtet.«

Patten entnimmt seiner Aktentasche Fotos und legt sie auf den Tisch. Sie dokumentieren die Anschläge, die Baine City seit einem Monat in Atem halten. Ihre Zerstörungskraft geht über alles bisher Erlebte, über alles Vorstellbare hinaus. Drei sind es, drei Abbildungen einer entsetzlichen Ödnis. Kreisrunde Flächen mitten in der Stadt, in denen alles Leben erloschen ist. Nur noch Sand und Asche, wo vormals Häuser standen, Menschen lebten und lachten.

Der Verantwortliche zielt auf öffentliche Gebäude ab – bisher die City Hall, das McCraw-Finanzzentrum und die Baine City Union Station, der älteste Bahnhof der Stadt –, Orte, an denen naturgemäß viele Menschen zusammenkommen und die Opferzahl entsprechend hoch ist. Das macht sein Vorgehen umso grausamer. Niemand hat ihn je gesehen, er stellt keine Forderungen, will nicht verhandeln. Ein namenloser Schrecken, der lediglich jeweils eine einzige Botschaft in Form eines gesprayten Schriftzugs hinterlässt: DIE RACHE IST MEIN. Wodurch er von den Medien sofort als »Rächer« bezeichnet wurde.

»Bisher waren unsere Bemühungen, ihn zu fassen, nun ja ... nicht von Erfolg gekrönt«, sagt Patten.

Corvin lacht rau. »Sie haben versagt. Wieso denken Sie, ich könnte es mit dem Rächer aufnehmen?«

»Wir haben Grund zur Annahme, dass er über übernatürliche Kräfte verfügt. Ihre Aufgabe wäre, ihn in Kooperation mit Jillian und unseren Agenten festzunehmen oder zu vernichten. Dafür bieten wir Ihnen als Gegenleistung Ihre Freiheit an.«

»Erläutern Sie ›Freiheit‹.«

»Sie werden aus dem Gefängnis entlassen und bei der Division in Fort Mirren untergebracht. Bei guter Führung und Absolvierung eines Umwandlungsprogramms wird man Ihnen stundenweise Ausgang gewähren, unter Aufsicht selbstverständlich. Sollte auch das funktionieren, lässt sich über Tagesfreigang reden. Später auch mehr. Sie könnten ein normales Leben führen, wie die anderen Rookies auch.«

»Umwandlungsprogramm? Was ist damit gemeint?«, stellt Corvin die Frage, die auch mir auf der Zunge brennt. Davon war bisher nie die Rede.

»Sie werden hoffentlich einsehen, dass wir Sie, gerade in Anbetracht des Vorfalls eben, nicht so einfach auf die Menschheit loslassen können. Unser Umwandlungsprogramm wurde von Medizinern und Psychologen entwickelt und sieht unter anderem eine medikamentöse Behandlung vor, die Ihre Kräfte auf Dauer reduziert.«

Ich starre Patten entsetzt an.

»Unter anderem?«, fragt Corvin.

»Nun, man wird Ihre DNA verändern, um Ihre Gewaltbereitschaft zu minimieren«, erklärt Patten mit sichtlichem Unbehagen. »Auch der eine oder andere kleine Eingriff am Gehirn ist angedacht.«

Mir wird übel. Ich muss an die Elektroschockbehandlungen denken, mit denen sie Quinn gequält haben. An die Operationen, die Morton erdulden musste. Corvins Blick wandert zu mir. Sachte schüttle ich den Kopf – ich wusste nichts davon. Ich war dumm genug zu glauben, dass mit dem Scheitern des Rookie-Heroes-Programms auch ihre menschenverachtenden Versuche begraben worden waren.

»Unter diesen Voraussetzungen mache ich nicht mit«, erkläre ich. »Das kommt überhaupt nicht infrage …«

»Gut«, sagt Corvin. Die Stille währt nur einen Augenblick. »Ich bin einverstanden. Mit allem, was Sie vorschlagen, obwohl ich denke, dass es nicht notwendig sein wird. Das vorhin war eine Kurzschlusshandlung. Wegen Jill wurde ich verbannt, Sie können mir doch nicht verdenken, dass sich in mir eine gewisse Wut angestaut hat.«

»Ihr Einlenken freut mich, Corvin. Aber verraten Sie mir eins: Wie wollen Sie denn mit Jillian auskommen? Sie wird ständig um Sie sein, soll Ihre unkontrollierten Ausbrüche nötigenfalls dämpfen und Ihre Kräfte in die richtigen Bahnen lenken. Das müssten Sie allerdings auch zulassen. Wenn Sie ihr gegenüber solche Aggressionen an den Tag legen, können Sie unmöglich Teil der Operation sein.«

»Ich habe mich im Griff. Sie können die Wärter fragen. Seit vier Jahren verhalte ich mich mustergültig.«

Patten wiegt den Kopf. »Ich habe Ihre Beurteilung gelesen.«

»Hören Sie: Ich habe sechs Jahre hinter diesen Mauern verbracht, sechs Jahre, ohne jemals die Sonne auf der Haut zu spüren, Wind oder Regen. Ohne Kontakt zu anderen. Ich war Tag für Tag mit mir allein, und ich hatte viel Zeit, mir meine Zukunft auszumalen, sollte ich je eine haben. Ich möchte nicht mehr eingekerkert sein. Ich möchte auch kein Rookie mehr sein, ich will diese Kräfte nicht, die ohne Vorwarnung aus mir herausbrechen. Ich will ein Mensch sein, und ich werde alles tun, alles in Kauf nehmen, damit ich ein freies, selbstbestimmtes

Leben führen kann. Und Sie bieten mir genau das an. Ich wäre verrückt, es auszuschlagen.«

»Das klingt glaubwürdig. In Bezug auf Jillian bin ich jedoch weiterhin skeptisch. Überzeugen Sie mich. Reichen Sie ihr die Hand.«

Corvin hebt eine Augenbraue.

»Im übertragenen Sinn natürlich.«

Er schafft ein minimales Nicken und wendet sich an mich. »Jill, es tut mir leid. Ich war nicht auf die Gefühle vorbereitet, die du in mir ausgelöst hast. Es war wirklich nur ein Ausrutscher. Und als du abgestürzt bist, wurde mir plötzlich klar, dass ich das nicht zulassen kann. Was auch geschehen ist, wir sind Freunde.«

Ich schnaube.

»Wir waren ein Team, das hast du doch nicht vergessen, oder?«

Wie könnte ich. Zu Corvin hatte ich immer schon eine besondere Verbindung. Ich muss an unser Versteck in Demlock Park denken. Tief im Dickicht haben wir uns aus Brettern und Steinen eine Höhle gebaut, einen Rückzugsort, nur für uns. Corvin hat das Dach mit Teerpappe abgedichtet, sodass wir auch bei Regen im Trockenen sitzen konnten, umgeben von Büchern, aus denen wir einander vorlasen, eingekuschelt in Decken, entspannt und ausnahmsweise glücklich.

Nach wie vor wirkt Corvin völlig klar auf mich, trotz des Beruhigungsmittels, klar und aufrichtig. Keine Arglist, kein aufgesetztes Mitgefühl, nur Ehrlichkeit. Dennoch, ich werde nicht noch einmal auf ihn hereinfallen.

»Ja, das waren wir«, gebe ich gedehnt zurück.

»Wir können es wieder sein. Ich könnte dir nie wehtun, das weißt du.«

»Das hast du aber, Corvin. Du hast Direktor Burton getötet. Meinen Adoptivvater!«

»Jillian«, mahnt Patten leise. »Das ist kontraproduktiv.«

Das ist mir egal. Corvin soll wissen, wie ich denke, ich muss das offen aussprechen. »Du hältst mir vor, ich hätte dich verraten. Aber was hat diesen angeblichen Verrat erst nötig gemacht? Hast du das verdrängt?«

Kurz senkt er den Blick. »Es gab einen Grund …«

»Ach ja? Welchen? Welchen scheißverdammten Grund hattest du, den Mann zu töten, der nur das Beste für uns wollte? Und dann auch noch in unserem Zuhause. Vor den Augen der anderen. Auf eine derart bestialische Weise.« Ich sehe wieder das Blut vor mir, das Entsetzen der Rookies. »Du hast uns auseinandergerissen, Corvin, du allein. Deinetwegen sind die Rookie Heroes nur noch eine Lachnummer.«

Corvin schweigt. Patten holt Luft, um zu einer Beschwichtigung anzusetzen wahrscheinlich, aber ich lasse ihn nicht zu Wort kommen.

»Ich ziehe das mit dir durch, Corvin. Wir werden ausblenden, was passiert ist, und als Team zusammenarbeiten, und ich hoffe sehr für dich, dass du ernst meinst, was du Direktor Patten und mir versprochen hast. Aber vergeben kann ich dir nicht so einfach.«

Mit mir sind noch vier Agenten im Transporter, um Corvin zu bewachen, der direkt vor mir an die Liege gekettet ist, während Patten beim Fahrer eingestiegen ist. Von meinem Platz auf dem Klappsitz habe ich durch die verglaste Rückwand des Fahrgastraums einen halbwegs guten Blick nach draußen. Jubel brandet auf, als wir durch das Gefängnistor fahren. Die Zuschauer sind tatsächlich noch da, ich hoffe für sie, dass sie dafür gut entlohnt werden.

Das Beruhigungsmittel entfaltet endlich seine Wirkung, Corvin lallt deutlich beim Sprechen. »Ich würde ja winken, aber leider sind mir die Hände gebunden.«

»Findest du dich witzig, ja?«

»Eine solche Situation erträgt sich leichter mit Humor.«

Er schließt die Augen und sein Bizeps lockert sich unter meinen Händen. Hoffentlich schläft er bald ein. Meine Stille quillt wie Rauch in mir auf und ich stelle mir vor, wie sie an Corvins Rezeptoren andockt, in seinen Körper dringt, sich dort ausbreitet. Von seinen Nerven weitergeleitet wird, bis in den Hirnstamm, der seine Reflexe steuert. Sein gesamtes System wird heruntergefahren wie ein Computer.

»Eigentlich«, murmelt Corvin, »könntest du dich doch zu mir legen. Wäre bestimmt effektiver.«

Wie soll ich mit seinem blöden Gerede in Zukunft umgehen? Es ignorieren? Das wäre professionell und mit ein bisschen Glück wird er es bald aufgeben. Guter Plan …

»Das hättest du wohl gern.«

Er blinzelt zu mir auf. »Die Vorstellung hat etwas Anregendes.«

War er früher auch schon so anmaßend? Ich muss an den Jungen mit dem verstrubbelten Haar denken, der sieben Muffins auf einmal verschlingen konnte. Der Fawn darin bestärkte, sich trotz ihres allergischen Asthmas ins Freie zu wagen, um die abgestorbene Blutbirke zum Austreiben anzuregen. Der stundenlang mit Ella über die Existenz von Engeln diskutierte und sie zu überzeugen versuchte, dass sie weder wertlos noch verdammt und schon gar keine Gefallene war, nur weil ihre Flügel nicht weiß, sondern violett waren. Er hatte immer ein offenes Ohr für die Nöte der anderen, irgendwie hat er uns immer zusammengehalten.

Ein Kloß sitzt mir in der Kehle und ich schlucke dagegen an. Ich muss mich auf die Gegenwart konzentrieren, auf das Monster, das jederzeit aus ihm hervorbrechen kann. »Träum weiter. Und halt endlich die Klappe, du nervst.«

Der Agent mir gegenüber stößt ein zustimmendes Grunzen aus, die anderen drei grinsen.

Wir lassen die Randbezirke hinter uns und biegen auf den Highway 41 zur Liphton Bridge ab. In etwa dreißig Minuten werden wir in Fort Mirren im Nordosten von Baine City eintreffen, einem ehemaligen Militärstützpunkt, nun die Basis der Division.

Ursprünglich war das regierungseigene Forschungszentrum Prequotec mit dem Rookie-Heroes-Programm betraut, die Division, unter der damaligen Führung von Direktor Aaron Burton, war allerdings von Beginn an eingebunden. Immerhin züchtete man die Nachfahren der Warriors heran, hochintelligente, perfekt ausgebildete Superhelden. Unglücklicherweise entsprachen wir nicht den in uns gesetzten Erwartungen. Wir waren keine Helden. Nur verunsicherte Kinder, eine Enttäuschung für unsere »Eltern«, unsere Macher, stellvertretend für eine ganze Nation.

Wir wurden auf dem Reißbrett entworfen, um die Menschheit zu beschützen. Leider hat man ein wichtiges Detail vergessen: Wir sind nicht die Summe unserer Gene. Wir sind Fleisch und Blut, und vor allem Herz. Doch ein Herz, das nicht in Liebe verankert ist, kann nicht schlagen. Es wird verdorren, weil da nichts ist, wofür es sich zu leben lohnt.

Also warf man uns missratene Kuckuckskinder aus dem Nest. Prequotec wurde geschlossen, Demlock Park, unser ehemaliges Zuhause, dem Verfall preisgegeben, die Rookies Adoptiveltern zugeteilt. Direktor Burton entschied sich für mich. Aber dann ertrank er in seinem eigenen Blut. Warum, ist nach wie vor ungeklärt. Was hat Corvin zu dieser Gewalttat veranlasst?

»Mh, ich kann den Fluss schon riechen«, nuschelt er und durchbricht damit meinen Gedankenstrudel. Wieso ist er immer noch wach? »Das hat mir am meisten gefehlt, weißt du? Die Natur, ihre Lebendigkeit, die Gerüche.«

Das kann ich gut nachempfinden. Die sterile Gefängnisumgebung war mit Sicherheit bedrückend. Tagein, tagaus nur die Zelle, vergittertes Glas, der Schacht, der in Quadrate zerteilte Himmel. Ich hätte den Verstand verloren.

»Bald ist es vorbei. Wenn du dich an den Vertrag hältst.« Ich schicke mehr Stille an ihn weiter, alles, was ich aufbieten kann. *Schlaf ein, schlaf ein, verdammt.*

Ich habe damit gerechnet, dass ein schweres Stück Arbeit auf mich zukommen würde. Corvins Kräfte zu neutralisieren, ist keine Kleinigkeit, nichts, was ich nebenbei erledigen kann wie bei dem kleinen Jungen. Es verlangt mir äußerste Konzentration ab und laugt mich zusehends aus.

Aber endlich schaffe ich es: Sein Körper erschlafft. Er sieht jünger aus im Schlaf, die Gesichtszüge entspannt. Wieder steigen Erinnerungen in mir auf, an sein Lachen, seine schalkhaft blitzenden Augen, wenn er sich mit BB im Zweikampf maß, an seine Nähe, wenn er mir während des Unterrichts zuflüsterte, dass ihm todlangweilig sei …

»Richtig. Der Vertrag«, murmelt Corvin im Halbschlaf. »Da ist noch was, das ich mit dir besprechen muss, Jill.«

Ich stöhne auf. »Jetzt?«

»Jetzt wäre fantastisch.«

»Also was?«

»Ich dachte, du seist inzwischen geschulter, was deine Neutralisationskräfte anbelangt. Hast du denn nicht trainiert?«

Ich sollte in Erwägung ziehen, ihm ein Kissen aufs Gesicht zu drücken. Fest. Bis er aufhört zu strampeln.

»Ich jedenfalls habe die Zeit genutzt.«

»Aha?«

»Oh ja. Körper und Superkräfte müssen zu einer Einheit verschmelzen. Daran solltest du arbeiten, Jill.«

Er schlägt die Augen auf und angesichts des weißen Feuers in seinem Blick durchfährt mich Entsetzen.

Wir kämpfen um die Oberhand, schwere Stille gegen aufbrandendes Chaos, und fast kommt es mir vor, als würden meine Kräfte an seinen abprallen. So etwas habe ich nie zuvor wahrgenommen. Andererseits konnte ich das Neutralisieren in letzter Zeit ja nie an Superhelden üben.

Ich lasse nicht nach, presse eine Hand auf seine Stirn, die andere auf seine Brust, und stemme mich gegen diesen seltsamen Druck, der sich unsichtbar vor mir auftürmt.

»Du wirst mich … nicht besiegen«, stoße ich hervor.

Corvin keucht und stöhnt, sein Blick flammt auf und erlischt abwechselnd. Er ist um so vieles stärker, als ich geahnt habe.

»Nicht schlecht, Jill, gar nicht schlecht.«

Die Agenten, die unser Kräftemessen angespannt beobachten, greifen zu ihren Waffen. Ich weiß nicht, was sie damit bezwecken. Sie haben zwar die Order, mich zu beschützen, dürfen Corvin im Gegenzug aber nicht erschießen.

Das wirbelnde Chaos rafft meine Stille hinweg und ruft in mir etwas anderes wach: Hitze. Corvin bäumt sich unter meinen Händen auf. Ich rutsche ab, verliere den Kontakt, als seine Muskeln mit einem Mal anschwellen. Tintenschwarze Schatten jagen über seine Haut. Er reißt die Arme hoch, zieht die Knie an – und seine Ketten zerbersten, als wären sie aus Glas. Noch in derselben Bewegung rollt er herum, packt die beiden Männer neben mir im Genick und wirft sie über die Liege in die Arme der zwei anderen.

Ich schreie auf. »Corvin!«

Er blinzelt amüsiert. »Jill.«

Die Männer rappeln sich auf. Corvin schnappt sich eins ihrer Gewehre und zerbricht es, wie man einen Strohhalm knickt. Schon ist das nächste dran. Beiläufig schlägt er einen Agenten mit einem Handkantenschlag nieder und lässt die Faust in das Gesicht eines anderen schnellen.

Seine Verwandlung zu Dark Chaos ist beinahe abgeschlossen, er wütet im Transporter, dass mir angst und bange wird. Ich bahne mir einen Weg zwischen den Kämpfenden hindurch nach vorn zum Fenster, um Patten zu alarmieren, aber Corvin schubst mich auf die Knie.

»Was machst du da?«, rufe ich.

Seine Titanfaust stanzt ein Loch in die Seitenwand des Transporters. »Wonach sieht es denn aus?«

Ein Schuss fällt und endlich wird Patten auf den Kampf im Laderaum aufmerksam. Aber da hat Corvin auch schon die letzten beiden Agenten zu Boden geschickt.

Er reißt die Wand des Wagens auf, verbiegt das Metall mit wenigen Handgriffen. Fahrtwind bläst mir ins Gesicht, Möwen kreischen. Wir befinden uns mitten auf der Liphton Bridge. Patten hat das Fenster zum Laderaum geöffnet und richtet seine Waffe auf Corvin, doch der zerrt mich hoch und benutzt mich als Schild.

»Geben Sie auf!«, knurrt Patten. »Machen Sie sich nicht unglücklich.«

»Warum tust du das, Corvin?«, rufe ich. »Ich dachte, du willst deine Freiheit?«

Mächtig, tödlich ragt er vor mir auf, ein Monster in Menschengestalt, dessen Augen wie zwei Eiskristalle funkeln. Verwundert stelle ich fest, wie beherrscht er handelt. Abgesehen von seinem veränderten Äußeren lässt sich nicht die Spur des unkontrollierbaren Chaos erahnen, das in seinem Inneren toben muss.

»Ob gezüchtet oder nicht«, sagt er mit dieser gruseligen Stimme, die im Auto nachhallt, als befänden wir uns in der St. Paynes Cathedral, »wir sind die Nachkommen einer höherentwickelten Spezies, Jill. Wir sind nicht das Eigentum der Regierung oder der Division. Niemand sollte über uns bestimmen dürfen. Wir sind eigenständige Individuen und nicht weniger wert als ...«

»Du bist ein Mörder!«

»Nein. Das bin ich nicht.« Er schüttelt mich so fest, dass mir buchstäblich Zähne und Knochen klappern. »Ich war es nicht, Jill.« Der Transporter macht einen Schlenker, der Corvin beinahe aus dem Gleichgewicht bringt. Er fasst sich schnell. »Dark

Chaos und ich, wir sind eins, und wenn ich will, rufe ich es in mir wach und setze ein, was mir gegeben ist. Ich habe akzeptiert, was ich bin. Das solltest du auch, Jill, dann wirst du lernen, mit deinen Kräften umzugehen.«

Corvin stößt mich von sich, springt aus dem fahrenden Wagen und rennt quer über die Fahrbahn auf das mehrfach gesicherte Brückengeländer zu.

Auf Pattens Befehl hin vollführt der Fahrer eine Vollbremsung, bei der ich fast auf die Straße geschleudert werde. Ich komme auf die Beine und renne los, während Patten Warnschüsse abgibt.

»Corvin West! Hiergeblieben, verdammt!«, schreit er.

Corvin ignoriert ihn. Nach wie vor in der Gestalt von Dark Chaos steht er steif auf der Brüstung der Liphton Bridge, die Sicherheitsgitter, die vor einem Absturz in den Hornay River bewahren sollen, hängen bereits verbogen herab. Ein letztes Mal dreht er sich zu mir um. Lächelt. Und stürzt sich kopfüber in den Fluss.

4

Einst stand Baine City unter dem Schutz der *Warriors of Light*, einer Gruppe von Superhelden, die eng mit der Polizei und dem FBI zusammenarbeiteten, insbesondere mit der »Abteilung für alternative Ermittlungsmethoden«, die früher noch *Warriors of Light Division* hieß.

North King, The Ax, Envira und *Der Wandler* hatten sich in der Stadt angesiedelt, in Demlock Park, einem Herrenhaus, das von hohen Mauern umgrenzt in einem parkähnlichen Garten gelegen ist. Die anderen Superhelden, *Nightmare, Aurum* und *Der Kartenspieler*, lebten ein wenig außerhalb. In ihrem Kampf gegen das organisierte Verbrechen mussten sie ihre Kräfte oftmals bündeln. Dann trafen sie sich in ihrer Zentrale in Demlock Park, um Einsatzpläne auszutüfteln, sich mit Waffen und Fahrzeugen einzudecken und Siege zu feiern.

Die Warriors wurden von der Bevölkerung verehrt, von den Medien gehypt, von der Politik unterstützt. Damals zählte Baine City zu den lebenswertesten Städten in der Amerikanischen Union, worauf Bürgermeister Jason Carnes zu Recht stolz war. Das Paradies schlechthin. Bis die Warriors begannen, einander zu bekämpfen.

Es nahm kein gutes Ende.

Ich blicke in die Tiefe. Aufgrund der Schneeschmelze in den Bergen und der anhaltenden Regenfälle letzte Woche führt der Hornay River Hochwasser. Äste, Blätter und mitgerissener Abfall tanzen auf den schlammbraunen Fluten. Corvin ist mit Sicherheit nicht ertrunken. Der Sturz von der 93 Meter hohen Brücke mag für Menschen tödlich enden, für Dark Chaos ist er mit einem Kopfsprung in ein Schwimmbecken vergleichbar.

Pattens Männer suchen seit einer halben Stunde die Ufer ab. Eine Hundestaffel der Polizei ist eingetroffen und schwärmt soeben aus. Der angeforderte Skydiver, ein Hochgeschwindigkeits-Helikopter der neuesten Generation, kreist stromabwärts der Liphton Bridge über dem Fluss. Sie werden ihn nicht finden.

»Was war es diesmal, Jillian?« Patten klingt müde, als er zu mir an die Brüstung tritt. Er blickt mich nicht an, sondern starrt wie ich aufs Wasser.

»Er hat uns die ganze Zeit etwas vorgemacht.«

»Sie meinen, er hatte nie vor, auf unser Angebot einzugehen?«

»Im Gefängnis wirkte er ehrlich auf mich. Aber mittlerweile denke ich, dass das nur Show war. Während der Fahrt hat er so getan, als wäre er durch die Drogen und meine Kräfte halb ausgeknockt, in Wahrheit hat er seine Flucht geplant. Er wusste genau, dass wir gerade über die Brücke fuhren.«

»Das erklärt nicht, warum Sie ihn nicht ausschalten konnten.«

»Ich habe mein Bestes gegeben. Es hat nicht gereicht, tut mir leid.«

»In diesem Fall müssen wir die Operation neu überdenken. Wenn Ihre Fähigkeiten derart mangelhaft entwickelt sind, können wir Sie nicht gegen den Rächer einsetzen, Jillian.«

Ich muss schlucken. »Aber ...«

»Ich bin davon ausgegangen, dass Sie tatsächlich über diese Neutralisationskräfte verfügen.«

»Das tue ich. Und das wissen Sie. Sie haben mich Dutzenden Tests unterzogen.«

»Dann begreife ich nicht, warum sie wirkungslos sind.«

»Sie sind nicht wirkungslos!«, brause ich auf. »Corvin hat gegen meine Kräfte angekämpft – und mich geschlagen. Er war einfach stärker. Fragen Sie Ihre Männer, wenn Sie mir nicht glauben. Außerdem war Ihr tolles Betäubungsmittel auch nicht gerade das Gelbe vom Ei.«

Patten seufzt. »Wir haben seine Konstitution unterschätzt.«

»Er meinte, er hätte trainiert.«

Unser darauffolgendes Schweigen wird von einem Funkspruch unterbrochen. Patten gibt die Informationen direkt an mich weiter. »Sie haben seine Jacke in einem Gestrüpp am Ufer gefunden, die Hunde werden hoffentlich seine Spur aufnehmen.« Er gibt eine Reihe von Befehlen an seine Männer weiter. »Was meinen Sie, wo er hinwill?«, fragt er mich anschließend. »Zu einem der Rookies?«

Darüber habe ich auch schon nachgedacht. »Am ehesten kommen Fawn und Quinn infrage, die beiden standen ihm wirklich nahe. Nur, Quinn ist, na ja, Sie wissen schon ... Ella interessiert nichts als ihr Glaube, dasselbe bei Morton und seinem Studium. Robyn fällt auch weg – ich kann mir nicht vorstellen, dass sie Corvin verziehen hat.«

»Verstehe. Dank Ihnen weiß er ja zumindest, wo Fawn zu finden ist.«

Unbehaglich reibe ich mir die Arme. »Was die Suche erleichtert«, verteidige ich mich. »Sie können ihn festnehmen, sobald er bei ihr aufkreuzt. Andererseits, warum sollte er? Ich an seiner Stelle würde schnellstens das Land verlassen.«

»Momentan ist das Pflaster zu heiß. Ihm wird klar sein, dass wir die Flughäfen, Bahnhöfe und Grenzen überwachen. Er muss abwarten und braucht deshalb einen Unterschlupf.«

Wir sehen uns an. »Demlock Park«, spreche ich aus, was wir beide denken.

»Die Mauer wird kein Hindernis für ihn darstellen.« Patten tippt an sein Ohr, um einen Funkspruch abzusetzen, dann überlegt er es sich anders. »Nein. Er wird das Gelände auskundschaften und Reißaus nehmen, wenn er meine Männer sieht.« Er nickt mir zu. »Sie gehen hin, Jillian.«

»Ich? Allein?«

»Ja.« Seine Augen verengen sich – er findet Gefallen an seiner Idee. »Locken Sie ihn in die Falle. Hinterlassen Sie ihm eine Nachricht, dass Sie auf seiner Seite stehen oder etwas in der Art. Bringen Sie ihn dazu, dass er Ihnen vertraut. Und wenn es so weit ist, schnappen wir zu.«

»Er ist kein Idiot. Darauf fällt er niemals rein.«

»Wenn Sie es geschickt anstellen …«

Je länger ich über diesen Vorschlag nachdenke, umso mehr widerstrebt er mir. »Das ist ein saublöder Plan. Ich bin eine miserable Schauspielerin.«

»Ach bitte. Das werden Sie ja wohl hinkriegen. Wäre nicht das erste Mal, dass Sie ihn täuschen.«

»Was wollen Sie damit sagen?«

»Nur dank Ihnen konnte man ihn damals festnehmen.«

Ich kann ihn einfach nur anstarren, so perplex bin ich. Corvins Vorwürfe waren schlimm genug, aber dass Patten nun ins gleiche Horn stößt, ist, gelinde gesagt, eine Frechheit. Er hat kein Recht dazu, er weiß nichts.

Nur mit Mühe bewahre ich die Fassung. »Das lässt sich doch nicht vergleichen. Ich war zwölf. Ich wollte ihm helfen.«

»Und heute tun Sie das auch. Was denken Sie wohl, was er andernfalls für eine Zukunft hat? Immer auf der Flucht. Ein Gejagter. Oder wieder in Gefangenschaft. Ist es das, was Sie für ihn wollen?«

»Wagen Sie nicht, mir die Schuld zuzuschieben.«

»Sie haben es in der Hand. Entweder spielen Sie nach meinen Regeln. Oder diese Operation hat sich erledigt.«

Ich lache auf. Hat er mir gerade tatsächlich gedroht? »Sie brauchen mich, um den Rächer zu fassen!«

»Ich brauche eine Agentin, die meine Befehle befolgt. Kein

Kind bei seinen ersten Gehversuchen, das zu jammern beginnt, wenn es unangenehm wird.«

»Bin ich gefeuert?«

»Das liegt ganz bei Ihnen. Entscheiden Sie sich, Jillian. Und eins kann ich Ihnen versprechen: Beim nächsten Mal werden wir uns sehr genau überlegen, ob und für welches Projekt wir Sie einsetzen.«

»Sie können mich mal.« Ich fühle mich derart vor den Kopf gestoßen, dass mir nichts anderes mehr einfällt. Ich drehe mich um und lasse ihn stehen. Keine Sekunde halte ich es mehr in seiner Nähe aus.

Das rote Cape umflattert mich, als ich mit gerecktem Kinn über die Liphton Bridge laufe. Zorn pocht hinter meinen Schläfen, in meinem Inneren allerdings breitet sich Beklommenheit aus. Was bin ich ohne diesen Job? Ohne Aufgabe? Nichts als ein Mädchen, für das niemand Verwendung hat.

⚡⚡

Zu Hause angekommen, mache ich mich daran, das idiotische Kostüm und den ganzen Lack loszuwerden. Schicht für Schicht entferne ich das Make-up, das mich in den Star verwandelt hat, den sie in mir sehen wollen, obwohl ich ihrer Wunschvorstellung ohnehin nie gerecht werden kann. Am Schluss starrt mir im Spiegel ein Mädchen entgegen, das viel jünger wirkt, als ich bin. Ich ertrage nicht, wie verunsichert sie mich anschaut, wie verletzlich. Wo ist ihre Stärke? Wo ihre Überlegenheit? Wer ist sie überhaupt?

Wenn man meinem Gennachweis glauben darf, stecken in mir die Kräfte mehrerer Superhelden. Hauptvererber waren demnach Nightmare, Der Wandler und Envira, doch keine ihrer Fähigkeiten hat sich in mir manifestiert. Ich kann niemandem Albträume bescheren, kann meine Gestalt nicht wechseln, noch weniger kann ich fliegen oder Blitze schleudern.

Was ist bei dem millionenschweren Projekt schiefgegangen? Warum sind wir Rookies nur ein müder Abklatsch der Warriors?

Morton hat die Hypothese aufgestellt, dass es an der menschlichen DNA liege, die der außerirdischen hinzugesetzt wurde. Sie habe unser Potenzial geschmälert. Ich denke eher, dass man Leben prinzipiell nicht kopieren kann. Im Grunde ändert es nichts, ich wünschte bloß, ich könnte mehr sein, mehr bewirken. Damit ich mich nicht so nutzlos fühle.

Wie üblich will ich mein Haar zu einem Zopf nach hinten kämmen, dann lässt mich ein Gedanke innehalten: Was hat Corvin in mir gesehen? Das Mädchen von früher oder eine Fremde? Vielleicht hätte ich ihn bitten sollen, mir zu vertrauen.

Ein zynisches Lachen entfährt mir. Ein erster Schritt wäre, mir selbst zu vertrauen. An mich zu glauben. Aber gerade jetzt will mir das so gar nicht gelingen.

Es klopft an der Tür und Kristen kommt zögerlich ins Zimmer. Sie bemüht sich, ihrer Mutterrolle gerecht zu werden, doch obwohl sie alles richtig macht, will sie nicht so recht hineinpassen. Für mich wird sie immer die Psychologin der Division bleiben.

»Du bist zu Hause?«, erkundigt sie sich. »Ich dachte, du hättest in Fort Mirren zu tun.«

»Er ist geflohen. Corvin.«

Kristens Miene verdüstert sich. Sechs Jahre, und ihr Kummer ist sofort wieder präsent, sobald Corvins Name fällt. Zumeist vermeide ich, in ihrer Gegenwart über ihn oder Aaron zu sprechen, und sie verliert ebenfalls kein Wort darüber. Wir schleichen um das Thema herum wie streunende Hunde um ein vergammeltes Stück Fleisch, wissend, dass es uns krank machen wird.

»Dieser verdammte …« Kristen kneift die Augen zusammen, bis sie sich wieder im Griff hat. Dann nimmt sie mich unbeholfen in die Arme. »Ach, Süße! Wie konnte das passieren?«

Ich zucke mit den Schultern. »Ich bin wohl doch nicht gut genug, um es mit dem Rächer aufzunehmen. Ich kann noch nicht mal Corvin in Schach halten.«

»Wieso suchst du die Schuld automatisch bei dir? Bestimmt haben auch andere Dinge mitgespielt.«

»Direktor Patten hat sich auf mich verlassen. Ich habe versagt. Welche anderen Dinge zählen da noch?«

»Du kannst nicht für Gott und die Welt Verantwortung übernehmen. Diese Last kann niemand tragen, nicht einmal eine Superheldin. Hör auf, dir Vorwürfe zu machen.«

Soll ich ihr berichten, vor welche Wahl Patten mich gestellt hat? Dass ich ihm eine Abfuhr erteilt habe? Besser nicht. Sie würde meine Reaktion weder gutheißen noch verstehen.

»Warum habt ihr damals eigentlich mich ausgesucht, du und Aaron?«, frage ich stattdessen. »Von allen Rookies – warum mich?«

Kristen rückt ein wenig ab und streicht mir übers Haar. »Weil du das liebenswerteste Mädchen warst, das man sich vorstellen kann. Und das bist du noch. Sieh dich nur an: schön, klug, feinfühlig, stark ...«

Ich verziehe bei der Aufzählung meiner angeblichen Qualitäten das Gesicht. »Etwas mehr Stärke hätte mir gutgetan.«

»Wohl eher etwas mehr Selbstbewusstsein, würde ich meinen. Du hast alles, was du brauchst, du musst nur lernen, es zu sehen.« Kristen fasst mein Haar zu einem Zopf zusammen. Unsere Blicke treffen sich im Spiegel. »Schau hin.«

Ich sehe ihre blauen Augen neben meinen braunen. Ihre sommersprossige, leicht schiefe Stupsnase, ihre schmalen Lippen, die Schlupflider, die Falten, von der Zeit und vom Schmerz in ihr Gesicht gezeichnet. Und daneben mich. Natürlichkeit versus genetisches Design.

Ich seufze. »Wo denn? Alles an mir ist so ... makellos.«

Kristen lächelt, lässt den Zopf fallen und zerzaust mein Haar. »Ich glaube, dir täte ein wenig Pep gut.«

»Ein neuer Haarschnitt?«

»Nein. Bloß weniger Perfektionismus. Mal sehen …« Sie teilt die Haarsträhnen am Oberkopf ab und dreht sie zu einem nachlässigen Dutt, den sie mit dem Zopfgummi befestigt, während mir der Rest meiner dunklen Mähne offen über die Schultern fällt. »Was sagst du?«

»Ich weiß nicht recht.« Tatsächlich gefällt mir die Frisur besser, als ich zugeben will. Pep also. Chaos?

»Und ob. Du versuchst deinem vorgefertigten Charakterbild zu entsprechen, aber deine Ansprüche sind zu hoch.«

»Das sind nicht *meine* Ansprüche«, protestiere ich.

»Vielleicht waren sie es anfangs nicht. Doch du hast sie verinnerlicht und jetzt setzt du alles daran, sie zu erfüllen. Du kannst nur die sein, die du bist, Süße.«

»Das würde bedeuten, niemand könnte sich je weiterentwickeln.«

»Oh nein. Selbstverständlich dürfen wir uns Ziele setzen. Wie sonst könnten wir uns unseren Antrieb bewahren? Aber dabei sollten wir uns treu bleiben. Konzentriere dich auf das, was dich ausmacht, und nicht auf das, was man von dir erwartet. Bleib du selbst.«

Kristens Worte treffen mich. Warum nur lasse ich mich immer wieder davon leiten, anderen zu gefallen? Mein Herz kennt die Antwort: Weil ich mir selbst nicht genug bin.

Der Gedanke tut weh. Es tut weh zu wissen, dass ich immerzu auf derselben Stelle trete, als wäre es ein Fluch, der mich an mein Superhelden-Ich bindet. Wie kann ich diese Ketten sprengen? Was braucht es noch, damit ich mich lieben und achten kann, einzig, weil ich es wert bin, geliebt und geachtet zu werden?

Kristen gibt mir einen Kuss auf die Stirn. Manchmal beneide ich sie um ihre Weisheit, um das, was sie mir voraushat. Mein Weg ist noch so weit.

In diesem Moment ertönt die Türklingel. Erstaunt tritt Kristen ans Interface des Homecenters. »Dwight Callahan«, informiert sie mich gereizt. »Kann er nicht vorher anrufen? Jedes Mal schneit er unangemeldet bei uns herein.«

Ich seufze. Sie tut ja gerade so, als würde BB ständig bei uns aufkreuzen. Er ist ein rotes Tuch für sie. Ihre Differenzen waren mit ein Grund für Kristens Kündigung bei der Division. Während sie nach unten läuft und ihm hoffentlich nicht gleich den Kopf abreißt, schlüpfe ich in Jeans und T-Shirt und ziehe meine Schnürstiefel an. Sie sind abgetragen und das Leder rissig, aber ich liebe sie innig. Sie machen mich ein bisschen normaler. Menschlich.

Unten werden Stimmen laut. Ich sprinte die Treppe hinunter und kriege prompt mit, dass sie sich wieder einmal anschnauzen.

»… und jetzt machst du mich verantwortlich, dass sie an sich zweifelt?«, knurrt BB.

»Du warst für die Ausbildung der Rookies zuständig. Du hättest dafür sorgen müssen, dass sie ihren Frieden mit sich selbst machen. Stattdessen hast du sie zu Marionetten geformt, zu hohlen Kämpfern. Nur weil du die Warriors gemanagt hast, macht dich das noch lange nicht zur geeigneten Person, die Rookies aufzuziehen. Das waren Kinder, Dwight, Kinder! Kinder sind keine Agenten, sie brauchen keine Waffen, keinen Drill, keine Disziplin, sie brauchen Vertrauen, Liebe …«

»Tja, vielleicht hättest du mich besser unterstützen sollen, statt deinen Job hinzuschmeißen, um Hausfrau und Mutter zu werden«, schießt BB zurück und trifft Kristen damit am wundesten Punkt. Sie und Aaron haben jahrelang versucht, ein Baby zu bekommen, und als Kristen endlich schwanger war, hat sie das Kind verloren. Sie hat furchtbar darunter gelitten – bis mit mir neues Glück in ihr Leben trat. Und noch mehr Schmerz.

»Komm mir nicht damit! Wälze dein Unvermögen nicht auf mich ab. Ich weiß alles über deine Methoden. Aaron hat …« Ihre Stimme bricht. Sie verschluckt den Rest und alles, was beim Gedanken an ihren verstorbenen Mann in ihr hochschwappt.

BBs Gesicht ist gerötet, Flecken zeichnen sich auf seinem Hals ab. Er starrt Kristen unverhohlen an. Wartet.

»Kristen ...«, setze ich an und weiß doch nicht, was ich eigentlich sagen will. Meine Hilflosigkeit verengt mir die Kehle.

Sie hebt abwehrend die Hände, als wollte sie andeuten, dass ich meine Kräfte bei ihr ja nicht anwenden soll. Das hatte ich nicht vor. Es ist unser ungeschriebenes Gesetz.

»Schon gut, Süße«, sagt sie leise, wendet sich ab und stolziert hoch erhobenen Hauptes in die Küche.

BB schiebt sich eine halblange Haarsträhne hinters Ohr. Er ist unrasiert und sein Haar fettig, doch er riecht frisch geduscht und hat saubere Kleidung angezogen. »Ist doch immer wieder schön, so herzlich empfangen zu werden.«

»Was gibt's denn?«

»Corvin ist euch entwischt. Es war auf allen Kanälen. Was war da los? Konntest du ihn nicht bändigen?«

Sein provokanter Tonfall versetzt mich augenblicklich in Rage. »Bist du gekommen, um mir meine Inkompetenz vorzuhalten? Darauf kann ich gut verzichten.«

»Samtpfötchen ...«

»Nenn mich nicht so! Ich bin kein Kind mehr und du nicht mein Ausbilder. Mein Name ist Jill.«

BB schweigt gekränkt. Ich zwinge meinen Ärger nieder. »Corvin hat kein Interesse, mit mir zusammenzuarbeiten«, sage ich bemüht versöhnlich. »Er läuft lieber davon.«

»Er kommt wieder.«

»Was macht dich so sicher?«

BB bleibt mir die Antwort schuldig. Stattdessen mustert er mich nachdenklich. »Was hast du jetzt vor? Spielst du den Lockvogel?«, fragt er endlich.

»Und wenn es so wäre?«

»Dann wäre ich enttäuscht. Das passt nicht zu dir, Jill. Du bist niemand, der andere absichtlich hintergeht. Du bist ehrlich und loyal, du stehst für deine Freunde ein.«

»Vielen Dank. Hätte ich ein Persönlichkeitsattest gebraucht, hätte ich mich an Kristen gewandt.«

»Überleg dir gut, auf welche Seite du dich schlägst.«

Er macht mich wahnsinnig. »Was soll das denn heißen? Was willst du von mir? Komm auf den Punkt, BB!«

»Ich muss dir etwas Wichtiges sagen, Jill. Gibt es hier drinnen Kameras?«

»Nein. Kristen würde das nicht zulassen.«

»Vielleicht weiß sie nichts davon. Sie könnten zusammen mit denen vor dem Haus installiert worden sein.«

Unser Haus wird Tag und Nacht von der Division überwacht. Angeblich will man mich vor ungebetenen Besuchern schützen, vor zudringlichen Fans oder Bürgern, die sich dafür rächen wollen, was ihnen durch die Tage des Doom genommen wurde, ihr Heim, ihre Lieben, ihr ganzes Leben. Ich halte den Aufwand für übertrieben, der Doom ist Schnee von gestern, aber Kristen beharrt darauf. Manchmal habe ich den Eindruck, dass es mehr um ihre Ängste geht als um meine Sicherheit. Andererseits bin ich als Rookie Hero das kostbarste Gut der Division. Was sich demnächst ändern könnte.

Ich blicke mich um. Unser Eingangsbereich ist einladend gestaltet. Garderobe und Schuhschrank, eine Bank und Stühle, gleichfarbige Kissen, ein paar Bilder und Dekomaterial. Unaufdringlich elegant, wie Kristen es mag. Sicherlich hätte man da oder dort Kameras platzieren können, doch es scheint alles sauber zu sein.

»Wir werden nicht beobachtet.« Ich kenne BB, er leidet gewiss nicht unter Verfolgungswahn. Warum diese Vorsicht?

»Abgehört?«

»BB!«

»Okay, okay. Also, Robyn hat sich bei mir gemeldet. Sie ist da auf etwas gestoßen. Sie stellt Nachforschungen an, seit geraumer Zeit. Über die Rookies und diese Geschichte damals.«

Zwiespältige Gefühle erfassen mich, zum Teil Freude, aber

auch Unruhe. Mir ist, als käme etwas ins Rollen, auf das ich keinen Einfluss habe. »Robyn? Du hast Kontakt zu ihr? Wie geht es ihr?«, sprudelt es aus mir heraus. »Was für Nachforschungen? Wegen Corvin? Und dem, was passiert ist?«

Was an jenem Tag genau geschah, weiß ich nur durch Erzählungen. Ich war nicht dabei, Kristen hatte mich zu einem Einkaufsbummel abgeholt. Als ich zurückkam, war der Brand bereits gelöscht. Dunst stieg aus den rußverfärbten Fensterhöhlen und gerade wurde Robyn in den Krankenwagen geschoben. Ihre gesamte linke Körperhälfte war verbrannt, ihr Gesicht praktisch nicht mehr vorhanden, nur noch eine einzige rohe Fleischmasse. Doch sie war am Leben. Im Unterschied zu Aaron Burton, dessen Leichnam sie wenig später abtransportierten.

»Wusstest du, dass – unabhängig von dem Vorfall – nie vorgesehen war, Corvin einer Familie zuzuteilen?«, fragt BB. »Der Name ›West‹ scheint unter den gelisteten Adoptiveltern der Rookies noch nicht einmal auf. Er ist frei erfunden.«

Irritiert über den Haken, den er schlägt, schüttle ich den Kopf. »Vielleicht ist ihnen eine Familie wieder abgesprungen? War vermutlich nicht so einfach, eine zu finden.«

»Aus diversen Akten geht hervor, dass sie vorhatten, Corvin durch Medikamente und Operationen zu modifizieren. Sie wollten seine DNA weiter verändern, ihm den eigenen Willen rauben. Und mit dieser Gensequenz das Rookie-Programm neu starten. Sie planten, die Soldaten der Zukunft zu züchten. Hundert oder gar fünfhundert von ihnen hätten eine ganze Armee ersetzen können. Nach einem positiven Probedurchlauf hätte man ›in Serie‹ gehen wollen.«

Mir wird übel. Der Wortlaut ähnelt jenem Pattens. Modifizieren. DNA verändern. Nicht, um Corvin zu einem Menschen zu machen, sondern um ihn zu kontrollieren? Und anschließend zu klonen? Es ergibt Sinn. Sie haben zu viel in das Projekt investiert, um es komplett fallen zu lassen.

»Direktor Burton hat es genehmigt«, fügt BB hinzu, als ich nicht antworte.

Ausgeschlossen. So war Aaron nicht. Er hätte nie … Aber kann ich mir da sicher sein? Wie gut kannte ich ihn wirklich? Nicht gut, muss ich einräumen, zudem war ich zu diesem Zeitpunkt selbst noch ein Kind. »Das ist doch Quatsch! Robyn muss sich irren.«

»Seine Unterschrift steht in den Akten. Als er starb, legte man die Pläne fürs Erste auf Eis, wahrscheinlich ist ihnen das Geld ausgegangen.«

»Was für Akten sollen das sein? Woher hat Robyn die?«

BBs Blick spricht Bände. *Ja, okay, die Frage erübrigt sich.* Robyn war schon als Kind ein Computergenie. Und jetzt hat sie anscheinend die Division gehackt.

»Vielleicht hat Burton Corvin an diesem Tag mitgeteilt, dass die Rookies getrennt werden. Und Corvin ist ausgerastet. Es ist nicht alles schwarz oder weiß. Vieles ist noch ungelöst, manches vertuscht worden, wer weiß. Und die große Frage ist: Was hat Patten mit Corvin vor?«

Ich schlucke hart.

»Du solltest abwägen, ob du unter diesen Gesichtspunkten weiterhin für die Division arbeiten willst, Jill. Vor allem, da die Operation Windstille mit dir als Aushängeschild ohnehin auf wackeligen Beinen steht.« Und ohne einen Gruß dreht er sich um und ist zur Tür hinaus.

Verstört blicke ich ihm nach, als er durch den Garten eilt, am Tor das Kraftfeld mittels Code aufhebt und auf die Straße tritt. Der Name der Operation ist streng geheim. Dennoch weiß BB davon, was bedeutet, dass Robyn offenbar tatsächlich die Server der Division geknackt hat.

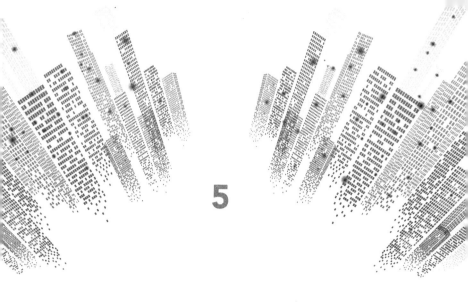

5

Am Abend treffe ich in Demlock Park ein. Es kümmert mich nicht, welchen Anschein es wohl erweckt, wenn ich mich Pattens Befehl entsprechend verhalte. Soll er ruhig denken, ich hätte es mir anders überlegt. Das habe ich nicht. Ich werde Corvin nicht ans Messer liefern. Im Gegenteil, ich will ihn warnen. Er muss Baine City verlassen.

Von meinem Parkplatz in der Seitengasse aus habe ich das Haupttor im Blick. Es ist versperrt und mit mehreren Ketten und Kraftfeldern gesichert. Niemand zu sehen, die Luft ist rein, nur ein Obdachloser schiebt einen Kinderwagen befüllt mit seinen Habseligkeiten vor sich her. Ein gewohntes Bild auf den Straßen Baine Citys.

Geschätzte drei Millionen Menschen kamen durch den Doom zu Schaden, etwa die Hälfte hat durch die Kämpfe der Warriors ihr Leben verloren, die andere Hälfte ihr Zuhause. Die Gesellschaft ist gespalten: auf der einen Seite die Reichen in ihren Wolkenkratzern und Häusern, die wie Festungen anmuten, und im Gegensatz dazu die Ärmsten der Armen in den Elendsvierteln der Trümmerzonen, die zwischen Steinen und Schutt hausen und von der Hand in den Mund leben. Die Hilfsorganisationen sind überfordert, und die Stadtregierung sieht weg. Als würde sich das Problem irgendwann von selbst erledigen, wenn man es nur lange genug negiert.

Der Obdachlose schlurft vorbei und ich bemerke seinen Ohrstöpsel. Alles klar. Die Division. Ich bin versucht, Patten anzurufen und ihm mitzuteilen, dass ihre Verkleidungen bestenfalls einen Fünfjährigen täuschen können, aber gewiss nicht Corvin West. Dann lasse ich es bleiben. Es kann mir egal sein, ich habe meinen Standpunkt deutlich gemacht.

Ich steige aus dem Wagen und laufe an der Mauer entlang. Nach der Schließung wurde Demlock Park wochenlang von aufgebrachten Bürgern belagert, die nicht wahrhaben wollten, dass die Rookies Geschichte waren. Dass es niemals mehr Superhelden geben würde, keine Retter der Nation, die gegen das Böse kämpften, die ihnen Schutz boten und Hoffnung, ein Licht. Ich weiß noch, wie viel Wut in ihren Sprechchören mitschwang, wie viel Enttäuschung und Angst.

Vor einer durch ein Kraftfeld gesicherten schmalen Tür im Nordosten des Grundstücks bleibe ich stehen. Das elektronische Schließsystem mit Handabdruck- und Irisscan ist seit Jahren offline. Was niemand weiß: Es gibt eine Überbrückung, die Robyn installiert hat, als wir noch Kinder waren, damit wir das Gelände heimlich verlassen konnten. Ich hoffe inständig, dass sie noch funktioniert.

Ein Blick über meine Schulter, dann hebe ich die Steinplatte am Fuße der Mauer an und taste in dem Hohlraum zwischen Sand und diversem Getier nach dem Schalter. Nach mehrmaligem Drücken erwacht das Display zum Leben und ich gebe unseren alten Code ein. Die Tür springt tatsächlich auf. Erleichtert schlüpfe ich hindurch und lande prompt mitten im Gestrüpp.

Demlock Park ist verwildert, die Natur hat die Herrschaft übernommen und jetzt im Frühling steht alles in voller Blüte. Es duftet himmlisch. Ich laufe unter einem stahlblau gefärbten Abendhimmel durch die Wiesen, umrunde Heckenrose und

Federbusch, Kreuzdorn und Berberitze. Ob Baum, ob Strauch, ich kenne ihre Namen alle, Fawn war eine gute Lehrerin.

Ich lasse das Herrenhaus mit seinen massiven Mauern, der Freitreppe und dem gekappten Dach links liegen und streife durch den Park, vorbei am Hubschrauberlandeplatz bis hin zu unserem ehemaligen Trainingsparcours. Die Holzgeräte sind morsch und halb verfallen, die aus Metall stehen wie eh und je. Sofort tanzen Bilder vor meinen Augen: *Ich sehe Ella vor mir, die mit unbeholfenen Flügelschlägen die Hürden bewältigt, während Corvin Quinn huckepack trägt und Fawn sich an meiner Seite alle paar Meter die Seele aus dem Leib hustet. Vorneweg läuft Morton, getrieben von seinem Ehrgeiz, verfolgt von Robyn, die alles gibt, um aufzuholen.*

Überwältigt sinke ich auf einen Baumstamm. Die Nacht senkt sich über Demlock Park. Sie riecht nach feuchtem Gras und Holz und Erinnerungen, mit denen ich endlich abschließen sollte. Das alles ist Vergangenheit, aus und vorbei, traurig und unabänderlich.

Ich raffe mich auf, um Corvin in unserem ehemaligen Versteck eine Nachricht zu hinterlassen, als ich Licht hinter den Fenstern im Erdgeschoss aufflackern sehe. Es wandert durch die Räume und verliert sich dann im rückwärtigen Teil der Halle, dort, wo damals das Feuer gewütet hat.

Corvin. Das ging schneller als erwartet. Ich schlucke die in mir aufkeimende Beklommenheit hinunter. Ich muss mit ihm sprechen.

Die Eingangstür am Ende der Freitreppe steht offen, ich nehme beim Hinauflaufen immer zwei Stufen auf einmal. Schwarzschweigende Dunkelheit empfängt mich. Nur der Mond, der gerade über den Baumkronen aufsteigt, schickt seinen fahlen Schein durch die Fenster. Ich brauche kein Licht, ich kenne jeden Winkel hier, jede knarzende Bodendiele. Selbst nach all der Zeit kann ich mich blind orientieren.

Ich nehme nicht den direkten Weg in die Halle. Husche

stattdessen durch den Korridor, vorbei an der Küche, dem Speisesaal, den Studienräumen. Obwohl wir Rookies in Demlock Park aufgewachsen sind und das Haus voll und ganz zu unserem gemacht haben, lebt die Seele der Warriors nach wie vor in den Räumen. An den Wänden hängen ihre gerahmten Fotografien: Aurum, Envira, Der Kartenspieler, North King, The Ax, Der Wandler und Nightmare.

An der Tür zur Halle bilde ich mir ein, Stimmen zu vernehmen. Ich bleibe stehen. Lausche angestrengt, doch kein Laut dringt mehr an mein Ohr. Vorsichtig drücke ich die Klinke hinunter und schlüpfe in unseren ehemaligen Wohnraum.

Es ist finster, die Lichtquelle von vorhin erloschen. Meine Augen haben sich längst an die Dunkelheit gewöhnt. Problemlos kann ich den Kamin mit den Fellen davor ausmachen, die Sitzgruppe mit den vier Sofas und dem schweren Tisch in der Mitte – und für den Bruchteil einer Sekunde ist alles heil, zumindest in meiner Fantasie. Hier haben wir unsere Spieleabende verbracht, zu zweit oder zu dritt auf den Kissen lümmelnd, oft genug ineinander verkeilt, immer auf der Suche nach der Nähe der anderen. »Ihr seid wie ein Rudel Jungwölfe«, pflegte BB an solchen Abenden zu sagen, kopfschüttelnd, seufzend, aber dennoch liebevoll, ganz der Wolfspapa, der er war.

Ich blinzle. Zwei der Sofas sind umgestürzt, die Polsterung und die Felle verkohlt, der Tisch entzweigebrochen. Schutt bedeckt den Boden, der von der Mauer stammt, die Corvin im Zuge seines Anfalls niedergerissen hat. In der Luft hängt Staub, und unterschwellig der Geruch nach Asche, vom Ruß, der seit sechs Jahren an den Wänden klebt.

Genau hier, inmitten der Trümmer, stoße ich auf die Eindringlinge – es sind zwei, wie ich rasch feststelle. Und Corvin ist nicht darunter. Einige atemlose Sekunden lang versuche ich das Bild, das sich mir bietet, zu erfassen, als ich unterdrücktes Kichern höre.

»Nicht so spitz«, sagt der eine Schatten, eindeutig eine Mädchenstimme. »Aufmachen.«
Vom anderen Schatten ist ein Schmatzen zu vernehmen.
»Nicht so weit. Nur ein bisschen.«
Ein Zirpen ertönt.
»Etwas weiter. Die Lippen weicher. Nein! Doch nicht wie ein Schimpanse …«
Mir entschlüpft ein ersticktes Lachen. Sofort wird es still.
»Ich glaube, da ist jemand«, flüstert das Mädchen. »Da drüben, an der Tür.«
Meine Hand tastet nach dem Lichtschalter, einen Augenblick später flammen die Lampen an den drei Kronleuchtern auf.
»Oh«, sage ich.
»Oh«, sagt Quinn.
Seine Begleiterin, blond, blauäugig und ausnehmend hübsch, kichert. Quinns Hände liegen wie zwei Bretter auf ihren Schultern. Sie hingegen schmiegt sich in eindeutiger Pose – ein Bein in seinem Schritt – an ihn, kichert abermals und schielt dabei provokant zu mir herüber. »Wer ist das? Kennst du die etwa, Quinny?«
»*Quinny?*«, entfährt es mir entgeistert, ehe ich mir auf die Zunge beißen kann. Oje …
Quinns Gesicht hat Ähnlichkeit mit einer Tomate, rund, prall, rot, und sein Blick ist starr auf mich gerichtet, zu starr. Gleich wird es passieren.
Hektisch durchforste ich mein Gehirn nach einer Gegenmaßnahme, nach einem Wort, einer Geste, irgendetwas, das das Unausweichliche womöglich aufhalten könnte. Aber selbst wenn es da etwas gegeben hätte, so ist es in den Untiefen meines Gedächtnisses verschüttet.
Es knirscht. Und Quinns Körper verwandelt sich zu Stein.
Anders als bei Corvin geschieht es abrupt. Erst sind da noch Haut und Muskeln und Atem, dann nur noch kalter Marmor.

Jedes Härchen, jede Falte, jedes Gramm Fett – und davon hat er nicht zu knapp – ist erstarrt.

Die Blonde erholt sich rasch von ihrem Schock. Sie windet sich unter Quinns steinernen Händen hervor und zückt ihr Handy. Die Fotos sind schneller geknipst, als ich eingreifen kann.

»Ist das abgefahren! Das glaubt mir keiner!« Sie wirft sich für ein Selfie vor Quinns Statue in Pose, zupft an ihrem Pony, und ich komme endlich in die Gänge. Ich stürme auf sie zu und schnappe mir ihr Handy. Sieben Fotos, bereit zum Hochladen auf SPICE, der aktuell hippsten sozialen Plattform.

»Sag mal, geht's noch? Wer bist du überhaupt?«

»Daphne? Seine Freundin? Gib es mir zurück!«

»Seine Freundin, aha. Erst knutschst du mit ihm rum und dann stellst du sein Foto ins Netz?«

Daphne zieht einen Schmollmund. »Nicht ins Netz. Nur auf mein Profil.«

Mein Fehler. Ich komme mit normalen Jugendlichen einfach nicht klar. »Wie lange bist du schon mit Quinn zusammen?«, erkundige ich mich bemüht freundlich.

»Fünf Tage.«

Ich unterdrücke ein Hüsteln. »Also, Daphne: Vielleicht ist dir das neu, aber so was macht man nicht. Wenn du einen Jungen liebst, solltest du ihn nicht so mies behandeln.«

»Mies? Er ist derjenige, der mitten im Kuss einen auf Denkmal macht. Bin ich etwa so langweilig? Außerdem liebe ich ihn nicht. Wir küssen uns bloß. Krieg ich mein Handy wieder?«

Ich lösche die Fotos und reiche es ihr. »Halte dich bitte von Quinn fern. Er ist etwas Besonderes. Ich möchte nicht, dass man ihm wehtut.«

»Er wirkt ziemlich unempfindlich auf mich, so in seinem Panzer.« Daphne klopft vielsagend auf Quinns Brustkorb. »Können das alle Rookies? Bist du eine von denen? Darf ich wenigstens von dir ein Foto machen?«

»Weißt du, was? Ich bringe dich zum Tor.« Mein Lächeln ist auf meinen Lippen festgefroren, als ich sie zur Tür schiebe.

»Und Quinny? Wie lange bleibt er so erstarrt?«

Das wüsste ich auch gern. »*Quinny* lassen wir hier. Ich schätze, er wird nicht so schnell weglaufen.«

Nachdem ich Daphne in den Bus gesetzt habe, kehre ich zu Quinn zurück. Meine Hoffnung, er könnte inzwischen aus seiner Starre erwacht sein, verpufft angesichts der blicklosen Statue in der Halle.

Ich umarme ihn. »Hey, Quinn. Das war aufregend, was? Aber jetzt ist es vorbei. Du kannst aufwachen.«

Natürlich hört er mich nicht. Und könnte er mich hören, so würde das nichts ändern. Quinn hat keine Kontrolle über seine Superheldenkraft, falls man sie überhaupt als solche bezeichnen kann. Denn genau genommen ist es eine Flucht. Wenn er sich überfordert fühlt, macht er dicht und zieht sich in seine Innenwelt zurück wie es bei Autisten häufig der Fall ist – mit dem dummen Nebeneffekt, dass er versteinert. Manchmal für ein paar Minuten, doch viel öfter kommt es vor, dass er für Stunden ausfällt oder sogar tagelang.

»Was machen wir denn jetzt mit dir?«

Wäre Corvin hier, könnte er sich Quinn über die Schulter werfen und nach Hause transportieren. Ich dagegen kann ihn noch nicht mal auf einen Handwagen laden. Er besteht zu hundert Prozent aus massivem Marmor und alles, was er bei sich trägt, ebenfalls, beispielsweise das Handy, das aus seiner Hosentasche ragt.

»Deine Eltern werden außer sich vor Sorge sein, wenn du nicht heimkommst.« Ich sollte mir etwas einfallen lassen, anstatt hier Selbstgespräche zu führen. Es gibt nur eine Person, die etwas für Quinn tun kann, und die befindet sich vierzig

Meilen entfernt. »Tja, dann werden wir sie eben holen. Sei so gut und warte solange hier.«

Wenig später rase ich auf dem Highway südwärts. Der Abendverkehr ist dicht, aber ich komme gut voran. Über das integrierte Telefon meines Wagens melde ich mich bei Kristen, die in schallendes Gelächter ausbricht, als ich ihr von Quinns Kussabenteuer erzähle. Zum Glück erkundigt sie sich nicht, was ich in Demlock Park wollte, oder vielleicht verkneift sie sich die Frage auch nur.

Als Nächstes kontaktiere ich die Division und leider, leider werde ich mit Patten verbunden. So neutral wie möglich bitte ich um die Telefonnummer von Quinns Eltern.

Er gibt sie mir anstandslos. »Irgendwelche Neuigkeiten?«

»Nein.«

»Meine Leute haben Corvins Fährte aufgenommen. Wir sollten ihn bald schnappen.«

Mein Herz macht ein paar nervöse Extraschläge. »Viel Glück.«

»Jillian ...«

»Gute Nacht.« Ich lege auf. Jetzt ist nicht der richtige Zeitpunkt, unseren Streit aufzuwärmen. Zumal ich nach wie vor unschlüssig bin, welche Stellung ich beziehen soll.

Ich rufe bei Quinns Eltern an und seine Mutter hebt sofort ab. Sie klingt alarmiert, aber als ich ihr versichere, dass ich Quinn persönlich in ein paar Stunden nach Hause bringen würde und es nicht nötig sei, extra nach Demlock Park zu kommen, verabschiedet sie sich merklich erleichtert.

Quinns Eltern sind zu bewundern. Ich bin mit seinen Eigenheiten aufgewachsen, für sie aber waren seine speziellen Bedürfnisse Neuland. Ich kann mir lebhaft vorstellen, wie hilflos sie sich oft gefühlt haben müssen.

Den Rest der Fahrt hänge ich meinen Gedanken nach. Demlock Park lässt so vieles in mir aufleben, ich werde den mühsam verdrängten Erinnerungen nicht länger Herr.

In den Wochen nach dem Ende des Rookie-Programms hatte ich entsetzliches Heimweh. Nicht bloß nach meinem Zuhause, dem einzigen, das ich bislang gekannt hatte, sondern mehr noch nach meinen Freunden und dem Leben, das wir führten, diesem seltsam starren Alltag aus Training und Unterricht, der uns befähigen sollte, einmal die Welt zu retten.

Da saß ich nun in meinem roséfarben gestrichenen Mädchenzimmer mit den geblümten Vorhängen, dem King-Size-Bett und der weißen Frisierkommode und wusste nichts mit mir anzufangen. Aaron war tot, Kristen in ihrer Trauer versunken und in meinem Kopf rotierte der Stundenplan, der bisher über meinen Tag bestimmt hatte: 8 Uhr Frühstück, 9 Uhr Parkourlauf, 10 Uhr Schießtraining, 11 Uhr Besprechung möglicher Einsatzszenarien, 12 Uhr Mittagessen, 13 bis 16 Uhr Unterricht, 16 Uhr Kraft- und Ausdauertraining, 18 Uhr Abendessen, 19 Uhr psychologische Gruppenintervention, 20 Uhr individuelle Weiterbildung oder gemeinsame Freizeit, 21 Uhr Körperpflege und Massage, 22 Uhr Nachtruhe.

Tag für Tag dasselbe.

Und nun? Nichts mehr.

Derart alleingelassen wusste ich mir nicht anders zu helfen, als mein Trainingsprogramm selbstständig weiterzuführen. Heimlich lief ich zurück nach Demlock Park und verbuchte diese eineinhalbstündige Strecke gleich als Ausdauertraining. Anschließend absolvierte ich das Krafttraining wie vorgeschrieben, ich schwamm und radelte und trainierte mit Hanteln, ich machte Liegestütze und Klimmzüge, bis mir der Schweiß in Bächen über den Rücken lief und meine Muskeln brannten. Die Waffenkammer war geräumt worden, aber unter Aarons Sachen entdeckte ich eine Pistole mit Schalldämpfer, mit der ich meine Schießübungen durchführte. Bis mich BB erwischte und mir gestand, dass er mich schon seit Wochen beobachte und schwer beeindruckt sei. Ich hätte mich in allen Bereichen enorm gesteigert.

Dass er Kristen nichts davon sagte, im Gegenteil, mich sogar anspornte, hat sie ihm bis heute nicht verziehen. Als die Sache aufflog, schickte sie mich auf die Akademie für Hochbegabte an der Beamon University, wo ich zwei Jahre später meinen Abschluss machte, mit fünfzehn unter lauter Siebzehnjährigen. Ich belegte drei Studiengänge, doch weder Medizin noch Literaturwissenschaft und schon gar nicht Wirtschaftspsychologie konnten mich faszinieren. Alles, was ich wollte, war, anderen nach besten Kräften zu helfen, wie es meiner Bestimmung entsprach, die in meinen Genen verankert war. Aus diesem Grund absolvierte ich das FBI-Ausbildungsprogramm als außerordentliche Teilnehmerin und trat anschließend in den Dienst der Division ein.

Ich habe keine Ahnung, wie die anderen diese schreckliche Zeit nach unserer Trennung bewältigten. Ich weiß nur, dass ich ohne dieses Training an Einsamkeit und Untätigkeit zugrunde gegangen wäre. Es hat mich vor dem Absturz in ein bodenloses Loch gerettet.

Und jetzt? Drohe ich erneut zu fallen.

Eine Stunde später fahre ich unter einem Torbogen aus Metall durch, an dem ein Holzschild mit der Aufschrift *Rose-Hill-Farm* hängt, doch zu sehen ist weder etwas von Rosen noch von Hügeln. Die Scheinwerfer meines Wagens schälen winzige Sojapflanzen aus der Dunkelheit, Reihe um Reihe um Reihe wie mit dem Lineal in die Landschaft gezogen. Ich öffne das Fenster, nur um es sofort wieder zu schließen. Die Nachtluft riecht chemisch, von Pestiziden getränkt, die alles Lebendige unter ihrem giftigen Mantel ersticken.

Die Farm selbst ist ein flaches Gebäude mit kleinen Fenstern. Da ich mein Kommen nicht angekündigt habe, parke ich vor dem einfachen Holzzaun am Straßenrand und laufe das letzte Stück. Vielleicht entgehe ich so der Begegnung mit Fawns Vater.

Gerade als ich Fawn anrufen will, heult ein Motor auf und ein Auto schießt durch das offene Tor auf mich zu. Scheinwerferlicht erfasst mich. Ich springe zur Seite, da hält der silberne Wagen neben mir mit quietschenden Bremsen. Ringsum quillt Staub auf. Der Fahrer öffnet das Fenster – und ich blicke Corvin ins Gesicht.

Er sagt nichts, sieht mich nur an, und ich finde ebenfalls keine Worte in mir. Dass er hier ist, wundert mich nicht, dass er so entspannt wirkt, irritiert mich. Sein Blick ist weich, ein Lächeln umspielt seine Lippen, nicht herablassend, sondern echt, als wüsste er die Antworten auf all meine Fragen. So war es schon damals, dieses Lächeln, das eines Freundes, der alles an mir kennt, meine Finsternis, mein Licht.

»Hab keine Angst, Jill«, sagt er in meiner Erinnerung und streicht mir einen Kuchenkrümel vom Mundwinkel. »Ich werde dich beschützen. Das tun Helden nämlich.« Draußen ist Geisternacht, in der ganzen Stadt werden Halloweenfeuer entzündet und die Menschen sind kostümiert, um sich vor umherwandernden Seelen zu schützen. Auch wir sind verkleidet und haben die Erlaubnis erhalten, Demlock Park zu verlassen und wie normale Sechsjährige von Tür zu Tür zu gehen, unter Aufsicht selbstverständlich. Ich rücke meinen grünen Hexenhut zurecht, nehme Corvins bemalte Skeletthand in meine und drücke sie fest. »Und ich beschütze dich.«

Wann habe ich aufgehört, eine Heldin zu sein?

Corvins Lächeln erlischt. »Machst du die Drecksarbeit für die Division?«

»Entschuldige bitte – was?«

»Das ist echt das Letzte, Jill. Reicht es nicht, dass du auf mich angesetzt bist? Musst du jetzt auch Fawn mit hineinziehen?«

»Das erledigst du ganz allein. Ich komme, um den Schaden zu begrenzen.«

Er schnaubt abfällig, tritt aufs Gas und braust davon.

Ein Zittern durchläuft mich. Wir sind nicht die Kinder, die wir einmal waren. Wir sind auch keine Helden. Wir sind Zerrissene, wir können nicht einmal uns selbst beschützen.

Über meinem Kopf wird das Knattern eines Skydivers laut. Natürlich sind Pattens Männer bereits alarmiert. Für ein paar Sekunden wünsche ich mir innig, dass sie Corvin erwischen. Ihn dorthin zurückverfrachten, wo er nichts anstellen kann. Mir fernbleiben muss. Weil ich diesen Zustand unmöglich länger ertragen kann. Ich kann nicht ertragen, wie er mich ansieht, noch weniger kann ich ertragen, was er in mir auslöst. Ich möchte Klarheit, keine Unsicherheit.

Einen Augenblick später verflüchtigen sich diese Gedanken und ich hoffe nur noch, dass Corvin einen sicheren Unterschlupf hat.

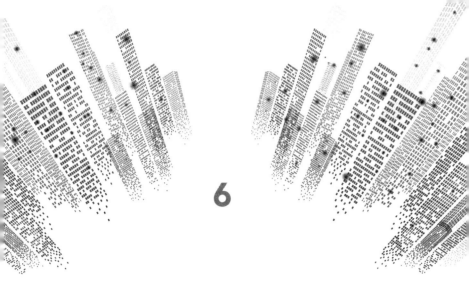

6

Ich finde Fawn auf dem Dach des Gewächshauses. Sie liegt auf dem Rücken und starrt in den Himmel. Das Glas ist nicht so glatt wie erwartet. Eine klebrige Schicht knistert unter meinen Schritten, als ich mich vorsichtig nähere, mich neben sie setze und wie sie die Füße nach unten baumeln lasse.

»Heute ist ein interessanter Tag. Gleich zwei Besucher.« Die Maske aus pinkfarben lackiertem Edelstahl dämpft ihre Stimme. An ihr Gesicht angepasst, bedeckt sie Mund und Nase und lässt die Augenpartie frei. Nur die Filter müssen regelmäßig getauscht werden. Dadurch kann Fawn sich zumindest stundenweise im Freien aufhalten.

»Ich brauche deine Hilfe«, sage ich unverblümt, weil ich so schnell wie möglich hier wegwill. Nicht nur Quinns wegen. Die Tristesse ringsum frisst mich auf, daran kann auch der kleine Bereich an der Dachkante des Gewächshauses nichts ändern, den Fawn sich erobert hat. Während unter uns in Hydrokultur gezogene Tomaten und Gurken wachsen, sitzen wir zwischen Kräutern und Wildblumen, die in mehreren Blumenkästen gedeihen. Ihr Duft könnte mich den Ausblick auf das Sojabohnengitterwerk fast vergessen lassen.

Fawn setzt sich auf. »Ach ja?«

»Besser gesagt, Quinn braucht deine Hilfe. Er hat sich wieder einmal …«

»Ausgeklinkt«, beendet sie meinen Satz und lacht leise. Ihr weißblondes Haar schimmert im Nachtlicht wie frisch gefallener Schnee. Dazu ihre extrem blasse Haut, die großen Augen – sie sähe wie eine Fee aus, wäre da nicht die Maske.

»Blöderweise in Demlock Park. Ich muss ihn nach Hause bringen.«

»Musst du das?«

»Na ja, ich war zufällig dabei und fühle mich verantwortlich.« Wäre ich nicht aufgetaucht, hätte sich aus dem Kuss womöglich mehr entwickelt. Fawn blickt mich auffordernd an, also gebe ich mich geschlagen und erzähle ihr die Kurzfassung der Geschichte.

Jetzt lacht sie nicht mehr. »Scheint, als würde es Quinn gut gehen.« Die Sehnsucht in ihrer Stimme lässt mich schlucken. »Ich wünschte …«

»Du könntest weg von hier, Fawn.«

»Wo soll ich denn hin?«

»In die Stadt? Du kannst dich auch jetzt noch für ein College bewerben.«

»Hm, ja.«

Wir wissen beide, dass ein Studium nicht das Richtige für sie wäre. Sie braucht Praxis, keine Bücher. Der ideale Beruf wäre vermutlich Gärtnerin oder Försterin. Doch Fawn ist eine Gefangene ihrer Krankheit. Im Freien, inmitten von Gräsern und Blumen, gepeinigt von Pollen, wird sie im schlimmsten Fall an ihrem Asthma sterben.

»Oder Blumenbinderin werden.«

»Für Seidenblumen?«

»Tischlerin?«

»Staub.«

Ich seufze. »Wir finden etwas für dich, Fawn. Aber hier kannst du nicht bleiben, das hier frisst dich auf.« Ich stupse sie spielerisch in die Seite. »Du bist nur noch eine halbe Portion.«

»Sie lieben mich. Auf ihre Weise.«

»Sie lieben ihre Farm. Sie bezahlen dein Essen und deine Kleidung, wie sie den Dünger für ihre Sojabohnen bezahlen. Mehr bist du nicht für sie. Jetzt, wo das Schulgeld weggefallen ist und sie dir auch kein Studium finanzieren müssen, fließt alles in den Betrieb. Du bekommst nur einen Bruchteil dessen, was dir zusteht.« Monatliches Taschengeld, das Fawn spart.

»Sie brauchen mich.«

»Die Jungpflanzen wachsen auch ohne deine Kräfte. Fawn, hier geht es um *dich*, um *dein* Leben, darum, was du willst, was dich glücklich macht. Bist du glücklich?«

»Bist du es?«

»Fawn!«

»Schon gut. Nein.«

»Dann komm mit.«

»Das hat Corvin auch gesagt. ›Komm mit, Fawn. Wir fangen neu an.‹« Sie runzelt die Stirn. »Interessante Wortwahl für einen gesuchten Verbrecher. Ich meine, wenn er die Fidschi-Inseln vorgeschlagen hätte oder Bali. Aber Baine City? Wo will er sich verstecken? Was hat er vor?«

Ich zucke mit den Schultern. »Warum war er hier?«

»Er wollte mich sehen. Mich mitnehmen. Aber dann kam die Division mit ihrem Hubschrauber und er musste abhauen.«

»Dann nehme ich dich mit. Pack deine Sachen.«

Fawn reißt die Augen auf. »Aber …«

»Keine Widerrede.«

Eine halbe Stunde später sind wir auf dem Rückweg in die Stadt. Fawn hat einen kleinen Rucksack dabei, in den sie ihre Zahnbürste, das Asthmaspray, Filter für die Maske und Kleidung zum Wechseln gepackt hat. Sie hat ihren Eltern etwas von einem Notfall erzählt und dass sie bald zurück sei. Ihr Vater hat getobt. Die Felder im Nordosten seien dran, sie müsse das

Wachstum anregen, sonst würden die Pflanzen eingehen. Fawn hat genickt. Natürlich, natürlich werde sie sich darum kümmern, gleich morgen, versprochen.

Jetzt sitzt sie neben mir, so zart, dass sie beinahe im Sitz verschwindet, und wippt mit den Füßen im Takt zur Musik. Alle paar Minuten wechselt sie den Sender, dann wieder rutscht sie herum, stellt die Lehne neu ein, die Kopfstütze, dreht am Gebläse der Lüftung herum. Sie treibt mich in den Wahnsinn mit ihrer Unruhe.

»Fawn. Mehr Funktionen hat das Auto nicht. Ich weiß, dass du aufgekratzt bist. Aber kannst du vielleicht mal mit dem Herumzappeln aufhören? Wir sind bald da.«

»Ja, Mom.« Sie zieht eine Grimasse, verschränkt die Arme und beginnt zu summen.

Toll, das habe ich gebraucht. Ich biege vom Highway in die Togarth Street ab, eine Abkürzung, die nur nachts zu empfehlen ist. Tagsüber blockieren unzählige Lieferwagen die Straße und die Leute strömen in Massen zu den Geschäften.

Fawn unterbricht ihr Summen und schaut aus dem Fenster. »Weißt du noch …?«

Ich warte vergeblich darauf, dass sie ihren Satz beendet. Ja, ich weiß es noch, als wäre es gestern gewesen.

Linker Hand kommt das »More than Heroes« in Sichtweite, ein Restaurant, in dem sich, wenn man den Worten des Besitzers Glauben schenken darf, die Warriors die Klinke in die Hand gegeben haben. Nach dem Doom und mit der Ausstellung diverser Superheldenrequisiten kam der Ansturm auf das Lokal. Alle wollten sie Nightmares Peitsche, Aurums Stiefel, die Axt von The Ax und andere Gegenstände sehen, selbstverständlich alles »unzweifelhafte Originale«, in dessen Besitz man angeblich durch Schenkungen gekommen sei.

Ein Junge steht in Begleitung seines Vaters vor den Schaufenstern des Restaurants, das um diese Uhrzeit allerdings bereits geschlossen hat. Enttäuscht wenden sie sich ab.

BB hat uns hergeschleppt, sobald wir alt genug waren. Um die Verbundenheit innerhalb der Familie zu stärken, wie er sich ausdrückte. Er hat extra einen Kleinbus für diesen Ausflug organisiert. Erst zeigte er uns den »Place of Arrival« drei Meilen außerhalb von Baine City, eine Art Arena, in deren Zentrum Trümmerteile des abgestürzten Raumschiffs aufgebahrt sind wie die Überreste einer metallenen Bestie.

Einst fielen die Lichtvollen vom Himmel. In Rettungskapseln verließen sie ihr Schiff, als es schwer beschädigt auf die Erde zuraste. Woher sie gekommen waren, warum es nie eine Rückkehr für sie geben würde, blieb vorerst ihr Geheimnis. Ihre Taten jedoch, ihre Fähigkeiten, ihr Heldenmut eroberten die Amerikanische Union im Sturm und die Arena wurde zur Pilgerstätte für ihre Fans.

Während der Absturzort tatsächlich Eindruck auf uns machte, fanden wir die unechten Museumsstücke beim Abendessen einfach nur witzig. Der Zauber der Arena verpuffte. Wir schaufelten Pommes und Grillhähnchen in uns hinein, erfanden Superheldenkostüme für uns selbst und dazu passende Kräfte, die wir niemals haben würden, und hatten einen Heidenspaß dabei, der nach einer Wiederholung schrie. Und so wurden unsere Besuche im »Heroes« zur jährlichen Tradition am 6. April, dem Tag der Ankunft.

Ich lächle, als ich sehe, dass Fawns Nase nach wie vor am Fenster klebt. »Kannst du dich erinnern, wie Ella ...«, sage ich, doch der Rest wird mir durch ein ohrenbetäubendes Krachen von den Lippen gerissen.

Vor uns bricht plötzlich die Welt in sich zusammen.

Metall kreischt, Fawn schreit auf, ich falle so hart in den Sicherheitsgurt, dass mir die Luft wegbleibt. Die Airbags füllen sich mit einem Knall, das Auto macht einen Hüpfer zurück. Etwas trommelt aufs Dach, auf die Motorhaube. Die Windschutzscheibe zerbirst und Steine prasseln herein. Ein riesiger Brocken kracht auf die Mittelkonsole.

Sekunden später ist es vorbei. Wir stehen, der Motor qualmt, die Front ist zusammengestaucht. Das Auto ist unter Gestein begraben, die Innenverkleidung hängt herab. Wie durch ein Wunder hat das Dach gehalten. Mein Brustkorb schmerzt, ich muss jeden Atemzug mit Gewalt in meine Lungen zwingen, um nicht zu ersticken. Auch Fawn atmet schwer.

Der Gurt lässt sich nicht öffnen, unter dem Airbag kann ich mich kaum bewegen. Sekunden später erschlafft er mit einem Pfeifen, als die Luft wieder ausströmt. Ich schäle mich unter dem weißen Plastiksack hervor. Jede Bewegung fühlt sich an, als würden Tonnen auf mir lasten.

Fawn starrt mit schreckgeweiteten Augen nach vorn.

»Alles okay bei dir? Geht es dir gut?«, frage ich.

Sie rührt sich nicht. Ich spähe ebenfalls hinaus. Vor uns ist nichts mehr. Keine Straße, keine Lichter, keine Häuser. Gar nichts. Ich schaue auf eine seltsam farblose, in sich schimmernde Barriere. Endlosigkeit, in der sich mein Blick verliert, so unfassbar, dass es beinahe schmerzt. Offenbar bin ich mit dem Wagen frontal dagegengedonnert.

Ich könnte schwören, nein, ich weiß, dass sie vor zwei Minuten noch nicht da war.

Die Autotür klemmt, aber schließlich bekomme ich sie ein Stück auf. Als ich den Sitz zurückschiebe, kann ich mich unter dem Sicherheitsgurt herauswinden. Ich zwänge mich ins Freie, stolpere und falle auf die Knie. Mein Herz pumpt wie verrückt. Alles dreht sich. Ich kämpfe gegen den Schwindel an, blicke mich um, erfasse noch nicht recht, was ich da sehe, und vor allem, warum.

Schutt bedeckt die Straße, das Haus zu meiner Linken ist zur Hälfte eingestürzt. Seine stahlverstärkten Betonwände ragen gerippeartig empor. Elektrische Leitungen spucken Blitze, Wasserkaskaden ergießen sich in hohem Bogen in die Dunkelheit. Es knackt und knarrt. Einzelne Mauerbrocken lösen sich, stürzen wie in Zeitlupe herab.

Das gegenüberliegende, direkt am Bürgersteig und damit fast an unserem Auto gelegene Gebäude jedoch steht noch – und das ist wohl der einzige Grund, warum wir noch leben. Nur eine Ecke ist gekappt. Die förmlich aus dem Nichts erschienene Barriere hat die Wohnungen aufgeschlitzt wie eine Konservendose. In mehreren Räumen brennt Licht und in einem steht ein Mann fassungslos an der Kante.

Ich rapple mich auf, stakse um den Wagen herum und befreie Fawn. Sie taumelt.

»Fawn? Bist du in Ordnung?«

Ein klagender Laut kommt über ihre Lippen. Ich führe sie ein Stück aus der Gefahrenzone, an der Autokolonne vorbei, die sich hinter uns bildet, und zum Straßenrand. Sie sinkt wie eine fallen gelassene Marionette auf die Bordsteinkante.

»Was tut dir weh? Ist was gebrochen?«

»Nein. Es ist nur … Es ist …« Sie keucht. Durch die Maske klingt sie wie ein Dampfkessel kurz vor dem Explodieren.

»Eine Panikattacke«, wird mir klar. »Du musst singen.«

Ihre Antwort ist ein lang gezogenes Hhh.

»Hast du was dabei? Im Rucksack?« Ein Nicken. »Ich hole es. Singen, Fawn, hörst du? Sing unser Lied, okay? Ich bin gleich wieder da.«

Sie beginnt vor sich hin zu murmeln, weit entfernt von der passenden Melodie. Ein Kinderlied, das von Tieren handelt, die jeweils ein Instrument spielen können, das unter ihren ungeschickten Pfoten schauderhaft klingt. Doch zusammen bilden sie ein wundervolles Orchester. »Der Bär … der dicke, schwere … spielt die Trommel … mit Gebrumm …«

Ich haste zur Beifahrerseite des Wagens und fische den Rucksack aus dem Fußraum. Akkupunkturnadeln, Beruhigungstropfen und Kaugummi finden sich im Seitenfach.

Im Geiste rekapituliere ich die Notfallpunkte, während ich Fawn die Maske abnehme. Ich will ihr die Nadeln in die Haut jagen, aber sie hebt abwehrend den Arm.

»Mach du es, Jill.«

Das kommt überraschend. Als wir noch Kinder waren, war ich Fawns erste Anlaufstelle bei Panikattacken. Ich kann gar nicht zählen, wie oft ich meine Kräfte bei ihr eingesetzt habe. Irgendwann, mit zehn oder elf, wollte sie das nicht mehr. Sie müsse allein damit klarkommen, denn was, wenn ich mal nicht in ihrer Nähe sei, hat sie erklärt. Ich habe ihren Wunsch akzeptiert, zumal sie recht hatte.

Jetzt nehme ich sie wie damals in die Arme. Sie schwitzt, zugleich zittert sie unkontrolliert. Als sie ihre Wange vertrauensvoll in meine Halsbeuge schmiegt, werde ich förmlich in die Vergangenheit katapultiert.

Mit einem tiefen Seufzen sammle ich Stille in mir, schwere, samtige, allumfassende Stille. Wie ein See dehnt sie sich aus, tritt über die Ufer und strömt auf Fawn über. Das Gefühl, ebenfalls darin zu versinken, überkommt mich. Meine Umgebung gerät in den Hintergrund, nur wir beide sind von Bedeutung – zwei Sterne im unendlichen All.

Früher bin ich des Öfteren auf diese Weise aus der Realität gekippt. Stunden nach einer Panikattacke fand man uns tief schlafend auf, weil ich mich im Versuch, Fawn aus ihrem Strudel der Angst zu holen, selbst verlor. Heute fällt es mir leicht, die Kontrolle zu behalten. Es genügt ein Blinzeln, um mich zu sammeln. Außerdem ist zu viel passiert, zu viel, das mich beschäftigt.

»Und der Löwe …« Fawn stockt. »Jill, die Maske … ich brauche …«

Sie wird noch weniger Luft bekommen, wenn ich ihr die Maske wieder anlege. »Du schaffst das kurz ohne. Schön atmen, ein und aus und halten, ein und aus und halten … Und singen. Komm, weiter: Und der Löwe …«

Gehorsam singt sie, den Blick ins Leere gerichtet. Meiner hingegen huscht zu der Barriere, auf die wir aufgefahren sind. Aus dieser Entfernung wirkt sie wie eine unbewegte Wasseroberfläche im Sonnenlicht. Sie hat sich durch Häuser gegraben, hat Wohnungen und Leben gespalten und erstreckt sich anscheinend in die Tiefe genauso wie in den Himmel. Ich kann keine Wolken sehen, die Nacht ist wie ausgelöscht.

Wenn ich richtigliege, ist dieses Phänomen das Werk des Rächers. Seltsam ist nur, dass er seine Vorgehensweise geändert hat. Drei Angriffe gab es bisher. Sie haben in einem Radius von etwa einer halben Meile Ödnis hinterlassen. Teile der Stadt innerhalb eines Wimpernschlags einfach von der Karte getilgt, mitsamt ihrer Bewohner. Das hier hingegen dauert schon viel zu lange …

Ich schrecke auf, als sich etwas in mir verkrampft. Die Stille ist dahin, ganz plötzlich ist etwas anderes an ihre Stelle getreten, wild und tosend. Hitze, die mich lodernd heiß durchfährt, bis in meine Fingerspitzen kribbelt. Was geschieht da mit mir?

Fawn löst sich aus meiner Umarmung und setzt sich auf. »Oh. Wow. Das war jetzt abgefahren.«

»Was meinst du?« Hat sie es etwa auch gespürt?

»Ich weiß auch nicht. Da war so ein … Keine Ahnung.«

Sirenengeheul ertönt. Die Menschen ringsum, Überlebende, Wartende, heben die Blicke. Über unseren Köpfen versammeln sich gleich drei Skydiver: Polizei, Katastrophenschutz und die Division. Bestimmt ist Patten gleich da.

Fawn fischt die Kaugummipackung aus ihrem Rucksack und schiebt sich ein Dragee in den Mund. Sie kaut hektisch. Das sind Nachwirkungen, letzte Wellen ihrer Angst, deren Ausläufer sich langsam zurückziehen. Ansonsten wirkt sie ungewöhnlich wach auf mich.

»Geht es dir besser?«, frage ich.

»Ja. Du hast nichts verlernt.«

Ich muss lächeln. »Jahrelange Übung.«

»Wer ist dafür verantwortlich? Was denkst du?«, fragt sie leise.

»Für den Unfall? Ich glaube, diese Barriere …«

»Nein.« Sie weist mit beiden Händen auf sich. »Für das hier, meine ich. Für uns. Dass wir so unvollkommen sind. So … fehlerhaft. So dürften wir nicht sein.«

Ich schweige. Dieses Problem hat keine Priorität in meinen gegenwärtigen Überlegungen.

»Wir sind als Superhelden entworfen worden. Wir sollten über enorme Muskelkraft, Ausdauer und Schnelligkeit verfügen. Wir sollten nur so vor Gesundheit und Energie strotzen. Und jetzt sieh mich an … Ich bin schwach. Krank. Ich bin gerade mal die Hälfte von dir.«

Das stimmt allerdings. Die achtzehn Jahre sind Fawn nicht anzusehen, noch weniger die außerirdischen Gene. Die körperlichen Qualitäten, die sie aufgezählt hat, sind ihr verwehrt geblieben, eigentlich den meisten von uns, mit einer Ausnahme: Corvin. Doch einer von sieben ist ein miserabler Schnitt. Wer immer auch unseren Gencocktail zusammengepanscht hat, hat sich haushoch verrechnet.

»Du hast enorme Kräfte«, versuche ich sie zu trösten.

»Ich kann Pflanzen zum Wachsen bringen. Hier hat einer Mist gebaut und Corvin und Robyn wollen herausfinden, wer.«

Wie bitte? »Robyn? Wieso Robyn?« Was weiß sie? Hat BB Fawn ebenfalls eingeweiht? Oder war es gar Corvin?

Fawn bekommt einen Hustenanfall und zuckt mit den Schultern. Ich drehe mich um, als ich jemanden nach mir rufen höre. Direktor Patten winkt mich zu sich.

»Kann ich dich kurz allein lassen, Fawn?«

Sie verzieht das Gesicht. »Ja. Geh du nur zu deiner Division. Ich beiße mich am Kaugummi fest.«

Ihre Antwort trifft mich, aber ich verkneife mir jeglichen Kommentar und laufe zu Patten hinüber.

»Ihr Wagen, Jillian?« Er deutet auf die verbeulte Motorhaube und ich bejahe seufzend. »Das nenne ich mal Glück. Was haben Sie hier verloren, mitten in der Nacht?«

Ich berichte in knappen Worten von Quinns Dilemma. »Haben Sie Corvin erwischt?«

Patten grunzt.

Ich bin bemüht, mir meine Erleichterung nicht anmerken zu lassen. »Also nicht. Er ist mir begegnet …«

»Nun, Jillian, dann stellt sich mir die Frage, warum Sie ihn nicht aufgehalten haben.«

»Dafür bin ich nicht zuständig. Sie haben mich von Operation Windstille abgezogen, schon vergessen?«

»Ich habe Sie gebeten, die richtige Entscheidung zu treffen.«

»Gebeten? Sie wollten mich erpressen.«

»Das war vielleicht …«, er seufzt tief, »… nicht die optimale Vorgehensweise.«

»Soll das eine Entschuldigung sein?«

Er bleckt die Zähne. »Keineswegs. Maximal ein kleines Entgegenkommen. Wir sollten unseren Zwist begraben. Zum Wohle dieser Stadt.«

Das klingt absurd angesichts des Chaos ringsherum. Für einen Moment halte ich Pattens Blick, dann senke ich ihn und er atmet tief durch. Erleichtert vielleicht, dass ich ihm nicht sofort widersprochen habe.

Ich nicke zu der Barriere hinüber. »Was ist das?«

»Soweit wir es einschätzen können eine Art kuppelförmige Sphäre. Sie überspannt halb Midtown. Undurchsichtig, undurchlässig. Waffenfeuer prallt ab, Funkwellen vermutlich ebenfalls.«

»Der Rächer?«

»Ja. Er hat seine übliche Parole an eine Hausmauer gesprüht, zehn Blocks weiter östlich.«

»Bisher hat er doch einfach alles vernichtet. Was für ein Ding ist das jetzt?«

»Es ist noch zu früh, das mit Sicherheit zu sagen. Aber wenn ich raten müsste: Seine vorherigen Attentate waren Fehlschläge. Lediglich Versuche, dieses Etwas aufzubauen.«

Ich schnappe nach Luft. »Warum hier? Warum nachts? Bisher hat er immer zu Stoßzeiten frühmorgens oder nachmittags zugeschlagen.«

»Da bin ich überfragt. Ich dachte zuerst an die Melville Hall, doch das Endspiel der Eishockey-Weltmeisterschaft findet ja erst nächste Woche statt. Beziehungsweise hätte stattgefunden.«

Richtig. Die Melville Hall ist seit einem halben Jahr ausverkauft. Hat sich der Rächer schlicht und einfach geirrt? Und soll ich nun erleichtert sein, dass nicht rund 60 000 Menschen, sondern »nur« ein paar Tausende in der Sphäre eingeschlossen sind? Ein Würgen steigt in meiner Kehle auf. Ob sie noch am Leben sind?

»Könnte man nicht durchbrechen?«

»Man wird es versuchen.« Patten macht eine hilflose Geste. »Haben Sie irgendetwas Auffälliges bemerkt, irgendjemanden?«

»Nein. Ich hatte mehr damit zu tun, Fawns Panikattacke abzuwenden. Wer ist er? Woher hat er diese Kräfte …?«

Ein jäher Windstoß jagt fauchend und mit solcher Heftigkeit heran, dass ich beinahe umgerissen werde. Schreie erklingen. Steine, Papierfetzen, Vorhänge, sogar Möbelstücke werden durch die Luft gewirbelt, von der Barriere angezogen, als wäre sie magnetisch. Und dann platzt die Sphäre. Verpufft. Wie eine Seifenblase, die keine Schönheit in sich birgt, sondern Verdammnis.

Gespenstische Stille senkt sich herab.

Mein Puls wummert mir in den Ohren, ein Presslufthammer, der Schmerz und Entsetzen durch meinen Körper pumpt. Das hier, das alles, übersteigt mein Fassungsvermögen. Ich habe nach den Anschlägen des Rächers Bilder gesehen, selbstverständlich, ich habe die Berichte in den Nachrichten verfolgt, aber ich war nicht direkt involviert, habe die Stätte der Verwüstung bislang nie aufgesucht. Doch nun befinde ich mich mitten im Geschehen, mitten im … Nirgendwo.

Die schimmernde Wand ist fort. Dahinter breitet sich totes Land aus, ein Krater, der einen halben Stadtbezirk ausradiert hat. Nichts ist übrig geblieben als Staub, den der Wind in die Nacht trägt.

7

Mein Auto ist schrottreif. Die Division will es abschleppen und untersuchen, um Erkenntnisse über diese absonderliche Sphäre zu gewinnen. Patten hat ein Taxi für uns organisiert, das uns nach Demlock Park bringt. Das Quinn-Problem löst sich nicht von selbst.

Wir schweigen die ganze Fahrt über. Fawn hat sich sichtlich erholt, sie zappelt neben mir auf dem Sitz herum, unruhig, nein, vielmehr aufgekratzt. Hat sie überhaupt realisiert, was geschehen ist?

Mein Nacken schmerzt, vermutlich ein Schleudertrauma. Beinahe wären wir gestorben. Es fühlt sich an wie ein böser Traum, so fern, so unwirklich, doch der Nachhall sitzt mir zäh wie Sirup in den Gliedern. Und eins ist mir klar geworden: Wir müssen den Rächer fassen, bevor er alles Leben in Baine City, bevor er die Stadt selbst vernichtet.

Als wir endlich durch den geheimen Zugang in den Park schlüpfen, fühlt es sich an, als beträten wir eine andere Welt. Jenseits der Mauern des Anwesens mag gerade alles auseinanderbrechen, hier jedoch herrscht Frieden.

Fawn breitet die Arme zu imaginären Flügeln aus und tanzt durch den nächtlichen Park. Seufzend folge ich ihr bei ihrem

Begrüßungsritual. Quinn wird wohl noch eine Weile ausharren müssen. Ein gutes Stück weiter verharrt sie mitten in der Bewegung. Über unseren Köpfen säuseln die wenigen noch verbliebenen Blätter eines knorrigen Baumes im Wind. Fawn streckt die Hand aus und berührt die Rinde. Ein Zittern geht durch den Baum, als würde er erschauern. Ich habe sogar den Eindruck, als ob sich die kahlen Zweige zu Fawn herabsenken. Wie schwarze Skeletthände kriechen sie über ihre Schultern. Jetzt bin ich es, die erschauert.

»Er ist krank«, sagt sie. »Wenn ich ihm nicht helfe, wird er absterben.«

»Ähm, okay, aber können wir uns eventuell zuerst um Quinn kümmern und die Baumpflege auf später verschieben?«

Sie macht eine ausladende Geste. »Es wird nicht bei einem bleiben. Ich habe viel zu tun hier.«

»Gut«, erwidere ich gedehnt und frage mich, ob sie die Sojabohnen und ihr Versprechen bereits vergessen hat. Demlock Park ist kein Kleingarten, das wird ein Monsterprojekt. »Und dein Asthma?«

»Ich kann auf einmal viel freier atmen.«

»Du bist hier zu Hause«, sage ich leise.

»Ja.« Fawn streicht durch die Zweige, murmelt dem Baum etwas zu, lässt ihren Atem entweichen. Aus dem toten Holz sprießen mit einem Mal kleine grüne Knospen.

Ich atme scharf ein. »Du bist richtig gut geworden.«

»Jahrelange Übung.« Sie lächelt. »Auf geht's, lassen wir Quinn nicht länger warten.«

Die Marmorstatue unseres Freundes steht unverändert in der Halle.

»Du hast ordentlich zugelegt«, stellt Fawn mit einem Stirnrunzeln fest und klopft Quinn auf den Bauch.

Das ist noch charmant ausgedrückt. BBs Trainingsprogramm hat ihn früher halbwegs fit gehalten. Jetzt allerdings käme er nicht mal die Sprossenwand hoch, fürchte ich.

»Kriegst du ihn wach?«, erkundige ich mich, als Fawn den Stein behutsam abtastet. Oft genug musste sie wieder aufgeben, weil ihr die Kraft ausging.

»Klar doch.«

In Anbetracht des Unfalls und der Panikattacke ist mir ihre selbstsichere Antwort ein Rätsel. Woher kommt dieser Energieschub? Liegt es nur an Demlock Park? Seit Fawn das Anwesen betreten hat, blüht sie richtiggehend auf. Sie wirkt kräftiger auf mich. Ihre Augen leuchten, ihr Gesicht hat Farbe. Eigenartig.

Sie kuschelt sich an Quinn wie ein Kätzchen an einen glühenden Ofen und beginnt zu summen, während sich ihre Hände in einem fort über den Marmor bewegen. Es sieht aus, als würde sie den einen versteckten Schalter suchen, der den erstarrten Jungen wieder lebendig macht. Tatsächlich aber sucht sie nach Wärme, nach jenen Stellen, die auf ihre Berührungen antworten. Ich habe schon so oft zugesehen und jedes Mal wieder kommt es mir wie Magie vor. Der Zauber dieser intimen Liebkosung treibt mir fast die Tränen in die Augen.

Sie hätten uns niemals auseinanderreißen dürfen.

Wenig später reagiert Quinn. Fawn fordert mich auf, meine Hand auf sein linkes Schulterblatt zu legen. Sie spürt feinste Nuancen und liegt immer richtig, holt sich aber gern eine zweite Meinung, um wirklich sicherzugehen.

Unter dem Marmor pulsiert es sachte. Ich nicke bestätigend, und trete dann beiseite. Gleich ist es geschafft.

Fawn pustet gegen Quinns Schulter. Haucht dem Stein Leben ein, mehrere Male, allzu viel braucht es nicht. Schon bildet sich die glatte Schicht zurück und gibt die Jacke frei. Es ist wie ein Flächenbrand, der sich rasend schnell fortsetzt. Erst der Rücken, dann die Beine, der Bauch und schließlich der Kopf. Quinn blinzelt bereits, obgleich seine Arme noch bewegungsunfähig sind.

»Oh«, sagt er, an unser kurzes Gespräch anknüpfend, als wären nicht bereits Stunden vergangen. Dann bemerkt er Fawn.

Den Stein, der endlich auch seine Hände freigibt, die Finger, die Nägel, bis da nur noch Haut, Fleisch und Knochen sind. Jetzt erfasst er voll und ganz, was passiert ist. Er ballt die Fäuste. Und beginnt vor sich hin zu plappern.

»Messier 83. Südliche Feuerradgalaxie. Spiralgalaxie im Sternbild Wasserschlange. Entdeckt 1751 von Nicolas Louis de Lacaille. M 104. Sombrerogalaxie. Spiralgalaxie im Sternbild Jungfrau. Entdeckt 1781 von Pierre Méchain. NGC 4449. Irreguläre Galaxie vom LMC-Typ im Sternbild Jagdhunde …«

»Die kannte ich noch gar nicht«, werfe ich ein. Manchmal hilft es, Quinns Redefluss mit Bemerkungen zu unterbrechen. Diesmal nicht. Er spricht einfach weiter, ein wandelndes Sternenlexikon. Seine Faszination für das Universum ist legendär. Wir würden alle gern wissen, woher wir wirklich stammen. Quinns Liste macht umso deutlicher, wie viele Möglichkeiten es in der schwarzen Unendlichkeit gibt.

Er wippt auf den Fußballen vor und zurück. Sein Blick fokussiert nicht, aber das ist in dieser Phase normal. Er hat keine Kontrolle über sein Verhalten. Sein Gerede dient der Selbstregulation. Er baut sich ein Nest aus Worten, in dem er sich sicher fühlt, im instinktiven Bestreben, sich zu beruhigen.

»… NGC 1398. Balken-Spiralgalaxie vom Hubble-Typ im Sternbild Fornax. Entdeckt …«

»Was ist das in deiner Hand?«, fragt Fawn neugierig.

Sie erhält keine Antwort, die Frage erreicht Quinn noch nicht einmal. Tatsächlich krampfen sich seine Finger rhythmisch um einen kleinen Gegenstand. Ich kann nicht erkennen, was es ist.

Ich beuge mich vor. »Papier, glaube ich. Vielleicht ein Liebesbrief von Daphne.«

Quinn stutzt. »Daphne.«

»Ja. Daphne, das Mädchen, mit dem du hergekommen bist.«

»Daphne. Du hast ein hübsches Lächeln. Du bist so stark. Du siehst gut aus. Du küsst gut.«

Fawn kichert in sich hinein. »Das Mädchen weiß, was Männern gefällt.«

Diese Zicke! Ich ringe meinen Ärger nieder. »Ich bin mir sicher, dass der Zettel vorhin noch nicht da war. Seine Hände waren leer.«

Fawn nickt. »Jemand hat ihn zwischen seine Finger geschoben. Jemand war hier.«

Auf der Suche nach einem Ersatz sehe ich mich im Raum um. Auf einem an einer einzelnen Schraube hängenden Regalbrett entdecke ich zwischen verstaubten Büchern eine kleine Holzfigur, eine Ente. Perfekt.

Quinn beruhigt sich langsam. Er wippt zwar weiter wie wild herum, aber er ist still geworden. Ich schiebe ihm die Holzente in die Hand und versuche, das Stück Papier zu erhaschen. »Die ist von Corvin. Erinnerst du dich, Quinn? Als er mal für Morton geschnitzt hat.«

»Morton hat Schmerzen.«

»Ja. Leider.«

»Morton kann Schmerzen nicht leiden.«

»Niemand kann das. Aber es geht ihm gut. Denke ich. Er lässt dich grüßen.«

»Fawn geht es auch gut.«

»Mir geht es super«, sagt Fawn und meint das absolut ernst. Sie dreht sich mit erhobenen Armen im Kreis. In ihren Augen tanzt kindliche Freude. »Ich bin hier. In Demlock Park. Mit euch.«

Quinn senkt ruckartig den Kopf. Er nimmt die Ente in beide Hände und betastet sie. Der zerknüllte Zettel fällt zu Boden. Fawn schnappt ihn mir vor der Nase weg. Sie entfaltet ihn.

»Ich würde sagen …« Sie zieht den Satz absichtlich in die Länge. Macht eine theatralische Pause, um mich zu ärgern. Es ist unfassbar, wie schnell sie sich in ihr früheres Ich verwandelt hat. Zu Scherzen aufgelegt, verspielt, träumerisch. Und manchmal unglaublich lästig.

»Fawn«, knurre ich.

Sie kichert. »Ji-hill.«

»Jill geht es auch gut«, stellt Quinn fest und drückt die hölzerne Ente an sich. »Sie mag geputzte Toiletten, rohen Fisch und Corvin.«

Prustend schwenkt Fawn den Zettel. »Das wird Corvin sicher interessieren. Zumal dieser Brief von ihm ist.«

Corvin war also hier. Er hat es geschafft, sich ungesehen nach Demlock Park zu schleichen und genauso ungesehen wieder zu verschwinden.

»Soll ich ihm eine Antwort schreiben?« Fawn ahmt meinen Tonfall nach. Darin ist sie richtig gut. »Corvin, magst du geputzte Toiletten auch so gern wie ich?‹«

Man könnte meinen, ich bin im Irrenhaus gelandet.

Wildes Glück jagt durch meine Adern, als mir klar wird, wie sehr ich dieses Gefühl vermisst habe. Genau das ist es, was in meinem Leben fehlt – meine verrückten, unvollkommenen, fehlerhaften Freunde.

»Gib schon her!« Ich entreiße Fawn den Zettel und lese.

Jill, steht da in geschwungener Handschrift. Und auf der Rückseite: *Was macht einen Helden aus?* Corvin, eindeutig.

Mir bleibt die Luft weg. Das Heldenspiel haben wir als Kinder mit Begeisterung gespielt. Weil wir keine echten Superkräfte vorweisen konnten, haben wir nach Attributen in uns gesucht, die dieses Defizit ausgleichen könnten, wie etwa Edelmut, Waghalsigkeit, Kampfgeist und dergleichen mehr. Reihum musste jeder eine Eigenschaft nennen und die anderen überzeugen, dass er darüber verfügt. Naturgemäß gingen uns irgendwann die Ideen aus und wir behalfen uns mit völlig absurden Dingen. Ich weiß noch, dass Corvin einmal eine halbe Stunde darüber referiert hat, warum ein Superheld stets einen mit Mundwasser gefüllten Rucksacktank mit angeschlossener Wasserpistole bei sich tragen sollte. Wir haben uns vor Lachen gebogen.

»Was meint er damit?«, erkundigt sich Fawn.

»Keine Ahnung. Vielleicht nur Sentimentalität?« Viel eher denke ich aber, dass er mich an meinen Verrat erinnern will. Denn genau diese Frage hat er mir am Tag seiner Festnahme gestellt.

Unwillkürlich huscht mein Blick nach links, wo sich ein Schutthaufen aus eingestürztem Mauerwerk erhebt, und mein Gedächtnis versorgt mich sofort mit dem passenden Bild: *Corvin in der Gestalt von Dark Chaos, der obenauf kauert und mich schwer atmend mustert, als ich mich vorsichtig auf ihn zu bewege. Wir sind allein, nur er und ich, aber ich weiß die Agenten der Division im Korridor hinter der Halle, bewaffnet und bereit zuschießen. Rauch und Staub hängen in der Luft, irgendwo kämpft die Feuerwehr mit zischenden Wasserstrahlen gegen letzte Glutnester. Ich vermeide es, auf die Blutlache zu schauen. Schritt für Schritt wage ich mich näher, eine Hand beschwichtigend erhoben.*

»Hau ab«, faucht Corvin und das Echo seiner Superheldenstimme jagt mir wie Eisregen über die Haut.

»Es ist vorbei, alles wird wieder gut.«

»Hau ab. Sofort.«

»Ich will dir helfen.« Doch das ist nur die halbe Wahrheit. Sie haben mich reingeschickt, um seine Kräfte zu neutralisieren, und er weiß das ebenso gut wie ich. Trotzdem lässt er zu, dass ich zu ihm hinaufklettere. Er greift mich nicht an, stößt mich nicht weg, fleht nur immer wieder, ich solle gehen.

»Alles wird gut.« Ich strecke die Hand nach ihm aus. Sie zittert. Und als ich sie auf seinen von schwarzer ledriger Haut überzogenen Arm lege, merke ich, dass auch er am ganzen Körper zittert. Eine einzelne Träne löst sich aus seinem Augenwinkel, sein weiß glühender Blick flackert.

»... nicht«, murmelt er immer wieder, so schnell, so unverständlich jetzt, dass ich mir den Anfang nur zusammenreimen kann. Tu es nicht? Bitte nicht?

Doch natürlich muss ich es tun. Vor dem Haus warten die Rookies, alle zutiefst verstört und zum Teil verletzt. Sie hoffen, dass dieser

Albtraum ein gutes Ende findet, aber das wird nicht passieren. Ich spüre es.

Corvin hat Direktor Burton ermordet. Seinetwegen hat Robyn schwerste Verbrennungen erlitten. Vielleicht hat er das alles nicht gewollt, dennoch lässt es sich nicht rückgängig machen. Nichts wird je wieder sein, wie es war. Daran kann auch ich nichts ändern.

»Alles wird gut, vertrau mir«, wiederhole ich meine Lüge. Er ist seit Stunden außer Kontrolle. Zumindest damit muss Schluss sein. Ich lasse meine Stille auf ihn überströmen. Hülle uns beide in eine Blase, die uns gänzlich abschottet.

Die Dunkelheit zieht sich zurück, das Chaos gibt den Jungen frei, der vor lauter Erschöpfung in meine Arme sinkt. Wir sitzen eng umschlungen da, während die Agenten der Division uns einkreisen, ihre Gewehre auf Corvins Kopf gerichtet. Ich bekomme es mit der Angst zu tun. Sie dürfen ihn nicht verletzen. »Nicht schießen!«

»Was macht einen Helden aus?«, fragt Corvin mit brüchiger Stimme und blickt mich so lange an, bis ihm die Augen endgültig zufallen.

Ich schluchze auf.

Handschellen schließen sich um Corvins Gelenke, und sie pumpen ihn mit Drogen voll, obwohl er längst weggetreten ist. Danach bringen sie ihn weg. Fort von Demlock Park, fort von den Rookies. Von mir. Seinen Gesichtsausdruck, bevor er einschlief, habe ich nie vergessen. Dieser anklagende Blick, er hat mich all die Jahre verfolgt.

Jäh überlagert ein anderes Bild die Erinnerungen von vor sechs Jahren. Und eine Erkenntnis hüllt mich in ein Korsett aus Hitze. »Ich war es nicht«, hat Corvin im Transporter hervorgestoßen, als ich ihn einen Mörder nannte. Aber womöglich, womöglich hat er nur wiederholt, was er mir schon damals mitteilen wollte, inmitten von Blut und Asche, als er vor Verzweiflung kaum sprechen konnte. Dass er es nicht getan hat, dass er unschuldig ist. Nicht: *Tu es nicht.* Sondern: *Ich war es nicht.*

»Jill?«

Ich blinzle heftig. »Hm?«

Fawn deutet auf Quinn. Er wippt wieder und hat den Zeigefinger erhoben, wie so oft, wenn er sich Gehör verschaffen will. Ein kleines Lächeln zeigt sich auf seinem Gesicht.

»Was macht einen Helden aus? Jill«, sagt er, bestimmt nicht zum ersten Mal. Offenbar hat er mir über die Schulter geschaut und mitgelesen. Und weil Quinn eben Quinn ist, will er das Heldenspiel auch sofort spielen. »Was macht einen Helden aus? Jill. Was macht einen Helden …?«

»Ja, ja, schon gut.« Ich reiße mich zusammen. Quinn ist wieder voll da. Wir dürfen ihn nicht noch einmal verlieren, also spiele ich mit, genau wie früher. »Eine Superheldenmütze mit integriertem Bart. Fawn.«

»Eine Tasche voll Notfallschokolade. Hilft garantiert bei jedem Stimmungstief. Quinn.«

»Ein aufblasbarer Fluchtwagen für die Hosentasche. Jill.«

»Eine Haarspray-Pistole. Damit geht jeder Gegner sofort k. o. Fawn.«

»Ein Ganzkörper-Sumoringer-Anzug. Gut gepolstert kann dem Helden auch bei einem Sturz in die Tiefe nichts passieren. Leute!« Sie hüpft von einem Fuß auf den anderen. »Ist das nicht der absolute Wahnsinn, dass wir wieder zusammen sind? Stellt euch vor, die anderen wären auch hier, Morton und Robyn. Und Ella.«

»Und Corvin«, sagt Quinn.

Fawn gluckst. »Und BB. Ohne ihn wäre das Rookie-Team einfach nicht komplett.«

Ich hasse es, dass ich ihrer Begeisterung einen Dämpfer versetzen muss. »Ihr wisst, dass das ein Wunschtraum ist. Wir sind keine Superhelden.«

Trotz der Maske kann ich sehen, wie geringschätzig Fawns Gesichtsausdruck wird. »Nein, *wir* sind keine Helden. Du aber offenbar schon. Du arbeitest für die Division.« Sie betont das Wort, als hätte sie in eine faule Frucht gebissen.

»Nicht mehr an diesem Auftrag«, rechtfertige ich mich und ärgere mich zugleich darüber. Jeder von uns hat Kämpfe mit sich selbst ausgefochten, jeder hat versucht, mit der Leere umzugehen, in die wir nach der Trennung gerissen wurden. Das war mein Weg.

»Ach nicht?«

»Nein.«

»Also bist du gefeuert?«

»Nicht wirklich.«

Sie betrachtet mich aus schmalen Augen. »Vielleicht solltest du dich entscheiden.«

Zum zweiten Mal in dieser ereignisreichen Nacht sitze ich in einem Taxi. Mit Quinn diesmal, der jede Kurve, jedes Abbremsen steif und mit durchgestrecktem Oberkörper bewältigt, um nur ja nicht mit der ledernen Rücklehne in Berührung zu kommen. Es gibt viele Materialien, die ihm unangenehm sind, Leder ist eines davon. Der Sicherheitsgurt stört ihn wider Erwarten weniger, worüber ich sehr froh bin.

Fawn ist in Demlock Park geblieben, bei ihren Pflanzen, die darauf warten, von ihr gerettet zu werden.

Wer rettet mich?

Ich zwinge diesen idiotischen Gedanken nieder. Niemand muss mich retten, es geht mir gut. Vermutlich bin ich die Einzige der Rookies, der es wirklich gut geht. Ich bin gesund, ich habe ein wunderbares Zuhause und eine Adoptivmutter, die mich liebt. Ich habe einen Job, der mich ausfüllt. Grundsätzlich. Ich muss einfach noch mal mit Patten reden, bestimmt wird sich eine Lösung finden lassen. Ich werde den Rächer fassen, die Menschheit von dieser Bestie befreien. Ich tue das Richtige – kein Grund, alles infrage zu stellen.

Das alles sagt mir meine Vernunft. Mein Gefühlsleben allerdings zeigt sich davon unbeeindruckt. Der Gedanke an Corvin beschert mir Dauerherzklopfen. Dann wieder schießt mir das Gespräch mit BB durch den Kopf, diese ominösen Akten, auf die Robyn angeblich gestoßen ist. Und schließlich Fawn: *Vielleicht solltest du dich entscheiden.* Was hat sie damit gemeint? Wofür entscheiden? Warum verlangt das ständig einer von mir?

Ich knurre unwillkürlich und Quinn schreckt zusammen.

»Entschuldige. Das war nicht an dich gerichtet. Ich bin einfach nur müde.« Müde und verwirrt.

»Bei Schlafmangel steigt die Konzentration an Adenosin, das wiederum die Aktivität der Neuronen drosselt. Chronische Müdigkeit führt zu kognitiven Einbußen wie durch Alkoholeinfluss …«

Wir werden jäh in den Gurt gepresst, als der Taxifahrer eine Vollbremsung hinlegt. Zwei Männer taumeln in eine Messerstecherei verwickelt auf die Straße. Ein dritter Mann kommt hinzu, ein Schuss fällt, der Kampf droht zu eskalieren.

Baine City ist ein Moloch der Gewalt. Ungeachtet des Waffenverbots, das vor einigen Jahren erlassen wurde, besitzt heutzutage fast jeder Schusswaffen und Messer. Die Menschen berufen sich darauf, es sei ihr gutes Recht, sich gegen die Straßenbanden und Verbrecherzirkel zur Wehr zu setzen, jetzt, da es keine Superhelden mehr gebe. Wenn sie es nicht täten, wer dann? Die Polizei? Das FBI? Lächerlich. Die Gesetzeshüter sind machtlos, viele geschmiert oder gar Ehrenmitglied wie der bekannte Richter Oliver Temming.

Der Taxifahrer grummelt in sich hinein, legt den Rückwärtsgang ein und biegt in eine Nebenstraße ab, um die Gefahrenzone zu umfahren. Eine halbe Minute später pfeift er schon wieder ein Liedchen. Der tägliche Wahnsinn auf den Straßen Baine Citys juckt ihn nicht, er ist Teil seines Jobs.

Ich wende mich wieder Quinn zu, der seelenruhig in seinen Ausführungen fortfährt: »Wahrnehmung und Aufmerksamkeit sind gestört, die Reaktionszeit verlangsamt. Fehlentscheidungen können die Folge sein. Ally trinkt morgens immer Tomatensaft. Ich habe den Pfefferstreuer fallen gelassen. Ich mag keine Stofftaschentücher.«

Ich muss lachen. »Ich habe dich vermisst.«

Quinn schweigt. Wenig später blickt er aus dem Fenster. »Epton Road, 65. Hier wohne ich.«

Kaum hat das Taxi angehalten, springt er aus dem Wagen. Ich bitte den Fahrer zu warten und folge Quinn zur Eingangstür, die im gleichen Moment aufgerissen wird. Licht schwemmt aus dem Haus in den gepflegten Vorgarten. Eine zart gebaute Frau mit ergrautem Haar und ein nicht minder dünner Mann mit Halbglatze nehmen Quinn in die Arme.

Es ist unschwer zu erkennen, wie sehr die Conleys ihren Sohn lieben. Er wiederum, der Berührungen stets vermeidet, lässt die Umarmung nicht nur zu – nein, er erwidert sie, genießt sie sogar. Tief berührt, wende ich mich ab. Ich habe mich geirrt, ich bin nicht die Einzige. Quinn braucht die Rookies nicht. Er hat seine Familie gefunden.

»Jillian, bitte, warten Sie!«, ruft mir seine Mutter nach, als ich mich unauffällig verdrücken will. »Ich möchte mich noch bei Ihnen bedanken.«

Mein Lächeln kommt von Herzen. »Gern geschehen.«

»Darf ich Sie kurz hereinbitten? Auf eine Tasse Tee oder Kaffee?«

»Das ist sehr nett, danke, aber es ist spät … Oder vielmehr früh.« Fast vier Uhr morgens.

»Ein Stück Kuchen?«

Baine City steht vor dem Untergang – aber ein Stück Kuchen geht immer. Sei nicht unfair, ermahne ich mich. Jeder lebt sein Leben, so gut er kann. Wenn wir unter dem Terror einknicken, hat der Rächer schon gewonnen.

»Oder Kekse?«

Es scheint ihr sehr wichtig zu sein. »Wer könnte da schon widerstehen?«

Als ich mich anschicke, das Taxi zu bezahlen, tritt ihr Mann mit seinem Portemonnaie hinzu und begleicht die Fahrtkosten. Die beiden bitten mich ins Haus. Quinn hat sich mit Kopfhörern auf das Sofa zurückgezogen und entrollt soeben sein Computerpad. Er hat nicht vor, zu Bett zu gehen.

Die Kekse sind hausgemacht, der Tee duftet nach Bergamotte. Ich trinke in kleinen Schlucken und komme endlich zur Ruhe. Quinns Eltern erzählen über das Leben mit einem Jungen im Spektrum. ASS wird diese Störung genannt, Uneingeweihte nennen sie Autismus, der Staat klassifiziert sie als Behinderung. Welch Ironie. Ein Superheld mit Behindertenstatus.

»Er schlägt sich großartig«, berichtet Quinns Mutter Ally. »Die Schule war anfangs ein Problem …«

»Alles war anfangs ein Problem«, wirft Henry ein.

»Anfangs ja …«

»Auch später.«

Sie lächelt. »Henry hat ein Gedächtnis wie ein Elefant.«

»Und du eines wie ein Sieb.«

Das muss wahre Liebe sein.

»Ich bewahre mir eben die schönen Erinnerungen. Wozu soll ich mich mit Negativem belasten? Jetzt ist es nicht mehr wichtig. Quinn ist erwachsen und wird demnächst aufs College gehen, auf die Beamon University.«

»Das ist toll. Das heißt, die Starre heute war eine Ausnahme?« Ich wünsche Quinn nur das Beste, aber ich kann mir nicht vorstellen, wie man an der Beamon mit einer Steinskulptur in der Cafeteria umgehen wird. Oder im Hörsaal. Oder im Campuspark.

»Ja«, sagt Ally.

»Nein«, sagt Henry.

Ah ja. »Wissen Sie eigentlich von Quinns Freundin? Daphne?«, erkundige ich mich vorsichtig.

Henry nickt und verdreht die Augen, wodurch er um zehn

Jahre jünger aussieht. Ally lächelt abermals, es ist ihre Antwort auf alles.

»Daphne ist bereits die vierte«, erzählt sie. »Die Mädchen fliegen auf ihn und Quinn wünscht sich so sehr eine Freundin.«

Ich fürchte, mit der Freundschaft ist es nicht weit her. Mit einem Rookie zu posen, ist anscheinend gerade angesagt, und Quinn ist ein leichter Fang.

»Es ist wichtig, dass er Erfahrungen macht, bevor er aufs College geht«, fährt Ally fort. »Wir wollen ihn dazu ermutigen, ein normales Leben zu führen.«

Ich nicke. »Hat er je versucht, seine Kräfte zu schulen? Er konnte das als Kind recht gut, kleine Dinge versteinern zu lassen.« Dazu hätte er sich allerdings in Cameo verwandeln müssen, in lebendigen Stein, nicht in eine Statue. Was für ein Hohn, was für eine abartige Laune der Natur, dass gerade er Autist ist.

Ally zieht ein verwirrtes Gesicht. »Wozu? Wir wollen das nicht noch fördern. Er hat es schwer genug.«

Ich schenke mir die Bemerkung, dass er durch das Training auch in der Lage sein müsste, sich selbst besser zu kontrollieren, und verabschiede mich. Als ich zur Tür gehe, steigt Quinn gähnend die Treppe empor. Ich wünsche ihm eine Gute Nacht.

Er dreht sich nicht um. »Ich habe dich auch vermisst, Silence.«

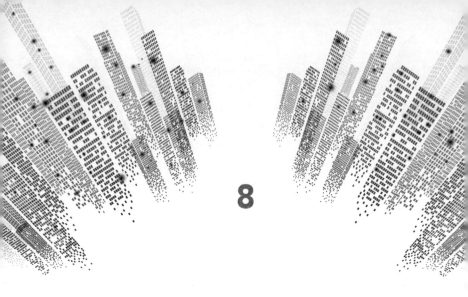

8

Ich bringe Fawn Frühstück. Sie hat meinen Vorschlag, bei uns in Kristens Haus zu wohnen, dankend abgelehnt, und es sich in Demlock Park gemütlich gemacht. Das Obergeschoss ist vom Feuer weitgehend verschont, die Räume mitsamt ihrer Einrichtung erhalten geblieben. Es gibt Strom und sogar Warmwasser. Wie hätte ich es ihr ausreden sollen?

Sie hat ihr altes Zimmer okkupiert, schläft in ihrem alten Bett. Fast scheint es, als wollte sie ihr altes Leben wieder aufnehmen, falls nötig mit Gewalt. In Shorts und Tanktop sitzt sie auf den zerwühlten Decken und nimmt die Papiertüte mit den Bagels und den Becher Kaffee entgegen. Ich versuche ihr zu erklären, dass sie nicht bleiben kann, nicht auf Dauer, nicht unter diesen Umständen. Die Division wird das nicht zulassen.

»Keiner weiß, dass ich hier bin. Es sei denn ...« Sie lässt den Satz verklingen. Der Blick aus ihren grauen Augen ist Andeutung genug.

»Ich werde nichts verraten, ist doch klar«, sage ich seufzend. »Aber was ist mit deinen Eltern?«

Sie hat ihren Eltern aufgetischt, dass sie an einer höchst ansteckenden Grippe erkrankt ist und bei mir wohnt, bis sie sich auskuriert hat. Das Letzte, was Farmer gebrauchen können, ist eine Krankheit, die sie vom Arbeiten abhält. Dementsprechend war die Antwort ihres Vaters ausgefallen: »Bleib ja dort. Komm erst wieder, wenn du ganz gesund bist.«

Fawn schiebt ihre Maske auf die Stirn, sodass ihr weißblonder Pony wild zu Berge steht. Sie krallt sich einen der Bagels aus der Tüte und beißt mit Genuss hinein. »Meine Eltern können warten. Erst will ich mir sicher sein«, sagt sie kauend.

»Sicher worüber?«

»Was ich mit meinem Leben anstelle.«

Ich nicke. »Guter Plan.«

Fawn schlürft ihren Kaffee. Leckt die letzten Krümel von ihrer Handfläche und greift sich den zweiten Bagel, alles in bedenklicher Geschwindigkeit. Gab es bei ihr zu Hause nichts zu essen?

»Was machen wir heute?«, fragt sie unternehmungslustig.

Die letzten beiden Tage war sie im Park beschäftigt gewesen. »Hast du keine Bäume mehr, die du retten musst?«

»Musst du nicht nach Corvin suchen?«

»Nein. Ich bin raus, das weißt du doch. Fang nicht wieder damit an.«

Fawn mustert mich argwöhnisch, sagt aber nichts mehr. Ich setze mich zu ihr aufs Bett und streiche über die hellgelbe Bettwäsche, die sie in einem der Schränke aufgestöbert hat.

Das Zimmer steckt voller Erinnerungen. Wir haben die Wände in einer Gemeinschaftsaktion bemalt, was bei sieben Individualisten nicht ganz reibungslos ablief. Ich werde nie vergessen, wie Robyn einen Farbtopf nach Corvin warf und dabei Ella traf – und sie mit himmelblauer Farbe übergoss. Ihre Rache kam postwendend und schon war eine Farbschlacht im Gange, die sich gewaschen hatte. Es war eine Riesensauerei, vor allem Ella hat Tage gebraucht, um das Zeug aus ihren Cornrows zu kriegen.

Erstaunlicherweise kann sich das Endergebnis sehen lassen. Die Wände sind ein einziges Blumenmeer: farbenprächtige Blütenköpfe, gezähnte Blätter, wild wuchernde Ranken und Stängel – genauso ungezähmt und einzigartig wie wir. Bei ihrem Anblick sprudelt Lebensfreude in mir hoch, Lachen, Begeisterung, und ich sehne mich nach diesem besonderen Band, das uns zusammenhielt.

Fawn schüttelt die letzten Tropfen aus dem Kaffeebecher. »Musst du sonst irgendwelche Agentendinge erledigen?«

»Nein.«

»Du hast also frei?«

»Sozusagen.«

»Und du bist mit dem Auto hier?«

»Kristen hat mir ihres geliehen.«

»Dann weiß ich, was wir machen: Wir besuchen Ella.«

»Du willst den Tag auf dem Friedhof verbringen?«

»Ich will ihn mit ihr verbringen. Ich habe sie seit Ewigkeiten nicht gesehen. Sie ist ja immer mit ihrem Engeldingens beschäftigt. Und jetzt, wo ich schon mal in der Stadt bin, wird sie nicht Nein sagen können.«

Mein Blick fällt auf die verdorrten Topfpflanzen auf der Fensterbank, mumifizierte Zeugen einer Vergangenheit, die nie wieder lebendig werden kann. Fawns totgeknuddelte Stofftiere auf dem Schaukelstuhl starren mich aus leeren Augen an. Leben und Tod liegen so nah beieinander. Wir können weder dem einen noch dem anderen entfliehen.

Ich weiß nicht, warum ich so sentimental bin. Vielleicht wird mir das Treffen mit Ella guttun, vielleicht kann ich mir etwas von ihrer Zuversicht abzwacken. »Also gut. Warum nicht.«

Fawns Augen blitzen. »Und danach mischen wir die Uni auf. Morton wird ausflippen.«

Unser Tagesplan gerät ins Wanken, als wir am Friedhof eintreffen. Das Bestattungsunternehmen Vaughan hat seinen Geschäftsnamen in »Firekiss Bestattung« geändert und wirbt auf Plakaten mit der Feuerbestattung durch einen »vom Himmel gesandten Engel«. Das kann man geschäftstüchtig nennen, eine gewiefte Marketingstrategie, doch wer Ella kennt, weiß, dass sie sich nicht dafür hergeben würde, wäre sie nicht felsenfest davon überzeugt, tatsächlich ein Engel zu sein.

Fawn bestaunt das weitläufige Anwesen, das zu gleichen Teilen Wohnhaus und Firmensitz ist. Direkt am Welton Friedhof gelegen, gehört es zu den führenden Unternehmen in Sachen Letzte Ruhe. Ob es wirklich Zufall war, dass die Vaughans von allen Rookies ausgerechnet Ella zugeteilt bekamen? Gott habe sie zu ihnen geführt, behaupten sie jedenfalls, wenn man sie danach fragt, und Ella wäre die Letzte, die einer solchen Aussage widerspricht.

Von Mitchell und Vivian Vaughan erfahren wir, dass Gabriella nicht da ist. Heute sei doch die Verabschiedung von Bürgermeister Carnes in der St. Paynes, erklären sie, erst die Messe, dann die Feuerbestattung. Ihre Tochter habe den Auftrag bekommen, die Flamme zu entzünden.

Fawn macht große Augen. »Wow. Na gut, dann fahren wir eben dorthin. Wann beginnt die Zeremonie?«

Ellas Vater, ein Bär von einem Mann mit einem roten Backenbart, der mich an ein längst versunkenes Kaiserreich denken lässt, wechselt einen Blick mit seiner Frau, die dunkle Haut hat wie Ella. »Um elf, wenn ich mich nicht irre, oder Viv?«

Sie nickt zustimmend. »Wir wären ja mitgefahren, aber wir bekommen heute drei Verstorbene herein, die vorbereitet werden müssen.«

Ella hat mir bei unserem Rundgang durch das Bestattungsunternehmen auch den Raum gezeigt, in dem die Verstorbenen für ihren letzten Weg zurechtgemacht, also gesäubert, eingecremt, angekleidet, frisiert und sogar geschminkt werden. Bis zu zehn Beerdigungen finden jeden Nachmittag statt, zumeist Feuerbestattungen, für die Ella zuständig ist. Seit sie im Familienbetrieb mitarbeitet, ist das Interesse daran enorm gestiegen. Wer würde auch nicht von einem vermeintlichen Engel ins Reich der Toten geschickt werden wollen?

Ein Hupen zerreißt die Stille. Ellas Mutter reibt sich die Hände. »Da sind sie schon. An die Arbeit.«

Wir ergreifen die Flucht.

»Zur Kirche?«, frage ich der Form halber im Auto, obwohl ich weiß, dass sich Fawn kaum von ihrer fixen Idee abbringen lassen wird.

Sie nickt.

»Da wird die Hölle los sein.«

»Dann ist es ja gut, dass wir eine Verabredung mit einem Engel haben.«

Ich seufze und füge mich meinem Schicksal.

Die St. Paynes Cathedral hat den Doom überdauert – was man für das Werk Gottes hält, denn die Gebäude ringsum wurden durch die Kämpfe der Warriors zerstört. So kommt es, dass sich inmitten von Ruinen zwei mit silbergrauen Dachschindeln gedeckte Türme beiderseits eines mächtigen Kirchenschiffes erheben.

Ich stelle den Wagen in einem Parkhaus ab und wir gehen das letzte Stück zu Fuß. Die Polizei hat den Platz abgeriegelt. Hinter der Absperrung haben Endzeitfanatiker Stellung bezogen, die das Ende der Welt prophezeien, das angeblich durch das Wirken des Rächers seinen Anfang nehmen wird. In ihren Sprechchor mischt sich die Rede eines Sektenführers, der die Erlösung im Tod und das paradiesische Leben in der Sphäre danach voraussagt.

Das Rundbogentor nimmt einen guten Teil der Breitseite der Kathedrale ein. Wir schließen uns den Menschenmassen an, die sich in einem gemessenen Strom ins Innere bewegen. Alle wollen sie von Jason Carnes Abschied nehmen, der vor drei Wochen im Zuge des Rächer-Angriffs auf die City Hall ums Leben kam, zusammen mit so vielen anderen Mitgliedern des Stadtrats. Baine City hat mit ihm einen engagierten Politiker verloren, der stets das Wohl der Bürger im Sinn hatte und dementsprechend beliebt war. Sein Nachfolger wird es schwer haben.

Wir suchen uns einen Sitzplatz in einer der hinteren Bankreihen. Die Kirche ist zum Bersten gefüllt. Wie der Infoscreen verrät, wird nach der Messe die Feuerbestattung in der Krypta stattfinden und am nächsten Tag eine Feier in engstem Familienkreis. Einem Ereignis, dem man aber über Livestream beiwohnen könne.

Jemand tippt mir auf die Schulter und ich reiße den Kopf hoch. Lachen perlt mir entgegen. »Jillian? Jill? Bist du es wirklich?«

»Ella!« Sie sieht fabelhaft aus, groß, einnehmend, die braunen Augen noch eine Nuance dunkler als ihre Haut. Ihr Kopf ist kahl geschoren, Lippen und Lider schwarz geschminkt, und sie trägt ein permanentes Goldtattoo, das sich wie eine gleißende Feuerspur von der Stirn weg nach unten bis ans Kinn durch ihr Gesicht zieht.

Ich stupse Fawn an. Sie stößt ein Quietschen aus und springt auf. »Ella!«

»Fawn, das ist ja eine Überraschung!«

Wir fallen einander in die Arme.

»Ich fasse es nicht«, sagt Ella, als sie sich von uns löst. »Euch hätte ich hier niemals erwartet. Sagt bloß, ihr seid wegen der Verabschiedung hier.«

Fawn schüttelt den Kopf. »Nein. Deinetwegen.«

Ella lacht. »Wirklich. Das wird aber noch dauern, bis ich Zeit für euch finde. Ich muss die Einäscherung vornehmen.«

»Wissen wir. Von deinen Eltern«, sagt Fawn.

»Wie kam es dazu?«, frage ich und betrachte ihre Soutane. Bodenlang und mit goldenen Paspelierungen an den Ärmeln und dem Kragen bedeckt sie ihren drahtigen Körper fast zur Gänze. Nicht so ihre Flügel, die sie nun mit zwei kurzen kräftigen Schlägen präsentiert. Ein Raunen geht durch die angrenzenden Reihen, das allgemeine Gemurmel erstirbt.

Ella grinst. »Ein bisschen Show muss sein. Die Familie Carnes hat mich in Absprache mit der Stadtregierung angefordert. Es läuft gut, sage ich dir. Wir können uns vor Anfragen kaum retten.«

»Das freut mich. Du siehst glücklich aus. Ist es das, was du wolltest?«

»Denn wer sich selbst erhöht, wird erniedrigt, und wer sich selbst erniedrigt, wird erhöht werden. Lukas 14,11«, zitiert sie aus der Bibel. »Ich bin gefallen und habe für meine Sünden gebüßt. Gott hat mein Flehen erhört und mich wieder als seine Dienerin aufgenommen. Und irgendwann werde ich in den Himmel zurückkehren.«

»Ja«, sage ich gedehnt. »So wird es wohl sein. Bestimmt.«

Wir verabreden uns für später und Ella geht nach vorn in die Sakristei, um gemeinsam mit Bischöfin Emma Roth und den Messdienern für den Einzug zur Totenmesse Aufstellung zu nehmen.

»Wollen wir inzwischen einen Einkaufsbummel machen?«, schlage ich vor. »Du brauchst doch bestimmt ein paar Sachen.«

Fawn schüttelt entschieden den Kopf. »Nein. Ich möchte an der Messe teilnehmen. Und auf jeden Fall auch an der Feuerbestattung.«

Mit gemischten Gefühlen lausche ich der Trauerpredigt von Bischöfin Roth. Ich respektiere die Bibel und die christlichen Lehren, aber ich fühle mich jeder Art von Religion so fern wie ein Pinguin dem Eismeer in der Wüste. Ich habe schon unzählige Diskussionen mit Ella geführt, die meistens darauf hinausliefen, dass sie mir erklärte, ich müsse zumindest an Übernatürliches glauben, unsere Kräfte, so minimal sie auch seien, ließen sich nun mal nicht bestreiten. »Das nicht«, hielt ich jedes Mal dagegen, »ich glaube bloß nicht daran, dass wir sie von einem allmächtigen Gott erhalten haben. Sondern schlicht und ergreifend von einer außerirdischen Spezies.« Woraufhin Ella über kleine grüne Männchen und Aliens spottete. Und so drehten wir uns regelmäßig im Kreis.

Aber na ja, wir brauchen alle etwas, das uns in dieser Welt verankert. Eltern. Eine Aufgabe. Ziele. Für Ella ist es ihr Glaube. Nichts ist falsch daran.

Nach der Messe folgen wir den Trauergästen in die Krypta. Das von mächtigen Pfeilern gestützte Gewölbe ist riesig, das Gedränge dennoch unbeschreiblich. Wir finden nur noch Stehplätze auf der Galerie, haben dafür aber einen guten Blick auf den Verbrennungsofen. Der Sarg wurde davor aufgebahrt und Ella wartet bereits auf ihr Zeichen. Ich zähle die Minuten.

»Glaubst du neuerdings an Gott, Jill?« Das Raunen zu meiner Linken sorgt dafür, dass ich mich umdrehen will, aber ein leiser Befehl lässt mich innehalten. »Nicht. Schau nach vorn.«

»Corvin«, stoße ich zwischen zusammengebissenen Zähnen hervor. Aus den Augenwinkeln bemerke ich Fawns wissendes Lächeln.

»Wird Zeit, dass du kommst«, wispert sie, »ich sterbe vor Langeweile.«

Ich werde wütend. »Das war abgesprochen, oder? Das darf ja wohl nicht wahr sein!« Wann haben die zwei das geplant? Als Corvin Fawn auf der Farm besucht hat? *Ich bin so dumm!*

»Du bist leicht zu täuschen«, stellt Corvin überflüssigerweise fest. »Ich hätte mehr erwartet von einer Agentin der Division.«

Wir sollten mal über deine Erwartungen sprechen. »Die genaue Bezeichnung lautet ›Unterstützende Beraterin für alternative Ermittlungsmethoden‹.« Es klingt hochtrabend. Und verstörend langweilig.

»Hübscher Titel. Selbst ausgedacht?«

»Wir können gern bei ›Agentin Burton‹ bleiben, damit es nicht zu kompliziert für dich wird.«

»Ich bevorzuge ›Frau Superheldin‹.«

Ich knirsche mit den Zähnen und werfe einen Blick über die Schulter. Er steht direkt hinter mir und grinst, das Haar unter einer grauen Mütze verborgen, die ihm ein Allerweltsaussehen verleiht. Der Junge von nebenan, attraktiv, witzig und vor allem harmlos. Aber genau das ist er nicht. Sollte er aus einem denkbar unerfreulichen Grund ausrasten, wären alle in Gefahr. Ich könnte nichts dagegen tun.

»Hast du meine Nachricht bekommen?«, erkundigt er sich dicht an meinem Ohr.

Er ist mir zu nah, viel zu nah, absichtlich natürlich, und ich fühle mich in die Enge getrieben. Ich ramme ihm den Ellbogen in die Seite, woraufhin er ein Ächzen ausstößt.

»Oh. Entschuldige. Aber: Kannst du mal ein bisschen Abstand halten? Du atmest mir in den Nacken.«

Prompt rückt er noch ein wenig näher, seine Lippen streifen meine Schläfe, als er flüstert: »Du riechst aber auch zu gut.«

Dummerweise tut er das auch. Nach Minze und Zitrus, frisch wie eine Meeresbrise. Unvermutet durchzuckt mich der Gedanke, wie sehr ich seine Nähe vermisse, sein Lächeln, die Art, wie er sich beim Vorlesen an mich kuschelt. Wie sehr ich *ihn* vermisse ... *Nein, stopp, nicht hilfreich.* Ich muss einen kühlen Kopf bewahren. *Lass dich nicht provozieren. Vermeide einen Konflikt. Bleib sachlich.*

Ich atme tief durch. »Warum bist du hier? Hast du es dir anders überlegt?«

Seine Stimme verliert den neckischen Unterton. Kälte vibriert jetzt darin. »Du meinst, ob ich doch auf das verlockende Angebot der Division eingehen möchte? Wie hat Patten das noch gleich ausgedrückt? Ein Umwandlungsprogramm? Sie wollen meine DNA verändern, um meine Gewaltbereitschaft zu minimieren, richtig?«

Ich schlucke.

»Medikamentöse Behandlung, kleine Eingriffe am Gehirn – mal überlegen ... Nein. Lieber nicht.«

»Und wenn wir diese Klausel streichen?« Erst sprechen, dann denken – hervorragende Strategie. Jetzt kann ich unmöglich zurückrudern. »Wenn du ein Leben führen könntest, wie wir anderen auch, wärst du dann bereit, für die Division zu arbeiten?«

»So viel Einfluss hast du?«, fragt er, die rechte Augenbraue spöttisch erhoben.

»Vielleicht. Vielleicht kann ich Patten überreden. Wir müssen den Rächer stoppen – wir beide zusammen.«

»Ich dachte, du bist raus«, schaltet sich Fawn ein.

»Nun, dann hat sie dir was vorgemacht«, erwidert Corvin. »Das hier klingt jedenfalls nicht danach.«

Tja. Wie es aussieht, mache ich in dieser beschaulichen Diskussionsrunde nicht die beste Figur. »Ich *bin* raus, das ist die Wahrheit, Fawn. Aber wenn ich Corvin für unsere Sache gewinnen kann, wäre Patten sicher bereit …«

»Nein«, fällt er mir ins Wort. »Das ist eure Angelegenheit. Seht zu, wie ihr damit fertigwerdet.«

Ich traue meinen Ohren kaum. »Das geht dich genauso viel an. Du bist hier geboren und aufgewachsen, du wurdest für eine Aufgabe wie diese ausgebildet.«

Er zuckt mit den Schultern. »Na und? Ich bin nicht euer Notnagel.«

»Baine City ist auch deine Stadt, und jetzt steht sie vor dem Untergang. Wöchentlich sterben mehr Menschen durch die Hand des Rächers. Ist dir das wirklich egal? Willst du das weiterhin zulassen?«

»Sag mir, Jill, warum hast *du* zugelassen, dass sie mich wegsperrten? Hättest du dich je so für mich eingesetzt, wäre ich jetzt an deiner Seite.«

Seine Worte schlagen eine tiefe Kerbe in mein Herz. Ich bringe die Entgegnung kaum über die Lippen. »Das ist ungerecht. Und das weißt du auch.«

In diesem Moment wird das Licht gedimmt, die Gespräche verebben, die ersten Takte von »Angel of Light and Glory« erklingen. Violette Spots sind auf Ella gerichtet, die ihr Goldtattoo funkeln lassen und die Farbe ihrer Flügel vertiefen. Sie sieht geradezu überirdisch schön aus.

»Wir wären alle an deiner Seite«, zischt Corvin. »Wir wären noch zusammen. Wir wären die Rookie Heroes und könnten gemeinsam gegen den Rächer kämpfen.«

Es zieht mir den Boden unter den Füßen weg. Mir wird schwindelig. Genau das habe ich ihm vorgeworfen, im Gefängnis, und nun zahlt er es mir mit gleicher Münze zurück.

»Na, wie fühlt sich das an, Jill?«

»Was willst du hören? Dass ich dich um Verzeihung bitte? Das wird nicht passieren, Corvin West. Ich habe nichts falsch gemacht, du bist derjenige, der alles ruiniert hat.« Rational betrachtet haben wir beide unrecht – dass die Rookies getrennt werden sollten, war schon länger im Gespräch gewesen. Aber bei diesem Thema gehen die Gefühle ständig mit mir durch, ich kann nichts dagegen tun. »Das hier führt zu nichts. Ich gehe. Kommst du mit, Fawn?«

Sie wechselt einen Blick mit Corvin, der sachte den Kopf schüttelt. Ich stöhne auf, dränge mich an ihm vorbei und steuere auf den Ausgang zu. Die Wut kocht in mir, taucht alles in rote, sengende Hitze. Ich bemerke den Mann, der sich in entgegengesetzter Richtung durch die Menge drängt, zu spät. Ich ramme ihn und er packt mich reflexartig an den Schultern.

Eine Entschuldigung murmelnd weiche ich zur Seite, um ihm Platz zu machen. Er nickt nur, die Augen weiter nach vorn gerichtet. Leicht gewelltes braunes Haar, ein gepflegter Vollbart, graue Augen. Er kommt mir vage bekannt vor. Wo habe ich ihn bloß schon mal gesehen?

»Jill.« Corvins Finger graben sich in meinen Arm. »Können wir nicht vernünftig miteinander reden?«

»Es ist alles gesagt.«

»Ich bin nicht deshalb hier, nur, weil du …« Er seufzt. »Ich will endlich Gewissheit. Über diesen Tag vor sechs Jahren. Ich muss herausfinden, was wirklich passiert ist.«

»Wenn du es nicht weißt, wer dann?«, gebe ich schnippisch zurück. »Und jetzt lass mich gefälligst los, Corvin.«

»Aber ich habe keine Erinnerung an diesen Tag! Willst du denn nicht erfahren, wie es zu diesem Unglück gekommen ist?«

»Du nennst *Mord* ein Unglück?«

Die Musik ist verstummt und meine letzten Worte hallen viel zu laut im Gewölbe wider. Die Leute ringsherum schießen uns böse Blicke zu. Unten vor dem Verbrennungsofen erzeugt Ella aus dem Nichts eine Flamme auf ihrer Fingerkuppe. Ein Raunen erhebt sich in der Krypta. Wie viele sind lediglich deshalb hergekommen? Um Firekiss in Aktion zu sehen?

Ella lässt die Flamme tanzen und hüpfen und über ihren Arm nach oben zu ihren Flügeln wandern, die sie auf diese Weise in Brand steckt. Das Feuer züngelt über die Federn, verbrennt sie jedoch nicht, sondern verwandelt sie in lodernde Schwingen. Das Gemurmel wird lauter. Der Anblick ist spektakulär, die göttliche Macht nur schwer zu bestreiten. Hätte ich es nicht schon hundert Mal erlebt, wäre ich ebenfalls tief beeindruckt.

Bischöfin Roth spricht letzte Worte. Im Aufsehen begegne ich Corvins Blick, hart und kalt und irgendwie … gequält.

Er ist verbittert und voller Hass. Über Jahre konnte er sich in ihm aufstauen, Jahre, in denen er gehofft hat, dass ich komme, um die Wahrheit aus seinem Mund zu hören. Ich jedoch habe ihn enttäuscht. Vielleicht wiegt mein angeblicher Verrat deshalb doppelt schwer. Aus seiner Sicht bin ich mit schuld, was das Ende der Rookies betrifft. Aber was ist mit ihm? Hat er lediglich aus dem Affekt gehandelt? War er einfach nur Opfer seiner eigenen Superheldenkräfte oder steckt doch mehr dahinter? Und wieso kann er sich nicht daran erinnern?

»Ich war es nicht«, sagt er und gibt endlich meinen Arm frei.

»Was muss ich tun, damit du mir glaubst?«

»Wer war es dann? Wer hat Aaron ermordet?«

»Ich weiß es nicht. Ich weiß nicht, wer es war.«
Entnervt ringe ich die Hände. »Alles klar. Soweit ich weiß, waren da nur Aaron und du und jede Menge Blut. Diese Bilder suchen mich seit sechs Jahren immer wieder heim. Und jetzt soll ich dir das so einfach glauben?«

Das nächste Musikstück wird eingespielt: »Halleluja«. Ella ist in ihrem Element: Firekiss, der vom Himmel gesandte Engel, entzündet mit seinem Feuer den Sarg, der offenkundig präpariert ist. Die Flammen huschen in einer leuchtenden Spur über das Holz und bilden ein Kreuz auf dem Deckel. Was für ein Spektakel. »Firekiss Bestattungen« wird sich in Zukunft zweifellos über regen Zulauf freuen können.

Jemand stupst mich an. Fawn ist plötzlich an unserer Seite und deutet aufgeregt nach unten. »Schaut mal. Der Mann dort. Der große, in dem grauen Jackett.«

Ich begreife sofort, wen sie meint. Seine Kleidung wirkt unauffällig, nicht jedoch seine Statur, die breiten Schultern, die aufrechte Haltung. Er steht mitten im Publikum, dessen Augen gebannt auf Ella geheftet sind, weshalb sein Tun kaum auffällt. Ein gutes Stück vor ihm, über den Köpfen der Anwesenden, schwebt eine Art Kugel. So groß wie ein Fußball, in sich schimmernd, gewinnt sie an Volumen. Sehr langsam zwar, aber stetig.

Mir wird eiskalt. Das ist der Kerl, mit dem ich vorhin zusammengestoßen bin. Und jetzt fällt mir auch ein, woher ich ihn kenne: *Er war in der Togarth Street, kurz vor dem Unfall.*

Hat er den Jungen dabei? Ich kann ihn nirgends entdecken. Die Kugel hat bereits die Größe eines Medizinballes und raubt mir die Sicht. Jetzt werden die ersten Leute unruhig, wenden die Köpfe, wundern sich über dieses Ding in ihrer Mitte. Sie wissen nicht, was es ist. Ich schon.

»Er erschafft eine Sphäre. Das ist der Rächer.«

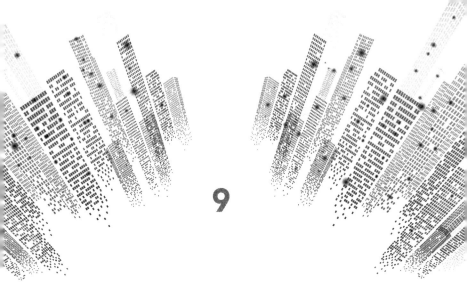

9

Meine Kindheit war durch die Ausbildung geprägt, Drill und Disziplin standen an erster Stelle. Wenn man viermal die Woche mitten in der Nacht von gellendem Alarm aus dem Bett gerissen wird, lernt der Körper, entsprechend zu reagieren. Allzeit bereit, hieß die Devise. Wir schliefen in Kampfmontur, bestehend aus elastischen Trikots und Hosen, die Stiefel, Schutzwesten und Helme neben dem Bett. Ich weiß noch, wie ich es hasste, das Adrenalin durch meine Blutgefäße branden zu spüren und vom Schlaf entspannte Muskeln zur Mitarbeit zu zwingen. Gewöhnt habe ich mich nie daran, dennoch wurden diese fiktiven Einsätze rasch zur Routine.

Wir wussten nie, was auf uns zukommen würde, ob wir Menschenleben zu retten oder gegen einen übermächtigen Gegner zu kämpfen hatten. BBs Einfallsreichtum war beachtlich, die Technik der Division machte holografische 3D-Projektionen möglich, die beinahe lebensecht waren, sogar in Bezug auf die Haptik. Schläge beispielsweise fühlten sich real an, indem bei Hautkontakt Druck aufgebaut wurde, unterschiedlich stark natürlich. Vom Kuss bis zum Kinnhaken konnte man alles simulieren.

Man wollte uns zu Kampfmaschinen ausbilden. Außerdem erhoffte man sich durch die Konfrontation mit ausweglosen

Situationen eine stetige Verbesserung unserer Superkräfte. Ein Trugschluss. Wir waren Kinder und mussten Helden spielen.

Die harte Schule, die ich durchlaufen habe, kommt mir jetzt zugute. Meine Sinne sind geschärft, meine Muskeln gespannt, als ich die Fakten analysiere.

Die Fähigkeiten des Rächers haben sich deutlich verbessert. Ich gehe davon aus, dass er von Anfang an Sphären erschaffen hat, sie jedoch sofort kollabierten. Die in der Togarth Street konnte er immerhin für dreißig Minuten halten und die in der Krypta ist offenbar erst im Entstehen. Er hat seine Taktik geändert und zeigt sich erstmals in der Öffentlichkeit, woraus ich ableite, dass er einerseits mutiger geworden ist, andererseits nach Aufmerksamkeit giert. Womöglich wird er in Zukunft Forderungen stellen, wodurch Menschenleben gerettet werden könnten. Ich muss Patten informieren. Wieso sind seine Männer nicht längst hier, um Corvin festzunehmen?

Das alles rauscht binnen Sekunden durch meinen Kopf.

»Der Rächer?«, fragt Corvin mit schmalen Augen.

Ich nicke. »Raus hier, Fawn. Und sieh zu, dass du die Leute aus der Kirche kriegst.«

Sie strafft sich. Sie hat dasselbe Training durchlaufen. Es ist zwar Jahre her, trotzdem funktioniert auch sie wie ein Uhrwerk. »Verstanden. Was hast du vor?«

»Ihn aufhalten.«

Ich laufe los, so gut es mir in der Menge möglich ist, zwänge mich zwischen den Trauergästen hindurch und nehme die Treppe nach unten. Im Laufen fische ich mein Handy aus der Hosentasche und wähle Pattens Nummer. Er geht nicht ran. Dann eben die Division. Irgendeiner muss ja Dienst haben.

Corvin folgt mir dichtauf. »Allein?«

»Ich hoffe nicht.« Endlich bekomme ich Verbindung. »Der Rächer. St. Paynes Cathedral. In der Krypta. Schnell.« Ich warte keine Antwort ab, sondern lege auf. »Was machst du überhaupt noch hier? Ich dachte, du willst damit nichts zu tun haben.«

»Mein Interesse ist geweckt.«

»Hätte ich das bloß früher gewusst«, murmle ich. Laut sage ich: »Wenn er die Sphäre hier platziert, werden alle sterben.« *Wir eingeschlossen.* Ich spreche es nicht aus.

Der Gedanke an meinen Tod jagt mir genauso viel Angst ein wie jedem anderen. So zerbrochen ich mich manchmal auch fühle, ich achte dieses Leben, das mir gegeben wurde, ich würde es nie leichtfertig aufs Spiel setzen. Doch meine Instinkte sind nicht auf Flucht trainiert, sondern auf Angriff, auf Kampf. Darauf, zu handeln, wenn andere es nicht vermögen. Nur deshalb laufe ich nun auf die Gefahr zu, obwohl ich weiß, dass meine Kräfte vielleicht nicht ausreichen werden, den Rächer zu stoppen.

Was macht einen Helden aus? Furchtlosigkeit? Selbstlosigkeit? Der Wille, einen Ausweg zu suchen?

»Erklär mir, was das ist – eine Sphäre«, verlangt Corvin.

Hört er keine Nachrichten? »Jetzt?«

»Jetzt wäre fantastisch.«

Ich fühle mich an unser Gespräch im Transporter erinnert, kurz bevor Corvin geflohen ist, und schnaube. »Wir wissen nicht, was sie genau ist oder wie sie erschaffen wird.«

»Durch Superkräfte?«

»Das wäre die einzig logische Erklärung.« *Na ja, so logisch doch wieder nicht, wenn man bedenkt, dass die Warriors keine Nachkommen hatten.* »Sie kann enorme Größe erreichen und wenn sie sich auflöst, bleibt nichts übrig. Nur Tod und Vernichtung.«

»Keine Trümmer?«

»Nein. Einfach nichts. Du hast die Bilder doch gesehen.«

»Also ist es keine Waffe, denn welche Waffe könnte Materie verschwinden lassen? Oder zu Asche eindampfen. Ist es vielleicht Antimaterie?«

Gleich. Gleich bekomme ich einen Nervenzusammenbruch. Von wegen Heldin. »Ich weiß es nicht, Corvin. Es gibt noch keine wissenschaftliche Abhandlung darüber. Aber du darfst sie gern verfassen, wenn du magst. Niemand war jemals derart hautnah am Geschehen. Deine Eindrücke werden aus erster Hand kommen und die Forschung revolutionieren. Hoffentlich überlebst du so lange.«

Mein Sarkasmus amüsiert ihn, er lacht. »Du bist so herrlich erfrischend, Jill. Ich mag das.«

Hurra. Ein Punkt für mich.

»Wie sieht dein Plan aus?« Unbeirrt schiebt sich Corvin neben mir durchs Gewühl. Offenbar hat er tatsächlich vor, mir beizustehen, denn er ruft die Dunkelheit in sich wach. Im Nu schlängeln sich blauschwarze Ranken über seine Hände und den Hals und ich komme nicht umhin, ihn fasziniert anzustarren.

Konzentrier dich! Mein Plan? »Seine Kräfte neutralisieren. Und hoffen, dass ich Erfolg habe.«

Von der Galerie erschallt Fawns helle Stimme. Sie hat die Maske hochgeschoben. »Achtung, wir haben hier eine technische Störung! Bitte verlassen Sie sofort die Kirche!«

Keine schlechte Idee. Die Leute heben die Köpfe, allerdings scheinen sie unsicher, ob sie dem Aufruf Folge leisten sollen. Halten sie das für einen Scherz?

»Ich wiederhole: Bitte gehen Sie sofort ins Freie und folgen Sie den Anweisungen des Sicherheitspersonals.« Noch immer keine nennenswerte Reaktion. Fawn stampft mit dem Fuß auf. »Verdammt noch mal, was ist los mit euch? Ihr wollt lieber die Wahrheit? Okay – gleich fliegt hier alles in die Luft! Alle raus, schnell!«

Ich habe kein freies Blickfeld auf Ella und den Sarg, aber die Musik bricht ab und Bischöfin Roth ergreift das Wort. Über Mikrofon fordert sie ebenfalls dazu auf, die Kirche umgehend zu räumen.

Endlich kommt Bewegung in die Trauergemeinde. Einige zögern noch, doch die meisten streben hektisch dem Ausgang zu, was es mir schwerer macht, gegen den Strom zu schwimmen.

Corvin übernimmt die Führung und pflügt wie ein Eisbrecher voran, mich in seinem Kielwasser. Wie sieht eigentlich sein Plan aus?

Wir haben den Rächer fast erreicht. Ungeachtet der Flüchtenden verbleibt er stur auf seinem Platz. Seine Sphäre schwebt wie ein Wasserball im Gewölbe und er murmelt in einem fort vor sich hin, als würde er Magie beschwören. Verstehen kann ich kaum etwas. Worte wie »ausgemacht«, »allein«, »welche Zeit« ergeben keinen rechten Sinn. Aber spüren, spüren kann ich eine Menge: es ist ein ähnlicher Druck wie bei meinem Kräftemessen mit Corvin, nur nicht gegen mich gerichtet.

Noch drei Meter, ein paar Schritte, fast da. Ich strecke die Hand nach ihm aus – berühren, ich muss ihn berühren, um eine Chance zu haben –, Corvin setzt zum Sprung an. Wir tauschen ein Nicken aus. Ich weiß nicht, warum er mir hilft, aber ich bin heilfroh über die Unterstützung.

Es ist ein Überraschungsangriff, der Rächer rechnet nicht mit uns. Corvin stürzt sich auf ihn, reißt ihn zu Boden, hält ihn fest. »Jill!«

Seine Stimme wird von den Wänden der Krypta dutzendfach zurückgeworfen. Schreie erklingen, als die Menschen seiner gewahr werden. Wahrscheinlich begreifen sie nicht, wen sie vor sich haben, aber der Anblick von Dark Chaos mit seinen funkelnden Augen und den tintenschwarzen Muskelbergen, die sich unter seiner Kleidung wölben, genügt, um sie schneller laufen zu lassen. *Gut so, verschwindet, rettet euer Leben.*

Ich schlittere an Corvins Seite. Er hat den Rächer bäuchlings festgesetzt, sodass er sich nicht rühren kann, es war fast zu einfach. Die Sphäre über den Köpfen der Flüchtenden wächst unaufhaltsam weiter. Jetzt aber schnell.

Ein Gedanke genügt, und ich spüre, wie die Stille in mir anschwillt, schwer und dicht. Allerdings kann ich sie nicht zum Einsatz bringen, ich komme einfach nicht an den Rächer ran. Was hauptsächlich daran liegt, dass ein Koloss über ihm kauert.

Dark Chaos verdeckt mit seiner massigen Statur so gut wie jede freie Körperstelle.

»Fängst du bald mal an, oder drehst du Däumchen?«, fragt er überflüssigerweise.

»Ich würde ja, aber Monsieur lassen mir keinen Platz.«

Sein Blick brennt sich in meinen, während er seinem Opfer, das sich unter ihm windet, beiläufig eins überzieht. Der Rächer ächzt. »Willst du andeuten, ich sei zu dick?«

»Das trifft es nicht ganz. Eher zu monströs. Rutsch rüber. Ich brauche Hautkontakt.«

»Sag das doch gleich.« Corvin wirft den Rächer wie eine Puppe auf den Rücken, bohrt ihm den Zeigefinger in den Hemdkragen und reißt den Stoff mit einem Ruck auf, sodass seine Brust freiliegt. »Voilà. Genehm so, Mademoiselle?«

Endlich habe ich freie Bahn. »Merci.«

Unsere Unterhaltung ist in Anbetracht der prekären Lage bizarr. Immerhin könnte die Sphäre unsere Lebenslichter jederzeit ausradieren. Wir sind jedoch automatisch in unseren Trainingsmodus gefallen. Wie zwei Zahnräder eines Getriebes, die ineinandergreifen, eingerostet zwar, aber immer noch funktionstüchtig. Miteinander zu scherzen, war zu Rookie-Zeiten Ehrensache.

In der Hoffnung, dass die Sphäre in sich zusammenfällt, ehe sie größeren Schaden anrichtet, lasse ich meine Stille auf den Rächer überströmen. Er wirkt benommen auf mich, vom Schlag wahrscheinlich, aber seine Augen fokussieren. Warum kämpft er nicht mehr gegen Corvin an? Ist er unbewaffnet? Hat er bereits aufgegeben?

Ich verstärke meine Kräfte und versuche zu eruieren, ob der Rächer reagiert. Der Druck ist immer noch präsent, wenngleich weniger deutlich spürbar. Seltsam, ich habe fest damit gerechnet, dass er sich intensiviert.

»Was immer du tust, Mädchen, die Mühe kannst du dir sparen«, knurrt der Rächer und wendet sich dann Corvin zu, ein verschlagenes Grinsen auf den Lippen. »Du bist Dark Chaos, nicht wahr? Haben sie dich endlich freigelassen?«

Corvin scheint ihn das erste Mal richtig wahrzunehmen. Seine Miene verzerrt sich vor Überraschung. »Ich kenne Sie doch!«

Der Rächer bricht in ein irres Lachen aus. »Da staunst du, was?«

Ein Schatten fällt über uns. Ella, deren Flügel mittlerweile erloschen sind. »Jill? Was ist hier los?«

Ich nicke zur Sphäre hinüber. »Wir haben den Rächer.«

Ellas Augen werden groß, ihre Antwort geht in Corvins Gebrüll unter. Er zerrt den Rächer in die Höhe, umfasst seine Kehle und schüttelt ihn, außer sich vor Wut. Wenn er nicht aufpasst, erwürgt er ihn noch oder bricht ihm alle Knochen. Dann können wir ihn nicht befragen. Und überhaupt – war das etwa der Plan?

Jähe Hitze durchflutet mich, als der Druck plötzlich auf ein unerträgliches Maß anschwillt. Die Kräfte des Rächers? Oder die von Dark Chaos? Beide?

»Corvin!«, schreie ich. »Was machst du denn?«

In diesem Augenblick ertönt ein schwaches Ploppen und etwas schießt auf mich zu, umfängt mich. Alles gerät ins Stocken. Von einem Herzschlag zum anderen herrscht absoluter Stillstand.

Ich kann mich nicht mehr bewegen, nicht atmen, nichts sehen, bis auf die helle, gallertartige Masse, in der ich stecke. Ich bin gefangen wie eine Mücke in einem Harztropfen. Meine Haut brennt, als würde eine Feuersbrunst mich umtosen. Nie zuvor habe ich solchen Schmerz empfunden. Ich will schreien, versuche freizukommen, aber ich kann noch nicht einmal blinzeln, geschweige denn, die Finger heben. Die Augen weit aufgerissen, lausche ich der jähen Stille.

Schmerz und Stille. Stille und Schmerz. Nichts sonst. Kein Laut. Kein einziges noch so schwaches Geräusch. Kein wummernder Puls in meinen Ohren. Kein hämmerndes Herz. Kein Atemzug. Nur absolute Stille und dieser unbändige Schmerz.

Sterbe ich? Bin ich tot?

Meine Gedanken sind zäh, Anfang und Ende verlieren sich in meinem erlahmenden Bewusstsein. Ich will zählen, will die Dauer der Starre messen, aber ich komme nicht über die Eins hinaus. Bilder wechseln vor meinem geistigen Auge, genauso zäh, eins verschwimmt, ein anderes formiert sich wie unter einem Schleier. Ich kriege sie nicht zu fassen.

Die Zeit dehnt sich. Sekunden werden zu Tagen, Minuten zu Äonen.

Ich bin tot und bin es nicht.

Ich bin. Und bin nicht.

Wäre der Schmerz nicht, könnte ich meinen Frieden damit machen. Doch jede Faser meines Körpers steht in Flammen, meine Muskeln, meine Knochen schmelzen. Ich vergehe in der Glut der Unendlichkeit.

Dann – ein Ruck. Etwas schleudert mich aus meinem Vakuum. Ich falle und schlage rücklings auf dem Boden auf. In meiner Brust tobt ein Orkan, als mein Herz seine Funktion wieder aufnimmt. Meine Lungen ziehen sich auf der verzweifelten Suche nach Luft zusammen. Schreie spalten die Stille.

»Jill? Jill!« Ein Schlag auf die Wange. Röchelnd atme ich ein. Aus. Ein. Aus … Atmen, atmen … »Jill!«

Ich blinzle. Taste umher, erwarte, dass sich die Haut von meinem Körper schält, dass mich eine schmierige Masse bedeckt, dass der Schmerz mich um den Verstand bringt … der Schmerz … Der Schmerz ist weg. Meine Haut heil. Meine Kleidung ist nicht mal angesengt.

War das alles nur ein Traum?

Jemand hilft mir auf. Starke Arme stützen mich, ein bekannter Duft umschmeichelt meine Sinne. Meine Sinne, die wieder arbeiten wie gewohnt.

»Corvin«, krächze ich, während ich endlich realisiere, wo ich bin. In der St. Paynes Cathedral. Am Leben. Unverletzt. In den Armen von Dark Chaos. In Sicherheit.

»Jill, du musst hier weg. Hier bricht gleich die Decke ein. Ella, bring sie raus!«

Oh. Nun, beinahe in Sicherheit.

»Was ist passiert?«

Corvin schüttelt den Kopf. »Ich weiß es nicht genau. Die Sphäre ist gewachsen und plötzlich waren wir drei gefangen. Nicht in der Sphäre, irgendwie in ihrer Hülle?«

»Ich konnte eure Silhouetten erkennen«, fügt Ella hinzu, die letzte Flüchtende hinausdirigiert.

»Wir drei?«, hake ich nach. »Der Rächer? Wo ist er?«

Corvin deutet hinter sich, wo sich die schimmernde Wand der Sphäre erhebt. Meterhoch. Sie hat das Gewölbe der Krypta durchschnitten und sich wohl auch durch die Mauern der Kathedrale gegraben. Dass der uralte Kuppelgang noch nicht eingestürzt ist, mag mit den vielen Stützpfeilern zusammenhängen. Oder einfach nur mit Glück. Doch es rumort über unseren Köpfen, ähnlich dem fernen Grollen einer nahenden Gewitterfront.

»Er ist da drinnen«, sagt Corvin. »Ich habe ihn reingestoßen. In die Sphäre.«

»Und mich rausgezogen.« Ich schaudere. »Woher wusstest du …? Wie konntest du dich orientieren? Oder überhaupt rühren? Warst du nicht erstarrt?«

Wieder schüttelt er den Kopf. »Nicht ganz. Ich war halb da und halb dort und … Keine Ahnung.«

Ein einzelner Stein löst sich von der Decke und schlägt ein paar Schritte neben uns auf. Stirnrunzelnd hebt Corvin den Blick. Irgendwo im Gewölbe ächzt und knarrt es – ehe ein Pfeiler mit einem Krachen umknickt, dann der nächste, der nächste und wieder einer. Eine Kettenreaktion, die nicht mehr aufzuhalten ist. Die Krypta stürzt in sich zusammen.

»Lauft!«, brüllt Corvin und schubst mich vorwärts, während

Ella bereits aus meinem Blickfeld entschwindet. Jeder Flügelschlag bringt sie gleich mehrere Meter voran. Ein Engel müsste man sein.

Nun, zumindest ein Wunder wäre vonnöten, ansonsten wird die Krypta noch zu unserem Grab.

Wir rennen, aber nicht schnell genug. Sämtliche Mittelpfeiler sind gebrochen, nichts kann das Gewölbe noch stützen. Riesige Steinquader donnern herunter, der Staub ist dicht wie eine Wand und sticht in meiner Lunge. In meinen Ohren surrt es. Hustend bahne ich mir zwischen den herabstürzenden Trümmern meinen Weg, als vor mir eine Schuttlawine in die Höhe wächst. Ein Brocken trifft mich an der Schläfe, warmes Blut rinnt mir über die Wange. Halb blind torkle ich voran, weiß nicht mehr, in welche Richtung.

Da werde ich hochgerissen und herumgewirbelt und lande an der Brust von Dark Chaos.

»Was machst du da?«, stoße ich hervor.

»Meine Partnerin aus der Gefahrensituation bergen.«

Partnerin. Mir wird ganz anders. »Ich kann selbst laufen.«

»Du bist zu langsam.«

Das ist eine unumstößliche Tatsache, also gebe ich mich geschlagen und halte still, während Corvin mich durch die berstende Krypta trägt. Als eine Gesteinsflut auf uns niederhagelt, sucht er fluchend Schutz an der Seitenwand. In Kauerstellung presst er mich an sich und schützt meinen Kopf zusätzlich mit seiner Hand. Einer ziemlich großen Hand, wie mir in meinem Kokon urplötzlich bewusst wird. Seine Superheldengestalt wirkt aus dieser Perspektive gleich noch gewaltiger.

Das Kätzchen in den Armen des glutäugigen Monsters. Fehlt nur noch, dass er mich im Genick packt. Ein irres Lachen drängt über meine Lippen.

»Was ist so komisch, Jill?«

»Nichts. Es ist nur ... Deine Hand ist fast so groß wie ein Regenschirm, ich meine, *alles* an dir ist größer als geahnt.«

Ein Räuspern.

»Wie machst du das eigentlich mit deiner Kleidung?«

»Elastische Materialien.«

Ich hebe den Blick zu seiner Brust, wo seine Titanmuskeln T-Shirt und Sweater gesprengt haben und sich unter Stofffetzen tintenschwarze Haut abzeichnet. »Reicht bei Weitem nicht aus. Du hast bestimmt enormen Verschleiß.«

Er bleibt verdächtig still, ehe er sagt: »Ich bin *nicht* zu dick.«

Das gibt mir den Rest, ich pruste los. Ein Superheld mit Figurproblemen, wer hätte das gedacht? »Mehr fällt dir nicht dazu ein?«

Er schweigt würdevoll. Erst als ich mich langsam beruhige, sagt er: »Mir scheint, du hast ernstlichen Schaden genommen.«

Der Steinhagel nimmt kein Ende. Fortwährend wird Corvin getroffen, doch – der Titanhaut sei Dank – zeigt er kaum Anzeichen von Schmerz. Unter seinen Muskelbergen kann ich trotz des Lärms sein Herz pochen hören. Ruhig und gleichmäßig. Und befänden wir uns nicht in Gefahr, verschüttet zu werden, könnte ich mich jetzt, da meine Erheiterung abgeklungen ist, glatt entspannen.

Oder vielleicht auch nicht, denn er ist mir näher, als mir lieb ist. Er hat mich früher schon mal getragen, durchaus, ja, aber da waren wir Kinder. Jetzt schaben seine Bartstoppeln im Rhythmus seiner Atmung über meine Wange, als er sich über mich duckt, und mein Körper reagiert irritierenderweise mit Gänsehaut.

Um mich abzulenken, konzentriere ich mich auf den sanften Druck, der von ihm ausgeht wie ein zusätzlicher Schild und den ich neuerdings herausfiltern und einordnen kann: seine Superkraft.

Jäh wird mir etwas bewusst, was eigentlich mehr als offensichtlich ist. Seit geraumer Zeit schon agiert Corvin in der Gestalt von Dark Chaos – und das vollkommen ruhig. Er trifft wohlüberlegte Entscheidungen, handelt besonnen und geht dabei rasch und zielgerichtet vor. *Nicht durchwegs*, korrigiere ich mich. Vorhin, als er den Rächer in die Mangel genommen hatte, war er sehr wohl wütend, dennoch weit entfernt von Raserei. Er hat sich ausgezeichnet unter Kontrolle. Das ändert alles.

»Ich glaube, wir können es wagen«, sagt er und erhebt sich. Tatsächlich hat das Rumpeln nachgelassen, nur vereinzelte Mauerbrocken fallen noch herab.

»Lass mich runter.«

»Noch nicht. Oben.«

Corvin läuft in Richtung Treppe und ich linse zwischen seinen schwarzen Fingern hervor. Die Sphäre mit ihrer farblos schimmernden Oberfläche befindet sich nach wie vor an Ort und Stelle. Mauerberge türmen sich an ihrer Hülle. Wenn sie kollabiert, wird kein Stein auf dem anderen bleiben. »Oben wird es kaum besser aussehen. Die Kirche wird ebenfalls einstürzen. Falls sie überhaupt noch steht.«

»Anzunehmen.«

»Also?«

»Also was?«

»Darf ich nun runter?«

»Oben.«

Uneinsichtiges Monster. Ich seufze. »Was war da eigentlich los, als ich die Kräfte des Rächers neutralisieren wollte? Warum hast du ihn mir unter den Händen weggerissen, kannst du mir das mal erklären?«

»Jetzt?«

Unwillkürlich muss ich grinsen. »Jetzt wäre fantastisch.«

Ein winziges Lachen klingt in seinem Schnauben mit, ich höre es genau. Er weicht in einer für seine kolossartige Gestalt überraschend eleganten Drehung einem herabfallenden Steinquader des Treppenhauses aus, der mit Karacho direkt neben seinem Fuß aufschlägt, und drückt mich fester an sich. Vorsichtig bewältigt er die ersten Stufen. Die Treppe ist zur Hälfte verschüttet, scheint aber stabil zu sein. Erstklassige Bauweise.

»Ich weiß es nicht genau«, beantwortet er meine Frage.

»Du warst überrascht. Als hättest du einen Geist gesehen. Hast du ihn wiedererkannt?« Sein Griff verändert sich eine Spur. Volltreffer. »Wer ist er? Woher kennst du ihn?«

»Das spielt jetzt keine Rolle.«

»Natürlich tut es das.«

»Nein. Er ist tot. Über kurz oder lang.«

Das stimmt allerdings. Die Sphäre wird alles vernichten, auch den Rächer. »Er kannte dich ebenfalls. Er wusste, wer Dark Chaos ist.«

Ein Geräusch lässt Corvin auf dem Treppenabsatz innehalten. Wir sind fast oben, ich sehe schon die farbigen Kirchenfenster – und daneben einen Streifen Himmel. Teile des Daches sind bereits eingebrochen.

»Was ist?«, frage ich, aber da höre ich es ebenfalls: Jemand ruft um Hilfe. Die Schreie sind durch Gesteinsmassen gedämpft, aber dahinter, dahinter sind eindeutig Überlebende eingeschlossen. »Corvin, lass mich runter! Wir müssen sie da rausholen!«

Er setzt mich ab. »Ich werde sie rausholen. *Du* bringst sie in Sicherheit.«

Auch gut.

Prüfend begutachtet er die Trümmer, dann beginnt er einen Stein nach dem anderen zur Seite zu räumen, was in etwa so aussieht, als würde er einen Haufen Bauklötze umschichten, tonnenschwere Bauklötze, die er mit Leichtigkeit anhebt. Die Hilferufe schwellen erneut an.

»Alles in Ordnung!«, rufe ich. »Beruhigen Sie sich bitte, wir befreien Sie so schnell wie möglich!«

Jubel bricht unter den Eingeschlossenen aus. Wie viele Leute sind das? Ob auch Tote darunter sind? Die Treppe gibt ein bedrohliches Knarren von sich, als Corvin ein besonders großes Mauerstück ablegen will.

»Vielleicht solltest du das einfach runterwerfen«, schlage ich vor. »Und die Treppe nicht noch mehr belasten.«

Er schießt mir einen kurzen Blick zu, ein belustigtes Funkeln in den Augen. »Was täte ich bloß ohne dich?«

Schon stemmt er den Brocken hoch und lässt ihn mit einem Ächzen seitlich über die Brüstung fallen. Das Krachen beim Aufschlag ist ohrenbetäubend, ich stoße einen erschrockenen Schrei aus. »Eventuell etwas gefühlvoller?«

»Wie kann man denn einen Felsen gefühlvoll werfen, Frau Superheldin?«

»Rollen?«, biete ich kleinlaut an.

»Möchtest du mir das *eventuell* vormachen?«

Ich stupse einen kleinen Stein mit der Fußspitze an und er kollert über die Stufen. Die Treppe ächzt wie ein sterbendes Tier. Corvin starrt mich ausdruckslos an.

Ich runzle die Stirn. »Ähm …«

»Sonst noch Wünsche? Oder hilfreiche Anmerkungen? Ich bin für alles offen.«

»Beeil dich.«

Endlich hat Corvin einen Durchschlupf geschaffen und nacheinander klettern ein glatzköpfiger Mann und eine hagere Frau heraus, beide erschöpft, aber so gut wie unverletzt. Ein weiterer Mann steckt den Kopf durch die Öffnung.

»Meine Frau«, stößt er hervor, »sie ist schwanger, die Wehen haben eingesetzt, viel zu früh, sie kann da nicht durch, nicht allein und ich habe …« Er bricht ab und zeigt uns, was er in seinen Armen hält. Ein Kleinkind, etwa ein Jahr alt, das leise wimmert.

»Geben Sie mir das Kind«, sagt Corvin, doch seine Stimme jagt dem Mann sichtlich Angst ein. Er weicht zurück.

Ich beuge mich zu ihm hinunter. »Alles wird gut. Bitte, vertrauen Sie uns. Sie müssen uns zuerst das Kind geben, damit Sie Ihrer Frau helfen können. Sie braucht Sie jetzt.«

»Aber meine Tochter …«

»Ich passe auf sie auf, versprochen. Bitte, geben Sie sie mir.«

Zögernd legt er sie mir in die Arme und ich prüfe sofort die

Vitalfunktionen des Mädchens. »Sie atmet. Nichts passiert, es geht ihr gut. Jetzt helfen Sie Ihrer Frau.«

»Bring die Kleine und die anderen in Sicherheit«, sagt Corvin leise, doch als ich mich entfernen will, beginnt der junge Vater hysterisch zu schluchzen.

»Nein! Bitte, gehen Sie nicht weg! Meine Tochter! Bitte!«

»Keine Angst, ich sorge für sie. Draußen warten die Rettungskräfte, dort ist sie außer Gefahr …« Er hört nicht auf mich, sondern kriecht in heller Panik durch die Öffnung. Mit Entsetzen sehe ich, dass er eine klaffende Wunde im unteren Rückenbereich hat, unter der jeder Normalsterbliche längst zusammengebrochen wäre. Seine Kleidung, die durch die Kletterpartie hochgerutscht ist, ist blutgetränkt. Welch übermenschliche Kräfte halten ihn noch auf den Beinen?

Liebe, gebe ich mir selbst die Antwort.

Zu unserer Linken sackt die Treppe ein Stück nach unten, ich schwanke, die Geretteten schreien.

»Raus mit euch, schnell«, zischt Corvin. »Hier stürzt gleich alles ein.«

Der Glatzkopf und die hagere Frau zerren den halb bewusstlosen Vater weiter, während ich mit dem Mädchen vorauslaufe, über dessen blonden Kopf gebeugt und immer Ausschau haltend nach dem sichersten Weg.

Ein Großteil der Kathedrale ist eingestürzt, ebenso einer der Türme. Die Überreste der kunstvoll gestalteten Wände und der zweite Turm stehen nur noch aus Freundlichkeit. Im Gemäuer ächzt es, sein Zustand ist fragil, schlimmer noch, es scheint auf der Sphäre zu lasten. Mir wird übel. Wie viel Zeit ist vergangen? Minuten? Eine halbe Stunde? Wie lange war ich in der Hülle gefangen? Ich kann es nicht abschätzen. Die Sphäre kann jederzeit kollabieren und wenn sie das tut, wird hier alles in sich zusammenfallen und Corvin und die Schwangere unter sich begraben. Dann kann womöglich nichts und niemand sie noch retten, nicht einmal seine Superkraft.

Die Front des Kirchenschiffs ist erhalten geblieben und mit ihr das Tor. Als wir es ins Freie schaffen, bietet sich mir ein kurioses Bild.

Hunderte Menschen haben sich hinter den Absperrungen von Feuerwehr und Polizei versammelt, viel mehr, als je in die Kirche hineingepasst hätten. Sie sind auf die Knie gefallen und beten, angeleitet durch Ella in der Gestalt von Firekiss. Flammen umkränzen ihre violetten Flügel und sie streckt ihre brennenden Hände zum Himmel empor.

Die Sicherheitskräfte haben sich bis zum Tor vorgewagt und prüfen offenbar gerade, ob es gefahrlos möglich ist, ins Innere der Kirche vorzudringen, unter ihnen auch Direktor Patten und an seiner Seite Fawn. Als sie mich sieht, stößt sie die Faust in die Luft und stimmt ein Freudengeheul an.

»Rookie Heroes forever!«

Die Menge verstummt. Ella wirbelt zu uns herum, mit ihren Flügeln einen spektakulären Funkenflug auslösend. »Gott, unser Vater, hat unsere Gebete erhört! Preiset den Herrn und seine unendliche Güte!«

Allgemeiner Jubel erhebt sich, dann ergehen sich die Massen in Lobpreisungen. Sie sollten besser weiterbeten.

Sanitäter nehmen das kleine Mädchen und dessen Vater in Empfang und ich mache auf dem Absatz kehrt, um zurückzulaufen und Corvin zu warnen, aber Patten hält mich auf.

»Jillian, sind Sie verrückt? Sie können da nicht wieder rein, die Kirche ist einsturzgefährdet.«

»Ich muss. Es befindet sich noch eine Verletzte in der Krypta. Und …« Ein Fauchen lässt mich aufhorchen, ein Luftzug zischt voran, reißt lose Ziegel und Steine mit sich und wirbelt Unmengen von Staub auf.

»Weg hier!«, brülle ich und laufe los, doch natürlich komme ich in den wenigen Sekunden, die vor dem Armageddon bleiben, nicht weit.

Die Sphäre verpufft. In einem Moment ist sie noch da, im

nächsten fort. Dröhnend stürzen die Reste der St. Paynes Cathedral in den Krater, den sie hinterlassen hat. Etwas trifft mich an der Schulter, ich reiße die Arme hoch, schütze meinen Kopf und bete, ja, ich bete. Zu wem, ist mir egal, Ella hat die richtigen Kontakte, sie wird hoffentlich alles weiterleiten.

Es dauert viel zu lange, aber schließlich kehrt dichte Stille ein. Ich richte mich auf. Fawn an meiner Seite wird trotz der Maske von einem Hustenanfall geschüttelt, sie ist leichenblass, ansonsten jedoch unverletzt, ebenso wie die anderen, die Einsatzkräfte der Rettung, Polizei und Feuerwehr, die Agenten der Division und Patten. Wir hatten Glück.

In einiger Entfernung spuckt die Staubwolke zwei Gestalten aus, nein, eine? Mein Herz beginnt vor Freude zu taumeln. Tatsächlich, da läuft jemand! Ich hebe die Hand zu einem Winken, will schon rufen, da erkenne ich, dass es sich nur um einen kleinen Jungen handelt, der eilig in einer Gasse verschwindet, ein Obdachloser vermutlich.

Resignation schlägt über mir zusammen.

Auch Ellas Feuer ist erloschen. Stumm und mit hängenden Flügeln starrt sie erst mich an, dann in den Staub, der sich nur langsam lichtet. Dahinter zeichnet sich ein Trümmerfeld ab. Stunden zuvor hat hier das prächtigste Gotteshaus weit und breit gestanden. Jetzt ist nur noch ein riesiger Schutthaufen übrig.

Eine Menschenmenge schweigen zu hören, ist etwas Seltsames. Es hat eine ganz besondere Schwere, dieses Schweigen. Ich habe das Gefühl, davon erdrückt zu werden. Muss meinen Atem regelrecht in meine Lungen pressen, weil sich in meinem Brustkorb Verzweiflung ausgebreitet hat und nichts sonst dort Platz hat. Ich erlaube mir nicht zu denken. Halte meinen Verstand leer. Vielleicht gelingt mir das noch eine Weile. Alles andere wird mich vernichten.

Da durchbrechen Geräusche die lähmende Stille. Steine, die dumpf aneinanderschlagen, verschoben werden, gerollt und geworfen, als hätten sie das Gewicht von Bauklötzen. Und danach Schritte. Ich lache auf.

Corvin!

Zuerst sehe ich seine Augen, funkelnd wie zwei Sterne. Dann tritt er aus dem Staubschleier: Dark Chaos, unverletzt, unverwüstlich, ein Superheld wie er im Buche steht. Auf den Armen hält er die schwangere Frau, die zaghaft winkt.

Der Jubel ist unbeschreiblich.

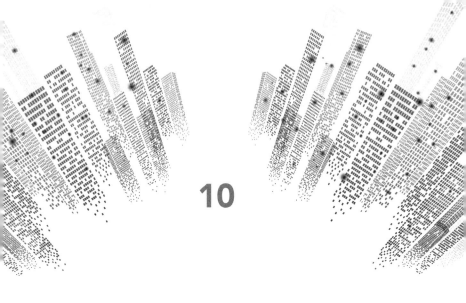

10

Manchmal liebe ich meine Stadt. So hart das Schicksal den Einwohnern Baine Citys auch mitgespielt haben mag, sosehr Resignation über ihren Alltag bestimmt, sobald nur ein Funken Hoffnung am Horizont auftaucht, fachen sie ihn an und entzünden ein lohendes Feuer, das die Seelen aller wärmt.

Ihr Enthusiasmus ist beispiellos. Trotz strömenden Regens stehen unzählige Menschen am Straßenrand, als wir uns Fort Mirren nähern. Ich kann nur noch im Schritttempo fahren, da sie uns zum Teil sogar umringen. Sie winken und skandieren einen einzigen Namen: »Dark Chaos!«

»Da hat aber einer auf der Beliebtheitsskala einen ordentlichen Sprung nach oben gemacht«, murmelt Fawn hinter ihrer Maske.

Ella öffnet das Fenster, lehnt sich nach draußen und winkt, sehr zur Freude der Presse. Sofort richten sich die Kameras auf sie und Blitzlicht flammt auf. »Dankt Gott, dem Herrn!«, ruft sie ihre Botschaft in Wind und Nässe hinaus.

Die Menge jubelt. Transparente und Fahnen werden geschwenkt, auf allen ist das Abzeichen der Rookie Heroes zu sehen. »Firekiss!«, rufen die Leute nun, wechseln aber schnell wieder zu »Dark Chaos!«.

Fawn kichert. »Gott hat hier nicht viel zu melden.«

»Das ist in Ordnung. Irgendwann flaut ihre Begeisterung wieder ab, Gott jedoch ist immer an unserer Seite«, erklärt Ella im Brustton der Überzeugung.

Ich muss lächeln. Manchmal frage ich mich, was passieren wird, sollte ihr unerschütterlicher Glaube ins Wanken geraten. Woran wird sie sich dann festhalten?

Der diensthabende Wachmann nickt mir zu, ehe er das Kraftfeld am Tor freigibt. Die ehemalige Militärbasis, in der die Division untergebracht ist, besteht aus einem mehrteiligen Gebäudekomplex. Ich parke Kristens Wagen vor dem Eingang der Verwaltung, einem zehnstöckigen Bau mit verspiegelten Fensterflächen. Die Besprechung ist für neun Uhr morgens angesetzt und wir sind spät dran.

Patten zieht eine Grimasse, als wir eintreten. »Von Pünktlichkeit halten Sie wohl nichts?«

Ich kann mir die Antwort nicht verkneifen, meine Stimmung ist zu gut. »Ist das eine rhetorische Frage?«

Er knurrt in sich hinein.

Der Konferenzraum hier im obersten Stock ist schlicht und zweckmäßig gestaltet: Mehrere Elemente bilden einen ovalen Tisch, an dem rund fünfzehn Leute Platz haben. Gepolsterte Schwingstühle stehen davor, die meisten besetzt, für jeden liegt ein Computerpad bereit.

Mein Blick fällt auf Corvin, der weder an einen Stuhl gekettet ist noch mit einer Waffe bedroht wird. Auch auf Beruhigungsmittel deutet nichts hin. Lediglich an der Tür stehen zwei bewaffnete Agenten, aufmerksam, aber entspannt. Dieses Bild ist so konträr zu den Eindrücken aus dem Gefängnis, dass ich unwillkürlich auflache.

Fawn stürmt auf Corvin zu, der aufgestanden ist, und sie mit ein paar geflüsterten Koseworten in die Arme schließt. Es versetzt mir einen Stich, als ich sehe, wie ungezwungen die beiden miteinander umgehen. Auch Ella begrüßt ihn mit der für sie typischen Herzlichkeit, sie drücken sich und tauschen Küsschen aus. Nur ich stehe wie ein begossener Pudel da und weiß nicht, wie ich mich verhalten soll.

Haben wir uns versöhnt? Nicht, dass ich wüsste.

In der Kirche mussten wir aufgrund der Notsituation zusammenarbeiten. Wir sind in unsere Heldenrollen geschlüpft, und dabei hat sich gezeigt, dass wir nach wie vor auf einer Wellenlänge liegen, was sich großartig anfühlte, mir jetzt aber einen schalen Nachgeschmack auf der Zunge beschert. Zögernd gehe ich auf ihn zu und er drückt mich kurz an sich.

»Jill.«

»Corvin.« Ich ertappe mich dabei, dass ich mich darüber freue, und weiche zurück, bevor mein Körper mich verrät.

»Gütiger Gott«, kommentiert BB unsere steife Umarmung. Er hat sich chic gemacht, dunkler Anzug, Krawatte, gebügeltes Hemd. Sogar die Schuhe sind geputzt. Hier ist etwas im Busch.

»BB«, grummelt Ella, »Gott ist gütig, doch es gehört sich nicht, seinen Namen derart herabzuwürdigen.«

»Flämmchen, es ist mir eigentlich schnurz, was sich gehört und was nicht. Komm her, lass dich drücken.«

Ella fällt ihm um den Hals und seine Hände gleiten sanft über ihre violetten Flügel, die sie extra für ihn entfaltet. Die beiden mochten sich schon immer. Als auch noch Fawn in eine Umarmung gezerrt wird, reißt Patten der Geduldsfaden.

»Das ist keine Wiedersehensfeier. Wir haben zu tun.«

Wir setzen uns. Patten stellt die übrigen Anwesenden kurz vor: Fran Decker, die Marketingleiterin der Division, ein Ass auf ihrem Gebiet. Victor Jenkins, hauseigener Anwalt, so kalt wie ein Fisch. Gordon Hensmayr, Stellvertreter des Stadtrats, sichtlich genervt, seine Zeit opfern zu müssen. Livia Spencer, Chefwissenschaftlerin der Division. Außerdem Pattens Sekretär Adam Howard, ein androgyn wirkender junger Mann, der nur darauf wartet, mit der Aufzeichnung der Sitzung beginnen zu können.

Warum BB hier ist, durchschaue ich noch nicht, und Patten äußert sich nicht dazu. Er gibt Adam Howard einen Wink und wendet sich dann an die Runde.

»Die Besprechung wurde angesetzt, um die Vorfälle in der St. Paynes Cathedral zu klären. Jillian, erstatten Sie bitte Bericht. Schildern Sie die Ereignisse beginnend von Ihrem Eintreffen an der Kirche.«

Ich erzähle, was ich weiß, und Patten unterbricht mich nur ab und zu, um zum Verständnis nötige Fragen zu stellen. Als ich geendet habe, blickt er mich mit undefinierbarer Miene an.

»Nun, das deckt sich im Großen und Ganzen mit dem, was wir von Corvin erfahren haben.«

Sie haben ihn schon befragt, war ja klar. Die Division arbeitet effizient.

Corvins Verhaftung gestern ging denkbar unspektakulär vonstatten. Sobald er seine Superheldengestalt abgelegt hatte, klickten die Handschellen. Er hätte sich widersetzen können, das lächerliche Metall verbiegen und fliehen, doch er blieb gelassen. Die Lage hatte sich zu seinen Gunsten verändert, das machten die gegen die Division gerichteten Buhrufe und Sprechchöre der Schaulustigen mehr als deutlich.

Ob er geahnt hat, dass Patten unter dem Druck der Öffentlichkeit einknickt? Denn das ist der Fall, ansonsten säße Corvin gewiss nicht zwanglos in unserer Mitte, im Minutenabstand von Fran Deckers wohlwollendem Lächeln bedacht. Die Medien feiern ihn oder vielmehr Dark Chaos als neuen Retter der Stadt. Und Pattens größte Sorge sind nun mal Negativschlagzeilen, die der Division den Kopf kosten könnten. Ohne monatliche Finanzspritze der Regierung kein Kapital, ohne Kapital das Ende dieser hübschen, nutzlosen Abteilung und Adieu Patten.

Corvin wirkt höchst zufrieden. Wüsste ich es nicht besser, hätte ich darauf getippt, dass sein Auftritt in der Kirche reine Berechnung war.

Fawn und Ella werden gebeten, ihre Sicht der Dinge zu ergänzen. Ellas Bericht führt mir noch einmal vor Augen, wie knapp ich dem Tod entronnen bin.

»Wie haben Sie es geschafft, Jillian aus der Hülle der Sphäre zu befreien, wenn Sie ebenfalls darin gefangen waren?«, erkundigt sich Patten bei Corvin.

»Ich war nicht zur Gänze darin gefangen. Vielleicht durch meine«, Corvin schießt mir einen herausfordernden Blick zu, »monströse Gestalt. Wie Ella schon sagte und ich gestern zu Protokoll gegeben habe, ragte mein linkes Bein aus der Hülle in die Krypta und mein rechter Arm in die Sphäre. Ich hing fest, konnte mich aber im Gegensatz zu Jill zumindest teilweise bewegen.«

»Wie ein zappelnder Wurm in der Halloween-Gruselgrütze«, stellt Fawn fest.

Corvin grinst, aber nur, bis ich hinzufüge: »Ein monströser Wurm.«

Ella und Fawn prusten los, Corvin sieht aus, als würde er mich am liebsten erdolchen und Patten schnaubt.

»Weiter«, fordert er ungehalten.

»Den Rest kennen Sie. Ich habe den Rächer nach vorn in die Sphäre gestoßen und Jill mit mir in die Krypta gerissen.«

»Einfach so, schnipp? Das war kein Problem für Sie? Jillian zufolge konnte sie noch nicht einmal denken, erst recht nicht handeln.«

»Wir erinnern uns – ich war in der Gestalt von Dark Chaos. Wie Ihnen bekannt sein dürfte, verfüge ich über enorme Kräfte …«

»Um nicht zu sagen, monströse.« Ich blicke betont unschuldig zur Decke.

»Monströse Kräfte, ein monströses … Gehirn …« Fawn lässt den Satz mit einem anzüglichen Grinsen verklingen. Ella lacht breit – für gewisse Anspielungen ist sie ja doch empfänglich, oder liegt es nur an der inneren Verbundenheit, die neu zwischen uns auflebt? Es ist wie früher, die sechs Jahre Trennung sind auf null zusammengeschrumpft.

»Und aufgrund dessen eine ausgezeichnete Denkleistung«, erklärt Corvin kühl.

Das ist zu viel, wir krümmen uns vor Lachen, sogar BB stimmt mit ein und klopft Corvin auf die Schulter. »Lass es, Grizzly. Da kommst du nicht mehr raus.«

Corvin hat nur einen vernichtenden Blick für uns.

Patten findet das ebenfalls nicht lustig, er hat einfach keinen Humor. »Konzentration bitte. Sie haben den Rächer also in die Sphäre gestoßen. Was geschah mit ihm?«

»Das weiß ich nicht. Ich konnte das Innere der Sphäre nicht sehen.«

»Hören? Konnten Sie etwas hören oder riechen?«

Corvin verengt die Augen. »Noch einmal: Mein Kopf war innerhalb der Hülle. Sie erkennen das Problem?«

»Woher wissen Sie dann, dass Sie den Rächer in die Sphäre gestoßen haben? Es hätte auch die Krypta sein können.«

»Ich konnte Luft auf meiner Haut spüren.«

»Welche Art von Luft? Raumluft? Wind? Kälte? Regen?«

»Ist das nicht irrelevant? Er ist tot!«

»Beantworten Sie die Frage.«

Corvin denkt kurz nach. »Kein Innenraum. Leichter Wind. Kühle Luft. Feuchtigkeit. Nieselregen vielleicht.«

»Interessant«, sagt Patten. »Gestern schien die Sonne.«

Im darauffolgenden Schweigen kann ich unsere Gedanken beinah knistern hören. Innerhalb der Sphäre herrscht also anderes Wetter als außerhalb. Dass dort überhaupt Wetter herrscht, dass es eine Atmosphäre gibt, ist schon eine Offenbarung. Es bedeutet, dass Überleben möglich sein könnte, zumindest solange die Sphäre besteht.

»Was ist dieses Ding?«, fragt Ella. »Eine Art andere Welt?«

Patten leitet die Frage mit schräg gelegtem Kopf an Livia Spencer weiter.

»Die Theorie eines Paralleluniversums ist nach unserem derzeitigen Wissensstand unhaltbar. Es könnte sich um ein Portal handeln, aber auch das ist eine reine Vermutung. Also … wenn ich ganz ehrlich bin, dann muss ich zugeben, dass ich einfach nicht weiß, was es ist. Sie hätten der Wissenschaft jedenfalls einen großen Dienst erwiesen, Corvin, wären Sie auch nur auf die Idee gekommen, den Kopf aus dem ›Fenster‹ zu stecken. So aber können wir weiterhin nur spekulieren.«

»Tut mir leid, ich hatte zu diesem Zeitpunkt Besseres zu tun. Jill retten zum Beispiel. Und mich selbst – um danach mehrere Verschüttete zu befreien.«

»Nun«, Stadtrat Gordon Hensmayr legt die Fingerspitzen sinnend aneinander, »im Moment spielt es keine Rolle, was die Sphären sind, es zählt allein, ob wir mit weiteren Angriffen rechnen müssen. Ist der Kerl noch am Leben?«

Livia Spencer wiegt den Kopf. »Unwahrscheinlich.«

»Ja oder nein?«

»Es gibt keine Beweise. Aber nach den bisher vorliegenden Informationen können wir davon ausgehen, dass niemand die Implosion einer Sphäre überlebt.«

»Jedenfalls kein Normalsterblicher«, sagt Patten.

»Niemand.« Spencer blickt Corvin an. »Nicht einmal Dark Chaos, wäre er ebenfalls in die Sphäre gerissen worden. Alles, ob nun Fahrzeug, Gebäude oder Superheld, wird pulverisiert, sobald sich die Sphäre auflöst.«

Hensmayr lehnt sich zufrieden in seinem Stuhl zurück. »Na, das sind ja mal gute Neuigkeiten. Der Rächer ist tot, lang lebe Dark Chaos.«

»Zu diesem Punkt der Tagesordnung kommen wir gleich«, verkündet Patten. »Ich habe da noch ein paar Fragen. Wie kam es, Corvin, dass Sie ausgerechnet zur gleichen Zeit in der St. Paynes auftauchten wie Jillian und Fawn?«

Jetzt wird es interessant.

»Ich wollte Ella einen Besuch abstatten. So, wie ich auch

Fawn aufgesucht habe. Weil sie meine Freunde sind. Von Ellas Eltern habe ich erfahren, dass Firekiss die Einäscherung von Bürgermeister Carnes vornimmt. Also bin ich hingefahren.«

Er lügt ihm eiskalt ins Gesicht.

Fawn meldet sich zu Wort. »Die Vaughans haben erwähnt, dass du kurz vor uns da warst, stimmt's, Jill?«

Ich unterdrücke ein Stöhnen. Was gerade noch als simple Begründung hätte durchgehen können, wird durch ihren unbeholfenen Versuch, Corvin beizustehen, zu einem wackeligen Konstrukt, das Patten jederzeit zum Einsturz bringen könnte. Ellas Eltern wussten von seiner Verbannung und mit Sicherheit auch von seiner Flucht. Ehrlich wie sie sind, hätten sie der Division davon berichtet, hätte ihnen Corvin tatsächlich einen Besuch abgestattet.

Ich versuche zu retten, was zu retten ist. »Ich wollte es eigentlich melden, doch das war ja nun nicht mehr nötig.«

Patten wirft mir einen scharfen Blick zu, nimmt uns die Geschichte aber ab. »Sie hatten keine Sorge, erwischt zu werden, Corvin? Die Polizei, der Geheimdienst, die Division – alle waren hinter Ihnen her und Sie spazieren seelenruhig in diese Kirche?«

Corvin lächelt. »Das spricht nicht gerade für Ihre Methoden, richtig?«

»Na schön. Kommen wir zum Kernpunkt: Wie soll es weitergehen? Adam, die Auswertung bitte.«

»Kommt sofort.« Adam Howard tippt auf seinem Computerpad herum. »Nur ein paar klitzekleine Minuten, dann kann ich das Fazit präsentieren.«

Wir Rookies tauschen Blicke.

»Auswertung? Fazit?«, fragt BB stirnrunzelnd.

Howard strahlt ihn an. »Unsere Software filtert sämtliche Daten aus den Aufzeichnungen und wertet sie aus, wodurch sich eine einwandfreie Ad-hoc-Analyse ergibt und darauf basierende Empfehlungen zur weiteren Vorgehensweise erstellt werden. Qualitätsmanagement in höchster Vollendung.«

BB zieht die Augenbrauen hoch. »Zu meiner Zeit hatte man eine andere Bezeichnung dafür: logisches Denken. Aufgrund von gesundem Menschenverstand.«

»Zu Ihrer Zeit?« Patten grinst hämisch. »Wir arbeiten seit den 1980er-Jahren mit computergestützter Datenanalyse.«

»Das merkt man«, murmelt BB. »Würde nicht schaden, auch im Jahr 2068 die Denkmuskeln zu aktivieren. Was gibt es da groß auszuwerten? Der Junge hat die Stadt gerettet, rollt den roten Teppich für ihn aus.«

»Treiben Sie es nicht zu weit, Callahan. Dass Sie anwesend sind, ist ein Entgegenkommen meinerseits.«

Howards Computerpad piept. Er schickt die Daten an Patten, der sich kurz in die Ergebnisse vertieft und schließlich nickt. »Leiten Sie das an alle weiter.«

Sekunden später erwacht das Computerpad vor mir zum Leben. Ich scrolle durch das ellenlange Dokument. Die Analyse ist mir egal, die grafische Darstellung in Tortendiagrammen und Kurven ebenfalls, mich interessiert nur das Resultat, die Empfehlung weiterer Schritte, die das Programm ausspuckt.

»Mit Ihrer Flucht sind Sie vertragsbrüchig geworden«, erklärt Patten an Corvin gewandt. »Die Folge davon wäre erneute Haft – lebenslänglich diesmal ...«

»Das ist nicht fair!«, ruft Fawn dazwischen. »Er hat den Rächer vernichtet!«

»Lassen Sie mich ausreden. Ich sagte ja ›wäre‹. Natürlich werden wir diesen beispiellosen Einsatz honorieren. Es ist nicht von der Hand zu weisen, dass Sie Großes für die Division, ja, für die ganze Stadt geleistet haben, Corvin. Dass sich die Medien vor Begeisterung überschlagen, ist Ihr Verdienst. Und ich denke, ich spreche auch für Gordon Hensmayr, wenn ich sage: Wir sind Ihnen zu Dank verpflichtet. Das hebt Ihre Schuld allerdings nicht auf.«

Corvin schweigt abwartend, er hat noch keinen Blick auf sein Pad geworfen. BB richtet sich in seinem Stuhl auf, während er den Text überfliegt. Ich bin am Ende des Dokuments angelangt. Unter *Endergebnis* ist von eigenmächtigem Handeln zu lesen, von Selbstüberschätzung, mangelnder Sorgfalt, Verantwortungslosigkeit, Unüberlegtheit. Doch was mich wirklich beunruhigt, ist der Schlusssatz: *Empfohlen wird die umgehende Umsetzung des Umwandlungsprogramms 5A.*

Patten räuspert sich. »Wir werden von einer neuerlichen Haftstrafe im Hochsicherheitsgefängnis absehen – allerdings erfordert dies einige Maßnahmen. Sie hatten sich ja bereit erklärt, Corvin, an unserem Umwandlungsprogramm teilzunehmen. Daher freut es mich, dass wir noch heute damit beginnen können. Sämtliche Ärzte sind vor Ort, der erste kleine Eingriff könnte in wenigen Stunden stattfinden. Und wenn alles glattläuft, sind Sie in ein paar Wochen oder Monaten frei.«

Corvin ist blass geworden, doch er hält sich gut unter Kontrolle. Nur seine Kiefermuskeln zucken, als er langsam aufsteht und Schwärze über seine Finger kriecht. Er ballt die Fäuste. Die Agenten an der Tür greifen zu ihren Waffen.

BB legt Corvin die Hand auf den Arm. »Ruhig, Grizzly.«

»Was ist dieses Umwandlungsprogramm 5A?«, fragt Ella.

»Es garantiert Corvin ein normales Leben«, sagt Patten. »Er wird tun und lassen können, was er möchte ...«

»Sie wollen ihm seine Kräfte nehmen. Seine DNA verändern. Durch Medikamente und Operationen am Gehirn«, falle ich ihm ins Wort. Ich kann meine Abscheu nicht verbergen. Sie haben uns erschaffen, aus diversen Zutaten hergestellt, wie man einen Kuchen bäckt, und weil er ihnen nicht schmeckt, wollen sie ihn nun nicht haben. Mein Blick fällt auf BB und er bedeutet mir mit einer winzigen Geste, mich zurückzuhalten. Alles klar, ich habe nicht vor, auszuplaudern, was Robyn so treibt.

Ungläubig wendet sich Ella wieder Patten zu. »Das trifft es in etwa«, sagt er und klingt dabei, als ob ihm ein Knochen in der Kehle steckt.

»Aber warum? Seine Kräfte machen ihn aus. Das ist, als würden Sie mir die Flügel amputieren.«

»Der Vergleich hinkt. Mit Ihren Flügeln stellen Sie keine Gefahr für die Allgemeinheit dar.«

»Er ist keine Gefahr«, sage ich. »Er kann sich kontrollieren. Im Zuge der Ereignisse in der St. Paynes bestand nicht ein Anzeichen, dass er durchdrehen könnte. Er hat überlegt gehandelt und genau gewusst, was er tut. Ihre Analyse ist Mist, Ihr Programm ist Mist.«

Corvins Miene hellt sich auf und beschert mir ein warmes Gefühl. Ich setze noch eins drauf. »Sie haben Gott gespielt und nun fürchten Sie sich davor, dass Ihnen Ihre Schöpfung um die Ohren fliegen könnte. Und anstatt sich mit ihr zu verbünden, wollen Sie sie zu Ihrem Ebenbild machen?«

Immer noch umwallen tintenschwarze Fäden Corvins Hände, als er aus *Prometheus* zitiert: »*Hier sitz ich, forme Menschen – Nach meinem Bilde – Ein Geschlecht, das mir gleich sei …*«

Ich bin mir nicht sicher, ob Patten Goethes Hymne kennt, er lässt sich nichts anmerken, im Gegensatz zu den anderen, die alle verständnislose Gesichter aufgesetzt haben.

»*So bringt jeder gute Baum gute Früchte; aber ein fauler Baum bringt schlechte.* Matthäus 7,17«, sagt Ella nicht ohne Zynismus, aber mit dem Bibelzitat können sie noch weniger anfangen.

BB hebt beschwichtigend die Hand und wendet sich an Victor Jenkins, der bisher geschwiegen hat. »Worauf stützt sich diese Empfehlung? Rechtlich gesehen, meine ich. Was wird Corvin zur Last gelegt, das ein solches Vorgehen rechtfertigt?«

Jenkins betrachtet ihn herablassend. »Nun, da es sich bei Mr West nicht um einen Menschen handelt …«

Unser Aufschrei unterbricht ihn. Wir gelten vor dem Gesetz als Menschen und das weiß Jenkins haargenau.

»Keinen reinblütigen Menschen«, korrigiert er sich.

»Dennoch fällt Corvin wie alle Rookies unter amerikanisches Recht«, betont BB.

»Als hätten Sie auch nur irgendeine Ahnung von unserem Rechtssystem!«

»Ich nicht, ein anderer dafür umso mehr.« BB tippt schnell an seine Krawatte, und ich erhasche einen Blick auf ein silbernes Gerät, flach und nur so groß wie ein Daumennagel, das an der Knopfleiste seines Hemds angebracht ist. »Du kannst jetzt reinkommen«, sagt er, nicht an uns, sondern an seinen Gesprächspartner gerichtet, der offenbar über Mikrofon alles mit angehört hat.

Die Tür geht auf und ein junger Mann mit asiatischen Gesichtszügen betritt den Konferenzraum, den ich im ersten Moment kaum erkannt hätte, so erwachsen sieht er aus. Er trägt einen blauen Anzug und hat einen Aktenkoffer in der Hand. Sein schwarzes Haar ist im Nacken zu einem Zopf gebunden, um den Mund sprießt die Ahnung eines Barts, doch seine Augen sind dunkel wie eh und je.

Morton.

»Darf ich vorstellen«, sagt BB, »Morton McNally, jüngster Anwalt der Amerikanischen Union und ab sofort Rechtsbeistand der Rookies, insbesondere von Corvin West.«

Sprachlos ist nicht das richtige Wort. Wir Rookies sind in Ehrfurcht erstarrt. Ich weiß nicht, vor wem ich mehr Hochachtung empfinde – vor Morton, weil er es mit seinen gerade mal achtzehn Jahren zum Anwalt geschafft hat, oder vor BB, der aus seiner Lethargie erwacht ist, sich für Corvin starkmacht und ihn und damit uns unterstützt, als wären wir nach wie vor ein Team, *sein* Team. Egal, was zwischen Corvin und mir noch im Argen liegt, ich will, dass er als freier Mann hier rausmarschiert. Und die Chancen haben sich gerade beträchtlich erhöht.

Sekunde um Sekunde vergeht und niemand sagt ein Wort, nicht einmal Patten. Dann springen wir auf, um Morton zu begrüßen, aber BB bedeutet uns, wieder Platz zu nehmen. *Später*, sagt sein Blick und wir akzeptieren, dass er das Kommando übernommen hat.

Morton legt eine Reihe von Schriftstücken vor und liefert sich ein Wortgefecht mit Victor Jenkins, dem ich bald nicht mehr folgen kann, so schwirrt mir der Kopf. Im Wesentlichen geht es darum, dass Corvins Unterschrift zum Vertrag mit der Division unter Drogeneinfluss erschlichen wurde und daher ungültig ist. Mein Name fällt und ich nicke bestätigend. Ja, Patten hat Corvin Beruhigungsmittel ins Essen gemischt. Ja, er hat ihn für das Gespräch in der Zelle und die Fahrt sedieren lassen. Patten verzieht das Gesicht, aber es ist eine Tatsache, es gibt sogar Videoaufzeichnungen davon.

Morton ist jung und energiegeladen, er ist überzeugend, er ist wie ein Bulldozer, der sämtliche Argumente seines Kontrahenten plattmacht. Ich bin so stolz auf ihn. Jenkins merkt, dass ihm die Felle davonschwimmen, und bringt den Mord an Direktor Burton aufs Tapet. Ich horche abermals auf.

»Danke, dass Sie diesen Punkt ansprechen, Herr Kollege.« Morton hält ein geschwärztes Dokument in die Höhe. »Worauf stützt sich das Gerichtsurteil? Das Original ist Ihnen doch sicherlich bekannt, oder? Falls nicht, kann ich die Lektüre nur empfehlen. Der Angeklagte war bei der Verhandlung nicht zugegen. Seine Aussage wurde nie aufgenommen. Die gesicherten Beweise waren unzureichend. Es gibt noch nicht einmal ein Verhandlungsprotokoll. Sofern Sie also nichts anderes vorweisen können, steht außer Frage, dass Mr West ohne fairen Prozess verurteilt worden ist und die Haftstrafe von sechs Jahren zu Unrecht verbüßt hat.«

Das schlägt ein wie eine Bombe. Fran Decker schnappt nach Luft, Corvins Augen blitzen, Ella und Fawn reden aufgeregt durcheinander, sogar Livia Spencer blinzelt konsterniert. Gordon Hensmayr flüstert Patten etwas zu, das dem sichtlich nicht gefällt. Jenkins Gesicht wechselt die Farbe: von ungesundem

Rot zu grünlich blass. Er wird laut, beschimpft Morton als dahergelaufenen Winkeladvokaten, als Emporkömmling, als Schande für den Berufsstand.

Morton lächelt kühl. »Sie haben nichts.«

»Wusste ich es doch!«, ruft BB.

Patten knallt die Hände auf den Tisch, um sich Gehör zu verschaffen. »Das sind doch zwei Paar Schuhe! Wir sind nicht hier, um diesen alten Fall aufzurollen.«

Corvins Stimme zittert vor mühsam unterdrückter Beherrschung, doch das Echo kann er nicht dämpfen. »Bei diesem alten Fall, wie Sie das nennen, geht es um mein Leben. Um sechs gestohlene Jahre.«

»Die Beweislage war eindeutig«, kontert Jenkins an Morton gewandt. »Corvin West wurde vor Aaron Burtons Leichnam aufgefunden. Es gibt mehrere Zeugenaussagen der hier anwesenden Rookie Heroes, unter anderem auch von Ihnen, Mr McNally, dass er völlig außer Kontrolle war …«

»Ich war außer Kontrolle, ja«, gibt Corvin zu. »Aber ich habe ihn nicht umgebracht. Nicht so. Jedenfalls nicht absichtlich.«

Jenkins lacht. »Da haben wir das Schuldeingeständnis.«

Ehe Morton etwas entgegnen kann, schaltet sich Gordon Hensmayr ein. »Vielleicht könnte Mr West ja schildern, wie sich der Vorfall genau zugetragen hat?«, meint er in übertrieben liebenswürdigem Ton.

Morton nickt Corvin auffordernd zu.

»Das ist es ja … Ich kann mich nicht erinnern. Man hat mich damals sofort mit Drogen vollgepumpt, mein Gehirn war monatelang offline. Aber ich bin mir ziemlich sicher, dass da noch jemand anderes war, außer Direktor Burton, meine ich.«

Jenkins reibt sich die Hände. »Der ominöse Dritte! Hervorragend, es wird immer besser!«

»Nun«, sagt Morton, »es wird doch Videoaufzeichnungen der Division vom bewussten Tag geben. Sie könnten Licht ins Dunkel bringen. Direktor Patten, ich beantrage Einsicht.«

Patten kneift sekundenlang die Augen zusammen, dann schüttelt er kaum merklich den Kopf. »Das war vor meiner Zeit, ich muss das erst nachprüfen. Aber soviel ich weiß, wurde sämtliches Videomaterial beim Brand zerstört.«

»Keine Aufzeichnungen – keine Beweise«, stellt Morton fest. »Niemand war bei der eigentlichen Tat dabei und kann diese bezeugen. Mr West war damals noch ein Kind, stand zum Zeitpunkt des Vorfalls eindeutig neben sich und war damit unzurechnungsfähig. Ich frage daher noch einmal: Kann jemand bei der Division etwas gegen ihn vorbringen, das hieb- und stichfest ist?«

Schweigen antwortet ihm. Schweigen, in dem meine Gedanken förmlich explodieren: *Wer war noch anwesend? Wen hat Aaron mitgebracht? Es gibt keine eindeutigen Beweise? Ja, stimmt, wir waren alle dort – aber erst danach … Und es gibt nichts, das belegen könnte, dass Corvin den Tod von Aaron zu verschulden hat?* Ich bin stets vom Gegenteil ausgegangen, weil man es mir so erzählt hat. Ich habe es nie hinterfragt.

Scham treibt mir die Röte ins Gesicht, meine Wangen pochen. Ich begegne Corvins Blick. Er hat die Dunkelheit zurückgedrängt. Ruhig sieht er mich an, kein Feixen, kein überhebliches Lächeln hat er für mich, nur die Wahrheit: *Ich war es nicht.*

Und endlich glaube ich ihm.

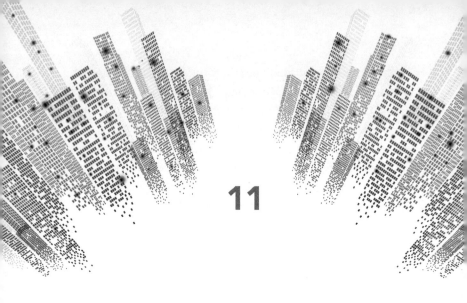

11

Unsere menschlichen Gene sind so vielfältig wie das Leben selbst. Die Molekularbiologen und Humangenetiker von Prequotec haben beim Entwerfen der Rookie Heroes Wert auf Variationen im Erbgut gelegt und ihre Computer mit Daten sämtlicher menschlicher Ethnien gefüttert. Wodurch Fawn wirkt, als sei sie nordeuropäischer Herkunft, Ella afrikanischer Abstammung zu sein scheint und Morton asiatische Züge trägt. Mein DNA-Profil wiederum weist eine Kombination aus italienischen, deutschen und britischen Genen auf. Und Corvin ... Nun, Corvin ist ein Fall für sich. Er könnte auch der Spross eines Wikingergottes sein.

Nebeneinander stehen wir vier an der Brüstung auf der Terrasse der Division, blicken nach unten auf die dem Regen trotzenden Fans und warten auf die Snackrobots, die BB gerufen hat. Tische und Bänke sind auf dem Flachdach aufgestellt, elektronische UV- und Witterungsschilde sorgen dafür, dass wir nicht nass werden. Gemütlich ist es hier oben dennoch nicht.

Verächtlich wischt Fawn mit der Hand durch das flimmernde Hologramm einer Fächerpalme. »Was ist so schwer daran, Pflanztröge aufzustellen? Dieses Zeug ist abartig.«

»Jemand müsste die Pflanzen pflegen«, sagt Ella.

»Ja, stimmt, welch ein Aufwand …«

Ella zuckt mit den Schultern. »Nicht jeder ist so besessen wie du.«

»Da redet die Richtige. Vermisst du hier oben nicht eine Kapelle oder eine Heiligenfigur?«

»Ich trage Gott im Herzen.«

Fawn sagt nichts mehr. Ella ist über jede Glaubensdiskussion erhaben.

Vorhin hat Patten die Sitzung unterbrochen und sich mit Morton und Jenkins in sein Büro zurückgezogen, um über Corvins Freiheit zu verhandeln. Nach einer Weile, als sich nichts weiter tat, hat BB verkündet, er brauche dringend einen Kaffee, und wir sind ihm auf die Dachterrasse gefolgt.

Endlich surrt der Snackrobot heran, der neben Kaffee und anderen Heißgetränken auch kalte Erfrischungen, Sandwiches und Kuchen anbietet. Klein und rot ist er ein typischer Quadrocopter der Handelskette *Boomerang*, dem weltweiten Marktführer. BB lädt uns ein.

»Wie bist du der Division entkommen?«, frage ich Corvin. »Sie müssen dich doch getrackt haben.«

Er verschlingt in aller Ruhe einen Zimtbagel, bevor er sich herablässt, mir eine feine Narbe am Handgelenk zu zeigen. »Robyn hat den Datenchip entfernt. Kann ich nur empfehlen.«

Ich grolle innerlich. »Wie konntest du so schnell Kontakt mit ihr aufnehmen?«

»Sie nahm Kontakt mit mir auf. Die Flucht war ihre Idee. Dann hat sie mich geortet und am Flussufer erwartet.«

»Du wusstest, dass wir kommen? Wie hat sie mit dir kommuniziert?«

»Sie hat mich im Gefängnis besucht, ein T-Shirt mit einem höchst informativen Aufdruck am Leib. Du erinnerst dich doch noch an unsere Codes?« Sein überheblicher Unterton verwandelt sich in einen Vorwurf. »Alle haben mich besucht, Jill. Nur du nicht. Nicht ein Mal in sechs Jahren.«

Mir entschlüpft ein Keuchen. »Ich hatte auch einen guten Grund. Außerdem … stimmt das nicht ganz.«

Corvins rechte Augenbraue hebt sich. »Ach?«

Ich war da. Ich habe ihn besucht, einmal, gleich am Anfang. Kurz nach seiner Inhaftierung habe ich mich über Kristens Verbot, das Haus zu verlassen, hinweggesetzt und bin mit dem Bus zum Gefängnis gefahren, entschlossen, Corvin noch einmal gegenüberzutreten, um herauszufinden, warum er ausgetickt ist. Nach endlosem Hin und Her ließen sie mich wirklich zu ihm. Doch dann … bin ich vor der Zelle zusammengebrochen, weil ich nicht ertragen konnte, ihn so zu sehen, ans Bett gefesselt, völlig weggetreten, hilflos. »Das gebührt ihm«, hat Kristen gesagt, als sie mich abholen kam. »Genau das gebührt dem Mörder deines Vaters.«

Ich kann es Corvin noch nicht einmal erzählen, da meine Augen beim Gedanken daran sofort zu brennen beginnen. Ich weiß nicht, wessen Schuld es war, dass mir alles genommen wurde, ich weiß nur, dass der Verlust in unveränderter Intensität an mir nagt. Also wende ich den Blick ab und bin heilfroh, dass BB mir meinen Kaffee reicht. Ich schließe meine Hände um den Becher und versenke meine Nase in dem tröstlichen Geruch.

»Wie lange dauert das noch?«, wendet sich Fawn an BB.

Er zwinkert ihr über den Rand seines Kaffeebechers zu. »Nicht lange.«

»Du bist ja sehr zuversichtlich«, bemerkt Ella. »Morton ist großartig, aber kann er gegen Jenkins bestehen?«

»Jenkins hat nicht das Geringste in der Hand. Macht euch keine Sorgen, es wird sich alles regeln. Notfalls setzt er ihm das Messer an die Kehle.«

Wir lachen, doch es klingt alles andere als fröhlich. Sollte ein Messer im Spiel sein, müssten wir uns um Jenkins oder Patten die wenigsten Sorgen machen.

»Verrätst du uns mal, was das Ganze soll?«, frage ich. »Warum engagierst du dich so plötzlich für Corvin?« Ich habe noch gut vor Augen, wie BB vor der Konsole hockt, meilenweit von der Realität entfernt, gefangen in seiner Spielsucht. Seine Wandlung kann ich nicht im Mindesten nachvollziehen.

»Schau uns an«, erwidert er mit einem traurigen Lächeln. »Was ist von unserem großen Traum geblieben?«

»Es war nicht *unser* großer Traum. Maximal deiner.«

BB beißt in seinen Muffin. Kaut. »Mag sein. Aber ihr seid in diesen Traum hineingeboren worden. Ihr hattet nie eine Wahl. Jetzt sollt ihr eine haben.«

Ich frage mich, worauf er hinauswill, und will schon nachhaken, da spricht er bereits weiter.

»Die Warriors waren alles für mich, wisst ihr, mein Leben, meine Familie, meine ganze Welt.« Seine Stimme zittert und er wischt sich eine Träne aus dem Augenwinkel. »Ihr Ende hat mich zerstört.«

BB war ursprünglich FBI-Agent, bevor er zur *Warriors of Light Division* wechselte, wo er fortan als Mittelsmann zwischen den Superhelden und der Division fungierte. Sein Aufgabengebiet war breit gefächert und er war gut in seinem Job. Ob es nun galt, einen Streit zu schlichten, Unstimmigkeiten zu klären, Einsätze abzustimmen oder die Warriors zur Öffentlichkeitsarbeit zu bewegen – Dwight Callahan sorgte dafür, dass alles reibungslos klappte. Der Doom muss die Hölle für ihn gewesen sein. Miterleben zu müssen, wie seine Schützlinge einander massakrierten, sie einen nach dem anderen sterben zu sehen, hat bestimmt ein riesiges Loch in sein Herz gerissen.

»Aber dann kam die Regierung mit dieser hirnverbrannten Idee: Eine Welt ohne Superhelden war unvorstellbar, also wollten sie einfach neue erschaffen, ganz nach dem Vorbild der Warriors, außerirdische Super-DNA versetzt mit menschlichen Genen – der ultimative Rookie-Heroes-Cocktail. Und hier seid ihr.«

»Cheers.« Fawn schiebt ihre Maske hoch und erhebt ihren Kaffeebecher.

»Cheers. Auf den Cocktail, der uns zu ultimativen Helden gemacht hat«, fällt Ella mit unverhohlenem Sarkasmus ein und prostet ihr zu. »Vielleicht hätte man besser auf die menschlichen Gene verzichtet. Dann hätte Fawn kein Asthma, Quinn wäre kein Autist, Morton hätte keine Messerphobie ...«

»Du wärst ein echter Engel und könntest fliegen.«

Ella nickt. »Unsere Kräfte hätten sich vermutlich vollständig entwickelt.«

Interessanterweise hatten die Warriors menschliches Aussehen, wenngleich sie alle hellhäutig waren, was zu diversen Spekulationen über ihren Heimatplaneten führte. War ihre Welt nur von einer Ethnie besiedelt? Handelte es sich um vorwiegend kühle Klimaregionen?

Wir werden es nie erfahren. Als ihr Raumschiff 1908 abstürzte und größtenteils in der Erdatmosphäre verglühte, ging auch das gesamte Datenmaterial über ihre Heimatwelt Aykur verloren, während die Warriors selbst in ihren Rettungskapseln in einem Umkreis von rund sechzig Meilen auf der Oberfläche aufschlugen. Ihren Berichten zufolge waren sie Angehörige einer hoch entwickelten Zivilisation. Auf dem Weg zu einem entlegenen Planeten gerieten sie in ein Wurmloch und wurden direkt in die Milchstraße katapultiert. Da saßen sie nun auf der Erde fest, ohne Chance auf Rückkehr.

»So ist die Menschheit nun mal«, meint Corvin, der gerade seinen dritten Bagel verputzt, diesmal einen mit Blaubeeren. »Ihr Streben dient dem Fortbestand der eigenen Rasse.«

In Wahrheit könnten die Warriors ebenso gut eine Legende sein, ihre an Unsterblichkeit grenzende Lebenserwartung Übertreibung, die extraterrestrische DNA der Rookies nur eine Erfindung zu Marketingzwecken. Was haben wir schon vorzuweisen, das nicht auch als Produkt menschlicher Forschung durchgehen könnte? Wenn ich allerdings zum Himmel aufblicke, frage ich mich oft, ob nicht vielleicht doch irgendwann ein Raumschiff von Aykur eintreffen und sich nach dem vermissten Team erkundigen wird. Wie würden sie wohl reagieren, wenn sie die Rookie Heroes vorgeführt bekämen?

»Wie auch immer«, sagt BB, »die Division wollte mich als Leiter des Rookie-Projekts, ausgerechnet, und ich wollte euch zu Helden machen, um jeden Preis. Dabei habe ich eure Bedürfnisse missachtet, da hat Kristen schon recht, Jill. Ich kann die Vergangenheit nicht rückgängig machen. Aber vielleicht kann ich euch eine Zukunft schenken.« Er blickt uns der Reihe nach an. »Wenn ihr einen Wunsch freihättet, was würdet ihr wählen? Was wäre euch am Wichtigsten?«

»Ein Zuhause«, sagt Fawn wie aus der Pistole geschossen.

»Freiheit«, sagt Corvin.

»Eine Familie«, sage ich. Das ist es, was mir am meisten fehlt. Kristen bemüht sich nach Kräften, aber letztlich ist es nicht genug.

Ella sagt nichts. Vielleicht, weil sie als Einzige über das verfügt, wonach wir uns sehnen. Dennoch wirkt sie nicht wunschlos glücklich, als sie nachdenklich über ihr Goldtattoo auf der Nase reibt.

BB nickt. »Ich wiederum wünsche mir eine Aufgabe. Nach dem Aus für die Rookie Heroes war ich am Boden zerstört. Zum zweiten Mal hatte ich alles verloren, fast wäre ich daran zerbrochen. Aber vor Kurzem sind wir auf etwas gestoßen, das Grund zur Hoffnung gibt. Deshalb bin ich hier.«

Wir? Grund zur Hoffnung worauf? Was meint er damit?

Wir fahren alle herum, als Morton die Tür zur Dachterrasse aufstößt. Er sieht müde aus, aber er schwenkt ein Schriftstück und sein Gesicht spricht Bände.

»Geschafft«, sagt er. »Patten hat dich soeben rehabilitiert, Corvin. Auf Probe, und es wird ein Ermittlungs- und ein Gerichtsverfahren geben, aber vorerst bist du frei. Bloß die Stadt darfst du nicht verlassen.«

Corvin fällt Morton in die Arme und drückt ihn an sich. Die anderen jubeln. Ich lächle, ertappe mich jedoch gleichzeitig bei einem Kopfschütteln. Ich kann nicht glauben, dass es so einfach war.

»Ich begreife das nicht«, entfährt es mir. »Wie konntest du Patten umstimmen, Morton?«

Er schmunzelt. »Unsere Jill – einfach genießen und annehmen ist bei dir wohl nicht drin, oder?«

»Doch natürlich. Wenn ich weiß, was ich genießen kann.«

Die anderen wechseln Blicke. Ich werde das Gefühl nicht los, dass sie mehr wissen als ich.

»Weißt du, Jill«, sagt Fawn langsam, »wir waren uns nicht sicher, auf welcher Seite du stehst.«

»Was? Wovon redest du?«

»Wir hatten den Eindruck«, erklärt BB, »dass du mit Leib und Seele Agentin der Division bist und deine Loyalität Patten gilt. Ohne dich hätte er die Operation Windstille niemals in Angriff nehmen können.«

»Aber ich bin nicht mehr dabei. Und wer ist *wir?*«, frage ich bemüht ruhig, während sich in mir eine eigenartige Kälte ausbreitet.

»Wir alle, Jill«, sagt Morton sanft. Seit wann, bitte, sieht er sich als Teil des Teams? Gerade er, der den Superkräften abgeschworen hat? Der nie auf meine Anrufe und Mails reagiert hat, der sich wie ein Besessener in sein Studium gestürzt hat, um sich abzulenken?

»Robyn hat uns eingeweiht.« Ella zeigt mir ein Handy, ein silbernes Modell einer mir unbekannten Marke. Die anderen ziehen ebenfalls ihre Handys hervor, exakt die gleichen, jeder hat eins. Nur ich nicht.

Mir bricht fast die Stimme weg. »Wie lange schon?«

»Etwa drei Monate«, sagt Morton.

»Und du?«, wende ich mich an Corvin.

Er nickt. »Ich auch, soweit möglich.«

Die Kälte beißt um sich wie ein Wolf, schlägt ihre Klauen und Zähne in mein Inneres, als wollte sie mich zerfleischen. Sie haben mich ausgeschlossen. Sie haben mich einfach ausgeschlossen, weil sie dachten, ich würde zu Patten rennen und ihm alles brühwarm erzählen. Ich weiß nicht, was ich darauf sagen soll. Mir liegt alles Mögliche auf der Zunge, hauptsächlich Verletzendes, mit dem ich meiner Enttäuschung, meiner Wut, Ausdruck verleihen will.

Ich bringe es nicht über die Lippen, nicht jetzt, wo es doch eigentlich etwas zu feiern gibt. Es reicht, dass ich mich mies fühle, ich muss ihnen nicht auch noch Vorwürfe machen. Also sage ich bloß: »Ihr hättet mich fragen können.«

»Das haben wir«, sagt Fawn.

»Des Öfteren«, sagt BB. »Aber du schienst dir selbst nicht sicher zu sein, was du willst. Deshalb haben wir dich nicht ins Vertrauen gezogen.«

Ihr könnt mir vertrauen. Gebt mir auch ein Handy, schließt mich nicht länger aus. Resolut bringe ich die flehende Stimme in meinem Kopf zum Schweigen. »Und jetzt schon? Danke, verzichte«, sage ich schnippisch und weiche zurück, den Ausgang zum Gebäude hinter mir wissend.

»Jetzt schon.« Corvin legt mir überraschend den Arm um die Schultern. Mein Herz macht einen Satz, mein Blut rauscht, als ich so plötzlich in seine Wärme, in seinen Duft eintauche. Die Kälte rollt sich winselnd zusammen. Verwirrt mache ich mich von ihm los.

»Gestern hast du mir noch vorgehalten, dass die Rookies meinetwegen getrennt wurden. Dabei wurde das schon früher beschlossen – das müsstet ihr mittlerweile längst herausgefunden haben, dank Robyn.« Mein zynischer Tonfall tut mir beinahe körperlich weh. Ich bringe nur noch ein Flüstern heraus: »Gestern war ich noch eine Verräterin für dich.«

»Gestern«, sagt Corvin ruhig, »warst du meine Partnerin bei einem schwierigen Einsatz.«

Ich schlucke. »Vorhin hast du dich noch beklagt, dass ich dich nicht besucht habe.«

»Es ist vorbei. Ich bin nicht länger ein Gefangener.«

Ich öffne abermals den Mund und klappe ihn wieder zu, als BB gut gelaunt in die Hände klatscht.

»So, Zeit für die Überraschung. Morton?«

»Direktor Patten und Victor Jenkins haben die Urkunde überprüft und ihre Echtheit bestätigt. Sie wundern sich allerdings darüber, woher du sie hast?« Eine winzige Frage klingt in Mortons Worten mit, doch BB grinst ungerührt.

»Damit sind sie bestimmt länger beschäftigt.«

»Patten ist jedenfalls aus allen Wolken gefallen, Jenkins hingegen hat eindeutig davon gewusst.«

»Jetzt rückt schon raus mit der Sprache«, brummt Corvin.

Morton nickt. »Also: Demlock Park war nicht nur die Einsatzzentrale der Warriors, es gehörte ihnen auch. Sie haben es erworben, als es zur Zusammenarbeit mit der Division kam. In ihrem Testament, das zu Beginn des Doom aufgesetzt wurde, ist festgehalten, dass das Haus inklusive Inventar im Todesfall *aller* Warriors an ihre Nachkommen geht – sofern es jemals welche geben sollte. Einer Klausel gemäß gelten all jene als Nachkommen, deren aykuranisches Erbgut zu mindestens dreißig Prozent nachweisbar ist.«

Unsere Zellen weisen vierzig Prozent und mehr aykuranische DNA auf. Demzufolge gelten wir offiziell als Nachkommen. Demzufolge …

»Eine weitere Klausel besagt, dass die Division als Treuhänder fungiert, bis die Erben volljährig sind«, fügt Morton hinzu.

»Wir sind seit Januar achtzehn«, wirft Fawn ein.

Morton nickt. »Sie hätten uns unser Erbe längst aushändigen müssen. Jedenfalls … Es hat alles seine Gültigkeit. Im Datenarchiv der Division liegen eine Kopie der Urkunde und des Testaments.«

»Heißt das, wir besitzen das Haus? Das ganze Anwesen?«, erkundigt sich Ella ungläubig.

Morton nickt abermals. »Demlock Park gehört uns.«

Der Tag endet, wie er angefangen hat, mit Regen – und in Aufbruchsstimmung. Es zieht uns nach Demlock Park, in unser Haus. Fawn ist nicht zu bremsen, sie erzählt uns in einem fort von ihren Plänen für das Anwesen.

»Unten müssen wir natürlich renovieren. Streichen vor allem. Und wir brauchen neue Möbel. Was meinst du, Corvin, sollen wir rote oder violette Vorhänge nehmen? Ich finde beide Farben gut. Oder Blümchenmuster? Bunt soll es aussehen, nicht so trist wie jetzt.«

Corvin, der neben mir auf dem Beifahrersitz Platz genommen hat, grinst. »Da haben Ella und Morton aber auch ein Wörtchen mitzureden.« Die beiden sitzen in BBs Wagen direkt vor uns. Obwohl sie noch Termine haben, wollten sie unbedingt dabei sein, wenn wir Demlock Park offiziell in Besitz nehmen. Corvin wirft einen Seitenblick auf mich. »Und Jill natürlich.«

»Mir ist alles recht«, sage ich abwesend. Meine Gedanken kreisen ständig um die Besitzurkunde. Wie sind BB und Morton darauf gestoßen? Ich kann nicht glauben, dass es Zufall war.

»Und Quinn und Robyn«, plappert Fawn weiter. »Wir können alle gemeinsam hier wohnen, ist das nicht ultracool? Das wird wie früher.«

Corvin mustert mich erneut, ich spüre seinen Blick wie eine warme Berührung. Mir schießt das Blut in die Wangen und ich verfluche mich dafür, dass meine Gefühle in seiner Gegenwart ständig außer Kontrolle geraten. Heiß, kalt, auf, ab – das reinste Rodeo. Nur Fawns Anwesenheit hält alles im Zaum.

»Quinn wird vermutlich bei seinen Eltern wohnen bleiben«, sage ich. »Und Morton hat es ja auch nett. Der wird seine sturmfreie Bude mit dem ewig vollen Kühlschrank kaum gegen eine Baustelle tauschen wollen.« Mortons Eltern gehören zur Sorte stinkreich. Sein Vater ist ein Medienmogul, die Mutter, ein ehemaliges Model, führt ein Jet-Set-Leben. Eine Familie, die quasi nicht vorhanden ist. Bei genauerer Betrachtung ist »nett« zwar die richtige Umschreibung, aber für das Wohlbefinden nicht unbedingt ausreichend.

Fawn kichert. »Und wer schneidet ihm das Brot?«

»Die haben bestimmt eine Haushaltshilfe«, erwidert Corvin, »damit Morton keine Messer anfassen muss.«

Mortons Spitzname lautete nicht umsonst »Kleine Elster« und sein Superheldenname »Tachi«, die Bezeichnung für ein japanisches Schwert. Seine Superkraft manifestierte sich bereits im Alter von zwei Jahren. Er hatte eine Vorliebe für blitzende Klingen, ständig musste man sie vor ihm außer Reichweite bringen. Bekam er dennoch eine in die Finger, so nahm das Unglück seinen Lauf.

»Hm. Wie rasiert er sich?«, überlegt Fawn.

Corvin vollführt kreisende Bewegungen am Kinn. »Elektrisch. Da sind die Klingen hinter einem Aufsatz verborgen.«

»Oh. Gut. Ich möchte ihm ungern dabei zur Hand gehen müssen. Oder beim Zehennägelschneiden.«

Wir brechen in Gelächter aus.

»Am besten fesselst du ihn«, meint Corvin.

»Das Bild kriege ich nicht mehr aus dem Kopf«, sage ich.

»Das wäre doch was, Fawn.« Corvin verleiht seiner Stimme einen verführerischen Unterton. »*Prosperas Manikürsalon – mit dem gewissen Extra.*«

Ich kann mich kaum noch halten. »Ein interessantes Geschäftsmodell. Die Leute werden dir die Türen einrennen, um sich von dir verwöhnen zu lassen.«

»Wenn du dann auch noch die Nägel deiner Kunden schneller wachsen lässt, kannst du richtig Kohle machen«, sagt Corvin.

»Die Haare am besten auch«, spinne ich seine Idee weiter.

Wir kichern. Corvin hält mir die Hand hin und ich klatsche ab. Das ist es, was ich will: Unbeschwertheit.

»Ihr seid so doof«, beschwert sich Fawn. »Das kann ja was werden mit euch zweien.«

Mein Lachanfall erstirbt prompt. Corvin blickt auffallend unauffällig aus dem Fenster.

»Und überhaupt«, mault Fawn, »kann ich keine Nägel und Haare wachsen lassen.«

Corvin dreht sich zu ihr um. »Wäre aber cool, wenn du es könntest. Und im Kampf echt hilfreich.«

»Wozu? Um glatzköpfigen Verbrechern eine Hippiefrisur zu verpassen?«

»Um sie mit ihrer eigenen Haarpracht zu entwaffnen?«, schlägt er vor.

»Oder sie damit zu erwürgen?«, werfe ich ein.

Corvin streckt sich nach hinten und klopft Fawn aufmunternd aufs Knie. »Wenn du das auch noch beherrschst, bist du unbesiegbar, Prospera.«

Im Rückspiegel sehe ich, wie Fawn entrüstet die Arme verschränkt. »Ich rede kein Wort mehr mit euch, ihr Rookiepupser.«

»Robyn könnte Interesse haben«, sage ich nach einer Weile, in der die Stille zwischen mir und Corvin bereits auf meiner Haut prickelt. »Nach Demlock Park zu ziehen, meine ich. Nicht an der Maniküre.«

Corvin grinst breit. Dann nickt er. »Ihre Wohnung ist ein Loch.«

Robyns Vater betreibt eine Autowerkstatt in seinem Hinterhof, in der er vorwiegend Motorräder aufmotzt und die als Deckmantel für diverse illegale Geschäfte dient. Das Geld ist immer knapp, der Vater ständig betrunken, seit Robyns Mutter an Brustkrebs gestorben ist. Für Robyn wäre Demlock Park vermutlich ein Hauptgewinn.

»Willst du auch einziehen, Jill?«, fragt Corvin nach einer kurzen Pause.

Ich habe keine Ahnung. Mit den Rookies zusammenzuwohnen, erscheint mir verlockend, schon um der alten Zeiten willen, und unsere Albereien geben mir das Gefühl, es könnte wieder so werden wie früher. Doch die Sache mit den Handys liegt mir im Magen. Ich fühle mich wie auf einer Insel, umspült von Anschuldigungen und Misstrauen. Ich war der Meinung, ich hätte mein Möglichstes getan, um den Kontakt zu wahren, die Gruppe zusammenzuhalten, die Freundschaft nicht einschlafen zu lassen. Anscheinend war es nicht genug.

Ich zucke mit den Schultern. »Vielleicht.«

»Es wäre schön.«

Warum wäre das schön? Und warum klingt er dabei, als wäre es ihm wichtig? »Freu dich nicht zu früh. Du weißt ja, wenn ich das Kommando habe, müsst ihr spuren.«

»Wozu? Niemand kann mehr über uns bestimmen«, vermeldet Fawn. »Wir sind erwachsen. Kein Training, kein Unterricht, kein Drill.«

»Und was willst du mit deiner Zeit anfangen? Wovon sollen wir die Renovierung bezahlen? Weißt du überhaupt, was es kostet, ein solches Haus instand zu halten?«

»Du bist so eine Spielverderberin, Jill!«

Immer wieder gern. Ich spare mir die bissige Entgegnung und halte vor dem Tor. Wir müssen nicht mehr wie Diebe auf das Grundstück schleichen, Patten hat uns den Code in einem Kuvert überreicht. Fawn bricht in ein Freudengeheul aus, als wir die Auffahrt hinauffahren und vor dem Haus parken.

Unsere Erstbegehung der Halle, dem mit Abstand am meisten in Mitleidenschaft gezogenen Raum des Erdgeschosses, macht deutlich, wie desolat alles ist. Die Fenster sind zum Teil zerbrochen, zum Teil blind, und durch das wild wuchernde Grün vor dem Haus ist es selbst bei Tageslicht düster. Wir schalten das Licht ein. Der vom Löschwasser aufgequollene

Holzboden wölbt sich, an manchen Stellen ist er gebrochen. Die Wände sind schmierig vom Ruß und vom Staub der Jahre und durchlöchert wie Käse, einige sind komplett eingestürzt. Schutt türmt sich. Vorhänge, Polsterungen und Möbel sind Opfer der Flammen geworden, die Gestelle der zwei zerstörten Sofas ragen wie Gerippe vom Boden auf.

Fawn und mir ist das nicht neu, auch Corvin muss es bei seinem Kurzbesuch gesehen haben. Aber es ist eine Sache, durch die mit Erinnerungen getränkten Räume zu laufen, in denen Herz und Seele bei jedem Schritt auf ein Echo treffen. Und eine ganz andere, eine Bestandsaufnahme zu machen.

»Streichen wird nicht genügen«, murmelt Corvin. »Die Böden müssen raus, Wände neu errichtet werden, die Fenster ausgetauscht. Da kommt ein ordentlicher Batzen Arbeit auf uns zu. Von den Kosten ganz zu schweigen.«

Sag ich doch.

Er stellt ein umgestürztes Regal auf und ich staune, wie er ohne große Umstände auf seine Superkräfte zugreift. Er wechselt noch nicht einmal die Gestalt. Nur die fadenartigen Schatten, die über seine Haut zucken, und die Muskeln, die sich unter seiner Kleidung wölben, bezeugen seinen veränderten Zustand. Noch mehr staune ich über den Druck, der damit einhergeht, sich wellenartig erhebt und wieder abflaut. Er ist ihm zuzuordnen, ihm allein, so signifikant wie eine Handschrift. Ich nehme mir vor, dieses Phänomen genauer zu erforschen, auch bei den anderen.

»Was für ein Chaos«, stellt Corvin fest.

Wir schweigen betreten. Chaos ist das Stichwort.

»Nichts, was sich nicht reparieren lässt«, meint BB zuversichtlich. »Die Räume oben sind ja in Ordnung, den Rest könnt ihr nach und nach auf Vordermann bringen. Wenn alle zusammen helfen, ist das in null Komma nichts erledigt.«

»Ich passe«, sagt Morton und hebt abwehrend die Hände. »Ich greife kein Werkzeug an. Das habe ich mir geschworen und seither lebe ich sehr gut damit.« In seinen Augen spiegelt sich das unvorstellbare Ausmaß seiner Qualen.

Ella nickt verständnisvoll. »Ist sicher die beste Lösung.«

Corvin tritt gedankenverloren an den Kamin und lässt die Finger über das darüber angebrachte Bord gleiten, auf dem sich eine fingerdicke Staubschicht abgesetzt hat. Er stellt ein gerahmtes Foto von uns sieben im Trainingsparcours auf und klopft prüfend gegen den in der Wand aus rohem Stein versenkten Spot, der nur ein schwaches Flimmern von sich gibt. »Hm. Mit der Elektrik scheint auch etwas nicht zu stimmen.«

»Vielleicht ein Wackelkontakt oder ein kaputtes Lämpchen«, vermute ich.

Corvin schraubt an dem Spot herum, als wäre es für sein Seelenheil unerlässlich, dem Problem genau jetzt zu Leibe zu rücken. Er baut die Lampe aus, nimmt die Fassung mitsamt der Verdrahtung in Augenschein und zieht etwas an einem schwarzen Kabel hervor. »Was haben wir denn da? Eine Kamera.«

Wir betrachten die winzige Linse, die in einem ebenso winzigen Gehäuse sitzt.

Fawn lacht. »Wisst ihr noch, als wir alle Kameras auf unserer Liste mit Kaugummi zugeklebt haben? Fünfzig waren es oder noch mehr. Hat nicht Quinn Buch darüber geführt?«

Die Division hielt ihre Versuchskaninchen rund um die Uhr unter Beobachtung, beim Essen, beim Schlafen, beim Duschen, und wir entwickelten immer neue Ideen, sie auszutricksen. Ich nicke. »Ja, er wüsste es bestimmt genau, aber ich glaube, der Kamin war nicht darunter.«

Corvin hebt den Blick. »Wisst ihr, was das bedeutet?«

Wenn ich das richtig in Erinnerung habe, gab es noch zwei Kameras in der riesigen Halle. Aus diesem Winkel jedoch hat man direkten Blick auf jene Stelle, an der Aaron aufgefunden wurde …

Ich schnappe nach Luft, als Morton ausspricht, was mir

durch den Kopf schießt: »Patten hat gelogen. Es *gibt* einen Beweis.«

Corvin nickt. »Die gottverdammte Division hält das Video unter Verschluss. Bildmaterial von dem Tag, als Direktor Burton starb. Das Aufschluss darüber geben könnte, was damals wirklich passiert ist. Das mich vollends entlasten könnte.«

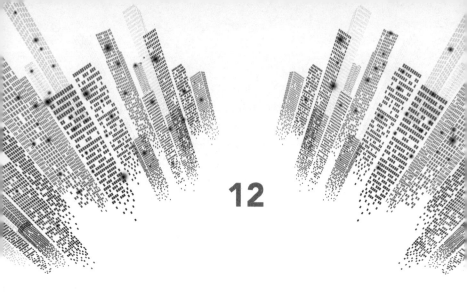

12

Am nächsten Morgen hat sich der Regen verzogen. Die Sonne blinzelt hinter den Wolken hervor und erwärmt das nasse Gras. Weißer Dunst steigt von den Wiesen auf.

Ich warte im Auto auf Corvin. Die ganze Nacht über, in meinen von unruhigen Träumen unterbrochenen Wachphasen, musste ich darüber nachdenken, was wohl auf dem Video zu sehen sein mag. Ob Robyn überhaupt Zugriff bekommt. Warum die Division die Aufzeichnung geheim hält. Und nicht zuletzt, wie ich mit Corvin und den Gefühlen, die er in mir auslöst, umgehen soll.

Er wollte mich dabeihaben. Mich. Er hätte Robyn allein aufsuchen können, er hätte einen der anderen mitnehmen können oder alle. Doch er wollte, dass wir uns das Video gemeinsam anschauen, nur wir beide. Wie soll ich diesen Tag an seiner Seite bloß durchstehen?

Im Kreis der anderen fällt es mir etwas leichter, an unsere Freundschaft anzuknüpfen. So zu tun, als wäre nichts vorgefallen, als wären wir Zwölfjährige mit kühnen Träumen, voller Heldenmut und Tatendrang. Aber unsere Träume sind zerplatzt, Helden sind wir nur auf dem Papier.

Corvin macht mich nervös. Ich weiß nicht, woran ich bei

ihm bin. Er ist mir vertraut und gleichzeitig seltsam fremd. Ich bin hin- und hergerissen, will mich abwechselnd in seine Arme werfen, und ihn dann wieder schütteln, bis die Arroganz von ihm abblättert und mein Freund zum Vorschein kommt.

Bleib cool, sage ich mir zum wiederholten Mal, als er, ein riesiges Stück Kuchen auf einem Thermosbecher voll Kaffee balancierend, die Autotür aufreißt und mir ein raues »Guten Morgen, Jill« zuwirft. Drei Worte, und meine guten Vorsätze verabschieden sich.

»Musst du eigentlich ständig essen?«

»Ich verbrenne eben viel.«

»Krümle nicht alles voll, ist nicht mein Wagen.«

»Wessen dann?«

»Kristens.« Um Normalität bemüht füge ich hinzu: »Gut geschlafen?« Er trägt weite Trainingsklamotten, in denen sich seine Muskeln ausbreiten können, sollte es vonnöten sein, und wirkt ausgeruht.

»Fast gar nicht. Fawn war«, er räuspert sich, »anstrengend. Ich musste mitten in der Nacht mit ihr Kuchen backen.«

»Ah ja. Was für ein Opfer.« Ich nicke bedeutungsvoll.

»Ich bin Einsamkeit gewohnt. Es war schon mit Robyn grenzwertig. Aber Fawn toppt das um Längen. Sie saugt dich aus.«

Ich lache. »So ist sie. Schon vergessen?«

»Verdrängt.«

»Mir scheint, das mit den Erinnerungslücken passiert dir öfter.« Ich muss an den geheimnisvollen Dritten denken.

»Besten Dank für den Hinweis.«

Die Frustration in seiner Stimme sorgt dafür, dass sich alles in mir zusammenzieht.

Und schon hast du es vergeigt. Ich vertraue meinen Instinkten nicht mehr, bin völlig ratlos. Egal, was ich sage, es scheint das Falsche zu sein. Dabei, und das wird mir unversehens in aller

Deutlichkeit bewusst, will ich nur, dass er die Jill von heute mag, nicht hasst. Was mich an meinem Verstand zweifeln lässt.

Er nippt an seinem Kaffee und blickt aus dem Fenster, wo die Stadt wie ein blitzendes Juwel an uns vorbeizieht. Die Straßen glänzen nass, die Autodächer, Pfützen und Glasscheiben reflektieren gleißende Helligkeit, ein Regenbogen wölbt sich zwischen den Wolkenkratzern. Die Sonne kehrt die versteckte Schönheit Baine Citys hervor.

Vergeblich taste ich in sämtlichen Ablagen nach einer Sonnenbrille. Auch im Handschuhfach ist keine zu finden, aber Corvin befördert einen zusammengefalteten Sonnenhut zutage, ein altmodisches Modell aus hellem Bast. *Du meine Güte, Kristen!* Ich verdrehe die Augen, als er ihn mir überstülpt. Er grinst. »Hübsch.«

»Zweckmäßig.« Tatsächlich blendet die Sonne weniger, also lasse ich das Unding auf.

Corvin schiebt mein Haar über die Schulter nach vorn. »Ich mag deine Frisur, diesen süßen kleinen Dutt und die wilde Mähne.«

Ich klopfe ihm auf die Hand. »Lass das.«

»Früher hattest du immer einen geflochtenen Zopf.«

»Der war praktisch.«

»Du hast mich mit dem Zopfende an der Nase gekitzelt, in unserem Versteck, wenn ich geschlafen habe, weißt du noch?«

»Nein«, lüge ich, werde aber hochrot. Er lässt eine der Strähnen durch seine Finger gleiten. »Hör auf damit. Ich fingere ja auch nicht ständig an dir herum.«

Er zieht den linken Mundwinkel hoch. »Möchtest du das denn?«

»Das wäre das Letzte, was ich wollte.«

»Ich glaube dir nicht.« In seiner Stimme vibriert wieder dieser kratzige Ton, der an meinen Gefühlen zerrt. Federleicht berührt er meinen Arm und ich erschauere. »Du hast Gänsehaut. Ich denke, du magst das.«

Ich stoße ein Grollen aus. Seine Selbstgefälligkeit lässt mich Dark Chaos herbeisehnen. Mit dem kann ich besser umgehen.

Er lehnt sich mit einem Grinsen zurück. »Was ist mit deinem Auto passiert? Das, mit dem du bei Fawn warst?«

»Ich bin frontal gegen eine Wand gefahren.«

»Eine Verzweiflungstat? Hast du dich so nach mir verzehrt?« Er rekelt sich in seinem Sitz wie ein zufriedener Kater.

»Ja genau, weil das dann auch die beste Idee aller Zeiten wäre, du Clown.«

»Ich dachte bloß. Weil du ständig betonst, wie mächtig alles an mir ist.«

»Monströs. Das war der Ausdruck, nicht mächtig.«

»Wortklaubereien. Fakt ist, dass du offenbar tief beeindruckt von mir bist.«

Ich gebe ein Würgen von mir. »Rede es dir nur ein.«

»Du findest mich faszinierend. In deinem Gedächtnis hattest du mich als kleinen Jungen abgespeichert. Aber der bin ich nicht mehr, und es wurmt dich, dass du mich nicht einschätzen kannst. Und es wurmt dich noch mehr, dass du dich von mir angezogen fühlst.«

Was zum Teufel …? *Danke für die Analyse.* Ich knirsche mit den Zähnen.

»So ist es doch, Jill, oder?« Corvin beugt sich abermals zu mir. Seine Augen scheinen all meine Schutzschichten zu durchdringen, sein Blick trifft mich im Kern. Dort, wo mein Herz aufgeregt flattert, weil sein Meeresduft mich umschmeichelt, seine Wärme mir Geborgenheit verspricht, seine Lippen nur eine Handbreit von meinen entfernt sind. Ein äußerst dummer Gedanke zuckt in mir auf. »Du spürst es auch, dieses Knistern zwischen uns, stimmt's?«, fragt er sanft.

»Du irrst dich. Was da knistert, ist das Stroh in deinem Kopf, wenn du dich um einen sinnvollen Gedanken bemühst.«

»Deshalb schießt du mit Sticheleien um dich. Aber eigentlich willst du etwas ganz anderes.«

»Und das wäre?«

»Mich.«

Ich gebe ein ersticktes Lachen von mir. »Hat man dir nie verraten, dass Frauen nicht auf eingebildete Typen stehen?«

»Oh doch, das tun sie. Sie brauchen die Herausforderung. Etwas, an dem sie sich reiben können. Das ständige Wechselspiel zwischen Kontrolle und Loslassen. Sie wollen das Gefühl, das Spiel zu diktieren, und dann wieder wollen sie einfach nur starke Arme, die sie halten.«

»Wo hast du das denn her? ›Frauen erobern für Dummies‹? War das deine einzige Lektüre in all den Jahren?«

»Und du ganz besonders, Jill. Du bist stark und selbstbewusst, du verfolgst deine Ziele beharrlich, weil du mit Stillstand nicht klarkommst. Du weißt, was du willst, aber du hast nie gelernt, dich fallen zu lassen. Du brauchst einen starken Mann an deiner Seite, damit du weich sein kannst.«

Was fällt ihm eigentlich ein? »Du glaubst, ich bin ein offenes Buch für dich, ja? Da täuschst du dich gewaltig …«

»Und du denkst, in dir sei alles ruhig, dabei brodelst du vor unterdrückter Energie.«

Mistkerl. Ich beiße mir auf die Lippe, drücke das Gaspedal durch und jage bei Dunkelrot über die Kreuzung. Autos hupen, eins bremst rechts von uns hart ab. Ach verdammt, gerade war's noch grün. Corvin lacht leise.

»Ich habe sie gespürt. Im Transporter, als du meine Kräfte neutralisieren wolltest. Du dachtest, du würdest Stille an mich schicken, dabei hast du die Dunkelheit in mir noch angefacht.«

Ich starre ihn sprachlos an.

»Die Straße, Jill.« Corvin deutet auf die roten Lichter, die gefährlich nahe aufleuchten. Hektisch springe ich auf die Bremse und bringe den Wagen zum Stehen. Das war knapp.

»Wir beide, Jill, sind das perfekte Team. Ich wecke das Feuer in dir und du verstärkst meine Macht.«

Welches Feuer denn? Ich bin Silence, die personifizierte Ruhe. Ich reduziere die Kräfte anderer, nicht umgekehrt. »Du spinnst, Corvin West. Du warst zu lange allein, da muss man ja verrückt werden. Dein aufgeblasenes Ego kann mir gestohlen bleiben. Ich brauche kein Gefühlswirrwarr, kein Abenteuer. Ich wünsche mir Freundschaft …«
»Oh nein. Herzrasen.«
»Ehrlichkeit.«
»Gefahr.«
»Verlässlichkeit.«
»Risiko. Ungewissheit. Chaos. Und dann wieder eine Schulter zum Anlehnen. Ich biete dir beides und das findest du unwiderstehlich.«
Dunkle Stränge schlängeln sich über seine Unterarme, seine Augen blitzen, und ich habe Mühe, den Blick auf die Straße zu richten. Seine Muskeln wölben sich unter tintenschwarzer Haut, er gewinnt an Masse und Größe, sodass sein Kopf an die Decke des kleinen Wagens stößt.
Mein Herz schlägt mir bis zum Hals. Er hat recht, ich fühle mich von seinen Gegensätzen angezogen. Alles in mir drängt darauf, *ihm* eine Gänsehaut zu bescheren. Ich weiß, dass ich es könnte, und dieses Wissen fühlt sich unwahrscheinlich gut an. Gleichzeitig ärgere ich mich maßlos über mich. Was stimmt nicht mit mir?
»Ich warne dich, Corvin, wenn du das Auto sprengst, werde ich zur Furie.«
»Das verspricht interessant zu werden.« Das Echo in seiner Stimme prickelt auf meiner Haut wie Elektrizität.
Hinter uns hupt es. Doch gemeint sind nicht wir, sondern das Pärchen im Cabrio neben uns, das trotz freier Spur angehalten hat und wie gebannt zu uns herüberstarrt. Asche fällt von der Zigarette des Fahrers, seine blonde Beifahrerin zückt ihr Handy und will offensichtlich ein paar Beweisfotos von Dark Chaos knipsen. Ich lasse das Fenster an der Beifahrerseite hinunter.

»Fünfzig Dollar das Foto!«, rufe ich ihr zu. »Ein Kuss hundert!«

Die Blonde kichert verschämt, der Mann grunzt und das Cabrio schießt mit quietschenden Reifen davon.

Corvin wechselt augenblicklich zurück in seine normale Gestalt und ich atme auf, als neben mir wieder der Junge sitzt, die Stirn gerunzelt, die Augen blaugrün und menschlich. Für einen winzigen Moment zuckt etwas in ihnen auf, das mich an früher erinnert. Oft genug hat er BB so angesehen, mit der gleichen Verletzlichkeit im Blick, wenn er sich anhören musste, dass er seine Kräfte mal wieder nicht unter Kontrolle gehabt hatte.

»Du willst den Psychologen spielen? Das kann ich auch: Weißt du, wie du auf mich wirkst?«, frage ich. »Wie jemand, der sich unter einer Rüstung versteckt. Und wenn du Gefahr läufst, dich deinen wahren Gefühlen stellen zu müssen, klappst du auch noch das Visier herunter. Sie mag dich schützen, aber sie blockt auch alles ab. Was du eigentlich willst, ist, geliebt zu werden. Leider wird das nicht funktionieren. Du lässt nichts an dich heran.«

»Tja«, knurrt Corvin, »dann können wir ja froh sein, dass wir einander so gut durchschaut haben.«

Robyn Grubbs wohnt am anderen Ende von Baine City. Wir haben das Zeitfenster zwischen der morgendlichen Rushhour und dem Mittagsverkehr für die Fahrt gewählt und die Rechnung ging auf. Kein Stau, wir halten pünktlich um halb elf vor dem gelben Haus mit den vergitterten Fenstern.

Corvin führt mich durch den Innenhof, vorbei an Bergen von undefinierbarem und weitgehend verrostetem Metall, das ich weder Autos noch Motorrädern zuordnen kann. Sammeln alle Bastler Gerümpel? Aus der Garage mit dem Rolltor dringt das

Kreischen einer Maschine und ich bin froh, dass wir um eine Begegnung mit Mister Grubbs herumkommen.

Vor einer Tür aus massivem Stahl bleiben wir stehen.

»Muss ich mir Sorgen um das Auto machen?«, erkundige ich mich bei Robyn, als sie sich über die Sprechanlage meldet. Zwei Kameras überwachen den Eingang. Es würde mich nicht wundern, wenn hier auch Gewehre installiert sind und eine Falltür, durch die die Leichen entsorgt werden.

»Was ist es denn für eins?«

»Ein Kent Xtreme.«

Sie lacht. »Nein. Wer will schon einen Elektrokleinwagen?«

»Er ist kompakt und schnell und besteht aus lauter brauchbaren Einzelteilen.« Ich fürchte weniger, dass er gestohlen werden könnte. Viel mehr mache ich mir Gedanken, ob Robyns Vater ihn womöglich ausschlachten wird, wenn ich ihn ein paar Stunden unbeobachtet lasse.

»Wir geben unserem Vater mal 'nen Tipp.«

»Witzig, Rob, echt witzig.« Oder war das Red? Ich bin mir nicht sicher.

»Die Treppe hoch und dann rechts. Corvin kennt den Weg.«

Ein Summen ertönt und die Stahltür springt auf. Wir folgen der Treppe aufs Dach und treten durch eine weitere Tür in einen Flur, vollgestopft bis obenhin. Auf engstem Raum türmen sich hier Dinge des täglichen Bedarfs, Kleidung und Schuhe, Nahrungs-, Wasch- und Putzmittel sowie anderer Kram, den ich im Halbdunkel nicht genau identifizieren kann.

»Ist das ein Kühlschrank?«, murmle ich, als wir an einem winzigen Gerät vorbeikommen, das vor sich hin ächzt. Die Tür schließt nicht ganz und durch den Spalt strömt ein eigentümlicher Geruch.

»Frag nicht«, sagt Corvin. »Achtung, bücken.«

Ich umrunde eine Leiter, steige über einen Wäschehaufen und stoße mir den Kopf an einer Kiste Limonade, die aus unerklärlichen Gründen von der Decke herabhängt. »Au!«

Jemand lacht gehässig und Erinnerungen zünden in mir. Dieses Lachen kenne ich nur zu gut.

Der nächste Raum ist riesig. Und obwohl er so groß ist, ist er genauso gerammelt voll wie der Vorraum. Auf mehreren Tischen stehen Bildschirme und Computer jedweden Jahrgangs und in verschiedenen Stadien der Fertigstellung oder Demontage. Der Fußboden ist fast vollständig mit Kabeln, Elektronikbauteilen und Werkzeug bedeckt. Das Zimmer zu durchqueren, gleicht einem Hindernisparcours, man muss höllisch aufpassen, wo man hintritt.

»Hier hast du übernachtet?«, erkundige ich mich ungläubig bei Corvin.

Er deutet nach oben. Unter dem Dach, in die Schrägen eingepasst, befindet sich eine hölzerne Zwischendecke mit einem Matratzenlager, erreichbar über eine Strickleiter. Es raschelt verdächtig. *Mäuse oder Kakerlaken?* Ekel wallt in mir auf. Doch dann vernehme ich ein Maunzen und entdecke ein goldenes Augenpaar in einem weiß gefleckten Katzengesicht.

»Das ist Hunter«, sagt Corvin. »Leider hat er seine eigentliche Aufgabe nicht begriffen.«

»Die da wäre?«

»Die elenden Mäuse zu fangen«, erklärt Robyn, die mit dem Rücken zu uns auf einem Drehstuhl sitzt und wie eine Dirigentin an ihren Holoprojektionen hantiert. Zumindest denke ich, dass es Robyn ist. Man weiß das nie so genau, wenn sie eins mit ihrem Double ist, dessen rötlicher Schein sie wie eine Aura umkränzt. »Und hin und wieder zu kuscheln. Mehr verlangen wir nicht. Aber er kratzt und beißt, wenn wir ihn auch nur schief anschauen. Ein echter Teufel.«

»Er wirkt ganz harmlos. Hallo, Robyn, übrigens.«

»Hi, Jill.« Eine Pause folgt, in der ich deutliches Misstrauen wahrnehme. *War ja klar*, denke ich bitter. Noch immer findet sie es nicht der Mühe wert, mich anzusehen.

»Robyn …«, setze ich hilflos an.

»Es ist okay, Rob«, schaltet sich Corvin ein und ich bin ihm unendlich dankbar dafür. »Alles gut. Jill gehört zu uns.«

Endlich dreht sich Robyn um und bei ihrem Anblick bleiben mir die nächsten Worte im Hals stecken. »Guck nicht so belämmert, dir fallen ja noch die Augen aus dem Kopf.«

Das kam eindeutig nicht von Robyn, sondern von Red, Robyns Superkraft. Im Unterschied zu den anderen Rookies muss sie sie nicht erst in sich hervorrufen – sie ist immer da, begleitet sie auf Schritt und Tritt oder führt, losgelöst von ihrem Körper, ein äußerst unangenehmes Eigenleben.

Vielleicht entstand daraus Robyns Hang zum Extremen, sie war jedenfalls schon als Kind speziell.

Ihr kurzes, blutrot gefärbtes Haar ist noch das vergleichsweise Unauffälligste an ihrem Aussehen. Sie trägt stets Schwarz und Unmengen von Metall am Körper. Einerseits Schmuck, wie die großen Ohrringe mit den Teufelsfratzen und den breiten, mit keltischen Ornamenten bestückten Halsreif. Zum anderen bedecken hauchdünne Metallplättchen ihre linke Gesichtshälfte. Jedes etwa von der Größe einer Fingerkuppe bilden sie dicht aneinandergefügt eine Art zweite Haut, die sich ihrer Mimik anpasst und unzählige Lichtreflexe in den Raum streut, wenn sie spricht oder lächelt.

»Jetzt weiß ich, woher Fawn ihre Maske hat«, stammle ich.

»Eigenkreation.« Robyn. Sie hebt den Arm, auf dem sich ebenfalls Metall bis hinauf zu ihrer Halsbeuge zieht. Alle Narben sind verdeckt. »Kommt noch was, oder machst du Lippengymnastik?« Red.

Ich räuspere mich. »Sieht abgefahren aus.«

»Echt ätzend, wenn sie sich bemüht, scharfsinnig zu klingen.« Red. »Klappe, Giftwolke!« Robyn.

Die beiden liegen im ständigen Clinch miteinander. Was sich für Uneingeweihte anhört wie die Selbstgespräche einer Schizophrenen, ist in Wahrheit Robyns Versuch, ihr Double unter Kontrolle zu halten. Ich wäre längst daran verzweifelt.

»Wenn schon entstellt, dann wenigstens ordentlich«, sagt Robyn zu mir.

Sie übertreibt. Ja, ihre Brandwunden waren gravierend und neben all den Schmerzen sicherlich extrem belastend, doch nach den Hauttransplantationen war nicht mehr viel davon zu sehen. Feine Linien auf Wange und Stirn, die von Ellas glühend heißen Federn herrührten, tiefere am Arm. Von entstellt konnte keine Rede sein.

»Hauptsache, du fühlst dich wohl.« Ich frage mich, ob sie mit der Metallschicht auch unter die Dusche geht. »Nimmst du sie manchmal ab?«

»Nur zum Reinigen.« Sie deutet auf zwei Getränkekisten, die sie als Ablage verwendet. »Setzt euch, ihr Flaschen«, fordert Red uns auf, begleitet von kehligem Kichern. »Müll zu Müll.«

»Rob, kannst du Red mal bitte zum Schweigen bringen? Sie nervt.« Corvin kippt das Zeug, das sich auf den Kisten stapelt, auf den Boden und nimmt neben Robyn Platz, also tue ich es ihm gleich.

»Raus, Kotzbrocken!« Robyns Blick wird abwesend, als sie mit ihrem Double einen inneren Kampf ausficht. Früher hat sie ihn laufend verloren. Diesmal überrascht sie mich. Nur eine halbe Minute später schwebt Red hinauf ins Dach. Rot schimmernd, leicht durchscheinend und in ihrer nicht stofflichen Gestalt das exakte Ebenbild von Robyn, setzt sie sich auf einen der Dachbalken und lässt die Beine baumeln.

»Wir haben einen Namen«, wirft sie uns mürrisch zu.

»Stinkstiefel«, sagt Robyn unbeeindruckt. »Oder lieber Pestwolke?«

»Red! Unser Name ist Red!«

»Sie kann reden?«, frage ich entgeistert. Das ist neu.

Robyn zuckt mit den Schultern. »Wir haben uns weiterentwickelt.«

Nun ja, wie man's nimmt. Beide sprechen in der ersten Person Mehrzahl von sich, woraus ich schließe, dass sie sich nach wie vor nicht als eigenständige Persönlichkeiten empfinden, sondern als Zweiheit. Red ist ohnehin weit davon entfernt, als Wesen durchzugehen, handelt es sich doch bei ihrer Erscheinung lediglich um eine Ansammlung roter Energiepartikel, die eine menschliche Körperform bilden.

Dennoch, dass Robyn ihr Double abstoßen kann, ist ein beeindruckender Fortschritt – was nicht bedeutet, dass Red keinen Ärger machen wird.

»Kann sie noch mehr? Kannst du sie kontrollieren?«

Robyn verzieht das Gesicht. *Also nicht.*

»Wir heißen Red!«, ruft das Double nach unten. »Jill ist eine dämliche Pissgurke.«

Sehr erfinderisch, danke. »Interessant. Der Druck ist fast genauso stark wie bei Corvin.« Mir wird erst klar, dass ich vor mich hin gemurmelt habe, als Corvin aufhorcht.

»Was für ein Druck?«

»Ähm, na ja … Wenn du zu Dark Chaos wirst, spüre ich deine Superkraft als gewissen Druck. Manchmal als Hitze.«

Robyn räuspert sich. Ihr zweideutiger Blick spricht Bände. Corvin packt seine rauchige Stimme aus und sagt: »Lass uns darüber reden.«

Hätte ich bloß den Mund gehalten. »Bilde dir ja nichts ein. Wie gesagt, bei Robyn spüre ich den Druck auch. Was verwirrend ist, da du dein Double ja nicht wirklich nutzen kannst, Rob.«

»Wir sind eben zu nichts nütze«, sagt Robyn emotionslos.

»Wenn du so denkst, wundert es mich nicht, dass es mit deinen Kräften nicht klappt«, meint Corvin und ich muss ihm recht geben. Robyns Einstellung ist nicht förderlich, das hat schon Kristen festgestellt, sowohl in der Gruppenintervention als auch in der Einzeltherapie. Sie müsse sich und ihr Double akzeptieren, um ihre Superkraft einsetzen zu können.

Die Division hat Jahre damit zugebracht, unsere Fähigkeiten zu studieren und zu klassifizieren. Auf einer Skala von eins bis zehn, wobei zehn das höchste erreichbare Level darstellt, jenes der Warriors, erreichten wir im Durchschnitt eine Drei – und das nur wegen Corvin, der die Ergebnisse aufwertete. »Mangelhaft«, war noch die netteste Bezeichnung in unseren Analysebögen. Man erstellte Entwicklungsprognosen und Förderprogramme, stimmte unsere Ausbildung und das Training zur Persönlichkeitsentfaltung darauf ab, forcierte Kompetenzen wie Motivations-, Kommunikations- und Konfliktlösungsstrategien, doch nichts fruchtete. Irgendwann sah man kein Entwicklungspotenzial mehr und gab die Rookies auf. Das war das Ende vom Lied.

»Was soll denn klappen, hm?«, meint Robyn. »Wozu genau sind wir gut, kannst du uns das mal verraten?«

Natürlich hat man sich das bei der Division auch gefragt. Eine zufriedenstellende Antwort wurde nie gefunden. Dazu war Robyns Begabung zu unspezifisch, Red zu unkooperativ. Es gelang nicht ein Mal, das Double zur Mitarbeit zu bewegen.

Corvin seufzt. »Ich weiß es nicht, Rob. Aber du solltest weiterhin versuchen, das herauszufinden. Und vor allem solltest du dich nicht so runtermachen.«

»Würg.« Red gibt explizite Geräusche von sich. »Leidest du schon länger an unerkanntem Hirntod?«

Robyn bewirft sie mit einem Computerbauteil, das einfach durch die rote Energiegestalt hindurchflutscht.

»Hilfe, die Intelligenz verfolgt uns. Aber wir sind schneller.«

Robyn zeigt ihr den Mittelfinger. »Wo waren wir gerade? Ach ja, bei Jill und der Hitze.«

»Dem Druck«, berichtige ich. »Das mit der Hitze kommt nicht so oft vor, aber den Druck habe ich sogar beim Rächer gespürt.«

»Druck. Statisch oder dynamisch?«, hakt Robyn, nun wieder wissenschaftlich orientiert, ein. Auf meinen verständnislosen Blick hin erklärt sie: »Die haben unsere Superkräfte damals doch gemessen, erinnert ihr euch? Jedes Lebewesen sendet Energie aus, Schwingungen. Benutzen wir unsere Kräfte, so steigern sich diese ums Hundertfache und mehr. Insofern ist Druck vielleicht nur ein anderes Wort, das du gefunden hast. Ist der bei jedem gleich oder gibt es Unterschiede? Bei Corvin müsste er sehr hoch sein. Und wie hoch ist dein eigener …?«

»Rob!«, unterbreche ich sie und sie klappt den Mund zu. *Schwingungen.* Ich spiele gedanklich mit dem Begriff. »Ja, das kommt hin. Schwingung passt irgendwie.«

Robyn nickt. »Du kannst also Superkräfte spüren. Wie ist das beim Neutralisieren? Nimmt die Schwingung ab?«

Ich denke nach. »Ja, ich glaube schon. Außer bei Corvin. Als ich versuchte, seine Kräfte zu neutralisieren, nahm der Druck … also die Schwingung zu. Und wurde dann …«

»Zu Hitze«, beendet Corvin meinen Satz. »Das war es, was ich vorhin meinte: Du fachst meine Kräfte an.«

»Das ist doch Quatsch! Wir haben einander bekämpft. Deine Kräfte gegen meine – daraus entstand die Hitze.«

»So habe ich es nicht empfunden. Ich stand unter Drogen, war völlig weggetreten. Ich konnte mich nur befreien, weil du mich mit neuer Energie vollgepumpt hast.«

Was redet er da bloß? »Habe ich nicht!«

»Wir könnten das testen«, schlägt Robyn vor. »Corvin macht einen auf Dark Chaos und du neutralisierst ihn, während er dagegen ankämpft. Dann werden wir ja sehen, ob seine Schwingung ansteigt und zu Hitze für dich wird.«

»Jetzt?«, frage ich leicht panisch. Allein der Gedanke, Corvin zu berühren, meine Hand auf seine tintenschwarze, warme Haut zu legen, entfacht Hitze in meinem Inneren. Von wegen neutrale Testsituation. Was immer dabei herauskäme, wäre lediglich das Resultat meines emotionalen Durcheinanders.

Corvin feixt. »Jetzt wäre fantastisch.«

Ich beiße die Zähne zusammen, um nicht zu schreien. Seinetwegen habe ich eine Aversion gegen dieses unschuldige Wort entwickelt. »Ich könnte dir auch eins überbraten, hier liegt jede Menge *fantastisches* Material herum.«

Seine Augen funkeln amüsiert. »Tu dir keinen Zwang an. Ich mag es gern stürmisch.«

»Entzückend.«

»Danke. Ich weiß.«

Ich schlucke all meine – empörten und in höchstem Maße ungehörigen – Entgegnungen hinunter und wende mich an Robyn. »Ein Andermal, ja? Wir sollten uns auf das Wesentliche konzentrieren.«

Corvin nickt zustimmend, hält meinen Blick jedoch weiterhin fest. »Richtig, das sollten wir.«

»Wie ihr wollt«, sagt Robyn. »Aber wir behalten das im Auge, ja? Stell dir vor, du könntest deine Superkräfte umkehren, Jill. Die Schwingung nicht bloß minimieren, sondern steigern, deine Kräfte beliebig steuern. Stell dir vor, was dann alles möglich wäre!«

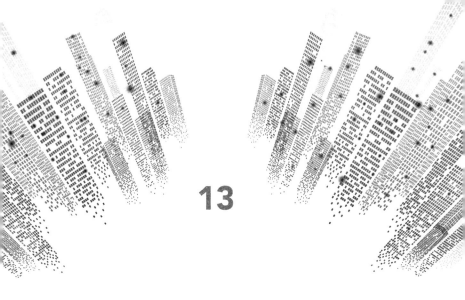

13

Robyn und Corvin haben mir einen Floh ins Ohr gesetzt. Ich kann an nichts anderes mehr denken, als an die Frage, ob sich meine Kräfte tatsächlich umkehren ließen. Wenn mir das gelänge, würde sich auf einen Schlag alles ändern.

Eine Fülle von Möglichkeiten tut sich mir auf. Ich könnte die anderen mit meiner Superkraft unterstützen. Ich könnte ihnen zu richtigen Fähigkeiten verhelfen. Ich könnte wahre Helden aus ihnen machen. Wir wären nicht länger wertlos, sondern das, was man sich von Anfang an von uns erhofft hat – die Rookie Heroes.

Ich muss mit meinen Kräften experimentieren, da hat Robyn recht, doch Corvin eignet sich nicht als Testobjekt. Fawn schon eher, oder nein, Ella. Sie müsste theoretisch in der Lage sein zu fliegen, richtig zu fliegen, nicht nur beim Laufen ihre Schritte zu verlängern wie ein Huhn auf der Flucht. Envira von den Warriors war eine Meisterin der Flugkunst und das ohne Flügel, da müsste es doch möglich sein, dass Ella mit ihren riesigen Schwingen zumindest eine kleine Runde schafft. Sie würde ausrasten vor Freude, könnte ich ihr ihren größten Wunsch erfüllen.

Red plappert vor sich hin. »Und sie lebten glücklich und zufrieden – getrennt voneinander. Besser heimlich schlau als unheimlich doof ...«

Ich beachte sie nicht. Mit Ignorieren bin ich bei ihr immer gut gefahren. Robyn hat sich den Holoprojektionen zugewandt, sie ist Kummer gewöhnt. Corvin schenkt Red sowieso keine Aufmerksamkeit, er starrt gebannt auf eine Videosequenz, die in Dauerschleife läuft.

Robyn nickt anerkennend. »Geiler Stoff, was?«

Mir wird mulmig, denn das Video, vermutlich von der Streetcam gegenüber der St. Paynes Cathedral aufgenommen, zeigt im Zeitraffer Corvin, der aus den Ruinen in den aufbrandenden Jubel der wartenden Menge tritt, ehe es wieder von vorn beginnt – mit dem abrupten Anwachsen der Sphäre. Dann die Überlebenden, die aus der Kirche flüchten. Das Eintreffen der Division und der Sicherheitskräfte. Ella und ihre Gebete. Schließlich ich, mit der Kleinen auf den Armen. Donnern und Dröhnen, als alles in sich zusammenbricht. Und Staub, dichte Schwaden, die sich nur langsam verziehen.

Robyn klopft Corvin auf die Schulter. »Dein Auftritt ist der Hammer. Sieh nur, wie sie alle heulen und schluchzen. Und dann kommst du daher wie ein Scheißgott. Bäm!«

Corvin grinst schief. »Das große Finale.«

»Halt!«, rufe ich. »Kann ich das noch mal sehen? Nicht den Scheißgott, sondern das davor. Und nicht im Schnelldurchlauf, sondern normal.«

Wie üblich fragt Robyn nicht groß nach, ein Charakterzug, den ich sehr an ihr schätze. Sie tippt auf ihre Holotastatur ein und lässt das Video erneut ablaufen. Gespannt beuge ich mich vor. »Stopp. Da. Noch mal ein paar Sekunden zurück ... Ja, hier. Langsam jetzt ... Stopp. Seht ihr das?«

Robyn blinzelt. »Was sollen wir denn sehen?«

Corvin deutet auf die kleine Gestalt an der Hausecke. »Den Jungen? Wer ist das?«

Robyn zoomt den Bildausschnitt heran. Das Gesicht des Jungen ist nach wie vor unscharf, dennoch bin ich sicher, dass ich mich nicht irre. Das lichtblonde Haar, der zarte Körperbau, ich schätze ihn auf acht, neun Jahre. »Das ist der Sohn des Rächers.«

Corvin keucht auf. »Entschuldige bitte – was?«

»Ich habe ihn schon mal gesehen, an der Seite des Rächers. Als wir den Unfall hatten, Fawn und ich.«

»Als du gegen die Wand gefahren bist?«

»Warum das?«, fragt Robyn. »Ein Selbstmordversuch?«

»Nein«, knurre ich. »Es war eine Sphäre. Die in der Togarth Street.«

Corvin starrt mich an. »Das hast du nicht erwähnt.«

»Ich dachte, du wüsstest Bescheid. Fawn hat dich ja auch sonst auf dem Laufenden gehalten. Dank der praktischen Handys, die ihr plötzlich alle habt.« *Alle, bis auf mich*, muss ich nicht aussprechen, es klingt auch so in meinem bissigen Tonfall mit. Robyn versucht, höchst unschuldig auszusehen, mischt sich aber nicht ein.

»Du bist also gegen die Sphäre in der Togarth Street gekracht und hast dann zufällig den Rächer mit seinem Sohn gesehen«, fasst Corvin zusammen.

»Nein, umgekehrt. Erst habe ich sie gesehen – vor dem ›Heroes‹ –, dann hat der Rächer die Sphäre erschaffen und damit die Straße blockiert …«

»Du hast ihn dabei beobachtet, wie er die Sphäre erschaffen hat?«

»Nein!«

»Aber du wusstest, dass es der Rächer war?«

»Nein, damals nicht. Erst in der St. Paynes habe ich dann eins und eins zusammengezählt.«

»Hilf mir auf die Sprünge: Wir waren gemeinsam zum Rapport in der Division. Du hast Patten haarklein berichtet, was sich in der Kirche abgespielt hat, fandest es aber unerheblich, dass du den Sohn des Rächers gesehen hast?«

»Und du hast nicht erwähnt, dass du den Rächer kennst.«

Robyn sieht uns nacheinander an. »Okaaay ... Wollt ihr sonst noch was loswerden?«

»Wir kannten den Bürgermeister, zählt das auch?«, vermeldet Red über unseren Köpfen.

Wir geben keine Antwort, starren einander nur wütend an.

»Sprecht euch ruhig aus. Wir nehmen hundert Dollar die Stunde, zuzüglich Mehrwertsteuer.« Robyn grinst.

Red kichert. »Stehen zwei Bergschafe auf der Alm. Sagt das eine: ›Mäh.‹ Antwortet das andere: ›Mäh doch selber.‹«

»Klappe!«, fauchen Corvin und ich mit einer Stimme.

»Na, zumindest hierbei seid ihr euch einig«, sagt Robyn.

Ich atme tief durch. »Ich hatte den Jungen völlig vergessen. Ich dachte ja auch ursprünglich, er sei nur ein Obdachloser. Erst jetzt, durch das Video, bin ich ins Grübeln gekommen.«

»War er auch in der Krypta?«, fragt Corvin.

»Ich weiß es nicht. Da war ein Riesendurcheinander. Vielleicht hat er ja draußen gewartet. Andererseits, warum sollte ein Vater seinen Sohn überhaupt einer solchen Gefahr aussetzen?«

Corvin schweigt nachdenklich.

Ich wende mich an Robyn. »Hast du noch mehr Aufnahmen von der St. Paynes? Aus einem anderen Winkel?«

»Nein. Das ist die einzige Streetcam auf dem Platz. Ist ja alles Trümmerzone rundherum.«

»Kannst du den Jungen ausfindig machen?«

Sie überlegt kurz, dann ruft sie einen Stadtplan auf. »Wenn er nicht direkt untergetaucht ist, könnten wir die Videoaufnahmen der umliegenden Straßen checken.«

»Bekommst du auch Zugriff auf die in der Togarth Street?«

»Klar. Über die Stadtverwaltung. Dort werden sie archiviert. Wann und wo genau?«

Ich nenne das Datum und erkläre noch einmal, dass ich den Rächer und den Jungen vor dem »More than Heroes« gesehen habe. »Vielleicht hilft uns das ja weiter.«

»Okay. Wird eine Weile dauern, das Material zu sichten.« Sie wendet sich an Corvin. »Aber deswegen seid ihr nicht gekommen, stimmt's?«

Corvin reicht Robyn die Kamera. »Die war in der Halle von Demlock Park versteckt. Ich will wissen, was drauf ist.«

»Niedlich.« Robyn zieht mit einem gekonnten Griff eine winzige Speicherkarte heraus und setzt sie in ein Lesegerät ein. »Leer«, verkündet sie nur Sekunden später.

»Leer?«, wiederholt Corvin bestürzt. »Wieso das denn?«

»Zwei Möglichkeiten: Entweder wurde das Material händisch ausgelesen. Oder – weitaus logischer – die Kamera hat automatisch einmal am Tag per WLAN an die Division gesendet. In beiden Fällen finden wir das Video vermutlich in deren Datenbank. Falls es nicht gelöscht wurde.«

»Kannst du dich da reinhacken?«

Robyn schenkt ihm einen vielsagenden Blick. »Mann! Was denkst du, was wir seit drei Monaten tun? Aber wir kratzen noch an der Oberfläche. Wir sprechen hier von ein paar hundert Gigabyte, die wir durchsuchen müssen. Alles bestens geschützt. Wird eine Weile dauern.«

»Wie lang ist eine Weile?«, erkundige ich mich, weil Robyn nun schon zum zweiten Mal diese kryptische Zeitangabe benutzt.

»Ein paar Stunden, ein paar Tage, ein paar Wochen – etwas Genaueres können wir dir nicht sagen.«

»Verdammt!« Corvin rammt die Faust in seine Handfläche. »Ich hatte gehofft …« Er führt seinen Satz nicht zu Ende. »Okay, dann beeil dich bitte, es ist wichtig.«

Robyn schaut mich an. »Und was wollt ihr zuerst? Den Jungen oder das Video?«

»Den Jungen«, sage ich.

»Das Video«, sagt Corvin.

»Was nun?«

»Beides«, sagen wir gleichzeitig.

»Sonst noch Wünsche?«

Ich schüttle den Kopf. »Bitte knie dich rein, Robyn. Sollte der Junge wirklich der Sohn des Rächers sein, könnte er uns Hinweise auf die Motive seines Vaters liefern. Wir könnten etwas über die Hintergründe erfahren, über seine Kräfte oder vielleicht über die Sphären selbst.«

»Sollte der Junge wirklich der Sohn des Rächers sein, beunruhigt mich etwas anderes«, sagt Corvin. »Was, wenn er ihm seine Superkraft vererbt hat?«

Als wir am Nachmittag in Robyns Begleitung wieder nach Demlock Park zurückkehren, wartet eine weitere Überraschung auf uns. BB und Fawn haben begonnen, die Halle auszuräumen, und mit ihnen am Werk sind Ella, Morton – und Quinn. Er ist hochrot im Gesicht und auf seiner Stirn glänzen Schweißtropfen, doch er ist mit Feuereifer bei der Sache.

Weniger begeistert scheint die hübsche Rothaarige zu sein, die Aufmerksamkeit heischend vor dem Haus auf und ab läuft. »Quinn, ich dachte, wir wollten uns amüsieren!«

»Ich glaube, er amüsiert sich prächtig«, sage ich zu ihr. Gerade zerren die Rookies mit vereinten Kräften eines der Sofagestelle durch die Eingangstür ins Freie, wo sich auf dem Parkplatz bereits diverses, vom Feuer beschädigtes Gerümpel türmt: Möbel, Decken, Vorhang- und Teppichreste.

»Das sollte unser erstes Date werden.« Die Rothaarige beginnt zu schluchzen. »Und jetzt ... schleppt er Möbel, anstatt ... anstatt mich zu küssen.«

»Besser du gehst jetzt.« Sanft bugsiere ich sie Richtung Tor. »Quinn wird dich anrufen, okay? Ach, darf ich mal dein Handy sehen?«

Nachdem ich die Rothaarige und ihre Fotos erfolgreich entfernt habe, kehre ich zu den anderen zurück und erlebe gerade noch mit, wie Dark Chaos das Sofagestell zum übrigen

Krempel wirft. Wieder ganz Corvin begrüßt er die anderen und schließt Quinn in seine Arme. »Wie geht's, Sternenkapitän?«

Quinn strahlt. »Du bist wieder da. Nach 2076 Tagen, 15 Stunden und 21 Minuten.«

»Plusminus dreizehn Sekunden«, scherzt Corvin.

»Plusminus beschreibt einen Toleranzwert. Zeit lässt sich exakt messen.« Quinn wirft einen Blick auf seine Uhr. »Siebenundvierzig Sekunden genau. Achtundvierzig, neunundvierzig ...«

»Quinn!«, rufen wir allesamt im Chor, ganz wie in alten Zeiten, und sogar er fällt in unser Gelächter ein.

Die Halle muss gründlich renoviert werden. Alle wollen etwas zur Finanzierung beitragen, also ist es nur fair, dass ich mich ebenfalls beteilige. Zumal ich erstmals wieder dieses Wir-Gefühl spüre. Demlock Park ist unser Projekt, unser sicherer Hafen. Egal was die Zukunft bringen mag, hier haben wir ein Zuhause, das uns niemand mehr nehmen kann.

Während Morton, Robyn, BB und Ella zum Baumarkt fahren, helfen Fawn, Quinn und ich Corvin beim Räumen, was hauptsächlich bedeutet, dass wir Dark Chaos beim Arbeiten zusehen. Anschließend macht er sich daran, den Fußboden der Halle herauszureißen. Wir gehen in Deckung, als die Holzdielen der Reihe nach in hohem Bogen davonfliegen. Abrupt hält er inne.

»Fawn, möchtest du mir eventuell erklären, was das ist?«

Wurzeln haben auf dem Betonestrich unter dem Fußboden ein dichtes Netz gebildet, armdicke Lebensadern eines Baumes, dutzendfach verzweigt. Corvin reißt probeweise daran, und die noch vorhandenen Dielen heben sich wie das Deck eines Schiffs im Sturm. Das Wurzelgeflecht hat bereits den halben Raum erobert.

Fawn druckst herum. »Womöglich habe ich die Fichte vor meinem Fenster zum Wachsen angeregt«, nuschelt sie unter ihrer Maske. »Ich mag es, wenn der Wind durch die Nadeln rauscht.«

Tatsächlich. Dicht an der Hausmauer wächst eine Fichte, deren Krone vor frischem Grün nur so strotzt.

»Die Wurzeln haben sich durch das Fundament gegraben«, stellt Corvin fest.

»Fichten sind Flachwurzler«, sagt Quinn. »Ihre Wurzeln breiten sich horizontal unter der Erdoberfläche aus …«

»Ich weiß. Ich hätte nicht gedacht, dass sie *derart* wachsen«, bringt Fawn zu ihrer Verteidigung hervor, ziemlich kleinlaut, in Anbetracht dessen, dass der Baum unser Haus unterminiert hat. Quinn beachtet ihren Einwurf gar nicht.

»… Regenwasser und Nährstoffe können aufgenommen werden, bevor sie versickern. Ich mag keine Fichten, die Nadeln stechen. Henry ist mitsamt der Beleuchtung …«

»Danke, Quinn, interessante Story, aber danke«, stoppt Corvin seinen Redefluss. »Es hilft nichts, Fawn, wir müssen den Baum fällen.«

Sie wird aschfahl im Gesicht. »Nein! Kannst du ihn nicht woanders einpflanzen?«

»Das ist keine Primel.«

»Aber du bist Dark Chaos.«

»Richtig. Ich bin das Chaos, kein Landschaftsgärtner. Tut mir leid.« Er wendet sich an mich. »Haben wir eine Motorsäge oder muss ich den Besen wirklich per Hand ausreißen?«

Im Geräteschuppen werden wir nicht fündig. Corvin entscheidet sich für eine Axt und steckt noch ein Messer ein. Fawn schreit und heult, als er die Fichte fällt, und bleibt wimmernd vor dem toten Baum hocken. Mitleidslos macht sich Corvin daran, die Wurzeln in der Halle zu entfernen. Mit Messer und Axt ist er zugange, als BB und die anderen mit dem Baumaterial zurückkommen. Ich erkläre ihnen die Situation, und Morton verzieht sich mit Robyn in sein Zimmer, mit der Bitte, sie zu rufen, sobald die Klingen wieder sicher verstaut seien.

Als es zu regnen beginnt, schlägt Ella vor, den Kamin einzuheizen und stößt damit bei uns auf Begeisterung. Wir wollen

Süßkartoffeln und Marshmallows grillen, also fährt BB abermals los, um die Lebensmittel und Getränke zu besorgen. Inzwischen schichten wir das Wurzelholz im Kamin auf einen Haufen. Quinn berechnet die für das perfekte Grillfeuer nötige Höhe und Breite, wie es scheint, mit dem Vorsatz, Ella und mich in den Wahnsinn zu treiben. Ungeachtet seines Protests stopfen wir das Zeitungspapier in die Lücken, die wir für angemessen halten. Ella lässt eine Flamme auf ihrem Zeigefinger tanzen. Das Papier fängt sofort Feuer, doch das Holz will nicht richtig brennen.

Ich wedle den Rauch beiseite. »Wahrscheinlich ist es zu frisch.«

»Oder meine Kräfte zu gering«, entgegnet Ella missmutig.

»Nicht noch eine«, knurrt Corvin, der die letzten Wurzeln mit der Axt kurz und klein schlägt. »Konzentrier dich und versuch es noch mal.«

Eine Idee nimmt in meinem Kopf Gestalt an. Ich richte meine Aufmerksamkeit auf Ella, die Schwierigkeiten hat, überhaupt noch Feuer in sich hervorzurufen. Winzige Funken springen von ihren Händen über, doch sie stecken gerade mal einen Papierball in Brand, der binnen Sekunden verkohlt. Wollte ich ihre Kräfte neutralisieren, hätte ich leichtes Spiel. Der Druck, nein, die Schwingung, die sie umwabert, ist kaum spürbar. Was wäre, wenn ich sie verstärken könnte, so wie Robyn es vorgeschlagen hat? Was müsste ich tun? Könnte ich meine Stille in Energie umwandeln?

»Du musst daran glauben, Ella«, sagt Corvin.

»Glaube kann Berge versetzen«, sage ich.

»Nichts und niemand kann einen Berg versetzen«, sagt Quinn. »Selbst die Sprengkraft einer Wasserstoffbombe …«

Ella hält ihm den Mund zu. Manchmal ist sie gnadenlos. »Ich glaube ja daran. Was denkst du, wie ich das sonst bei den Einäscherungen auf die Reihe kriege, oft sind es zehn am Tag. Aber in der St. Paynes habe ich mich total verausgabt.«

»Du könntest auch einfach Streichhölzer holen«, sagt Fawn, die der Regen ins Haus getrieben hat. Sie schüttelt ihr nasses Haar und ein Tropfenschauer geht auf uns nieder.

Ella zischt verärgert. »Nicht hilfreich. Wem haben wir den ganzen Salat denn zu verdanken? Dir, mit deinem Grüntick, wenn ich mich nicht irre.«

»Meinetwegen braucht ihr kein Feuer zu machen.« Entgegen ihrer unbeteiligten Stimme reibt sich Fawn die Arme.

»Ist dir etwa kalt?«, fragt Ella scheinheilig. »Du wirst noch darum betteln, dass wir einheizen.«

Fawn murmelt etwas von »Küche« und macht sich, wie ich annehme, auf die Suche nach Streichhölzern. Quinn ergeht sich in Berechnungen der nötigen Sprengkraft einer Bombe, durch die der Mount Everest von Nepal nach China umgesiedelt werden könnte.

Und ich, ich sammle Stille in mir. Behelfe mir mit dem Bild eines Sees, der in der Abenddämmerung wie ein Spiegel glänzt.

»Das wäre ja gelacht.« In Ella vereinigen sich Ungeduld und Sturheit zu einer höchst brisanten Mischung. Wieder und wieder probiert sie, eine Flamme zu erzeugen, schlägt wütend mit den Flügeln, als es nicht gelingt, und bringt logischerweise noch weniger zuwege. »Dreck, blöder!«

Wenn Ella flucht, sollte man sich in Acht nehmen. Sie mag sich einreden, ein Engel zu sein, von Gott gesandt, um Liebe und Güte auf der Welt zu verbreiten. Doch wenn sie sich nicht mehr zu helfen weiß, bricht sich der Zorn in ihr Bahn und sie wird zum Vulkan, drauf und dran zu explodieren.

Jetzt oder nie. Vor meinem geistigen Auge lasse ich das Wasser meines Sees aufbranden. Höher und höher schlagen die Wellen, wilder, ungestümer tosen die Fluten. Mir wird heiß, mein Blut scheint zu kochen.

»Jill?«

Ich nehme Corvins fragenden Gesichtsausdruck wahr, sehe, wie Ella auf ihrer Fingerspitze eine Flamme zündet und sie ans

Holz hält, spüre Hitze über meine Wirbelsäule bis in jede Nervenfaser rasen. Und berühre Ella am Handgelenk.

Dann entgleitet mir alles.

Eine Stichflamme schießt aus Ellas Händen, Feuer lodert auf, umzüngelt ihre Flügel, und sie schreit. In ihrem Schrecken reißt sie den Wurzelstoß um. Das Holz, das endlich Feuer gefangen hat, ergießt sich auf den Boden. Ella taumelt zurück und verteilt mit jedem Schritt die brennenden Stücke im Raum.

»Feuer!«, schreit Corvin. Für einen Herzschlag steht in seinen Augen blankes Entsetzen, ich kann den einen Gedanken, der ihm durch den Kopf jagt, förmlich hören: *Nicht noch einmal.* Er scheint wie gelähmt.

Ich springe auf. »Corvin! Hol Wasser!«

Ein Ruck geht durch seinen Körper. Er lässt die Axt fallen und sprintet los. Ich reiße mir den Pullover vom Leib und schlage damit auf die Flammen ein. Doch es sind zu viele Brandherde und der Qualm kratzt bereits in meiner Kehle.

»Ella! Quinn! Helft mir!«, rufe ich ihnen hustend zu.

Aber da kann ich lange warten. Quinn steht stocksteif mitten in der Halle und murmelt vor sich hin, kurz davor zu versteinern. Ella wiederum schlägt wild mit den Flügeln, erhebt sich dabei ein Stück weit vom Boden und facht das Feuer nur noch an.

»Was ist los?« Morton stürmt in die Halle. Hinter ihm Fawn, bereits mit einem Eimer Wasser in den Händen. Er weicht zur Seite, um sie vorbeizulassen, stolpert über ein Wurzelstück und landet auf den Knien. Und während sie denkbar gefasst die Flammen bekämpft, werden Mortons Augen glasig.

»Morton! Nicht!« Ich will mich über die Axt werfen, sie mit meinem Körper verdecken, doch da saust sie bereits auf ihn zu, getrieben von seiner Superkraft, die sich angesichts der Klinge verselbstständigt.

Er brüllt auf, als sich seine Finger um das Metall schließen. Im nächsten Moment ist seine Hand verschwunden. Blut strömt ihm über den Arm, der nunmehr in der Axt endet. Seine Schreie gehen mir durch Mark und Bein.

Morton kann sich jede Klinge aneignen, sie absorbieren und zu einem Teil seines Körpers machen. Ob Schere, Schwert oder Küchenmesser ist hierbei bedeutungslos, der springende Punkt ist, dass er sie nicht oder erst Stunden später wieder abstoßen kann und im Zuge dieser Metamorphose unerträgliche Schmerzen erdulden muss.

Die Flammen greifen auf die Dielen über, die noch in einer Ecke lagern. Sie sind so trocken, dass sie binnen Sekunden lichterloh brennen. Als auch noch eine rote Energiewolke hereinschneit, ist es ganz vorbei. Ich schluchze auf vor Verzweiflung.

»Kotzbrocken, warte …! Scheiße, es brennt!« Robyn erscheint in meinem Blickfeld, das Gesicht leichenblass, den Arm vor Mund und Nase gepresst. Anstatt sich nützlich zu machen und Wasser zu holen, starrt sie ihr Double an.

Red ist über Morton hergefallen und … Ich weiß nicht genau, was sie macht. Aber plötzlich verfestigt sich der rote Schemen aus Lichtpunkten. Sie scheint tatsächlich Gestalt anzunehmen, eine reale, menschliche Gestalt aus Fleisch und Blut, nur nicht jene, mit der ich gerechnet habe. Sie wird nicht zu Robyn, sie verwandelt sich in Morton! In einen zweiten Morton inklusive der Axt am Arm. Und gerät augenblicklich außer Rand und Band. Aus vollem Halse lachend und jauchzend, läuft sie von Fenster zu Fenster und hackt wie besessen auf die Simse ein.

Ich bin nicht fähig zu handeln. Während das Feuer bis an die Decke lodert und der Rauch sich verdichtet, stehe ich hilflos davor, mit rasselnder Lunge und rasendem Herzen, und … tue nichts.

Corvin stürzt herein, einen Gartenschlauch in den Händen, dessen Wasserstrahl er auf die Flammenwand richtet. »Neutralisieren!«, ruft er mir zu.

»Was?«

»Du musst ihre Kräfte neutralisieren! Verdammt, Silence, schraub die Energie runter!«

Silence. Mein Superheldenname macht mir meine Aufgabe bewusst. Endlich fange ich mich, endlich kann ich die Mauer der Panik durchbrechen. Immer noch aufgewühlt taste ich nach meinen Kräften – und bekomme problemlos Zugang. Stille breitet sich in mir aus, unendliche Stille, ich kann aus dem Vollen schöpfen.

Kein Gedanke daran, dass ich die anderen berühren sollte, ich hake mich einfach in das Netz an unterschiedlichen Schwingungen ein, in diese aufbrandenden Superkräfte, die den Raum erfüllen, und dämpfe alles aus: Ellas Feuer. Mortons Messerphobie. Robyns durchgeknalltes Double. Ich stülpe ihnen Stille über, bis sich die Wogen glätten.

Corvin nickt angespannt. »Gut so.«

Fawn schleppt einen Eimer nach dem anderen herein und gemeinsam schaffen sie es schließlich, das Feuer zu löschen. Ella krümmt sich hustend zusammen. Robyn versucht auf Red Einfluss zu nehmen, die kreischend umherfegt, ein roter Blitz, zu schnell für das Auge. Quinn ist trotz allem erstarrt – womöglich haben meine Neutralisationskräfte zu spät gegriffen. Morton hingegen wälzt sich wimmernd auf dem Boden. In einer Lache aus Wasser und Blut. Seine Hand ist zwar wieder dran, aber eine einzige offene Wunde.

Als Morton klein war, geschah das Absorbieren öfter ungewollt. Einmal war es ein Messer, das in der Küche liegen geblieben war, ein anderes Mal eine Gartenschere, mit der der Gärtner die Büsche in Form gebracht hatte. Notoperationen waren an der Tagesordnung, Morton verbrachte anfangs mehr Zeit im Krankenhaus als in Demlock Park.

»Um Gottes willen, was ist denn hier los? Habt ihr den Verstand verloren?«

BBs dröhnende Stimme klingt wie ein Echo aus der Vergangenheit. Ich zucke zusammen. Warte darauf, dass er eine

Schimpftirade auf uns loslässt, aber nichts passiert. Er scheint selbst nicht zu wissen, wie er reagieren soll.

»Das war meine Schuld, es tut mir leid«, bricht es aus mir heraus. »Ich habe meine Kräfte eingesetzt, also ... andersherum, nur mal ausprobiert, ob das klappt, und ... Es ging total in die Hose.«

»Im Gegenteil«, sagt Corvin mit einem erschöpften, aber dennoch provokanten Lächeln. »Es hat *fantastisch* funktioniert.«

Gleich kleb ich ihm eine.

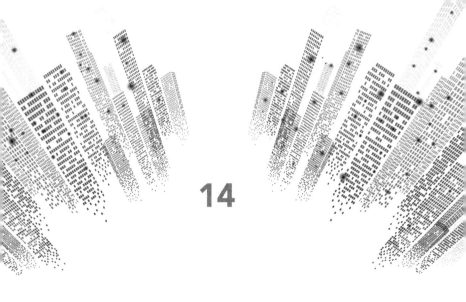

14

Verständlicherweise hat keiner mehr Lust, den Kamin anzuheizen, also lassen wir den Abend bei Süßkartoffelbrei, Würstchen und Marshmallows aus der Tüte ausklingen. Das Resümee fällt nicht so übel aus wie erwartet: Dadurch, dass die Halle bereits leer geräumt war, hat das Feuer keinen nennenswerten Schaden angerichtet. Einzig die Fenstersimse sind komplett hinüber.

Reds Selbstverwirklichungstrip ist verebbt, doch seit sie wieder an Robyn klebt, ist sie unausstehlich. Genauso unausstehlich wie Quinn, der von Fawn »geweckt« wurde und nun einen schlauen Spruch nach dem anderen vom Stapel lässt.

»Wisst ihr, dass bei einem Brand bereits drei Atemzüge im giftigen Qualm zum Tod führen können?«, leiert er herunter, konzentriert auf sein Würstchen, dem er akribisch die Haut abzieht. »Das Kohlenmonoxid dockt an den Blutkörperchen …«

Corvin fällt ihm grinsend ins Wort. »Wie aufmerksam von dir, dass du uns beim Löschen so tatkräftig unterstützt hast.«

»Nach zwei Minuten in einer vollgeräumten Wohnung beginnen Sauerstoffpartikel zu brennen und es gibt einen Flashover.«

Robyn verabreicht ihm eine Kopfnuss. »Warum wirst du nicht einfach Feuerwehrmann und lässt uns in Ruhe?«

Quinn nickt, als fände er die Idee gar nicht schlecht. »Ihr hättet rauslaufen und die Feuerwehr alarmieren sollen. Ihr hättet alle sterben können. Zum Glück seid ihr nicht gestorben.«

»Halt endlich die Klappe, Quinn!«, ruft Ella entnervt. »Lasst uns lieber über Jills Verstärkerkräfte reden.«

»Jill braucht einen neuen Namen«, sagt Quinn, das Würstchen in der Linken, den Zeigefinger der Rechten erhoben. »Namen sind wichtig. Unsere Identität ist wichtig ...«

»*Booster*«, sagt Robyn, um ihn endlich zu bremsen.

»*Flash*«, schlägt Fawn vor.

»Der ist schon vergeben.« Corvin deutet zum Fenster, hinter dem sich Dunkelheit ausbreitet. »Schaut mal, da läuft er gerade. Äh, lief.«

Alle lachen.

»Ich bin doch keine Comic-Figur«, protestiere ich, obwohl ich ebenfalls grinsen muss. Nach der Ankunft der Warriors entstand ein regelrechter Superheldenboom. Unzählige fiktive Helden, ja, ganze Heldenuniversen, fanden Einzug in Literatur und Film, weil die Fans der Warriors nicht genug von ihren mutigen Taten und Abenteuern bekommen konnten. Man spann ihre Geschichten einfach weiter, mit neuen Verbündeten und neuen Gegnern. »Und schnell bin ich auch nicht. Ich kann gerade mal mit Superman mithalten.«

Erneutes Gelächter.

»Ich hab's: *Power Girl*«, sagt Fawn. »Du gibst uns die Kraft, die nötige Energie ...«

»Kommt nicht infrage. Ich bleibe Silence, und damit basta.«

»Es ist ohnehin besser, mit verdeckten Karten zu spielen«, meint BB. »Du bist unsere Geheimwaffe und so soll es auch bleiben.«

Die anderen nicken einhellig, also behalte ich meine Widerworte für mich. BB tut gerade so, als stünden wir kurz vor dem Durchbruch. Als wäre die Entdeckung meiner Verstärkerkraft nicht erst ein paar Stunden her. Wer weiß, ob ich sie überhaupt perfektionieren kann? Oder die anderen damit umgehen lernen? Aber wie könnte ich ihre Euphorie in Grund und Boden stampfen, jetzt, da sie endlich Mut fassen?

Bis auf Morton, der inzwischen wieder wohlauf ist, aber noch zur Beobachtung im Krankenhaus bleiben musste, haben alle Rookies in Demlock Park übernachtet. Vielleicht deshalb, weil heute Sonntag ist, ein Tag ohne Verpflichtungen. Vielleicht aber auch, weil ich ihnen nach Aussage von BB eine Perspektive geschenkt habe. Sie erhoffen sich durch mich die Erfüllung ihres großen Traums, wahre Helden zu werden. Das Problem ist nur, dass ich mich dieser Aufgabe nicht gewachsen fühle. Ich veranstalte Chaos mit den Kräften meiner Freunde, und der Einzige, der das naturgemäß witzig findet, ist Corvin.

Nach einem Aufwärmtraining in aller Frühe wie zu Rookie-Zeiten darf ich nun unter BBs Anleitung an Ella üben. Leider schaffe ich es nicht, meine Verstärkerkraft aus dem Nichts heraufzubeschwören. Ich muss den Umweg über die Stille gehen, damit ich daraus den Sturm entwickeln kann.

Ella schlägt mit den Flügeln, sie ist nicht die Geduldigste. »Heute noch, wenn ich bitten darf.«

»So einfach ist das nicht.« Während ich gestern experimentiert habe, wie ein Kind offen für Neues und dankbar für die kleinste Veränderung, fühle ich mich nun von den Erwartungen der anderen unter Druck gesetzt. Dicht nebeneinander sitzen sie auf der Begrenzungsmauer des Sandplatzes und harren darauf, dass ich die Flamme auf Ellas Fingerspitze anheize.

Na dann: der See. Die Wellen. Das Tosen. Die Fluten. So weit, so gut.

Corvin nickt mir aufmunternd zu und ich erwidere die Geste ein wenig argwöhnisch. Prompt verändert sich seine Miene, als müsste er sie in aller Hast korrigieren. Als wäre ihm gerade bewusst geworden, dass er sich mir gegenüber nicht einfach nur nett und freundschaftlich geben kann, sondern sich seiner gewählten Rolle entsprechend benehmen sollte. Er wirft sein Haar aus der Stirn, hebt das Kinn und schenkt mir ein überhebliches Lächeln.

Bravo. Zeig mir bloß nicht dein wahres Gesicht.

Ärger ballt sich in mir, als mir siedend heiß einfällt, was er mir im Auto an den Kopf geworfen hat: *Du brauchst Herzrasen, Gefahr, Risiko, Jill. Du brauchst einen starken Mann an deiner Seite, damit du weich sein kannst. Du findest mich unwiderstehlich ...* Oder so ähnlich, den genauen Wortlaut habe ich verdrängt. Ist es wahr? Ist es das, was ich will?

Mein Körper gibt mir die Antwort. Mein Herz spielt nicht verrückt, weil ihm gerade danach ist. Das Kribbeln in meinem Bauch kommt nicht vom Frühstück, das ich viel zu hastig hinuntergeschlungen habe. Die Symptome sind eindeutig. Und das gefällt mir überhaupt nicht.

Ich hasse es, Opfer meiner Gefühle zu sein, doch in diesem Augenblick kann ich sie zumindest zu meinem Vorteil nutzen. Abrupt wende ich mich ab, packe die brodelnde Hitze in meinem Inneren und lasse sie auf Ella los.

Erschrocken schreit sie unter meiner Hand auf, als sich ihre Flügel entzünden und ein meterhoher Flammenpfeil gen Himmel zischt.

»Das ist zu viel«, knurrt BB.

Ich nicke zerknirscht. *Alles klar, die Dosis macht das Gift.* »Ich kann es einfach noch nicht steuern.«

»Los jetzt, Flämmchen, halte das Feuer!«, fordert er Ella auf. »Und flieg! Du kannst das!«

Notgedrungen muss ich sie loslassen, halte aber dennoch an meiner Hitze, an dem Tosen der Energie fest. Ella bemüht sich nach Kräften, flattert dicht über dem Boden auf und ab, kann aber nicht abheben und nach wenigen Minuten erstirbt das Feuer in ihren Flügeln. Sie sinkt auf die Knie und drischt auf den feuchten Sand ein, dass die Brocken nach allen Seiten fliegen.

»Elender Mist! Wieso kann ich vor Hunderten Menschen Feuer entfachen und hier auf dem Trainingsplatz will es einfach nicht klappen? Erklärt mir das mal!«

»Weil du eine Versagerin bist. Weiß dein Pfleger, dass du heute Ausgang hast?«

»Robyn!«, ruft Fawn empört.

»Das war nicht Robyn. Das war Red«, stellt Quinn richtig.

»Weiß ich doch. Mein ich ja.«

»Hast du aber nicht gesagt. Namen sind wichtig …«

Sie gibt ihm einen liebevollen Klaps. »Ja, ja, Flinty.«

»Gleich noch einmal, ihr zwei«, befiehlt BB und wir fügen uns zähneknirschend. Weitere zehnmal geben wir unser Bestes, dann wirft Ella das Handtuch.

»Aus. Schluss. Mir reicht's, ich will nicht mehr.«

»Das war doch schon ganz toll«, sage ich, um einen positiven Abschluss bemüht. Langsam bekomme ich den Dreh mit der Verstärkerkraft raus. Ella hingegen erklärt nach jedem Durchgang, sie werde das Fliegen niemals hinkriegen, obwohl sie sehr wohl Fortschritte macht.

BB stimmt mir zu und meint in ungewohnt väterlichem Ton, etwas Neues zu lernen brauche eben Zeit und Übung.

»Und wenn wir es noch hundertmal probieren«, faucht Ella, »ich kann es einfach nicht!«

»Versagerin! Versagerin, versteck dich, die Müllabfuhr kommt. Was hat vier Beine, kann fliegen und spuckt Feuer? – Zwei Engel auf dem Grill.«

Ella kocht vor Wut. Sie stürzt sich auf Robyn und jagt sie quer über den Platz. Red stößt spitze Schreie aus, macht aber keine Anstalten, sich aus Robyn zu lösen, die inzwischen aufs Obszönste flucht.

Kopfschüttelnd verdreht BB die Augen. »Ich wusste, da war ein Haken an der Sache.«

»Jetzt helft uns doch mal! Sie bringt uns noch um!« Robyn flüchtet über die Mauer auf die Wiese, die wutschnaubende Ella dicht auf den Fersen.

»Schmeiß Red raus!«, ruft Corvin.

»Das versuchen wir ja! Aber wir wollen nicht. Wir sind verdammt unkooperativ seit gestern!«

»Ich werde sie aus dir rausprügeln, du Rookieschisserin, darauf kannst du Gift nehmen!«, schreit Ella.

»Was dir an Grips fehlt, gleichst du durch Blödheit aus«, konstatiert Red. Dann ändert sich ihr Tonfall. »Oh! Oh, oh, oh!«

Ein roter Schemen saust auf Ella zu, die beim Sprung über die Mauer gestolpert ist, sich die Jeans aufgerissen und das Knie blutig geschlagen hat. Verwirrt bleibt Robyn stehen, als Red so unerwartet entschwindet.

»Oh«, murmelt Red verzückt, dicht über Ellas Knie schwebend. »Ein Tropfen. Nur einer. Ein Tropfen genügt …«

»Nehmt dieses abscheuliche Ding von mir!«, faucht Ella, aber da lässt Red auch schon von ihr ab.

Ein einziges Keuchen geht durch unsere Gruppe. Fassungslos beobachten wir, wie sich Red, plötzlich in Ellas Gestalt und mit violetten Engelsflügeln ausgestattet, in die Lüfte erhebt und eine Flammenspur in den Himmel zeichnet. Kreischend vor Vergnügen dreht sie eine Runde über den Trainingsplatz, steigt weiter auf, kleiner und kleiner werdend, dann aber trudelt sie wieder abwärts. Das Feuer erlischt, ihr Kreischen geht in einen lang gezogenen Schrei über.

»Hüüülfe! Zu Hüüülfe!«

Ich registriere eine Bewegung neben mir, den Duft von frischer Minze und Zitrus, das Meer. Corvins Stimme schlängelt sich in mein Ohr. »Spürst du Robyns Superkraft? Ihre Schwingung?«

Ich nicke, viel zu angespannt, um mir seiner Nähe wirklich bewusst zu werden.

»Verstärke sie.«

»Aber …« Robyn steht zu weit weg, um sie zu berühren.

»Wie gestern. Du kannst das.« Corvin greift nach meiner Hand. »Hab Vertrauen. Hab Mut.«

Ich atme aus. Finde meine Stille. Generiere einen Sturm in mir, lasse die Wogen aufbranden. Ich nutze die Wärme von Corvins Hand, um das Tosen in Hitze umzuwandeln, und fache Robyns Schwingung an.

»Ist sie nicht cool, Rob?«, sagt Corvin an Robyn gewandt, jedes Wort erfüllt von ehrlicher Bewunderung. »Dein Double hat echt was drauf.«

Robyn fährt wie vom Blitz getroffen zusammen. Die Schwingung, ihre Superkraft, verstärkt sich. Ich setze all meine Energie an sie frei, jedes Quäntchen, das ich aufbieten kann – und Red schießt als Feuersturm in die Höhe.

Auf BBs Gesicht breitet sich ein Strahlen aus. Die Rookies applaudieren, sogar Ella. Red heult vor Freude, in Robyns Augen glüht Stolz.

In diesem Moment, Corvins Finger mit meinen verflochten, spüre ich es: Wir können mehr sein. Wir haben das Zeug dazu. Es steckt tief in uns, verschüttet unter einer klebrigen Schicht aus Zweifeln, Ängsten und Selbsthass, die droht jede Flamme, alles Lebendige in uns zu ersticken. Wir müssen sie durchbrechen. Müssen das hervorholen, was in uns pocht. Vertrauen haben. Mut. Dann werden wir Helden sein.

Es gibt ein großes Hallo, als Morton mittags zu uns stößt und eine Ladung Sandwiches mitbringt, die er großzügig verteilt. Wir versammeln uns in der Küche um den Tisch und essen. Keiner hat das Bedürfnis, sich einen Stuhl zu nehmen, das war schon in unserer Kindheit so. Die wichtigsten Themen wurden hier im Stehen besprochen. Küchen haben eine so wunderbare Energie.

Zu Mortons eigener Überraschung stellten sich die Wunden, die ihm solche Schmerzen bereitet hatten, als oberflächlich heraus. Und zur Überraschung der Ärzte waren sie heute Morgen bereits verheilt. Seither grübelt er darüber nach, wie das sein kann.

»Ich war halb ohnmächtig vor Schmerzen. Es tat so weh, so, so weh, als hätte man mir jeden einzelnen Knochen aus meinem Arm gerissen, gebrochen und verdreht, die Sehnen und Bänder verknotet und alles wieder hineingestopft.«

»Bäh. Verschone uns doch bitte.« Fawn schüttelt sich angeekelt.

»Und seht ihn euch jetzt an.« Er dreht den Arm, bewegt das Handgelenk. Nichts ist mehr davon zu bemerken, dass er für wenige Minuten anstelle einer Hand eine Axt als Körperteil besessen hat. Die Wunde ist verheilt, die Haut lediglich ein wenig gerötet. »Ich verstehe das nicht.«

Ich schon. Meine Neutralisationskräfte haben bewirkt, dass sein Körper die Klinge so ungewöhnlich rasch abstoßen konnte und der Heilungsprozess einsetzte. Hätte ich ihn als Kind schon unterstützen dürfen, wäre ihm viel Leid erspart geblieben. Mich schaudert jetzt noch beim Gedanken daran, wie BB ihm beizubringen versuchte, seine Kräfte kontrolliert einzusetzen. Zehn blutige Monate musste sich Morton darin üben, mit Klingen aller Art zu verschmelzen. Es war ein Desaster. Irgendwann zog seine Psyche aus Angst vor neuen Qualen die Reißleine: Er verweigerte komplett. Um seinen eigenen Ansprüchen zu genügen, begann er, seine Unzulänglichkeit durch Eifer wettzumachen. Rastlos, fast schon hungrig, entwickelte er eine Lernmanie, die fortan über sein Leben bestimmte. Mit fünfzehn hatte er sein erstes Studium in Philosophie absolviert, ein Jahr später in Asienwissenschaften und danach widmete er sich den Rechtswissenschaften. Langweilig war ihm wohl kaum.

Robyn, umgeben von der rötlich schimmernden Aura Reds, weiht Morton ein. Mit leuchtenden Augen und einer Begeisterung, die ich noch nie an ihr wahrgenommen habe, berichtet sie erst von meinen frisch erwachten Kräften, dann von Reds. »Wir könnten uns jede Superkraft aneignen. Wir brauchen bloß Blut …«

»Einen Tropfen«, kräht Red und wir staunen nicht schlecht, als sich ihre angestammte Gestalt auflöst und sich die roten Energiepartikel neu anordnen – in Tropfenform, mit Augen und Mund. »Ein Tropfen genügt.«

Robyn kichert. »Genau. Und ein kleiner Stupser von Jill.«

»Wer hat ihr gestern diesen Stupser gegeben? Blut war da jede Menge, aber …« Morton blickt mich forschend an. Er weiß es noch nicht, er war ja nicht mehr dabei, als wir gerätselt haben, was Red dazu bewog, sich Mortons Kraft anzueignen.

»Red braucht Beachtung«, erklärt BB. »Sie will im Mittelpunkt stehen. Da ist sie wie ein kleines Kind. Ihr kennt doch alle eure Gennachweise, oder? Robyn trägt drei Superkräfte in sich: die des Wandlers, der seine Gestalt wechseln und die Kräfte aller Warriors auf Menschen übertragen konnte. Dann die des Kartenspielers mit seinem Arsenal von Kämpfern, die zum Leben erwachten, sobald er das Kartenblatt auffächerte. Und die Nightmares, die Menschen in Albträume versetzen konnte.«

Natürlich kennen wir die Geschichten über die Warriors, alle Geschichten, denn BB hat das meiste hautnah miterlebt, und als Kinder haben wir ihn andauernd gelöchert, uns etwas von unseren Vorfahren zu erzählen. Der Zauber ist nicht verflogen mit den Jahren, er wirkt heute genauso wie damals, und wir hängen gebannt an seinen Lippen.

»Im Grunde ist Red Double das perfekte Resultat«, fährt BB fort. »Aber erst Jills Verstärkerkräfte haben ihre Fähigkeiten zum Vorschein gebracht. Jetzt stell dir vor, Morton, wozu du fähig wärst! Du kannst das Training gleich nach dem Essen aufnehmen. Mit Jills Hilfe wird die Absorption ruckzuck ablaufen, ebenso die Rückverwandlung und Heilung. Bis du es irgendwann allein schaffst.«

Eine Welle der Empörung trifft ihn.

»Entschuldige bitte, was?«, ruft Ella. »Du schlägst allen Ernstes vor, dass sich Morton absichtlich diesen Schmerzen aussetzt? Hat er als Kind nicht genug durchgemacht?«

»Das wäre die reinste Folter«, stimmt Fawn zu.

Quinn hebt den Zeigefinger und vermeldet mit typisch monotoner Stimme: »In Mortons Fall ist das Wort Folter nicht zutreffend. Der passende Ausdruck ist Selbstgeißelung oder Kasteiung.«

Fawn verzieht das Gesicht. »Das ist doch pupsegal!«

»Ich weiß nicht, was das mit einem Flatus zu tun haben soll.«

»Einem was?«

»Einer Blähung. Dem rektalen Entweichen von Darmgasen.«

Fawn wird rot. »Quinn!«

»Ich habe nicht damit angefangen.«

Sie gibt ein ergebenes Schnaufen von sich.

Corvin stapelt drei Sandwiches übereinander, garniert sie mit Apfelscheiben und schmiert zusätzlich Erdnussbutter darauf. Ich muss lächeln. Manche Gewohnheiten ändern sich nie.

»Ella hat nicht unrecht. Ein solches Training wäre bestimmt äußerst schmerzhaft. Zumindest anfangs.«

Robyn zuckt mit den Schultern. »Wir enthalten uns der Stimme. Jill macht ihre Sache gut.«

Ich sage ebenfalls nichts. Natürlich würde ich mit Morton trainieren, ich bin mir sogar sicher, er hätte den Dreh schnell raus. Aber er muss es wollen. Nichts liegt mir ferner, als ihn zu quälen.

Ella schenkt sich Wasser ein. »Das hat nichts mit Jill zu tun, es geht allein um Morton.«

»Eben«, sagt BB. »Es ist seine Entscheidung. Also lasst ihn zu Wort kommen.«

Morton, der sich mit unruhigen Fingern das Handgelenk massiert, als müsste er sich dessen versichern, dass noch alles an ihm dran ist, atmet tief durch. »Ich weiß nicht, wie es euch geht … aber ich habe Albträume. Beinahe jede Nacht. Dann wache ich schweißgebadet auf und mir wird klar, dass es vorbei ist. Dass ich das nicht mehr ertragen muss. Diese Kämpfe, die Schmerzen, die ganze Scheiße. Deshalb … Ich bin nur hier, weil BB mich gebeten hat, Corvin rauszuhauen.« Er wendet sich direkt an ihn. »Ich stehe dir auch weiterhin als Rechtsbeistand zur Verfügung, Corvin, aber damit hat es sich. Ich habe mit den Rookie Heroes abgeschlossen. Das ist nicht mehr meine Welt.«

Schweigen entfaltet sich zwischen uns. Obwohl sich alle gegen BBs Vorschlag ausgesprochen haben, wirken sie nun in gleichem Maße enttäuscht.

Mir entweicht ein Seufzen. Ich verstehe Morton, andererseits: Sollten wir weiter gemeinsam an unseren Superkräften feilen und damit wirklich Erfolg haben, wie wir es uns am Vormittag ausgemalt haben, sodass wir unserer Bestimmung nachkommen und vielleicht doch irgendwann als Team gegen das Verbrechen kämpfen können, wird ein Teil fehlen. Es gab immer uns sieben, ich kann mir keine Rookie Heroes ohne Morton vorstellen.

Fawn hat Tränen in den Augen. »Aber du gehörst doch zu uns. Wir sind Freunde.«

»Daran ändert sich auch nichts, Fawn«, versichert Morton. »Ich werde immer für euch da sein, ich kann bloß kein Rookie mehr sein.«

Da sagt BB etwas, das mich überrascht: »Es ist normal, dass du davonlaufen möchtest, Morton, das tun wir alle, ich eingeschlossen. Wir vergraben unsere Ängste in uns und tun, als ob sie nicht da wären. Irgendwann aber, und sei es nur, weil es uns jemand unter die Nase reibt«, er schenkt mir ein warmes Lächeln, »kommen sie unweigerlich ans Tageslicht, womöglich größer und dunkler und mächtiger als zuvor. Die Frage ist, wie willst du dann mit ihnen fertigwerden?«

»Bist du glücklich?«, fragt Corvin, ehe Morton antworten kann. »Bist du wirklich glücklich? Wenn du mit Klienten sprichst und tust, was Rechtsanwälte so tun? Ist es das, was du wolltest? Kannst du dir nichts Schöneres, Besseres, Erfüllenderes für dein Leben vorstellen? Liebst du, was du tust? Oder brennt da manchmal in dir diese Sehnsucht nach etwas anderem?«

»Ich …« Morton bricht ratlos ab.

»Denk darüber nach. Denk einfach darüber nach.«

Wir zucken geschlossen zusammen, als Ella ihr Glas auf den Tisch knallt. »Ich muss leider los. Zwei Kunden fertig machen. Der Tod fragt nicht nach dem Wochentag.«

Fawn kichert. »So wie du das sagst, hört sich das an, als würdest du sie vermöbeln. Überhaupt: *Kunden?*«

»*Leichen* klingt so negativ.«

»Das Wort zum Sonntag von unserem Engel«, sagt BB schmunzelnd.

»Echt jetzt, Ella? Du denkst immer noch, dass du ein Engel bist?«, fragt Robyn kopfschüttelnd. »Wir dachten, das war nur eine Phase.«

Ella hebt die Augenbrauen. »So wie dein Faible für schwarze Kleidung und Silberschmuck? Oder für Mädchen?« Als Robyn eine Grimasse zieht, betont sie: »Ich *bin* ein Engel.«

»Ja, ja, Glaube kann Berge versetzen.«

Quinn sticht mit dem Zeigefinger in die Luft. »Nichts und niemand kann einen Berg versetzen. Selbst die Sprengkraft …«

»Quinn!«, rufen Ella, Corvin und ich aus einem Mund, und BB kratzt sich verwirrt am Kinn.

Ich will gerade zu einer Erklärung ansetzen, als Robyn verkündet: »Oh. Der Alarm.«

Sie blinzelt mehrmals und ein Hologramm öffnet sich vor ihr, ein virtueller Desktop ihres Computerpads. Mit Daumen und Zeigefinger vergrößert sie ihn.

Fawn reißt die Augen auf. »Abgefahren. Du bist dein eigener Computer.«

»Wir haben mehrere Datenchips im Schädel implantiert.« Sie blinzelt erneut, vermutlich ein Eingabebefehl, und ein Stadtplan leuchtet auf. Ich erkenne die Gegend um die Liphton Bridge. Robyn deutet auf einen roten Punkt, der anklagend blinkt. »Kellridge Road. Keine fünfhundert Meter vom Fluss entfernt.«

Ich fange Corvins Blick auf. Er wirkt genauso angespannt wie ich. »Und da ist was genau?«, erkundige ich mich, als Robyn grübelnd an der Unterlippe kaut.

»Der Junge. Der Junge ist aufgetaucht.«

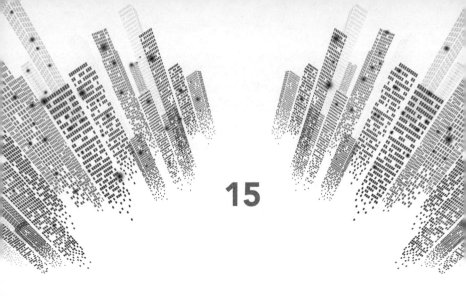

15

Ich beschatte die Augen und blicke mich um. Die Kellridge Road ist der Inbegriff von Trostlosigkeit. Das Sonnenlicht entblößt blinde Fenster und besprühte Wände, die Häuser sind niedrig und wirken heruntergekommen. Ein typisches Arbeiterviertel mit einigen wenigen Läden und Betrieben.

Der Alarm wurde vor gut einer Stunde ausgelöst. Ich hätte erwartet, dass der Junge längst über alle Berge ist, aber Robyn hat tatsächlich seine Spur aufgenommen. Sie ist ein echtes Ass auf ihrem Gebiet.

Wir sind zu viert, Corvin, Robyn, ich – und BB. Drei Rookie Heroes in Begleitung ihres Coaches, wenn man so will. Nach kurzer Beratung haben wir beschlossen, die Division fürs Erste außen vor zu lassen, immerhin hatten wir wir sie ja noch nicht einmal über den Jungen in Kenntnis gesetzt.

Zudem hat Robyn bei ihrer Recherche in der Datenbank eine aufschlussreiche Entdeckung gemacht: Bei den Aufräumungsarbeiten nach dem Angriff auf die St. Paynes Cathedral hat man den obligatorischen ›DIE RACHE IST MEIN‹-Schriftzug des Rächers gefunden. Soweit nichts Ungewöhnliches. Ungewöhnlich aber ist das, was uns die Division vorenthalten hat: In einer der Trümmerzonen aus den Zeiten des Doom ist vor

Kurzem ebenfalls eine Botschaft mit gleichem Wortlaut aufgetaucht, die eindeutig dem Rächer zugeordnet werden konnte. Woraus sich schließen lässt, dass er schon damals aktiv war. Warum hat Patten das uns gegenüber mit keinem Wort erwähnt? Ist es ihm entfallen oder steckt mehr dahinter?

»Haben wir dich.« Robyn öffnet ein Hologramm und zeigt uns eine kurze Videosequenz einer Streetcam ein paar Blocks weiter. Zu sehen ist ein dunkelblauer Wagen mit einem Jungen auf dem Beifahrersitz. Sein Gesicht blitzt nur einen Moment auf, aber er ist es. Nicht erkennen kann man hingegen, wer den Wagen fährt. »Die Parameter stimmen. Und das Beste: Jetzt haben wir auch seine ID-Nummer.«

BB schüttelt ungläubig den Kopf. »Du hast seine Identität? Woher?«

»Ein spezieller Code, den wir für unser Programm geschrieben haben. Gesucht wird nach personenspezifischen Parametern, und das System vergleicht sie mit der Regierungsdatenbank. Mit dem zweiten Treffer ist die ID geknackt.« Robyn grinst, wechselt aber schnell zu einem sarkastischen Lachen. »Und bevor du dich jetzt vor Lob überschlägst – das ist natürlich höchst illegal.«

BB grunzt. Er kann die Bemerkung genau einordnen. Aber er hält sich zurück. Bisher hat er sich lediglich darüber mokiert, dass wir so ziellos aufgebrochen sind.

Jede Operation braucht ein Ziel – ein Leitsatz aus unserer Ausbildung, den wir bis zum Erbrechen wiederkäuen mussten. Ohne Ziel, das einen Einsatzplan bedingt, der sich auf Strategien stützt, die wiederum auf unseren Superkräften basieren, ohne dieses Ziel also keine erfolgreiche Operation. Nicht zu vergessen, dass besagter Einsatzplan zuvor bis ins Kleinste ausgearbeitet und mit jedem Beteiligten Punkt für Punkt abgesprochen werden muss.

Wir haben uns schließlich auf Recherche geeinigt, und das hat BB mit einem Brummen abgesegnet. Hauptsächlich des-

halb, weil die Operation in Wahrheit keine ist. Wir wollen einfach die Zusammenhänge entschlüsseln.
»Was jetzt?«, frage ich.
»Runter zur Hudson?«, meint Corvin.
Die Hudson Street verläuft direkt am Hornay River. Als Zubringer zum Highway 41 über die Liphton Bridge ist sie eine der wichtigsten Hauptverkehrsrouten der Stadt. Und zudem eine Attraktion für Touristen und Nachtschwärmer. Unzählige Bars, Kneipen und Restaurants haben sich entlang des Flusses angesiedelt, einige rühmen sich mit einer zweihundert Jahre alten Geschichte.
»Geduld, ihr Schäfchen. Tappt nicht im Dunkeln umher, das könnte sich als Irrweg erweisen«, vermeldet Red mit ungewöhnlicher Milde.
»Was ist los mit dir, Red? Keine Gehässigkeiten mehr?«, wundere ich mich.
Robyn verdreht die Augen. »Fordere uns nicht heraus.«
»Mit den Augen rollen bringt nichts«, sagt Red. »Dort hinten finden wir auch kein Gehirn.«
Ich grinse. »Viel besser.«
»Wir installieren jetzt die Suche nach der ID des Jungen«, sagt Robyn. »So können wir seinen momentanen Aufenthaltsort feststellen. Uuund ... Treffer.«
Robyn lotst uns hinunter zum Fluss, zur Promenade parallel zur Hudson, auf der etliche Spaziergänger, Radfahrer und Skater unterwegs sind. Der Wasserspiegel ist kaum gefallen. Enten und Schwäne tummeln sich in einer kleinen Bucht und fischen in ständiger Rivalität mit den Möwen Brotkrumen aus dem Wasser, die ihnen ein paar Kinder zuwerfen. Red löst sich aus Robyns Körper und flitzt – in Gestalt eines galoppierenden Pferdes – voraus.
»Scheint, als ob ihr der Ausflug Spaß macht«, sage ich.
Robyn schnaubt. »Das Blut wirkt wie ein Aufputschmittel.«
»Sie ist motiviert«, sagt Corvin.

BB nickt. »Sie hat endlich ihre Bestimmung gefunden.«

Robyn gibt uns ein Zeichen. »Leise jetzt. Es sind nur noch ein paar Schritte.«

Wir haben die Liphton Bridge fast erreicht, ihre massiven Pfeiler ragen vor uns wie Türme in die Höhe. Unter dem Highway verläuft die Trasse der Hochgeschwindigkeitsbahn, die bis zu 310 Meilen pro Stunde erreichen kann. Gerade saust ein Zug auf seinem Magnetkissen über unsere Köpfe hinweg, so kurz vor seinem Ziel aber bereits im Abbremsmodus.

Den Jungen entdecke ich nicht sofort. Mir sticht etwas anderes ins Auge. Eine schimmernde Kugel, die über dem Ufer des Hornay River schwebt und stetig an Volumen gewinnt. Eine Sphäre.

Ich atme scharf ein.

»Das nennen wir mal eine unangenehme Entwicklung«, flüstert Robyn. »Wir dachten, der Rächer ist tot?«

»Ist er auch.« Corvin ist kalkweiß geworden. Er hastet weiter und wir folgen ihm zwischen Bäumen und Sträuchern hindurch in Richtung Ufer. Nach wenigen Schritten bleiben wir wie angewurzelt stehen.

»Ist er nicht«, sage ich.

BB drängt uns hinter einen Baum zurück. Der Rächer steht etwa hundert Schritte entfernt halb im Gebüsch verborgen, an seiner Seite der Junge. Noch haben sie uns nicht bemerkt.

Das Gefühl eines Déjà-vus streift mich. Es ist seine Körperhaltung, die mich an jene in der Krypta der St. Paynes erinnert. Er ist fokussiert – doch nicht auf die Sphäre, sondern auf seinen Sohn, auf den er leise und beständig einredet.

Wie hat er überlebt? Er sollte tot sein, zu Staub zerfallen wie all die Menschen und Gebäude und Straßen. Wie die Kirche, die von der Sphäre vernichtet wurde. Aber er steht vor uns. Was nur eins bedeuten kann: Er muss fähig sein, eine Sphäre zu betreten und wieder zu verlassen. Womöglich hat er das schon öfter gemacht. Über welche Kräfte verfügt er noch?

BB zückt sein Handy. »Ich informiere die Division.«

Corvin schüttelt entschieden den Kopf. »Das dauert zu lange. Wir müssen ihn aufhalten, bevor er die Brücke zerstört. Schnappen wir ihn uns!«

Im Nullkommanichts brandet seine Schwingung auf und er entfaltet seine Kräfte. Egal, wie oft ich Zeuge dieser Metamorphose werde, ich bin jedes Mal aufs Neue fasziniert. Er gewinnt an Größe, etwa einen guten Kopf, seine schwarze Titanhaut überzieht seine Muskeln, die aufs Doppelte anschwellen, sodass sich seine Kleidung darüber spannt, nahe daran zu zerreißen. Seine Gesichtszüge verändern sich kaum, auch die Haare nicht, nur die Augen gleißen auf wie blankes Eis in der Sonne. Und obwohl ich weiß, dass Corvin in diesem Monster steckt, wirkt er ganz und gar Furcht einflößend auf mich. Dark Chaos ist bereit zuzuschlagen.

Einem Impuls folgend wecke ich meine Neutralisationskräfte. Ich kann nicht genau sagen, warum, ich weiß nur eins: Es ist zu früh. Wir stehen vor der gleichen Situation wie in der Krypta, um nichts schlauer. Das kann nur schiefgehen. Der Rächer ist nicht dumm. Er hat sich mit Sicherheit gewappnet, im Gegensatz zu uns, die wir nur Recherche betreiben wollten. Ich jedenfalls hätte es an seiner Stelle getan.

»Warte.« Als Corvin davonlaufen will, schlage ich zu. Ich reduziere seine Superkraft auf ein Minimum, und er bleibt konsterniert stehen, wieder auf seine normale Größe geschrumpft. Einzig seine Augen flirren noch weiß, ein letzter Rest Dark Chaos, der in ihm pocht. Sein Gesichtsausdruck ist unbezahlbar. Ich habe das Monster in ein Häschen verwandelt. »Warte. Tu nichts Unüberlegtes.«

Corvins Blick verheißt Ärger. Er ist sichtlich nicht angetan von meinem Eingreifen. BBs Beschwichtigungsversuchen zum Trotz packt er mich am Arm und zerrt mich hinauf auf die Promenade. »Was fällt dir ein?!«

Doch kein Häschen. Mehr ein grollender Löwe. Ich verschränke die Arme. »Findest du das ratsam? Dort unten steht der Rächer und du möchtest mit mir diskutieren?«

»Wir werden das klären, jetzt und hier! Du kannst mich nicht einfach neutralisieren, wann es dir in den Kram passt! Ich dachte, wir sind wieder ein Team, aber du verhältst dich genauso übergriffig wie damals! Du hast mich zu fragen, verdammt!«

Daher also weht der Wind. Mir ausgeliefert zu sein, reißt die alte Wunde wieder auf. Er hat mir noch immer nicht verziehen. »Gut, dass du das ansprichst. In einem Team folgt man nämlich nicht einfach seinem Instinkt, man hält Rücksprache. Wir brauchen vorher einen Plan. Was glaubst du, was passiert, wenn Dark Chaos auf den Rächer losgeht? Ganz abgesehen von der Aufmerksamkeit, die wir hier erregen. Du bringst die Leute in Gefahr.«

»Besser, als wenn er uns ein zweites Mal entkommt.«

»Das riskierst du ja gerade mit deiner Ignoranz. Sprechen wir uns wenigstens ab.«

»Wozu? Ich bin dem Rächer als Einziger gewachsen.«

Ich möchte ihn zu Hackfleisch verarbeiten und anschließend den Möwen zum Fraß vorwerfen. »Na dann los, du Einzelkämpfer! Erledige das! Zeig mir, wie du den Rächer vernichtest! Aber nenne uns beide nie wieder ein Team!«

»Fantastisch!«

»Fantastisch!«

Ehe er auf dem Absatz kehrtmachen kann, legt ihm BB die Hand auf die Schulter. »Euer Gezanke bringt uns nicht weiter. Die Sphäre wächst. Die Division ist auf dem Weg. Robyn hat den Besitzer des Wagens ausgeforscht, es ist …« Er gerät ins Stocken, sein Mund verzerrt sich, mit Mühe führt er den Satz in einem rauen Flüstern zu Ende: »Nolan Weyler.«

In Corvins Augen blitzt Erkenntnis auf. »Weyler …«

Ich stutze. Ihrem Gesichtsausdruck nach zu urteilen kennen die zwei den Kerl, während ich mit dem Namen nichts anfangen kann. Ich will schon nachbohren, da findet BB seine Stimme wieder.

»Er hat bei Prequotec gearbeitet, zu jener Zeit, als man euch erschaffen hat …«

Ein Schrei lässt uns alle drei aufhorchen. Wir stürmen zurück zum Ufer und werden Zeuge, wie Robyn vor dem Jungen und diesem Nolan Weyler herumspringt, in der Hand ein winziges Messer und angefeuert von Red, die in ihrem Element ist.

»Ja, los doch, macht! Doch nicht so, ihr Schafe! Ihr seid so hell wie ein Tunnel! Wer sich auf euch verlässt, ist verlassen …!«

»Was zum Teufel hat sie vor?«, knurrt BB.

Unabhängig von der Frage, wie um alles in der Welt Robyn auf die blödsinnige Idee gekommen ist, allein auf den Rächer loszugehen, schlägt sie sich ganz gut. Der Messerkampf liegt ihr. Wendig, fast anmutig wirbelt sie herum, täuscht Angriffe vor, um dann an anderer Stelle zuzustechen. Sie hat nichts verlernt. Allerdings kann ich mit ihrer Taktik nichts anfangen. Wieso unterläuft sie Weylers Abwehr nicht und platziert einen Stich in der Leistengegend?

»Sie hat es gar nicht auf Weyler abgesehen …«, sagt Corvin langsam.

Ich begreife im gleichen Moment. »Sondern auf den Jungen!«

Unter dem Aspekt ergibt das Kampfgeschehen mehr Sinn. Robyn attackiert den Jungen und Nolan Weyler setzt alles daran, ihn zu beschützen. Er ist voll in der Defensive und hat sich bereits mehrere Stichwunden eingefangen, denen Red allerdings keinerlei Beachtung schenkt. Hätte ich erwartet, dass sie sich auf Weylers Blut stürzt, um seine Superkraft zu doubeln, so scheint auch sie ausschließlich an dem Jungen interessiert.

Auf uns hingegen achtet keiner. Wir wechseln Blicke, unschlüssig, wie wir vorgehen sollen. Das Ziel ist klar: Keine Toten. Und Robyn möglichst unverletzt aus der Sache rausholen.

Ein paar Gesten später haben wir uns geeinigt. Corvin läuft in einem großen Bogen los, um sich von der anderen Seite an die Kämpfenden heranzupirschen. BB zieht seine Waffe, darauf aus, Weyler mit einem Schuss ins Knie außer Gefecht zu setzen. Ich werde mich um die Sphäre kümmern, die im Schatten der Brücke auf die Größe eines Einfamilienhauses angewachsen ist. Das Stimmengewirr auf der Promenade deutet darauf hin, dass die ersten Spaziergänger auf sie aufmerksam geworden sind. Ich orte die Superkraft des Rächers, rufe die Stille in mir wach, leite sie weiter …

»Halt, oder ich schieße!«, schreit BB.

Oh Mann, von einer Vorwarnung war nicht die Rede.

Weyler fährt herum, und da landet Robyn einen Treffer. Der Junge schreit auf, Blut quillt aus einer Wunde am Handgelenk. Red stürzt sich darauf wie eine ausgehungerte Vampirin. Sekunden nur, in denen die rote Wolke den verletzten Arm umhüllt, dann verdichtet sich ihre Gestalt, bis sie als exaktes Ebenbild des Jungen am Ufer des Hornay River steht. Blond, klein, zart und ganz und gar physisch.

Vor Schreck falle ich aus meiner Konzentration. Wie konnten wir uns bloß so irren? *Weyler ist nicht der Rächer! Es ist der Junge, der Junge!*

Weyler wirkt für einen Moment fassungslos. Wie paralysiert starrt er Red an und auf seinem Gesicht wechseln in schneller Abfolge die Emotionen. Ich kann sie nur schwer einschätzen, aber mir kommt es so vor, als ob ihm gerade etwas klar geworden ist, was er davor nicht auf dem Schirm hatte.

Corvin hat sich bis auf wenige Schritte an Weyler und den Jungen herangeschlichen. Der Blick, den er mir zuwirft, gemahnt mich, an die Sphäre zu denken. Wie ein Damoklesschwert hängt sie über uns, ich sollte schleunigst handeln.

Ich nehme einen tiefen Atemzug, blende alles aus und rufe die Stille in mir wach. Als ich mich auf die Kräfte des Jungen konzentriere, wird mir vor Bestürzung beinahe übel. Seine Schwingung brandet mir wie ein Tsunami entgegen. Sie ist von einer Intensität, wie ich sie noch nie erlebt habe, nicht einmal

Corvin kann da mithalten. Meine Stille wird einfach überrollt, plattgewalzt, erstickt. Ich versuche es abermals, bemühe mich hartnäckig – und scheitere jämmerlich.

BB hat sich Weyler bis auf wenige Schritte genähert. »Ich warne dich: Hände hoch und weg von dem Jungen oder ich knall dich ab.«

Weyler lacht. »Das glaubst du doch selbst nicht, Callahan! Du dachtest wohl, ich hätte dich vergessen, dich und die Rookies und die Division.«

»Nein, ich hatte gehofft, du wärst tot! Dass sie dich umgebracht hat!«

»Ich bin untröstlich, dich enttäuschen zu müssen. Sie hat es versucht, aber letztlich war sie es, die sterben musste. Weißt du eigentlich, dass sie um Gnade gewinselt hat? Erbärmlich.«

Von wem sprechen sie da? Um welche *Sie* geht es? Wozu überhaupt das Gerede? »Schieß!«, schreie ich, doch BB wirkt völlig weggetreten. Er taumelt, sein Gesicht ist gerötet, die Waffe droht ihm aus der Hand zu rutschen. Ganz so, als hätte man seine Welt aus den Angeln gehoben.

Knattern nähert sich. Ein Skydiver taucht über der Brücke auf und nimmt Kurs auf die Sphäre. Von der Promenade her übertönen Sirenen das Gemurmel der hartnäckig verbliebenen Schaulustigen. Die Division ist da.

»BB, jetzt schieß endlich! Schieß!«, rufe ich.

BB zuckt zusammen wie aus einem üblen Traum in die Wirklichkeit gerissen. Er legt an, doch dann senkt er die Waffe wieder. Red tanzt in der Schusslinie herum, völlig hingerissen von ihrem neuen Körper. »Red! Robyn! Weg da!«

BB hat endlich freies Schussfeld, er drückt ab. Der Schuss hallt unverkennbar über den Fluss. Doch Weyler bewegt sich blitzschnell und entgeht der Kugel um Haaresbreite. Geschrei setzt ein, die Leute flüchten in alle Himmelsrichtungen. Robyn brüllt Red an und die beiden gehen in Deckung.

Corvin verwandelt sich in Dark Chaos. Seine Kräfte wallen in ihrer unverwechselbaren Präsenz auf. Und sind doch nur ein Bruchteil dessen, was der Junge vorlegt. War er in der Krypta – und ich gehe davon aus, dass er dort gewesen ist, irgendwo in der Menge – auch schon so stark? Oder hat er sich gesteigert?

Entschlossen biete ich alles an Stille auf, was mir zur Verfügung steht, und diesmal schaffe ich es zumindest ansatzweise, auf den Jungen einzuwirken. Er wirft mir einen gehetzten Blick zu. Ob er ahnt, dass ich seine Kräfte manipuliere? Ist ihm überhaupt bewusst, was er mit den Sphären anrichtet? Wie viele Menschenleben er auf dem Gewissen hat? Was treibt ihn dazu?

BB feuert, aber mit seinen zittrigen Händen verfehlt er Weyler erneut. Dabei war er einst ein beachtlicher Schütze, den nichts aus der Ruhe bringen konnte. Weyler zuckt nicht einmal zusammen, auch der Skydiver lässt ihn völlig kalt. Unaufhörlich redet er auf den Jungen ein, der hoch konzentriert wirkt.

Von der Promenade her erklingt durch den Lautsprecher Pattens Stimme. Er hat keine Ahnung vom aktuellen Stand der Dinge und warnt den Rächer, dass die Division das Feuer eröffnen wird, sollte er sich nicht sofort ergeben.

Weyler lacht. Und lacht. Und während er sich weiter vor Lachen schüttelt, wallt die Schwingung des Jungen auf, fegt meine Stille hinweg wie man Staub abschüttelt. Es gibt ein leises Ploppen, das mir Entsetzen in die Glieder jagt.

Im Bruchteil einer Sekunde dehnt sich die Sphäre aus und verschlingt die Liphton Bridge zur Gänze. Sie frisst die Autos. Den Skydiver. Sogar den Fluss. Alles, alles verschwindet auf einen Schlag im Rachen des Ungeheuers, untermalt von metallenem Knirschen, als die Träger der Brücke brechen und die Restfahrbahn nach unten kracht.

Nur einen halben Schritt vor mir kommt die Sphäre zum Stillstand. Mein Puls hämmert wild, mein Körper scheint kurz davor zu zerspringen. Der Moment des Grauens, als ich in der

Hülle der Sphäre gefangen war, wird wieder in mir lebendig. Das Innehalten der Zeit. Der Schmerz. Die Ausweglosigkeit ...

Mit Schrecken beobachte ich, dass Corvin in einem riesigen Satz auf Weyler und den Jungen zuhechtet, die Arme nach ihnen ausgestreckt, in seiner Superheldengestalt geschmeidig wie ein Panther im Sprung. Er verfehlt seine Opfer nicht. Er ist bloß um einen Hauch zu spät dran.

Als Corvin seine schwarzen Klauen in Weylers Schulter schlägt, hat der den Jungen längst gepackt und mit sich gezerrt – in die Sphäre. In die Sphäre, als wäre ihre Hülle keine undurchdringliche Barriere, sondern lediglich Wasser, das sich teilt, als sie Hand in Hand eintauchen. Doch sie haben ein Anhängsel: Dark Chaos, der durch seinen eigenen Schwung vorwärts katapultiert und mitgerissen wird.

Er reagiert schnell. Bestrebt, seine Position zu halten, stemmt er die Füße ins Gras, während seine Arme bereits tief in der Sphäre stecken, nicht willens, Weyler loszulassen. Unsere Blicke treffen sich.

»Nicht«, flüstere ich und hebe im nächsten Atemzug die Stimme. »Nein, tu das nicht!« Ich weiß, er hat die Kraft, sich zu befreien. Schließlich hat er es schon einmal geschafft. Hat sogar mich befreit. Kann es wieder tun. Kein Ding. »Lass sie gehen, Corvin!«

Seine Antwort hallt mit einer Endgültigkeit über den Fluss, die mich fast umbringt. »Nein. Diesmal nicht.«

Die Sphäre verschluckt ihn. Seine Schwingung erlischt. Da ist sie, die Stille, die ich so nötig gebraucht hätte.

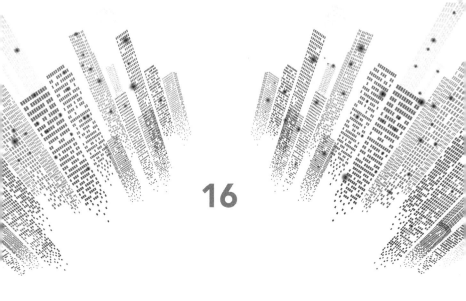

16

Ausgerechnet jetzt versorgt mich mein Gehirn mit einer Erinnerung: *Ich bin sieben Jahre alt und BB schreit mich an. Seine Stimme ist voller Verachtung, als er mir vorwirft, das Leben meines Teams gefährdet zu haben. »Eine Kette ist nur so stark wie ihr schwächstes Glied – ihr seid ein Haufen Versager, deinetwegen, Jill. Deinet-wegen!« Er ist ungerecht und ungehobelt und weit entfernt davon, ein guter Lehrer zu sein, der die Stärken der Kinder fördert und ihnen mit Liebe und Respekt begegnet. Aber er ist alles, was wir haben. Zu ihm blicken wir auf. Und so brennen sich seine Worte in meine Seele. Ich schwöre mir, besser zu werden, viel besser, damit ich ihn endlich, endlich zufriedenstellen kann.*

Heute schreit er nicht, er seufzt nur. »Jill.«

Ein gezielter Stich ins Herz. Darin ist er Meister. Als wäre die Wunde nicht schon tief genug.

»Na klar, schieb es ruhig auf mich!«, gebe ich patzig zurück. »Keine Rede davon, dass du ständig danebengeschossen hast! Hauptsache, du hast eine Schuldige!«

BB sagt nichts. Bang starre ich auf die Hülle, die Sekunden verrinnen zäh und mit jeder weiteren erlischt meine Hoffnung ein bisschen mehr.

Blute ich? Ist da ein Loch in meiner Brust? Es fühlt sich an, als wäre mir etwas entrissen worden. Ein Teil meiner Selbst ist mit Corvin in der Sphäre verschwunden. Das, was noch übrig ist, was hier zurückbleiben musste, ist voller Schmerz. Zusätzlich ballt sich Schuld in meinem Magen, denn ja, hier lässt sich nichts beschönigen: Meinetwegen konnte sich die Sphäre ausdehnen.

Ich hebe den Blick zu den kläglichen Resten der Brücke. Die Sphäre hat sie fein säuberlich gekappt, nur das Ende, die Abfahrt zur Stadt, ist noch vorhanden. Seiner Stabilität beraubt, knarrt das auf Betonpfeilern ruhende Straßenstück bedenklich. Ein Teil der Hudson Street ist ebenfalls verschwunden, Häuser zur Hälfte gefressen, Autos zerteilt. Das Ausmaß der Zerstörung ist nicht zu begreifen. So viele Menschenleben, die gerade ausgelöscht wurden, so viele, die noch in Gefahr sind.

Der Hornay River staut sich an der Sphäre, deren Hülle vermutlich tief in die Erde reicht. Das Wasser beginnt bereits, sich neue Wege zu suchen und den Uferbereich zu fluten. Ich stehe knöcheltief im Schlamm. Wie weit sich die Sphäre in die andere Richtung erstreckt, kann ich nicht abschätzen. Eine Meile? Mehrere?

Robyn und Red zanken, dass es eine Freude ist.

»Wir sind nicht die hellste Kerze auf der Torte, hm?«, keift Red, immer noch in der Gestalt des Jungen. »Wenn alle Schafe nach Norden laufen, machen wir einen auf Wollknäuel?«

»Lieber ein Wollknäuel als ein dämlicher Leithammel.«

»Was sollte das?«, frage ich Robyn. »Warum bist du auf den Kleinen losgegangen?«

»Er hat Superkräfte. Wir wollten sein Blut.«

»Ohne Absprache? Du hättest warten sollen.«

Ihre lapidare Geste zu Red sagt alles. Man sollte sie einsperren, am besten in einen schalldichten Behälter. Vielleicht in eine Dschinn-Lampe? Oder in eine dieser Urnen zum Umhängen, von denen Ella erzählt hat. Bestimmt kann man Red komprimieren, dann kann Robyn sie um den Hals tragen.

Ich verdrehe die Augen. »Ach, nimmst du neuerdings Befehle von ihr entgegen?«

»Wir wollten bloß sehen, ob wir recht haben.«

»Du hast recht. Gratuliere.«

Red hopst vor uns auf und ab und will uns zum Mitkommen bewegen. Wasser spritzt unter ihren Schritten. Mit beiden Armen fuchtelt sie zur Hülle, die im Sonnenlicht eine beinah kristalline Konsistenz zu haben scheint.

»Los, los, hinterher!«, kräht sie und die Tatsache, dass ihre Schwingung aus zwei Frequenzen besteht – Robyns träger und der komplexen, ausufernden des Jungen –, als trüge sie zwei Instrumente in sich, deren Töne einander überlagern, lässt mich glauben, wir könnten es schaffen. Wir könnten die Sphäre betreten und wieder verlassen, genau wie Weyler und der Junge es praktizieren.

Sofort brodelt Hitze in meinem Inneren und ich lenke meine Verstärkerkräfte automatisch auf Robyn. Ich sehe sie an, sie sieht mich an – und tippt sich an die Stirn.

»Was zum Teufel machst du da, Jill?«

»Ich verstärke deine Kräfte.«

»Ja, das merken wir, aber wozu? Nicht, dass es sich nicht geil anfühlen würde, aber … Du hast nicht zufällig vor, dich in diesem Glitzerballon in den Tod zu stürzen?«

Ganz entgegen meiner Art bin ich bereit, genau das zu tun. Nach den Händen von Red und Robyn zu fassen und mit ihnen in die Sphäre einzudringen, ohne einen einzigen Gedanken an die Folgen zu verschwenden.

BB bringt mich auf den Boden der Tatsachen zurück. »Das wäre ein Selbstmordkommando. Wir wissen nichts über das Ding.«

»Und wir hängen an unserem Leben«, ergänzt Robyn.

»Solange Red die Kräfte des Jungen hat, kann sie die Sphäre betreten und wieder verlassen«, halte ich dagegen.

BB lacht auf. »Was sich jederzeit ändern kann. Ihr seid allesamt untrainiert. Gerade hat es mit dem Neutralisieren nicht geklappt. Wie also sollte das Verstärken funktionieren?« Eine rhetorische Frage, auf die ich nichts erwidere. Er macht eine beschwichtigende Geste. »Corvin kann auf sich aufpassen. Bestimmt kommt er gleich wieder, die zwei am Kragen gepackt.«

Ich gebe mich vorerst geschlagen. »Du kennst diesen Nolan Weyler«, werfe ich BB an den Kopf. »Woher? Und von welcher *Sie* habt ihr gesprochen? Wen hat Weyler umgebracht?«

»Lange Geschichte«, entgegnet BB und hebt abwehrend die Hände, als könnte er mich so davon abhalten, noch mehr unangenehme Fragen zu stellen. Ich tue ihm den Gefallen, nicht ohne mir vorzunehmen, ihm sein Geheimnis zu einem späteren Zeitpunkt zu entlocken.

»Wer ist der Junge überhaupt?«, frage ich. »Das Ergebnis eines weiteren Geheimexperiments der Division? Ein Nachfahre der Warriors?« Naheliegend wäre es, doch vom Alter her kommt es nicht hin, er ist viel zu jung.

»Die Warriors konnten auf der Erde keine Nachkommen zeugen.« In BBs Stimme klingt etwas wie Wehmut mit. »Sie haben es versucht, aber es klappte nicht.«

Immer noch kein Lebenszeichen von Corvin. In meinem Kopf tickt eine Uhr und das Wasser steigt unaufhaltsam. Ich hoffe, dass Patten die Umgebung bereits evakuieren lässt. Bleibt die Sphäre noch länger bestehen, wird der Hornay River den ganzen Stadtteil überfluten.

Robyn und Red sind indessen in einen inneren Dialog verstrickt. Ein Austausch, der vermutlich andauernd passiert, mir aber durch Reds Energiegestalt nie so deutlich bewusst wurde. Jetzt gestikuliert der Junge zur Sphäre, während Robyn ihrem Double demonstrativ den Rücken zukehrt und einen deftigen Fluch nach dem anderen zwischen den Zähnen zerbeißt. Schon planscht Red wieder um sie herum durchs Wasser. Sie muss ich nicht überreden. Alles hängt nun von Robyn ab. Ich fasse nach ihrer Hand.

»Was, wenn wir es einfach versuchen? Wir schauen rein – und notfalls drehen wir sofort wieder um. Red schafft das.«

»Seit wann vertraust du uns?«, braust sie auf. »Wir machen eine dämliche Bemerkung nach der anderen, wir beschimpfen und verletzen einfach jeden, wir machen, was wir wollen, wir nehmen keinerlei Rücksicht, aber in einer Sache, die uns höchstwahrscheinlich ins Verderben führt, willst du auf uns zählen?«

Uff, ist das kompliziert mit den beiden. »BB?«

Er wirft einen Blick auf seine Uhr, atmet tief durch. Schließlich zuckt er mit den Schultern, und ich begreife: Er wird sich nicht mehr einmischen. Es ist unsere Entscheidung, genau wie es Corvins Entscheidung war. Unsere Entscheidung – meine Verantwortung. Robyn ist auf meine Verstärkerkräfte angewiesen, soll Red uns durch die Hülle und wieder zurückbringen. Mit mir steht und fällt die Operation, ich halte alles zusammen, jetzt noch mehr als früher. Ich bin nicht das schwächste Glied der Kette, ich bin ihr verdammter Verschluss.

Der Gedanke macht es nicht unbedingt leichter. Doch Zweifel haben hierbei nichts verloren. Es geht um Corvin. Corvin, der umgekehrt alle Hebel in Bewegung setzen würde, einen der Rookies zu retten. Corvin, der ohne zu zögern, sein Leben für uns riskieren würde. Corvin, den ich schon einmal im Stich gelassen habe.

»Denk an unsere Parole, Rob«, sage ich. »Wir geben niemanden auf!«

»Wir geben niemanden auf – außer?«

Ich schicke einen Stoßseufzer zum Himmel. »Außer, wir würden dabei draufgehen. Aber selbst dann nicht!«

»Wo kommt der Passus plötzlich her?«

»Den habe ich soeben angefügt.« Sie schnaubt und blickt auf unsere verschränkten Hände. Ich lasse nicht locker: »Was, wenn Corvin in Schwierigkeiten steckt? Wenn er nicht wieder zurück kann? Er könnte sterben.«

Robyn nickt zur Sphäre hinüber. »Wir werden alle sterben, wenn wir da reingehen. Wir … wir können das nicht, Jill. BB hat recht, wir haben das nie geübt.«

Wie läuft diese Double-Sache? Mit Sicherheit hängt es von Robyns Fähigkeiten ab, wie lange Red eine Superkraft imitieren kann. Wenn ich beide Schwingungen verstärke, nicht bloß Robyns, sondern auch Reds, also die des Jungen, müsste es klappen. Nein, es *wird* klappen. Ich schaffe das.

Ich drücke Robyns Hand. »Aber *ich* kann das, Rob. Ich halte eure Kräfte aktiv.«

Direktor Patten stiefelt durchs Wasser, steuert auf mich zu – und wird von BB abgepasst. Er redet auf ihn ein und deutet dabei immer wieder auf Red, die in ihrer Jungengestalt hibbelig von einem Fuß auf den anderen tritt. Kniehoch schießen die schlammbraunen Fluten um ihre Beine. Wir dürfen nicht länger warten.

Ich atme tief durch. »Rob, wir sind die Rookie Heroes. Wir sind als Einzige in der Lage, die Sphäre zu betreten, und zwar nicht irgendwann, sondern genau jetzt. Wir finden endlich heraus, was diese Dinger sind. Und können eventuell Weyler und den Jungen schnappen …«

»Was macht einen Helden aus?«, fragt Red mit ihrer kindlichen Stimme und fegt damit jedes weitere Gegenargument hinweg. Etwas hat sich verändert. Ihr Wesen? Ihre Einstellung? Ich starre sie ungläubig an.

Red streckt die Hand nach Robyn aus.

»Corvin braucht uns«, sage ich. »Er würde das Gleiche für jeden von uns tun.«

Damit ist es endgültig um Robyn geschehen. Sie schließt für einen Moment die Augen, ehe sie Red die Hand reicht. »Ohne uns sind wir ja sowieso aufgeschmissen.«

Ich nicke erleichtert und werfe einen Blick auf BB und Patten. Egal, was sie davon halten, mein Entschluss steht fest.

»Jillian!«, ruft Patten mit einer Geste zu den ansteigenden Fluten. »Machen Sie schnell!«

Robyns Superkraft breitet sich wie ein stetiger Strom sanfter Wellen zwischen Red und ihr aus, also schiebe ich sie kurzerhand in die Mitte. Ich lasse meine Verstärkerkräfte zu einem Hurrikan anschwellen, der Gedanke an Corvin generiert die Hitze eines Vulkans, und fache die beiden Schwingungen an, vorsichtig erst, dann mit mehr Nachdruck. Es gelingt. Ganz leicht sogar, als hätte sich ein verstecktes Ventil in meinem Körper geöffnet.

Robyn zuckt zusammen. »Der reinste Energydrink. Da kann ja nichts mehr schiefgehen.«

Red stapft auf die Sphäre zu und hindurch, dann folgt Robyn, zuletzt ich. Mein Herz wummert vor Furcht. Und doch fühlt es sich an, als würde sich der zähklumpige Schmerz in meinem Inneren auflösen.

Wir sind die Rookie Heroes. Wir sind töricht und leichtsinnig, wahnsinnig vielmehr, wir haben keinen Plan, wir haben nur unzureichende Kräfte. Aber wir stehen für andere ein, auch wenn das unseren Tod bedeutet. Vielleicht ist es das, was einen Helden ausmacht.

Die Sphäre verschluckt mich und spuckt mich auf der anderen Seite wieder aus. Der Übertritt erfolgt so rasch, dass ich ihn kaum wahrnehme. Lediglich ein kurzes Gefühl des Stockens in der seidig kühlen Hülle, schon ist es vorbei. Kein Vergleich mit der absoluten Starre, die mich in der Krypta der St. Paynes befallen hat.

Meine Hand löst sich von Robyn, dennoch halte ich meine Verstärkerkräfte aktiv, als ich mich blinzelnd umsehe. Die Welt, in der wir gestrandet sind, kommt mir fremd und gleichermaßen vertraut vor. Eine blassgelbe Sonne, die zwischen schweren Wolken hervorblinzelt. Eine Brise, die einen leicht alkoholischen Geruch mit sich trägt. Und der Fluss. *Der* Fluss, der Hornay River? Befinden wir uns womöglich doch in einem Paralleluniversum?

Nirgendwo eine Spur von Corvin, auch von Weyler und dem Jungen nicht. Damit habe ich nicht gerechnet. Angst macht sich in mir breit, irrationale, nicht zu unterdrückende Angst – ist Corvin etwas zugestoßen?

Eine Bewegung am Rande meines Blickfelds fesselt meine Aufmerksamkeit. Am Flussufer stehen mehrere Männer, bekleidet mit dunklen Anzügen und altmodischen Hüten und Kappen, zum Teil mit Äxten und Schlagstöcken bewaffnet. Vor ihnen sind an dem asphaltierten, zum Fluss abfallenden Hang unzählige Fässer und mit Flaschen befüllte Kisten aufgereiht. Hinter ihnen parken einige Lastwagen, wie ich sie nie zuvor gesehen habe. Oder maximal auf alten Fotos. Offene Pritschen, wuchtige Motorblöcke, mit Planen bespannte Führerhäuser. Oldtimer.

Mein Blick huscht zur Brücke, die unversehrt den Fluss überspannt und der Liphton Bridge gleicht. Am Ufer gibt es mehrere Anlegestellen, an denen alte Ruderboote vertäut sind. In geringer Entfernung erstreckt sich parallel zum Fluss vor einer niedrigen Häuserzeile eine Straße, auf der reger Verkehr herrscht. Ein Signalhorn ertönt. Mit rasselnden Schaufeln pflügt ein Raddampfer durchs Wasser, der schwarzen Rauch in den Himmel spuckt.

Das alles nehme ich binnen Sekunden in mich auf, während sich Beklommenheit in mir breitmacht. Ich hatte erwartet, Corvin beistehen zu können, ihn gegebenenfalls im Kampf zu unterstützen, um letzten Endes gemeinsam in unsere Welt zurückzukehren. Doch ich kann ihn nirgends entdecken.

»Wo sind sie hin?«, zischt Robyn, die Reds Hand fest umklammert hält. Sie geben schon ein spezielles Paar ab, die zwei. »Siehst du sie irgendwo?«

Als ich den Kopf schüttle, schlägt sie vor, dass wir uns aufteilen. Die normale Vorgehensweise in einer Situation wie dieser – aber nicht mit den Mädels an meiner Leine. Mir entweicht ein Schnaufen. »Negativ. Wenn ich eure Schwingungen verliere, kann ich für nichts garantieren.«

»Oh. Klar. Dann also im Team.«

Einer der Männer, er trägt eine hellgraue Wollkappe, nickt mir zu und deutet vage zu einer der Bootshütten. Wir beherzigen den Tipp, laufen in enger Formation hinüber und umrunden sie einmal. Ergebnislos. Kein Corvin, kein Weyler, kein Junge. Vielleicht in der Hütte?

»Schau!«

Ich folge Robyns Blick. Vor uns zeichnet sich im Dunst die charakteristische Skyline Baine Citys ab. Im Zentrum das Regierungsgebäude mit seinem runden Turm und der aufgesetzten Stahlkrone, flankiert vom ehrwürdigen Rochesterhotel, dem ältesten Hochhaus der Stadt, und dem Finanzdistrikt mit seinen eckigen Bürotürmen ... Moment. Es sind nur drei Türme anstatt fünf und die Fensterflächen sind nicht wie sonst verspiegelt. Ratlos blicken wir uns an.

Die Männer schlagen jetzt unter Gejohle auf die Fässer und Flaschen ein. Holz birst, Glas splittert, Ströme von Alkohol ergießen sich über den Abhang: Bier, Wein, Schnaps – literweise fließt das »Teufelszeug« in den Fluss.

»Kneif uns mal – wann war noch gleich die Prohibition?«, fragt Robyn. »1920 bis …?«

»1933«, sage ich. »Du hast recht. Also auch kein Portal? Haben wir eine Zeitreise gemacht?« Ich zeige auf die Skyline. »Das ist jedenfalls Baine City.«

»Baine City anno 1920?«

»Könnte hinkommen. Sie vernichten die Alkoholvorräte …« Eine Hand legt sich auf meine Schulter und ich kann den Aufschrei gerade noch unterdrücken. »Corvin!«

Erleichterung überschwemmt mich. Er lebt, es geht ihm gut.

Ich bin kurz davor, ihm um den Hals zu fallen, allein sein finsterer Gesichtsausdruck hält mich davon ab.

»Sagt mal, seid ihr völlig übergeschnappt?«, fährt er uns an. »Was treibt ihr hier?«

Robyn legt den Kopf schief. »Dich retten?«

»Quatsch. Ihr habt euch unnötig in Gefahr gebracht. Ich habe alles im Griff.«

»Ja, das sieht man«, sage ich angesichts seiner Platzwunde. Quer über Auge und Jochbein klafft ein übler Riss, der mit Sicherheit genäht werden muss. Unaufhörlich sickert Blut über Corvins Wange.

»Weyler, der Dreckskerl, hat mir eins übergezogen, direkt nach dem Übertritt.« Es muss ein wirklich heftiger Schlag gewesen sein, wenn sogar seine Titanhaut aufgeplatzt ist. In Anbetracht unserer Verwunderung fügt Corvin hinzu: »Ich hatte den Kontakt zu ihm verloren. Musste mich erst aus der Hülle kämpfen und war nicht mehr im Vollbesitz meiner Kräfte.«

Also halb Junge, halb Dark Chaos. Autsch.

»Wo sind die zwei hin?«, fragt Robyn.

»Ich war für einen Moment weggetreten. Als ich wieder zu mir kam, waren sie weg. Ihr geht sofort zurück, solange Red noch über die Kräfte des Jungen verfügt.«

Ich hebe die Hände. »Wie denn? Wo denn? Siehst du unseren Ausgang irgendwo?«

Hier, im Inneren der Sphäre, scheint die Hülle unsichtbar zu sein – was mich zugegebenermaßen ein wenig stresst. Sie könnte sich direkt vor uns erheben und ich würde sie erst erkennen, wenn ich mit der Nase darauf stoße. Wie kann es sein, dass mein Blick so weit reicht, durch nichts begrenzt wird, wenn die Sphäre nur einen gewissen Raum einnimmt?

Corvin verzieht das Gesicht. »Okay, dann ... Ich durchsuche die anderen Hütten nach Weyler. Ihr bleibt hier ...« Ein Knall lässt uns zusammenzucken: ein Schuss aus Richtung der Straße, bei der es sich, wenn wir richtigliegen, um die einstige Hudson

Street handeln muss. Es bleibt nicht bei dem einen, er ist der Auftakt zu einer Schießerei.

»Weyler?«, frage ich.

Corvin nickt. »Ich sehe nach. Ihr wartet hier.«

Ja, klar. Die Beobachterrolle ist mir die liebste. »Entschuldige mal, wir sind nicht zum Zuschauen gekommen …!«

»Ganz genau. Deine Aufgabe ist es, die Kräfte von Robyn und vor allem Red zu verstärken. Wenn sie sich nämlich zurückverwandelt, sitzen wir fest.« Damit lässt er uns stehen und läuft an der Hütte entlang auf die Straße zu.

Na toll. Ich kann mir ausrechnen, was mir blüht, wenn ich ihm noch einmal in die Quere komme.

Red zerrt an Robyns Hand und die grinst mich provokant an. »Und? Welche Parole gilt jetzt?«

Wir sind unbewaffnet und ich bin vollends damit ausgelastet, Robyn und Red mit meiner Energie zu füttern. Insofern wären wir gut beraten, uns ruhig zu verhalten, bis Corvin den Job erledigt hat. Aber, na ja, da hätten wir auch gleich zu Hause bleiben können. »Jeder kämpft im Rahmen seiner Möglichkeiten bis zum Sieg.«

Robyn zwinkert mir zu. »Immer schön die Regeln verbiegen, was, Jill?«

Ich setze eine Unschuldsmiene auf. »Man tut, was man kann. Los, ihm nach!«

Aufgekratzt wie ein Welpe hopst Red neben Robyn her, als wir uns im Schatten der Bootshütte der Straße nähern. Es wird geballert, was das Zeug hält, und je weiter wir kommen, umso mehr fürchte ich, einen Streifschuss zu kassieren. Die Uferzone ist zugemauert, nur die geparkten Lastwagen und die Bootshäuser bieten ein wenig Schutz. Nicht ein Baum, keine einzige Rasenfläche, Baine City in den 1920ern war eine Betonwüste.

Auf der Hudson Street ist der Verkehr aufgrund der Schießerei zum Erliegen gekommen. Die Autos sehen alle gleich aus, kutschenartige Oldtimer, mit runden Scheinwerfern und großen Rädern, die meisten davon schwarz, als hätte man eines in hundertfacher Ausführung geklont. Die Fahrer hupen und fluchen, dann wird wieder geschossen, woraufhin das Hupen erstirbt und alle die Köpfe einziehen.

Wer schießt da auf wen? Was ist hier eigentlich los?

Abermals fallen Schüsse. Sie kommen von der Straße und werden aus einer Kneipe schräg gegenüber erwidert. Wir gehen eng nebeneinandergekauert hinter einem Auto in Deckung. Ich habe Corvin aus den Augen verloren. Und ich habe nicht die leiseste Ahnung, wie wir es anstellen sollen, nach Hause zu gelangen, rasch und unversehrt, und wünschenswerterweise mit zwei Gefangenen.

Mit aller Macht bewahre ich die Vorstellung von Hitze und Sturm in mir. Doch meine Konzentration fällt zusehends ab. Und je mehr Zeit verstreicht, umso schwieriger wird es, meine Verstärkerkräfte aufrechtzuerhalten.

Wann wird mir die Kraft ausgehen?, frage ich mich, als plötzlich ein Wirbel aus Wind und Blitzen über die Liphton Bridge rauscht. Die Erscheinung nähert sich mit der Geschwindigkeit eines Tornados und hat eine menschenähnliche Form, ich kann einen Kopf und wallendes Wolkenhaar erkennen, die Gestalt einer Frau. Einen Augenblick später überzieht lichtblaues Eis die Stahlseile der Brücke. Auf der Brüstung schleicht ein riesenhafter Tiger in geduckter Haltung.

Etwas in mir beginnt zu klingen, wie eine Saite, die nach endlosen Jahren der Stille angeschlagen wird. *Das kann nicht sein, unmöglich, nein*, denke ich und im nächsten Atemzug: *Und ob das sein kann! Wir schreiben das Jahr 1920.*

Red springt auf. »Envira! North King! Der Wandler! Das sind die Warriors! Heiliger Schafsfurz, die Warriors!«

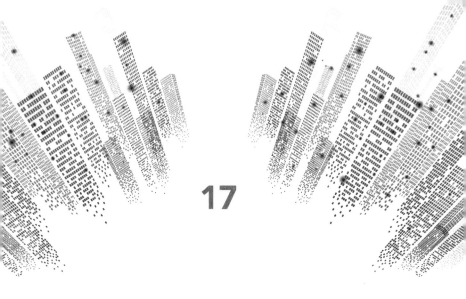

17

Mir war nicht bewusst, dass Red unsere Vorfahren so sehr verehrt. Ausgerechnet Red? Ihre Begeisterung springt auf mich über. Die Warriors! Der Ursprung unserer Gene. Unsere Familie. Nie hätte ich mir träumen lassen, dass ich sie einmal in Aktion erleben darf.

»Wir bleiben hier«, sagt Robyn in bewundernswert strengem Ton, obwohl auch ihre Augen blitzen. »Wir laufen nicht los und mischen uns ein. Das ist die Vergangenheit. Wir halten uns im Hintergrund. Wir sind nur Zuschauer.«

Sie hat recht. Jede unserer Handlungen könnte Einfluss auf die Zeitlinie nehmen und die Zukunft verändern. Schon unsere Anwesenheit stellt einen Bruch dar.

Die Fensterläden der Kneipe sind dicht, die Tür verrammelt. Geschossen wird praktisch aus jeder Ritze. Ob das eine dieser Flüsterkneipen ist, in denen während der Prohibition illegal Alkohol ausgeschenkt und oftmals sogar produziert wurde? In Baine City gab es nur eines dieser geheimen Alkoholimperien, im Besitz des berüchtigten Mafiabosses Mike »The Barber« Livotti, der mit seiner Gang »Hidden Blades« über die halbe Stadt herrschte.

Deshalb sind die Warriors hier! Insgeheim bedanke ich mich für den umfangreichen Geschichtsunterricht, den BB uns im Rahmen unserer Ausbildung aufgebrummt hat. Jetzt macht er sich bezahlt. Der Kampf gegen Livotti war der erste gemeinsame Einsatz der Lichtvollen unter dem Namen *Warriors*. Er legte den Grundstein für die weitere Zusammenarbeit unter dem Schirm der Division.

Robyn ist zum gleichen Schluss gelangt. Sie zeigt auf die Kneipe und dann nach links, wo sich hinter mehreren Fahrzeugen ein paar Männer verschanzt halten. Polizisten in Zivil? »Die Hidden Blades gegen die Polizei. Die sind doch in einen Hinterhalt geraten, oder?«

Ich nicke angespannt. »Neunzehn Tote.«

Just in diesem Moment geschieht es. Während sich die Warriors gerade auf der Brücke sammeln, springen Männer in Nadelstreifenanzügen, blank gewienerten Schuhen und hellen Hüten hinter einem der Bootshäuser hervor, richten ihre Maschinengewehre auf die Polizisten und lassen einen Kugelhagel auf sie niedergehen. Wir werden Zeugen des Blutbads, bekommen mit, wie einer nach dem anderen in die Knie bricht, chancenlos gegen die Übermacht. Die Männer der Alkoholvernichtungsbrigade – vermutlich ebenfalls von der Polizei – mischen sich in die Schießerei ein. Mehrere Minuten lang ist außer Schüssen und ersterbenden Schreien nichts zu hören. Kugeln pfeifen über unsere Köpfe hinweg, durchlöchern Autos, und ich fühle mich mehr und mehr wie auf dem Präsentierteller.

Erst durch das Eintreffen der Warriors nimmt der Schusswechsel ein Ende. Zu Envira, dem Wandler und North King haben sich auch der Kartenspieler, Aurum, The Ax und Nightmare gesellt, spektakulär anzusehen in ihren Kostümen, als sie von der Brücke laufen und mit ihren Superkräften über die Angreifer hereinbrechen. Für die Polizisten kommt dennoch jede Hilfe zu spät. Nur zwei überleben das Massaker, wird man später im Abendblatt der *Baine City Post* lesen. Mir ist übel.

»Wir hätten es nicht verhindern können«, murmelt Robyn. *Nein. Natürlich nicht.* Es muss sich alles so abspielen wie in den Geschichtsbüchern vermerkt.

Red hat nur Augen für die Warriors, die sich nun einen Kampf mit den Hidden Blades liefern. Envira mit ihrem weißblonden Haar, das ihr in Wellen bis zur Hüfte reicht, hat ihre Windgestalt aufgegeben und auf der Motorhaube eines Autos Position bezogen. Sie entlädt Blitze auf die Mafiosi. Die rothaarige Nightmare, ganz in schwarzes Leder gekleidet, hat sich einen der Männer gekrallt: Ihre Peitsche hat sich um seinen Leib gewickelt und nun zerrt sie ihn mit einem Ruck zu sich und drückt ihm ihren Albtraumkuss auf die Lippen. North King bohrt einem anderen einen armlangen Eiszapfen in die Brust.

Red zappelt auf und ab. Vorsorglich fasst Robyn wieder nach ihrer Hand, als sie mein Stöhnen hört. »Jill?«

Meine Kräfte drohen zu versiegen, zu viel stürmt auf mich ein. »Ich versuche es ja. Aber gerade ist es echt schwer.«

The Ax, Aurum und Der Wandler pirschen sich an die Kneipe heran, in der sich, soweit ich weiß, Mike Livotti versteckt hält. Der Kartenspieler fächert sein Kartendeck auf. Red stößt ein ehrfürchtiges »Oh« aus, als die roten und schwarzen Figuren aus ihren Spielkarten treten und sich formieren: Buben, Damen, Könige der vier Symbole und ihre Krieger, von der Zehn bis zum Ass werden zu Kämpfern des Kartenspielers, die er dirigiert. Gerade nutzt er sie, um die anderen abzuschirmen. Sie fangen die Kugeln ab, die für die Warriors bestimmt sind.

»Ist er nicht absolut heiß?«, wispert Robyn, den Blick auf den Wandler gerichtet, der seine Tigergestalt aufgegeben hat und nur mit einer braunen Wildlederhose bekleidet seine Muskeln spielen lässt.

»Ich dachte, du stehst auf Mädchen.«

Sie schürzt die Lippen. »Auch. Aber einen wie ihn würden wir keinesfalls verschmähen.«

»Wie kannst du jetzt bloß an so was denken?«

The Ax lässt seine Axt auf die Fensterläden der Kneipe niedersausen, jeder Hieb ein mittleres Erdbeben. Holz, Glas und Mauerwerk explodieren förmlich, die Splitter und Ziegel fliegen sogar uns um die Ohren, die wir uns in einiger Entfernung hinter dem Auto befinden. Während Aurum geduldig auf ihren Auftritt wartet, nähert sich der Wandler der Tür. Er hat die Gestalt einer Frau angenommen, die einen kurzen Rock und ein langes, formloses Oberteil trägt, wie für die damalige Zeit üblich, außerdem einen tiefschwarz gefärbten Bob und helles Make-up im Gesicht. Nur ihr Mund leuchtet tiefrot und die Augen sind dunkel geschminkt.

»Mike!«, kreischt sie und hämmert in vorgetäuschter Panik an die Tür. »Mach auf! Mike, ich bin's, Rose! Lass mich rein, die bringen mich um! Mike!« Sie lässt nicht locker und schließlich öffnet sich ein winziges Guckloch in der Tür. »Na endlich! Lass mich rein!«

Aurum berührt Rose an der Schulter und auf ihrem Oberteil flirrt pures Gold auf. Prompt geht die Tür auf und ein Mann taumelt heraus. Rose schubst ihn beiseite, woraufhin er zu einem Auto stolpert und mit irrem Gesichtsausdruck über die chrombestückte Motorhaube streicht.

»Mike? Wo bist du?«, flötet Rose, die mittlerweile ins Innere der Kneipe vorgedrungen ist. Nur eine halbe Minute später kommt sie wieder heraus, einen bulligen Kerl mit Halbglatze im Schlepptau, der ihr – oder dem Gold – wie ein Hündchen nachläuft. Aurums Kräfte machen jeden halb wahnsinnig vor Gier, auch »The Barber« Livotti. »Schaut, was ich gefunden habe!«

The Ax holt mit seiner Axt aus, und ich wende mich entsetzt ab. Ich muss mir nicht anschauen, wie er Livotti den Schädel spaltet. Als ich aufblicke, verfluche ich mich für meine Unachtsamkeit.

Denn nun sehe ich mich Weyler und der Mündung einer Waffe in Westentaschengröße gegenüber, die er wohl von der

Straße aufgelesen oder einem Leichnam entwendet hat. Sie wirkt antik auf mich, doch ich fürchte, dass sie ihren Zweck erfüllt, sollte er sie abfeuern.

»Was für eine Freude«, sagt er mit einem säuerlichen Lächeln, das seinen Worten deutlich widerspricht. »Die Rookie Heroes *und* die Warriors. Wenn das kein Grund zum Feiern ist.« Er packt Red am Schopf. Die Waffe abwechselnd auf Robyn und mich gerichtet, zwingt er sie zu sich und beäugt sie neugierig. »Was bist du, hm? Auch ein Wandler?«

In mir wird ein Programm gestartet. *Die Bedrohung ausschalten*, lautet das Ziel und ich handle instinktiv, wie es mir beigebracht wurde.

Im Aufspringen lasse ich meine Handkante auf Weylers Waffenarm niederschmettern. Meine Knochen knirschen, ich beiße die Zähne zusammen, Weyler brüllt auf, die Pistole rutscht ihm aus den Fingern. Doch ehe sich Robyn darauf stürzen kann, kickt er sie mit dem Fuß beiseite. Er tritt noch einmal nach und erwischt Robyn an der Nase. Blut spritzt, sie stöhnt. Weylers Faust schießt vor, bereit, mir einen Schlag in die Magengrube zu versetzen, aber ich drehe mich weg, wirble herum und setze zu einem kräftigen Tritt an. Da schiebt Weyler Red vor sich. Ich kann die Wucht kaum abmildern und treffe sie, klein wie sie ist, hart in die Rippen. Sie quiekt empört auf. Weyler lacht.

Hilflose Wut überspült mich und ich spüre, wie sich meine Verstärkerkräfte verabschieden. Ich verliere den Kontakt zu Robyn, zu Red, eben waren ihre Schwingungen noch spürbar, jetzt herrscht Ebbe. Prompt fällt Red in ihren ursprünglichen Zustand zurück. Unter Weylers Griff zersetzt sich ihr Körper in rotes Licht.

Bereits zur Hälfte Energiegestalt hebt Red in einer gespielt entschuldigenden Geste die Hände. »Viele schlucken Vitamine zum Frühstück. Du hast wohl Naivität gelöffelt.«

Weyler blinzelt irritiert.

Ich bündle all meine Kraft, hole aus und verpasse ihm einen gezielten Schlag aufs Kinn. In meiner Hand explodiert greller Schmerz, aber das war es wert: Weyler verdreht die Augen und sackt zusammen.

»Volltreffer«, nuschelt Robyn. »Leider zu spät. Das war's dann wohl mit unserer Rückfahrkarte.«

Meine Gedanken rasen. Uns bleiben zwei Möglichkeiten, nach Hause zu gelangen: Entweder wir hängen uns an den Jungen ran, was eine ziemlich lange und damit höchst instabile Menschenkette ergibt. Oder Red bekommt eine neue Dosis Blut. So oder so ist der Junge der Schlüssel zu unserer Rettung.

Doch wo hält er sich versteckt? Wieso hat Weyler ihn allein gelassen? Der Einzige, den ich fragen könnte, ist Weyler selbst. Aber den habe ich blöderweise ausgeknockt.

Die Warriors sammeln sich vor der Kneipe, der Kampf ist gewonnen. Mike Livotti ist tot, die Hidden Blades geschlagen. Leichen pflastern die Straße, der Geruch nach Blut ist übermächtig. Ich bin beinahe dankbar, dass sich der Himmel vollends zugezogen hat und leichter Nieselregen einsetzt, der die Luft reinwäscht.

Corvin kommt angelaufen. »Solltet ihr nicht warten? Macht ihr eigentlich jemals, was man euch sagt?«

»Gute Arbeit, danke, Jill«, stoße ich ironisch hervor und bücke mich nach der Pistole.

Er knurrt in sich hinein. »Und Red? Jetzt stehen wir schön da.«

»Holen wir uns eben den Jungen. Wolltest du ihn nicht suchen?«

»Wollte ich, aber dann wart ihr ja in einen Kampf verwickelt ...«

Wir starren uns an und ich spendiere ihm ein, wie ich hoffe, süffisantes Grinsen. »Wir hatten alles im Griff.«

Corvins Gesicht ist eine undurchdringliche Maske, aber in seinen Augen flirrt Eis. In mir regt sich der Gedanke an Flucht.

Robyn müht sich stöhnend auf die Beine und Red saust in Form eines Fragezeichens um sie herum. »Aua, unsere Nase.«

»Gebrochen«, sagt Corvin mitleidslos, den Blick unverwandt auf mich gerichtet.

Eine helle Stimme reißt meinen Blick nach vorn. Aus der Tür zum vordersten Bootshaus kommt der Junge gestürmt. »Mom!« Er läuft auf die Warriors zu und macht vor Envira halt. »Mom! Ich bin es, Zayne.«

Mom? Envira wirkt genauso irritiert wie ich. Sie schüttelt den Kopf, geht dann aber in die Hocke und blickt den Jungen aufmerksam an. »*Wer* bist du?«

»Ich bin Zayne, dein Sohn. Du …« Er gerät ins Stocken, offenbar krampfhaft auf der Suche nach den richtigen Worten.

Sie streicht ihm durch sein blondes, halblanges Haar, das nur unwesentlich dunkler ist als ihres. Fasst nach seiner Hand und betastet sie ungläubig. Auf Zaynes Daumen steckt ein Ring – ein ähnlicher Ring, wie ich ihn jetzt an Enviras Hand entdecke. »Zayne? Das ist ein aykuranischer Name …«

Ein unterschwelliges Sirren erhebt sich. In Erwartung von Wind oder einem Regenguss blicke ich auf, doch nicht das kleinste Lüftchen regt sich. Nur der Nieselregen stäubt vom Himmel herab, winzige Tropfen, die wie Perlen auf der Kleidung kleben bleiben.

Corvin runzelt die Stirn. »Ich bewache Weyler. Ihr holt den Jungen. Wir müssen hier weg.«

Ich laufe los, die Waffe gesenkt, aber schussbereit. Envira sieht mich kommen und steht auf, ihren Arm beschützend um Zaynes Schultern gelegt. Hier bin ich der Feind, wird mir schlagartig klar. Sie kennt den Jungen nicht, doch aus einem unerfindlichen Grund nimmt sie ihn unter ihre Fittiche. Ich verlangsame meine Schritte und bedeute Robyn zurückzubleiben.

»Ich bin Silence«, sage ich, überrascht davon, wie leicht es mir über die Lippen geht. Weder schäme ich mich dafür noch empfinde ich Wut darüber, wer und was ich bin. »Ich komme aus der Zukunft. Ich will euch nichts Böses.«

»Aus der Zukunft.« Etwas in Enviras Blick ändert sich, als sie Zayne noch einmal genauer betrachtet. »Du auch.«

»Ja, ich bin dein Sohn. Aber sie ...« Unsicher taxiert er mich.

Indessen entspannt sich Envira etwas. Die anderen jedoch sehen mich wachsam an. Der Kartenspieler hat sein Kartendeck eingesammelt und hält es locker in der Hand. The Ax poliert seine Waffe mit einem speziellen Tuch. Das Metall glänzt bläulich, die Schneide blitzt. Was für ein Monstrum von einer Axt! Ich könnte sie niemals auch nur anheben.

Ehrfurcht erfasst mich, als mich meine Vorfahren nun umringen. Sie sind tot, und doch stehen sie hier vor mir, größer, stärker, eindrucksvoller, als ich sie mir je ausgemalt habe. Klar, ich habe Videos von ihren Einsätzen gesehen, wir haben ihre Angriffsmethoden studiert. BB hatte tonnenweise Material über sie gesammelt, Fotos, Zeitungsberichte, Interviews. Doch nichts davon wird ihnen wirklich gerecht.

»Und dein Name ...?«, fragt mich Envira. »Was bedeutet er? Bist du wie wir?«

Ha. Das ganze Dilemma meiner Existenz auf den Punkt gebracht. Gerade noch habe ich mich meinem Heldennamen verbunden gefühlt. Ich sehe Zayne an, der angestrengt auf seiner Unterlippe kaut. *Mom.* In Wahrheit ist sie das für mich auch. Irgendwie. *Sag es ihr. Sag, dass du aus ihren Genen erschaffen wurdest. Dass sie alle, die Warriors, deine Eltern sind.* Doch das würde weitere Fragen aufwerfen. Ich müsste vom Doom erzählen, vom Sterben der Warriors, und das käme einer Einmischung gleich. Ich darf die Zeitlinie nicht noch mehr verändern, als ich es ohnehin schon getan habe.

»Nein. Ich habe Superkräfte, das ja, aber ich bin ... menschlich.« Die halbe Wahrheit immerhin. Ich wende mich an Zayne. Vielleicht kann ich irgendwie auf ihn einwirken. »Du kannst nicht hierbleiben. Wir müssen zurück.«

Die Augenbrauen zusammengezogen blickt er nun trotzig zu mir auf. »Du hast mir gar nichts zu befehlen.«

»Ich befehle nicht – ich bitte dich. Das, was du tust, ist falsch. Du zerstörst unsere Welt, du tötest Menschen, Tausende.« Ich deute auf den goldenen Ring, auf dessen Oberfläche seltsame Zeichen graviert sind. »Damit, oder? Ist er eine Art Zeitmaschine? Erstellst du damit die Sphären?«

Er wirft sich in die Brust und lässt mit theatralischer Geste verlauten: »Ich brauche keinen Ring dafür, ich bin Chronos, der Herrscher über die Zeit.«

Aha. Größenwahn kann man den Warriors eigentlich nicht nachsagen. Das ist eher eine menschliche Eigenschaft.

»Das ist mein Ring«, stellt Envira an Zayne gewandt fest. »Ein Andenken an meinen Vater. Sag mir: Von wem hast du ihn?«

»Von dir! Er ist alles, was mir von dir geblieben ist, als du ...« Zayne bleiben die Worte im Hals stecken. Das Sirren schwillt an. Ein Ruck geht durch die Welt, in der wir zu Gast sind, etwas erschüttert sie, und im ersten Schreck fürchte ich, dass die Sphäre kollabiert. Dass nichts von uns übrig bleibt als Staub.

Doch das passiert nicht. Aber etwas anderes.

Die Warriors verschwinden vor meinen Augen, als wären sie nie da gewesen. Ein Erlöschen ihrer Existenz von jetzt auf gleich. Nur Zayne und ich stehen noch auf der Straße, er um nichts weniger bestürzt als ich.

»Was hast du getan?«, schreit er mich an.

»Nichts. Das war ich nicht.« Ich blicke mich um, bemüht um eine Erklärung für das seltsame Phänomen. Wir sind alle noch da. Robyn und Red nur ein paar Schritte entfernt, Corvin mit dem bewusstlosen Weyler an seiner Seite. Doch alles andere hat sich verändert.

All die Leichen, inklusive Livotti, sind einfach fort, ebenso der Oldtimer, hinter dem wir Deckung gesucht hatten. Die Autoschlange, die sich aufgrund der Schießerei gebildet hat, auch.

Stattdessen fließt der Verkehr wieder und die Autofahrer hupen, weil wir mitten im Weg stehen oder einfach nur um des Hupens willen. Einige winken.

Der Nieselregen hat aufgehört. Da und dort kämpfen sich Sonnenstrahlen durch die Wolkendecke.

Am Flussufer laden Männer Fässer und Kisten von Lastwagen ab. Nein, halt, nicht irgendwelche Männer – es sind die gleichen von vorhin, jetzt wieder quietschlebendig, ich erkenne den mit der grauen Kappe. Sie haben ihre Äxte und Schlagstöcke dabei, einige Eisenrohre. Sobald sie abgeladen haben, werden sie in fast krankhaftem Wahn auf alles einschlagen, was Alkohol enthält.

Eine Wagenkolonne nähert sich und hält am Straßenrand. Männer springen heraus und verschanzen sich hinter ihren Autos: die Polizisten in Zivil, die auf Mike Livotti angesetzt sind.

Die Kneipe. Fensterläden und Tür unversehrt.

Ein Signalhorn. Der Schaufelraddampfer.

Ein Mann läuft auf uns zu. »Das ist ein Polizeieinsatz. Verschwinden Sie, Miss, rasch, wenn ich bitten darf.«

Ich ziehe mich zu Robyn zurück, Zayne vor mir herschiebend, und bin selbst überrascht, dass er mich, wenngleich widerstrebend, begleitet. Unsicher hält er nach Weyler Ausschau, der sich in Corvins Gewalt befindet. Da fallen auch schon die ersten Schüsse. Der Verkehr kommt zum Stillstand. Leute laufen davon oder kriechen unter ihre Autos. Wir verschanzen uns ebenfalls hinter einem.

»Wir vertrauen diesem Schuhkarton unser Leben an? Schon wieder? Du bist so hell wie ein Schwarzes Loch.«

Ich blicke betont suchend zu Boden. »Und dein Niveau ist schwer zu erreichen, Red.«

Als Antwort bilden die roten Energieteilchen das Wort »Nanohirn«.

Sie geht mir gehörig auf die Nerven. Obwohl sie nicht unrecht hat. Die Schüsse durchsieben die Oldtimer geradezu.

Doch hinter der Bootshütte verstecken sich die Hidden Blades. Denen möchte ich lieber nicht begegnen.

In der Ferne taucht Enviras Windgestalt voll züngelnder Blitze auf. North Kings blankes Eis knistert auf den Stahlseilen der Brücke. Der Wandler nähert sich in Tigergestalt. Mein vager Verdacht wird zur Gewissheit.

»Eine Zeitschleife«, sage ich und Robyn nickt.

»Scheiße ja, ein Loop.«

»Aber wir sind kein Teil davon, oder? Und die Warriors wissen wohl nicht, was gerade passiert ist?«

»Nein, niemand, schätzen wir. Sie alle sind darin gefangen.« Robyn ruft Red zu sich und erfreulicherweise gehorcht sie sogar und nimmt ihren Platz als rote Aura ein. Ich schüttle mich, froh darüber, mir selbst zu gehören.

Ich sichere die Pistole, stecke sie in meinen hinteren Hosenbund und wende mich an Zayne. »Was du machst, ist sinnlos. Envira wird sich nicht an dich erinnern, egal wie oft du sie in einer Zeitsphäre aufsuchst.«

»Das ist nicht wahr!«

»Zayne, alles wiederholt sich. Du warst im Bootshaus versteckt, richtig? Du konntest es doch beobachten. Sieh dich um. Die Ereignisse laufen genauso ab wie vorhin, das muss dir doch mittlerweile klar sein. Nichts, was du hier tust, hat Bedeutung für Envira. Du kannst nicht eingreifen.« Erkenntnis schleicht sich in seine Miene. Der Junge versteht, er ist klug genug. Ich berühre ihn sanft an der Schulter. »Das muss aufhören.«

Er weicht zurück, das Gesicht jetzt tränennass. »Fass mich nicht an! Du dürftest nicht hier sein! Ihr alle nicht! Ihr gehört nicht hierher! Das ist *meine* Welt, *meine* Blase!«

Ich weiß nicht, wie ich zu ihm durchdringen kann. Die einzige Möglichkeit, die mir einfällt, ist, ihn zu neutralisieren. Werde ich es diesmal schaffen?

Ich sammle probeweise Stille in mir, meine Neutralisationskraft reagiert klaglos. Zaynes Schwingung ist wie bei meinem ersten Versuch in der Gegenwart von enormer Kraft, jedoch, warum auch immer, lange nicht so intensiv. Machbar, entscheide ich. Dennoch steigt ein nervöser Laut in meiner Kehle auf. Hoffentlich nehme ich dadurch nicht auch Einfluss auf die Sphäre selbst. Was, wenn sie sich auflöst?

Die Hidden Blades stürzen aus dem Hinterhalt. Maschinengewehrfeuer rattert.

Corvin stößt zu uns, er schleift den besinnungslosen Weyler hinter sich her. »Wird Zeit, dass wir verschwinden.« Er sieht Zayne an. »Bring uns zurück!«

»Nein! Lasst mich in Ruhe!« In Zaynes Hand blühen helle Energiestränge wie lose Fäden auf. Sie beginnen sich zu bewegen. Er spreizt abwechselnd die Finger und ballt die Faust, mehrmals, bis sie sich zu einer Kugel verfestigen, kaum größer als ein Tischtennisball, ihre Oberfläche schimmernd. Daraus also formt er die Sphären. Er nutzt seine Kräfte dazu. Beachtlich, dass er es schafft, das richtige Jahr, den richtigen Tag, sogar die entsprechende Uhrzeit zu bestimmen.

Die Warriors treffen ein. Der Schusswechsel verlagert sich ein wenig, als sich die Männer vom Fluss daran beteiligen. Schritt für Schritt entfernt sich Zayne von uns, seine Energiekugel wurfbereit. Wir wechseln Blicke. Unentschlossen greife ich nach meiner Waffe.

»Rob, schnapp ihn dir!«, knurrt Corvin.

»Wieso wir? Wenn er uns trifft, werden wir pulverisiert. Du dagegen …«

Corvin stöhnt auf. »Dann kümmere dich wenigstens um den da! Fessle ihn!«

»Womit denn?«

Corvin beachtet den Einwurf nicht. Er lässt Weyler fallen und schnellt auf Zayne zu, worauf der wie befürchtet ausholt und ihn mit seiner Energiekugel bewirft.

Ich denke nicht mehr nach, ich handle. Zwinge dem Jungen meine Stille auf und versuche zu retten, was zu retten ist, während Corvin sich mitten im Sprung in Dark Chaos verwandelt, wegdreht und zusammenkrümmt. Und obwohl ich Zaynes Kräfte abmildern kann und die Kugel merklich schrumpft, detoniert sie dicht vor Corvin. Lautlos, aber mit der zerstörerischen Kraft einer hübschen kleinen Atombombe.

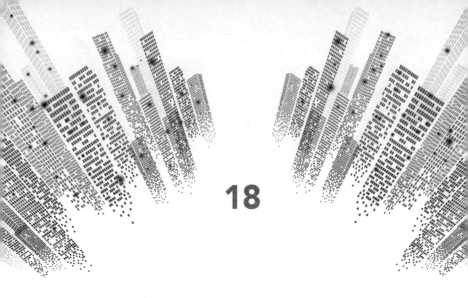

18

Eine Druckwelle trifft mich und ich finde mich auf hartem Beton wieder, Dutzende Schritte von meiner ursprünglichen Position entfernt. In meinen Ohren klingelt es. Dichter Staub wallt, ich kann nur noch Schemen wahrnehmen, die sich wie in Zeitlupe bewegen. Höre Schreie. Schreie selbst.

»Corvin!« Ich rapple mich auf. Er brüllt. Vor Schmerzen? Vor Wut? »Corvin, alles okay?«

Nur langsam lichtet sich der Staub. Die Energiekugel hat beim Aufschlag ein Loch in den Boden gefräst, kreisrund, die Ränder exakt geschliffen. Ich habe Luftaufnahmen von den Kratern gesehen, die die Sphären hinterlassen. Das hier sieht genauso aus, nur in Miniaturgröße. Es gibt keine Überreste, keinen aufgeworfenen Asphalt oder Erdschollen, da ist nur Staub. Ich will nicht darüber nachdenken, was passiert wäre, hätte ich nicht eingegriffen.

Funkelndes Eis flackert vor mir auf, Dark Chaos erhebt sich blinzelnd. Ich atme erleichtert auf, er scheint in Ordnung zu sein. Seine Hose ist voller Risse, Blut glänzt auf seinen Unterarmen, doch die Verletzungen sind nur oberflächlicher Natur. Jeden anderen hätte die Energiekugel zerfetzt, er hat lediglich Schrammen abbekommen, was bei seiner Titanhaut etwas heißen will.

»Wo ist er hin?«, knurrt er voller Zorn, die personifizierte Dunkelheit.

»Uns geht's gut, danke der Nachfrage«, informiert uns Robyn, die mit schmerzverzogenem Gesicht heranhumpelt. »Aber …«

Corvin fährt zu ihr herum. »Aber?«

»Weyler. Er ist aufgewacht – und entkommen.«

Entnervt wirft Corvin die Hände in die Luft. »Bin ich der Einzige, der hier seinen Job erledigt?« Ich setze zu einer Bemerkung an, immerhin verfügt das Monster nur meinetwegen noch über alle Körperteile, dann lasse ich es bleiben. Ich will nicht kleinlich sein. Corvins Stimme schwillt zum Grollen eines Vulkans an, das den Boden unter meinen Füßen zum Beben bringt. »Du solltest ihn doch fesseln!«

Robyn stößt ein Hicksen aus. »Vor oder nach der krassen Bombe?«

»Du bist ein Rookie Hero, verdammt, und kein …!«

»Glotzäugiges Schaf«, bietet Red an, was Corvins Wutanfall von Neuem aufleben lässt.

»Wir wurden einfach umgerissen«, verteidigt sich Robyn. »Und danach war er weg.«

Weyler hat sich buchstäblich in Luft aufgelöst, aber nach einigem Suchen entdecke ich zumindest Zayne – der auf Envira einredet. Ich kann mir denken, was er ihr erzählt, dummerweise zeigt es Wirkung. Sie entfernt sich mit ihm vom Zentrum der Auseinandersetzung zwischen den Warriors und den Hidden Blades, die gerade wieder aufflammt.

Dark Chaos blickt auf uns herab, nicht unbedingt milder gestimmt, aber im Bemühen um eine Lösung. »Ich suche Weyler. Jill, du schnappst dir den Jungen. Und ihr, Rob und Red, holt euch sein Blut, genau wie vorher, das werdet ihr ja hoffentlich hinkriegen.«

Ich seufze auf. Ein klarer Auftrag für jeden. Wir haben einen Plan, hurra.

Corvin kommt nicht weit. Schüsse prasseln auf ihn ein. Mit

einem Mal haben die Blades auch ihn im Visier. Womöglich halten sie Dark Chaos für einen der Warriors, immerhin sehen sie seine Superheldengestalt zum ersten Mal bewusst. Doch nicht nur er steht unter Beschuss, Robyn und ich ebenfalls.

Ich unterdrücke einen Fluch. »Pass auf dich auf, Rob.«

»Du auch.«

Geduckt laufe ich durch den Kugelhagel, hebe die Pistole auf, die mir vorhin aus der Hand gerutscht ist, und schlängle mich zwischen den Autos hindurch, immer um Deckung bemüht. Es fällt mir nicht leicht, den Überblick zu behalten. Alles entwickelt sich so schnell – aber ganz anders als beim ersten Mal. Hauptsächlich wegen Envira, die mit Zayne ein Stück abseits steht. Ihre Blitze waren ein wesentlicher Faktor im Kampf gegen die Blades, und nun haben die Warriors Mühe, sie zu kompensieren.

Nightmare kommt kaum zum Zug, auch North King hat alle Hände voll zu tun. Der Kartenspieler eilt ihnen mit seinem Blatt aus roten und schwarzen Kriegern zu Hilfe, doch jetzt, da er sie nicht bloß als Schilde, sondern hauptsächlich zum Angriff einsetzen muss, verirrt sich doch die eine oder andere Kugel zu den übrigen Warriors, die sich der Kneipe nähern. The Ax erkennt das Dilemma, er schert aus, um die drei zu unterstützen, doch dann bemerkt er Dark Chaos.

Ich weiß nicht, was ihm durch den Kopf geht, aber er kommt offensichtlich zu dem Schluss, dass dieser fremde Superheld eine Gefahr darstellt, die eliminiert werden muss. Einen furchterregenden Ausdruck im Gesicht stürzt er auf Dark Chaos zu. Warum sind die Warriors gegen uns? Sie müssen doch erkennen, dass wir uns nicht einmischen.

Ich drehe mich zu Robyn um, aber sie ist wie vom Erdboden verschluckt. Das darf ja wohl nicht wahr sein! Einen Sack Flöhe zu hüten ist einfacher. *Kümmere dich nicht um die anderen*, ermahne ich mich. *Jeder macht sein Ding.*

Unbehelligt nähere ich mich Zayne und Envira auf ein paar Schritte, sodass ich ihre Unterhaltung belauschen kann.

»Komm mit, bitte, Mom. Wir treten einfach hindurch und sind in meiner Welt. Dann wirst du sehen, dass ich nicht lüge.« Zayne deutet nach vorn, als befände sich dort eine Tür. Er meint die Hülle, von deren Existenz allerdings nichts zu erkennen ist, nicht das geringste Anzeichen. Die Straße vor uns ist leer, jeder, der konnte, geflohen.

Envira sondiert die Lage. Weiterhin knallen Schüsse, der Kampf ist noch nicht entschieden. Der Wandler trommelt in der Gestalt von Rose gegen die Kneipentür, aus den Fenstern wird geschossen. Aurum muss sich gegen zwei Mafiosi zur Wehr setzen, die sie mit Messern attackieren und ihrem Namen alle Ehre machen, indem sie ihre Stiche flink und präzise setzen. Sie lässt Gold auf den Anzügen der beiden aufblühen. Wahnsinn tritt in ihren Blick, sie fallen übereinander her und entfernen sich taumelnd, blind vor Gier.

Envira nickt. »Also gut. Aber nur für einen Augenblick.«

Was jetzt? Envira anzugreifen, kann ich mir schenken, da ziehe ich den Kürzeren, und wenn ich meine Kräfte einsetze, wird sie erst recht gegen mich sein. Ich stecke die Waffe weg und trete auf sie zu, die Hände leicht erhoben. »Tu das nicht, Envira. Die Warriors brauchen dich.«

»Hör nicht auf sie!«, ruft Zayne wütend und lässt seine Energiestränge aufwirbeln. »Sie will mir wehtun! Sie alle wollen das! Die anderen Warriors bekämpfen sie schon!«

Ich folge seinem Blick und finde Corvin zu meinem Entsetzen tatsächlich im Zweikampf gegen The Ax vor, der ihn systematisch aufschlitzt. Die Axthiebe kommen in rascher Abfolge mit dem Ziel, Corvin zu schwächen, und die Klinge durchdringt sogar seine schützende Titanhaut, während seine eigenen Fausthiebe ins Leere gehen. Er taumelt. Was ist nur los mit ihm? Ich habe den Eindruck, dass ihn etwas hemmt. Kann es sein, dass er seine Kräfte nicht vollends ausschöpft, weil er sich scheut, The Ax zu verletzen? Aber das ist dumm, er kann ihn nicht umbringen. Umgekehrt wird der Warrior *ihn* töten, wenn das so weitergeht.

»Niemand will Zayne etwas antun«, sage ich zunehmend verzweifelt. »Wir sind hier, weil er unsere Welt zerstört. Damit.« Ich deute auf seine Hand. »Die Energie verdichtet sich, bis sie die Kraft einer Bombe hat. Hast du nicht gesehen, was er damit anrichten kann, Envira? Damit vernichtet er die Stadt. Das muss ein Ende haben.«

Sie wiegt den Kopf. »Er ist einer von uns, so viel ist sicher. Mein Sohn. Oder kannst du das widerlegen?«

Ein Schrei lässt uns herumfahren. Nightmare? Nein, nicht sie wurde getroffen, sondern Der Kartenspieler. Er bricht zusammen und mit ihm alle seine Krieger. Reihenweise fallen sie um, Sekunden später lösen sie sich auf, zurück bleiben nur leere Spielkarten, ein weißes Blatt, das den Asphalt wie Schnee bedeckt. Der Kartenspieler ist tot.

Schock jagt in mir hoch, bis mir einfällt, dass sein Tod nicht endgültig ist. Das weiß Envira natürlich nicht. Ihr Gesicht ist vor Schmerz verzerrt. »Das ist eure Schuld! Ihr sabotiert unseren Einsatz, ihr habt ihn auf dem Gewissen!«

»Nein, das stimmt nicht!« Was kann ich sonst noch sagen? Dass sie sich keine Sorgen machen soll, weil in wenigen Minuten alles von vorn beginnt? Klingt unglaubwürdig. Würde man mir das eröffnen, bekäme ich einen Lachanfall. Und was wird mit den Warriors passieren, wenn die Sphäre kollabiert? Werden sie in ihre eigene Zeit zurückkatapultiert? Oder verschwinden sie für immer?

»Warriors!« Der Ruf übertönt den Kampflärm mit Leichtigkeit. Mir wird übel, als ich die Stimme erkenne.

Weyler ist auf die glänzende Motorhaube eines Oldtimers gestiegen, in der rechten Hand ein Maschinengewehr und in der anderen ein Seil. Es ist straff gespannt und endet in einer Schlinge, die wiederum – *Nein!* – um Robyns Hals liegt. Ihre

Hände sind gefesselt, sie kniet hektisch atmend vor dem Auto, umschwirrt von Red, die in Form des Wortes »Mayday« vor sich hin blinkt. Ich schließe für einen Herzschlag die Augen. Verdammt, wie konnte das passieren?

»Warriors, hört mich an!«

Der Kampf gerät ins Stocken. Köpfe wenden sich Weyler zu, Hälse werden gereckt, Augen aufgerissen. Sogar die Hidden Blades halten inne. The Ax hat Dark Chaos auf die Knie gezwungen, kurz davor, seinen Schädel zu spalten, wie es eigentlich für Mike Livotti vorgesehen war. Er senkt die Axt ein wenig, behält sein Opfer aber weiterhin im Auge.

»Noweylan! Wusste ich es doch!«, ruft er nun.

Weyler verbeugt sich galant. »Ich dachte, ich statte euch mal einen Besuch ab. Nette Vorführung, ihr Lichtvollen.«

»Aber du …? Wer ist dann dieser Kerl?« The Ax deutet auf Corvin, der weiterhin keuchend zu seinen Füßen kniet.

»Das ist … nun ja, kompliziert.«

»Es hieß, dass du tot bist!«, ruft Nightmare. »Deine Raumkapsel wurde an den Felsklippen der Severin Bay zerschellt aufgefunden.«

»Tja, tut mir leid, euch enttäuschen zu müssen. Man sollte sich immer mit eigenen Augen von der Wahrheit überzeugen, habe ich recht? Ich konnte mich befreien und wurde von einem Schiff aufgelesen. Unglücklicherweise hatte ich mein Gedächtnis verloren. So verbrachte ich viele Jahre, ohne zu wissen, wer ich wirklich bin.« Er zieht eine theatralisch niedergeschlagene Grimasse, abgelöst von einem Strahlen. »Aber mit der Zeit kamen die Erinnerungsschnipsel und ich musste feststellen, dass ich nicht älter werde.«

Was redet er da? Noch verstehe ich nicht einmal ansatzweise, worum es geht.

»Komm zum Punkt!«, ruft Rose alias Der Wandler.

»Gern, Mjakolon – bezaubernde Bluse, übrigens. Also: Ich will zurück, was ihr mir genommen habt.«

Der Wandler winkt ab. »Das steht nicht zur Debatte. Du hast Hunderte Aykuraner auf dem Gewissen. Du wurdest schuldig gesprochen und verurteilt. Dir gebühren keine Gaben.«

»Nun, aber das hier ist die Erde. Wir sind Lichtjahre von Aykur entfernt. Wir werden nicht zurückkehren, nicht in absehbarer Zeit. Wäre es nicht hilfreich, wenn ich euch unterstützen könnte? Seht euch an! Ihr verliert diesen Kampf. Der Kartenspieler ist tot. Ihr braucht mich.« Mit nur einer Hand lässt er eine Salve Schüsse auf die Hidden Blades los, die sich soeben wieder formieren, und trifft einen Mann in den Oberschenkel, der vor Robyn zusammenbricht. Sie schreit auf und erntet dafür einen harten Ruck am Seil.

»Nichts kann deine Schuld aufheben, Noweylan!«, ruft Envira.

The Ax nickt. »Ganz genau. Dein Gerede trieft vor Falschheit. Geh dahin zurück, wo du hergekommen bist, und nimm deine lächerlichen Möchtegernhelden mit.« Zur Bekräftigung verpasst er Corvin einen Tritt in die Magengrube, den der ohne einen Laut wegsteckt. Dafür zieht sich mein Magen vor Schmerz zusammen. Das alles ist Irrsinn. Wie kommen wir da bloß wieder raus? Meine einzige Hoffnung ist das Ende der Zeitschleife.

»Ihr lehnt mein Ansinnen also wieder ab?«, hakt Weyler nach und murmelt: »Hätte ich mir denken können.«

»Verschwinde, Noweylan!«, ruft North King. »Sonst bist du der Nächste, der hier sein Leben lassen wird.«

»Ihr begeht einen Fehler, liebe Brüder und Schwestern. Dann werde ich mir eben selbst holen, was mir zusteht.« Weyler legt das Gewehr an und gibt einen Schuss ab. Diesmal hat er genau gezielt, und zwar nicht auf die Hidden Blades.

Ein Aufschrei geht durch die Warriors. Der Wandler – Rose – sackt auf die Knie und kippt zur Seite, ein Blutfleck breitet sich rasend schnell auf ihrem sandfarbenen Oberteil aus. Ihre Erscheinung flackert. Für Sekunden liegt da das Flapper-Mädchen aus den 1920ern, dann wieder der Wandler, ein ständiger Wechsel, in einem fort.

»Mjakolon, nein!« Envira stürzt davon, um ihm zu Hilfe zu eilen. Zayne will ihr nachlaufen, aber ich halte ihn fest.

»Mörder!« Aurum zeigt auf Weyler, dann auf Corvin und Robyn und schließlich auf mich. »Tötet ihn! Tötet sie alle!«

Jetzt bricht endgültig Chaos los. Wenn es das war, was Weyler im Sinn hatte, ist es ihm vortrefflich gelungen. Er springt vom Auto und zerrt Robyn am Seil mit in Richtung Kneipe, über ihren Köpfen die rote Energiewolke Reds. Corvin packt The Ax um die Knöchel und reißt ihn regelrecht von den Füßen. Die anderen Warriors laufen umher, noch uneins, wie sie weiter vorgehen wollen. Obendrein sind da noch die verbliebenen Hidden Blades, die wieder zu schießen beginnen. *Wann beginnt dieser verdammte Zeitloop endlich von vorn?*

Zayne brüllt wie am Spieß, er macht uns zur Zielscheibe und prompt geraten wir unter Beschuss. Ich ziehe die Pistole, ziele vage in die Richtung, in der ich den Schützen vermute, und feuere einhändig ein paar Schüsse ab, wobei mir der Rückstoß gefühlt die Schulter zertrümmert. Zayne strampelt und kratzt und reißt mir mit den Fingernägeln den Hals auf, sodass das Blut hervorschießt.

»Hör auf!«, zische ich. »Du wirst dich selbst verletzen.«

Er versucht, mir eine Energiekugel ins Gesicht zu schmettern. Ich nutze meine Neutralisationskräfte, damit er sich beruhigt. Die Energie in seiner Hand verflüchtigt sich. Seltsam, das ging unerwartet leicht. Zayne wimmert, Tränen laufen ihm über die schmutzigen Wangen.

»Mom, Mom … wo bist du?«

Irgendwie rührt er mein Herz. Letztlich ist er doch nur ein Kind, das geliebt werden will.

»Jill …« Mehr Stöhnen als Hilferuf. Corvin!

Abermals von The Ax auf die Knie gezwungen, ist er nicht mehr in der Verfassung, sich zu wehren, geschweige denn aufzustehen. Schwankend und blutüberströmt kniet er vor seinem Vollstrecker und erwartet den tödlichen Axthieb.

Mir sinkt der Mut, als ich seinem erloschenen Blick begegne. Kein funkelndes Eis mehr, nur ein trübes Glimmen. Er hat aufgegeben? Wir geben nicht auf, niemals. Es gibt immer einen Weg, die Lösung ist da, und falls nicht, muss man eben eine erschaffen. »Du musst kämpfen, Corvin! Kämpfe, verdammt! Steh auf und kämpfe!«

»Mom!«, schreit Zayne, als hätte ich ihn angesprochen. »Envira! Bitte! Hilf mir!«

»Bringen wir es zu Ende«, sagt The Ax gönnerhaft und hebt seine mächtige Waffe empor.

»Jetzt, Jill ...«, keucht Corvin.

»Jetzt?«, wiederhole ich perplex. Haarscharf und nur, weil ich zurückspringe, entgehe ich einem von Enviras Blitzen und mein Griff um Zayne lockert sich unfreiwillig. Er entschlüpft mir und läuft davon. *Später*, denke ich und konzentriere mich wieder auf Corvin. »Jetzt? *Was* jetzt?«

»Jetzt ... wäre fantastisch.«

Oh. Oh! Nicht er, sondern ich bin es, die blind für die Lösung ist.

The Ax spannt sich. Ganz leicht kann ich seine Schwingung aus den verbliebenen Superkräften herausfiltern. Ich spüre sie auf. Und neutralisiere sie.

Der Effekt tritt unmittelbar darauf ein. Ihm rutscht die Axt aus den hoch erhobenen Händen, ehe er den Schlag auf Corvin ausführen kann. Sie kracht hinter ihm zu Boden, spaltet den Asphalt, und als er sie aufheben will, bekommt er sie nicht hoch. Angesichts seines schockierten, gleich darauf beschämten Ausdrucks gestatte ich mir ein Grinsen. Corvin rappelt sich auf und schaltet ihn mit einem Kinnhaken aus. Diese Gefahr ist gebannt, für den Moment zumindest.

Bestandsaufnahme, Jill, und dann schleunigst einen neuen Plan, rufe ich mir die Direktiven der Rookie Heroes ins Gedächtnis. Erstere fällt übel aus: Weyler schießt auf alles, was sich bewegt, und hat es mit dieser Taktik unbehelligt zur Kneipe geschafft, Robyn nach wie vor in seiner Gewalt. Aurum hat sich eine Kugel eingefangen, doch sie lebt noch. Der Wandler hingegen scheint nicht so schwer verletzt zu sein wie angenommen. Soeben steht er auf und betastet ungläubig, ja, beinahe fasziniert seine muskulösen Arme. Kein Tropfen Blut, keine Stichwunde entstellt seinen makellosen Oberkörper.

Envira, den Arm schützend um Zayne gelegt, weicht mit einem Keuchen vor ihm zurück. »Mjakolon? Aber …«

Eine Ahnung steigt in mir auf. Sie bestätigt sich, als ich Rose entdecke, die nach wie vor auf dem Boden liegt, im Todeskampf zuckend, unfähig, sich zurückzuverwandeln. Rose ist der echte Wandler. Der andere, der zweite Wandler, der inmitten der Blutlache steht, ist nur ein Double.

Red!

Zum Teufel mit ihr! Hat sie auf eigene Faust gehandelt oder hat Weyler sie dazu gezwungen? Ich kann nicht hören, was er zu Red sagt, aber dass er sie erpresst, indem er Robyn foltert, ist unschwer zu erkennen. Wieder und wieder zerrt er an der Schlinge, pfeffert Robyn sogar den Gewehrkolben ins Gesicht. Neutralisieren kommt nicht infrage, im Gegenteil, ich überlege, Reds und Robyns Kräfte zu verstärken. Red braucht sich lediglich in einen Tiger zu verwandeln oder in eine Schlange. *Mach schon, Red, tu was!*

Fehlanzeige. Red nickt hastig. Nie hätte ich für möglich gehalten, dass sie zu echter Zuneigung fähig ist, dennoch lenkt sie ein, will mit einem Mal alles für Robyn tun, jede Forderung erfüllen. Aus Furcht womöglich? Sollte Robyn sterben, ist es auch mit Red vorbei. Am meisten jedoch irritiert mich die Tatsache, dass Red trotz Robyns Schwäche die Gestalt des Wandlers wahren kann. Liegt das an der enormen Menge Blut, von der sie zehrt?

Im nächsten Moment mutiert Weyler zum dritten Wandler – Red hat ihm doch tatsächlich dessen Kräfte übertragen!

Die Warriors wirken wie paralysiert. Envira starrt Weyler fassungslos an, Nightmare und North King, die von der anderen Seite aufgerückt sind, wechseln ratlose Blicke, während sie die letzten Angriffe der Mafiosi abwehren. Zayne schreit, dann reißt er sich los, rennt zu Weyler, der sich gerade wieder zurückverwandelt hat, und trommelt mit beiden Fäusten auf ihn ein.

Verdammt. Wir sitzen abgrundtief in der Patsche.

Ein Schatten nähert sich mir, ich fahre herum. Dark Chaos. Er berührt meine Wunde am Hals und für einen Atemzug ist sein Blick voller Sorge. »Du bist verletzt.«

Ich? »Nur ein Kratzer.« Er hingegen …

Mein Blick wandert über seine klaffenden Schnittwunden – zerfetzte Muskeln, zum Teil bis zum Knochen –, und ich komme mit dem Zählen nicht nach. Er verliert zu viel Blut – dass er überhaupt aufrecht stehen kann, ist mir unverständlich. Dennoch, trotz seiner Verletzungen ist er jetzt wieder bereit zu kämpfen, bis zuletzt ein Held, wie in seinen Genen codiert.

»Neutralisiere alle Kräfte bis auf meine«, sagt er grimmig. »Danach holen wir uns Zayne. Und Robyn. Kannst du das, Jill?«

Kann ich das? Ich dränge meine Zweifel zurück. »Ja. Und was ist mit Weyler?«

»Den lassen wir hier. Soll er verrecken.«

»Aber die Zeitlinie! Wenn er stirbt, wird sich die Zukunft verändern, das ist unvermeidlich.«

»Ich glaube, wir sind nicht wirklich in der Vergangenheit gelandet. Diese Zeitschleife kann nur eine Sequenz daraus sein, so etwas wie … eine Kopie. Was hier auch passiert, es ändert nichts am vorgesehenen Ablauf. Vermute ich zumindest.«

»Vermutest du? Das heißt, wir werden erst wissen, ob du richtigliegst, wenn wir zurückkehren. Schöne Aussicht.«

»Was bleibt uns sonst, als es zu riskieren?«

Ich werfe einen Blick auf Weyler, der jetzt wieder seine eigene Gestalt angenommen hat. Er bemerkt uns, deutet mit dem Zeigefinger auf uns, als wollte er sagen: *Ihr seid als Nächstes dran.*

Nieselregen setzt ein, endlich! Gleich ist es vorbei, gleich kommt das Sirren. Und dann … Ich hole tief Luft und nicke. »Okay, ziehen wir es durch. Warte auf mein Zeichen.«

Er grinst mich breit an. »Jetzt wäre fantastisch.«

Ich sammle meine Neutralisationskräfte. Unzählige Schwingungen überlagern einander, ich kann sie kaum zuordnen. Die der unverletzten Warriors sind intensiv, jene von The Ax, Aurum und dem Wandler allerdings nur schwach wahrnehmbar. Dann sind da noch Red, Robyn und Weyler zu spüren. Und Corvin. Wie soll ich seine aus diesem dicht verwobenen Netz herausfischen? Ich kann es nur versuchen.

Jetzt!, will ich rufen, doch plötzlich kommt etwas angeflogen. Instinktiv wende ich mich ab, Corvin aber wird voll getroffen. Ein sanftes Klirren, als hauchdünnes Glas an seinem Schlüsselbein zersplittert. Flüssigkeit tritt aus und verdunstet in bläulichen Schwaden. Der stechende Geruch lässt sämtliche Alarmglocken in mir schrillen. Gift.

Ich habe unweigerlich eingeatmet, wenig zwar, aber meine Kehle beginnt bereits zu brennen, meine Augen tränen. An Corvins Miene erkenne ich, dass auch er von dem Angriff überrascht wurde. Weyler! Er muss uns mit einer Ampulle oder etwas Ähnlichem beworfen haben. Er war keineswegs unbewaffnet, als wir ihn und den Jungen vorhin am Hornay River aufspürten, er hat einfach den richtigen Moment abgepasst. Gehörte das hier vielleicht sogar von Anfang an zu seinem Plan?

Das Gift entfaltet sofort seine Wirkung. Sämtliche Körperfunktionen spielen verrückt. Ich spüre förmlich, wie meine Temperatur steigt, wie alles in mir zu brennen beginnt, als stünde ich in Flammen. Schmerzen jagen durch meine Muskeln, die gefühlt aufs Doppelte anschwellen. Jeder Atemzug ist eine Qual.

Etwas passiert mit mir, etwas verändert mich, als würde etwas Fremdes die Kontrolle übernehmen. Und obwohl ich nicht weiß, womit ich es zu tun habe, weigere ich mich zu akzeptieren, dass das Gift tödlich sein könnte.

Doch es vernebelt mir die Sinne, ich kann nicht mehr klar sehen, nicht denken, kriege nichts mehr zu fassen, und zugleich nehme ich alles überdeutlich wahr: meinen Pulsschlag und Corvins, wild hämmernd, viel zu schnell. Den Regen, Tropfen, die zischend auf meiner glühenden Haut verdunsten. Schreie, Stöhnen, in meinem Kopf, aus meinem Mund. Schatten, die sich um mich ballen, auf mich losgehen, unmöglich zu identifizieren.

Ich suche Zuflucht in meiner Stille. Das scheint mir der einzige Ausweg zu sein. Stille, um die Panik zu dämpfen. Stille, um nicht den Verstand zu verlieren. *Stille, Stille, Stille ...*

Sie gehorcht mir nicht. Nichts in mir ist still. Ich stehe unter Strom.

Corvin beginnt zu toben. Sein Zorn schwillt an wie ein Orkan. Kommt über mich, gewaltsam, vernichtend und so schmerzhaft. Ich schreie, als sich seine Hände um meinen Hals legen und zudrücken. Meine Halswirbel knacken, ein grässlicher Laut, der in mir widerhallt. Die Luft geht mir aus, meine Lunge krampft sich zusammen. Er wird mich töten, nicht das Gift bringt mich um, sondern er! *Stille. Mein See. Neutralisieren. Bitte, bitte ...*

Geschrei erhebt sich und unvermittelt lockert Corvin seinen Griff. Als ich huste, hört es sich an, als würde Donner durch meinen Körper rollen. Vor der Kneipe – abwechselnd ein heller Fleck, dann wieder gestochen scharf – gibt es ein Handgemenge. Ich bilde mir ein, Zayne doppelt zu sehen ... nein, es ist Aurum, und dann North King! Ich kann das Geschehen kaum durchschauen. Alles geht so schnell.

Blitze flackern auf, Schüsse fallen. Zayne schreit aus Leibeskräften. Weyler schleppt ihn um die Mitte gepackt davon. Kurz verlangsamt er seine Schritte, als er bei uns vorbeikommt.

»Ich sehe, es wirkt.« Sein Tonfall ist eine einzige Verhöhnung. »Na, Corvin, du erinnerst dich, oder? An den Tag in Demlock Park. An den Direktor. War dir übel? Hattest du Fieber, Kopfschmerzen? Das Gefühl, dass deine Haut aufplatzt? Viel Spaß noch, ihr kleinen Superhelden!«

Corvin lässt von mir ab und richtet seine Wut gegen Weyler, ist aber zu unkoordiniert. Er stolpert gegen ein Auto, packt es mit einem Brüllen, das mir förmlich den Schädel sprengt, und wirft es durch die Luft. Es zerschellt weiter unten auf der Straße, zerfällt in seine Einzelteile, und schon wendet sich Corvin dem nächsten Wagen zu.

Weyler läuft mit dem kreischenden Zayne davon. Irgendetwas flüstert mir zu, sie nicht entkommen zu lassen, keinesfalls. Ich weiß nicht mehr, was sie vorhaben, wohin sie gehen wollen, ich weiß nur, dass alles verloren ist, wenn ich sie jetzt entkommen lasse.

Meine Schritte sind ungelenk, ich torkle mehr, als dass ich laufe, aber ich folge ihnen, so schnell ich kann, mein Mantra der Stille im Kopf. Obgleich es nichts bewirkt, so hält es mich doch auf der Spur.

Jemand rempelt mich an, ein Schatten fegt an mir vorbei, Blitze schleudernd – Envira. In meinem Kopf rotiert ein einziger Gedanke: *Lauf, lauf, lauf ...*

Zayne verschwindet vor meinen Augen. Gestoßen von Weyler schlüpft er durch einen unsichtbaren Spalt aus dieser Welt wie durch ein Knopfloch. Ich nehme ein Sirren wahr, laut und rasselnd in meinen überlasteten Gehörgängen. Ich kann mich nicht erinnern, was es bedeutet, nichts Gutes vermutlich, es erschreckt mich und sorgt dafür, dass ich schneller laufe.

Weyler entschwindet als Nächstes. Er macht einen Schritt ins Nichts, und wird verschluckt. Etwas, jemand bekommt ihn in letzter Sekunde zu fassen, hält sich an ihm fest, eine Gestalt, nur einen Schritt vor mir, Envira. Ich sehe sie nur noch verschwommen, aber sie ist es, sie ist es, sie ...

Ich hole alles aus mir heraus, springe auf sie zu, kralle die Finger in etwas Weiches. Und werde mit einem Ruck aus der Zeit gezogen.

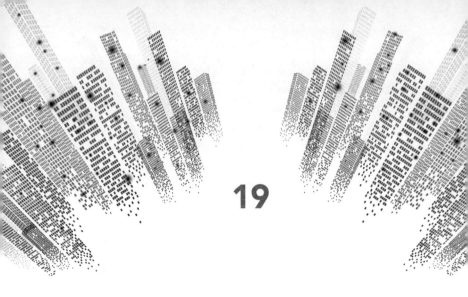

19

Unser Gehirn verarbeitet die Millionen Eindrücke, die tagtäglich auf uns einströmen, in Träumen. Zumindest bei Menschen ist das so. Die Warriors haben angeblich nie geträumt und wir Rookies träumen äußerst selten. Diese Tatsache war Gegenstand diverser Untersuchungen, als die Regierung ihr Spielzeug noch als interessant und vielversprechend einstufte. Heraus kam dabei nicht viel. Wir träumen eben kaum. Ende.

Jetzt allerdings fühlt es sich an wie in einem Traum. Ich liege an meinem See, umspült von dunkler, kühler Stille. Nichts stört, nichts schmerzt. Nichts ist von Bedeutung. Bis sich Wärme in diese vollkommene Abgeschiedenheit stiehlt. Ein zarter Strang, der sich verzweigt, erst einen Ast bildet, dann weitere, wie ein Wurzelwerk aus glühenden Strahlen. Vorsichtig, aber beharrlich tasten sie sich voran, und ich sehne mich danach, dass sie mich berühren.

Als die Wärme mich erreicht, mich streichelt, tiefer und tiefer sickert, durchströmt mich Energie, pulsierende Lebendigkeit. Eine gedämpfte Stimme dringt an mein Ohr. »Komm schon, Jill, wach auf.«

Ich will nicht. Es widerstrebt mir, meinen Rückzugsort zu verlassen, aus meiner Stille in die Wirklichkeit zu tauchen, wo alles laut ist und verwirrend. Doch die Wärme versorgt mich kontinuierlich mit neuer Kraft und irgendwann hebt sich das Traumdunkel. Ich blinzle.

Die Stille weicht. Lärm tritt an ihre Stelle, eine Kakophonie von Geräuschen. Ein Gesicht schiebt sich vor meines. Meine Sicht ist verschleiert, doch mein Herz hat meine Freundin längst erkannt. Helles Haar, eine pinkfarbene Maske: Fawn sieht mich besorgt an. »Da bist du ja.«

Das Gift hat meinen Körper nach wie vor fest im Griff. Doch zumindest funktioniert mein Gedächtnis insoweit, dass ich mich erinnern kann, was gerade passiert ist. Es kostet mich immense Kraft, mich aufzusetzen. Die Wiese ist nass, meine Kleidung nass, und mir fällt ein, dass der Hornay River über die Ufer getreten ist. Komisch, vorhin war da viel mehr Wasser, vorhin, als die Sphäre …

Die Sphäre!

Mir fällt ein Stein vom Herzen, als ich sie entdecke, ein riesiges Gebilde reinster Energie, das die Liphton Bridge verschlungen hat.

»Wo ist Weyler?«, stoße ich hervor. »Habt ihr ihn?«

Fawn runzelt die Stirn. »Wen?«

Unweit von uns bewacht ein Agent der Division, der ein wenig gestresst wirkt, Zayne und Envira mit vorgehaltener Waffe. Weyler hingegen ist wie vom Erdboden verschluckt.

Mühsam formuliere ich eine Frage. »Wie lange … war ich weggetreten?«

»Keine zwei Minuten. Du bist hinter den anderen aus der Sphäre gestolpert und zusammengebrochen.«

»Welche anderen?«

»Robyn, der Junge und … na, eben *Envira*.« Der Name kommt nur gehaucht über Fawns Lippen. »Wie ist das möglich? Sie ist tot.«

Mir bereitet etwas anderes Kopfzerbrechen. Robyn? Kann es sein, dass mich meine Erinnerung so trügt? »Rob? Wo ist sie?«

»Keine Ahnung. BB ist ihr nachgelaufen, aber ...« Sie blickt sich um. »Irgendwie sind sie jetzt beide weg.«

Ich habe Robyn zuletzt vor der Kneipe gesehen, keinesfalls an Weylers Seite, wie kommt es also, dass sie hier ist? Hat sich Red womöglich mit Zaynes Blut versorgt? Die Zusammenhänge wollen sich mir einfach nicht erschließen, aber ich schätze, das liegt an meinem Zustand. Mein Kopf dröhnt, das Nachdenken schmerzt. »Und Corvin? Ist er hier?«

Fawn schüttelt den Kopf. »Hab ihn nicht gesehen. Du siehst fürchterlich aus, Jill. Bist du krank?«

»So ähnlich.« *Corvin ist noch in der Sphäre.* Die Schlussfolgerung sorgt dafür, dass ich mich auf die Beine kämpfe. Nichts ist mir jemals so schwergefallen, alles dreht sich, ich schwanke. Mein Atem rasselt. Blinzelnd versuche ich zu fokussieren, die Schleier zu durchdringen, die mir das Hirn vernebeln. Schließlich kann ich an der Hudson Street Menschenmassen ausnehmen. »Was ist da los?«

»Ella ist los. Sie beten zu Gott um ein Wunder. Die Schleusen wurden geöffnet, um das Hochwasser abzuwenden. Aber die Kanäle können die Wassermassen nicht mehr lange aufnehmen. Baine City droht die größte Überschwemmung seit dreihundert Jahren. Und auf der Liphton Bridge befinden sich grob geschätzt fünfhundert Menschen in den Fahrzeugen und im Zug.«

Kein Gebet wird verhindern, dass die Sphäre sie vernichtet. Sie sind bereits tot, ihre Leben ausgelöscht.

Wind kommt auf, eine Art von Wind, der mir nicht unbekannt ist. Die Hülle der Sphäre scheint zu erzittern, ebenso wie Enviras Erscheinung. Mein Instinkt schlägt an und ich laufe los, schreiend und gestikulierend. »Zayne! Nicht!«

Der Agent – er muss neu sein – ist nun vollends überfordert und zielt wechselweise auf Zayne und Envira.

»Nicht schießen! Waffe runter!« Ich stolpere über meine eigenen Füße, die mir einfach nicht gehorchen wollen, rapple mich wieder auf, merke, dass Fawn mir gefolgt ist. »Zayne!«, rufe ich abermals und als er den Kopf dreht: »Tu das nicht! Warte, bitte!«

Ich weiß nicht, warum er auf mich hört. Der Wind flaut wieder ab. Die Hülle der Sphäre kommt zur Ruhe.

»Runter mit der Waffe!«, wiederhole ich, als ich vor Zayne und Envira abbremse. »Ziehen Sie sich zurück!«

Der Agent runzelt die Stirn. »Aber Direktor Patten …«

Soeben kommt Patten in Begleitung einiger Agenten auf uns zu. Wild gestikulierend bitte ich sie, Abstand zu halten. Zu meiner Erleichterung bleiben sie tatsächlich in einiger Entfernung stehen. *Fünf Minuten*, bedeutet er mir. Fünf Minuten, um Corvin zu retten.

»Gehen Sie und erstatten Sie Bericht«, herrsche ich den Agenten an und endlich fügt er sich. Die nächsten Worte richte ich an Zayne: »Zayne, mein Freund ist noch da drin. Bitte, tu das nicht.«

Er zieht eine trotzige Grimasse. »Was geht mich das an? Ihr habt alles kaputt gemacht!«

»Wenn du die Sphäre zerstörst, wird Envira ebenfalls verschwinden. Sie ist an ihre Zeit gebunden. Sie kann in der Gegenwart nicht existieren. Sie ist hier längst tot.«

»Was redest du da? Sie ist hier!«

»Ja, aber für wie lange? Ich glaube, es hängt mit der Sphäre zusammen. Oder mit deinen Kräften. Eins von beiden sorgt dafür, dass … Envira nicht … vergeht.« Keuchend breche ich ab. Es fällt mir so schwer zu denken, zu sprechen, mich überhaupt auf den Beinen zu halten.

Dieses Gift, irgendwie hat es etwas in mir entzündet. In mir tobt ein Sturm aus Hitze und Schmerz, den ich kaum bändigen kann. Am liebsten würde ich mir die Haut vom Körper reißen, um meine glühenden Muskeln zu kühlen. Mich wieder auf die Wiese legen und im nassen Gras von der Stille träumen. Dankbar registriere ich, dass Fawn mir stützend unter den Arm greift.

Ich weiß nicht, wie sie das macht, aber ihre Schwingung ist mir ein rettender Anker, sie bewahrt mich vor dem Fall.

»Du brauchst einen Arzt«, stellt sie leise fest.

Ich schüttle den Kopf. »Nicht jetzt.«

Sie seufzt und murmelt resigniert: »Klar. Wenn du tot umkippst, passt es ja auch viel besser.«

»Es geht schon, solange du da bist. Was du auch tust, hör nicht auf damit.«

Fawn blinzelt irritiert, hakt aber nicht nach, da Envira das Wort ergreift.

»Aber warum konnte ich die Zeitlinie überschreiten?« Sie sieht erst Zayne, dann mich forschend an.

Envira hat längst begriffen, ihr aykuranischer Verstand arbeitet fraglos schneller als mein überlastetes Gehirn. Von meiner Unschuld allerdings ist sie nicht überzeugt, das ist selbst mir klar. Zu viel Gegensätzliches wurde ihr weisgemacht, zu viel ist vorhin passiert, sie weiß nicht mehr, wem sie trauen kann. Doch Weyler ist fort, und sie scheint zu spüren, dass sie nicht hierhergehört.

Hilflos schüttle ich den Kopf. »Du bist ein Teil der Sphäre, glaube ich. Solange du hierbleibst, direkt davor, wirst du ... von ihrer Energie gespeist.« Es hört sich wie eine Frage an. »Tut mir leid, ich kann es nicht genauer erklären. Ich bin ... Ich fühle mich nicht besonders. Weyler hat mich ... vergiftet.« Ich bin kurz davor, loszuheulen. Wie soll ich Zayne dazu überreden, noch einmal mit mir in die Sphäre zurückzukehren? »Envira muss zurück in ihre Zeit, Zayne«, sage ich und berühre ihn am Arm. »Ich begleite euch ...«

Zaynes Gesicht färbt sich vor Wut rot, er kratzt mich erneut blutig, seine Nägel sind die reinsten Krallen. »Hör auf! Hör endlich auf! Komm mit, Mom, wir gehen!«

»Wohin?«, fragt Envira sanft.

»Nach Hause.«

»Und wo ist das?«

»Ist doch egal! Einfach weg!« Ungeduldig zerrt er an ihrer Hand.

Patten gibt seinen Männern ein Zeichen. Die fünf Minuten sind um. »Lasst sie gehen! Bitte!«, rufe ich ihm zu und atme auf, als er unwillig nickt. Zayne muss es mit eigenen Augen sehen, erst das wird ihn überzeugen.

Sie entfernen sich von der Sphäre, Zayne entschlossen, Envira zögerlich, sich immer wieder nach mir umblickend. Bereits nach wenigen Schritten beginnt sie zu verblassen. Wie ein Bild, das an Schärfe, an Intensität verliert. Ein Beweis dafür, dass sie nicht echt war, nicht körperlich, nur ein Abbild der Vergangenheit. Für kurze Zeit in die Gegenwart beschworen.

Zayne schluchzt auf. »Mom! Was passiert mit dir?«

Ihre Stimme erklingt wie aus weiter Ferne. »Sie hat recht. Ich kann nicht mit dir kommen.« Zayne macht kehrt und zieht Envira zur Sphäre zurück, wodurch sie wieder an Konturen und Substanz gewinnt. Sie geht vor ihm in die Hocke. »Wir müssen uns verabschieden.«

»Du glaubst mir nicht«, wimmert er. »Du glaubst nicht, dass du meine Mom bist. Du willst mich nicht.«

»Doch, ich glaube dir. Du trägst meinen Ring, das ist Beweis genug. Du verfügst über unglaubliche Kräfte, du bist ein großartiger Junge – wie könnte ich dich nicht wollen? Aber du hast es selbst gesehen: Ich kann kein Teil deiner Welt sein. Ich würde so gern bleiben, aber ich kann nicht. Ich gehöre nicht hierher. Das verstehst du doch, oder?«

Zaynes Stimme ist nur ein Flüstern. »Ja.«

Sie lächelt ihn an, liebevoll und doch traurig. »Das, was wir hatten, war ein Geschenk. Bewahre es in deinem Herzen.«

BB nähert sich, schwankend, unsicher auf den Beinen. Sein Gesicht ist verschwollen, ein Auge blutunterlaufen. Als er Envira und Zayne erblickt, bleibt er wie vom Blitz getroffen stehen. »Sharraj? Sharraj, aber wieso …?«

Ich weiß nicht, was er da redet, weder meinen Ohren noch

meinem Denkvermögen ist aktuell zu trauen. »Wo ist Robyn?«, frage ich angespannt, doch BB reagiert nicht. Auch nicht auf Patten, der ihn ebenfalls mit Fragen bombardiert. Er scheint völlig gebannt von Enviras unverhofftem Auftauchen. Seine Hand zittert, als er sie hebt, als wollte er nach ihr greifen, sie berühren. Hat er sie vorhin denn nicht bemerkt?

Envira wiederum ist ganz auf Zayne konzentriert. »Ich möchte dir noch etwas mitgeben: Weißt du, wofür die Warriors kämpfen, Zayne? Weißt du es?«

Er schluchzt abermals auf. »Für das Gute?«

»Richtig. Wir sind die Lichtvollen, wir nutzen unser Wissen und unsere Stärke, um Liebe zu verbreiten. Liebe, nicht den Tod. Du bist mein Sohn, Zayne, und auch, wenn ich nicht weiß, wer dein Vater sein wird«, sie lächelt versonnen, »so besteht kein Zweifel daran, dass auch du ein Lichtvoller bist. Einer von uns, ein Warrior. Nutze deine Kräfte für das Gute, Chronos, Herrscher über die Zeit. Versprichst du mir das?«

Zayne starrt sie wortlos an. Seine Lippen beben, er setzt mehrmals zu einer Antwort an, bringt aber nichts hervor. Schließlich nickt er.

»Gut«, sagt Envira. »Ich bin mir sicher, dass du in Zukunft richtig handelst. Wie ein Warrior. Und irgendwann werden wir uns wiedersehen, du und ich, im Reich des Lichts.« Sie streicht ihm zärtlich übers Haar, drückt ihn kurz an sich, küsst ihn auf die Stirn, dann dreht sie den Kopf in meine Richtung. »Jetzt komm, Zayne, du solltest dich um ihren Freund kümmern, der noch da drinnen ist. Auch er muss in seine Zeit zurück, genau wie ich, nicht wahr?«

»Ja.« Vertrauensvoll legt Zayne seine Hand in ihre. Sie hat ihn erreicht. Sie hat mit ein paar Worten sein Herz berührt, ihm alles gegeben, was eine Mutter ihrem Kind mitgeben kann: Stärke, Selbstvertrauen, Eigenverantwortung. Ich weiß nicht, wer Zayne aufgezogen hat, aber es muss jemand gewesen sein, der ihm von Anfang an Liebe geschenkt und ihm beigebracht hat, richtig von falsch zu unterscheiden, sonst wäre er gewiss nicht empfänglich dafür.

Die zwei treten an die Hülle der Sphäre heran und werden umgehend von ihr verschluckt. Von Patten kommt ein Aufschrei, oder ist es BB, der da brüllt? Egal, ich reagiere nicht. Ich klammere mich an Fawn. Und hoffe. Mehr kann ich nicht tun.

Was soll ich Patten, der sich wutschnaubend vor mir aufbaut, sagen? Wie soll ich ihm das alles erklären?

»Sie lassen den Jungen einfach gehen?«, fährt er mich an, lässt eine Litanei an Vorwürfen und Beleidigungen auf mich niederhageln und schert sich nicht um Fawns Einwurf, ob er denn nicht sehe, in welcher Verfassung ich sei.

»Fertig?«, stoße ich hervor, als er endlich den Mund zuklappt. Ich bringe sogar einen süffisanten Unterton zustande: »Haben Sie Weyler geschnappt? Nein? Warum nicht?«

»Weyler war gar nicht hier!«

»Doch«, entgegnet BB, der ebenfalls zu uns stößt, »er *war* hier. Das war nicht Robyn vorhin, sondern Nolan Weyler, der ihre Gestalt angenommen hatte. Er verfügt über Superkräfte.«

Ich nehme einfach hin, was er sagt. Bin nicht in der Lage, darüber nachzudenken, geschweige denn, das Ausmaß der Katastrophe einzuschätzen. Ich weiß nur eins: Robyn und Red sind ebenfalls noch in der Sphäre. Das erleichtert mich ein wenig. Notfalls holen sie sich Zaynes Blut. Ihre Chancen auf Rückkehr haben sich soeben verdoppelt.

»Und dann haben Sie sich von ihm niederschlagen lassen, Callahan?«, stichelt Patten weiter. »Habe ich es eigentlich nur mit Idioten zu tun? Geben Sie die Fahndung raus«, befiehlt er einem der Agenten. »Gesucht wird Nolan Weyler …«

Ich bin so froh, dass sie sich entfernen.

Minute um Minute verrinnt, ohne dass sich etwas tut. Weder kommt Zayne allein zurück noch kollabiert die Sphäre. Das ist gut. Noch ist nichts verloren.

Fawn und BB diskutieren, was wohl mit mir los sei, wie sie mir helfen könnten. Helfen? Nichts wird mir helfen, solange Corvin, solange meine Freunde nicht zurück sind.

Nach einer Weile treffen Sanitäter mit einer Bahre ein, wer immer sie auch geschickt haben mag. Sie wollen mich zum Hinlegen nötigen, aber ich wehre mich, schlage um mich, schreie, bis sie von mir ablassen.

Fawn versucht zu vermitteln. »Lass wenigstens deine Vitalfunktionen auswerten. Damit sie wissen, was sie dir geben können.«

»Ich will nichts. Nicht jetzt.«

»Nichts, was dich ausknockt, Jill, versprochen«, sagt BB. »Du willst doch nicht vollends zusammenklappen, oder?«

Ergeben strecke ich die Hand aus und der Sanitäter liest von meinem Chip am Handgelenk die wichtigsten Daten ab. Er schlägt ein Medikament vor, das mich beruhigen, meinen Blutdruck und das Fieber senken soll. Es hört sich vernünftig an, also stimme ich zu. Eine Injektionsnadel sticht in meinen Hals, die Flüssigkeit brennt wie Feuer, als sie in meine Blutbahn eintritt. Mir wird schwummrig, aber dank Fawn breche ich nicht zusammen, und Sekunden später beginnt das Zeug zu wirken. Wahrscheinlich würde ich die doppelte oder dreifache Dosis brauchen, um mich halbwegs wie ich selbst zu fühlen, aber ich bin schon zufrieden damit, dass ich wieder klar sehen und freier atmen kann.

»Haben wir die Zeitlinie beeinflusst?« Meine dringlichste Frage platzt überraschend aus mir heraus. Zu überraschend für BB und Fawn, sie mustern mich verwirrt. »Die Sphäre ist eine Zeitblase«, erkläre ich. »Ein aus der Zeit gerissener Abschnitt, der sich ständig wiederholt.«

BB lauscht meinem knappen Bericht von den Warriors im Jahre 1920; von der Auseinandersetzung mit Weyler und von seiner Forderung; von Aurum, dem Wandler und dem Kartenspieler, den Opfern des Kampfs. Er schüttelt den Kopf. »Die

Warriors gingen aus dem Kampf gegen Livotti siegreich hervor, keine Verletzten, keine Toten unter ihnen. Mehr als hundertzwanzig Jahre haben sie gemeinsam erfolgreich gegen das Verbrechen gekämpft, bis 2048 der Doom begann. 2053 starb …«, er räuspert sich, »… Der Kartenspieler als Letzter.«

Ich atme auf. Corvin hatte also recht. Die Sphäre ist nur eine Kopie der Vergangenheit. Wie eine Videosequenz, die für einen gewissen Zeitraum real wird. Nichts, was darin geschieht, kann die Zeitlinie beeinflussen, und ich wette, Zayne hatte keine Ahnung davon, wahrscheinlich nicht einmal Weyler. »Die ersten Sphären waren Testläufe«, überlege ich laut. »Der Junge, Zayne, musste erst lernen, sie stabil zu halten, zu verankern, die exakte Zeit zu bestimmen. Und wenn das geschieht, löscht die Vergangenheit die Gegenwart aus. Was bedeutet, dass er sie nur dort erschaffen kann …«

»… wo die Warriors zu einem früheren Zeitpunkt im Einsatz waren«, vollendet BB meinen Satz. »Das lässt sich leicht überprüfen.«

»Warum hat er das überhaupt gemacht?«, fragt Fawn. »Weil er Envira finden wollte? Ist sie wirklich seine Mutter?«

Alle Farbe weicht aus BBs Gesicht.

»Zayne behauptet es«, erwidere ich. »Aber das kann unmöglich stimmen. Er ist zu jung.«

»Die Warriors altern viel langsamer. Könnte gut sein, dass sie sich genauso langsam entwickeln. Vielleicht ist er älter.« Fawn schnauft hinter ihrer Maske. »Und wer ist dieser Weyler? Was sind seine Ziele?«

Mein Blick zuckt zu BB. »Das sollten wir besser ihn fragen – stimmt's, BB? Immerhin kennst du ihn ja. Und vorhin habt ihr über Envira gesprochen, richtig? Hat er sie nun getötet oder nicht?«

BB hebt unbehaglich die Schultern. »Ich weiß es nicht. Ihre Leiche wurde nie gefunden.«

Ich lasse nicht locker, obwohl ich selbst kaum noch weiß, was ich da rede. »Weyler ist besessen davon, Superkräfte zu haben, wobei ich nicht sicher bin, ob sein Vorgehen in der Sphäre geplant war ... dass er sich Robyn krallt und Red erpresst ... Er ist verrückt. Vollkommen irre. In Wahrheit ist er übrigens Aykuraner und heißt Noweylan. Wusstest du das, BB? Wusstest du, dass es einen achten Warrior gab? Antworte mir!«

Er aber deutet nur stumm auf die Sphäre, und mein Herz beginnt augenblicklich zu rasen.

Das Wunder geschieht.

Zayne tritt aus der Sphäre, doch nicht allein. Hand in Hand folgen ihm drei weitere Personen. Zunächst Robyn. Danach – fast fürchte ich zu halluzinieren –, danach komme ich. *Ich.* Oder jemand, der so aussieht wie ich. Red, es muss Red sein, die an mein Blut gelangt ist, bestimmt durch Zayne, der es an den Fingern hatte.

»Robyn, Red!« Mir ist schwindlig vor Erleichterung. Es geht ihnen gut, sie leben! Aber dann zählt nur noch eins. Denn der Letzte in der Reihe ist Dark Chaos.

»Corvin!« Ich stolpere auf ihn zu, als er auch schon in die Knie bricht, über und über voll Blut, das aus seinen Wunden strömt.

»Jill?«, keucht er, die Stimme ein schwaches Grollen.

»Ich bin hier, ich bin ja hier.« Ich lehne den Kopf an seine Brust. Seine Haut glüht, seine Schwingung erschlägt mich beinahe. Der einzige Grund, warum er nicht mehr tobt, ist seine Schwäche, der Blutverlust.

»Jill ... hilf mir ...«

»Ja. Halte durch, alles wird gut.«

Tief in mir stöbere ich einen letzten Rest Kraft auf. Ich lasse den See vor meinem inneren Auge entstehen, mich von der Stille durchdringen und schicke sie an ihn weiter. Ich neutralisiere seine Schwingung, zum ersten Mal nicht, weil ich es für angebracht halte, sondern einzig und allein deshalb, weil er mich darum gebeten hat.

Während die Sphäre kollabiert, Envira und die Warriors in den Wogen der Zeit versinken, während sich Wellen im Krater kräuseln, der Hornay River den Staub fortschwemmt …

Wird aus dem Monster ein Junge.

Ein paar Sekunden lang hält Corvin meinen Blick, dann sackt er gegen mich. Ich fange ihn auf, klammere mich an ihn. Und breche in Tränen aus.

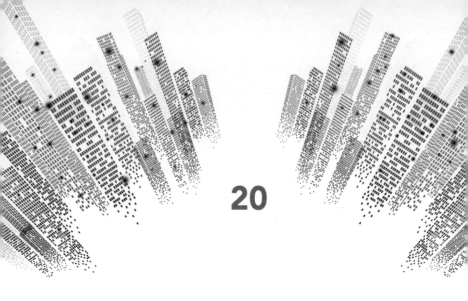

20

Weylers Gift hat sich als Virus entpuppt, das an den aykuranischen Zellen andockt und das Aggressionspotenzial steigert. Es versetzt den Körper in einen Zustand dauerhafter Alarmbereitschaft, begleitet von Adrenalinausschüttung, Fieber, Schweißausbrüchen, Muskelschwellungen. Wodurch sich Corvins Wutausbruch in der Sphäre erklärt. Warum es bei mir nicht mal annähernd diesen Effekt erzielt hat, liegt zum einen daran, dass ich nicht die volle Ladung abgekommen habe, zum anderen an unseren unterschiedlich gearteten Superkräften. Einfach ausgedrückt: Er ist der Löwe, ich die Maus. Und meine instinktive Flucht in die Stille hat wohl ebenfalls einiges abgemildert. Das Fieber wiederum ist auf die Immunreaktion des Körpers zurückzuführen. Zum ersten Mal bin ich froh über den menschlichen Anteil meiner Gene.

Sie pumpen uns mit Medikamenten voll, um Kreislauf und Abwehrkräfte zu stärken, versuchen das Virus auszuschalten und die angegriffenen Zellen zu heilen. Obwohl die Gentherapie längst Einzug in die moderne Medizin gehalten hat, bin ich skeptisch. Ich lasse nicht gern an mir herumpfuschen, das kann bei meiner DNA nur in die Hose gehen.

»Was, wenn wir einfach abwarten?«, frage ich den kahlköpfigen Arzt der Division. Er ist mir nicht direkt unsympathisch, aber ich gehe davon aus, dass er mit Patten in Kontakt steht und womöglich mehr dessen als meine Interessen wahrt. »Wenn ich es richtig verstanden habe, wird sich mein Körper selbst heilen, oder?«

»Das ist korrekt. Es ist nur eine Frage der Zeit, bis die Symptome abklingen.«

»Wie lange wird das dauern?«

»Sie sprechen gut auf die Medikation an. Ein paar Tage, denke ich.«

»Das stehe ich durch. Keine weiteren Eingriffe in meine DNA bitte.«

Er wirkt wenig erfreut, dass sein Versuchskaninchen aufbegehrt, nickt aber. Wir zucken zusammen, als ein Krachen vom Nebenzimmer herüberdringt. Etwas wird gegen die Wand geschmettert, die Fensterscheiben klirren.

Der Arzt seufzt. »Bei ihm allerdings verhält sich die Sache anders. Schon allein aufgrund seiner Veranlagung.« Abermals donnert etwas gegen die Wand, so heftig, dass mein Bett ein Stück nach vorn rutscht und sich ein Riss in der Mauer zeigt. »Er wird uns noch alles zerlegen.«

»Bisher war er doch ruhig.«

»Bisher war er im OP. Vierzig hochelastische Spezialnähte. Aber jetzt lässt die Wirkung des Sedativums nach.«

Ah ja. Das Monster ist erwacht.

»Entschuldigen Sie mich.« Der Arzt hastet nach draußen und nach kurzem Überlegen tapse ich hinterher. Die Tür zu Corvins Zimmer steht offen, ein Pfleger kauert in der Ecke vor dem Bett, die Hände schützend über den Kopf erhoben.

»Ich wollte nur den Infusionsbeutel tauschen.« Er duckt sich, als ein Stuhl geflogen kommt und neben ihm zerbricht.

Corvin hat die Fesseln gesprengt, die ihn ans Bett ketten sollten. Er steht in der Mitte des Raumes – und das in voller Pracht. Weder das dünne OP-Hemd noch die Verbände haben seiner Verwandlung zu Dark Chaos standgehalten. Ich spüre, wie Röte in meine Wangen kriecht und konzentriere mich auf unverfängliche Körperstellen wie sein Gesicht, in dem seine Augen wieder wie zwei Eiskristalle funkeln. Es geht ihm besser. Beruhigend.

Vier bewaffnete Agenten nähern sich im Laufschritt, schwere Ketten und Manschetten im Gepäck. Einer postiert sich an der Tür und legt auf Corvin an, der soeben den Pfleger hervorzerrt und kopfüber an einem Bein hochhält wie eine Ratte am Schwanz.

»Nein! Stopp!« Ich dränge mich dazwischen, eine Hand in Richtung Agent, die andere gegen Corvin erhoben. »Nicht schießen! Corvin, lass ihn runter!«

»Das ist nur ein Betäubungsmittel«, knurrt der Agent. »Geben Sie das Ziel frei, Agentin Burton!«

Dass er mich an meinen Job erinnert, macht es mir nur leichter. »Keine Chance. Ich übernehme das.« Ich drehe mich zu Corvin um, atme Stille in mich hinein und zupfe sachte an seiner Schwingung, sodass sie ein wenig abflacht. Ich habe nicht vor, ihn zu überfallen, ich will nur, dass er mich überhaupt bemerkt. »Lass ihn runter. Bitte.«

Corvin zeigt keinerlei Regung, aber auf seiner Haut gerät die Dunkelheit in Bewegung. Schattenzungen tanzen über die angespannten Muskeln, ein in höchstem Maße ablenkender Anblick. Mit Mühe halte ich den Blick auf seine Augen geheftet. »Corvin. Bitte. Lass ihn einfach runter.«

Wie in Zeitlupe senkt er den Arm.

»Gut so«, flüstere ich. »Jetzt lass ihn los.«

Ein tiefer Atemzug, dann öffnet er seinen Griff und der Pfleger landet mit einem Aufjaulen zu seinen Füßen. Fluchtartig krabbelt er außer Reichweite, der Arzt schiebt ihn zur Tür hinaus.

Ich wende mich an den Agenten. »Ich mach das schon. Und jetzt raus hier, alle.«

Er zögert. »Auf Ihre Verantwortung.«

»Gehen Sie. Ich rufe Sie, sobald er wieder ansprechbar ist«, füge ich an den Arzt gerichtet hinzu.

Als sie den Raum verlassen haben, gestatte ich mir ein kurzes Aufatmen. *Nun zu dir, Monster.* Ich schnappe mir ein Handtuch aus dem Bad und halte es vor Corvins Mitte. Er starrt mich nach wie vor reglos an.

»Ich kann dich da rausholen, Corvin. Wie am Fluss. Aber ich mache das nur, wenn du einverstanden bist.« Nie wieder werde ich mich ungebeten an seinen Kräften vergreifen.

Er beugt sich herab, bis sich unsere Nasenspitzen beinahe berühren. »Geh«, knurrt er. »Verschwinde, Jill.«

Sicher doch. Ich lasse das Monster wüten, damit sie es in einen Käfig sperren. »Kannst du vergessen.«

Seine Nasenflügel beben, als er heftig einatmet. »Ich will das nicht.«

»Das ist mir klar, Corvin. Aber weißt du was? Es wird dir nicht erspart bleiben. Es sei denn, du möchtest lieber ein paar Leute umbringen, den Krankentrakt demolieren und am Ende in deiner Zelle landen. Patten wartet doch nur auf die Gelegenheit, dich wieder wegzusperren. Willst du das?«

Ein sachtes Kopfschütteln.

»Dann wäre das geklärt. Darf ich jetzt?«

Keine Reaktion.

»Ist es okay für dich, Corvin?«

Ein tiefes Grollen steigt aus seiner Kehle und er entreißt mir das Handtuch. »Jetzt mach schon.«

Na dann ...

Ich habe mein Bett in Corvins Zimmer stellen lassen, um auf Abruf bereit zu sein. Jedes Mal, wenn ihn das dunkle Chaos zu übermannen droht, schreite ich mit meinen Neutralisationskräften ein und sorge dafür, dass er sich nicht verliert. Ich weiß, er ist nicht begeistert davon, doch er lässt es zu. Die Alternative wäre um vieles unangenehmer.

Anfangs traten seine Tobsuchtsanfälle im Stundentakt auf, mittlerweile sind sie seltener geworden. Dennoch bin ich sofort hellwach, wenn er im Halbschlaf meinen Namen murmelt.

»Jill.«

»Ja. Komme.« Hautkontakt verkürzt die Angelegenheit, weshalb ich mich zumeist an sein Bett setze und seinen Arm berühre. Fünf Minuten später ist es vorbei. Gähnend will ich aufstehen, um wieder unter meine warme Decke zu kriechen, aber er fasst nach meiner Hand.

»Ich glaube, es wird besser.«

Wir hatten noch nicht viel Gelegenheit, mit den anderen über die Ereignisse an der Liphton Bridge zu reden. Die Rookies dürfen uns nicht besuchen und mein Handy wird überwacht. Angeblich ist das Virus nicht ansteckend, aber die Tests laufen noch und man will kein Risiko eingehen. Da aber weder Robyn noch Fawn Symptome zeigen, hoffe ich sehr, dass sie zumindest mich in absehbarer Zeit entlassen. Immerhin haben wir einen Warrior zu fangen.

»Sieht ganz danach aus«, sage ich, bemüht, nicht allzu erleichtert zu klingen. Ich halte unsere Zweckgemeinschaft nur schwer aus. Am angenehmsten sind noch die Nächte. Tagsüber ist Corvin unleidlich, er spricht kaum, starrt vor sich hin, meilenweit entfernt mit seinen Gedanken. Dieses fortwährende Schweigen nimmt den ganzen Raum ein, sodass sich nichts anderes entfalten kann, kein bisschen Nähe, kein noch so kleiner Funken dessen, was wir beide so nötig hätten: einen neuen Anfang.

Corvins Daumen vibriert unruhig auf meinem Handrücken. Ich bin versucht, mich ihm zu entziehen. Sechs Tage. Wir kleben nun sechs Tage auf engstem Raum aneinander, ich habe ihn unzählige Male berührt, dennoch macht mich *seine* Berührung plötzlich nervös.

»Damals hat es fast ein Jahr gedauert«, sagt er.

Hat er sich endlich entschlossen, mir zu verraten, was ihm auf der Seele brennt? »Wann damals?«

»Im Gefängnis. Meine Erinnerungen kehren zurück. Nur bruchstückhaft, aber zumindest weiß ich wieder, dass es Weyler war, den Direktor Burton an dem Abend mitbrachte.«

Also stimmt es tatsächlich. Ich habe es mir aus Weylers Anspielungen bereits zusammengereimt: *Du erinnerst dich. An den Tag in Demlock Park. An den Direktor …* Aber es nun aus Corvins Mund zu hören, macht es erst wirklich real: Weyler war an diesem Tag dabei! Bedeutet das nun, dass *er* Aaron auf dem Gewissen hat?

Ich will gerade nachhaken, da spricht Corvin weiter. »Das war auch der Grund, warum ich in der Sphäre gegen The Ax versagt habe. Zaynes Bombe – sie muss etwas in mir ausgelöst haben. Ich hatte plötzlich Flashbacks, andauernd sah ich es vor mir, Weyler und Burton, die Rookies, das Feuer … Jedenfalls, an dem Abend …« Er massiert sich die Schläfen. »Weyler hatte eine Glasampulle mit. Er hat sie vor meiner Nase zerbrochen. Das Geräusch – dieses Knacken und Splittern –, das konnte ich nie vergessen, wusste bloß nichts damit anzufangen.«

Hat er das Patten gegenüber erwähnt? Wir mussten bereits mehrmals Bericht erstatten, jeder für sich, dann gemeinsam, immer wieder aufs Neue. Warum wir so oder so gehandelt haben, wie sich dies oder jenes abgespielt hat, Fragen über Fragen, nie war Patten zufrieden. Umgekehrt haben wir kaum etwas erfahren, hauptsächlich das, was die Medien verbreiten und BB uns am Telefon berichtet hat. Nolan Weyler ist unauffindbar und obwohl nun feststeht, dass nicht er die Sphären erschafft, wird weiterhin er als der Rächer gehandelt, und nicht Zayne. Der Junge befindet sich in Gewahrsam der Division und wird aktuell befragt, gibt sich laut Patten allerdings verstockt. Ich zähle die Tage, bis man mich endlich zu ihm lässt.

Ich hole Luft. »Du meinst, er hat dich schon damals infiziert? Mit dem gleichen Zeug? Warum?«, taste ich mich vorsichtig weiter. Bisher haben wir das Thema gekonnt umschifft, jetzt aber klafft die alte Wunde auf, das spüre ich. Womöglich können wir die Blutung nie wieder stillen.

»Exakt das Gleiche war es wohl nicht, sonst wäre ich immun gewesen, nehme ich an. Keine Ahnung, warum. Aber es ging mir genauso dreckig wie jetzt. Nein, falsch. Es war schlimmer, viel schlimmer. Es dauerte fast ein Jahr, ein unendlich dunkles Jahr.«

»Weil man dich nicht richtig behandelt hat. Niemand wusste davon.«

»Auch. Aber hauptsächlich deinetwegen.«

Meine Hand zuckt zurück und er gibt mich auf der Stelle frei. Großartig, wir landen immer wieder am selben Punkt. Ich reibe mir die Oberarme. »Was wollte Aaron mit ihm in Demlock Park? Von dir?« Und dann wage ich es, die eine Frage zu stellen: »Hat Weyler ... Aaron ermordet?«

»Ich weiß es nicht, Jill, ich weiß es einfach nicht.«

»Ich dachte, du könntest dich wieder erinnern.«

»Nur an manches. Vieles steckt noch irgendwie fest. Ich weiß, dass es da ist, aber wenn ich es abrufen will, flutscht es davon. Das fühlt sich beschissen an.« Er schüttelt den Kopf. »Vorher war da wenigstens bloß ein schwarzes Nichts, das war leichter zu ertragen. Jetzt aber tauche ich in einem Fass voll Sirup nach Sandkörnern.«

»Es ist sinnlos, sich das Hirn zu zermartern. Wir brauchen dieses Video.«

»Pragmatisch wie immer. Das schätze ich so an dir, Jill.« Er zieht ein Gesicht, als wäre ihm übel von so viel Bitterkeit in der eigenen Stimme.

Mir hingegen *ist* übel. Der Schmerz kriecht wie ein Wurm durch meinen Magen, beißt sich fest, wie auch ich die Zähne zusammenbeiße. Wird das jetzt ewig so weitergehen? Werden wir uns je wieder normal unterhalten können? Ich kann nicht mehr, ich halte das einfach nicht mehr aus.

Corvin streicht sich mit allen zehn Fingern die Haare aus der Stirn. »Wir müssen dieses Schwein kriegen.«

In Gedanken zertrete ich den Wurm. Er vergiftet unsere Freundschaft, er hat keine Daseinsberechtigung. Wir stehen beide unter enormer Anspannung, die Situation ist zermürbend, verständlich, dass die Wogen hochschlagen. »Nicht mehr lange, ein, zwei Tage maximal. Dann sind wir hier raus.«

Er nickt. »Dann bist du mich endlich los.«

»Das ist doch Quatsch. Ich mache das gern für dich.«

Schlagartig scheint die Luft zwischen uns zu vibrieren. Der Ausdruck in Corvins Augen ändert sich, seine Stimme bekommt einen rauen Beiklang. »Ah. Es gefällt dir also.«

Ich winde mich innerlich. *Klar doch. Ich hüte liebend gern Monster.* »Ich verbringe gern Zeit mit dir …«

»Im Bett«, unterbricht er mich mit einem provokanten Grinsen.

Autsch. Was ich auch sage, wie ich auch versuche zurückzurudern, es ist zum Scheitern verurteilt. »Du bist mein Freund. Ich will, dass es dir gut geht.«

»Gib es zu: Es ist mehr als das. Du genießt es, mich zu berühren.«

Das hatten wir doch schon mal. »Komm wieder runter, Corvin. Das bist nicht du.«

»Ach? Wer dann?«

Ich bleibe stumm. Suche nach den richtigen Worten, die ausdrücken, was ich in ihm spüre, ohne ihn zu verletzen. Wir haben einen Pakt geschlossen, den einzigen, der zwischen uns möglich ist, ich will ihn keinesfalls brechen.

»Das ist nur dein Schutzmantel«, stoße ich endlich hervor. »Immer, wenn es dir zu intensiv wird, ziehst du ihn über. Aber das musst du nicht, nicht vor mir.«

»Du glaubst mich zu kennen, ja? Du denkst, du weißt, wer

ich bin? Du hast keine Ahnung.« Abrupt packt er mich und wirft mich herum, sodass ich auf der Matratze zum Liegen komme. Schon ist er über mir. Schatten lecken über seine Haut, als er die Dunkelheit in sich hervorruft, erstmals seit Tagen wieder bewusst. Ich bin hin- und hergerissen. Es ist ein wichtiger Schritt im Heilungsprozess, er muss seine Kräfte im Griff haben, muss wieder in der Lage sein, sich zu kontrollieren, und er muss testen, ob er dazu in der Lage ist. Aber an mir? Wohin wird uns das führen?

»Dann erkläre es mir. Erkläre mir, wer du glaubst zu sein.«

Er lacht rau. Senkt den Kopf, und für einen Atemzug verfange ich mich in seinem Blick, in dem eishellen Flackern seiner Augen. »Das hier«, flüstert er, »das bin ich, Jill. Was muss ich tun, damit du es begreifst?«

Hitze prickelt zwischen uns. Macht mich fast verrückt. Sie dockt an meinen Kräften an, sorgt dafür, dass sich Fluten in meinem See erheben, die Stille einen Sturm generiert, genau wie im Transporter, genau wie Corvin es beschrieben hat. Ich will es nicht wahrhaben. Will ihm nicht auf diese Weise ausgeliefert sein.

»Hör auf, Corvin. Spiel nicht mit deinen Kräften. Es ist zu früh.«

»Sag du mir nicht, was ich tun soll!« Blanke Wut fährt auf mich herab. Er fixiert mir die Arme über dem Kopf. Ich keuche, strample, doch sein Gewicht drückt mich unerbittlich aufs Bett. Etwas Wildes ergreift von mir Besitz, etwas, das mein Blut kochen lässt und meine Gedanken zu einem Knäuel verstrickt. Nie zuvor habe ich etwas Vergleichbares gespürt. »Ich spiele nicht, Jill. Du bist es, die mit mir spielt.«

Ich bin ehrlich verwirrt. »Ich? Aber ... ich will dir doch nur helfen.«

»Was denkst du wohl, wie es mir dabei geht, wenn ich dich andauernd vor mir habe? Nacht für Nacht, in deinem Top und den neckischen Shorts?« Er lässt meine Arme los. Mit den Fingern zieht er eine Spur über mein nacktes Bein. Glut, unter der ich erschauere. »Und dann dieser Duft ... Was ist es? Dein Haar? Dein Parfüm? Etwas an dir riecht so ... ich weiß auch nicht. Wie ein Sommermorgen, an dem wir Träume in den Himmel schreiben. Oder wie Eis an einem Wintertag, schillernd wie die kostbarste Erinnerung. Dann wieder bist du Feuer, in dem ich vergehen möchte.«

Was redet er da bloß? Was *tut* er da? Sein Atem wandert über meinen Hals, meine Schultern, mein Dekolleté, seine Lippen brennen Worte auf meine Haut, ohne mich zu berühren, Worte wie Verlangen, Sehnsucht, Hunger. Sie überrollen mich mit einer Intensität, die mir Angst einflößt, und zugleich will ich mehr davon. Ich will in dieser Flut ertrinken.

»Du machst mich verrückt, Jill. Du holst mich aus meinem Chaos, und sobald mein Kopf wieder klar ist, denke ich darüber nach, ob ich dich küssen soll.« Mein Herz setzt aus, als sich dieses neue Wort in meinen Verstand schlängelt, mich lockt, verführt. Küssen. Ich schlucke trocken, und Corvin stützt sein Gewicht nun ein wenig ab, um mich nicht zu zerquetschen, als sich seine Muskeln im Zuge der Verwandlung wölben. »Nein, wie ich es am besten anstelle, dich zu küssen«, fährt er fort. »Soll ich fragen? Mir womöglich eine Abfuhr einholen? Es einfach tun?«

»Corvin, bitte hör auf.« Was ich sage, entstammt dem letzten Rest Vernunft in mir. Ich weiß nicht, wo er herkommt, er widerspricht gänzlich meinem Empfinden. Corvin hat etwas in mir entfesselt, von dem ich nicht wusste, dass ich es in mir trage.

»Nein. Ich höre nicht auf. Du willst mich kennenlernen? Bitte sehr. Du bekommst alles von mir, jedes verdammte Gefühl, das mich seit unserem Wiedersehen plagt. Meinen Hass. Mein blutendes Herz, das sich nicht entscheiden kann, ob ich dich lieben oder zerstören soll. Meine Qual, die Jahre, die mich zerfressen haben, die Dunkelheit, vor allem die Dunkelheit.«

Sein Mund berührt meinen, für einen einzigen Atemzug lang verharrt er da, sachte, zitternd, fragend, als wäre er sich nicht sicher, ob, wie, warum, und in diesem winzigen Moment, in dem unser Atem verschmilzt, mich Hitze liebkost, weiß ich, dass ich nichts anderes will als das.

Das hier. Jetzt.

Ich will, dass er mich küsst, will, dass er mir seine Seele offenbart, dass er alles, was ihn bedrückt, mit mir teilt, die Qual, die Dunkelheit, alles. Vielleicht würde dann endlich etwas in mir heilen.

Ich erwidere den Kuss. Taste nach ihm wie auch er nach mir tastet, und sein Geschmack explodiert auf meinen Lippen. Rau und weich zugleich, von der Brandung geschliffene Felsen, Meer, Sonnenglut, schmerzliche Sehnsucht. Alles gerät in Aufruhr. In mir spielt ein Orchester, Violinen reißen mich mit, und ich tanze. Bin ein Blatt im Wind, tanze über dem Abgrund, getrieben von Angst und einer nie gekannten Begierde, tanze zwischen Vollkommenheit und Zerstörung, tanze, tanze, taumle. Falle.

Ein Gedanke bohrt sich durch meinen verklumpten Verstand, der mir signalisiert, dass ich aufwachen muss. Aufwachen, sofort. Was wir hier tun, kann unmöglich richtig sein. Wie sollte es richtig sein, wenn es lediglich daraus entspringt, dass wir uns beide so verzweifelt nach Erlösung sehnen?

Ich löse mich aus dem Kuss, wende den Kopf, blinzle wieder zu Corvin auf. »Du hast mich missverstanden«, stoße ich hervor. »Ich will dich, das will ich wirklich. Aber dich, Corvin, nicht das Monster.«

Seine Miene vereist. »So siehst du mich also? Als Monster?«

»Ich ...«

»Wenn ich ein Monster bin – was bist dann du, Jill?« Er gibt mich frei. Die Dunkelheit verebbt. Dark Chaos zieht sich zurück, als Corvin aufspringt. Zum Fenster geht. In den heranbrechenden Morgen hinausstarrt.

Die Stille ist ein Schwert, das erbarmungslos auf mich herabsaust. Jedes Gefühl abtötet, jede Zelle, jede Faser in mir erkalten lässt, bis ich wieder weiß, wer ich bin und wie ich funktioniere. Und dankbar bin ich ihr dafür, für jeden einzelnen Hieb, der meine Welt zurechtrückt. Denn all die Jahre war es genau das, was mich am Leben erhalten hat: Ich funktioniere.

Ich stehe auf, verlasse das Zimmer und sinke draußen an die Tür gelehnt zu Boden. Es gibt keine Erlösung. Keine Heilung. Nicht so.

Schritte nähern sich und als ich aufblicke, die Tränen wegblinzle, sehe ich mich Kristen gegenüber, die sich mit erschrockener Miene zu mir kauert und mir eine Haarsträhne hinters Ohr streicht.

»Was ist los, Süße? Hat er dir wehgetan? Hat dieser verfluchte …? Hatte er einen Rückfall?«

»Nein. Kein Rückfall. Im Gegenteil. Er ist wieder gesund. Fit und einsatzbereit.« Hastig komme ich auf die Beine, die Kälte zerrt an mir, aber das wird vergehen.

Ich bin die Stille. Ich die Stille, er das Chaos. Wir sind Gegensätze, wir heben einander auf. Da gibt es nichts, was uns verbindet.

»Jill …«

»Alles okay. Wirklich. Ich bin nur …« Meine Stimme zerbricht in trockenes Schluchzen, und Kristen zieht mich in ihre Arme. Hält mich, wie nur eine Mutter es kann.

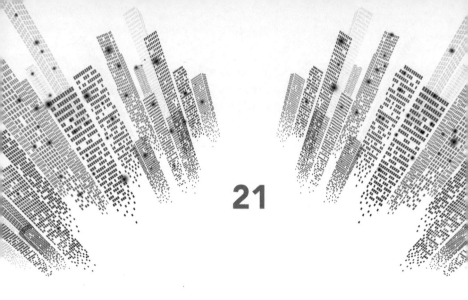

21

Corvin hat recht. Ich bin nicht weniger Monster als er. Wir Rookies sind alle Monster, jeder schleppt seine eigene Dunkelheit mit sich herum.

Wir wurden quasi aus dem Nichts erschaffen, definiert durch eine nie da gewesene Zellmixtur aus außerirdischen und menschlichen Genen. Ich frage mich, ob sie überhaupt kompatibel sind. Manchmal habe ich den Eindruck, sie stoßen einander ab. Es würde dieses Gefühl der Zerrissenheit in mir erklären.

Wir sind nirgends zugehörig, wir haben keinen Ursprung, keine Wurzeln, keine Identität. Wir schwimmen in Leere wie Sandkörner im Ozean, und damit wir uns irgendwie orientieren können, haben wir Wände um uns errichtet und sie schwarz angemalt.

Mir dämmert, warum Corvin immer wieder Zuflucht in der Dunkelheit sucht. Sie bildet einen Kokon um ihn, der ihm Sicherheit und Stabilität verleiht.

Das Gespräch mit Kristen hat mich aufgebaut, ich fühle mich deutlich besser. Geblieben ist ein dumpfer Schmerz, der beständig in meiner Brust pocht. Eine geradezu unbändige Sehnsucht brennt in mir, Sehnsucht nach diesem Etwas, das Corvin in mir geweckt hat, nach seinen Küssen, nach diesem dunklen Rausch.

»Jill, Süße. Auch wenn ich nicht besonders glücklich darüber bin, aber – was du gerade durchmachst, ist ganz normal. Man nennt es Verliebtsein«, hat Kristen gesagt. Ich glaube nicht, dass sie mich wirklich verstanden hat.

Zurück in meinem Zimmer finde ich eine Nachricht von BB auf meinem Handy vor: *00D1K.*

Ich bin ein wenig eingerostet, was unsere Codes betrifft, und benötige eine geschlagene Minute, um ihn zu entschlüsseln, aber schließlich finde ich in der ersten Kabine der Damentoilette ein Päckchen mit Klebeband am Abflussrohr befestigt. Es enthält eines von Robyns Handys samt winzigem Ohrstöpsel.

Offenbar habe ich mich endlich als würdig erwiesen. Ein seltsames Gefühl pocht in meinem Inneren, eine Mischung aus Ärger, dass die Rookies an mir gezweifelt haben, und Freude. Ich komme mir vor wie ein Kleinkind, das als Letztes seinen Eislutscher zur Belohnung bekommt.

Nach einer schnellen Dusche laufe ich durch die Medizinische Abteilung der Division. Um diese Uhrzeit herrscht kaum Betrieb, die Korridore sind leer, umso mehr bin ich mir der Überwachungskameras bewusst. Robyn nimmt sie für kurze Zeit vom Netz, sobald ich mich einer nähere, aber das wird früher oder später auffallen. Ich kann nur hoffen, dass Patten kein Morgenmensch ist.

»Rechts, dann geradeaus bis zur Sicherheitsschleuse«, lotst mich Robyn weiter. Sie ist bereits seit vier Tagen wieder zu Hause, hat eine gebrochene Nase, etliche Blessuren und Würgemale vom Seil davongetragen, ist aber ansonsten okay, genau wie Red, das elende Double.

Endlich auf einer abhörsicheren Leitung haben wir uns kurz ausgetauscht und beschlossen, die Gunst der frühen Stunde zu nutzen und in die Forschungsabteilung einzudringen – laut Robyn die schnellste Methode, deren interne Datenbank anzuzapfen. Man hat Corvin und mich Dutzenden Tests unterzogen, war aber mit Informationen über das Virus äußerst sparsam umgegangen. Im Prinzip wissen wir nur das, was wir am eigenen Leib erfahren durften, über den aktuellen Ermittlungsstand hingegen nichts. Ich habe es hingenommen, weil es ständig hieß, die Untersuchungen seien noch nicht abgeschlossen. Jetzt aber will ich Klarheit.

»Du bist ein Genie«, murmle ich, als Robyn den Zugang der Schleuse knackt und die Tür aufspringt.

»Ich weiß.«

Hoppla. Es gibt neuerdings ein Ich? Das kommt unvermutet. »Rob? Geht es dir gut? Wo ist Red?«

»Hier, bei mir.«

»Bei *dir*?«, hake ich ungläubig nach.

»Äh, ja? Ist sie doch immer.«

Sie merkt noch nicht einmal, dass sie vom Wir zum Ich gewechselt hat. Sie hat einen unglaublichen Entwicklungssprung gemacht und es nicht mitgekriegt.

Kopfschüttelnd betrete ich ein geräumiges Labor und orientiere mich kurz, während ich bereits Stille in mir sammle. Die Arbeitsplätze und Laborutensilien wie Reagenzgläser, Petrischalen und Mikroskope blitzen vor Sauberkeit und in der Luft schwebt ein chemischer Geruch. Das Licht ist an, aber niemand ist zu sehen und bis auf das Surren der Kühlschränke ist alles ruhig. »Bist du sicher, dass er schon da ist?«, raune ich.

»Dr. Mike Spelling hat sich vor fünfzehn Minuten angemeldet. Toilette vielleicht?«

Ich schleiche durch die Räume und treffe schließlich in der Kaffeeküche auf einen jungen Mann, der mit dem Rücken zu mir am Tisch sitzt, sein Müsli löffelt und in ein Dokument auf seinem Computerpad vertieft ist. Als er aufblickt, trifft ihn meine Stille und er sinkt in sich zusammen. Heftig blinzelnd kämpft er gegen die jähe Müdigkeit an.

»Schon gut. Ihnen passiert nichts. Schlafen Sie eine Runde.«

Ich tätschle seine Hand und verstärke meine Kräfte, bis sein Körper erschlafft und ihm die Augen zufallen.

Ich nehme mir sein Computerpad vor und wie erwartet hat er sich bereits eingeloggt. Von da an ist es ein Leichtes. Robyn sendet eine Mail an Spellings Adresse, ich öffne sie, und sie übernimmt das System. Ich kann unmöglich folgen, so schnell klickt sie sich durch die Dateien.

»Das ist jede Menge Material«, sagt sie. »Der Download wird eine Weile dauern.«

Eine Weile. War ja klar. Ich seufze. Spelling wird bald aufwachen, die anderen Ärzte und Laborassistenten beginnen in Kürze ebenfalls mit ihrem Dienst. Ich sollte schnellstmöglich abhauen. »Soll ich das Computerpad mitnehmen?«, schlage ich vor.

»Nicht nötig. Ich installiere ein Programm, das den Download versteckt. Sie werden gar nicht mitkriegen, dass ich ihnen über die Schulter schaue … Oha!«

»Oha?« Auf dem Computerpad öffnet sich ein Dokument. Ich kann gerade mal einen Blick auf einen Haufen Zahlen werfen, da höre ich die Tür zum Labor. »Ich bekomme Gesellschaft. Kann ich das Pad liegen lassen?«

Robyn schnauft.

»Rob!«, dränge ich, als sich Stöckelschuhschritte nähern. Ich möchte ungern noch jemanden ausschalten müssen. Und wenn diese Person es schafft, zuvor den Alarm auszulösen, gibt es richtig Ärger.

»Geschafft. Rückzug.«

Ich versetze das Computerpad mit einem Klick in den Schlafmodus und husche hinter die Tür. Keine Sekunde zu spät, schon erscheint eine langhaarige Frau in weißem Kittel in der Kaffeeküche.

»Guten Morgen … Oh.« Sie kichert. »Da hat wohl einer zu lang gefeiert gestern. Hey, Mike, aufwachen!« Noch während sie sich über Spelling beugt und ihn sanft rüttelt, verlasse ich auf leisen Sohlen den Raum und anschließend die Forschungsabteilung.

»Alles klar«, verkünde ich. »Ich mache mich auf die Suche nach Zayne. Mal sehen, was er uns über Weyler sagen kann. Kannst du die Kameras im Haupttrakt auch offline schalten?«

Als Robyn bejaht, sage ich: »Worauf bezog sich dieses *Oha*?«

»Halt dich fest: Als man die Leichen der Warriors nach dem Doom untersuchte, fand man ihre DNA verändert vor. Ihre Zellen waren infiziert. Dreimal darfst du raten, womit.«

»Wie bitte? Der Doom wurde durch ein Virus ausgelöst?«

»Ganz genau. Es war nicht dasselbe Virus, das euch verabreicht wurde, heißt es in der Zusammenfassung, aber ein sehr ähnliches, wahrscheinlich angepasst auf unsere spezielle Genmixtur. Weißt du, was das bedeutet?«

Die Tragweite dieser Erkenntnis verschlägt mir fast den Atem. »Nolan Weyler hat die Warriors vernichtet!«

»Exakt. Was mich allerdings wundert, ist, warum er sie erst umbringt und danach auf die Idee kommt, in die Vergangenheit zu reisen, um seine Kräfte zurückzuverlangen. Wie bescheuert ist das denn?«

»Als er den Doom lostrat, hatte er Zayne noch nicht …« Ich gerate ins Stocken, irgendetwas stimmt in der ganzen Gleichung nicht, doch ich steige einfach nicht dahinter, was. »Außerdem war das wohl nicht sein erster Versuch. Wer weiß, wie oft sie schon abgelehnt haben.«

Robyn seufzt. »Und dank Red hat es nun doch geklappt. Schöne Scheiße. Sie ist vollkommen ausgetickt, als Weyler mich in der Sphäre geschnappt hat.«

»Was ist da eigentlich gelaufen zwischen Red und ihm?«

»Der Wandler kann ja nur die Kräfte *anderer* übertragen, seine eigenen aber nicht. Die wollte Weyler aber anscheinend unbedingt haben. Er gab vor, er würde mich gehen lassen, wenn Red den Wandler doubelt. Hat er aber nicht. Er hat sich auch noch die anderen Superkräfte geholt«.

»Und wie?«

»Der Wandler, also Red, musste Aurum und Weyler gleichzeitig berühren, sie wurde dadurch sozusagen zur Schnittstelle zwischen den beiden. Und während der Übertragung wurde Weyler für einen Augenblick quasi zu Aurums Klon und erhielt so ihre Kräfte. Dann kamen die anderen dran. Genau habe ich das auch nicht mitgekriegt, ich war ziemlich abgelenkt.« Zur Verdeutlichung gibt sie ein Röcheln von sich.

»Tja. Ich auch.« Weyler verfügt also über die Kräfte mehrerer Warriors; wenn ich mich richtig entsinne, außer der des Wandlers auch über Aurums und North Kings. »Das ist eine Katastrophe.« Eine Pause entsteht. »Robyn?«

»Warte mal. Da ist jemand an der Tür …« Ich höre, wie sie sich den Weg durch ihr Chaos bahnt, dann wird es still. Bis: »Ach du Scheiße. Weyler.«

»Weyler steht vor deiner Tür?«

»Nicht direkt.«

»Was soll das heißen, nicht direkt? Ist er es oder ist er es nicht?«

»Ich würde sagen, er ist es. Denn *du* kannst es unmöglich sein. Oder hast du neuerdings eine Doppelgängerin?«

Ich schlucke. »Er besitzt die Frechheit, meine Gestalt anzunehmen? Und es ist bestimmt nicht Red?«

»Hast du einen an der Waffel? Einmal und nie wieder!«, krakeelt es durchs Telefon. Unverkennbar Red.

»Mach nicht auf, Rob!«, rufe ich.

»Ich könnte mich unwissend stellen. Vielleicht kriege ich was über sein Versteck raus.«

»Spinnst du? Das hatten wir doch schon mal: nicht im Alleingang!«

Stille. Dann eine Tür, die sich öffnet. Und Robyns Stimme: »Jill! Das ist ja eine Überraschung! Wurdest du aus der Quarantäne entlassen? Komm rein!«

Verflixt noch mal! Wie dämlich kann man sein?

Ich lausche atemlos, vernehme einen Schreckenslaut, Summen, seltsam klingende Schüsse, Poltern – und die Verbindung reißt ab. Ich wähle Robyns Nummer, einmal, zweimal, bevor ich aufgebe. Meine erste Intention ist, sofort hinzufahren. Aber im nächsten Moment halte ich wieder inne – sie würden mich wohl spätestens am Tor abfangen. Also rufe ich bei BB an, und als der sich nicht meldet, alarmiere ich erst die Polizei, dann versuche ich es bei den Rookies und erreiche endlich Ella, die ganz in der Nähe ist und verspricht, sofort nach dem Rechten zu sehen.

Tief beunruhigt beschließe ich, mir inzwischen Zayne vorzuknöpfen, ein Gespräch, das längst fällig ist und mir hoffentlich neue Erkenntnisse bringen wird. Ich laufe über den Parkplatz der Division und dann ins Untergeschoss des Hauptgebäudes, wo sich neben Waffenkammer, Trainingsräumen und Verhörzimmern auch ein paar Zellen befinden.

Ich scheine nicht die Erste zu sein, die auf diese Idee gekommen ist. Der diensthabende Wachmann im Zellentrakt sitzt in sich zusammengesunken auf seinem Platz. Blut sickert über seine Schläfe, er wurde einfach niedergeschlagen, doch er atmet noch. Hier ist jemand weit weniger subtil vorgegangen als ich, und ich kann mir auch schon denken, wer.

Ich sende ein Stoßgebet nach oben. Die Sorge um Robyn macht mich fast verrückt. In meiner Vorstellung kreisen Horrorszenarien. Was wollte Weyler überhaupt bei ihr? Noch einmal versuche ich, sie zu erreichen, aber sie geht nicht ran. Ich hinterlasse eine Nachricht: *Melde dich.*

Auf der Suche nach Zayne checke ich die Zellen eine nach der anderen über die neben den Türen angebrachten Infoscreens. Bei der letzten werde ich fündig. Und tatsächlich, mein Verdacht bestätigt sich: BB ist bei ihm.

»BB, ich bin es, Jill.« Ich klopfe energisch und wider Erwarten öffnet er sofort. »Warum gehst du nicht ans Telefon? Robyn steckt in Schwierigkeiten, womöglich hat Weyler sie geschnappt.«

»Du meine Güte …« Er will nach seinem Handy greifen, hält aber inne, als ich weiterspreche.

»Ella ist unterwegs, bestimmt meldet sie sich gleich.«

»Hast du die Division informiert?«

Ich schüttle den Kopf. »Nur die Polizei, die leiten das sowieso weiter. Ich wollte nicht sofort auffliegen.« BB brummt zustimmend. Sein Auge schillert in den schönsten Regenbogenfarben und mir fällt wieder ein, wie fassungslos er an der Liphton Bridge bei Enviras Anblick war. »Wer ist Sharraj?« Wie auf Kommando bilden sich hektische rote Flecken auf BBs Hals. Sein Blick flieht vor meinem. »Du kanntest Envira näher, stimmt's? Was weißt du über Zayne?«

»Ich denke, wir sind beide hier, um rauszukriegen, was *er* weiß, oder?« Er reibt sich das Kinn. Seufzt. »Komm rein. Vielleicht bringst du ihn ja zum Reden.«

»Okay.« Wir haben nicht viel Zeit. Patten wird uns bald auf die Schliche kommen, jetzt, da die Kameras alle online sind, und der Wachmann wird nicht ewig bewusstlos sein.

Zayne sitzt auf dem Bett des spartanisch eingerichteten Zimmers, die Beine angezogen, den Rücken an die Wand gelehnt. Seine Miene ist finster.

Ich kenne diesen Ausdruck, ich kenne ihn nur zu gut, und mit dem nächsten Herzschlag sehe ich Morton vor mir und daneben Fawn und Ella, wie sie in Corvins Zimmer sitzen, ihre Gesichter ein einziger Vorwurf.

»Du hast uns das eingebrockt, Jill. Deinetwegen werden wir getrennt.« *Zornig zerrt Ella an ihren krausen Locken. Schwarze Haarknäuel ballen sich auf dem Teppich vor dem Bett. Zwei Tage später wird sie ihr Haar stoppelkurz schneiden, wieder einen Tag später abrasieren. Aus Protest und weil sie sich nicht anders zu helfen weiß.*

»Wir sind tot. Die Rookie Heroes sind gestorben«, sagt Fawn dumpf, unterbrochen von asthmatischem Keuchen. Sie setzt den Inhalator an und nimmt einen tiefen Zug. Bläuliche Ringe beschatten ihre Augen, ihr Gesicht ist totenbleich.

Morton sagt nichts. Bestimmt wäre er jetzt gern allein, aber Fawn und Ella nehmen ihn voll in Beschlag. Sie klammern sich an ihn, ist er doch alles, was von ihrer Familie übrig ist. Quinn ist nicht dabei, Quinn steht zu Stein erstarrt vor dem Haus, und Fawn ist nicht in der Verfassung, ihn da rauszuholen. Robyn wurde in künstlichen Tiefschlaf versetzt, noch ist ungewiss, ob man ihren Arm retten kann.

Ich widerspreche nicht. Ich lasse zu, dass ihre Blicke mich erdolchen, ihre Anschuldigungen mein Herz zerhacken, bis ich nur noch aus einer Ansammlung scharfkantiger Splitter bestehe. Ich habe keine Absolution verdient. Der Einzige, der sie erteilen könnte, wurde weggebracht, ein kleiner Junge, den sie alle fürchten, betäubt, gefesselt, fortgeschafft, mein bester Freund, mein Trost und meine Zuflucht, mein Lachen, mein Licht … und der Mörder meines Vaters.

Jahrelang habe ich mit diesen Schuldgefühlen gelebt, bis Kristen mich aufklärte, dass das Ende der Rookies zu diesem Zeitpunkt längst beschlossene Sache gewesen war. Ich zucke zusammen, als Zayne mich anspricht: »Das hast du mir angetan! Deinetwegen sitze ich hier fest!«

Seine Wut bricht sich Bahn, seine Schwingung stürzt auf mich ein, sodass ich instinktiv zurückweiche. In seiner Hand haben sich schimmernde Energiefäden gebildet.

»Zayne, nicht«, sagt BB ruhig, ehe ich mich sammeln und meine Kräfte einsetzen kann, und verblüffenderweise hört der Junge auf ihn. Seine Energie verebbt. BB nickt. »Danke. Und jetzt wollen wir uns alle wieder entspannen. Setz dich, Jill.« Er zieht einen Stuhl für mich an Zaynes Bett und lässt sich selbst auf den daneben fallen. Zayne sinkt an die Wand zurück. Seine Schwingung brodelt noch, aber er scheint sich wieder im Griff zu haben.

»Ich bin beeindruckt«, raune ich BB zu, als ich mich wie geheißen setze. »Hast du neuerdings auch Superkräfte? Hat jetzt bald jeder welche?«

BB ringt sich ein Lächeln ab. »Zayne wollte mir gerade erzählen, wo er aufgewachsen ist, stimmt's, Kumpel?«

Zayne presst die Lippen zu einem Strich zusammen. Er wirkt nicht sonderlich kooperativ auf mich.

Eine Nachricht von Ella trifft ein und ich zeige sie BB, der wie ich aufatmet: *Sie lebt. Ich bringe sie nach Hause.*

Ich danke dem Himmel, Gott, den Engeln, insbesondere diesem einen Engel. Wenn das alles vorbei ist, schwöre ich mir, werde ich nach Demlock Park ziehen. Dort leben, wo ich aufgewachsen bin, mit meinen Freunden, meiner einzig wahren Familie. Der Entschluss gibt mir Auftrieb.

»Zayne«, beginne ich, »es tut mir leid, dass ich erst jetzt komme, aber ich war krank. Dein Freund Weyler hat mich und Corvin mit einer Art Gift außer Gefecht gesetzt.« Seine Unterlippe zuckt, er weiß genau, wovon die Rede ist. »Ich dachte zuerst, es würde uns töten.«

Zayne weicht meinem Blick aus. »Es ist nicht tödlich. Das hat er mir versprochen.«

Nun, die zahllosen Menschen in Baine City, die Opfer der Sphären wurden, hatten nicht dieses Glück. Die Warriors ebenfalls nicht. Ob Zayne weiß, dass Weyler sie auf dem Gewissen hat? Mit Sicherheit hat er dem Jungen so einiges vorenthalten.

»Was hat er dir noch versprochen? Dass du deine Mutter in unsere Zeit mitnehmen kannst? Weißt du, dass er sie ermordet hat?«

»Du lügst! Immer, immer lügst du mich an!«

Als seine Schwingung abermals anschwillt, hebe ich beschwichtigend die Hände. Ich balanciere auf einem schmalen Grat, das ist mir wohl bewusst. Wenn ich nicht aufpasse und Zayne zu sehr provoziere, erfahre ich gar nichts und riskiere, dass er uns angreift.

»Weyler hat dich manipuliert, dich die ganze Zeit benutzt. Warum sonst hätte er dich im Stich gelassen, jetzt, da er wieder Superkräfte hat? War das sein Ziel? Oder will er noch mehr?«

Keine Antwort. So komme ich nicht weiter. Ich muss sein Vertrauen gewinnen, irgendwie muss mir das gelingen.

»Ist Weyler dein Vater?« Ich höre BB scharf einatmen. »Du hast wenig Ähnlichkeit mit ihm. Aber was weiß ich schon? Ich hatte nie einen. Auch keine Mutter, weißt du?«

Zayne streicht sich die Haare aus der Stirn. Sie ringeln sich im Nacken und hängen ihm vorn bis ans Kinn, doch es ist unverkennbar ein Haarschnitt. Überhaupt macht er insgesamt einen gepflegten Eindruck. »Sind sie gestorben?«, fragt er und ich merke, wie seine Wut abflaut, sich seine Schwingung endlich glättet.

»In gewisser Weise, ja. Während des Doom.« Ich erzähle von den Rookie Heroes und unserer Verbindung zu den Warriors und er lauscht fasziniert. Saugt jedes Wort in sich auf, als wäre es das Letzte, das er je zu hören bekäme. »Es ist schrecklich ohne Eltern aufzuwachsen. Aber wir hatten zumindest einander.«

»Ich hatte Ilsa.«

Ilsa, notiere ich gedanklich. *Kindermädchen? Haushälterin? Nachbarin?* »Das ist gut. Sie wird sich Sorgen machen. Möchtest du sie anrufen?«

»Sie ist ... weg.«

Tot? »Und Weyler ...« Ich lasse den Satz bewusst unvollständig.

»Nolan war okay. Aber dann hat er mich ...«

»... verraten. So etwas tut weh. Ich kann mir vorstellen, wie du dich fühlst.«

»Jetzt habe ich niemanden mehr.« Zayne krallt die Finger ineinander und mir fällt auf, dass an seinem Daumen der Ring fehlt. Klar, die Division hat ihn einkassiert und untersucht – ohne Ergebnis. Er ist ein Andenken, mehr nicht.

»Du könntest zu uns kommen, nach Demlock Park«, antworte ich nach einer kurzen Pause und höre BB innerlich aufstöhnen. Denn natürlich ist das keine Option. Die Division wird Zayne niemals gehen lassen. Wahrscheinlich blüht ihm ein ähnliches Schicksal wie Corvin. »Das ist ein riesiges altes Herrenhaus. Wir haben über dreißig Zimmer. Du könntest eins haben.«

»Jill«, ermahnt BB mich leise.

Ja, ja, schon gut, er tut mir eben leid. Aber ich darf ihm keine falschen Hoffnungen machen, ich muss meine Gefühle ausklammern. Alles, was wir brauchen, sind Informationen.

»Deine Mom hatte bestimmt auch ein tolles Haus, oder?«

»Ich weiß es nicht, ich habe bei Ilsa gelebt.«

»In Baine City?«

»Penfield Lodge.«

Etwas klingelt in mir, ich habe den Namen schon mal gehört, weiß aber spontan nichts damit anzufangen. BB rutscht auf seinem Stuhl herum, doch er hält seine Zunge im Zaum. »War es schön dort?«, erkundige ich mich.

»Ging so. Ziemlich runtergekommen. Viele alte Bäume, auf die man klettern konnte. Ilsa wollte das nicht, sie hatte ständig Angst, dass ich mir wehtue.«

»Und deine Mom?«

»Da war sie schon tot. Sie starb, als ich noch ganz klein war.«

»Wie alt bist du?

»Dreizehn.«

Er sieht weit jünger aus, also hatte Fawn mit ihrer Vermutung recht. »Dann hat Ilsa dich also mit Nolan Weyler bekannt gemacht. War sie seine Freundin?«

»Nolan hat mich … gefunden.«

Wohl eher aufgespürt. Ich lasse die Aussage mal so stehen. »Bei uns gibt es auch viele alte Bäume. Am Abend gehe ich oft durch den Garten und schaue hinauf in die Baumkronen. Dann fühle ich mich ganz klein.«

»Bei Nolan gibt es keine. Nicht mal Erde. Nur stachliges Gras.«

Gras, aber keine Erde? Ich will gerade von Fawn und ihrem Leben auf der Farm erzählen, als die Tür aufgerissen wird. Bewaffnete Agenten stürmen herein. Sie drängen BB und mich an die Wand, einer richtet seine Waffe auf Zayne. Aus den Augenwinkeln sehe ich, dass er aufs Bett gesprungen ist.

»Agentin Burton, Mr Callahan, Sie sind festgenommen«, erklärt mir der Agent, der mich nach Waffen abtastet.

BB lacht freudlos auf. »Auf wessen Befehl? Warum?«

»Auf meinen.« Direktor Patten steht in der Tür und blickt sich gelassen um. »Sie haben einen Wachmann angegriffen.«

BB winkt ab. »Der ist bald wieder auf dem Damm.«

»Es besteht hinreichender Verdacht, dass Sie dem Jungen zur Flucht verhelfen wollen.«

Mir werden die Arme unsanft auf den Rücken gezogen. Handschellen klicken, kühles Metall umschließt meine Gelenke. »Direktor Patten, Sir, ist das notwendig?«, beschwere ich mich. »Wir reden doch nur mit ihm.«

Zaynes Schwingung jagt hoch und unter den Agenten entsteht Unruhe. »Scheiße, er hat eine dieser Energiebomben in der Hand!«, ruft einer. »Lass das, Junge!«, ein anderer.

»Betäubungsschuss!«, befiehlt Patten.

»Nein!« Ich nutze den Moment der Unaufmerksamkeit, ramme dem Agenten, der mich festhält, in schneller Abfolge erst meinen Absatz gegen das Knie, dann mein Knie in seinen Bauch und befreie mich aus seinem Griff, als er sich mit einem dumpfen Schmerzenslaut krümmt.

Mit zwei Schritten bin ich bei Zayne und schirme ihn mit meinem Körper ab. Die Energiefäden haben sich zu einer Kugel verdichtet, seine Augen blitzen vor Zorn. Er hätte längst fliehen können. Er hätte sich durch die massiven Mauern sprengen und abhauen können. Er jedoch hat in seiner Zelle ausgeharrt, vielleicht, weil er sich an das Versprechen erinnerte, dass Envira ihm abgerungen hat.

»Ist schon gut, Zayne«, sage ich. »Alles ist gut. Tu das nicht, bitte. Ich weiß, dass du das nicht willst.«

Abwehrend schüttelt er den Kopf.

Ich lege in meine Stimme alle Überzeugung, die ich aufbieten kann. »Du willst uns nicht alle töten.«

Wieder schüttelt er den Kopf, schon weniger heftig diesmal. Seine Schwingung zuckt, er schluchzt auf: »Ich will hier weg!«

»Ich weiß, ich weiß, Zayne. Wir finden eine Lösung, okay? Ich kümmere mich darum.«

Er senkt die Hand und die Energie verpufft. Chronos, der Herrscher über die Zeit, überlässt sich meiner Führung. Es geschehen noch Zeichen und Wunder.

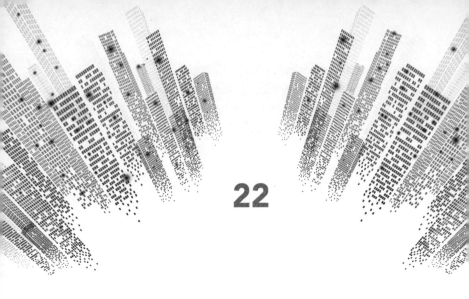

22

Die Agenten bringen BB und mich in Pattens Büro und nehmen uns die Handschellen ab. Patten setzt sich an seinen Schreibtisch und bietet uns Stühle an. Ich entscheide mich stehen zu bleiben und BB tut es mir gleich.

»Sie erinnern sich an Gordon Hensmayr?«, sagt Patten mit einer Geste in die Ecke.

Erst jetzt bemerke ich seinen Gast, der uns von der kleinen Sitzgruppe aus gleichmütig mustert. Ich nicke ihm der Höflichkeit halber zu, aber er hat nicht den Anstand zu grüßen. Auf dem Glastisch stehen zwei leere Kaffeetassen und ein Tablett mit zur Hälfte gegessenen Sandwiches, ein Computerpad liegt daneben. Allem Anschein nach hatte er eine ausführliche Unterredung mit Patten. Ich weiß nicht, warum, aber es gefällt mir nicht.

Patten blickt mich eigentümlich an. »Nach dem Tod von Bürgermeister Carnes hat es einige Veränderungen in der Stadtregierung gegeben. Gordon hat sich neuen Aufgaben zugewandt und ist nun Geschäftsführer der Duncan-Group.«

Aus dieser Aussage werde ich nicht schlau. Robert Duncan ist einer der vermögendsten und einflussreichsten Investoren Baine Citys. Ihm gehört praktisch ganz Greentown und er ist mit der Expansion noch lange nicht fertig. Im Moment sind weitere fünf Hochhäuser in Bau. Er selbst tritt nie in der Öffentlichkeit auf, sondern schickt seine Manager vor, in diesem Fall also Gordon Hensmayr. Aber was hat das mit der Division zu tun?

Hensmayr sagt keinen Ton und Patten begnügt sich mit diesem kleinen Exkurs. Was zum Teufel läuft hier? Ich kenne ihn als jemanden, der sehr sparsam mit Informationen umgeht. Dass er uns einweiht, hat mit Sicherheit irgendeine Bewandtnis. Aber welche? »Nun zu Ihnen«, fährt er fort. »Ihr Gespräch mit Zayne war sehr aufschlussreich.«

»Ich hatte ihn fast so weit, dass er uns sagt, wo sich Weyler aufhält«, erwidere ich betont ungehalten.

»In der Tat.« Patten drückt einen Knopf und die Wand zu unserer Rechten gleitet zur Seite und gibt eine Reihe von Bildschirmen frei. Mein Blick huscht von einem zum nächsten: Zaynes Zelle, die Gänge vor dem Zellentrakt, jene vor dem Krankentrakt, mein Zimmer und das von Corvin – von ihm hingegen keine Spur. Wo mag er sein? Hoffentlich bloß unter der Dusche. Mir fällt ein, dass Patten unseren Kuss beobachtet haben muss. Blut schießt mir in die Wangen, ich öffne den Mund, um meinem Ärger Luft zu machen, da schiebt Patten Papiere über den Tisch, eins für mich, eins für BB.

»Was ist das?« Ich nehme es zur Hand. »Kündigung? Sie feuern mich?«

»Ihr eigenmächtiges Handeln ist nicht länger tragbar, Jillian«, erwidert Patten kühl.

»Aber Sie brauchen mich!«

»Wir finden Nolan Weyler auch allein.«

»Das soll wohl ein Witz sein«, sagt BB.

Ich stoße den Atem heftig aus. »Wie wollen Sie ihm beikommen? Er hat Superkräfte!«

Patten hebt eine Schulter. »Und wir haben Zayne. Ich bin mir sicher, dass wir ihn zur Mitarbeit überreden können.«

»Was für ein Quatsch! Sie haben keine Ahnung, was in dem Jungen vorgeht. Er ist eine tickende Bombe.«

Patten trommelt ungehalten auf den Tisch. »Wir haben dieses Gespräch schon einmal geführt, Sie erinnern sich bestimmt, Jillian. Als Agentin haben Sie Befehlen zu gehorchen, nicht mehr und nicht weniger. Ich habe es satt, dass Sie sich ständig über die Vorschriften hinwegsetzen. Ihr Verhalten am Hornay River schlägt dem Fass den Boden aus. Ich lasse mir das nicht länger bieten. Sie scheiden mit sofortiger Wirkung aus dem Dienst aus.« Er streift BB mit einem Blick. »Sie auch, Callahan. Sie haben Zayne laufend ohne Erlaubnis besucht. Ihre Einfälle, die Wachmänner auszutricksen, sind beachtlich, aber genug ist genug. Ich möchte Sie nie wieder auf dem Gelände der Division sehen. Ihre Zugangsberechtigungen sind ab sofort aufgehoben.« Er deutet zur Tür. »Sie können gehen. Beide.«

»Was ist mit Corvin?«, frage ich.

Pattens Blick wird wachsam. »Er hat sich den vertraglich festgelegten Anordnungen widersetzt. Daher wird er wie vorgesehen am Umwandlungsprogramm teilnehmen.«

»Das dürfen Sie nicht!«, ruft BB bestürzt. »Sie haben ihn rehabilitiert!«

»Auf Probe, wie Sie wissen. Leider hat sich unsere Befürchtung bestätigt. Er kann sich nicht kontrollieren.«

»Das war doch nur aufgrund des Virus!«, halte ich dagegen.

»Unsere Psychologen sind anderer Meinung. Ihr Protest tut nichts zur Sache. Corvin wurde bereits in Gewahrsam genommen.«

Ich schnappe nach Luft, als er die Aufnahme von Corvins Zimmer abspielt. Die Division lässt Gas durch den Türspalt strömen, die weißen Schwaden breiten sich rasch aus. Ich schätze, dass es sich lediglich um Betäubungsmittel handelt, dennoch empfinde ich das Vorgehen als widerlich. Die Wirkung muss stark sein, Corvin, der nur mit einer Trainingshose bekleidet aus dem Bad kommt, bricht nach wenigen Sekunden bewusstlos zusammen. Agenten dringen in sein Zimmer ein, legen ihn in Ketten und schleppen ihn fort.

»Wohin wurde er gebracht?«, presse ich hervor und schlucke vehement gegen den Kloß in meinem Hals an.

»Wir haben einen Raum für ihn präpariert. Er ist bereits dort eingetroffen.« Patten klickt eine andere Kamera an und das Bild zeigt eine fensterlose Zelle, in deren Mitte der schreckliche Stuhl aus dem Jonathan-Ruther-Gefängnis aufgebaut ist. Ansonsten ist die Zelle kahl. Und leer.

Ich hebe eine Augenbraue. In Pattens Gesicht zuckt ein Muskel, dennoch wirkt er weit weniger nervös als erwartet. Die Bilder wechseln in schneller Abfolge, als er eine Kamera nach der anderen überprüft. Doch obwohl das Gebäude offenbar lückenlos überwacht wird, bleiben die Agenten und Corvin verschollen.

Ich wechsle einen Blick mit BB. Er schmunzelt. Da gestatte auch ich mir ein sachtes Aufatmen. Corvin hat die Division schon mehrmals ausgetrickst – sollte es ihm auch diesmal gelungen sein?

Ein Bildschirm fällt aus, dann der nächste, zwei anklagend schwarze Flächen inmitten der flimmernden Kamerabilder. Als der dritte Bildschirm erlischt, springt Patten auf, die Augen verengt.

Gordon Hensmayr hebt den Kopf. »Alles in Ordnung, Direktor Patten?«

Ein jähes Donnern erschüttert das Gebäude, die Fensterscheiben klirren, der Boden bebt. Ich spanne die Muskeln an, um das Gleichgewicht zu wahren, BB stützt sich an der Stuhllehne ab. Patten taumelt am Schreibtisch entlang zum Fenster, Hensmayr kommt merklich beunruhigt an seine Seite.

Wieder kracht es unter uns, im Erdgeschoss vielleicht oder noch tiefer, und diesmal ist die Erschütterung so stark, dass die Mauern knirschen. Staub wallt draußen auf. BB und ich stürmen zum zweiten Fenster. Ich spähe hinaus und was ich sehe, treibt mir ein Lächeln auf die Lippen.

Inmitten hellgrauer Schwaden läuft Dark Chaos über den Parkplatz und steuert die Mauer links von dem durch das Kraftfeld gesicherte Tor an. *Er wird durchbrechen!* Schüsse erklingen, aber ich mache mir keine allzu großen Sorgen, dass Corvin getroffen wird. Die Sicht ist schlecht, er ist mit seinen langen Schritten schnell und dennoch wendig genug.

»Erklären Sie mir das, Patten!«, faucht Gordon Hensmayr.

»Verdammter Mist!« Der Fluch täuscht nicht darüber hinweg, dass Patten so gelassen wirkt, als wäre ihm bei Tisch die Gabel auf den Boden gefallen und nicht gerade sein zweitwichtigster Gefangener entwischt.

BB grinst. »Scheint, als hätte Ihr Gast sich entschieden, ein anderes Etablissement aufzusuchen.«

Die Warriors haben aus Demlock Park eine Festung gemacht. Das Haus mit den düsteren Mauern hat an sich schon einen wehrhaften Charakter. Zusätzlich verfügt es über modernste Sicherheitstechnik und kann quasi zur Gänze abgeriegelt werden – theoretisch, denn das System aus Gittern und Kraftfeldern ist seit Jahren offline, und Robyn, die es hätte in Gang bringen können, nicht ansprechbar.

»Wenn sie stürmen«, sagt BB, als wir nur wenige Minuten nach Corvin und zeitgleich mit Morton, Ella und Robyn in Demlock Park eintreffen, »sind wir am Arsch.«

»Werden sie nicht«, erwidert Morton mit der ihm eigenen stoischen Ruhe. »Das ist Privatbesitz und Patten weiß das.«

Ich werfe Corvin einen knappen Blick zu, den er mit ausdrucksloser Miene erwidert. Sein Atem geht rasch, er ist den ganzen Weg gelaufen und war dennoch schneller als wir mit dem Auto. Langsam bilden sich die tintenschwarzen Verästelungen auf seinem nackten Oberkörper zurück und die Muskeln nehmen wieder normale Formen an.

Wir umringen das Homecenter und beobachten über die Kamera am Tor, wie die Division mit einem Aufgebot von mehreren gepanzerten Fahrzeugen angebraust kommt – und vor verschlossenen Türen steht. Patten rüttelt am Gitter, dann tritt er ans Interface am Torpfeiler und läutet Sturm.

»Oh, der Zeitungsjunge«, flüstert Fawn belustigt. »Wir lassen dich nicht rei-hein.«

Morton meldet sich und fragt betont gleichgültig nach einem Haftbefehl. Patten verneint. Auch einen Durchsuchungsbeschluss kann er nicht vorweisen. »Tja«, sagt Morton immer noch überaus freundlich, »dann haben Sie kein Recht, das Grundstück zu betreten.«

»Öffnen Sie das verdammte Tor!« Mittlerweile ist Patten hochrot im Gesicht. »Ich muss mit Jillian sprechen!«

Dazu hatte er Gelegenheit genug. Ich schüttle den Kopf.

»Danke für das Gespräch!«, ruft Ella. »Beehren Sie uns bald wieder, Direktor Patten.«

Morton beendet die Verbindung. Wir brechen in Jubel aus.

»Sieg!« Fawn wirft sich an Corvins Brust.

Ella entfaltet ihre Flügel und versinkt in ein stummes Gebet.

BB klopft Morton auf die Schulter. »Gut gemacht, Kleine Elster.«

Sein ständiger Hang zu Kosenamen ist nervig, doch Morton strahlt ihn an wie einst der Fünfjährige mit den Zahnlücken und der Rasierklinge am Handgelenk: *Blut läuft ihm über die Finger und tropft auf seine gepunkteten Socken, und er schafft es tatsächlich, seinen Schrei hinunterzuschlucken und BBs Lob leise wimmernd entgegenzunehmen.*

Ich schüttle das Bild ab. Ich muss lernen, im Hier und Jetzt zu leben, vielleicht verlieren die sengenden Klauen der Vergangenheit dann endlich ihre Macht über mich.

Ich begebe mich in die Garage, um nach Robyn zu sehen. Sie bietet einen interessanten Anblick, wie sie da in ihrem Wagen hockt, von Kopf bis Fuß in Metall gehüllt. Eine Ritterin des 21. Jahrhunderts.

Ella hat Robyn schon so vorgefunden, völlig reglos auf dem Fahrersitz, nicht bereit auszusteigen oder loszufahren. Die Tür zu ihrer Wohnung stand offen, dahinter war alles von dickem, bläulich schimmerndem Eis überzogen, sie konnte keinen Schritt weit vordringen. Sie entdeckte einige Einschusslöcher, bloß Weyler nicht, auch keine Blutspuren. Da Robyn laut Red zwar unverletzt war, aber auf nichts reagierte, hat sie ihr Auto kurzerhand mit ihrem abgeschleppt. So ist Ella: unkompliziert, lösungsorientiert, kreativ. Eine Bereicherung für Gottes Engelsschar.

Ich öffne die Fahrertür und beuge mich hinunter. »Hallo, Rob. Bist du okay?«

»Ein richtiger Sturm ist es erst, wenn die Schafe keine Locken mehr haben«, lässt Red, die auf der Motorhaube lümmelt, düster verlauten. Ich muss lächeln. *Ein Schafwitz geht immer.*

»Willst du eventuell mal da rauskommen?«, frage ich.

Keine Antwort, die Facettenaugen starren mich einfach nur an. Ich klopfe gegen den Helm. Eine Rüstung wie diese habe ich noch nie gesehen. Ich hatte angenommen, Robyn hätte die flexiblen Metallplättchen nur entwickelt, um ihre Brandnarben zu kaschieren, jetzt aber denke ich, dass sie von Anfang an auf eine Ganzkörperpanzerung aus war.

»Sie will schon, aber das Lametta will nicht abgehen«, erklärt mir Red allen Ernstes. »Es hat eine Fehlfunktion.«

Aus der Rüstung kommt ein Schnaufen.

Ich presse die Lippen aufeinander, um nicht loszuprusten. »Lässt es sich reparieren, das Lametta?«

Robyn hebt die Hände in einer Geste, die besagt: *Was glaubst du, was ich hier tue?*

»Ich meine, es ist ja ziemlich chic und für Weihnachten wärst du allemal gerüstet, aber noch ist es nicht so weit. Heb dir das für die Bescherung auf.«

Die Rüstung zischt mich erbost an. Es folgt eine Reihe dumpfer Laute, aus denen ich lediglich schließen kann, dass das Kommunikationsmodul ebenfalls defekt ist.

In der Hoffnung auf eine Übersetzung wende ich mich an Red. »Was hast du angestellt, dass das Lametta eine Fehlfunktion hat?«

»Üüüch? Unschuld ist mein zweiter Vorname. Aurum war's, Aurum war's, Aurum!«

Aurum? Richtig, Weyler verfügt ja nun über Aurums Kräfte. »Okay, vielleicht kann ich da was tun …«

Ich habe Aurums Schwingung in der Sphäre zwar nicht bewusst studiert, aber ich kann Reste davon an Robyns eigener Schwingung ausmachen, ganz so, als hätte sie einen Abdruck im Wellenmuster hinterlassen. Sie herauszufiltern, wäre ein Ding der Unmöglichkeit. Also neutralisiere ich Robyns Kräfte komplett. Red jault, ihre Erscheinung flackert.

Sekunden vergehen, dann geraten die Metallplättchen in Bewegung und schieben sich an allen Ecken und Enden ineinander. Die Rüstung faltet sich zusammen, bis neben Handschuhen und Stiefeln nur noch ein Schulter- und ein Hüftteil sowie ein Brustsegment übrig bleiben.

Robyn starrt mich an, als hätte ich Red soeben in eine Tomate verzaubert.

»Alles klar bei dir?«, frage ich sanft. Ihr Arm und das Gesicht liegen ebenfalls frei, und wie ich vermutet hatte, ist sie bei Weitem nicht so entstellt, wie sie tut.

»Spinnst du? Ich hatte den Fehler fast gefunden! Nur noch eine kleine Weile …«

»Und wie viele Wochen hättest du daran noch getüftelt, hm? Wir brauchen dich, Rob. Was ist überhaupt passiert?«

Sie runzelt die Stirn und zuckt zusammen, als sich ihre lädierte Nase kräuselt. Sie weist eine hübsche Farbpalette auf,

Blau- und Rottöne in allen Schattierungen. »Ich wollte die Rüstung heute Morgen zum ersten Mal testen. Dann kam dein Anruf. Und danach Weyler. Er hat nichts gesagt, einfach Aurums Kräfte angewandt und die Gier in mir wachgerufen. Ich habe wohl instinktiv reagiert und mich in alles Metall gehüllt, das ich am Körper trug. Als ich halbwegs klar denken konnte, war meine Wohnung ein Iglu. Weyler hat mir dreckig ins Gesicht gelacht. Da habe ich zugeschlagen …«

»Bäm«, wirft Red erläuternd ein.

»Und dabei ist die Impulswaffe losgegangen.« Sie tippt sich an den rechten Handschuh, an dem sich eine längliche Wulst mit angeschlossenem Solarpanel abzeichnet.

»Bäm, bäm, bäm.«

»Das Ding hat integrierte Waffen?«, frage ich verdutzt.

Stolz glüht in Robyns Augen auf. »Selbst entwickelt. Ich habe auf Weyler gefeuert und er ist verduftet. Weg war er.«

»Ich bin froh, dass du nicht verletzt bist. Mach das nie wieder, hörst du? Wir bekämpfen den Kerl alle zusammen.«

»Ach, tun wir das?« Ella steht hinter mir, die Arme verschränkt. »Lagebesprechung. Sofort.« Sie dreht sich um und marschiert hinaus. Nach einem raschen Blickwechsel folgen wir ihr.

Alle klatschen, als wir in die Küche kommen. Corvin, der sich umgezogen hat und ausnahmsweise Jeans und T-Shirt trägt, klopft Robyn auf die Schulter.

»Du bist vielleicht eine Nummer. Wolltest Weyler allein erledigen, was? Lass uns auch noch was übrig.«

Robyn grinst schief. »Ich habe mich extra beherrscht.« Falls die anderen überrascht sind, dass sie mit einem Mal von sich in der ersten Person spricht, so lassen sie sich nichts anmerken. Die Ereignisse in der Sphäre haben Robyn und Red verändert.

»Wie nobel. Aber meinetwegen hättest du keine Rücksicht zu nehmen brauchen«, erklärt Morton. »Was wollte er überhaupt bei dir?«

»Er hat wohl rausgekriegt, dass ich ihm auf der Spur bin, und wollte meine Daten vernichten. Er hat einfach alles vereist. Meine ganzen Sachen sind hin, die Computer, die Elektronik …«

Fawn nimmt ihre Maske ab und dreht sie in den Händen. »Oh. Dann wird das wohl nichts mit einer neuen Maske. Aber vielleicht kannst du sie ja … trocken föhnen?«

»Tut mir leid. Ich fürchte, die ist hinüber.«

»Was macht ein Schaf im Wäschetrockner? Na? Wollknäuel.« Red kichert und rotiert formvollendet.

»Sie hat einen echten Schaftick.« Corvin greift sich eine Zehnerpackung Schokoriegel aus dem Vorratsschrank.

»Was du nicht sagst«, antwortet Robyn. »Sie hatte auch schon einen Kuhtick, einen Mäusetick, einen Rochentick …«

»Es gibt Witze über Rochen?«, fragt Morton verwundert.

»Flachwitze.« Wir starren Robyn schweigend an. »Ach kommt schon! Der war jetzt echt komisch!«

»Ich finde es eher komisch, dass du dich mit Red auf einmal so blendend verstehst.« Mit drei Bissen vertilgt Corvin den ersten Schokoriegel und reißt auch gleich den nächsten auf. »Egal. Woher weiß Weyler von deinen Recherchen? Wer spielt ihm Informationen zu?«

BB sieht mich fragend an. »Patten? Er ist das einzige Bindeglied. Der steckt da mit drin, es muss so sein.«

»Hm.« Patten ist vieles – ein echter Dreckskerl, wenn man bedenkt, was er mit Corvin abgezogen hat –, aber etwas in mir weigert sich zu glauben, dass er mit Weyler gemeinsame Sache macht. »Angenommen, Patten weiß, dass Robyn die Datenbank der Division gehackt hat – warum nimmt er sie nicht einfach fest?«

Corvin beißt in den dritten Schokoriegel. Für jemanden, der andauernd betont, nicht zu dick zu sein, nimmt er jede Menge Zucker zu sich. Fawn scheint ähnlicher Auffassung zu sein. Sie schiebt ihm einen Apfel und ein Glas Erdnussbutter hin. Was es kaum besser macht. »Falls Weyler und Patten zusammenarbeiten«, sagt er genüsslich kauend, »dann hat bestimmt Weyler das Sagen. Und der hat offensichtlich noch Interesse an Robyn. Ich denke, dass er dich entführen wollte, Rob. Erst alles zerstören, und dich dann mitnehmen. Er hat nicht damit gerechnet, dass du auf ihn schießt.«

»Ich auch nicht. Jedenfalls hat er sich ordentlich verkalkuliert. Meine Hardware ist zwar im Eimer, aber hier«, Robyn tippt sich an die Schläfe, »habe ich vollen Zugriff auf mein System und auf die Daten der Division.«

Mit einem Blinzeln öffnet sie den Hologrammdesktop ihres Computerpads. »Also, passt auf: Es wurde tatsächlich eine achte Rettungskapsel vom Raumschiff der Warriors gefunden, an einem Ausläufer der Severin Bay, genau wie Weyler es gesagt hat. Da sie leer war, hat man das nie an die Öffentlichkeit weitergegeben. Warum die Warriors nichts davon wussten, ist mir ein Rätsel.«

BB wiegt den Kopf. »Man schrieb das Jahr 1908. Die Regierung war mit dem Eintreffen von Außerirdischen konfrontiert. Niemand konnte ahnen, dass sie zu den größten Helden der Menschheitsgeschichte werden würden. Da wurden bestimmt etliche Informationen zurückgehalten, auf beiden Seiten, denke ich. Die Warriors haben schließlich auch niemandem verraten, dass sie einen Verbrecher an Bord hatten, dem zur Strafe die Kräfte entzogen worden waren.«

Ich sehe BB scharf an. »Aber du wusstest es, stimmt's?«, komme ich auf meine Frage am Hornay River zurück. »Sharraj hat es dir erzählt.«

Alle horchen auf. »Wer ist Sharraj?«, fragt Ella.

»Envira.« BB seufzt. »Sie hat mich eingeweiht, kurz vor ihrem Tod, ja. Aber nur was Weylers Herkunft betrifft und dass er die Warriors mehrmals kontaktiert hat. Sie hatten ihm seine Kräfte entzogen und er wollte sie zurück oder zumindest irgendwelche Kräfte. Er behauptete, er habe sich geändert – und wurde immer wieder von ihnen abgewiesen. Damit kam er wohl nicht klar. Ich beginne erst jetzt langsam die Zusammenhänge zu durchschauen, die Division hat ja alles geheim gehalten.«

»Hm«, mache ich, nicht vollends überzeugt. Ich habe das Gefühl, dass BB uns die Wahrheit portionsweise verkauft, dass er nach wie vor etwas verschweigt, aber die anderen diskutieren sofort weiter.

»Das erklärt seine ›RACHE‹-Parolen damals«, sagt Ella. »Und heute soll es wohl so was wie sein Markenzeichen sein? Der Kerl hat einen ziemlichen Dachschaden.«

Morton nickt. »Tja, so viel zur friedliebenden Gesellschaft der Aykuraner. Kein Neid, kein Hass, keine Angst, kein Verbrechen – alles Lüge.«

»Er muss diesen Rachefeldzug echt lange geplant haben«, meint Fawn. »Ein solches Virus herzustellen, ist ja keine Kleinigkeit.«

»Laut seinem Lebenslauf hat er jahrelang Forschungen auf dem Gebiet der Gentechnologie betrieben«, sagt Robyn. »Er kann jede Menge Referenzen chinesischer Pharmakonzerne vorweisen. Als er dann bei Prequotec gearbeitet hat, war er maßgeblich an der Entwicklung der Rookie Heroes beteiligt und unterstützte vor allem die Idee, menschliche Gene mit jenen der Warriors zu kombinieren.«

»Dieses Stück Scheiße hat uns gemacht?«, ruft Ella in die entsetzte Stille hinein. »Ihm haben wir es zu verdanken, dass wir als Superhelden nichts taugen?« Sie wirft BB einen vernichtenden Blick zu, als er mit »Na, na« widerspricht.

Der Gedanke ist in der Tat erschreckend. Andererseits … macht es wirklich einen Unterschied? Wir sind, wer wir sind, völlig egal, wer damals seine Finger im Spiel hatte.

»Er wurde noch vor unserer Geburt entlassen«, fährt Robyn fort. »Angeblich soll er eigenmächtig experimentiert haben und schuld am Sterben unzähliger Embryonen sein. Danach ist er untergetaucht.«

Ich atme tief durch. »Weyler hatte bei Prequotec Zugriff auf das Genmaterial der Warriors. Was, wenn er davon etwas für sich selbst abgezweigt hat, nachdem sie ihn zurückgewiesen haben? Um sich neue Kräfte zu verschaffen?«

»Aber gescheitert ist«, führt Corvin meinen Gedankengang fort. »Vielleicht gab das mit den Ausschlag, die Warriors auszurotten. Wenn er keine Kräfte haben sollte, dann sie auch nicht. Niemand sollte das«, murmelt er mehr zu sich selbst. »Ihr wart keine Konkurrenz – ich schon. Deshalb hat er mich mit dem Virus infiziert, als er mit Burton hier war!«

»Äh ja, was das betrifft«, Robyn zupft an der blutroten Haarsträhne, die ihr in die Stirn fällt, »gibt es auch Neuigkeiten: Wie ihr wisst, hatte Direktor Burton vor, das Rookie-Heroes-Programm mit Corvin im Geheimen fortzuführen. Und dafür wollte er keinen Geringeren als Nolan Weyler ins Boot holen, wie auch immer er ihn ausfindig gemacht hat.«

Je mehr ich über Aaron erfahre, desto mehr verzerrt sich mein positives Bild, das ich von meinem Adoptivvater hatte.

Die anderen reden aufgeregt durcheinander. Da fällt mir erst auf, dass unsere Schlussfolgerungen nicht ganz stimmen können. »Aber«, ich blicke Corvin zum ersten Mal richtig an, »das ergibt keinen Sinn. Wenn Weyler bei dem Projekt mitmachen wollte – warum sollte er dich infizieren, wo doch sowieso vorgesehen war, dich ...« Der Rest bleibt mir im Hals stecken.

»... mich zu modifizieren und als Genpool für ihre Klone auszuschlachten?«, entgegnet er bitter. »Wie schön. Jetzt hast du endlich den Beweis dafür, dass ich lüge, oder was?«

»Das habe ich nicht gesagt«, protestiere ich.

»Aber gedacht.«

»Auch nicht. Ich versuche nur zu begreifen, was in Weyler vorgegangen ist.«

»Na klar. Hast du dich schon mal gefragt, was in mir vorgeht, Jill? Wie ich mich dabei fühle, ist dir scheißegal! Es ist dir scheißegal, dass ich für Burton, deinen heiligen Adoptivvater, den ich geliebt habe, ja, regelrecht verehrt, nicht mehr war als ein Experiment! Es ist dir scheißegal …!«

Ich explodiere. Ich spüre es in mir hochkochen und diesmal lasse ich meinem Zorn freien Lauf. »Hör auf! Hör endlich auf damit! Ich kann deine Vorwürfe nicht mehr hören …!«

»Hört beide auf!«, ruft Robyn dazwischen. »Ihr könnt euch nachher anschreien – wenn ihr das Video gesehen habt. Denn vielleicht kommt ihr ja drauf, dass alles ganz anders war.«

23

Morton öffnet das Tor gerade so weit, dass ich mit dem Wagen hindurchrollen kann, und schließt es sofort hinter mir. Auf der Straße wimmelt es nur so vor Divisionsagenten. Dutzende Gewehre richten sich auf mich und mir wird ein wenig mulmig. Wie nicht anders zu erwarten, stellt sich mir Patten in den Weg. Er winkt mit beiden Armen und bedeutet mir, das Fenster herunterzulassen.

»Für dich habe ich jetzt echt keinen Nerv.« Ich gebe Gas, in der Annahme, dass er zur Seite springen wird, er aber bleibt beinhart stehen. In letzter Sekunde muss ich doch auf die Bremse treten. Ich kann ihn ja schlecht überfahren. Seine Mundwinkel heben sich zu einem schwachen Grinsen.

»Was?«, schnauze ich ihn durchs geöffnete Fenster an. »Bin ich jetzt eine Gefangene in meinem eigenen Haus?«

Er späht ins Wageninnere. »Ich muss mit Ihnen reden, Jillian.«

»Was hätten Sie mir wohl noch zu sagen?«

Wie beiläufig berührt Patten seinen Ohrstöpsel. Sein Gesicht bleibt völlig unbewegt. »Die Duncan-Group hat heute Morgen die Division übernommen.«

Mir entfährt ein fassungsloses Keuchen. Die Division war

von jeher in der Hand der Regierung. Wieso sollte sich ein Privatier wie Duncan dafür interessieren? Ich versuche die Information mit unserem Gespräch in Pattens Büro in Einklang zu bringen. Deshalb war Hensmayr also anwesend. Es ging um die Übernahme. Aber mehr erschließt sich mir nicht. Ich habe anderes im Kopf. »War's das? Darf ich jetzt fahren?«

»Was wissen Sie über Robert Duncan?«

»Nichts«, antworte ich wahrheitsgemäß. »Er investiert in Immobilien. In Baine City vornehmlich in Greentown.«

»Er ist ein Geist. Er gibt keine Interviews. Er lässt sich nicht fotografieren. Niemand hat ihn je gesehen. Nicht einmal seine Wohnadresse ist bekannt.«

»Ich habe es wirklich eilig.«

»Wohin soll es denn gehen?«

»Nach Hause. Was dagegen?«

Er hebt beschwichtigend die Hände. »Kennen Sie die Pläne der Duncan-Group für das sogenannte Anti-Verbrechen-Konzept?« Auf mein verdutztes Kopfschütteln meint er: »Ich dachte nur. Robyn ist ja recht geschickt in diesen Dingen.«

Langsam beschleicht mich der Verdacht, dass Patten mit seinen Andeutungen ein bestimmtes Ziel verfolgt. Was will er mir mitteilen? »Wovon reden Sie eigentlich?«

Abermals checkt Patten das Wageninnere, aber natürlich gibt es da nichts zu sehen. Er geht zum Kofferraum, öffnet ihn, schließt ihn wieder, kommt zur Fahrerseite zurück. »Mehr kann ich nicht für Sie tun, Jillian. Machen Sie was draus.« Mit einem Nicken tritt er zur Seite. »Durchlassen!«, ruft er seinen Leuten zu.

Verwirrt fahre ich los. Das Viertel um Demlock Park ist durch schmale Straßen geprägt, erst nach etwa einer Meile muss ich an einer Ampel anhalten. Ich drehe mich seufzend um. Wenn es nach mir ginge, könnte er gern bleiben, wo er ist. Schön zusammengefaltet, ein handliches Paket.

»Hast du das mitgekriegt?«

Die Rückbank klappt hoch, und Corvin schält sich ächzend aus seinem Versteck. Robyns Auto ist für jeden Ernstfall gerüstet. Es verfügt über geheime Nischen, doppelte Böden, integrierte Impulsgewehre unter den Scheinwerfern, zwei Schleudersitze, einen Nebelwerfer und dergleichen Gadgets mehr. Sie liest zu viele Comics.

»Allerdings.« Corvin zwängt seine langen Beine auf den Beifahrersitz. »Patten hat uns den Ball zugespielt. Rob, hast du es auch gehört? Was zum Teufel ist dieses Anti-Verbrechen-Konzept?«

»Wort für Wort«, erklingt Robyns Stimme in meinem Ohrstöpsel. »Gebt mir ein paar Minuten. Ich bin schon dran.«

Den Rest der Fahrt schweigen wir uns an. Corvin blickt stur geradeaus und wälzt Gedanken, jenen, die mich quälen, vermutlich nicht unähnlich. Das Video vom Brand vor sechs Jahren, das Robyn uns gezeigt hat, tanzt noch immer vor meinen Augen. Heiße zwei Minuten Material, angefangen von meinem Vordringen in die Halle bis zu Corvins Gefangennahme, nachdem ich ihn erfolgreich neutralisiert hatte. Für Corvin mag es neu gewesen sein. Ich hingegen habe die Ereignisse exakt so in meinem Gedächtnis gespeichert. Und mein erster argwöhnischer Ausruf danach hat uns auf eine ganz neue Spur gebracht: »Das kann nicht alles gewesen sein. Aber ich glaube, ich weiß, wer den Rest des Videos hat.«

Ich seufze schwer. Nicht mehr lange und die Ungewissheit wird endlich ein Ende haben.

Als wir mein Zuhause erreichen, schalte ich wie besprochen erst die Kameras am Gartentor mit zwei schallgedämpften Schüssen aus BBs Waffe aus, dann, nachdem ich den Wagen vor der Garage geparkt habe, die an der Eingangstür. So oder so wird uns die Division auf die Schliche kommen, aber vielleicht lässt es sich noch ein wenig hinauszögern.

Aufgeschreckt durch unser Eindringen kommt Kristen die Treppe herunter, im Bademantel und mit nassem Haar.

»Jill!« Ihr Blick huscht weiter. »Corvin. Haltet ihr das für eine gute Idee …?«

Ich schiebe mich an ihr vorbei. Ohne zu fragen, betrete ich ihr Arbeitszimmer, das immer tabu für mich war. Vielleicht aus gutem Grund.

»Jill! Was soll das?«

Ich lege die Pistole auf den Tisch und entrolle Kristens Computerpad. »Dein Passwort? Oder bewahrst du die geheimen Dateien woanders auf?«

»Welche Dateien? Jill, kannst du mir mal erklären, was du hier willst?« Kristens Gesicht ist kalkweiß, ihre Unterlippe zittert. Ahnt sie bereits, was ich herausgefunden habe?

»Kannst du dir das nicht denken? Sag mir das Passwort!«

Corvin drängt sie gegen den Tisch. Seine Augen funkeln unheilvoll – blankes Eis als Vorbote der Dunkelheit. »Das Passwort, Kristen, sofort!«

Sie fürchtet ihn, und etwas an dieser Furcht trifft mich tief im Innersten. Nicht, weil sich dadurch bestätigt, dass es wahr ist. Nein, diesbezüglich habe ich mir nichts vorgemacht – sie hat es wirklich getan. Viel mehr erkenne ich mich in ihr wieder. Genau wie sie bin ich angesichts Corvins Überlegenheit jedes Mal wie betäubt. Die Panik vor dem Gefressenwerden macht aus mir ein hilfloses Vögelchen.

Das muss sich ändern. Ich bin ihm ebenbürtig. Ein Monster braucht das andere nicht zu fürchten.

Mit brüchiger Stimme nennt Kristen eine Zahlenfolge, in der ich ihren Hochzeitstag, mein Geburts- und Aarons Sterbedatum erkenne. Ich gebe sie ein und lasse das System nach Videodateien suchen. Es spuckt eine schier endlos lange Liste aus. Die Videos sind nach dem Datum geordnet. Der bewusste Tag ist nicht dabei.

Ich hebe den Blick. »Wo ist es?«

»Wo ist was?« Sie windet sich, und Corvin lässt ihr ein wenig Spielraum, damit sie mitschauen kann.

»Das Video von Aarons Tod. Das ganze Video. Nicht das Fragment, das du an die Division weitergeleitet hast.«

Wir haben es wieder und wieder abgespielt, und säßen wohl jetzt noch davor, wäre mir nicht eingefallen, dass Kristen auch nach ihrem Weggang von der Division auf Vertragsbasis psychologische Gutachten über die Rookies erstellt hat. Sie hat die Überwachungsvideos gesichtet und die unwichtigen in komprimierten Dateien abgelegt. Aufzeichnungen von schlafenden, duschenden, Zähne putzenden Rookie Heroes, zwölf Jahre Videomaterial unseres unbedeutenden Daseins. Die relevanten aber, wie jenes der Unglücksnacht vor sechs Jahren, wurden gesondert in der Datenbank der Division gespeichert. Doch das bewusste Video wurde manipuliert. Robyns Einschätzung nach hat jemand daran herumgeschnippelt.

»Jill, Süße …«

»Komm mir nicht damit!«

Kristen setzt erneut zu einer Rechtfertigung an, aber ich schneide ihr das Wort ab. Viermal spielen wir das Spielchen, dann nennt sie mir einen verborgenen Dateipfad zu einem Video. Natürlich hätte Robyn die Sache übernehmen können, sie wäre im Nullkommanichts zum gleichen Ergebnis gelangt. Aber ich wollte, dass Kristen es zugibt. Dass sie mir in die Augen sieht und ihre Schuld eingesteht. Noch habe ich nichts davon bekommen. Sie starrt Löcher in die Tischplatte.

Corvin lässt sie los, kommt an meine Seite und ich klicke das Video an. Die Zeit macht einen Sprung zurück.

Aaron Burton tritt ins Bild. *»… die Krönung unseres Rookie-Heroes-Programms: Corvin oder auch Dark Chaos. Corvin, sag ›Hallo‹ zu meinem Freund Nolan Weyler.«*

»Hallo.« Folgsam schüttelt Corvin Weylers Hand. Sein Haar ist kurz und strubbelig, der Blick klar. Mein Herz schwappt beim Anblick dieses unschuldigen Jungen förmlich über.

»Wie geht es dir, mein Junge?« Weyler strahlt eine gefährliche Ruhe aus, als er sich Corvin nähert.

»*Gut, Sir, danke, Sir.*«

Aaron tätschelt ihm gönnerhaft den Kopf. »*Wir wollen dich nicht stören, aber könntest du uns vielleicht eine kleine Vorführung geben? Der gute Nolan glaubt nicht, dass deine Superkräfte viel weiter entwickelt sind, als die der anderen.*«

Corvin kommt der Bitte nach und hüllt sich in Dunkelheit. Dann geht alles sehr schnell: Weyler zieht eine Ampulle hervor, zerbricht sie vor Corvins Nase und weicht zurück, als die Dämpfe aufsteigen. Aaron ist der Vorstoß offenbar entgangen, er lächelt selbstgefällig. Unmittelbar darauf beginnt Corvin zu wüten. Er wirft das Buch, in dem er gelesen hat, gegen die Wand, dann die Flasche Wasser auf dem Tisch, dann, Aarons Beschwichtigungsversuchen zum Trotz, den Tisch selbst. Binnen weniger Sekunden gleicht der Raum einem Schlachtfeld.

Weyler weckt in mir den brennenden Wunsch, ihm sein Lachen aus dem Gesicht zu kratzen. Ich werfe einen Seitenblick auf Corvin, der neben mir die Fäuste ballt. Seine Brust hebt und senkt sich viel zu schnell, sein Keuchen aber geht im Gebrüll seines jüngeren Ichs unter.

Aaron entscheidet sich zu fliehen, doch Weyler schubst ihn und er taumelt seitwärts. Im gleichen Moment kommt ein Regalbrett angeflogen und trifft ihn so unglücklich, dass seine Halsschlagader aufreißt. Blut pulsiert rhythmisch aus der Wunde, so viel Blut.

Daraufhin erklingt ein Heulen, bei dem sich mir förmlich die Nackenhaare aufstellen, und ich kann nicht mehr einordnen, ob es der kleine Corvin ist, der da voller Qual schreit, oder Corvin neben mir. Ich habe das Gefühl, er durchlebt alles noch einmal. Im Video will Corvin auf Weyler losgehen, doch zu spät: Er entkommt durchs Fenster.

Die Rookies stürmen in die Halle und mein Entsetzen nimmt neue Ausmaße an. Ich verfolge mit, wie sie versuchen, Corvin zu stoppen. Fawn – ach, mutige, selbstlose Fawn! – stürmt auf ihn zu, will ihn umarmen, durch Körperkontakt versuchen, zu ihm durchzudringen, er jedoch rammt sie mit voller Wucht. Sie stolpert und bricht halb besinnungslos in die Knie. Ella schreit auf, ihre Flügel entzünden sich vor lauter Schrecken. Sie weicht einem Mauerbrocken aus, bevor er sie niedermähen kann, kommt zu Fall und begräbt Robyn unter sich. Corvin kippt eines der Sofas auf sie, sie können nicht fliehen, sind gefangen, brennen, brennen. Was Ella nichts anhaben kann, wird für Robyn zur Todesfalle, bis es Morton gelingt, das Sofa ein Stück anzuheben. Gemeinsam zerren sie Robyn hervor.

Zwei Divisionsagenten schaffen es unbehelligt in die Halle und holen einen Rookie nach dem anderen raus, während die Flammen zu einem Inferno hochschlagen. Rauch und Feuer erfüllen den Raum und immer noch hört man Corvin toben. Erst als glitzernde Wasserbögen durchs Fenster rauschen, wird es still. Minutenlang beobachten wir den Löschvorgang, den die Kamera wie durch ein Wunder übersteht. Irgendwann steigt nur noch Dampf auf. Corvin sitzt auf einem Schutthaufen, fiebrig, zitternd, die Finger um Mauerbrocken gekrallt, als gäbe ihm das die Möglichkeit, sich nicht ganz zu verlieren.

Im Hintergrund sind Schreie zu vernehmen und nach einem verständnislosen Atemzug erkenne ich in der kindlichen Stimme meine eigene.

»Nein! Das dürfen Sie nicht! Sie dürfen ihn nicht umbringen! Nein! Nicht, nicht, bitte nicht …!«

»Sir, was sollen wir tun?«, ist ein Mann zu hören. »Gilt der Schießbefehl noch?« Eine Pause, in der mein Kreischen wieder anschwillt. »Wie war das? Sir, ich brauche einen eindeutigen Befehl! Exekutieren – ja oder nein?« Ich schreie mir die Seele aus dem Leib, kämpfe gegen die Hände an, die mich halten, die mich nicht zu ihm lassen. Die ihn töten wollen. »Verstanden. Jawohl, Sir, das Mädchen darf zu ihm rein. Geh, Kleine. Versuch es.«

Ich tapse in die Halle und das Video bricht ab, meinen Hinterkopf mit dem geflochtenen Zopf im Standbild.

Ich merke erst, dass ich schluchze, als sich Corvins Gesicht vor meines schiebt. Unendlich sanft nimmt er meine Wangen zwischen die Hände und lehnt seine Stirn an meine. So stehen wir beieinander, bis die Wahrheit aus unseren Köpfen in unsere Herzen sickert.

Die Frage nach dem Warum klärt sich rasch: Geld. Ich kann nicht glauben, was ich höre, aber Kristen erklärt mir nüchtern, dass sie keinen anderen Ausweg gesehen habe, als Weyler zu erpressen. Von seiner Verbindung zu den Warriors will sie allerdings nichts gewusst haben, nur von seiner Mitarbeit bei Prequotec. »Aaron hat mir einen Schuldenberg hinterlassen. Er hat das Rookie-Projekt persönlich mitfinanziert, sein ganzes Vermögen floss in die Forschung. Ich hätte dich nicht adoptieren dürfen, hätte ich nicht eine bestimmte Summe auf dem Konto vorweisen können. Der Deal hat das erst ermöglicht.«

»Und Weyler hat einfach zugestimmt und bezahlt?«, frage ich. »Er hätte in unser Haus eindringen, die Dateien löschen und dich umbringen können. Oder uns beide.«

»Ich hatte ihn informiert, dass ich eine Kopie bei einem Anwalt hinterlegt habe, mit dem Auftrag, sie der Division zu übergeben, sollte ich den Tod finden. Hältst du mich für so dumm?«

»Ich weiß überhaupt nicht mehr, was ich von dir halten soll.«

Kristen wirkt bedrückt, einsehen will sie ihren Fehler aber nicht. »Ich habe es für dich getan, Jill. Was ist so schlimm daran?«

»Lass mich kurz überlegen. Ach ja: Es ist ein Verbrechen. Außerdem: Deinetwegen saß Corvin sechs Jahre im Gefängnis! Ich habe ihn verdächtigt, Aaron ermordet zu haben. Und du hast mich auch noch darin bestärkt. Dabei hat Weyler Aaron gestoßen! Ob absichtlich oder nicht – es war ein Unglück.«

»Es war zu seinem Besten. Wäre Corvins Unschuld bewiesen worden, hätte die Division Aarons Plan, mit ihm Supersoldaten zu züchten, durchgeführt. Hensmayr war Feuer und Flamme für das Projekt …«

»Hensmayr?«, wiederhole ich fassungslos und höre in meinem Ohrstöpsel Robyns Schnaufen. »Gordon Hensmayr?«

»Ja. Er war nach Aarons Tod der interimistische Direktor, ehe er in die Politik ging.«

»Und Patten? Wusste der davon?«

»Nein. Patten war jung, er wollte sich profilieren ... Glaub mir, es war besser so. Sie hätten Corvin zeit seines Lebens als Versuchskaninchen genutzt.«

»Das ist doch Schwachsinn! Sie hätten alles Mögliche mit ihm anstellen können, als er im Gefängnis saß!«

»Er war ein Kind«, beharrt sie. »Es war die einzige Möglichkeit, ihn zu schützen.«

»Tu nicht so, als hättest du ihm einen Gefallen getan!« Mein Blick huscht zu Corvin, der am Fenster steht. Er hat noch kein Wort dazu gesagt. Unsere Diskussion scheint völlig an ihm abzuprallen.

»Das habe ich«, entgegnet Kristen. »Du wirst es noch verstehen, hoffe ich, irgendwann. Und dann ...«

»Das bezweifle ich«, schmettere ich ihre Ausflüchte ab. »Robyn wird sich bei dir melden. Sei ihr behilflich, Kristen, eventuell kannst du dir dadurch ein Körnchen meines Respekts verdienen.« Ich sende die Videodatei erst an Robyn, dann an meine eigene Mailadresse. Mehr gibt es nicht zu tun. Ich bin fertig mit Kristen. »Corvin?« Er dreht sich um, ruhig, viel zu ruhig. »Alles okay?«

Er nickt. »Lass uns gehen, Jill. Lass uns einfach gehen.«

Und das tun wir.

Zurück beim Auto nimmt Corvin auf dem Fahrersitz Platz. Irritiert setze ich mich neben ihn. »Sie werden dich verhaften.«

»Wir fahren nicht nach Demlock Park. Noch nicht.«

»Wohin dann?«

»Überraschung.«

Ich sinke in den Sitz und mit einem Mal blättert alles von mir ab. Die Anspannung, mein ewiger Drang, die Kontrolle zu behalten, alles regeln zu müssen, und trotzdem nie gut genug zu sein. Wann konnte ich mich zuletzt richtig fallen lassen? Es fühlt sich wie eine Erlösung an, nicht länger gegen meine eigenen Mauern anrennen zu müssen.

Mich streift der Gedanke, dass wir reden sollten, aber er verflüchtigt sich rasch. Das sanfte Rütteln des Wagens wirkt einschläfernd, Corvins Ruhe umhüllt mich wie ein schützender Mantel. Da ist er, da bin ich, und da ist das alte Vertrauen, dass ich so vermisst habe. Ich glaube fast, es war immer da, unser ständiges Zähnefletschen hat es bloß zu sehr eingeschüchtert, als dass es sich hervorgewagt hätte.

Ich schrecke erst wieder hoch, als wir anhalten. »Quinn?«, frage ich nach einem raschen Orientierungsblick. Die Epton Road mit ihren schmucken Häuschen, den einheitlichen Briefkästen, Mülltonnen, Garagentoren erweckt in ihrem Vormittagsfrieden den Eindruck einer Alternativwelt. Drei Straßen weiter beginnt eine der Trümmerzonen, in der die Menschen in den Überresten ihrer Häuser nach ihren verschütteten Angehörigen suchen. Nach all den Jahren können sie die Toten nicht loslassen.

Corvin nickt. »Er fehlt mir. Er sollte bei uns sein.«

Ich denke an Quinns Eltern, die von dieser Idee bestimmt nicht begeistert sein werden. Corvin kennt sie noch nicht, er kennt die wahre Bedeutung von Familie nicht. »Okay.«

Wir steigen aus, aber als ich auf die Eingangstür zuhalten will, nimmt Corvin meine Hand. »Gehen wir ein Stück.«

Wir laufen bis an die nächste Ecke, überqueren die Straße und finden uns am Eingang des Carlton Parks wieder. Er umfasst höchstens einen Block, aber wie der Lageplan verrät, hat er einen Springbrunnen, eine Picknickwiese, einen Tümpel und einen Kinderspielplatz, an dem wir stehen bleiben.

Wir beobachten Jungen und Mädchen, die eine froschgrüne Rutsche hinunterflitzen. Ihr Lachen perlt über meine Haut und die alte Sehnsucht lässt meine Brust eng werden. Als ich klein war, übten Spielplätze eine magische Anziehungskraft auf mich aus. Ich konnte nicht fassen, dass es Kinder gab, die tatsächlich nichts anderes taten, als herumzutollen und zu spielen. Kein Ausdauertraining, kein Weitsprung, kein Klettern mit verbundenen Augen, einer Hand oder ohne Füße, einfach nur spielen.

Auf einem versteckten Pfad schlendern wir zu dem von Weiden umsäumten Tümpel. Die Äste hängen tief übers Wasser. Auf dem trübgrünen Spiegel platzen Blasen. Es riecht ein wenig faulig. Corvin fasst auch nach meiner zweiten Hand.

»Ich muss mich entschuldigen«, sagt er. »Ich dachte, du hättest nicht um mich gekämpft, aber das hast du, ich dachte, du hättest mich aufgegeben, aber hier bist du.«

Ich suche in seinen Augen nach ersten Anzeichen, nach blitzendem Eis, aber da ist nichts. Seine Iriden bleiben blaugrün gesprenkelt und klar. »Ich hätte mehr tun müssen.«

»Unter Kristens Einfluss war das bestimmt schwierig.« Er lächelt matt.

In mir brodelt etwas auf, für das ich keine Worte finde. Der Verrat durch Kristen schmerzt unsagbar. Ich weiß, wenn ich den Gedanken daran zulasse, wenn ich an diesem schwarzen Klumpen rühre, wird es mich zerstören. Also dränge ich ihn zurück. Irgendwann werde ich mich ihm stellen, bloß nicht jetzt.

Corvins Lächeln wird wehmütig. »In meiner Erinnerung warst du zwar das Mädchen mit dem Zopf, nur viel älter, fast erwachsen, wie auch ich älter geworden bin. Und die erwachsene Jill, die ich herbeigesehnt hatte, und jene, die dann tatsächlich im Gefängnis auftauchte … Sie passten nicht zusammen. Je mehr ich versuchte, sie in Einklang zu bringen, umso weiter hast du dich von mir entfernt.«

Es schnürt mir die Kehle zu. Wir haben beide ganz ähnlich empfunden. »Und ich wollte den Jungen von damals zurück. Aber es gibt ihn nicht mehr.«

»Wir sind nicht dieselben geblieben.«

Ich schlucke. »Aber das bedeutet nicht, dass wir nicht das füreinander sein können, was wir uns wünschen.«
»Und was? Was wünschst du dir, Jill?«
»Das hier.« Ich drücke seine Hände. »Ich habe mich geirrt.«
Ich will ihm erklären, dass es mir leidtut und dass ich hätte für ihn da sein müssen. Dass ich nicht länger ein Monster in ihm sehe, dass ich mit der Dunkelheit klarkomme, aber meine Zunge ist wie verknotet und mein Herz pocht heftig an meiner Kehle. »Das hier und ... alles.«
Vielleicht liest er es in meinen Augen, vielleicht spürt er, dass jegliche Last von mir abgefallen ist, und empfindet genauso. Da sind keine Schranken mehr. Wir sind frei, frei zu tun, was wir wollen. Und ich will nur eins: ihn küssen.
Ich blicke zu Corvin auf, er beugt sich zu mir, zögert einen letzten Moment. Ich erwarte, dass die Dunkelheit aus ihm hervorbricht, fast erhoffe ich es mir sogar. Ich fürchte sie nicht länger, sie ist das, was ihn ausmacht. Doch er bleibt, wie er ist, als seine Lippen meine finden.
Der Kuss ist süß und echt, sein Mund weich. Unsere Hände verflechten sich, lösen sich wieder, wir können sie nicht stillhalten. Ich vergrabe meine Finger in seinem T-Shirt, in seinen Muskeln, ich will alles an ihm berühren, will aufsaugen, was mit einem Mal offen vor mir liegt. Die Mauern sind gefallen, kein Aber hindert uns mehr, alles fühlt sich richtig an. Komplett. Die vielen Splitter reiben nicht länger aneinander, sie bilden ein Mosaik, in dem jeder Teil den anderen ergänzt.
Als Corvin die Stelle unter meinem Ohr mit Küssen bedeckt, steigt wildes Begehren in mir auf, das jede Zärtlichkeit hinwegspült. Ich dränge mich an ihn, näher, noch näher, und er stößt einen Laut aus, der das Brennen in mir nur noch anfacht.
Er murmelt, dass er mich will, und ich will ihn ebenso, jetzt, morgen, an meiner Seite, für immer, und das sage ich ihm auch.
Corvins Schwingung lodert auf. Er stöhnt, als die Schatten auf seiner Haut zum Leben erwachen. Schwarzen Schlangen

gleich kriechen sie über seinen Hals, und er hält inne und sucht meinen Blick. Wintereis schlägt mir entgegen, seine Wimpern flattern. »Tut mir leid …«

Ich lege die Hand an seine Wange. Spüre Bartstoppeln unter meinen Fingern, und die Veränderung zu Dark Chaos, als seine Haut die Titanschicht aufbaut. »Nicht. Es ist gut. Das bist du. Ich war dumm, so dumm.«

Er packt mich und hebt mich auf seine Hüften. Ich schlinge die Beine um ihn, während seine Muskeln wachsen und die Verwandlung fortschreitet. Ein Sturm aus Hitze und Feuer lebt in mir auf, der jede Faser meines Körpers entflammt. Und zum ersten Mal nehme ich meine eigene Schwingung wahr.

Meine Schwingung.

Sie ist ein buntes Energieband, das in mir pulsiert, sich rings um mich ausbreitet, alles und jeden durchdringt. Sie ist mein Atem, mein Lachen, meine Stimme. Mein Leuchten. Wie konnte ich diese machtvollen Wellen bloß übersehen? War ich so fixiert auf das, was ich bei anderen bewirken wollte, dass ich mich selbst vergessen habe?

Ich lache auf.

»Was ist?«, murmelt Corvin und sein Atem jagt Schauer über meine erhitzte Haut.

»Ich habe gerade etwas Wichtiges gefunden.«

»Gut. Lass es nicht mehr los.«

Nie wieder.

Unser Kuss wird intensiver, der Raum zwischen uns schmilzt, bis wir ein einziges atmendes liebendes Wesen sind. Meine Hände, seine Hände sind überall und nirgends, ich kann nicht mehr unterscheiden, wo ich anfange und er aufhört.

Feurige Spuren auf der Haut, unstillbares Verlangen, gehauchte Worte auf den Lippen: Mehr. Jetzt. Hier. Ja.

Trunken voneinander taumeln wir am Teichufer entlang. Im von der Sonne durchbrochenen Blätterschatten einer Weide sinken wir ins Gras. Es gibt ein leises Ratschen.

»Verflucht. Meine Jeans.«

Ich muss kichern. »Eine intime Stelle?«

Corvin verrenkt sich halb den Hals, um den Riss zu finden. »Nein. Nur am Knie. Mieses Material.«

»Monströse Muskeln.«

»Das auch.«

»Zieh sie aus.«

»Du zuerst.«

Ich nestle an meinem Reißverschluss herum, viel zu ungeschickt, zu zittrig, zu ungeduldig. Corvins Fingerspitzen gleiten an meinem Hosenbund nach oben, über meinen Bauch, an meine Brust, unter hinderlichen Stoff. An nackte Haut. Er berührt mich so behutsam, dass sich alles in mir in heißer Glut zusammenzieht. Jede Stelle, jede einzelne Stelle steht kurz davor zu zerspringen. Meine Gedanken driften davon. Ich vergesse die Hose, ich vergesse zu atmen.

Ich ertrinke ...

Ein Räuspern lässt uns aufschrecken. »Siehst du, ich hab's dir ja gesagt. So einsam ist es hier nicht.«

»Jill? Corvin? Jill und Corvin? JillundCorvin ...«

Oh nein. Bitte nicht. Ich ahne, nein, weiß bereits, welches Bild sich mir bieten wird. Wir springen auf und kriechen unter den Ästen der Weide hervor.

Das Mädchen ist klein, schwarzhaarig und stark geschminkt. Ihr verschmierter Lippenstift zeugt von Quinns Kussversuchen.

Quinns beginnende Starre zeugt von seiner Überforderung.

Ich will seine Schwingung neutralisieren, ehe es zum Schlimmsten kommt, bemerke aber, dass sie praktisch kaum vorhanden ist. Jeder Mensch weist mehr Energie auf als Quinn.

Corvin, der Dark Chaos abgestreift hat, stürzt auf Quinn zu, schließt ihn wie früher in seine Arme und birgt sein Gesicht an seiner Brust. »Alles ist gut«, sagt er ruhig und bestimmt. »Alles ist gut.« An mich gewandt raunt er: »Ein Shutdown. Sein System fährt runter.«

Die Schwarzhaarige quengelt. »Was ist denn jetzt los? Wer seid ihr? Hat er einen Kollaps?«

»Halt die Klappe!«, fauche ich und sie reißt entrüstet die Augen auf.

Quinn steht steif wie eine Puppe an Corvin gelehnt. Marmorstaub kitzelt in meiner Nase. Die endgültige Starre steht kurz bevor. Es gleicht einem Wunder, dass er sich nicht längst verwandelt hat. Offenbar fühlt er sich in der festen Umarmung geborgen.

Ich überlege fieberhaft. Quinns Körper versetzt sich in eine Art Energiesparmodus, eine instinktive Schutzfunktion. Fawn kann ihn aus der Starre holen, indem sie seine Lebensenergie anregt. Was, wenn es erst gar nicht dazu kommen müsste? Wenn seine Schwingung stabil bliebe oder sogar noch anstiege? Könnte der Prozess dann gestoppt werden?

Es ist riskant. Ich weiß viel zu wenig über das Autismus-Spektrum, darüber, wie Quinn sich fühlt und was er momentan braucht. Womöglich helfe ich ihm nicht, womöglich bereite ich ihm Schmerzen und provoziere, dass er komplett austickt. Doch wenn ich es nicht versuche, werden wir es nie erfahren.

Ich fische in der Leere nach verbliebenen Vibrationen und verabreiche seiner Schwingung einen sanften Schubs. Nichts. Eine winzige Steigerung vielleicht? Wieder nichts. Mit einem flauen Gefühl im Magen gehe ich aufs Ganze.

Quinn stößt ein Ächzen aus, das mehr wie ein Knirschen klingt, als seine Schwingung in einer Woge aufpeitscht. Sein Gesicht gleicht mit einem Mal zum Leben erwachtem Marmor. Corvin gibt ihn frei, und er taumelt gegen die kleine Schwarzhaarige. Ich zerre sie zurück, bringe sie außer Reichweite, dennoch streifen Quinns Finger ihre Tasche. Die augenblicklich versteinert.

Klasse, Jill. Erfolg auf ganzer Linie.

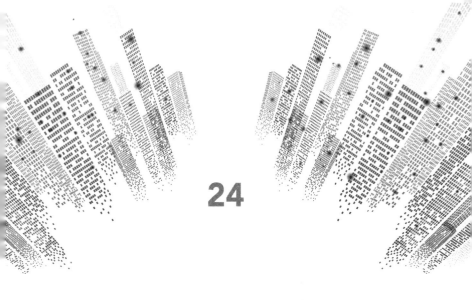

24

Als Kind habe ich Quinns Verwandlung zu Cameo des Öfteren miterlebt. Geschafft hat er es nur unter besonderen Bedingungen. Er brauchte Ruhe, ein Gefühl von Sicherheit und Corvin an seiner Seite. Die beiden hatten schon immer einen speziellen Draht zueinander.

In diesen Ausnahmefällen konnte Cameo Gegenstände in Stein verwandeln wie etwa Schlüssel, Toffees, Radiergummis, aber auch Lebewesen wie Marienkäfer und Raupen. Er hat es gehasst, Tieren Leid anzutun und wollte die Zeugnisse seiner Superkraft nicht aufbewahren, aber die Division hat sie alle gesammelt. In regelmäßigen Abständen musste Fawn sich daran üben, den tierischen Steinskulpturen neues Leben einzuhauchen, doch geklappt hat es nie. Was Cameo in Stein verwandelt, ist unwiderruflich tot.

Nie zuvor allerdings ist es ihm gelungen, ein so großes Ding wie eine Tasche zu versteinern. Die Schwarzhaarige kann von Glück reden, dass sich die Änderung der Molekülstruktur immer nur auf das jeweilige Objekt beschränkt, das er berührt, sprich, dass sich der Vorgang nicht ausbreitet. Ansonsten wäre die Attraktion, mit der der Tümpel im Carlton Park nun aufwarten kann, um einiges spektakulärer.

Freundin Abigail – der siebte Versuch übrigens –, hat die Flucht ergriffen, was Quinn nicht sonderlich stört. »Ich will damit abschließen«, hat er gesagt, als er nach einer schier endlosen Aufzählung von Planetensystemen wieder ansprechbar war. »Das Küssen bringt mich nur durcheinander.«

»Das trifft sich gut«, hat Corvin in verständnisvollem Ton erwidert. »Wir haben da nämlich einen Vorschlag.«

Jetzt sitzen wir gemeinsam im Auto auf dem Weg nach Demlock Park. Sehr zum Leidwesen von Quinns Eltern, die schon jetzt krank vor Sorge sind. Aber Quinn ist erwachsen, sie konnten ihm seinen innigsten Wunsch nicht verwehren – bei uns zu sein, bei den Rookie Heroes, wo er hingehört.

Während der Fahrt plagt mich mein schlechtes Gewissen. Ich bin unschlüssig, ob es gut war, dass ich eingegriffen habe. Also erkundige ich mich bei Quinn, wie sich so ein Shutdown anfühlt.

»Ich bin kaputt. Ein Haufen loser Teile«, sagt er und fällt wie stets, wenn er über sich selbst spricht, in eine kindliche Sprache. »Wie ein Puzzle aus einer Million Steine und mir fehlt die Kraft mich wieder zusammenzusetzen. Oder irgendetwas zu tun oder zu sagen, so erschöpft bin ich.«

»Hast du Schmerzen?«

»Nein. Ich habe Angst. Dass der Zustand nicht wieder verschwindet. Dass ich die Kontrolle nicht zurückbekomme und ewig gefangen bin. Einmal hat es ein Jahr gedauert, obwohl Henry meinte, dass es nur eine Woche war. Heute war es anders. Deinetwegen, Jill. Ich bin erschrocken, weil alles aus mir herausbrach. Aber dann war es gut.«

Ich atme auf. *Gut* klingt schon mal positiv. Mit *Gut* können wir weiterarbeiten – falls Quinn das will. Er hat zwar bereits zugestimmt, doch für Corvin würde er wahrscheinlich alles tun, sogar mit ihm seine heiß geliebten Apfel-Erdnussbutter-Sandwiches essen, wenn er es verlangt.

Als wir uns Demlock Park nähern, kriecht Corvin wieder in

das Versteck unter der Rückbank, unnötigerweise, wie sich herausstellt. Die Division hat nämlich das Feld geräumt.

Ich drehe mich um. »Komm wieder raus, Corvin. Sie sind weg.«

Nicht ein Agent ist zur Überwachung vor Ort geblieben, schwarze Reifenspuren kreuz und quer auf dem Asphalt lassen auf einen überstürzten Rückzug schließen.

»Das kann nichts Gutes bedeuten«, murmle ich, als ich den Wagen durchs Tor und auf die Zufahrt lenke.

Corvin runzelt die Stirn. »Die planen irgendwas.«

»Der Park ist kleiner geworden«, verkündet Quinn.

Erst will ich es als eine seiner typischen Aussagen abtun, bei denen man zehn Minuten später draufkommt, in welchem Zusammenhang sie zu verstehen ist. Doch letztlich benötige ich nur eine Minute. Ich steige auf die Bremse. »Verdammt, nein!«

Einer nach dem anderen stürzen wir aus dem Auto und laufen an die Ostseite unseres Hauses.

»Rob? Wo seid ihr?«, ruft Corvin. »Seid ihr okay?«

Robyns Stimme klingt alarmiert. »Ja, aber …«

»Habt ihr das gesehen?«

»Was gesehen? Wir haben gerade die Information reingekriegt, dass …«

»Dass es eine neue Sphäre gibt«, vollende ich ihren Satz. »Kommt raus, schnell. Wir sind hinten am Sandplatz.« Dem eine Ecke fehlt. Der Anblick produziert sengenden Schmerz in meiner Brust, als wäre auch mir ein Stück aus meinem Herzen gerissen worden. »Das wirst du büßen«, entfährt es mir und in Gedanken verätze ich Weylers Gesicht mit Säure.

Corvin fasst nach meiner Hand, die andere legt er Quinn auf die Schulter, der die Hülle der Sphäre fasziniert betrachtet. Wenn man nicht weiß, was sie darstellt, kann man sich durchaus in der schimmernden Endlosigkeit verlieren.

Mein Gehirn versucht in einem fort das Fehlende zu ergänzen, womöglich, weil ich nicht wahrhaben will, was Weyler uns angetan hat. Wie hat er Zayne dazu gebracht? Freiwillig hätte der Junge sein Versprechen unter keinen Umständen gebrochen, davon bin ich überzeugt.

Die anderen kommen angelaufen. Alle. Niemand fehlt, niemand ist verletzt. Ich bin so froh, sie heil vor mir zu haben, denn es hätte auch anders ausgehen können. Entsetzen und Schock zeichnen ihre Gesichter, als sie realisieren, dass die Rückseite unseres Hauses fort ist. Stattdessen prangt dort die Sphäre. Wenn sie sich auflöst, wird man in die Zimmer schauen können wie in ein Puppenhaus – falls Demlock Park dann nicht einfach in sich zusammenstürzt.

Ella hebt die gefalteten Hände zum Himmel. »Danke, Herr.«

Das ist nicht die Reaktion, die ich erwartet habe. Morton bemerkt meinen Blick. »Sie hat Gott um ein Zeichen angefleht. Ist keine zehn Minuten her.«

Ella murmelt ein Gebet und bekreuzigt sich anschließend. »Herr, ich danke dir für deine Führung.«

»Amen«, presst Robyn hervor. »Zu gütig von ihm, dass er uns alle in die Küche gelotst hatte.«

Ella verzichtet auf eine Antwort.

»Lasst mich raten«, sagt Corvin kalt, »die Sphäre reicht von hier zur Division. Sie hat also einen Durchmesser von …«

»Drei Meilen«, erklärt Quinn. »Der Krümmung nach zu urteilen, erstreckt sie sich eine Viertelmeile in die Erde und demnach zwei Komma fünfundsiebzig …«

»Wir sind durchaus in der Lage, das auszurechnen«, unterbricht BB ihn entnervt.

»… in den Himmel«, fährt Quinn fort. »Was ist das?«

»Das«, sagt Ella mit bebender Stimme, »ist eine Kriegserklärung.«

»Was ist das?«, wiederholt Quinn unbeeindruckt. Er braucht eine Antwort, die ihn zufriedenstellt.

»Das weiß doch inzwischen jeder!«, ruft Fawn. Sogar durch die Maske klingt ihre Stimme schrill, was deutlich macht, wie bestürzt sie ist. Ihr Zuhause, unser Zuhause, wäre um ein Haar komplett von der Sphäre verschlungen worden. Es erweckt sogar den Anschein, als hätte Weyler ihre Ausdehnung genau bemessen. Aus purer Provokation. »Das ist eine Zeitblase und wir werden den Verantwortlichen dafür killen.« Fawn blickt in die Runde. »Das werden wir doch, oder?«

»Es gibt keine wissenschaftliche Erklärung für so etwas wie eine Zeitblase«, sagt Quinn. »Wer ist der Vater?«

»Äh, wie meinen?«, fragt Morton und Quinn beginnt von vorn.

»Es gibt keine wissenschaftliche Erklärung für eine Zeitblase. Ergo ist sie das Ergebnis von Magie oder von Superkräften. Magie lässt sich ausschließen, wir haben keinen Anhaltspunkt für ein solches Phänomen. Daher ist sie das Werk eines Superhelden. Keiner von uns hat die erforderlichen Fähigkeiten, andere generierte Rookie Heroes hätten sie ebenso wenig. Also handelt es sich um einen Nachkommen der Warriors. Wie wir wissen, konnten sie sich untereinander nicht fortpflanzen. Der Abkömmling muss also zur Hälfte menschlich sein. Bei Einberechnung aller Informationen über den Doom und das mögliche Alter des Kindes handelt es sich um Enviras Linie mütterlicherseits. Wer ist der Vater?«

Wir starren ihn wortlos an.

»Ich.«

Jetzt starren wir BB an. Die Hände vors Gesicht geschlagen, sinkt er an Ort und Stelle auf die Knie. »Ich meine … ich glaube es. Es kann nicht anders sein.«

»Was macht ein schwarzes Schaf unter weißen?«, fragt Red, die sich aus Robyn gelöst und über uns Position bezogen hat, in Denkerhaltung, als säße sie auf einem unsichtbaren Stuhl. »Einer muss ja der Sündenbock sein!«

Robyn verdreht die Augen. »Das ist nicht dein bester.«

»Versteht ihr nicht? Sündenbock. Sünde. Bock. Rammeln …«

»Klappe, Pisswolke!« Als Red beleidigt schnaubt, atmet Robyn tief durch. »BB, ich dachte, die Warriors könnten keine Kinder bekommen.«

BB stöhnt. Noch immer kann er uns nicht ansehen. »Ich auch. Die Natur ist wohl ab und zu ... eigenwillig.«

»Hattest du denn mit Envira *Kontakt?*«, fragt Fawn ungläubig.

Robyn grunzt amüsiert. »Tja, weißt du, Fawn, man muss Kontakt haben, wenn man miteinander ein Kind zeugt. Das funktioniert nicht anders. Man nennt das übrigens *Sex*.«

Sie knufft sie in die Seite. »Du bist so fies!«

»'tschuldigung, aber die Vorlage kam von dir.« Robyns Blick wird abwesend, als sie auf ihre Datenchips zugreift und den Holodesktop ihres Computerpads aufruft. »Zaynes DNA-Profil weist eine eindeutige Übereinstimmung mit Enviras Erbgut auf. Sie ist also seine Mutter. Mal sehen, was die Datenbank der Division noch so hergibt. Theoretisch eine DNA-Probe in BBs Akte ...«

Die längste Zeit hatte ich es vermutet, es gab mehr als genug Hinweise dafür. Ich sollte wütend auf BB sein, dass er uns nicht eingeweiht hat, doch angesichts dessen, dass er zu unseren Füßen kauert, kann ich nur spüren, wie sich mein Magen verknotet.

»Jetzt wird mir einiges klar«, sagt Morton. »Envira hat dir die Besitzurkunde von Demlock Park gegeben, richtig? Von ihr wusstest du das mit dem Testament!«

BB nickt und lässt die Hände sinken. Mühsam ringt er um Fassung. »Ich hätte es euch längst sagen müssen, aber ... Wie konnte ich mir sicher sein?«

Ich lege ihm die Hand auf die Schulter, und er greift danach, greift nach meinem Trost wie ein Ertrinkender. »Es spielt keine Rolle, es hätte nichts geändert.«

Sein Gesicht ist fleckig gerötet, und unweigerlich sehe ich Zayne vor mir, in seinem Zorn, mit tränenverschleierten Augen und erhitzten Wangen.

Umständlich steht BB wieder auf. »Ich habe Sharraj geliebt. Und sie mich. Sie wollte den Kampf gegen die Warriors nicht länger führen, also habe ich ihr ein Versteck organisiert und sie mit Medikamenten versorgt, die ihre Symptome linderten. Ihr Organismus kam mit dem Virus besser klar, als es bei den anderen Warriors der Fall war, sie lebte da zwei Jahre im Geheimen. Die meiste Zeit war sie stabil und da … da ist es passiert. Sie hat mir nicht gesagt, dass sie schwanger ist. Vielleicht hatte sie Sorge, das Baby zu verlieren, und wollte … Dann war sie eines Tages verschwunden. Ich habe das halbe Land nach ihr abgesucht, aber nichts. Ein Jahr später hat sie sich plötzlich gemeldet. Sie meinte, ihr Körper habe das Virus besiegt, sie sei endlich gesund und müsse mich unbedingt sprechen. Wir haben einen Treffpunkt vereinbart, aber … sie kam nicht. Weyler hat sie aufgespürt und ermordet. Er hat es zugegeben.« Er stößt einen erstickten Laut aus.

»Zayne hat anfangs bei einer gewissen Ilsa in Penfield Lodge gelebt«, erkläre ich an die anderen gerichtet.

BB nickt. »Ich habe nachgeforscht: Das ist eine Kommune, die sich von jeglicher Technik losgesagt hat.«

»Also hatte Envira dort Unterschlupf gesucht, ihr Baby zur Welt gebracht, und nach ihrem Tod ist Zayne dort aufgewachsen – bis Weyler ihn sich gekrallt hat.«

»Ilsa starb unter mysteriösen Umständen.« Mehr muss er nicht sagen, auch sie hat Weyler auf dem Gewissen.

»Okay«, Ella rubbelt an ihrem Goldtattoo auf der Nase, »Jill hat recht: Es macht keinen Unterschied. Zayne hat zwar die Sphären erstellt, aber der eigentliche Bösewicht ist Weyler. Darin sind wir uns doch einig, oder?« Wir nicken. »Also: Wie vernichten wir ihn?«

»Wir«, Morton spricht das Wort wie eine Frage aus, »können ihn nicht vernichten. Wir sind ihm unterlegen. Wir sind noch nicht einmal ein Team. Wir waren nie eins.«

»Wir könnten ihn erschießen«, schlägt Fawn vor. »Dazu

braucht es kein Team. Bloß einen anständigen Scharfschützen.«

Der Gedanke hat was. Auf die Lauer legen und ihn einfach abknallen. Das sollten selbst wir hinkriegen. Allerdings ...»Zunächst müssten wir ihn mal finden.«

»Das ist die leichteste Übung«, sagt Robyn. »Nolan Weyler ist Robert Duncan. Durch Pattens Hinweise und Kristens Kooperation hat sich seine Identität zu dreiundachtzig Prozent bestätigt. Gordon Hensmayr ist ihm direkt unterstellt. Außerdem arbeitet Hensmayr eng mit Oliver Temming zusammen, der sein Richteramt niedergelegt hat und bei der Bürgermeisterwahl kandidiert – als aussichtsreichster Kandidat. Demzufolge besitzt die Duncan-Group nicht nur Greentown und die Division, sondern übernimmt in Kürze auch die Macht über Baine City. Wodurch Weyler seine Pläne zum Anti-Verbrechen-Konzept verwirklichen kann.«

»Was soll das sein?«, frage ich, als sie kurz Atem schöpft.

»Wenn ich es richtig verstanden habe, ließe sich dadurch die Kriminalitätsrate in Baine City auf einen Schlag auf null senken. Weyler hat der Stadtregierung seine Idee bereits mehrmals vorgestellt, wurde jedoch immer abgewiesen. Mehr weiß ich noch nicht.«

»Das passt doch gar nicht zusammen«, sage ich. »Weyler, der große Friedensstifter? Der Mann, dem wir den Doom zu verdanken haben? Der ohne Skrupel massenhaft Menschen opfert? Nein. Da stimmt was nicht.«

Robyn zuckt mit den Schultern. »Über Hensmayrs ID-Nummer habe ich auch den Rest rausgekriegt. Der Idiot hinterlässt Spuren so auffällig wie Leuchtreklame. Und was meint ihr wohl, wo der große Robert Duncan residiert? In einem seiner Wolkenkratzer.« Sie präsentiert uns ein Hologramm von Greentown. Das Hochhaus im Zentrum ist mit einem Kreuz markiert und überragt die anderen erheblich. »Er bewohnt ein Penthouse direkt unter dem Dach.«

Fawn seufzt. »Das war's dann mit der Scharfschützenidee. Es sei denn, wir könnten einen Skydiver klauen.«

Corvin, der die ganze Zeit über geschwiegen hat, meldet sich zu Wort. »Den brauchen wir nicht, wir brauchen überhaupt niemanden – nur Jill.« Er zieht mich an sich, schlingt die Arme um meinen Bauch und küsst meinen Hinterkopf. Meine Wangen werden heiß. Die anderen johlen.

»Na endlich!« Fawns Augen funkeln vor Begeisterung.

Quinn kichert. »Jill und Corvin, Jill und Corvin …«

»Wurde auch Zeit«, sagt Robyn und Red steuert den obligatorischen Witz bei: »Warum streiten Schafe nach dem Scheren nicht? Weil sie sich nicht mehr in die Wolle kriegen können.«

BB nickt zufrieden, Morton und Ella strahlen uns an. Ich bin so verlegen, dass ich nicht weiß, wo ich hinschauen soll, aber mein Lachen ist bestimmt das glücklichste von allen. Man könnte meinen, wir hätten keine anderen Sorgen.

Corvin räuspert sich, denkt aber gar nicht daran, mich loszulassen. »Mit Jills Unterstützung können wir gegen Weyler bestehen. Wir können unsere Kräfte einsetzen, wie es uns vorherbestimmt war. Wir können ein Team sein, das *eine* Team: die Rookie Heroes.«

Ähm ja. *Ich bin die Superwaffe, die euch zu echten Helden macht.* Ich sage nichts.

»Das stimmt«, sagt Robyn voller Überzeugung. »Wir müssen bloß noch ein bisschen trainieren.«

Ein bisschen? Leichte Hysterie steigt in mir auf.

Ella deutet auf die Sphäre. »Wann denn? Weyler hat uns herausgefordert. Er wird nicht warten, bis wir bereit sind. Bis dahin hat er die Stadt in eine Staubwüste verwandelt.«

»Eben. Wenn wir ihn nicht stoppen, wer dann?«, versetzt Corvin und natürlich kann niemand einen Gegenvorschlag machen. Wir sind tatsächlich Baine Citys letzte Hoffnung.

Pattens Worte schießen mir durch den Kopf: *Machen Sie was draus.* Er wusste, dass ihm die Hände gebunden sind, nun, da

Hensmayr das Sagen hat. *Deshalb die Kündigung, deshalb hat er Corvin entkommen lassen. Er hat uns den Weg geebnet. Er war die ganze Zeit auf unserer Seite.*

»Ihr wollt wirklich kämpfen?«, fragt Morton.

»Ich bin dabei«, erklärt Robyn. »Jill heizt unsere Schwingungen an und wir legen los. Keine große Sache.«

»Mit Jills Kräften bin ich Cameo«, fügt Quinn hinzu.

»Dann brauchen wir womöglich gar kein Training?«, fragt Fawn hoffnungsvoll. »Ich meine, wenn sogar Quinn zum Superhelden wird ...«

Ich schäle mich aus Corvins Armen. »Okay Leute, aber wir müssen zumindest ausprobieren, wie sich das im Einzelnen auswirkt.«

»Abgesehen davon«, sagt Corvin, »müsst ihr mit eurem Willen fest dahinterstehen. Ihr müsst an euch glauben und an unsere Mission. An die Rookie Heroes. Könnt ihr das?«

Robyn nickt zustimmend. Ein Nicken kommt auch von Ella. Und ein zögerliches von Fawn. Quinn wirkt abwesend auf mich, aber das muss nichts heißen. BB scheint sich noch nicht entschieden zu haben, Morton ebenso wenig. Ich halte ihm zugute, dass er darüber nachdenkt, wo er sich doch erst kürzlich gegen die Rookies ausgesprochen hat.

»Das ist Irrsinn«, sagt er schließlich. »Weyler hat kaltblütig sieben Warriors umgebracht, sein eigen Fleisch und Blut, sein Volk. Er verfügt über drei Superkräfte. Er kann uns jederzeit mit einem Virus infizieren. Und er hat einen Jungen in der Gewalt und womöglich auf seiner Seite, der über die mächtigste Superkraft überhaupt verfügt.«

»Ja, das ist es«, erwidere ich. »Es *ist* Irrsinn. Aber ich für meinen Teil kann nicht einfach zuschauen, wie Weyler die Stadt endgültig dem Erdboden gleichmacht. Schlimm genug, dass er so weit gekommen ist, dass Tausende Menschen ihr Leben lassen mussten.«

Als ich tief durchatme, greift Corvin den Faden auf. »Und

wie wird das enden? Was, wenn ihm Baine City nicht genug ist? Wenn er mehr will, womöglich die Kontrolle über das ganze Land, über die Amerikanische Union? Wer kann ihm dann noch Einhalt gebieten? Ich denke, die Warriors haben ihm seine Kräfte aus gutem Grund nicht zurückgegeben. Sie wussten, welche Gefahr er für die Menschheit darstellt.«

Ich nicke. »Niemand zwingt uns, gegen ihn vorzugehen. Wir können die Köpfe in den Sand stecken und warten, was passiert. Doch das bedeutet zu akzeptieren. Wollt ihr das? Wollt ihr akzeptieren, dass einer wie Weyler, der keinerlei Respekt vor dem Leben hat, die Macht an sich reißt? Wir sind Kinder Aykurs, aber wir sind genauso Kinder der Erde. Zayne braucht uns, Baine City und seine Bewohner brauchen uns. Wir können die Augen davor verschließen. Oder wir können Helden sein.«

»Ohne Superkräfte?«, wendet Morton ein.

»Vielleicht. Vielleicht geht es gar nicht um Superkräfte oder Superwaffen. Nur darum, das Richtige zu tun.«

»Was macht einen Helden aus?«, fragt Quinn und diesmal, das spüren wir alle, geht es ihm nicht um unser Heldenspiel.

»Selbstlosigkeit, die Bereitschaft, für andere einzustehen ...«, zählt Fawn auf.

»Kampfgeist, Tapferkeit, Stärke«, schließt sich Morton an. »Altruismus, Empathie ...«

»Menschlichkeit«, sagt Ella und das simple Wort, das so vieles umfasst, bleibt zwischen uns hängen wie die Antwort auf alle Fragen. Menschlichkeit. Die Wurzel allen Übels, so scheint es, was unsere Kräfte betrifft. Oder der Schlüssel?

Wie absurd, dass die Menschen alles Nötige in sich tragen und dass sie trotzdem unfähig sind, es zu nutzen. Erfordert es denn erst nichtmenschliche Helden, um die Welt zu retten?

Quinn hebt eine Schulter. »Ein Held marschiert ins Dunkle, tut, was getan werden muss, und kehrt danach ans Licht zurück. Egal, was er dort findet, ob er fremde oder eigene Monster bekämpfen muss, er kann sie nicht besiegen, wenn er gar nicht erst reingeht. Also ist jeder, der sich traut, ins Dunkle zu gehen, ein Held. Ich bin froh. Ich muss nicht allein ins Dunkle gehen, ich habe euch. Wir gehen gemeinsam. Gemeinsam sind wir viel stärker. Gemeinsam schaffen wir alles.«

Die Mienen der anderen haben sich gewandelt. Sie haben ihre Entscheidung getroffen, auch Morton. Ich sehe Angst, aber auch Hoffnung in ihren Augen. Ich sehe Mut. Entschlossenheit.

Wir werden kämpfen. Nicht, weil wir dazu auserzehen wurden, weil irgendwelche Gene uns dazu verdammen. Sondern weil wir bereit sind, über unseren Schatten zu springen und zu tun, was richtig ist.

»Also gut«, sagt Morton. »Dann sollten wir keine Zeit mehr vergeuden.«

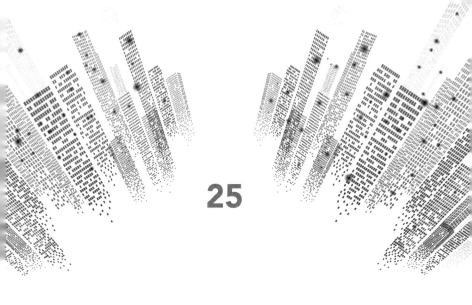

25

Mit den Schwingungen der anderen zu jonglieren, ist wie ein Tanz. Ein ständiges Annehmen und Nachgeben, Führen und wieder Loslassen. Ich gebe den Takt vor, ich fache die Musik zu einem Crescendo an oder dämpfe sie, falls es nötig wird. Ich werde besser, je länger ich mich darin übe, und erkenne intuitiv, wann ich mich zurücknehmen muss.

BB ist losgezogen, um Ausrüstung zu besorgen – was immer damit gemeint sein mag –, während Corvin mich beim Training unterstützt, wo er kann. Er hat mir geraten, die Rookies nicht zu überfordern. »Sie müssen ihre Schritte allein machen«, hat er gesagt, »müssen Kraft und Zutrauen in sich finden und das dauert. An sich und seine Fähigkeiten zu glauben, ist ein Prozess, der nicht innerhalb von ein paar Stunden zu bewerkstelligen ist.«

Das leuchtet mir ein. Die Geschwindigkeit, mit der wir angesichts der drohenden Gefahr voranschreiten, ist kontraproduktiv. Kein Sportler ist gleich am ersten Tag Weltmeister, er durchläuft das Auf und Ab von Scheitern und Wiederaufstehen über mehrere Jahre. Dummerweise haben wir die nicht. Unsere Frist ist knapp bemessen. Morgen früh müssen wir zuschlagen.

Quinn scheint seit dem Erlebnis im Park mit sich und seinen Kräften völlig im Reinen zu sein. Nach einem ordentlichen Stups von mir hat er sich mit Fawn in eine Ecke verzogen und versteinert Moospolster und Marshmallows und diverses anderes Zeug, von dem ich lieber nicht wissen will, was es ist.

Auch Ella hat enorme Fortschritte gemacht und beeindruckt mich bereits mit waghalsigen Loopings. Sie ist zwar nach wie vor unzufrieden mit sich und ihren Leistungen, aber damit muss sie allein klarkommen. Ich lobe sie überschwänglich, als sie vor Corvin und mir landet, und bitte sie, eine Weile allein weiterzumachen, damit ich mich um die anderen kümmern kann. Wortlos schwingt sie sich wieder in die Lüfte und ihre violetten Flügel schicken Flammensäulen zum Himmel.

»Du machst das toll.« Corvin schenkt mir einen Kuss, der in mir die Sehnsucht nach mehr entfacht. Es sind diese kleinen Gesten, die mir zeigen, dass wir nun wirklich und wahrhaftig zusammengehören. »Ich möchte mit dir allein sein«, flüstert er.

»Jetzt?«

Er zwinkert mir zu. »Jetzt wäre fantastisch.«

Ich boxe ihn in die Rippen und er krümmt sich, als hätte ich ihm eine schwere Verletzung zugefügt. »Idiot.«

»Der Idiot will dich entführen.«

Seine Hand stiehlt sich unter mein Shirt. Kühle Finger gleiten meinen Rücken empor und der Duft nach Meer versetzt mich in einen Rausch, aus dem ich nie wieder erwachen will. Mühsam trete ich einen Schritt beiseite.

»Das wird warten müssen. Ich habe da noch einen wichtigen Termin morgen. Ich muss nämlich die Welt retten.«

»Wer redet von morgen? Heute Nacht.«

»Ich merke es mir im Kalender vor.«

»Das will ich stark hoffen. Du weißt ja, ein Monster weist man nicht ab.« Er grinst. Die arrogante Geste, mit der er sich die Haare aus dem Gesicht streicht, ist zu perfekt, um nicht einstudiert zu sein.

Ich grinse ebenfalls. Mir kann er nichts mehr vormachen.

Wir gehen zu Robyn und Morton hinüber. Red hat sich in Tachi verwandelt. Sie hat Mortons Gestalt und Kräfte angenommen und schlägt voller Enthusiasmus mit ihren Schwertarmen auf ein Hologramm ein, obwohl etwas anderes ausgemacht war. Sie sollte Morton zeigen, wie er unterschiedliche Klingen rasch absorbieren und wieder abstoßen kann. Kämpfen hat Morton mit Holzstöcken und Holoschwertern bis zum Exzess trainiert, darin braucht er gewiss keine Auffrischung.

»Red, was treibst du da?«, rufe ich.

»Ich schlachte das Schaf ab. Stirb!« Das Hologramm stößt ein lebensechtes Stöhnen aus, als Red ihm das Schwert tief in den ohnehin schon malträtierten Leib rammt. Es löst sich auf und das Programm bestätigt den Sieg mit einer Fanfare. Red wedelt mit ihren Klingen. »Filets für alle!«

»Robyn?«, wende ich mich an sie. Sie hat es sich neben Morton auf der Begrenzung des Sandplatzes gemütlich gemacht und erweckt nicht den Eindruck, als nähme sie die Sache ernst. »Solltest du sie nicht überwachen?«

»Du kennst sie doch. Sie macht, was sie will.«

Ich seufze und erkläre Red ihre Aufgabe noch einmal. »Das ist wichtig, damit Morton sich überwindet, es auch zu versuchen.«

Der winkt ab. »Lass sie doch. Ich finde das amüsant.«

Ich nicke über meine Schulter zur Sphäre, die einen höchst motivierenden Rahmen für unser Training darstellt. »Das findest du also amüsant, ja?«

»Natürlich nicht …«

»Okay. Gib mir Bescheid, ob du irgendwann für deine Superheldenrolle bereit bist. Heute wäre praktisch.«

Morton schnauft. »Red könnte meinen Part doch fix übernehmen. Sie macht das sehr professionell.«

Robyn sieht mich an. »Von mir aus. Kein Problem.«

»Doch, das ist ein Problem«, entgegne ich bereits etwas gereizt. »Wenn wir ein Rookie weniger sind, verringert das unsere

Chancen. Außerdem war vorgesehen, dass Red Weyler doubelt, um seine Kräfte zu bekommen. Und dazu brauchen wir sein Blut. Tachi muss Weyler gleich zu Beginn eine Wunde zufügen, bevor der mitkriegt, was los ist.«

»Vielleicht liegt es ja daran«, sagt Morton resigniert. »Ihr verlasst euch auf mich. Aber ich behindere euch bloß. Ich werde niemals Tachi sein. Ich bleibe auf ewig der Junge, der sich in seinem eigenen Blut wälzt.«

Corvin setzt sich neben ihn auf die Mauer. »Weißt du, der erste Schritt ist immer der schwerste. Im Gefängnis, da gab es einen Schacht mit einem Fenster an der Decke. Ich wollte ans Licht, ich wollte es so sehr, aber ich wusste, ich würde da nicht raufkommen. Die Wände waren glatt, es gab nichts zum Festhalten. Es war lächerlich, überhaupt darüber nachzudenken. Aber dann habe ich es versucht. Und natürlich landete ich nach wenigen Metern am Boden, auf hartem Beton. Ich bin so unglücklich gefallen, dass ich nicht mehr aufstehen konnte. Stundenlang lag ich bewegungsunfähig da.«

Bei der Erinnerung, wie Corvin den Schacht hochkletterte, so mühelos, als könnte er fliegen, wird mir die Kehle eng.

»Und dann?«, fragt Morton.

»Ich habe mich aufgerappelt und von vorn begonnen. Wieder und wieder und wieder.«

»Wie oft bist du abgestürzt?«

»Andauernd. Oft genug von ganz oben. Und das tat richtig weh. Ich habe mir die Knochen Dutzende Male gebrochen. Manchmal konnte ich vor lauter Schmerzen nicht atmen. Aber ich habe nicht aufgegeben. Weißt du, warum nicht?«

»Du warst zu stur«, meint Robyn.

Corvin lacht. »Das auch. Ich wusste tief in mir drinnen, dass es mich verändern würde. Ich wäre nicht mehr derselbe, nicht der Junge, dem alles genommen wurde, nicht länger dieses Bündel aus Verzweiflung und Wut. Wenn ich das schaffte, würde ich alles schaffen, alles ertragen können, die Dunkelheit, die

Einsamkeit, das Eingesperrtsein. Ich wäre stark und ich würde um diese Stärke wissen und könnte weiter darauf bauen. Jeder Schritt, jeder Kletterzug, jeder verdammte Sturz hat mich zu dem gemacht, der ich heute bin.«

Morton blickt nachdenklich an ihm vorbei. Auf die schmale, mit japanischen Schriftzeichen versehene Holzkiste, in der seine Waffen aufbewahrt werden: Tachi, das Schwert mit der säbelähnlichen Klinge und Tantō, das zugehörige Kampfmesser.

»Du bist großartig, Morton«, fährt Corvin fort. »Du hast dir so viel erarbeitet und das wird dich weiterhin ausmachen. Aber in dir steckt das Potenzial für mehr, und ich weiß, du spürst das auch. Möchtest du bleiben, wer du bist? Oder möchtest du zu dem Jungen werden, der du sein könntest?« Vorsichtig hebt er den Deckel der Kiste einen Spalt an. »Willst du es?«

Ein paar Sekunden lang kneift Morton die Augen zusammen. Dann reckt er das Kinn und nickt. »Ich will es.«

Und als Corvin den Deckel aufklappt, rege ich Mortons Schwingung an. Er stößt einen Schrei aus und stürzt sich auf Schwert und Messer, die sofort aus ihren Scheiden fahren. Sobald seine Finger damit in Kontakt kommen, spritzt Blut. Knochen knirschen. Sein Körper saugt die Klingen förmlich ein, absorbiert sie, und mit einem Mal wird er selbst zur Waffe. Vom rechten Ellbogengelenk an verfügt er anstelle eines Unterarms über das Schwert, links geht sein Arm am Handgelenk in das Kampfmesser über. Die Verbindungsstellen sind zwei einzige blutige Klumpen.

Morton bricht schreiend in die Knie. Jetzt geht es ums Ganze. Die nächsten Sekunden werden entscheiden, ob er seine Superkraft je beherrschen wird oder nicht. Ich lege all meine Energie in meine Verstärkerkräfte und aktiviere seine Schwingung erneut. Einer Sturmböe gleich schießt sie empor. Morton brüllt auf.

»Du willst es!«, ruft Corvin.

»Ich will es, ich will es!«

Und da geschieht es: Haut schließt sich um das blutige Fleisch, bedeckt Muskeln und Sehnen, bedeckt jede offene Stelle. Junge und Waffe sind eins.

Morton verstummt. Immer noch auf den Knien wirft er den Kopf hoch, sodass Schweißtropfen von seinen Haaren spritzen, und betrachtet argwöhnisch den blanken Stahl, der aus ihm herausragt. »Oh mein Gott.«

Ich atme auf, bleibe mit meinen Kräften aber beharrlich an Morton dran. »Wie ist es jetzt? Besser?«

»Das ist ... unbegreiflich! Ich ... So war es noch nie!«

»Tut es sehr weh?«

»Es pulsiert, aber ... nein. Es tut nicht weh. Und ich ... ich kann die Klingen fühlen, bis in die Spitze. Sie sind ein Teil von mir. Ich bin ... Tachi.« Gleich darauf wird sein Blick ängstlich. »Wie werde ich sie wieder los?«

Gute Frage. Mir ist zwar klar, dass ich seine Kräfte neutralisieren muss, aber er wird schon mitarbeiten müssen. Hilfe suchend schaue ich zu Corvin, der auch sofort kapiert.

»Hör zu, Morton«, sagt er. »Atme tief ein und fülle deinen Verstand mit einem einzigen Wort: *loslassen*. Und dann stellst du dir einfach vor, wie die Klingen von dir abfallen, okay? Ich gebe dir das Kommando, Jill unterstützt dich. Alles klar?«

»Keine Ahnung ...«

»Vertrau mir. Schließ die Augen. Konzentriere dich auf das, was du tun willst. Visualisiere es.« Corvin nickt mir zu und ich mache mich bereit, von der Hitze zur Stille zu wechseln. Es ist, wie Corvin sagt: ein simpler Gedanke, verknüpft mit einem Bild. »Achtung ... Und loslassen!«

Wir geben beide zugleich nach. Es fühlt sich an wie ein Ausatmen. Die Klingen fallen in den Sand. Tachi verwandelt sich in Morton, von Kopf bis Fuß ein unverletzter Junge, der mir weinend um den Hals fällt.

Als BB spät abends zurückkehrt, können wir vor Müdigkeit kaum noch stehen. Wir haben unser Bestes gegeben. Ob es ausreichen wird, lässt sich nicht abschätzen.

Bis auf Corvin haben wir alle so unsere Probleme mit unseren Superkräften, selbst ich. Mehrere Schwingungen auf unterschiedliche Weise zu beeinflussen, hat sich als trickreich erwiesen. Eine herauszufiltern und zu neutralisieren oder zu verstärken, schaffe ich mit Leichtigkeit, alle funktioniert auch gut. Konzentriere ich mich aber lediglich auf ein paar, nimmt die Katastrophe ihren Lauf. Vor allem auf engem Raum sind die Schwingungen so miteinander verwoben, dass es eine gewisse Zeit dauert, sie auseinanderzudividieren. Sie überlagern und beeinflussen einander, sind in ständiger Bewegung. Habe ich es dann endlich geschafft, ändert womöglich einer die Position, und ich fange wieder von vorn an. Es ist zum Verrücktwerden.

Ich rede mir ein, dass ich einfach zu ausgelaugt bin, um noch etwas zustande zu bringen. Aber die dumpfe Vorahnung, wir könnten meinetwegen scheitern, hat sich bereits in meinem Kopf festgehakt. Sie steuert meine Gedanken und malt sie dunkelschwarz.

Wir können nur hoffen, dass unsere geballte Superheldenpower Weylers Kräften gewachsen ist. Ella sollte schon mal mit dem Beten anfangen.

BB hat uns in die Waffenkammer im Untergeschoss von Demlock Park beordert. Wir staunen nicht schlecht, als er uns zeigt, was er alles mitgebracht hat.

»Wer braucht Superkräfte – wir werden das Arschloch niedermähen«, verkündet Robyn tief befriedigt angesichts des Waffenarsenals aus Pistolen, Gewehren und Messern.

»Wo hast du die auf die Schnelle her?«, wundere ich mich.

BB hebt einen Mundwinkel. »Beziehungen.«

FBI? Oder doch die Division? Ich frage nicht weiter nach.

Neugierig umrundet Fawn zwei riesige Plastiksäcke. »Und was ist da drin?«

BB räuspert sich. »Na ja, ich dachte, ihr solltet wenigstens ein bisschen professionell aussehen morgen.«

Ich ahne Übles. »Ist das … von einem Kostümverleih?«, frage ich, als er einen der Säcke an einem Zipfel packt und den Inhalt auf den Boden leert.

»Nicht ganz. Ich habe da eine Bekannte, die bei Union Films arbeitet. Sie ist Kostümbildnerin und hat schon mehrere große Produktionen ausgestattet. Vieles wurde für Statistenrollen verwendet, manches gar nicht … Jedenfalls dürft ihr euch aussuchen, was zu euch passt.«

Wir wechseln Blicke, die anderen scheinen genauso sprachlos zu sein wie ich. Der bunte Haufen hat Ähnlichkeit mit einer Lieferung an die Altkleidersammelstelle.

Corvin zwinkert mir zu. »Also ich fand dein Kostüm im Gefängnis sehr ansprechend, Jill. Dieser hautenge Dress mit dem tiefen Ausschnitt. Hattest du nicht auch ein Cape dabei?«

»Deine Fantasie geht mit dir durch.«

»Du könntest es morgen anziehen.«

Ich knuffe ihn in den Bauch. »Träum weiter, kleines Monster.«

BB öffnet den zweiten Sack. »Und hier sind Schuhe.«

»Das ist doch nicht dein Ernst, BB!«, braust Ella auf. »Wir sollen uns ausstaffieren wie die Schauspielfuzzis aus einem Actionknaller?«

»Willst du in Jeans und Sportschuhen kämpfen? Schau sie dir erst mal an. Die Sachen sind gar nicht so schlecht.«

Ich will einwenden, dass es sich in Jeans ganz ordentlich kämpft, sofern sie nicht reißen, weil man urplötzlich an Gewicht und Größe zulegt, da krallt sich Quinn bereits eine sandfarbene Hose mit jeder Menge Seitentaschen und eine Jacke. Der Stoff ist weich und anschmiegsam, genau, wie er es bevorzugt, wirkt aber dennoch robust. Vermutlich die Ausstattung eines korpulenten Soldaten in einem Wüstenabenteuer. »Ich nehme das.«

Robyn zerrt eine zartblaue Pluderhose und ein zugehöriges Oberteil aus dem Kleiderberg. »Na, Jill, wie wär's?«

Ich muss ein Lachen unterdrücken. »Schlag dir das aus dem Kopf, meine Liebe. Wer immer das trug, hatte maximal die Rolle der Prinzessin in Nöten.«

Corvin beäugt das Kostüm. »Nein, das passt eher zu Fawn.« Als sie aufhorcht, überreicht er es ihr und sie drückt es selbstvergessen an sich. »Das hier ist deins, Jill.«

»Ach ja?« Skeptisch begutachte ich den Kampfanzug, den er herausgefischt hat. Ein dunkles Burgunderrot, das je nach Lichteinfall fast schwarz wirkt. Das Material ausreichend fest und zugleich elastisch. Gepolsterte Schultern, Ellbogen und Knie, stabile Arm- und Beinschienen, integrierte Handschuhe. Perfekt. Ich sehe mich nach Schuhwerk um und finde Stiefel in passender Größe. Mehr als perfekt. »Wird ausreichen. Wie kommt es, dass du das für mich aussuchst, mein herzallerliebstes Monster?«

»Weil das Monster in mir das Monster in dir kennt.«

Für gewöhnlich lasse ich mich nicht gern bevormunden. Aber der warme Unterton schlängelt sich tief in mein Innerstes und trifft dort auf Widerhall. Mein Herz schlägt für ihn. »Na fantastisch.«

»Exakt.« Besitzergreifend umfasst er mein Kinn, und die Berührung seiner Fingerspitzen macht mich schier verrückt, als er mich zart küsst.

»Sucht euch ein Bett im Heu, ihr Schäfchen«, rät uns Red, und ich muss mir eingestehen, dass ich absolut nichts dagegen hätte, mich mit Corvin zu verkriechen, damit er Kuss für Kuss die Ängste löscht, die sich in mir eingenistet haben.

»Und hier sind noch eure Rookie-Heroes-Abzeichen«, sagt BB. »Damit alles seine Ordnung hat.«

»Auf meine Rüstung kommt mir kein Abzeichen«, erklärt Robyn indigniert.

»Ach komm schon, Miss Lametta, auf die Christbaumspitze«, schlage ich grinsend vor.

Sie streckt mir die Zunge heraus. Doch als wir jeder unser Abzeichen entgegennehmen, schlägt unsere Stimmung um und wir werden still. Ich drehe meines zwischen den Fingern und halte es an meine Brust, an mein Herz. Ein Schauer überläuft mich, als ich sehe, dass die anderen es mir gleichtun. Wir rücken eng zusammen, bilden einen Kreis, den linken Arm um die Schultern unseres Nachbarn gelegt, das Abzeichen an uns gepresst, wie früher.

»Ein Team«, sagt Corvin und wir antworten geschlossen: »Ein Team. Egal, was kommen mag.«

BB klatscht in die Hände. »Zuhören, Rookies. Wir werden jetzt den Schlachtplan ausarbeiten. Aber vorher habe ich noch etwas für euch.« Er öffnet eine Box von der Größe einer Zigarrenschachtel. In einem Styroporbett befinden sich fünf Injektoren, befüllt mit Glasampullen, deren farbloser Inhalt sofort eine Erinnerung in mir wachruft. »Schöne Grüße von Patten. Er hat wohl geahnt, dass die Division nicht mehr lange bestehen wird, und die Herstellung des Serums ausgelagert. Es wurde erst vor einer knappen Stunde fertig. Taufrisch sozusagen.«

»Ist es das, was ich glaube, dass es ist?«, frage ich. Corvin und ich brauchen es nicht, wir sind immun, aber die anderen nicht.

»Ja. Das ist eine Schutzimpfung gegen Weylers Virus.«

26

Aus dem Bett im Heu wurde nichts. Das Schäferstündchen mit Corvin muss warten. Die Einsatzbesprechung dauerte bis zwei Uhr morgens und danach konnte ich die Augen nicht mehr offen halten. Jetzt, nach nur vier Stunden Schlaf, ist es pures Adrenalin, das mich wach hält.

Greentown empfängt uns mit leeren Straßen und dem Geruch nach Erdbeeren. Er schwängert die Luft, als ginge in den Hochhäusern gerade die große Ernte vonstatten. In Anbetracht der vertikalen Gärten, die sich Ebene für Ebene grün und saftig bis zur obersten Etage erstrecken, nicht so abwegig.

Siebzehn Wolkenkratzer ähnlichen Baustils hat die Duncan-Group bereits errichtet: zylindrische Türme, die sich wie übereinandergestapelte Schichttorten in dem Himmel erheben. Mittels Solarstrom- und Miniwindkraftanlagen erzeugt jedes Hochhaus die benötigte Energie selbst. Gefiltertes Abwasser sowie aufgefangenes Regenwasser werden zu Trinkwasser aufbereitet und zur Bewässerung der Gärten benutzt. Algenfassaden produzieren Biotreibstoff, in Recycling Center wird Müll getrennt. Ein großartiges Konzept, dagegen ist wirklich nichts zu sagen. Doch wir sind nicht auf der Suche nach einer neuen Wohnung – noch trotzt Demlock Park der Sphäre.

Wir haben uns vor dem Hochhaus im Zentrum versammelt. Laut Robyns Recherche bewohnt Robert Duncan alias Nolan Weyler die letzte Etage in 190 Metern Höhe. Wir werden uns definitiv nicht beim Homecenter anmelden, sondern einen alternativen Weg nach oben beschreiten.

Ich werfe einen Blick in die Runde. Die Rookie Heroes machen in ihren Kostümen ordentlich was her. BBs Überlegungen waren wohl gerechtfertigt in Anbetracht dessen, dass wir vorhin beim Ankleiden auch in unsere Superheldenrolle geschlüpft sind.

Firekiss, die sich als Engel Gottes naturgemäß für einen weißen Kampfanzug entschieden hat, blickt stur geradeaus, einen kalten Glanz im Blick. Red Double in ihrer Rüstung, umhüllt von ihrer roten Aura, regt sich ebenso wenig, während Prospera nervös über die Ränder ihrer Maske blinzelt. Sie trägt ihr blondes Haar zu einer Flechtfrisur hochgesteckt und wirkt in dem lichtblauen Gewand mit den beiden Pistolen im Holster wie eine Blumenfee auf Kriegszug. Tachi ist in einen hochgeschlossenen Mantel nach Art eines modernen Samurai-Kriegers gekleidet, dessen Ledersegmente ihm genug Bewegungsfreiheit lassen. Seine Waffen stecken noch in ihren Scheiden an seinem Gürtel. Cameo in seinem hellen Wüstenanzug hat sich ebenfalls noch nicht verwandelt, um zu verhindern, dass er seine Kräfte unabsichtlich anwendet.

Neben mir steht Dark Chaos in seinem dunkelblauen Gewand, bestehend aus Hose und engem Shirt, die sich, bereits aufs Äußerste gedehnt, über seine Muskeln spannen. Sein Atem geht ruhig, er wirkt völlig gelassen auf mich und scheint als Einziger wirklich bereit für diesen Kampf. Ich selbst fühle mich ganz gut gerüstet, aber »ganz gut« ist kein Synonym für »ideal«, und das erfüllt mich durchaus mit Sorge.

BB ist unser Kontaktmann in Demlock Park, mit dem wir über Funk verbunden sind. Er wird uns über Aktivitäten der Einsatzkräfte auf dem Laufenden halten und das Szenario via Drohne beobachten und notfalls koordinieren.

Meine Hände schwitzen in den Handschuhen, mein Puls hämmert. Ich wurde für Einsätze wie diesen ausgebildet. In mir läuft ein Programm ab, das in frühester Kindheit installiert wurde. Trotzdem fühle ich mich wie kurz vor dem Explodieren, dabei steht der Kampf erst noch bevor. Wir sind mit dem Tod verabredet, und begeben uns in aller Ruhe zum Treffpunkt, als hätten wir lediglich ein Geschäftsmeeting. Ich wette, Weyler wartet bereits, ich wette, er hat sich ein hübsches Willkommensgeschenk einfallen lassen. Die Frage ist, ob wir das überleben werden.

Auf Robyns Kommando verteilen wir uns an den Wartungspaneelen, die im Abstand von mehreren Metern in den Asphalt eingelassen sind. Sie steuern Decks, auf denen im Fall von Außenreparaturen Roboter und Arbeiter in die entsprechenden Ebenen transportiert werden können.

Robyn hackt sich bereits ins interne Netz und nur eine halbe Minute später stürzt ein Schatten auf mich herab. Erschrocken springe ich zur Seite. Das Deck wird kurz vor dem Aufprall automatisch gebremst und landet weich. Ich öffne die Tür des grobmaschigen, aber stabilen Gitters und schließe sie hinter mir. »Bereit.« Von wegen. Im Moment wäre ich lieber ein Roboter.

Auch die anderen geben ihr Okay und schon geht es aufwärts. Mein Magen hebt sich, als das Deck höher und höher steigt. Wind pfeift mir um die Ohren, und ich bin froh, dass ich mein Haar heute zu einem Knoten gewunden habe.

Als das Deck endlich vor einer verspiegelten Fensterfläche im obersten Geschoss anhält, bin ich kurz davor, mich vor Aufregung zu übergeben. Ich weiß, ich muss den Strahlenschneider hervorziehen und ein Loch in die Scheibe fräsen, aber meine Hand will mir einfach nicht gehorchen.

»Hallo, ihr kleinen Superhelden«, ertönt plötzlich eine wohlbekannte Stimme in meinem Ohr. »Schön, dass ihr meiner Einladung gefolgt seid. Aber bevor wir beginnen – lasst uns ein wenig spielen.«

Mit einem Krachen löst sich das Deck und saust abwärts. Ich schreie, höre auch die anderen schreien.

»Rob!«, brüllt Corvin.

»Ja, ja«, kommt es zurück.

Ja, ja? Wir sterben, wenn das Deck unten aufschlägt! Die Metallplattform wird sich um uns wickeln wie Alufolie.

»Rob!« Noch einmal Corvin.

»Hetz mich nicht!«

Just in dem Moment, da ich den Aufschlag erwarte, hält das Deck mit einem abrupten Ruck an und ich werde in eine Ecke katapultiert. Vorsichtig spähe ich nach unten. Knappe zwei Meter trennen mich vom Erdboden. Ich kann mich nur mit äußerster Not davon abhalten hinunterzuspringen, als das Deck auch schon wieder aufwärtsfährt.

»Amüsiert ihr euch, ja?«, fragt Weyler. »Einmal geht's noch.«

»Sicher nicht«, knurrt Robyn und das Deck hält etwa auf halber Höhe vor einer Fensterwand. »Raus! Alle raus!«

Ich öffne das Gitter, aktiviere den Strahlenschneider und zeichne einen Kreis auf die Scheibe. Der Lichtstrahl verflüssigt das Glas, ich boxe mit der Faust dagegen, während Windböen am Deck rütteln. *Oh Gott.* Gleich wird Weyler wieder die Kontrolle übernehmen, das Deck wird abwärtsschießen, oder mich niedermähen … *Schneller, mach schon*, feuere ich mich an. *Du willst doch hier nicht draufgehen, bevor der Kampf überhaupt begonnen hat.*

Mit Mühe zwänge ich mich durch das Loch im Fenster und springe ab – direkt in Corvins Arme.

»Alles klar bei dir?«, fragt er.

»Alles bestens.« Ich atme auf – was sich als Fehler erweist. Die Luft ist von einem widerwärtigen Geruch erfüllt, Ammoniak verätzt mir die Schleimhäute.

»Hühnchen«, erklärt uns Red beschwingt, was ich mir schon selbst zusammengereimt habe. Um meine Füße ist ein einziges Gewimmel, Gackern und Kreischen. Hunderte Hühner drängen sich unter dem Licht schwacher Lampen aneinander. Sie sehen wohlgenährt, aber nicht gerade gesund aus. Red scheint sich nicht daran zu stören. »Kommt ein Fuchs in den Hühnerstall und ruft: ›Raus aus den Federn!‹«

»Das ist das Stichwort«, sagt Corvin. »Wo ist die Tür?«

Zum Glück finden wir den Ausgang relativ schnell und gelangen dank Robyn problemlos aus der Masthalle. Im Korridor hole ich tief Luft.

Corvins blaugrüne Augen suchen meine. »Alles okay?«

»Alles super. Ein Monster hält viel aus.«

Er grinst. »Dann ist es ja gut.«

Robyn lässt den Helmteil ihrer Rüstung einfahren. »Diesmal schirme ich uns besser ab«, verspricht sie, als sie sich ins System eines Fahrstuhls hackt. »Aber zur Sicherheit steigen wir ein paarmal um.«

Beim ersten Stopp landen wir in einer Büroebene, in der jede Menge Leute an ihren Arbeitsplätzen sitzen und auf ihre Computerpads starren. Das an sich wäre nicht ungewöhnlich, doch es herrscht keinerlei hektische Betriebsamkeit, mehr eine meditative Stille, die unheimlich anmutet.

»Sagt Guten Morgen zu unseren Gästen, liebe Freunde«, ertönt Weylers Stimme über Lautsprecher.

Die Arbeitenden reißen die Köpfe hoch, ein strahlendes Lachen in den Gesichtern. »Guten Morgen!«, rufen sie synchron und wenden sich sofort wieder ihrer Arbeit zu.

»Krass«, murmelt Robyn. »Was haben die denn intus?«

Eine Ahnung steigt in mir auf. »Welche Voraussetzungen muss man erfüllen, um hier eine Wohnung zu kriegen?«

»Gleich.« Robyn nimmt die Sicherheitskameras jeweils vom Netz, als wir durch die Korridore zu einem anderen Fahrstuhl laufen. *Unnötiger Aufwand. Weyler spürt uns ja doch auf.*

»Also, hier die Voraussetzungen«, sagt Robyn in der Fahrstuhlkabine und zählt das Übliche auf, wie eine bestimmte Summe Eigenkapital oder Unbescholtenheit. »Außerdem muss man sich verpflichten, in Greentown zu arbeiten, sich im Krankheitsfall in Greentown behandeln zu lassen, quasi in Greentown zu sterben. Das gilt für die ganze Familie samt Verwandtschaft – entweder alle oder keiner. Und es gibt einen dreitägigen Gesundheitscheck.«

»Oha«, sagt Fawn. »Und da passiert es. Er macht sie zu willenlosen Arbeitsbienen.«

Ella schüttelt den Kopf. »Aber wie?«

Die Frage bleibt unbeantwortet. Wir halten in einer Halle, von der mehrere Zugänge zu den gläsernen Sky Bridges abgehen, die die Hochhäuser verbinden. Zu Fuß oder mittels Magnetkissenbahn, die unter den Fußgängerbrücken verläuft, gelangt man von einem zum anderen.

Die Leute, denen wir begegnen, wirken fast normal auf mich. Fast. Denn in ausnahmslos jedem Gesicht zeigt sich der gleiche freudestrahlende Ausdruck. Man wünscht sich gegenseitig »Guten Tag!« oder schmettert den Entgegenkommenden ein »Wie geht's?« zu und bekommt die passende Antwort: »Dir auch einen guten Tag!« und »Fabelhaft. Und dir?« Niemand scheint es eilig zu haben, niemand gestresst zu sein oder einfach nur schlecht gelaunt. Ein entspannter Morgen, könnte man meinen. Allerdings stimmt etwas nicht. Die gute Laune mutet vollkommen seelenlos und künstlich an. Mir läuft es kalt den Rücken hinunter.

Ohne weitere Zwischenfälle steigen wir in den dritten Fahrstuhl, der uns in eine gut besuchte Shoppingmall bringt. Die Geschäfte locken mit den neuesten Modekreationen aus Europa und Asien. Vor einem Elektronikladen herrscht Gedränge. Die Leute bestaunen einen VR-Ganzkörperanzug von *Boomerang* aus hauchdünnem golddurchwirktem Stoff, den man hier lange vor der eigentlichen Markteinführung kaufen kann.

Das alles kommt mir so falsch vor. Wir folgen der Quest in Weylers Spiel wie einfältige Avatare und schlagen einen Irrweg nach dem anderen ein, genau, wie er es für uns vorsieht. Welches Rätsel sollen wir hier lösen? Und was wird uns am Ende erwarten?

»Ist euch aufgefallen, dass hier nirgends Türen oder Alarmsysteme sind?«, sagt Morton leise. »Nicht mal Security.«

Tatsächlich sind die Geschäftsflächen alle offen, auch scheint es keine elektronisch gesteuerten Gitter zu geben, die im Boden oder der Decke versenkt sind, nicht einmal Anzeichen für Kraftfelder.

»Aber die Leute zahlen brav.« Wir folgen Ellas Blick zu den Menschenschlangen an den Kassen. Auch hier ist die Stimmung auf eine sterile Art gut. Die Kunden überbrücken die Wartezeit mit lockeren Gesprächen, als würden sie sich seit Ewigkeiten kennen. Kein böses Wort fällt. Alle lächeln, lächeln, lächeln. Wir beobachten, wie der Kassierer den Betrag vom Chip am Handgelenk einer Kundin abbucht. »Was ist mit Dieben? Wer oder was würde sie aufhalten?«

»Vielleicht gibt es Sanktionen, wenn man eine Straftat begeht?« meint Robyn. »So etwas wie … Elektroschocks?«

Ich schüttle den Kopf. »Nein, wer unterdrückt wird und verängstigt ist, sieht definitiv anders aus. Schau sie dir an: Das sind Sommer-Sonne-Strand-Gesichter.«

»Langsam denke ich, dass dieses Anti-Verbrechen-Konzept der Grund dafür ist, warum hier nur Marionetten herumlaufen«, sagt Corvin. »Was, wenn ihr Verhalten auf einer genetischen Veränderung beruht? Durch ein Virus hervorgerufen? Darin ist Weyler doch Experte. Wer Aggressionen auslösen kann, schafft bestimmt auch das Gegenteil. Stellt euch vor, es gäbe in ganz Baine City nur noch zufriedene, glückliche Menschen, kein Verbrechen, keine Gewalt – wäre das nicht ein Traum?«

Fawn schüttelt sich. »So wie hier? Das ist doch total gruselig. Die Frage ist: Was hat Weyler davon?«

»Dauerhafte genetische Veränderung der Bürger für ein friedliches Miteinander«, sagt Morton. »Kein Wunder, dass die Regierung abgelehnt hat.«

»Für Weyler kein Hindernis«, sage ich. »Offenbar hat er es im Alleingang durchgezogen. Willkommen in seiner schönen neuen Welt.«

Das Klatschen in meinem Ohrstöpsel lässt mich zusammenzucken. »Gratuliere! Kommt doch bitte nach oben, ihr kleinen Helden, lasst uns sehen, ob ihr mir ebenbürtig seid. Ich bin gespannt.«

»Letzte Gelegenheit auszusteigen«, sagt Corvin leise.

Obwohl in Mortons Blick nach wie vor Zweifel nisten und sich Fawn unangenehm berührt abwendet, obwohl Ella tief Luft holt, Quinn zu wippen beginnt und Robyn nervös die Hände zusammenpresst, meldet sich niemand. Ich liebe meine Freunde.

»Wir sind die Rookie Heroes. Wir ziehen das gemeinsam durch«, sage ich und die anderen nicken.

Also leisten wir der Aufforderung Folge. Robyn verlagert unsere interne Kommunikation auf einen doppelt und dreifach geschützten und diesmal hoffentlich abhörsicheren Kanal, verzichtet aber darauf, die Steuerung des Fahrstuhls zu übernehmen. Weyler bringt uns genau dorthin, wo er uns haben will: direkt in sein Penthouse. Meine Anspannung erreicht einen neuen Höhepunkt. *Das nächste Level. Was wird uns diesmal erwarten?*

Jedenfalls nicht Weyler. Die Wohnung, an Größe und Eleganz nicht zu überbieten, wirkt wie das Stadtdomizil des Präsidenten auf mich. Sie erweist sich nach einem Check als leer – bis auf eine völlig aufgelöste Putzfrau, die uns, bewaffnet mit einem Staubwedel, von Zimmer zu Zimmer nachläuft und uns mit unverständlichem Kauderwelsch überschüttet. Etwas an ihr wirkt befremdlich, aber wieder kann ich mit meinem unbestimmten Gefühl nichts anfangen.

Einer der Räume entpuppt sich als Kinderzimmer. Blau gestrichene Wände, ein Hochbett, ein eigenes Bad. Spielsachen türmen sich in einem Regal in der Ecke, vieles davon für Kleinkinder geeignet, aber auch für ältere ist einiges dabei. Auf dem Boden befinden sich bereits zusammengebaute Straßensegmente einer Autorennbahn, außerdem maßstabsgetreue Rennwagen, Kamera-Autos inklusive VR-Brille, eine Vidiwall. Robyns Augen beginnen zu glänzen.

»So eine will ich«, murmelt sie und streicht mit der Fingerkuppe ehrfürchtig über die anthrazitfarbene Fahrbahn.

Mein Magen verkrampft sich, als ich daran denke, was uns in unserer Kindheit alles vorenthalten wurde. Andererseits erleichtert es mich zu wissen, dass Weyler Zayne halbwegs gut behandelt hat.

Fawn zieht einen Teddy aus dem Bett hervor, dem ein Auge fehlt, und drückt ihn an sich. »Oje, du Armer! Ich sollte dich zu meinen Freunden mitnehmen.«

»Wir sind hier, Fawn!«, zischt Ella. »Konzentrier dich, sonst bleibt von deinen Freunden nicht viel übrig.«

Red, in Form einer Sprechblase dicht über Robyn schwebend, hat einen Witz parat. »Welches Haustier hat nur ein Bein? Ein halbes Hähnchen.«

»Die Schafe sind wohl out?«, vermutet Morton.

Robyn nickt. »Der Hühnerstall war sehr eindrucksvoll. Die Viecher haben mir auf die Stiefel gekackt.«

»Schluss damit!«, ermahnt uns Corvin. »Wir sollten uns alle konzentrieren. Es ist nicht vorbei.«

Schön wär's. Es geht gerade erst los.

Die Putzfrau wettert vor sich hin und zerrt an meinem Ellbogen, sodass ich mich ihr zuwenden muss. Sie ist asiatischer Abstammung, ein wenig dicklich und ihre Stirn ist vor Ärger gerunzelt. »Hören! Zuhören mich!«, fordert sie gebrochen, aber immerhin endlich verständlich.

»Wo ist Nolan Weyler?«, frage ich.

»Er oben! Warten auf Dach! Sie hinaufgehen! Jetzt! Alle!«

»Warum sagen Sie das nicht gleich?« Robyn aktiviert den Helmteil ihrer Rüstung und im Nu umschließen die Metallplättchen ihren Kopf. Nun klingt ihre Stimme elektronisch moduliert. »Wo ist der Aufgang?«

Die Putzfrau lotst uns zu einer Wendeltreppe, ohne ihren Redeschwall zu unterbrechen, und bleibt hinter uns zurück, als wir hinaufstürmen. »Ja, ja, hinaufgehen! Er warten! Alle, alle, schnell!«

Eine Glastür führt aufs Dach. Im ersten Moment verschlägt es mir den Atem. Eine Wasserlandschaft erstreckt sich vor uns, bestehend aus Dutzenden Teichen auf unterschiedlichen Ebenen, die durch Stege und schmale Wasserläufe verbunden sind. Von gut dreißig Meter hohen Klippen stürzen Wasserfälle herab, deren Gischt im morgendlichen Sonnenlicht im gesamten Farbspektrum funkelt. Brausen und Zischen erfüllt die Luft, auf meinem Gesicht setzt sich Feuchtigkeit ab. Ich möchte einfach nur stehen bleiben und das Schauspiel in seiner ganzen Pracht in mich aufsaugen.

Natürlich hatten wir das Gebäude vorab über Satellitenbild inspiziert und die Teiche und Wasserfälle gesehen. Doch nichts hat mich auf diesen überwältigenden Eindruck vorbereitet. Das künstlich erschaffene Terrain über den Dächern der Stadt zu betreten, ist, wie einen Fuß auf einen fremden Planeten zu setzen. Dies ist Weylers Welt, in ihrer Kargheit ebenso rau wie schön, und ich frage mich, was er sich wohl zum Vorbild genommen hat. Aykur?

Möwen kreisen am azurblauen Himmel, und ab und zu stößt eine aufs Wasser herab, um sich einen Fisch zu krallen. Der Boden zwischen den Teichen ist mit scharfkantigem Kies und Felsplatten befestigt. Dazwischen gedeiht kurzes Schilfgras mit dolchartigen Blättern, viel mehr Grün weist das Dach nicht auf, genau wie Zayne es beschrieben hat.

Zayne. Wo ist er? Und wo ist Weyler?

»Na endlich!«, ertönt BBs Stimme in meinem Ohr und die rote *Boomerang*-Drohne, die Robyn anstelle eines Skydivers geklaut hat, surrt über unsere Köpfe hinweg.

Ich will BB gerade ein Update geben, da entdecke ich die Sphäre. Sie erhebt sich auf einer Felsplatte zwischen zwei Wasserfällen, eingebettet in den Dunst Myriaden glitzernder Wassertröpfchen, wodurch sie mir nicht sofort aufgefallen ist. »Da drinnen müssen sie sein.«

Im gleichen Moment, als mir dämmert, dass wir ohne Zaynes Blut keine Chance haben, in die Sphäre vorzudringen, brandet hinter mir eine fremde Schwingung auf. In meinem Kopf legt sich ein Schalter um, und ich begreife endlich, was mir mein Unterbewusstsein permanent mitteilen wollte: *Kein Lächeln. Die Putzfrau hatte kein Lächeln im Gesicht.*

Im Herumwirbeln ziehe ich meine Waffe.

»Hinter euch!«, ruft BB, der über das Kamerabild der Drohne nun aktiv am Geschehen teilhaben kann. Die Warnung kommt einen Sekundenbruchteil zu spät.

Ringsum flimmert Gold auf, als sich Aurums Macht entfaltet.

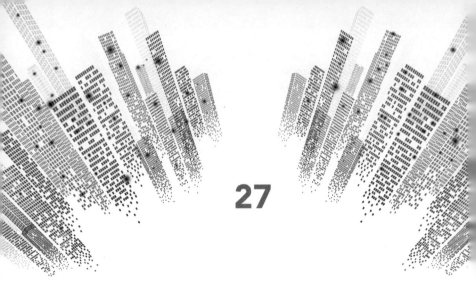

27

Eine Schwingung zu neutralisieren, ist ein Kinderspiel, überhaupt, wenn ich auf die anderen keine Rücksicht zu nehmen brauche. Ich muss nichts tun, als meine Stille darüberzubreiten wie eine Decke.

Meine Kräfte gehorchen mir anstandslos. Ich tilge Aurums Gold aus, bevor es sich auf unserer Kleidung festsetzen kann, während ich bereits auf Weyler schieße. Weyler, der uns in diesen Hinterhalt gelockt hat, der uns über die Treppe nach oben gefolgt ist, nun in seiner wahren Gestalt. Es hätte mir gleich auffallen müssen, dass die Putzfrau nicht echt sein kann. So ein Fehler darf mir nicht noch einmal unterlaufen, sonst wird dieser Kampf in Bälde entschieden sein, und zwar nicht zu unseren Gunsten.

Solange wir nicht wissen, wo Zayne ist, können wir Weyler nicht töten. Wie bei der Einsatzplanung besprochen, gilt es, ihn lediglich zu verletzen, also ziele ich auf seine Beine. Das Waffenfeuer der anderen setzt unmittelbar darauf ein. Keiner der Rookies ist der Gier nach Gold erlegen, mein Eingreifen kam gerade noch rechtzeitig. Doch jetzt erfordert das Schießen meine Konzentration und ich reagiere nicht schnell genug.

Weyler aktiviert North Kings Macht und lässt vor sich eine Wand aus Eis emporwachsen, an der unsere Kugeln abprallen. BB hat uns erklärt, dass er dabei der Luft Feuchtigkeit entzieht und sie gefrieren lässt. Nun, davon gibt es hier reichlich. Die Eiswand ist dick wie eine Betonmauer.

Meine Waffe klickt, als das Magazin leer geschossen ist. Ich werfe es aus und ramme das nächste hinein. Weyler steht an der Wendeltreppe, von drei Seiten durch das Treppenhaus geschützt und vor sich die Eiswand. Sie hat bereits Kratzer abbekommen, und einen Riss, den Robyns Impulswaffe hineingefräst hat, aber die ist jetzt ebenfalls leer und lädt neu, was einige Minuten in Anspruch nimmt. Wenn wir durchbrechen wollen, müssen wir stärkere Geschütze auffahren. Ich blicke mich nach Corvin um.

»Feuer einstellen!« Er prescht vorwärts, ohne abzuwarten, ob sein Befehl angekommen ist. Das muss er auch nicht, er ist der Anführer und sein Team funktioniert wie geschmiert.

Ella überholt ihn.

Ich schicke ein stummes Flehen zum Himmel. *Gott, bitte, lehre sie Geduld.*

»Spar dir deine Kräfte, ich mach das!« Im Vorbeisausen ziehen Ellas lodernde Flügel zwei Flammenschweife in den Himmel, aus denen Funken auf Corvin herabregnen. Sein Knurren klingt alles andere als erfreut, aber er lässt sich zurückfallen, zumal sie Weyler bereits erreicht hat.

Unter Ellas Feuer schmilzt das Eis in Windeseile. Doch als es schließlich so dünn ist, dass es zerbricht, steigt Weyler als wirbelnder Schatten in die Lüfte auf. Ich muss zweimal blinzeln, bis ich erkenne, in was er sich verwandelt hat: Ein Schwarm Hornissen schießt davon. Du meine Güte, ich hatte nicht die leiseste Ahnung, wozu er fähig ist! Dass er die Gestalt eines Tieres annehmen kann, war mir klar, aber ich hätte eher mit einer Riesenhornisse gerechnet als mit einem ganzen Volk.

Ella fliegt Weyler mit brennenden Flügeln hinterher und die beiden liefern sich eine Verfolgungsjagd über den Teichen. Jetzt stecke ich in einem Dilemma: Die Schwingungen von Firekiss und dem Wandler sind so in sich verflochten, dass ich sie unmöglich einzeln beeinflussen kann. Neutralisiere ich die Kräfte des Wandlers, wird auch Ella davon betroffen sein. Im besten Fall stürzt sie in einen der Teiche, im schlimmsten prallt sie auf dem Felsen auf.

Ich muss es riskieren. Gerade will ich die Stille in mir entfesseln, da dreht der Hornissenschwarm ab und nimmt Kurs auf uns. Die Biester jagen in unglaublicher Geschwindigkeit heran, instinktiv ziehe ich den Kopf ein. Doch nicht ich bin ihr Ziel. Ehe ich michs versehe, fallen sie über Fawn her. Sie stößt einen schrillen Schrei aus.

Ella landet direkt vor der brummenden Wolke. Sie bewegt ihre Schwingen, entfacht Flammenstöße, kann ihre Kräfte aber nicht gezielt einsetzen, ohne Fawn zu gefährden. Quinn, der Fawn von der anderen Seite zu Hilfe kommen möchte, wird ebenfalls Opfer der Hornissen.

»Jill! So tu doch was!«, ruft Ella.

»Schon dabei!« Ich schalte die Schwingung des Wandlers aus und Weyler plumpst wie ein nasser Sack zu Boden. Brandwunden verunstalten sein Gesicht und die Hände, aber wie üblich lacht er nur.

»Ah, sehr gut! Gut gespielt, Silence! Jetzt bin ich am Zug, oder?«

»Halt die Fresse, Arschloch!« Corvins Faust schießt vor, um Weyler das Maul zu stopfen, doch der ist auch diesmal schneller. Er fischt einen Eiszapfen aus der Luft und schleudert ihn von sich. Bläulich schimmernd und an der Spitze dünn wie eine Nadel bohrt er sich zielgenau in Corvins Hals, an einer Stelle, wo sogar die Haut von Dark Chaos dünn genug ist, dass er Schaden anrichten kann.

Die Halsschlagader. Nein! Bitte nicht! »Corvin!«

Blut quillt aus der Wunde, umso schneller, da das Eis wegschmilzt.

»Oh, Corvin«, äfft Weyler mich nach, »nicht sterben, bitte nicht, es beginnt doch gerade erst amüsant zu werden!« Er verwandelt sich in einen monströsen Falken, hebt die Flügel und steigt keifend in die Lüfte auf.

»Scheiße!« Corvin reißt sich den Eiszapfen aus dem Hals. Blut fließt als dünnes Rinnsal in seine Halsbeuge, dank der Titanhaut lange nicht so viel wie erwartet. Ich atme auf. »Robyn, Morton, was ist los mit euch?«, fragt er. »Wollt ihr euch auch mal beteiligen oder soll ich euch besser Popcorn und eine Cola bringen?«

Red kichert. »Für mich Chickenwings bitte.«

»Ich kann schlecht ohne ihn anfangen«, mault Robyn. Morton indessen hebt hilflos die Hände. Er hat es nicht über sich gebracht, sein Schwert zu ziehen. Seine Angst vor dem Schmerz ist stärker.

»Rookies, so wird das nichts!«, mahnt BB, als wüssten wir das nicht selbst. »Jetzt reißt euch mal zusammen!«

»Wo ist er hin?«, ruft Corvin. »Ich sehe ihn nirgends.«

Ich schnaube. »Ist doch egal, das verschafft uns eine Atempause.«

Die wir dringend nötig haben. Quinn ist erstarrt. Der Prozess ist abgeschlossen, ich kann nicht mehr auf ihn einwirken und die Einzige, die es könnte, krümmt sich hyperventilierend auf dem Boden, übersät mit roten Pusteln. Ein Asthmaanfall. Ich durchsuche die Taschen von Fawns blauen Pluderhosen, werde aber nicht fündig.

»Wo ist dein Spray, Fawn?«

Sie hustet, keucht, hustet wieder. Ich nehme ihr die Maske ab. Ihre Augen sind glasig. »Nicht … dabei …«

Ella ringt die Hände. »Bist du von allen guten Geistern verlassen? Wir marschieren zum Kampf auf und du lässt dein Asthmaspray zu Hause? Warum, im Namen des Herrn?«

»Dachte … ich brauch … es nicht.«

Verständlich. Gestern ist sie den ganzen Tag ohne Maske

ausgekommen. Sie hat Schlingpflanzen wachsen lassen, die Wiese zum Blühen gebracht, totes Holz belebt, und dabei, gestärkt durch meine Kräfte, eine überbordende Energie an den Tag gelegt, ohne auch nur einmal zu husten.

»Runter!«, schreit Corvin uns zu und wir lassen uns zu Boden fallen, als auch schon ein Schatten heranschießt. Der Falke. Schüsse knallen, doch der Vogel ist extrem schnell. Schon hackt sein messerscharfer Schnabel in meine Schulter. Dringt durch den Stoff, durch die Polsterung, und reißt Fleisch heraus. Ich schreie auf.

Die nächsten Schüsse verjagen den Falken. Er hebt ab und entschwindet in den Himmel.

Ella zerbeißt Schimpfworte zwischen den Zähnen, die ich ihr gar nicht zugetraut hätte. »Geht's?«

Schmerz jagt mir von der Schulter ausgehend durch den linken Arm. Ich atme durch und schiebe ihn gedanklich aus meinem Körper, wie ich es gelernt habe. Fawn hat jetzt oberste Priorität. »Muss.«

Ella wendet sich an BB. »Kannst du die Drohne zurückrufen und mit dem Spray bestücken?«

»Es geht schneller, wenn ich einen bei *Boomerang* bestelle«, antwortet er. »Haltet sie so lange stabil.«

»Bis dahin stirbt sie uns weg«, prophezeit Robyn düster.

Damit könnte sie recht behalten. Das Gift der Hornissen kann in dieser Menge und bei Fawns Allergiebereitschaft und Konstitution durchaus tödlich wirken. Sie ist so bleich, dass ihre Adern bläulich unter der Haut schimmern. In ihrer Lunge rasselt es bei jedem mühsam erkämpften Atemzug. Ihr Körper wird das nicht mehr lange mitmachen.

»Hör nicht auf die Rookieotin, Fawn«, faucht Ella. »Lass dir ja nicht einfallen, uns hier wegzusterben. Das kommt überhaupt nicht infrage. Du bist zum Kämpfen hier.«

»Hab ... euch lieb.«

»Wir dich auch, Fawn.« Ich streiche ihr über die schweiß-

feuchte Stirn. Der Kloß in meiner Kehle ist dick wie ein Stein.
»Keine Sorge, wir kriegen dich wieder hin.«

Was tun? Bei ihrer letzten Panikattacke in der Nacht des Unfalls habe ich Fawn durch Neutralisieren beruhigt, bis … bis mit einem Mal Hitze in mir erwachte. Damals wusste ich nichts damit anzufangen, heute kann ich sie jedoch eindeutig meiner Verstärkerkraft zuordnen. Und war es nicht so, dass Fawn danach förmlich auflebte? In Demlock Park bereits war sie wie verwandelt, voller Energie und Lebensfreude. Das war nicht der Umgebung geschuldet, jedenfalls nicht nur.

Ich bündle meine Verstärkerkräfte und docke an ihrer Schwingung an. Sie pulsiert nur ganz schwach, doch immer, wenn Fawn einatmet, hebt sie sich ein wenig. Plötzlich setzen sich die Puzzlestücke in meinem Kopf zusammen. Ihre Kräfte entfalten sich über ihren Atem. Sie nutzt ihn bei Quinn und auf die gleiche Weise hat sie mich am Fluss zurückgeholt. Ich erinnere mich an die Wärme, die mich durchdrang. Fawn vermag mehr, als nur das Wachstum von Pflanzen anzuregen – ihr Atem spendet Leben! Fragt sich nur, ob sie diese Fähigkeit auf sich selbst anwenden kann. Vielleicht mit einem Trick …

»Corvin!«, rufe ich. »Bring Quinn her, schnell!«

»Wozu? Quinn kann doch warten«, meint Morton, doch Dark Chaos macht keine großen Umstände, hebt den steinernen Quinn an und legt ihn vorsichtig neben Fawn ab.

»Vielleicht kann sie sich selbst heilen«, erkläre ich.

»Sie ist ja kaum noch bei Bewusstsein.«

Tatsächlich kommt Fawns Atem so unregelmäßig und gepresst, dass ich das Schlimmste befürchte.

»Macht, was ihr für richtig haltet. Ich werde beten«, sagt Ella.

»Bete so viel du willst. Solange du gleichzeitig kämpfen kannst, ist alles gut«, erklärt Corvin und deutet auf eine nahe, gut zwanzig Meter hohe Felsklippe, auf der Weyler soeben seine menschliche Gestalt annimmt. Bis auf die Verbrennungen scheint er nach wie vor unverletzt zu sein.

»Ihr langweilt mich!«, tönt er. »Seid ihr schon müde? Angeschlagen? Kampfunfähig?«

»Du kommst schon noch dran, keine Sorge!«, ruft Robyn.

»Erst müssen wir das Hühnchen retten, das du plattgemacht hast«, fällt Red ein und imitiert einen Pfannkuchen.

»Hühnchen?« Weyler wirkt irritiert. »Ihr seid mir schon ein absonderlicher Haufen. Erst dachte ich, das hier wird schnell erledigt sein. Doch je länger ich mich mit euch abgebe, desto mehr Spaß macht es.« Er breitet die Arme aus. »Kommt schon, Rookies, überrascht mich!«

Der Mann hat eindeutig Redebedarf, denke ich kopfschüttelnd. »Lenkt ihn ab. Sprecht mit ihm.«

»Sprechen?« Robyn, deren Impulswaffe gerade neu hochfährt, klingt enttäuscht. »Ich wollte auf ihn schießen!«

»Auch gut. Aber findet raus, wo Zayne ist, verdammt!« Ich ignoriere das Blut, das mir aus der Schulterwunde warm den Rücken hinunterläuft, nehme Fawns Hand in meine und lege sie auf Quinns Wange ab. Ich kann nur wenige steinerne Beulen ausmachen, seine Flucht in die Starre hatte auch ihr Gutes. »Hey, Fawn, kannst du was für mich tun?« Ihr Brustkorb verkrampft sich, sie zittert. »Kannst du Quinn aufwecken, bitte? Wir brauchen euch nämlich. Dringend.«

Ich drehe ihren Oberkörper ein wenig, sodass ihr Atem über den Marmor streicht. Sie blinzelt verzweifelt. »Ich …«

»Du kannst das. Komm, pusten.« Ich fache ihre Schwingung an, aktiviere sie in einem einzigen starken Schub, als würde ich einen Regler aufdrehen. Sie schnellt nicht nach oben, wie ich es bei den anderen erlebt habe, sondern kräuselt sich in einem schneeflockenartigen Muster. »Pusten, Fawn.«

Ich weiß, sie ist am Limit, jeder Atemzug könnte ihr letzter sein, und ich spiele mit dem Feuer, indem ich das von ihr verlange. Doch der Einsatz ist ihr Leben, nicht mehr, nicht weniger. Bedenken sind hier fehl am Platz.

Mein Leben lang hieß es, wir Rookies seien Blindgänger –

defekte Waffen, untaugliche Soldaten, wertlos. Wir haben unsere Kräfte nie richtig eingesetzt. Sie sind verkümmert, wie auch unsere Seele verkümmerte. Heute bin ich davon überzeugt, dass wir alles Nötige in uns tragen. Es braucht nur jemanden, der uns die Augen öffnet. Und Vertrauen.

Fawn vertraut mir. Sie gehorcht und stößt den Atem mit all ihrer verbliebenen Kraft aus. »Gut so«, flüstere ich. »Jetzt einatmen. Ja, genau. Und noch mal. Du kannst das. Komm schon, wecke Quinn auf.«

Wieder erklingen Schüsse, und die bläulichen Strahlen von Robyns Impulswaffe peitschen auf, doch sie verfehlen ihr Ziel, als sich Weyler abermals in einen Vogel verwandelt, in einen Habicht diesmal. *So werden wir ihn niemals erwischen. Warum verwickelt ihn nicht endlich einer in ein Gespräch?*

Der nächste Atemzug, wieder ein schwaches Pusten. Und der nächste. Wir fallen in einen Rhythmus. Fawns Körper versorgt sich an mir mit Energie, meine Schwingung nährt ihre. Ich kann den Austausch nicht bloß spüren, ich kann ihn sehen. Bunte Wellen tanzen um uns herum, dazwischen erblühen grazile Gebilde vollkommener Schönheit und Komplexität. Wir schwimmen in farbigem Licht. Fawn blinzelt ungläubig.

»Ja, weiter so. Atmen, einfach nur atmen.«

Ihr Atem wird freier, das Rasseln in ihrem Brustkorb legt sich. Auch die Pusteln bilden sich zurück. Sie richtet sich ein wenig auf und tastet nach Quinn, der bereits reagiert. Der Stein weicht, Leben zuckt in ihm auf.

»Was hast du getan?«, murmelt Fawn mir zu, als warme Haut über seinen starren Leib hinwegbrandet.

»Nicht viel. Nichts, was du nicht allein könntest. Dein Atem spendet Lebenskraft, Fawn. Egal, ob Pflanze oder Mensch, nicht nur anderen, auch dir selbst. Alles, was du tun musst, um deine Superkräfte einzusetzen, ist atmen.«

Sie nickt. »Was, wenn ich einen Anfall habe und keine Luft kriege?«

»Das wird nicht passieren, wenn du dich auf deinen Atem konzentrierst. Lass ihn durch deinen Körper fließen, alles andere geschieht von allein. Du wirst das noch ein bisschen üben müssen, aber bald schaffst du das ohne meine Hilfe.«

»Okay. Atmen also.«

Ich lächle.

Corvin wirft mir einen Blick zu und ich gebe ihm ein Zeichen, dass alles okay ist. Wir mischen wieder mit. Und das genau zum richtigen Zeitpunkt, denn Morton hat sich dazu durchgerungen, seine Klingen zu ziehen. Doch wieder bleibt er mitten im Prozess der Metamorphose stecken. Seine Kräfte reichen nicht aus. Oder auch nur sein Glaube.

Ich laufe zu ihm.

»Ah!«, ruft Weyler, der seine Vogelgestalt zum wiederholten Mal abgelegt hat. »Da ist sie ja! Silence, das Mädchen, das Superkräfte ausschalten kann. Das macht die Angelegenheit gleich um vieles interessanter.«

Na, wenn du meinst. Ich versorge Morton mit meiner Verstärkerkraft, bis die Wunden sich schließen. Wütend über sich selbst wirbelt er herum und mäht eines der Schilfgräser nieder, schlägt es kurz und klein, sodass winzige grüne Schnipsel nach allen Seiten fliegen.

»Huch!«, ruft Weyler. »Er macht mir Angst. Ist das normal bei ihm?«

»Komm runter, dann zeige ich es dir!«, brüllt Morton.

»Ich dachte, wir wollten spielen!«, mischt sich Robyn ein.

»Und jetzt versteckst du dich auf dem lausigen Kieselstein vor uns, du feiger Hund!«

»Feiges Huhn«, korrigiert Red.

»Er hat schon sämtliche Raubvögel durch. Bloß das Huhn fehlt noch«, sagt Corvin an mich gewandt.

Ich verdrehe die Augen. »Wir brauchen sein Blut. A3.2?«

Corvin nickt. »An alle: Vorgehen nach Plan A3.2.«

Wir haben mehrere Szenarien entwickelt und auswendig gelernt. Jeder weiß, was zu tun ist. Die anderen geben ihr Okay, auch Quinn und Fawn, die soeben ihre Position in unserem Heptagon um die Felsklippe beziehen. Beide sehen ziemlich sauer aus.

An unseren Gegner gerichtet hebe ich die Stimme. »Wo ist Zayne, Weyler? Oder soll ich dich besser Noweylan nennen?«

Er stößt ein gackerndes Lachen aus. »Ganz, wie dir beliebt. Na, wo wird er wohl sein? Denk mal scharf nach.«

»In der Sphäre«, spricht Corvin meinen Gedanken aus.

»Aber das würde ja bedeuten ...«, kommt es von Ella.

»... dass er in Sphären auch ohne Zayne ein und aus gehen kann«, vollende ich ihren Satz. »Dass er selbst welche erschaffen kann. Dass er ... Er hat sich die Superkraft von Zayne geklaut!«

Sofort hat mein Verstand das passende Bild parat: *In der Sphäre an der Liphton Bridge, der Kampf der Warriors gegen die Hidden Blades, Corvin und ich, bereits beeinträchtigt durch das Gift. Red in der Gestalt des Wandlers, von Weyler genötigt, eine Superkraft nach der anderen auf ihn zu übertragen. Die des Wandlers, dann Aurums und schließlich North Kings. Aber davor ...* Hinter meinen Schläfen hämmert es. War Zayne überhaupt in Reds Nähe gewesen, sodass sie ihn berühren konnte? Ich kann mich nicht erinnern, aber dafür wird Weyler schon gesorgt haben. Was ich damals nur verschwommen wahrnehmen konnte, steht mir mit einem Mal glasklar vor Augen: Davor, zuallererst ... habe ich Zayne doppelt gesehen!

»Und so kommen wir auch in die Sphäre«, stellt Robyn fest. »Red muss Weyler doubeln, ganz einfach.«

Ganz einfach. Fantastisch.

»Ich bin verwirrt – deine Kräfte präsentieren sich anders als erwartet«, lässt Weyler verlauten.

»Und warum wurden dir deine Kräfte genommen?«, hake ich ein. »Was hast du getan?«

»Die Lichtvollen müssen euch wie Götter vorgekommen sein, habe ich recht? Friedliebend, tolerant, gerecht. Ha! Ihr seid einer Täuschung erlegen. Sie kannten keine Gnade, keine Einsicht, nicht das kleinste bisschen Barmherzigkeit. Hatten sie ihr Urteil einmal gefällt, konnte sie nichts davon abbringen.«

»Kann es sein, dass du sie verärgert hast?«

»Pah! In der Wissenschaft muss man Rückschläge in Kauf nehmen. Ohne Rückschläge kein Fortschritt. Aber das wollten sie nicht akzeptieren.«

»Oder hatten sie einfach nur durchschaut, was für ein Quacksalber du bist?«

Empört schnauft Weyler auf. »Von wegen Quacksalber! Ich war in der Forschung tätig, in der Präventivmedizin. Wir haben es geschafft, ein neues Medikament zu entwickeln, das unerwünschte Mutationen der DNA verhindern konnte!«

»Lass mich raten: ein Virus.«

Er deutet mit dem Finger auf mich. Also ein Ja. »Die Entwicklungsphase war abgeschlossen, doch dann verweigerte der Rat die Testphase. Aus moralischen Gründen. Sie haben einfach nicht begriffen, dass es unerlässlich war, es an Versuchspersonen zu testen!«

Und wieder rate ich. »Du hast die Tests trotzdem durchgeführt.«

»Wir standen vor dem Ausbruch einer Epidemie, die unsere Spezies für immer verändert hätte. Schon seit Jahrzehnten traten immer wieder Fälle von Neugeborenen auf, die ohne natürliche Gaben zur Welt kamen.«

Gaben. Richtig, so nennen sie die Superkräfte auf Aykur. Ich tausche einen Blick mit Corvin, der sich der Klippe, auf der Weyler hockt, genähert hat und den Stein berührt. »Künstlich«, höre ich ihn leise in meinem Ohr. Wie wir vermutet haben. Kein Dach der Welt kann Tonnen von Fels tragen.

In der Zwischenzeit hat Fawn das Schilfgras an der Klippe zu mehreren Meter hohen Büschen wachsen lassen. Ella steckt es in Brand. Weyler beobachtet uns mit mäßigem Interesse. Er scheint sich keinerlei Sorgen zu machen. Warum greift er nicht an? Fühlt er sich uns tatsächlich derart überlegen? Oder plant er nur seinen nächsten Schritt?

»Was geschah mit den Kindern ohne Gaben?«, rufe ich zu ihm hinauf, um wieder seine Aufmerksamkeit zu gewinnen.

Er winkt ab. »Oh, man hat sie sofort eliminiert, wie gesetzlich vorgeschrieben.«

Ich schlucke schwer.

»Wir hatten es mit einer generellen Änderung im Erbgut unserer Spezies zu tun. Meine Forschung hätte verhindern können, dass sich diese Degeneration auf die gesamte Population ausbreitet. Doch der Rat hielt mein Medikament für unausgereift und die Tests für bedenklich. Engstirniges Pack. Sie zwangen mich ja förmlich zu handeln. Sie waren selbst schuld, dass die Testpersonen qualvoll verendeten. Aber wer musste büßen? Ich! Man entzog mir meine Gabe und verurteilte mich zu lebenslanger Haft auf dem Gefängnisplaneten Trovis.« Er lächelt schal. »Was für ein Pech, dass wir dort niemals ankamen.«

»Und es brauchte sieben Aykuraner, um dich dorthin zu verschiffen?«, wirft Corvin ein, der startbereit an der Klippe steht.

»Man wollte auf Nummer sicher gehen«, sagt Weyler. »Meine Gabe war extrem ausgeprägt und gefährlich, ihr Entzug eine komplizierte Prozedur und man befürchtete, es könnte womöglich nicht ganz geglückt sein. Irrtümlicherweise. Ich war restlos davon befreit, als ich auf der Erde landete.«

»Und da hast du beschlossen, dich an den Warriors zu rächen.«

»Sie sollten leiden. Und das taten sie nicht zu knapp. Eine herrliche Zeit, dieser Doom!«

Morton, der neben mir in Stellung gegangen ist, spannt die Muskeln an. Die anderen kann ich nicht mehr sehen, die Rauchwolken vom brennenden Gras sind jetzt dicht genug.

»Alle in Position«, meldet BB. »Los!«

»Es fiel mir keineswegs leicht«, sagt Weyler, während Corvin unter ihm die künstliche Felsformation emporspringt, schnell und gewandt und beinahe geräuschlos. Nach ein paar Metern verschlucken ihn die Rauchschwaden. »Stell dir vor, es gäbe außer dir nur noch sieben deiner Art. Würdest du sie etwa ausrotten? Ich bat die Warriors, mir meine Gabe zurückzugeben, oder irgendeine Gabe, und mich in ihrer Gruppe aufzunehmen. Aber halsstarrig wie sie waren, lehnten sie ab. Ich sprach mehrmals mit ihnen, legte ihnen meine Pläne für eine friedliche Zukunft der Menschheit vor, aber sie begriffen nichts.«

Wind hebt den dichten Qualm und ich erhasche einen Blick auf Ella, die soeben hinter Weyler auftaucht. Mit einigem Abstand, damit er ihr Feuer nicht spüren kann. Sie wartet.

»Wahrscheinlich haben sie befürchtet, dein Anti-Verbrechen-Konzept könnte genau wie dein Medikament nicht ausgereift sein«, sage ich, um ihn weiterhin abzulenken. »Womit sie recht hatten. Was hast du mit den Menschen in Greentown gemacht? Sie verhalten sich wie seelenlose Roboter.«

Weyler breitet die Arme aus, als wollte er das Meer teilen. »Sie sind glücklich! Ihr Leben ist frei von Zorn, Hass, Neid … All die ambivalenten Gefühle, die Grundlage für Gewalt und Terror, sind ausgelöscht. Wenn erst die gesamte Menschheit erlöst ist, wird es kein Verbrechen auf Erden mehr geben, keine Kriege, kein Leid. Nur noch Freude und Liebe. Das ist mein Geschenk an diese Welt.«

Angesichts seines Größenwahns fühle ich mich unerwartet hilflos. »Jetzt tu nicht so, als wärst du der große Wohltäter!«, bricht es aus mir heraus. »Als wolltest du die Menschheit befreien! Du versklavst sie, ohne dass es jemand bemerkt! Du willst die alleinige Macht! Nur darum geht es dir!«

»Man hat mir verwehrt, was mir zusteht! Auf Aykur, hier, ständig weist man mich zurück! Keiner honoriert meine Leistungen, meine Fähigkeiten! Die Warriors haben über meine Vorschläge gelacht, eure Regierung empfand sie als zu großen Eingriff …«

»Du hast den Doom herbeigeführt, um die Regierung von deinen kranken Plänen zu überzeugen!«, wird mir klar.

»Sie betrachteten Superhelden als Patentlösung im Kampf gegen Kriminelle – Narren! Ignoranten! Blind und taub für wahre Genialität!« Irrsinn flackert in seinem Blick, seine Stimme nimmt einen säuselnden Ton an. »Aber gut, das haben sie nun davon. Hole ich mir die Anerkennung, die ich verdient habe, eben selbst. Man wird mich preisen, mich verehren. Mein Wirken wird in die Geschichte eingehen –«

»Warst du schon immer geisteskrank?«, schneide ich ihm das Wort ab. »Oder ist bei dieser Prozedur des Gabenentzugs doch etwas danebengegangen?«

»Du! Ihr! Ihr denkt, ihr könnt euch mit mir anlegen? Ich habe euren Ambitionen lange genug zugesehen. Es war drollig mitzuerleben, aber jetzt ist Schluss damit.«

»Angriff!«, schreit BB in meinem Ohr.

Dark Chaos stürzt sich von vorn auf Weyler, ein tobendes Monster geformt aus Dunkelheit. Der reagiert schnell. Er erschafft aus dem Nichts einen Eisspeer und rammt ihn Corvin mit einer gewaltigen Armbewegung in die Brust. Obwohl ich mich gewappnet habe und seine Schwingung die ganze Zeit verstärke, wird mir flau im Magen, als ich sehe, mit welcher Leichtigkeit die Superheldenwaffe durch seine Titanhaut dringt.

Für Sekunden stehen sie da, eingefroren im Moment. Dann fasst sich Corvin in aller Ruhe an die Brust und zieht den Speer heraus. Blut glänzt zwar auf dem Eis, aber die Wunde scheint ihn nicht zu beeinträchtigen. Weyler starrt ihn an.

»Jetzt begreife ich!«, ruft er zu mir hinunter. »Du kannst mehr, nicht wahr, Silence? Du kannst Kräfte nicht bloß aufheben, du kannst sie intensivieren –«

Der Rest wird ihm buchstäblich von den Lippen gerissen. Ella saust von schräg oben auf Weyler nieder und verabreicht ihm einen Stoß, der ihn ins Straucheln bringt. Er ringt um sein

Gleichgewicht, Ella legt noch einmal nach und schubst ihn über die Kante. Er fällt. Und ich neutralisiere seine Schwingung, als er die Kräfte des Wandlers nutzen will. Mit einem zornigen Schrei platscht er mitten in den darunter liegenden Teich.

Ella jagt ihm nach. Mit lodernden Flügeln verharrt sie über der Wasseroberfläche, Weyler im Blick, der bereits ans Ufer schwimmt. »Ich hab's nicht so mit Teichen. Quinn, wärst du mal so nett?«

Cameo hält die Hand ins Wasser, gerade, als sich Weyler hochstemmt. Im nächsten Augenblick steckt er von der Hüfte abwärts in massivem Stein fest. Ein sachter Ruck, ein besorgniserregendes Knarren unter unseren Füßen, dann ist es wieder ruhig. Das Dach hält.

Weyler brüllt vor Wut.

»Wir haben ihn«, gebe ich an die anderen durch, da eilen sie auch schon herbei und umringen ihn, Firekiss, Prospera, Cameo, Red Double und Tachi – die Rookie Heroes, die mit vereinten Kräften gekämpft und gesiegt haben. Ich sehe mich nach Dark Chaos um, der als Letzter zu uns stößt. Seine Wunde blutet stark, er wirkt ein wenig angeschlagen auf mich.

»Alles okay?«, frage ich.

Er nickt. »Bei dir?«

Meine Schulter schmerzt entsetzlich, jetzt, da ich mich darauf konzentriere, aber die Verletzung ist nicht lebensbedrohlich. Ich werde es aushalten. »Ja.«

Tachi stupst Weyler mit dem Schwert an. »Jetzt zu dir.«

Weyler hat sich wieder gefasst. »Ihr denkt, ihr habt die Nase vorn, aber ihr täuscht euch gewaltig«, sagt er lachend.

»Ich kann mich irren, aber deine Situation erscheint mir doch recht prekär.« Morton bohrt Weyler die Schwertspitze in die Kehle und dreht sie sachte, sodass Blut hervorquillt. »Brauchst du mehr, Red Double? Ich könnte ihn auch enthaupten, wenn du magst.«

»Je mehr, desto lieber«, krakeelt Red. »Wozu braucht er noch einen Kopf? Die Scheiße trieft eh aus allen Poren.«

»Wir enthaupten niemanden«, sage ich. »Mach schon, Red.« Die rote Wolke schießt heran, verdichtet sich an Weylers Hals und holt sich sein Blut. Vor uns nimmt ein zweiter Weyler Gestalt an, der dem anderen aufs Haar gleicht. Sogar die kleine Stichwunde hat Red übernommen. Jetzt verfügt sie über Zaynes Kräfte.

Weyler findet das wieder einmal zum Lachen. »Großartig! Einfach großartig!«

Corvin gibt Robyn einen Wink. »Auf geht's, holen wir den Jungen. Kommt ihr klar?«

Ich nicke. Bei der Einsatzbesprechung haben wir diskutiert, ob ich die Gruppe in einem Fall wie diesem begleiten sollte, um Red Doubles Schwingung zu verstärken, aber letztlich entschieden, dass die anderen meine Kräfte eher nötig hätten, sollte Weyler sich weiterhin wehren. »Schafft ihr es allein durch die Hülle, Rob?«, hake ich sicherheitshalber nach. Die Sphäre hat einen Durchmesser von höchstens zehn Metern, Zayne kann nicht weit sein.

»Klar doch.« Sie laufen los. Ich verstärke die Schwingungen so lange wie möglich, als Weyler neben mir abermals zu lachen beginnt.

»Übrigens kannte ich Enviras Vater – er konnte in der Zeit reisen, wusstet ihr das? Eine bemerkenswerte Gabe. Leider war Envira nicht damit gesegnet, umso mehr hatte ich darauf gehofft, dass sie bei Zayne in gleicher Ausprägung auftreten würde. Andernfalls hätte ich den Kleinen ja auch gleich töten können, als ich ihn fand. Allerdings hatte ich nicht geahnt, dass seine Kräfte derart ... vielfältig einsetzbar sind. Die Genetik ist ein höchst spannendes Feld, findet ihr nicht?«

Scheiße. Während Weyler sich regelrecht vor Vergnügen schüttelt, schießt mir die Erkenntnis heiß durch die Glieder. *Scheiße, verdammt, wie dumm kann man sein?!* Ich rufe nach

Corvin und Robyn. Doch sie sind längst durch die Hülle in die Sphäre eingedrungen. Jetzt ist es an mir ...

Ich dämpfe alle Schwingungen aus. Um nicht erst filtern zu müssen, neutralisiere ich sie alle, alle in einem einzigen Atemzug. Doch sosehr ich mich anstrenge, eine, die bewusste, kann ich einfach nicht bezwingen, genau wie damals am Hornay River. Zu mächtig ist sie, zu plötzlich kommt sie über mich.

Zwischen Weylers Fingern ballt sich Energie. »Zurück!«, brülle ich die anderen an.

Aber es ist zu spät. Für alles zu spät.

Wie ein Orkan brandet Chronos' Schwingung über mich hinweg, als Weyler die Energiekugel von sich schleudert. Als er die Rookies niedermäht, mich von den Füßen reißt. Als er den steinernen Teich pulverisiert.

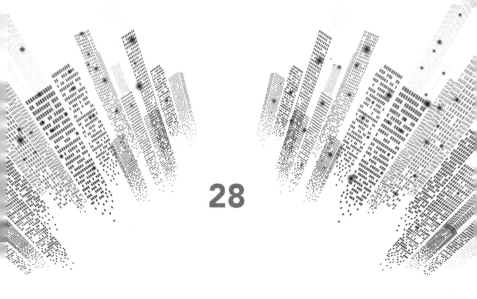

28

Staub. Staub und violette Federn. Der Himmel ist voll davon. Sie werden hochgewirbelt, segeln auf mich herab, um im nächsten Moment wieder aufzusteigen. Eine streift meine Wange. Bleibt an Schmutz und Blut und Tränen kleben. Umhüllt von völliger Stille liege ich da und zwinge Atem in meine Lungen.
Alles, was du tun musst, ist atmen, Fawn. Einfach atmen.
Das Leben spuckt uns ins Gesicht. Zeigt uns, wo unser Platz ist. Wir sind Kinder. Kinder in lächerlichen Kostümen, die sich eingebildet haben, sie könnten Helden sein.
Einen absonderlichen Haufen hat Weyler uns genannt und so recht behalten. Unbemerkt von uns hat er in seinen Händen Energiefäden gebildet und sie zu Kugeln geformt. Hätte ich auch nur für einen Augenblick mein Hirn benutzt, hätte ich es verhindern können.
Ich war verantwortlich, ihn zu neutralisieren. Ich habe versagt. Es ist meine Schuld. Meine, meine, meine.
Weyler wirft nur so mit Energiekugeln um sich. Wo immer sie einschlagen, zermahlen sie Materie in Staub, der vom Wind in die Luft getragen wird. Ein lautloser Tod, vor dem es keine Zuflucht gibt, kein Entkommen. Seine eigenen Kräfte können

ihm nichts anhaben und so befreit er sich sukzessive aus seinem steinernen Gefängnis.

Meine Ohren sind taub. Die erste Druckwelle hat meine Trommelfelle arg in Mitleidenschaft gezogen. Das Stechen dringt tief in meine Schädelbasis. Mein Haar hat sich aus dem Knoten gelöst und hängt mir wirr ins Gesicht. Ich streiche es zur Seite. Wo sind die anderen?

Blut läuft mir in die Augen, und ich sehe alles durch rote Schlieren. Ich taste nach der Wunde. Am Haaransatz, sie blutet wie verrückt. Ich muss auf einen Stein geknallt sein.

»BB?«, krächze ich. »Bist du da?«

Keine Antwort. Oder kann ich bloß nichts hören?

Unweit von mir regt sich jemand. Ich erkenne ein blaues, mit Blut beflecktes Gewand und einen weißblonden Haarkranz. Fawn. Erleichterung durchströmt mich, als sie sich auf alle viere stemmt und zu Quinn kriecht, der sich soeben aufsetzt und verwirrt umschaut. Morton entdecke ich zu meiner Linken. Seine Klingen haben sich von ihm gelöst, als ich die Schwingungen neutralisierte, seine Hände sind heil, aber er blutet wie ich am Kopf. Fehlt noch Ella.

Ella, oh mein Gott! Nein!

Es ging alles so schnell: *Ella steht Weyler am nächsten. Die Wucht der ersten Energiekugel streckt sie nieder, ihre Federn stieben violetten Funken gleich durch die Luft. Doch sie rappelt sich wieder auf und obwohl ihr Feuer erloschen ist, stürzt sie sich mit erhobenem Messer auf ihn. Weyler lacht auf. Und während er mit der Linken weiter Energiefäden webt, wechselt er wie beiläufig zu North Kings Macht und hüllt Ella in Eis.*

Ich keuche auf. Blinzle, bis mein Blick sich schärft. Da steht er, ein zylindrischer Eisblock von etwa zwei Metern Höhe, die bläulich schillernde Schicht so dick, dass ich Ella darunter nicht erkennen kann. Wie lange? Wie lange ist sie schon darin eingeschlossen? Eine Minute? Zwei, drei? Wenn sie nicht erstickt ist, ist sie erfroren. Der Schmerz zerreißt mich fast.

Ich will mich aufrappeln, aber mein rechtes Knie arbeitet nicht wie gewohnt und mein Bein sackt unter mir weg, als wäre das Gelenk aus Gummi. Kriechend bewege ich mich vorwärts. Ich muss zu Ella. Muss etwas tun, irgendetwas.

»Wohin so eilig, Silence?«

Mein Gehör arbeitet wieder, schön. Weyler kommt in langen Schritten auf mich zu, dieser abscheuliche Aykuraner, in dem mehr Bösartigkeit steckt als ich je für möglich gehalten habe. Er packt mich an der Schulter, und ich schreie auf, als sich seine Finger in meine Wunde bohren. Er zerrt mich hoch und reißt meinen Kopf an den Haaren zurück. »Eigentlich muss ich nicht viel tun, oder? Es ist fast zu einfach. Du bist der Schlüssel, also reicht es, wenn ich dich ausschalte. Wie wollen wir es angehen, hm? Gold? Möchtest du wahnsinnig vor Gier auf dem Dach herumtapsen? Oder lieber Eis wie bei deiner Freundin?«

Heiße, unbezähmbare Wut quillt in mir auf. Was lässt ihn glauben, dass meine Kräfte versiegt sind? Und überhaupt bin ich bewaffnet. Eine Pistole, ein Messer. Ich taste nach der Waffe, aber er bemerkt es und zieht sie mir unter den Fingern weg.

»Na, na, jetzt enttäuschst du mich aber.« Er wirft sie über seine Schulter. Kein Aufschlag folgt. Weylers Energiekugeln haben den versteinerten Teich zerbombt und der Rest ist einfach nach unten durchgebrochen. Ein Krater gähnt zu meinen Füßen. Wie viele Stockwerke? Wie viele Menschen?

Die Drohne hängt zerschellt an den Resten eines Betonträgers. Der Kontakt zu BB ist abgerissen. Corvin, Robyn und Red sind in der Sphäre. Fawn und die anderen außerstande zu handeln. Ella tot. Ich bin allein mit Weyler. Es ist an mir, ihn aufzuhalten. Ich habe es verbockt, ich werde es beenden.

Meine Wut verwandelt sich in kalte Berechnung. Die Pistole ist futsch, bleibt das Messer. Eins ist gewiss: Solange mein Herz noch Blut durch meine Adern pumpt, solange ich nach einem gottverdammten Strohhalm greifen kann, und sei er noch so winzig, so lange werde ich kämpfen.

Vielleicht ist das ja die eine letzte Prüfung, ob wir bereit sind, ob wir wirklich bereit sind für das, was in uns brennt.

»Ich bin bereit«, zische ich und ramme Weyler das Messer in die Seite, während ich Stille in mir entwickle.

Er brüllt auf. »Du hinterhältiges Biest! Genau wie sie! Sharraj dachte auch, sie könnte mich überrumpeln, aber dafür hat sie teuer bezahlt.«

Blöd, nicht alle spielen nach deinen Regeln. »Und du hast nichts daraus gelernt«, gebe ich Zähne bleckend zurück. Ich ziehe das Messer heraus und will noch einmal zustoßen, da geht ein Schauer durch Weylers Körper.

Vor meinen Augen ändert er seine Gestalt, und was da aus ihm hervorbricht, dunkel und viel zu vertraut, trifft mich unvorbereitet. Mein Herzschlag gerät ins Stocken. Das Messer entgleitet mir. Das bisschen Stille, das ich sammeln konnte, ist versiegt. Ist es der Schock? Oder mindern die Verletzungen meine Kräfte? Schon ragt Weyler als dunkler Koloss vor mir auf, die Haut tiefschwarz, die Augen zwei leuchtende Kristalle.

»Du Arsch!«, stoße ich hervor, als Dark Chaos mich schnappt und durch die Luft wirft, als wäre ich ein Stück Holz.

Mein Flug dauert so lange, dass ich Zeit finde, mich auf den Aufprall vorzubereiten. Ich krümme mich zusammen, um mich, so weit es geht, abrollen zu können. Dennoch fühlt es sich an, als würden sämtliche Knochen brechen und meine Eingeweide zu Brei zermatscht werden, als ich auf einer Felsplatte aufschlage.

Weyler kommt mir nach. Abermals werde ich hochgehoben und davongeworfen. Diesmal lande ich in einem der auf einer höheren Ebene angelegten Teiche. Wasser schlägt über meinem Kopf zusammen, ich gehe unter wie ein Stein. Prustend komme ich wieder hoch. Meine Kleidung hält dicht, aber in meine Stiefel und meine Handschuhe sickert bereits Nässe. Ich drehe mich um mich selbst. Hinter mir glitzernde Wasserkaskaden, die nach unten stürzen, links und rechts künstlicher Fels, an dem ich in meiner Verfassung nicht hochklettern kann, vor mir Weyler, der in der Gestalt von Dark Chaos am Ufer steht. Eine neuerliche Konfrontation ist unvermeidbar, ich kann nicht ewig im Teich bleiben.

Jeder Schwimmzug ist ein Gewaltakt. Nicht, weil meine Arme und Beine schwer wie Blei sind, sondern mehr noch, weil ich auf meinen Henker zusteuere. Seelenruhig wartet er, bis ich in Reichweite bin, dann fischt er mich mit einem Griff aus dem Wasser.

»Wehr dich!«, brüllt er und schüttelt mich kräftig. »So macht das keinen Spaß!«

Ich will ja, ich will, doch in mir tost ein Ozean aus Schmerz. Jede Regung tut weh, jeder Gedanke, allein der Versuch, Zugriff auf meine Kräfte zu bekommen, schickt Qualen durch meinen lädierten Körper.

»Dann eben nicht.« Weyler schnaubt verächtlich und schleudert mich in hohem Bogen in den angrenzenden Teich.

Ich hole vorsorglich Luft. Warte auf das Platschen. Auf Wasser, das mir in die Nase steigt. Doch ich pralle auf blankem Eis auf. Grelle Pein schießt durch meine Wirbelsäule, Rippen brechen, zwei oder mehr, das spüre ich instinktiv. Durch den Schwung vorwärts katapultiert, sause ich quer über die Teichplatte und weiter und weiter, über das Ufer hinaus und abwärts auf einer spiegelglatten Eisbahn, die North Kings Kräfte eigens für mich errichten.

Dieser Scheißkerl baut eine Rutsche!

Ich stemme mich mit den Füßen dagegen, kralle die behandschuhten Finger ins Eis, werde aber nur minimal langsamer. Mich beschleicht der Verdacht, wo mich das hinführen wird.

Vor mir tut sich ein Abgrund auf. Die Dachkante.

Ein irres Lachen drängt aus mir heraus. Doch als ich den Mund öffne, verzerrt es sich zu einem Kreischen. Ich schreie. Schreie aus voller Kehle um Hilfe. So werde ich nicht sterben, nicht so!

Unaufhaltsam schlittere ich dem Himmel entgegen. Keine Wolke trübt das Blau, die Sonne blendet mich. Meine Fingerspitzen finden keinen Halt. Noch zehn Meter, acht, sechs ... Ich muss runter von dieser Todesbahn, sofort. Mit letzter Kraft ziehe ich Arme und Beine an, rolle herum, und noch einmal, und noch einmal. Etwas bremst mich, endlich, endlich! Aber der Ruck kommt zu abrupt, ich kullere weiter, meine Füße treten ins Leere und ich stürze vom Dach.

Doch ein Engel scheint über mich zu wachen.

Im Fallen rudere ich mit den Armen und kriege die Dachkante zu fassen. Wieder ein Ruck, der mich beinah ins Nichts befördert. Doch ich kralle mich fest. Nichts wird mich je dazu bringen, die Finger zu öffnen.

Danke. Danke, danke, danke.

Ich blinzle nach oben. Erwarte, Weyler zu sehen, der mich mit einem Tritt in den Tod schickt, aber da ist nichts. Nichts und niemand.

Das kann doch nicht sein. Wo sind die Rookies? Einer muss mir doch zu Hilfe kommen!

Die Dacheinfassung ist aus Metall. Nicht abgerundet, was ein Segen ist, sondern scharfkantig, sehr sogar. Wie ein Messer gräbt sie sich durch den Stoff meiner Handschuhe, über kurz oder lang wird sie sie aufschlitzen und was dann?

Ich schreie mir die Seele aus dem Leib. Keine Antwort. Nur die Möwen keckern, als würden sie über mich lachen.

Bleib ruhig, denk nach, finde einen Ausweg. Keine Möglichkeit, die Füße an die Wand zu stellen, keine, mich irgendwo abzustützen, Halt zu finden. Ich setze zu einem Klimmzug an – *Das muss zu schaffen sein!* –, doch gleich beim ersten Versuch schießen mir Tränen in die Augen, als mir vor Schmerz die Luft wegbleibt. Mit den gebrochenen Rippen ist es hoffnungslos.

Meine Schreie verhallen ungehört. Aus meinen Fingern weicht jedes Gefühl. Langsam erlahmen auch meine Arme – und mit ihnen mein Wille.

Wie viele Meter noch gleich bis nach unten? 190? 190 Meter freier Fall. Es muss wie fliegen sein. Der Gedanke kriecht wie ein Versprechen in mein Bewusstsein. Und für einen klammen Herzschlag, für einen vernebelten Moment will ich den einfachen Weg gehen. Will loslassen, alles loslassen. Und fliegen.

Dann rebelliert etwas in mir. Eine Stimme flüstert mir zu, dass ich nicht so weit gekommen bin, um einfach aufzugeben. *Ja, dein Leben hängt am seidenen Faden, ja, es sieht gerade scheiße aus, aber das ist kein Grund das Handtuch zu werfen. Wir. Geben. Nicht. Auf.*

Nicht aufgeben.

Nicht aufgeben.

Nicht …

»Jill!« Ein Schatten erscheint über der Kante. Hände greifen nach mir, schwarz und kräftig. Dark Chaos, der wahre Dark Chaos, da besteht kein Zweifel.

»Corvin!«

»Ich hab dich. Alles ist gut …« Doch er kommt nicht dazu, mich hochzuziehen. Ein zweiter Schatten, ebenso groß, ebenso dunkel, erhebt sich über Corvin, ein dreckiges Lachen auf den Lippen.

»Achtung!«

Meine Warnung kommt zu spät. Weyler rammt Corvin einen seiner Eisspeere in den Rücken. Ein glatter Durchstoß. Ich schreie auf, als die blutige Spitze vor mir aus Corvins Brust schießt, nur einen Fingerbreit an meinem Hals vorbei. Und schreie noch einmal, als ich drohe, aus Corvins Händen zu rutschen.

Weyler feixt. »Ohne Rückendeckung. Nachlässig. Aber was soll man von Kindern anderes erwarten?«

Corvins Augen rollen nach hinten. Er blinzelt, schüttelt den Kopf, versucht mit aller Gewalt bei Besinnung zu bleiben. Noch immer umklammert er meine Handgelenke. Hält mich fest, ungeachtet des vielen Bluts, das auf seinem Oberteil erblüht. Seine zweite schwere Wunde – wie lebensbedrohlich ist sie? Ich warte auf den Ruck, mit dem ich nach oben gezogen werde, aber Weyler ist fix. Der nächste Stich kommt von links, eine andere Eisklinge. Noch mehr Blut. Corvin stöhnt.

»Herrlich!«, ruft Weyler. »Ich kann dich in aller Ruhe aufspießen und du rührst keinen Finger.«

»Lass los«, flüstere ich. »Lass los, Corvin.«

Sein Blick fokussiert für einen Moment, aber sein Griff lockert sich nicht. Schweiß sammelt sich auf seiner Stirn, tropft von seinen Wimpern.

»Lass los, bring es zu Ende. Deswegen sind wir hier. Bitte. Lass los.«

Corvins Atem geht in keuchenden Stößen. Langsam führt er meine Hände nach unten, bis ich wieder die Dachkante berühre. Ich kralle mich fest, obwohl kein bisschen Kraft mehr in ihnen ist, kralle ich mich fest. Meine Muskeln protestieren unter dem jähen Zug, beinahe rutsche ich ab, als sich meine Finger wie von selbst öffnen.

Corvin murmelt etwas, das ich kaum verstehe, dann fährt er zu Weyler herum, der gerade zu einem kräftigen Schubs ausholt, um Dark Chaos vom Dach zu befördern, und donnert ihm die Faust ins Gesicht. Weyler brüllt, schlägt zurück, und zwischen den beiden entbrennt ein wilder Kampf am Rande des Daches.

Was war es? Was hat er gesagt? *Warte auf mich? Ich hole dich?*

Minuten verrinnen, in denen ich krampfhaft versuche, seine Worte aus der Flut meiner panischen Gedanken zu fischen. Minuten, in denen ich tausend Tode sterbe, etliche Male aufgebe, mich in letzter Sekunde fange und erneut aufgeben will. Minuten voller Qual.

Bis ...

»Sag mal, Jill, findest du es nicht unverschämt, dass du hier so gemütlich rumhängst und uns den Job allein erledigen lässt?«

»Robyn! Oh Gott, Robyn!«

Sie packt meine Handgelenke, lässt aber das eine unvermutet wieder los. »Moment.«

»Moment? Moment, was? Ich sterbe und du musst dich erst sammeln?«

Ein Karabiner an einem Drahtseil schießt neben mir herab. »Ich will nur sicher gehen. Du kennst doch diese Filme – der Held ergreift die Hände seiner Liebsten …«

»Ich bin nicht deine Liebste!«

»… sie halten einander fest, die Musik erhebt sich zum finalen Höhepunkt, und dann rutscht sie aus dem Handschuh, Stück für Stück …«

»Robyn!«, kreische ich, nicht mehr fähig, klar zu denken.

Ihre Facettenaugen starren mich an. »Häng dich schon ein!«

»Wenn ich oben bin, erwürge ich dich.« Mit zitternden Fingern hake ich den Karabiner in meinen Gürtel. Ich brauche drei Anläufe, bis er endlich schließt. »Rauf! Zieh mich rauf! Sofort!«

Sie salutiert. Surrend rollt sich das Drahtseil ein, zieht mich rasch und sicher nach oben. Ich hieve mich schwerfällig über die Dachkante. »Geil!« Robyn lacht. »Hätte nicht gedacht, dass ich all diese Gadgets in meiner Rüstung brauchen kann, aber das Seil hat sich allemal gelohnt.«

»Knallkopfrookie. Dafür versohle ich dir noch den Hintern, das schwöre ich. Habt ihr Zayne?«

Ihr Lachen erstirbt. Sogar durch den Helm kann ich den grimmigen Unterton in ihrer Stimme vernehmen. »Ja. Das Arschloch hat ihn in der Sphäre gefangen gehalten – mit Blick auf seine sterbende Mutter. Eine zehnminütige Zeitschleife, in der Weyler Envira ermordet. Keine Ahnung, wie oft der Kleine das miterleben musste.«

Oh mein Gott.

Sie flitzt davon und ich mühe mich auf die Knie. Ich bin zu Tode erschöpft, jeder Atemzug tut weh. *Steh auf, Jill. Steh auf, die anderen brauchen dich.*

Der Kampf der beiden Titanen wütet ungebrochen. Weyler findet sichtlich Gefallen an seiner Rolle als Dark Chaos, vor allem wohl, weil Corvin mehr und mehr die Kraft ausgeht. Seine

Bewegungen sind steif, er stolpert immer wieder. Mit Müh und Not wehrt er Weylers Schläge ab, ohne die Eisklingen, die ihm laufend die Haut aufschlitzen, zu beachten.

Als ich meine Verstärkerkräfte aktivieren will, merke ich, dass meine Schwingung fast erloschen ist. Verzweifelt spüre ich ihr nach. Da muss doch noch was sein, es muss einfach! Ich rufe die Erinnerung an die Hitze in mir wach, fache sie an, so gut es geht, aber der nötige Feuersturm bleibt aus. Was ich auch anstelle, es ist zu wenig. In mir ist nur Leere.

Ich kann Corvin nicht unterstützen, ich kann einfach nicht.

»Ah, Silence, da bist du ja!«, ruft Weyler und nimmt mich unter Beschuss. Unter einem Regen aus Eiszapfen ergreife ich die Flucht.

Doch mein Weg ist beschwerlich. Das Dach sieht aus, als hätte ein mittleres Erdbeben gewütet. Zum Teil ist es nach unten abgesackt, zum Teil von Kratern gespickt. Eine der künstlichen Felsformationen ist geborsten. Der Wasserfall ergießt sich als Sturzbach über die Trümmer und schießt durch einen Spalt in die Tiefe des Hochhauses. Hier haben wohl Dutzende von Weylers Energiebomben eingeschlagen. Scharfer Schmerz zündet in meinem Oberschenkel, dann in meiner Hüfte, als ich von zwei Eiszapfen durchbohrt werde. Ich taumle und rutsche mit dem Fuß unter eine Betonscholle.

Da schwirrt eine Wolke roter Energiepartikel an mir vorbei. Mit zusammengekniffenen Augen blinzle ich gegen die Sonne an und verfolge Reds Flug bis zu den Kämpfenden. Für einen Augenblick ballt sie sich um Weylers blutende Wunde an der Seite, um ihn gleich darauf ihrerseits mit Eisspeeren zu traktieren.

Red gibt dem Kampf die dringend benötigte Wende. Corvin sackt zusammen, doch als Weyler einen Eisdolch zückt und ihm die Kehle aufschlitzen will, fährt eine riesige schwarze Faust dazwischen – Red, die nun die Gestalt von Dark Chaos angenommen hat!

»Suchst du Kontakt? Versuch es mal mit einer Steckdose!«
Vor Erleichterung kommen mir fast die Tränen.
»Ich liebe dieses verrückte Huhn!«, ruft Robyn, die sich hinter einer Felskante verschanzt hält und gerade ihre Impulswaffe lädt. »Weyler hätte sich mal lieber meine Superkraft krallen sollen, der Idiot.« Neben ihr sitzt Zayne, von Kopf bis Fuß in Schilfgras gewickelt. Fawn hat ganze Arbeit geleistet. Als er meinen Blick bemerkt, kneift er die Augen zu.
Ich befreie meinen Fuß. »Warum ist Zayne gefesselt?«.
»Er ist ausgerastet, als er Weyler gesehen hat. Hätte hier beinah alles in die Luft gesprengt und uns gleich dazu.«
Ein Brüllen lässt mich herumfahren. Morton! Seine Schreie sind voller Schmerz und zugleich voll wilder Entschlossenheit. Er hat sich überwunden, hat nach seinen Klingen gegriffen! Und wie durch ein Wunder absorbiert sie sein Körper zur Gänze.
Triumphierend streckt Tachi sein Schwert zum Himmel, stürmt los und nimmt sich den Eisblock vor, in dem Ella eingeschlossen ist.
»Morton, was machst du da?«, schreie ich, als er beginnt, Eisschnitze abzuhacken, so abartig schnell, dass mir beim Zuschauen schwindlig wird.
Fawn winkt mir zu. »Lass ihn, er macht das schon.«
Eine halbe Minute später hat er Ella aus dem Eis befreit. Steif kippt ihr Leib um und Fawn und Quinn fangen sie auf, ehe sie auf den Boden kracht.
Ich schluchze auf. Ella ist tot, wir haben sie verloren. Wie konnte das nur passieren? Wie nur?
Ich laufe hin, als Red mich abermals überholt und dicht über Ella verharrt. Weyler, wieder in seiner natürlichen Gestalt, kämpft indessen damit, auf die Beine zu kommen, wirkt allerdings merklich geschwächt. Warum hat Red es nicht zu Ende gebracht?
»Blut, ich brauche ihr Blut«, kräht sie fröhlich.
»Schon dabei.« Morton zieht das Messer über Ellas Unter-

arm. Das Blut quillt nur langsam hervor, so kalt ist es, aber für Red scheint es genug zu sein. Innerhalb eines Herzschlags hat sie Ellas Gestalt angenommen.

»Danke. Und jetzt ab, ihr Hühner, machen wir Geschnetzeltes aus ihm!«

Auf violetten Feuerflügeln schwingt sich Red in die Lüfte, Morton und Quinn stürmen wie verabredet los und ich kann ihnen nur fassungslos nachblicken. Fawn grinst.

»Nun zu uns, mein Engel«, sagt sie und streichelt Ellas Wange. »Das wird dir nicht gefallen, aber du wirst auf Erden dringender gebraucht als im Himmel.«

Als könnte sie noch etwas hören.

Als könnte sie es spüren.

Als könnte sie wieder erwachen.

Ich wische das Blut von Ellas Haut. Sie ist eiskalt. Da ist kein Atem. Kein Puls. Ihre Augen starren ins Leere. Ein Wimmern drängt aus meiner Kehle, heiße Tränen steigen in mir auf. Ich will sie in meine Arme ziehen, sie schaukeln, ihr sagen, dass alles gut wird. Aber das wird es nicht. Nie mehr.

Aus der Ferne ertönt ein Brummen. Im Nordosten kann ich zwei schwarze Punkte im Sommerblau ausmachen, die sich rasch vergrößern. Skydiver.

»Wo bist du?« Zärtlich betastet Fawn Ellas Brust, dann beginnt sie zu summen.

Sie sucht nach Anzeichen für Leben, wie sie es bei Quinn immer macht. Sie wird nichts finden. Ellas Blick ist erloschen, kein Licht glänzt mehr in ihren Augen, sie sind wie zwei Glasmurmeln, stumpf und leer. Ich habe das schon einmal gesehen, bei Aaron, und es hat mich jahrelang verfolgt. Ich schließe Ellas Lider.

»Sie ist nicht mehr da«, sage ich leise. »Sie ist tot, Fawn.«

Fawn reißt den Kopf hoch. Funkelt mich aufgebracht an. »Nein. Das lasse ich nicht zu. Sie kann später zum Engel werden, wenn sie mal hundert ist, von mir aus, aber nicht jetzt.«

»Fawn …«

»Atmen, hast du gesagt, einfach atmen, und das werde ich tun. Und wenn du versuchst, mich davon abzuhalten, verschnüre ich dich mit Schilfgras, genau wie Zayne. Die Halme sind echt ätzend auf der Haut.«

Ich klappe den Mund zu. Behalte meinen Einwand, dass Ella gut und gern zwanzig Minuten schockgefroren war, für mich.

»Guck dir lieber an, wie sie sich Weyler vorknöpfen«, rät mir Fawn und beginnt, von leisem Summen begleitet, zu pusten. »Ein Finale wie dieses kriegst du nie wieder zu sehen.«

Ich gebe mich geschlagen, stehe auf und wende ihr den Rücken zu. Hierbei kann ich nicht zuschauen. Ich habe nicht die Kraft mitzuerleben, wie Fawn letzten Endes aufgeben muss. Ein Zittern übermannt mich, jetzt bin ich es, in der alles erstarrt, jeder Funken Lebendigkeit in mir verwandelt sich in Eis. Und gut ist es, ich will nichts fühlen.

Die Skydiver nähern sich dem Dach. Ein Seil wird herabgeworfen und eine Person beginnt sich abzuseilen. Ist das BB?

Einen Moment lang komme ich mir ziemlich nutzlos vor. Offenbar braucht hier niemand meine Verstärkerkräfte. Der dumme Gedanke verfliegt, als sich Arme um mich schlingen.

»Corvin!«

Er kann seine Superheldengestalt nicht länger halten. Schattenzungen wandern über sein Gesicht, als sich die Titanhaut zurückbildet, und das silberhelle Funkeln in seinen Augen erlischt. In der Umarmung des Jungen gefangen sinke ich mit ihm auf die Knie.

»Ella?«, flüstert er an meiner Wange, jeder Atemzug ein krampfartiges Keuchen.

Ich schüttle den Kopf. »Aber Fawn denkt … Vielleicht …«

Er nickt. »Lass uns … einfach daran glauben.«

Glauben. Wie kann es sein, dass er mir abhandengekommen ist, während alle anderen ihn endlich gefunden haben?

Gemeinsam beobachten wir, wie die Rookies Weyler austricksen. Der Flammensturm der gedoubelten Firekiss treibt ihn Schritt für Schritt zurück, auf Tachi zu, der ihn mit seinen Klingen empfängt. Unbeeindruckt zerlegt Morton alle Eisgeschosse, die auf ihn einstürmen, in winzige Splitter und schafft es ganz nebenbei, Weyler aufzuschlitzen. Zum Teil sind die Schnittwunden oberflächlich, andere Stiche aber gehen tief.

Weyler taumelt. »Ihr seid nichts. Nichts als ein Haufen stümperhafter Amateure.«

Unter wütendem Heulen formt er eine Energiekugel in seinen Händen, als Red in der Gestalt von Firekiss heranschießt und ihre brennenden Flügel entfaltet. Gerade will sie sie in einer dramatischen Geste um Weyler schließen, da geht Quinn dazwischen, nein, halt, nicht Quinn – sondern Cameo. Trotz der Umstände, trotz all der Aufregung, hat er es geschafft, sich zu verwandeln.

»Nichts zu sein, wäre nicht möglich, weil wir in diesem Fall nicht vorhanden wären, was wir aber sind. Wir sind nicht nichts. Wir sind die *Earth Warriors*«, sagt er und berührt sein blutüberströmtes Opfer fast zärtlich an der Wange.

Weyler erstarrt zu Stein.

»Sieg!« Robyns Helm faltet sich zusammen, sie reißt die Arme hoch. »Sieg für die Earth Warriors!«

Corvin drückt mich an sich. »Wir haben gewonnen.«

Ich nicke. »Ja. Das haben wir.« Ich wünschte nur, es wäre früher passiert, ich wünschte es so sehr.

BB kommt angelaufen, sieht den versteinerten Weyler, schickt ein Okay an den Skydiver, der daraufhin abdreht, während der andere weiter über unseren Köpfen kreist und anscheinend einen Platz zum Landen sucht. Patten vermutlich. Oder das Fernsehen. Wer weiß das schon.

»Alles in Ordnung? Geht es euch …?« BB entdeckt Ella und sackt neben ihr zu Boden. »Flämmchen! Oh Gott, was ist mit ihr?«

Keiner sagt etwas. Nur Fawn unterbricht ihr Summen für ein vorwurfsvolles »Pst!«. BB blickt mit großen Augen zu uns auf. Ich finde keine Worte, also schweigt er ebenfalls.

Die anderen gesellen sich zu uns. Tachi hat seine Klingen abgestoßen und sicher in Mortons Waffengurt verwahrt. Cameo ist wieder Quinn. Robyn schleppt Zayne heran.

Zwischen ihnen ist eine hitzige Diskussion entbrannt.

»Hast du nur Beton im Hirn, Straßenwalze? Ich wollte das Huhn grillen!«, schimpft Red, die in Form eines Hammers wieder und wieder auf Quinns Kopf einschlägt.

»Er ist kein Huhn«, sagt Quinn in bestem Oberlehrerton. »Hühner sind Vögel. Sie gehören zur Familie der Fasanartigen. *Gallus gallus domesticus* um genau zu sein. Der Aykuraner ist menschenartig und zählt am ehesten zur Familie der Menschenaffen. *Homo sapiens ...*«

»Lass uns ›Halt die Fresse‹ spielen. Du fängst an. – Es war *mein* Solarium, also auch *mein* Brathuhn.«

»Er hat meine Mutter getötet, er hätte mir gehört, mir!«, brüllt Zayne.

»Ist doch alles gut. So bleibt wenigstens was für die Nachwelt erhalten«, wirft Morton beschwichtigend ein.

»Wozu das?«, fragt Robyn irritiert.

»Als mahnendes Beispiel. Sich nicht mit den Earth Warriors anzulegen.« Darauf kann keiner mehr etwas erwidern, selbst Red nicht. Morton blickt mich an. »Mann, Jill. Danke! Du warst große Klasse.«

»Was meinst du?«, entgegne ich verwirrt. Mein Hirn ist komplett vernebelt, alles in mir ist wie tot. »Ich habe doch gar nichts gemacht.«

»Ja, klar. Jetzt sei mal nicht so arg bescheiden. Du hast unsere Schwingungen verstärkt. Ohne dich hätten wir das nie geschafft.«

Die anderen nicken zustimmend und bedanken sich ebenfalls. Ich will antworten, will ihnen erklären, dass ich nichts damit zu tun hatte, ihnen keine Unterstützung war, dass sie ihre Kräfte selbständig genutzt haben, um Weyler zur Strecke zu bringen. Sie waren es, sie ganz allein …

Aber da … schlägt Ella mit einem Japsen die Augen auf.

Ein Aufschrei geht durch die Rookies. »Ella!«, rufen die anderen mit einer Stimme, nur ich bringe keinen Ton hervor.

Fawn hilft ihr beim Aufsetzen, und in der nächsten Sekunde fallen wir Ella der Reihe nach um den Hals, drücken sie, halten und streicheln sie. Sie ist wieder bei uns, sie lebt!

»Du lebst, du lebst«, murmle ich an ihrer Schulter, und als sie meine Umarmung erwidert, spüre ich, wie meine Schwingung neu in mir aufflammt, wie sie uns einhüllt, uns beide mit Wärme durchflutet. Der eisige Knoten in meiner Brust löst sich auf, Tränen der Erleichterung treten in meine Augen. »Jetzt ist alles gut.«

»Hast du Gott getroffen?«, fragt Robyn plötzlich, als wäre es für sie das Wichtigste auf der Welt.

Ellas Goldtattoo funkelt im Sonnenlicht und ihre Flügel, die sie versuchsweise entfaltet, schimmern in sattem Violett. Nie zuvor hat sie engelhafter gewirkt als jetzt. »Was? Ja … Das habe ich tatsächlich.«

»Und? Was hat er gesagt?«

»Gott ist kein Er.«

Fawn jubelt. »Eine Sie! Ich wusste es.«

»Auch keine Sie«, korrigiert Ella. »Gott ist … bestenfalls ein Es.« Wir starren sie in der Hoffnung auf eine nähere Erklärung an, aber sie lässt es dabei bewenden. »Was habe ich verpasst?«

»Ach, so gut wie nichts. Alles lief perfekt. Die Earth Warriors haben haushoch gewonnen.« Robyn deutet mit einer saloppen Geste zu Weyler. »Cameo hat Weyler versteinert.«

»Oh. Das kommt jetzt ungelegen. Eigentlich wollte ich ihn grillen.«

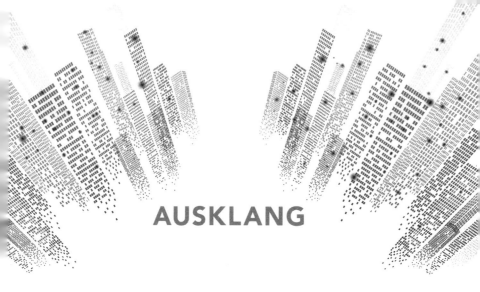

AUSKLANG

»Namen sind wichtig«, hat Quinn einmal gesagt. Erst jetzt begreife ich, wie recht er damit hat. Unser neuer Name verankert uns in der Realität. Er vereint in uns die beiden Welten, aus deren Sternenstaub wir gemacht wurden. Wir sind die Earth Warriors und tragen diesen Namen mit Stolz.

Unser Erbe war zu gewaltig, zu übermächtig, um es mit unseren Kinderarmen zu stemmen. Wir wollten so dringend Helden sein, waren so fokussiert auf das, was uns dazu fehlte, das wir unsere eigenen Stärken nicht mehr wahrnehmen konnten. Es braucht keine Superkräfte dafür, vielmehr den Glauben an sich selbst.

Im Kampf gegen Weyler, erschöpft und verletzt, hatte ich ihn kurzzeitig verloren. Ich dachte, ich hätte versagt, als ich den Rookies nicht länger beistehen konnte. Doch im Grunde, darin sind wir uns alle einig, hätte nichts Besseres passieren können, denn es verlieh den anderen die Möglichkeit, ihre Kräfte aus sich heraus zu entwickeln.

Wir sind nicht die Opfer unserer Gene, wir entscheiden selbst darüber, wer wir sind und wer wir sein wollen, jeden Tag, jede Stunde aufs Neue.

Ich bin Silence, das Mädchen, das Superkräfte neutralisieren und verstärken kann. Zu wissen, wer ich bin, was in mir steckt, macht mich ganz, ich kann es nicht anders beschreiben. Mit meiner Schwingung habe ich mein inneres Licht gefunden. Ich muss es hegen und pflegen, weil es ansonsten zu flackern beginnt, wenn ich mir zu viel zumute. Aber es pocht beständig in mir und ich kann darauf vertrauen, dass es niemals komplett erlöschen wird.

Demlock Park steht noch. Allerdings am Rande eines Kraters von mehreren Meilen Durchmesser. Mit Weylers Tod ist die Sphäre kollabiert und hat wie stets nur Staub und Asche hinterlassen. Dass unser Haus nicht sofort in den Abgrund gerutscht ist, haben wir Fawn und Quinn zu verdanken. Am Tag unseres vorbereitenden Trainings auf den Kampf haben sie heimlich die gesamte Rückseite gesichert.

Während Quinn die notwendigen Berechnungen anstellte, hat Fawn mehrere tiefwurzelnde Kiefern wachsen lassen, um das Gemäuer zu stützen. Und dazwischen Rosen, Unmengen davon: Heckenrosen, die in die Tiefe wurzeln, zur Hangbefestigung, und Apfel-Rosen, deren Wurzeln weit verzweigte Ausläufer bilden, um das Haus vor allem an den Ecken zu verankern. Als die Rosen ein dichtes Gitterwerk bildeten, hat Quinn die Kiefern in Stein verwandelt. So kommt es, dass Demlock Park nun lebende Mauern besitzt und sich duftende Rosen vor den Zimmern ranken.

Als Nolan Weylers alias Robert Duncans Machenschaften publik wurden, ging ein Aufschrei der Empörung durch Baine City. Gordon Hensmayr und Bürgermeisterkandidat Oliver Temming wurden festgenommen und mit ihnen zehn weitere hochrangige Mitglieder der Stadtregierung, deren enger Kontakt zur Duncan-Group bereits nachgewiesen werden konnte. Ob die Bewohner von Greentown geheilt werden können, ist ungewiss, aber laut Patten wird bereits intensiv daran geforscht. Fernsehen und Presse treten den Skandal mit der gleichen Begeisterung breit wie sie die Earth Warriors feiern. Wir sind die Helden Baine Citys, die Retter der Stadt – und genau das wollen wir auch in Zukunft sein.

Patten weiß noch nichts von unseren Plänen, selbst unser Abschlussbericht steht noch aus. Er hat uns schon mehrmals zu einem Gespräch in die provisorischen Geschäftsräume der Division im ehemaligen Forschungszentrum Prequotec geladen. Noch halten wir ihn hin, erst müssen wir einiges unter uns klären, vor allem Zayne betreffend. Wir konnten verhindern, dass er sofort festgenommen wurde, doch die Division davon zu überzeugen, dass der Junge nun einer von uns ist, wird noch ein hartes Stück Arbeit.

Warum Zayne sich nicht aus Weylers Sphäre befreien konnte und den Mord an seiner Mutter wieder und wieder mit ansehen musste, wurde uns erst im Nachhinein klar: Energie lässt sich nur auf bloßer Haut weben – und Weyler, dieser grausame Irre, hatte ihm Handschuhe übergezogen und ihn dann an einen Stuhl gefesselt. Kein Wunder, dass Zayne schwer traumatisiert ist. Wann immer die Sprache darauf kommt, schwört er, dass er nie wieder Sphären erschaffen wird, überhaupt will er seine Kräfte unter keinen Umständen mehr einsetzen. Er wird viel Zeit und Liebe brauchen, um zu heilen – und BB ist bereit, ihm beides zu schenken.

Laut DNA-Analyse steht nun fest, dass er tatsächlich sein leiblicher Vater ist. Und obwohl BB überglücklich ist, hat er es noch nicht über sich gebracht, es Zayne zu sagen.

»Worauf wartest du?«, habe ich ihn gefragt. »Er hat Schreckliches durchgemacht, er braucht einen Vater, jetzt mehr denn je.«

»Was, wenn sie ihn mir wegnehmen, Jill? Wir wissen alle, was ihm dann blüht. Er wird denken, ich hätte ihn im Stich gelassen.«

Diese Gefahr besteht zweifellos. Ob Zayne von jeglicher Schuld freigesprochen wird und in Freiheit aufwachsen darf, muss das Gericht entscheiden, aber Morton bereitet sich bereits akribisch auf die erste Anhörung vor und ich bin zuversichtlich, dass er auch diesmal Erfolg haben wird.

»BB, was wird Zayne wohl denken, wenn er später von anderer Seite erfährt, dass du sein Vater bist? Du musst es ihm jetzt sagen. Er hat ein Recht darauf. Je länger du wartest, umso eher riskierst du, dass das Vertrauen, das er dir entgegenbringt, wieder zerbricht.«

»Ich weiß ja, ich weiß. Ich habe nur ... Angst, dass ich alles falsch mache. So wie bei euch.«

»Das wirst du nicht, und das hast du nicht. Schau uns an, wir sind die Earth Warriors, auch dank dir. Du wirst ein großartiger Vater sein. Weißt du, wenn ich meine Angst damals überwunden und Corvin im Gefängnis besucht hätte, wäre vielleicht einiges anders gekommen. Wir glauben, dass wir uns schützen können, indem wir nichts riskieren, aber so ist es nicht. Die Angst lähmt uns und irgendwann ... frisst sie uns auf. Lass es nicht so weit kommen. Lass nicht zu, dass die Angst über dich bestimmt.«

BB hat mir recht gegeben und sich vorgenommen, Zayne einzuweihen. Und ich werde mir an die eigene Nase fassen und mit Kristen reden. Meine Wut ist verraucht, und ihre Anrufe zu ignorieren, bringt mich auf Dauer nicht weiter. Ich hoffe bloß, dass ich es irgendwann schaffe, ihr zu verzeihen.

Ella wiederum muss ihren Eltern schonend beibringen, dass sie nicht länger bei ihnen wohnen wird. Mehr noch, dass sie ihre Tätigkeit als »Engel« des familieneigenen Bestattungsunternehmens einstellen will. Sie hat sich entschieden, als Firekiss ein vollständiges Mitglied der Earth Warriors zu sein. Auch Fawn wird nicht mehr auf die *Rose-Hill-Farm* zu den Sojabohnenplantagen zurückkehren, doch ich fürchte, dass ihre Eltern ihre Superkräfte mehr vermissen werden als ihre Adoptivtochter. Robyn hat aus ihrer Wohnung gerettet, was noch zu retten war – in erster Linie ihren Kater Hunter, der seither in Demlock

Park herumstolziert und BB seine Rolle als Big Boss streitig macht. Was Quinn betrifft, so hat er sich noch nicht entschieden, wo er in Zukunft leben will, während Morton bereits mit Sack und Pack eingezogen ist.

Ja, es gibt noch so manches zu besprechen. Doch zunächst gönnen wir uns eine Auszeit. Wir haben sie bitter nötig.

Wir verbringen den Nachmittag im Freien. BB macht mit Zayne einen Spaziergang durch den Park. Fawn und Quinn nehmen letzte Änderungen an der Rückseite des Hauses vor. Ella, Morton, Robyn und ich sitzen im Garten. Wir lassen eine Schüssel frischer Erdbeeren zwischen uns herumgehen, was Red erwartungsgemäß extrem unfair findet.

Corvin fehlt, und das bereits seit zwei Tagen. »Halte dich fern von ihm, er braucht jetzt Ruhe«, hat Fawn mit erhobenem Zeigefinger gesagt, als sie mich heute Morgen in seinem Zimmer erwischt hat. »Ich werde gleich noch ein bisschen nachjustieren.« Sie weiß nicht, dass ich die halbe Nacht an seinem Bett gewacht habe, und so soll es auch bleiben. Fawn nimmt ihre neue Aufgabe sehr ernst.

Sie hat ihr Bestes gegeben, unsere vielen Verletzungen direkt nach dem Kampf zu heilen, aber bei Corvin haben ihre Kräfte nicht ausgereicht, so umfangreich waren seine Wunden. Deshalb behandelt sie ihn nun etappenweise, was wiederum gut funktioniert.

Ella und ich haben es uns in Liegestühlen gemütlich gemacht, die anderen haben sich Stühle geholt. Ich lasse mir die Sonne auf die Beine knallen und genieße, wie die Wärme unter meine Haut kriecht und jede Zelle belebt. Von Eis in jedweder Form habe ich die Nase gestrichen voll, und Ella mit Sicherheit auch. Seit Fawn sie wieder zum Leben erweckt hat, ist sie ruhiger geworden. Nachdenklich. Das ist das erste längere Gespräch, das wir führen.

Morton greift sich die letzte Erdbeere. »Du willst also wirklich keine Einäscherungen mehr vornehmen?«

Sie schüttelt den Kopf. »Nein. Mein Entschluss steht fest.«

»Hm. Und ich dachte immer, dass sei deine Berufung.«

»Dinge ändern sich.«

»Was sagt eigentlich Gott zu deinem neuen Job?«, will Robyn von ihr wissen. »Ist …«, sie malt Anführungsstriche in die Luft, »… *Es* damit einverstanden, dass du deinen Glauben aufgibst und aus seiner Engelsschar austrittst?«

»Wie kommst du denn auf die Idee? Ich gebe meinen Glauben nicht auf, ich verlagere meine Tätigkeit einfach ein bisschen. Ich möchte mehr für die Lebenden da sein als für die Toten. Ich werde als Engel auf Erden für das Gute kämpfen. Genau wie ihr.«

Robyn grunzt. »Na hoffentlich wachsen mir keine Flügel. Mir reicht diese lästige rote Wolke, die mich auf Schritt und Tritt verfolgt.«

Red baut sich als roter Rauschgoldengel mit Heiligenschein hinter Robyn auf und wedelt mit den Flügeln. »Was hat ein Engel, wenn er auf einen Misthaufen fällt?«

»Kotflügel«, sagen wir im Chor und Red schnauft enttäuscht.

»Den hast du heute schon dreimal erzählt«, fügt Morton hinzu. »Lass dir mal was Neues einfallen.«

»In einem Park stehen sich zwei Statuen gegenüber …«

Wir gähnen. Red verstummt eingeschnappt und schreibt das Wort »Schmalhirnrookies« in die Luft.

Aus den Augenwinkeln nehme ich eine Bewegung an Corvins Fenster wahr, und tatsächlich: Er hat es geöffnet, lehnt entspannt am Sims und hält den Blick unverwandt auf mich gerichtet. Aufregung jagt in mir hoch, und noch etwas anderes, das in mir prickelt und ziept. Das Gespräch der anderen wird zu einem Murmeln in der Flut meiner Gedanken. *Er ist wach. Es geht ihm gut. Ich kann zu ihm. Wenn Fawn es erlaubt. Sie muss nichts davon wissen. Ich könnte unter einem Vorwand ins Haus gehen und …*

Corvin winkt und deutet über seine Schulter in sein Zimmer. Ich setze mich auf.

In diesem Moment erschallt Fawns Stimme: »Kommt rüber und schaut! Wir sind fast fertig!«

Red saust los, auch Ella, Morton und Robyn stehen auf und laufen zu Fawn und Quinn hinüber.

Ich zögere. Corvins Augen glühen eishell, Schwärze züngelt über seine Arme. Ich spüre seine Schwingung bis hierher, sie fügt sich in meine eigene, verknüpft sich mit ihr, wärmt mich, lockt mich. Hitzeschauer rieseln über meine Haut, als ich an seine Küsse im Park denke und an das, wozu es dank Quinn und Abigail nicht gekommen ist. Verlangen bricht sich in mir Bahn.

Corvin hält sein Handy hoch. Sekunden später vibriert meins und zeigt mir eine Nachricht an. *Du siehst hinreißend aus – in deinem Top und den neckischen Shorts.;) Mir rinnt der Sabber aus dem Monstermaul.*

Grinsend tippe ich eine Antwort: *Du denkst immer nur ans Essen.*

Die nächste Nachricht kommt postwendend. Ich öffne sie und muss unwillkürlich lachen. Er hat mir ein Bild geschickt, auf dem ein wuscheliges Fellmonster auf zwei Beinen mit glutroten Augen und mehreren Reihen spitzer Zähne im offenen Maul vor einem Höhleneingang zu sehen ist. Einladend weist es ins Innere, als wollte es sagen: *Komm rein, du bist meine Hauptspeise.* Darunter Corvins Nachricht: *Darf ich dich in meine Höhle einladen?*

Ich tippe ein *Jetzt* mit drei Fragezeichen und schicke ein augenrollendes Emoji hinterher. Keine Frage, was er antworten wird.

Jetzt wäre absolut FANTASTISCH.

Perfekt. Ich habe eine Verabredung mit einem Monster.

BESETZUNG

DIE ROOKIE HEROES (* 2050):

Silence – (Jillian) Jill Burton: Als Neutralisatorin kann sie Superkräfte dämpfen und sogar ausschalten. Jill lebt bei ihrer Adoptivmutter Kristen und arbeitet als Agentin für die Rookie-Heroes-Division. Als sie Corvin wiederbegegnet, stürzt sie das in eine Krise – und das nicht bloß, weil er der Mörder ihres Adoptivvaters ist.

Dark Chaos – Corvin West: Als Superheld verfügt er über enorme Muskelkraft und eine Titanhaut, die ihn wie eine Rüstung schützt. Seit er vor sechs Jahren verbannt wurde, sitzt er im Gefängnis von Baine City in Haft – und ist nicht gerade gut auf Jill zu sprechen, die er für sein Unglück verantwortlich macht.

Cameo – Quinn Conley: Was er auch berührt, kann er in Stein verwandeln – theoretisch zumindest, denn als Autist hat er mit einigen Problemen zu kämpfen, zum Beispiel auch, was den Umgang mit Mädchen (und Küssen!) angeht. Quinn lebt bei seinen Adoptiveltern, einem älteren Ehepaar.

Prospera – Fawn Sherman: Ihre Superkraft lässt Pflanzen wachsen und selbst auf totem Holz noch Knospen sprießen. Dass sie Asthmatikerin ist, tut ihrer Liebe zur Natur keinen Abbruch, wenn da nicht auch die Panikattacken wären, die sie quälen … Auf der Farm ihrer Adoptiveltern muss sie für das Wachstum von Sojabohnen sorgen.

Firekiss – (Gabriella) Ella Vaughan: Ihre violetten Flügel entfalten sich, wenn sie ihre Superkraft anwendet, obendrein züngeln Flammen über ihre Hände, bloß fliegen kann sie nicht – ein ziemlicher Nachteil, vor allem, da sie sich für einen Engel hält. Ellas Adoptiveltern führen ein Bestattungsunternehmen.

Red Double – Robyn Grubbs: Robyns Superkraft heißt Red, sie ist ihr Schatten, eine Art rote Aura, allgegenwärtig, für jeden sichtbar und höchst unkooperativ. Robyns Reich ist eine kleine Wohnung über der Garage ihres Adoptivvaters, wo sie zwischen Elektronik- und Computerbauteilen haust und sich über die (wirklich schlechten) Witze Reds ärgert.

Tachi – Morton McNally: Messer und Klingen aller Art können ihn in eine tödliche Waffe verwandeln – wortwörtlich – mit dem Nebeneffekt, dass er dabei unerträgliche Schmerzen erdulden muss. Verständlicherweise hat er seiner Superkraft abgeschworen und greift noch nicht einmal einen Bleistiftspitzer an. Seine reichen Adoptiveltern kümmern sich nicht um ihn.

DIE WARRIORS (ANKUNFT 1908 – † 2053):

Envira: kann mit dem Wind fliegen und Blitze schleudern

Der Wandler: kann jede beliebige Gestalt annehmen und Superkräfte übertragen

Nightmare: ihr Kuss versetzt Menschen in Albträume

The Ax: seine Axt schneidet jedes Material wie Butter

North King: erschafft aus dem Nichts blankes Eis

Aurum: erweckt in ihren Gegnern die Gier nach Gold bis zum Wahnsinn

Der Kartenspieler: befehligt ein Arsenal von roten und schwarzen Kämpfern aus seinem Kartenblatt

IN WEITEREN ROLLEN:

(Big Boss) BB – Dwight Callahan: der ehemalige Ausbilder der Rookie Heroes und eine Vaterfigur für sie, da er neben Kristen Burton ihre einzige Bezugsperson war

Tom Patten: der Direktor der Rookie-Heroes-Division

Aaron Burton: der einstige Direktor der Division, Mitinitiator des Rookie-Heroes-Programms und Jills Adoptivvater, der vor sechs Jahren ermordet wurde

Kristen Burton: Jills Adoptivmutter und frühere Psychologin der Division sowie Ehefrau von Aaron Burton

Der Rächer: hält Baine City mit seinen Terroranschlägen seit einem Monat in Atem

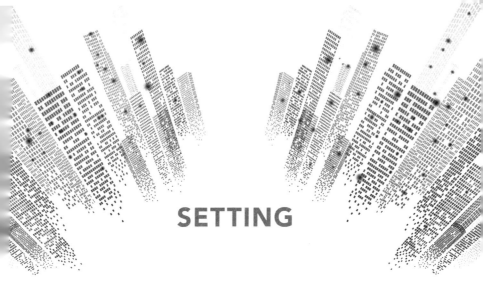

SETTING

Baine City: die Heimatstadt der Rookie Heroes in der Amerikanischen Union, am Hornay River gelegen; wurde durch den Doom, den Kampf zwischen den Warriors, zum Teil zerstört und wird nun erneut durch die Angriffe des Rächers erschüttert

Demlock Park: ein Herrenhaus in Baine City, das ursprünglich im Besitz der Warriors war und in dem die Rookies aufgewachsen sind

NACHWORT UND DANK

Mit Silence & Chaos wollte ich eine Geschichte über Mut schreiben. Über den Mut, zu sich selbst zu finden, den Mut, über sich hinauszuwachsen und für andere einzustehen. Echten Heldenmut also. Ich hoffe, die Rookies konnten euch inspirieren. Bleibt euch treu. Lasst euch nicht einreden, dass ihr nicht gut genug seid. Findet eure Stärken, findet das, was in euch brennt, geht euren Weg, denn ihr seid alle Helden. In jedem von euch steckt die Kraft, die Welt ein kleines bisschen besser zu machen, jeder auf seine Art. Nutzt sie! Wenn ihr es nicht tut, wer dann?

    Ich bedanke mich …

    … beim Superhelden-Team vom Ueberreuter Verlag für die Idee und die Begeisterung für meine Rookies und insbesondere bei meiner Lektorin Angela Iacenda für die Super-Veredelung

    … bei Nicole Makarewicz fürs Testlesen und Streichen – danke für deine Freundschaft und die vielen Schreibsessions!

    … bei Heidrun Wagner, meiner Retterin in der Not, fürs Testlesen und all die Anmerkungen – du bist meine absolute Zeilenheldin!

    … bei Katina Gremler von Foxis Bücherschrank fürs Testlesen und für die hilfreichen Tipps zum Thema Autismus – lass dich niemals unterkriegen, du bist die größte Superheldin überhaupt!

… bei Beate Maly für ihre Freundschaft – danke für unsere vielen Schreibheldinnengespräche! Irgendwann sitzt du auf der BBB, davon bin ich überzeugt!

…bei den Bloggerinnen Leinani (leinanisbookcorner), Alisa (zeilenschloss), Lisa (buecher.traeumerin) und Sarah (valeria_liest) fürs Testlesen des Manuskripts im Rahmen der Ueberreuter-Instagram-Aktion

… bei Juliet May für die wunderschönen Illustrationen meiner Rookie Heroes.

… bei den Superhelden der Practicioner- und Mastergruppe Weinviertel und den Super-Trainern Sandra und Stefan

… bei Martin, meinem einzig wahren Superhelden und dem besten Mann der Welt.

Mein größter Dank gilt euch, liebe Leser und Bücherhelden: Danke, dass ihr die Rookies bei euch aufgenommen habt!

Mara Lang

Mara Lang
Girl in Black

400 Seiten
Hardcover mit Schutzumschlag
ISBN 978-3-7641-7063-9

 Auch als E-Book erhältlich!

Wenn deine Gefühle dich verraten

Die 19-jährige Lia hat ein dunkles Geheimnis: Sie ist ein Seelenauge und kann die Gefühle anderer Menschen lesen, sie sogar beeinflussen. Eine machtvolle Gabe, wegen der sie in die Fänge der italienischen Mafia gerät. Der einzige Ausweg scheint die Flucht. Tausende Kilometer von ihrer Heimat entfernt versucht sie, ein neues Leben zu beginnen, ohne die Familie, ohne ihre Gabe und ohne jegliche Emotionen. Für sie zählt nur eins: Endlich ihren Traum zu verwirklichen und Modedesignerin zu werden. Doch die Schatten ihrer Vergangenheit holen Lia ein und bringen nicht nur sie in Gefahr, sondern auch ihre neuen Freunde – insbesondere Nevio, der sie stärker berührt, als sie erwartet hätte …

www.ueberreuter.de
www.facebook.com/UeberreuterBerlin

Mara Lang
Almost a Fairy Tale (Bd. 1)
Verwunschen

400 Seiten
Hardcover mit Schutzumschlag
ISBN 978-3-7641-7068-4

 Auch als E-Book erhältlich!

Wenn Märchen wahr werden ...

Die 17-jährige Natalie lebt in einer modernen Märchenwelt, in der Magie festen Regeln unterworfen ist und nach höchstem technischen Standard funktioniert. Dennoch gibt es hier alles, was die Herzen höher schlagen lässt: Schlösser, Einhörner, Riesen – und Prinzen, in die man sich verlieben kann. Doch genau das wird Natalie zum Verhängnis. Denn um dem Prinzen Kilian in einer Gefahrensituation beizustehen, verwendet sie unerlaubterweise Magie und löst damit eine Katastrophe aus. Ein Riese bricht aus dem Zoo aus und verwüstet die halbe Stadt. Und das ist nur der Anfang. Bald begehrt das magische Volk überall auf und ehe sich's Natalie versieht, verliert sie alles, was ihr lieb und teuer ist. Sie muss erkennen, dass der Grat zwischen Gut und Böse sehr schmal ist, und sich entscheiden, auf welche Seite sie sich schlägt ...

www.ueberreuter.de
www.facebook.com/UeberreuterBerlin

LESEPROBE
»Almost a Fairy Tale«

1

Eine Drachenlady? Sie sah sich schon auf ihrem Drachen zwischen den Wolkenkratzern in die Lüfte aufsteigen, die Hände in die schimmernde Schuppenhaut gekrallt, mit wallendem Haar, flatterndem Kleid …

Interessante Vorstellung. Natalie lächelte gezwungen. »Das kann nicht dein Ernst sein, Jolly. Ich habe eine Verabredung und gehe nicht auf eine Faschingsparty.«

Ungerührt zuckte Jolly mit den Schultern. »Vielleicht gefällt dir ja was anderes. Ich nehme Vorschläge entgegen.«

Natalie betrachtete die großformatigen Hochglanzplakate an den Wänden, alles magisch gestylte Models. Bei den Kreationen blieb einem die Spucke weg, das musste sie zugeben, doch keine davon konnte sie sich für ihr eigenes Styling vorstellen. Überhaupt war sie nur hier, weil sie eine Wette verloren hatte.

»Pastelltöne vielleicht?«, schlug Olga, die Inhaberin des Studios, vor. Sie hatte einen typischen Schlafzimmerblick und genauso sprach sie: leise, weich, langsam. Niemand hätte in ihr eine Hexe vermutet. Dass sie eine war, stand außer Frage. Natalie spürte das Aufwallen der Magie ganz deutlich, als Olga etwas Pulver in die Luft stäubte und einen Zauberspruch murmelte. Unmittelbar darauf erglühte ihr blonder Bubikopf in Puderrosa. »Oder gespenstisches Weiß? Ein leuchtender Regenbogenlook?«

Irritiert verfolgte Natalie, wie Olga erneut die Magie anzapfte. Ein winziger, silbriger Funken sprang von der magischen Ader, die sich quer durch den Raum erstreckte, auf das Pulver über und aktivierte den Zauber. Olgas Haar färbte sich weiß, danach präsentierte sie einen schillernden Farbmix. Jolly klatschte begeistert in die Hände.

Natalie konzentrierte sich wieder auf die Glasröhrchen mit dem Haarpulver. Gut fünfzig befanden sich in der Metallkassette, und dazu gab es die jeweils gefärbte Haarsträhne zur Ansicht. Mitternachtsblau, schimmerndes Perlmutt, Orange …

Wie die Farben wohl an ihr aussähen? Ihr Haar war schneewittchenschwarz, wie es Jolly, mit ihrem Faible für magische Geschichte, so gern formulierte. Sie trug es schulterlang gestuft und meistens nervte es sie, weil es ihr ins Gesicht hing, aber es gehörte zu ihr, genau wie das Muttermal über ihrem Mundwinkel und das Grübchen am Kinn.

»Für den Drachenladylook wäre Grün ideal«, meinte Olga und führte die Farbe auch gleich vor.

Oh Hölle! Nein, als Eidechse oder Nymphe verkleidet würde sie Kilian keinesfalls unter die Augen treten. »Lass uns die Wette ein anderes Mal einlösen«, versuchte sie ihre Freundin umzustimmen.

Unbarmherzig schüttelte Jolly den Kopf. »Gewonnen ist gewonnen.«

Hätte sie sich bloß nicht darauf eingelassen. Zu wetten, dass der Junge, in den sie sich Hals über Kopf verliebt hatte, sie nie im Leben innerhalb einer Woche einladen würde, war der erste Fehler gewesen. Jolly hingegen hatte Kilians Interesse an Natalie richtig eingeschätzt. Das wirklich Schlimme war der Wetteinsatz – das Hexenstyling.

»Warum dann ich? Lass du dich stylen, Jolly!«

»Natalie Amalia Windersom, du weißt, dass ich das nicht darf. Meine Eltern bekämen die Krise. Du kennst meinen Vater doch. Außerdem«, sie senkte die Stimme, »ist das eine gute Gelegenheit, um auf euer *Problem* zu sprechen zu kommen.«

»Wir haben absolut kein Problem«, entrüstete sich Natalie. Schön, sie hatte Kilian vorenthalten, dass sie kein Mensch war, aber Jolly übertrieb maßlos.

»Okay. Wann willst du das Thema anschneiden? Vor oder nach dem ersten Kuss? Ich kann dich schon hören: ›Du küsst wahnsinnig toll, Kilian! Ach, übrigens, ich bin eine Hexe.‹«

»Na und? Was ist schon dabei?«

»Kilian arbeitet für die Organisation, wie dir kaum entgangen sein dürfte. Nebenbei ist er ein Prinz. Das könnte ihn in einen klitzekleinen Interessenskonflikt stürzen.«

Olga pfiff leise durch die Zähne. »Etwa *der* Prinz Kilian? Du willst den Nachfahren der ältesten Königsdynastie Europas aufreißen?«

»Prinz Kilian von Nauders, genau der«, bestätigte Jolly mit einem Nicken. »Sie muss ihn nicht aufreißen, sie hat ihn längst an der Angel. Die zwei schreiben sich in einem fort Herzchen- und Küsschennachrichten. Das Einzige, was dem jungen Glück im Wege steht, ist die Tatsache, dass sie …«

»Also echt, Jolly!«, unterbrach Natalie ihre Freundin. *Manchmal könnte ich sie auf den Mond schießen!*

»… dass sie eine Magische ist und er ein verdammter Agent«, beendete Olga den Satz, wobei sie die Hologramme auf ihren Nägeln durch einen Zauber aktivierte. Zehn 3D-Feen stiegen empor und bekundeten ihre Empörung mit einem Aufschrei.

Jolly begutachtete sie entzückt. »Sind die niedlich! So was brauchst du, Nat. Ein Bild sagt mehr als tausend Worte.«

Blödsinn! Jeder konnte sich ein solches Styling verpassen lassen, es sagte absolut nichts aus. Gut, sie war eine Angehörige des Magischen Volkes, eine *Magische*. Zwar zählte sie zu den menschlichen Magischen und besaß sogar die A-Klassifikation, doch es gab einen wesentlichen Unterschied zu reinen Menschen: In ihrem Blut ließen sich *Magyära* nachweisen, Symbionten, die ihr die Fähigkeit verliehen, Magie zu nutzen. Theoretisch. Denn mit einem A galt sie als Mensch, sie lebte wie ein Mensch, sie fühlte sich auch so. Und da die meisten Menschen nun mal mit Magie nichts anfangen konnten, verzichtete man mit einem A grundsätzlich aufs Zaubern.

Sinnlos jedenfalls, weiter darüber zu diskutieren. Wenn Jolly sich etwas in den Kopf gesetzt hatte, war sie vernünftigen Argumenten gegenüber uneinsichtig. Um ihrer Freundschaft willen würde Natalie zu ihrer Verabredung also mit einer neuen Haarfarbe, magischem Make-up und Holonägeln erscheinen. Sie konnte nur hoffen, dass Kilian nicht sofort Reißaus nahm.

»Na schön. Jolly, such was aus.«

»Echt? Egal, was?«

»Egal, was. Bloß kein Grün, ja?«

Jolly jauchzte. »Die Drachenlady also. Dann nehmen wir eine Kombination aus Türkis und Violett für die Haare und dazu Gold, das Gold aber nur an den Spitzen. Außerdem ein Kunst-Make-up auf Augen und Lippen. Die Nägel unbedingt mit Hololack, vielleicht animierte Drachen, die Feuer speien …«

An diesem Punkt stieg Natalie aus. Ihr Blick schweifte über die fliederfarbenen Stühle des Studios und aus dem Schaufenster. Die Fußgängerzone war belebt, aber keiner der Passanten fand den Weg in den Laden, ungeachtet des spiegelverkehrten Schriftzugs auf der Scheibe: *MagicStyleIn by Olga – Mitrans erste Adresse in Sachen Styling.* Ob Olga ihre Lizenz erst kürzlich erworben hatte? Es dauerte Monate, bis der Antrag von der OMB, der Organisation für magische Belange, geprüft und bewilligt wurde, und sie wirkte kaum älter als Natalie.

»Nat? Natalie!« Jolly wedelte mit beiden Händen vor ihrem Gesicht herum. »Bist du bereit?«

Natalie warf einen Blick auf den Bildschirm, wo ein computeranimiertes Foto ihren magischen Look präsentierte. »Wow!«

Sie erkannte sich kaum wieder. Was sie sah, war kein siebzehnjähriges Mädchen, sondern ein Gesamtkunstwerk, das die Models auf den Plakaten noch übertraf. Sehr farbig zwar, mit den Drachenschuppen über ihren Augen und den Flammen, die aus dem aufgerissenen Maul des Ungeheuers züngelten, aber traumhaft schön. Wenn sie schon magisch gestylt herumlaufen musste, dann so.

»Jolly, du bist der Hit! Einverstanden. So machen wir es.«
Ein wenig Herzklopfen bekam Natalie schon, als Olga sie in eine Wolke aus magischem Pulver hüllte. Es war lange her, dass sie mit Magie in Berührung gekommen war. Viel zu lange. Die Umgebung verschwamm vor ihr, flirrende Lichter explodierten vor ihren Augen, Jolly ließ ein ehrfürchtiges »Oh« hören. Natalie spürte, wie die Magie an ihr zupfte, sachte anfangs, dann mit mehr Intensität. Sie kannte das Gefühl, das Prickeln unter der Haut, wenn die Magyära in ihrem Blut angefeuert wurden, und ja, sie liebte es … doch langsam wurde es unangenehm. Wie Millionen Nadeln, die sie unaufhörlich piksten, tiefer und tiefer stachen, als wollten sie Säure in sie hineinpumpen. Sie verkrampfte sich.

»Komisch. Da stimmt was nicht.« Olga schob eine Ladung Magiepulver nach und sprach ihren Zauber erneut.

Natalie unterdrückte einen Hustenanfall. Besser, wenn sie stillhielt. Ihre Wangen brannten, ein Kreischen ertönte, so durchdringend, dass sie meinte, ihr würde das Trommelfell platzen. Nur sie konnte es hören, das war ihr durchaus klar. Allerdings hätte es lediglich ein Summen sein dürfen, das übliche Geräusch magischer Entladungen, nicht dieser quälend schneidende Laut.

»Ich verstehe das nicht!«, drang Olgas Stimme an ihr Ohr und erneut atmete Natalie pures Magiepulver ein.

Das Kreischen steigerte sich zu einem ohrenbetäubenden Laut. Funken rasten über ihre Hände, Schmerz brandete in ihr auf. Es fühlte sich an, als würde ihr die Haut abgezogen, als würden ihr die Fingernägel ausgerissen, als …

Plötzlich gab es einen Knall, und eine Druckwelle fegte sie regelrecht vom Stuhl. Ringsum hörte sie Gepolter, Jolly schrie. Blitze zuckten im Studio auf, es knisterte und stank nach verbranntem Haar. Endlich lichtete sich der farbige Staub. Natalie rappelte sich auf. Die Stühle waren umgekippt, eine graue Schmiere bedeckte Arbeitstisch und Computerbildschirm. Über ihren Köpfen quoll Rauch.

Jolly beugte sich über Olga, die hustend die Augen aufschlug. Ihr Blick huschte fiebrig umher und als sie Natalie entdeckte, stieß sie einen erstickten Laut aus.

Jolly wandte sich ebenfalls um. »Auweia.«

Angesichts Natalies Ratlosigkeit deutete sie auf den Spiegel.

»Hölle, nein!« Mehr fiel ihr zu ihrem Spiegelbild nicht ein. Und es traf den Kern der Sache ganz gut.

Das graue Zeug klebte auch an ihr, und zwar auf Haut und Kleidung, als wäre sie durch einen Kamin gerutscht. Der Drache, den Jolly für ihre linke Wange ausgewählt hatte, schillerte nicht wie geplant in kräftigem Türkis, sondern wirkte wie im eigenen Feuer verkohlt und dekorativ auf ihr Gesicht geklatscht. Sosehr sie auch rubbelte, die Farbe ging nicht ab. Ihre Haare waren zerzaust und von undefinierbarem Matschbraun. Der Gipfel jedoch waren ihre Fingernägel, die sich zu gelblich grauen Krallen deformiert hatten, lang genug, um jemanden damit zu erdolchen.

Olga sprang auf. »Bist du irre? Das hätte ins Auge gehen können!«

»Ich? Was ist mit dir?«, schoss Natalie zurück. »Du hast mich verunstaltet!«

Jolly schnalzte mit der Zunge. »Entstellt. Verhunzt. Total verpfuscht …«

»Wir hätten alle dabei umkommen können!«, rief Olga und an ihrer unerwartet schrillen Stimme erkannte Natalie, wie erschrocken sie war.

»Allerdings«, sagte sie. »Mach das rückgängig! So kann ich auf keinen Fall rumlaufen!«

Selbst ihr Bruder Liam wäre vor ihr zurückgeschreckt. Zum Glück hatte sie kein permanentes Styling gewählt. Trotzdem würde es Stunden dauern, bis der Zauber komplett erloschen war. Noch immer schien die Magie in ihren Adern zu pulsieren. Sie fühlte sich nicht länger aufgeputscht, sondern paralysiert, als hätte sie eine Überdosis erwischt, die alles in ihr lahmlegte.

»Dein Problem, ich rühr dich bestimmt nicht mehr an. Raus aus meinem Laden, ihr zwei, sofort! Ihr vergrault mir die Kundschaft. Und solltest du je wieder ein Hexenstyling in Erwägung ziehen, dann leg vorher gefälligst den Schutzzauber ab!« Olga riss die Ladentür auf. »Verschwindet! Los!«

Wie betäubt trat Natalie ins Freie, eine quengelnde Jolly im Schlepptau. »Schutzzauber? Was für ein Schutzzauber?«

Die Antwort blieb ihr im Hals stecken. Eine Drohne surrte heran. Mit blinkenden Lichtern scannte sie den Strichcode, der an der Tür angebracht war. Natalie entwich ein hysterisches Lachen. Das wäre die Krönung, wenn mit Olgas Lizenz etwas nicht stimmte! Aber die Drohne piepte nur und flog weiter, um woanders potenzielle Magiedelikte aufzuspüren.

»Was war das jetzt?«, wunderte sich Jolly.

»Lizenzabgleich. Hätte ja sein können, dass Olga illegal Magie ausübt.« *Bei dem Ergebnis nicht so abwegig.*

Die Werbebotschaft im Schaufenster mutete wie blanker Hohn an: *SONDERANGEBOT: Komplettes Styling 2 Taler.* Magische Taler konnte man bei der *Goldesel Bank* abheben und einer war zwanzig Euro wert. Hätte sie ihr Geld bloß für einen Friseurbesuch ausgegeben, dann sähe sie jetzt höchstwahrscheinlich annehmbar aus. Ein magisches Stylingstudio würde sie jedenfalls nie wieder betreten.

»Deine Smartwatch piept«, sagte Jolly. »Vielleicht Kilian?«

Kilian! Sie hatte eine Verabredung mit dem Jungen ihrer Träume – und sah aus wie eine dieser Gruselhexen aus Liams Lieblingscomputerspiel. In diesem Aufzug konnte sie ihm nicht gegenübertreten, nein, unmöglich!

Es war tatsächlich Kilian: *Ich habe einen Einsatz, tut mir furchtbar leid! Könntest du gegen fünf in den Zoo kommen? Dort gibt es ein nettes Café. Will dich unbedingt treffen. Kilian*

»Was mache ich denn jetzt bloß?«

»Natürlich hingehen!«

»Mit einem Vogelnest auf dem Kopf?«

»Gar kein Problem. Und weißt du auch, warum?« Jolly schob sie vor den Spiegel neben der Tür.

»Es ... es ist weg! Wie ...?« Erleichterung durchflutete sie. Sie sah wieder völlig normal aus. Die Haare schwarz, die Wangen leicht gerötet, die Fingernägel kurz, mehr als kurz – alles in allem wie immer. Aber gruselig kam es ihr schon vor, was war da nur passiert?

»Los, antworte ihm, dass du kommst.«

Okay. Freu mich!, schrieb sie an Kilian und spürte wieder dieses nervöse Kribbeln in ihrem Magen.

Noch einmal kniff sie sich in die Wangen, strich über ihre Kleidung, zupfte an ihren Nägeln. »Einfach weg. Ich verstehe das nicht ...«

»Ich kenne mich ja mit Zauberei nicht aus. Aber es müsste ein echt miserabler Schutzzauber sein, wenn er dich nicht schützt. Oder er stammt von einem echt miserablen Zauberer. Oder beides?«

Natalie nickte nachdenklich. Ein Schutzzauber sollte einen magischen Angriff auf die geschützte Person verhindern. Logisch, dass das Hexenstyling nicht funktioniert hatte.

Aber, Hölle noch mal! Seit wann war sie mit einem solchen Zauber belegt?

2

Der sommersprossige Zwergenjunge mit den roten Haaren, der neben ihnen an der Absperrung hing und Natalie kaum bis zu den Knien reichte, zog angesichts der neun Felsbrocken im Gehege eine Grimasse. »Och, nur Steine!«

Seine Mutter, eine in Zwergentracht gekleidete Magische, ermahnte ihn. »Trolle sind nachtaktiv. Tagsüber erstarren sie zu Stein. Schau, der da drüben hat eine typische Trollnase. Wie eine Kartoffel.« Mit ein bisschen Fantasie konnte man auch den bulligen Kopf und die Knie erkennen, fand Natalie.

»Ich will zurück zu den Pinguinen!«

Jolly fiel in das Gejammere ein: »Schade, ich hätte sie zu gern in Aktion gesehen.«

Natalie grinste, obwohl sie die Enttäuschung nachvollziehen konnte. Trolle bekam man nur selten zu Gesicht. Sie hätte an dieser Stelle ja publikumswirksamere Geschöpfe platziert, die Drachen zum Beispiel.

»Vielleicht kriegen wir die Greife zu sehen. Oder die Phönixe. Du hast doch noch Zeit totzuschlagen, oder?«

»Jede Menge. Ich muss erst zum Abendessen zu Hause sein.« Jollys Eltern legten Wert auf Pünktlichkeit und das Abendessen war ein Familienritual, bei dem Anwesenheitspflicht bestand. Jollys Halbschwester Paige hatte mit zwanzig die Konsequenzen gezogen und sich eine eigene Wohnung genommen.

Kopfsteinpflasterwege schlängelten sich durch die magische Abteilung des Zoos, gesäumt von Pappeln und mittelalterlich anmutenden Infohäuschen, ein jedes einer magisch historischen Persönlichkeit gewidmet. Jolly blieb stehen und betrachtete ein Hologramm, das überlebensgroß vor ihnen aufragte.

»Königin Thalie, durch einen Feenzauber in einen hundertjährigen Schlaf gefallen und unter dem Namen ›Dornröschen‹ weltbekannt geworden«, ratterte sie die Fakten herunter, ohne einen Blick auf den Infobildschirm zu werfen.

»Du bist echt ein Ass in magischer Geschichte«, erwiderte Natalie kopfschüttelnd. Auch Roderick, den Kobold, der sich vor Königin Saria als »Rumpelstilzchen« ausgegeben hatte, um an ihr Kind zu gelangen, hatte Jolly vorhin schneller erkannt als sie. »Ich kann nicht glauben, dass das dein erster Besuch in der magischen Abteilung ist.«

»Doch. Vor der Zugbrücke ist meine Mutter jedes Mal umgedreht. ›Das ist nichts für dich, Joleen‹, hat sie gesagt und wollte mich armes Würmchen unwissend sterben lassen. Aber zum Glück«, sie drückte Natalie an sich, »habe ich ja dich.«

»Und zum Glück hat sie nichts gegen mich.«

»Oh, das hat sie. Mein Vater auch. Ihr Pech. Ich suche mir meine beste Freundin selbst aus.«

Was Jolly so leichthin verlauten ließ, löste bei Natalie ein unangenehmes Magendrücken aus. Sie hatte sich bei den Dibenskys nie richtig willkommen gefühlt und war nur selten bei ihnen zu Gast, während Jolly in Natalies Haus ein und aus ging und mit ihren Eltern sogar per Du war.

»Was glaubst du«, meinte Jolly, als sie weiterschlenderten, »stimmt das mit dem Schutzzauber oder hat Olga Mist gebaut?«

»Das wäre auch eine Erklärung.«

»Vielleicht waren es deine Eltern. Alle Eltern wollen ihre Kinder beschützen. Wäre doch verständlich.«

Verständlich schon, aber total untypisch. Ob Liam auch einen hatte? »Sie haben keine Lizenz. Ich glaube nicht, dass sie überhaupt wissen, wie man einen Schutzzauber durchführt.«

Abwesend knibbelte sie am Nagelbett ihres Daumens. Bis vor wenigen Stunden hätte sie geschworen, dass ihre Eltern mit Magie nichts am Hut hatten. Sie waren Befürworter des Systems. Niemals würden sie die Magiegesetze brechen, die für Natalies Empfinden inzwischen reichlich angestaubt waren. Abgesehen von geringfügigen Änderungen hatten sie seit ihrem Inkrafttreten 1897 in ganz Europa ihre Gültigkeit. In Deutschland sorgte die OMB dafür, dass sie eingehalten wurden. Wer sich widersetzte, wurde von den Agenten ausgeforscht und inhaftiert. Das organisationseigene Gefängnis war voll von Magischen aller Gattungen. Riesen, Trolle, Zwerge, Feen, Zauberer – Kriminelle gab es zuhauf.

Was Natalie zur nächsten Frage führte: War der Zauber, falls es ihn gab, unter legalen Bedingungen gesprochen worden?

Umschwirrt von Pixies, geflügelten Feenwesen, die wie die Irrlichter in Freiheit lebten, gelangten sie wenig später zum Gehege des Einhorns – und fanden nur eine um eine Heuraufe versammelte Ponyherde vor.

»Echt jetzt?«, entrüstete sich Jolly. »Alles, was ich zu sehen kriege, sind schnöde Gäule? Wo ist das edle Tier mit dem magischen Horn?«

Natalie deutete auf die Bäume im Hintergrund. »Im Wald?«

»Im Wald. Super. Keine Trolle. Kein Einhorn. Die magischen Wesen haben sich alle gegen mich verschworen!«

»Gegenüber sind die Phönixe.« Natalie zeigte Jolly die Vögel mit dem rotgoldenen Gefieder. »Die sind extrem selten. Schau, auf dem ... Oh. Da ist Kilian.«

Jolly grinste breit. »Ja, das ist wirklich ein höchst seltener Vogel. Und so hübsch, alle Achtung.«

Vor dem Phönixgehege parkte ein dunkelblauer Kleintransporter mit silbernem Schriftzug und dem Emblem der Organisation, dem Zepter des *Mächtigen*. Er war der Boss, der oberste Zauberer, dem sämtliche Agenten unterstanden.

Auf dem Dach des Wagens saß Kilian im Schneidersitz mit einem Laptop auf den Knien. Der Wind zupfte an seinem braunen Haar. Seinen Waffengurt hatte er nicht abgelegt, aber seine Haltung war entspannt. Ungeachtet der Neugierigen, die sich unten versammelt hatten, konzentrierte er sich auf den Bildschirm.

»Soll ich ihn rufen?«, flüsterte Natalie und fragte sich gleichzeitig, ob er sie überhaupt erkennen würde.

Sie schrieben sich mehrmals täglich und tauschten Fotos aus, aber persönlich waren sie einander erst einmal begegnet: Am Berufsinformationstag an ihrer Schule. Kilian und sein Partner hatten ihre Arbeit als Agenten der OMB vorgestellt. Im Anschluss daran hatte Natalie ihn angesprochen. Mit dem Ergebnis, dass sie ganze zwei Stunden in der Cafeteria gesessen hatten, plaudernd und lachend.

Kilian löste Gefühle in ihr aus, die sie nie zuvor empfunden hatte, Herzrasen, Bauchkribbeln und glühende Wangen mit eingeschlossen. Es hatte sie voll erwischt, noch dazu auf die bescheuerte wie-vom-Blitz-getroffene Art.

Und hier stand sie und wusste nicht, wie sie sich verhalten sollte. Sie hatte keine Erfahrung mit Jungs, noch dazu war sie zu früh dran und erst recht nicht am Treffpunkt, er würde verärgert sein, sie gar nicht mehr sehen wollen …

»Ich sehe schon, in seiner Gegenwart mutierst du zum schmachtenden Püppchen. Ich mach das.«

Jolly hüpfte auf einem Bein zum Transporter, sodass ihre kastanienroten Locken wild um ihr Gesicht tanzten. Zu allem Überfluss trällerte sie ein Kinderlied, lautstark und grundfalsch. Schon drehten sich die Leute nach ihr um, und Natalie wäre am liebsten im Boden versunken. Aber da blickte Kilian auf, entdeckte sie und winkte. Sie winkte ebenfalls.

Atemlos fand sich Jolly an ihrer Seite ein. »Mission geglückt.«

Kilian sprang vom Dach. Mit drei langen Schritten war er bei Natalie und küsste sie zur Begrüßung auf die Wange. Hitze jagte in ihr hoch, unwillkürlich spürten ihre Finger dem Kuss nach. Hastig zog sie die Hand zurück.

»Hallo.« In seinen Augen tanzte ein Lächeln. »Entschuldige, dass ich nicht in die Innenstadt kommen konnte. Wir hatten eine Drohnenmeldung bezüglich Magiefluktuationen, der mussten wir sofort nachgehen.«

»Halb so wild, mach dir keine Gedanken.«

»Es dauert nicht mehr lang. Nur noch die Banngitter vom Einhorn und dem Riesen, dann können wir los. Super, dass du schon da bist!«

Natalie nickte. Er mochte ein Prinz sein, aber das war nur ein Titel, auf den er, das wusste sie inzwischen, keinerlei Wert legte. Und sie war eine Hexe, na und?

»Das ist übrigens Jolly«, stellte sie ihre Freundin vor.

Jolly zwinkerte ihm zu. »Keine Sorge, ich werde euer Date nicht vermasseln. Ich verzieh mich, sobald du fertig bist.«

»Nett von dir, dass du Natalie begleitet hast.«

»Hey, Kilian!« Sein Partner Ed, ein Mann um die fünfzig mit vollem, aber bereits ergrautem Haar, der am Nachbargehege beschäftigt war, deutete auf die Drohne. »Flirten kannst du später. Ich will hier nicht bis in die Nacht rumstehen.«

»Ich muss wohl«, sagte Kilian bedauernd. »Bis gleich, Nat.« Er lief zum Auto und zog sich mit Schwung aufs Dach, wo er sich wieder seiner Arbeit zuwandte.

»Was genau macht er da eigentlich?«, erkundigte sich Jolly. »Einen Einsatz hatte ich mir irgendwie anders vorgestellt, mit Verfolgungsjagd und Rumgeballere und so.«

Natalie lachte. »Klar doch. Im Zoo, vor allen Besuchern.«

Sie sah genauer hin, bis die Magie vor ihren Augen Gestalt annahm. Anscheinend überwachte Kilian eine Drohne, die über dem Gehege kreiste und Aufzeichnungen machte. Ed kontrollierte ebenfalls Daten, allerdings verwendete er dafür ein Gerät an seinem Handgelenk, das einem Handy ähnelte. Die beiden Wassermänner im Teich beobachteten ihn teils argwöhnisch, teils belustigt, während die Phönixe sich versteckt hielten.

»Ich glaube, sie prüfen, ob die magischen Gitter intakt sind.« »Banngitter« hatte Kilian sie genannt. Natalie zeigte nach oben, wo die Magie im Sonnenlicht flirrte.

»Magische Gitter?«, wunderte sich Jolly.

»Oder Netze. Die magischen Wesen sind dahinter eingesperrt.« Während viele Tiere im Zoo hinter massiven Gittern verwahrt waren, verwendete man in der magischen Abteilung zusätzlich zum Elektrozaun lediglich Magie – natürlich nur bei friedlichen Geschöpfen, der Riese, die Trolle und die Drachen waren zusätzlich gesichert.

»Wo denn? Da ist doch nichts. Nur Luft.«

»Sie sind da, ich sehe sie«, versicherte Natalie.

Sobald sie sich darauf konzentrierte, erschienen ihr die Magiestränge so real wie Schneeflocken oder Nebel. Je nach Lichteinfall schimmerten sie silbern und nachts wie Laserstrahlen, die in unterschiedlichen Dimensionen die Stadt durchzogen. Wunderschön.

Als Kind hatte sie geglaubt, der mehrere Meter breite Strang, der sich durch den Zoo wälzte, sei ein verwunschener Fluss, den niemand sehen konnte, nicht ihre Eltern, nicht Liam, nur sie. Erst viel später hatte sie erfahren, dass es sich dabei um eine der Hauptlinien des Erdmagienetzes handelte, das die Welt umspannte und durchdrang.

»Ich kann sie auch hören und spüren.« Da war ein Summen in ihren Ohren. Und ein Kribbeln unter der Haut, das sich bis in ihre Fingerspitzen fortsetzte. Ihr Blut pulsierte, als flitzten die Magyära vor lauter Aufregung umher.

Sie bezogen Posten am Einhorngehege. Jolly schaute sich nach dem Riesen um, der nebenan einquartiert war, aber zu ihrem Pech schlief er im Schatten hinter den Holunderbüschen. Nur seine Füße guckten hervor. Auf seinen nackten Zehen, die bei jedem Schnarchen wackelten, saßen Meisen und pickten an seiner Hornhaut.

»Igitt.« Jolly schüttelte sich. »Na ja, immerhin kann ich jetzt behaupten, zumindest ein magisches Wesen in natura gesehen zu haben … Oh, das Einhorn!«

Es bremste aus vollem Galopp vor ihnen ab, die Nüstern gebläht, den Kopf gesenkt, als wollte es den Erstbesten, der ihm in die Quere kam, mit seinem Horn aufspießen. Unter dem weißen

Fell traten die Muskeln deutlich hervor. Unablässig scharrte es mit dem Vorderhuf und wirbelte jede Menge Staub auf.

»Es ist so schön«, hauchte Jolly ergriffen. »Aber es sieht ziemlich wild aus.«

Auch die Ponys stoben wie von Sinnen durchs Gehege. Was beunruhigte die Tiere? Gegenüber war Kilian nach wie vor in seine Computerdaten vertieft. Die Drohne zog ihre Kreise über dem Zentrum des Banngitters. Natalie wandte sich wieder um, den Fokus nach wie vor auf die Magie gerichtet, und da begriff sie, was das Einhorn derart in Aufregung versetzte.

»Hölle, da bildet sich ein Riss im Banngitter!« Auf Kopfhöhe war eine der fingerdicken Adern, aus denen die Gitter gewebt waren, gerissen und der Magiefluss unterbrochen. Die beiden Enden drifteten auseinander. »Da ist ein Fehler im Gewebe. Ein Loch.«

Wie war das nur möglich? Kam das von diesen Magiefluktuationen, von denen Kilian gesprochen hatte?

»Wie jetzt, ein Loch?«, meinte Jolly. »Ein kleines, so wie in einem Socken? Oder ein Megaloch?«

»So groß wie ein Fenster. Aber es weitet sich bereits aus. Ich muss Kilian informieren.« Sie wandte sich nach ihm um, nur um festzustellen, dass er gerade vom Dach des Wagens sprang und sich durch die Schaulustigen drängte, deren Zahl beträchtlich angewachsen war. »Wo will er denn hin?«

Jolly deutete nach rechts. »Ich glaube, da drüben gibt's Ärger.«

Natalie entdeckte eine Gruppe von Jungen, die sich um einen Zwerg geschart hatten und ihn lautstark anpöbelten. Er sah ganz eingeschüchtert aus, seine Sommersprossen leuchteten in seinem blassen Gesicht. Gleich würde er in Tränen ausbrechen. »Oje. Das ist der kleine Rothaarige von vorhin. Wo ist seine Mutter?«

»Nicht da. Aber ...«, Jolly setzte ein schwärmerisches Lächeln auf, »... dein Herzallerliebster ist schon unterwegs, um ihn zu retten. Was für ein Held, so müssen Prinzen sein!«

Natalie grinste, doch es verging ihr schnell, als sie bemerkte, dass sich das Loch im Banngitter vergrößert hatte. Das Einhorn schnaubte mit geweiteten Augen, während die wild gewordene Ponyherde im Hintergrund wie ein Uhrwerk ihre Galopprunden drehte. Sie blickte sich nach Ed um, konnte ihn aber nirgends entdecken. Das Gehege der Wassermänner war verwaist.

»Ed ist auch verschwunden. Das Loch reißt immer weiter auf. Was machen wir denn jetzt?«

»Warten, bis sie zurückkommen. Dann darf Kilian gleich weiter den Helden spielen und das Loch flicken. Höchst dramatisch, euer Date.«

»Das ist kein Witz, Jolly, das könnte echt gefährlich werden. Außerdem kann Kilian hierbei nichts tun. Er ist zwar Agent, aber ein Mensch.«

»Und wer kann dieses Gitter sonst reparieren?«

... neugierig, wie es weitergeht?

Mara Lang
Almost a Fairy Tale. Verwunschen (Band 1)
ab 14 Jahren, 400 Seiten,
Hardcover mit Schutzumschlag
ISBN 978-3-7641-7068-4